国家社科基金
后期资助项目
GUOJIA SHEKE JIJIN HOUQI ZIZHU XIANGMU

摹物不倦

物象与明清小说日常叙事的展开

Untiring Creation

Literary Objects and the Unfolding of Everyday Narratives
in Ming and Qing Fiction

刘紫云　著

北京大学出版社
PEKING UNIVERSITY PRESS

图书在版编目（CIP）数据

摹物不倦：物象与明清小说日常叙事的展开/刘紫云著. —北京：北京大学出版社，2023.12
国家社科基金后期资助项目
ISBN 978-7-301-34704-1

Ⅰ.①摹⋯　Ⅱ.①刘⋯　Ⅲ.①古典小说—小说研究—中国—明清时代　Ⅳ.①I207.41

中国国家版本馆 CIP 数据核字（2023）第 238779 号

书　　　名	摹物不倦：物象与明清小说日常叙事的展开
	MOWU BUJUAN: WUXIANG YU MINGQING XIAOSHUO RICHANG XUSHI DE ZHANKAI
著作责任者	刘紫云　著
责 任 编 辑	郑子欣
标 准 书 号	ISBN 978-7-301-34704-1
出 版 发 行	北京大学出版社
地　　　址	北京市海淀区成府路 205 号　100871
网　　　址	http://www.pku.cn　新浪微博：@北京大学出版社
电 子 邮 箱	编辑部 wsz@pup.cn　总编室 zpup@pup.cn
电　　　话	邮购部 010-62752015　发行部 010-62750672
	编辑部 010-62752022
印 刷 者	北京鑫海金澳胶印有限公司
经 销 者	新华书店
	730 毫米×1020 毫米　16 开本　21.5 印张　382 千字
	2023 年 12 月第 1 版　2023 年 12 月第 1 次印刷
定　　　价	88.00 元

国家社科基金后期资助项目
出版说明

　　后期资助项目是国家社科基金设立的一类重要项目,旨在鼓励广大社科研究者潜心治学,支持基础研究多出优秀成果。它是经过严格评审,从接近完成的科研成果中遴选立项的。为扩大后期资助项目的影响,更好地推动学术发展,促进成果转化,全国哲学社会科学工作办公室按照"统一设计、统一标识、统一版式、形成系列"的总体要求,组织出版国家社科基金后期资助项目成果。

全国哲学社会科学工作办公室

序

刘勇强

我在大学读本科时,看了狄更斯的《大卫·科坡菲尔》,印象十分美好。大约和刘紫云、林莹等学生说起过,她们从美国访学回来时,特意送给我一本英文版的 *David Copperfield*。得到此书后,我随手翻到记忆犹新的第二章结尾:

> I sat looking at Peggotty for some time, in a reverie on this supposititious case: whether, if she were employed to lose me like the boy in the fairy tale, I should be able to track my way home again by the buttons she would shed.

它的大意是,我坐在那里,朝皮果提看了一眼,同时心想:万一她像童话中说的那样奉命把我遗弃,不知我能不能沿着她落下的纽扣回到家呢?

关键是"纽扣"(button)。在这一章前面,狄更斯已两次有意提到了女仆皮果提的纽扣,先是描写了皮果提对小大卫·科坡菲尔的爱怜,当她张开双臂抱住大卫时,由于胖而且用力,长衫背后的扣子就会飞出去一些,有两颗扣子蹦到客厅的那一头去了(...some of the buttons on the back of her gown flew off. And I recollect two bursting to the opposite side of the parlour, while she was hugging me)。接着又描写了他们在大哭时,大卫说他还记得她衣上的扣子一下全飞了(I remember, and must have become quite buttonless on the occasion)。正因为有了这前两次描写,"沿着她落下的纽扣回到家"这句话,才充满了异常强烈的感情色彩,同时又带着童稚特点。

在格林童话中,有一篇《亨塞尔和格莱特》叙述了一个樵夫在饥荒年间想把一对小儿女遗弃在山林中,小男孩亨塞尔提前装了一口袋白石子,一路扔下做标记,这样,他们又顺着石子路回到了家。大卫·科坡菲尔想沿着皮果提落下的纽扣回家,应来自亨塞尔的小石子。而与小石子相比,纽扣更接近日常生活。由于狄更斯的三次有意点出,纽扣又不单纯是一个生活物品,而具有更丰富的艺术意义。没有什么比纽扣更适合表现胖女仆的身材、身份特点，也更适合表现小大卫·科坡菲尔与她的亲密关系及其细腻的观察和天真的想象。也就是说，狄更斯成功地将纽扣提炼成了一个极具表现力和情感内涵的日常物象。

之所以想到这个温暖的细节，是因为刘紫云那时正开始对明清小说中日常物象的探讨。

实际上，在我粗浅的观感中，明清小说中的物象描写确实是大量存在的。可以说没有物象，一些小说的情节可能无从展开，比如《三国演义》第二十一回的"青梅煮酒论英雄"，刘备听到曹操说天下只有他们两人算真正的英雄，惊而失箸，随即巧借闻雷来掩饰。这一副普通的筷子，不但让曹操改变了对刘备的看法或戒心，甚至可以说后来三国局面的形成也与此相关。而在《红楼梦》第四十回中，凤姐捉弄刘姥姥以取悦贾母的一个重要细节，也有赖于一副老年四楞象牙镶金的筷子。在这两部不同题材的小说中，筷子对情节的发展都起到了至关重要的作用。

同样，没有物象，人物形象也难以得到完整的刻画，最简单的事实是，人物必须穿衣服，而服饰作为一类重要的物象，必然成为人物形象不可或缺的一部分。即便是像《西游记》这种神怪小说，也能找到相关的真切描写，第十四回孙悟空刚从五行山下脱出，小说写他将唐僧脱下的一件"白布短小直裰""扯过来披在身上，却将那虎皮脱下，联接一处，打一个马面样的折子，围在腰间，勒了藤条"，走到师父面前问这等打扮如何，唐僧连声道好，说："这等样，才象个行者。""徒弟，你不嫌残旧，那件直裰儿，你就穿了罢。"悟空则唱喏道："承赐！承赐！"其间有一种师徒相得的温情。同一回稍后，《西游记》又描写了"光艳艳的一领绵布直裰"和一项嵌金花帽，唐僧打"诳语"骗孙悟空"是我小时穿戴的。这帽子若戴了，不用教经，就会念经；这衣服若穿了，不用演礼，就会行礼"。孙悟空遂脱下旧白布直裰，将绵布直裰穿上，把帽儿戴上，从此便饱受紧箍之苦。两件直裰，一为纯朴白布，一为光鲜绵布，人物心理与关系俨然可见。不用说，与人物相关的物象远不只服饰一项。

与此相关，通过物象描写，人物的心理也可以得到更具体的呈现。这方面，《蒋兴哥重会珍珠衫》中的描写很能说明问题，除了珍珠衫的功能性作用外，作品在所依据的文言小说本事基础上，还增加了红纱汗巾和凤头簪子这两件小物件。陈大郎因不知蒋兴哥是王三巧之夫，托他带情书及一条汗巾和一根簪子给王三巧。蒋兴哥生气地把情书扯得粉碎，又折断玉簪。后来为了留作证据，才忍辱带回。而当他交给王三巧时，王三巧并不知是陈大郎送来的，她只能猜测："这折簪是镜破钗分之意；这条汗巾，分明教我悬梁自尽。他念夫妻之情,不忍明言,是要全我的廉耻。"这两个小物件先是强化了蒋兴哥的愤怒,后又表现了王三巧的内疚,将人物不便明言、作者也难以复述的心理表现得真切动人。

另外,物象描写也往往能够成为小说家构建环境的一个重要手段。如《红楼梦》第四十回叙贾母带了一群人在大观园各处转,进了宝钗蘅芜苑,"雪洞一般,一色玩器全无,案上只有一个土定瓶中供着数枝菊花,并两部书,茶奁茶杯而已。床上只吊着青纱帐幔,衾褥也十分朴素",朴素无华的室内陈设,正是与宝钗性格极相吻合的环境布置,与不像"小姐的绣房"而好似"哥儿的书房"的黛玉屋子,以及反过来,精致得如同"小姐的绣房"的怡红院室内,形成了鲜明的对比。

如此等等,可见物象描写的作用不一而足。正因它如此普遍、重要,它还有小说类型、小说史等多方面的意义。从类型上说,不同题材的小说有不同的物象;从小说史上说,物象描写的阶段性特点既与物质文化的发展与自觉相关,也与小说家对物象运用得越来越突出、越来越娴熟有关。

应当说,对上述现象研究者都有所探讨,不过,我以为至少还有两个方面还存在较大的研究空间,一是在各种小说理论著作中,物象似乎都还没有作为一个独立的理论概念被阐释,从而制约了相关研究的深度与理论化水平。二是在小说研究中,其实践意义也没有得到系统全面的梳理与充分的讨论,一些相关研究还局限于具体作品艺术特点的分析上,而物象运用与描写无论就其表现、演变或是内涵来看,都可能反映着某种艺术规律。

正因为如此,当刘紫云以《古代小说日常物象描写研究——以明中期至清中期世情题材小说为中心》作为博士学位论文的选题之初,就致力在上述两方面有所推进,她初步而卓有成效的努力得到了论文答辩委员会的充分肯定。之后,她又在国家社会科学基金后期资助项目的资助下,不断提炼、拓展,最终成就了眼前这部更为扎实而新见迭出的专著。

统观本书,我以为有如下几点贡献最值得称道。

第一是对日常物象描写的理论探索意识。

在小说的艺术世界中,物象之重要,不下于人物、情节、语言等其他构成要素,小说作者因知识修养及作品题材特点、语体风格、文体类型等的差别,物象描写及其功能运用也各有不同。通过物象分析,可以更深入地把握小说形象体系的构建细节和叙述线索与过程,为审视与评价具体作品提供一个参照。而长期以来,学界对于物象,虽间有论及,但多以民俗学、文化学的描述性评述为主,从文体学、叙事学等各个层面进行全方位的理论思考尚待起步。而由于物象描写散见群书,具体描写又十分驳杂、水平不一。如何做到不刻意回避名著，而又能在前人研究基础上有所突破，如何做到个案分析和立论角度既有代表性，而又不流于表面的、琐屑的陈述，都有赖于高度的理论概括与提炼。刘紫云的研究最引人注目的地方就是提出了一系列有探讨价值的命题，如"百姓日用"之学与物象描写的日常化及其内涵（当代性、地域性、专门实用性）、焦点物象与线索物象、"物象群"与"单物象"等，进而努力发掘这些新命题的学术内涵并构建其合理的逻辑关系。

本书的理论探索意识不只表现在对重大命题的发现与概括中，也体现在对具体描写的深究与阐发中，如在论述《金瓶梅》《红楼梦》时，刘紫云敏锐地注意到两部小说物质细节与思想主题间的反差，她认为：

> 就情节与主题层面而言，两部小说的作者无不以一种沧桑的姿态向读者宣布他们对人生虚幻本质的洞察；然而，另一种来自物质的喃喃低语，持续干扰着作者的高调宣言。对世间万物把玩描摹的孜孜不倦中，有着作者对世俗生活的热爱与眷恋。《金瓶梅》的作者热烈地拥抱了晚明的物质世界，《红楼梦》的作者则对那个曾经坚固的过去的一草一木皆投之以温情的目光。

这些探讨既有对小说史自成系统的周到考察，又有对经典名著的深度审视，无论宏观把握，还是微观分析，都颇具理论启发意义，有效地拓展了古代小说研究的空间，有助于对古代小说形象体系的总体把握，为物象描写的进一步研究提供有益的借鉴。

第二是物象描写研究的小说史意识。

事实上，从魏晋南北朝小说，到唐代传奇、宋元话本，物象描写由少到多，由略到详，由单纯物品到具有叙事意义的物象，渐进发展，有迹可循，至明中叶以后，白话小说兴盛，特别是世情题材作品流行，其间物象描写具体而充分，已成为小说发展水平的一个标志。对此，刘紫云有一个基本认识，她说：

> 以何种方式描写或叙述物象，在中国古代小说史中经历了一个不断生成、演化的过程。写物的传统，可以远溯至先秦，但在崇奇尚怪的文化观念影响下，反常之物、超常之物因其"怪""异"才为彼时的叙事所留意，平凡无奇的日常之物尚无"出头之日"。一直到明代中后期的世情小说中，物象不仅以其日常性获得认可和关注，而且被吸纳为日常叙事的必要成分。

我以为这一看法是持论有据的,在全书中得到充分的证明。

与此同时,基于物象描写的特点,刘紫云又自觉地"以微观小说史的横向梳理为主线",不仅揭示了物象描写的相承相续、不断更新,也阐发了不同作品间的细微差别,比如在论及"物象群"与"单物象"时,她结合具体描写指出:

> 《金瓶梅》更倚重物象群描写,对单物象尚缺乏十分自觉的选取与提炼。《红楼梦》在这方面付出了更多的努力,也贡献了许多成功的创作经验。

这一观点即从物象角度揭示了作品间的异同,有可能成为小说史整体演进的又一"物证"。

第三是对物象描写精细的艺术分析。

如前所述,以往学界对古代小说的物象描写的艺术成就不乏讨论,本书对明清小说中诸多具体物象描写进行了翻熟为新、化细为深的分析,其不俗之处首先表现在物象例证的撷取独具慧眼,往往有人所未及处。同时,刘紫云又将良好的艺术感悟和解析与深刻的理论思考相结合。我们知道,每一部小说作者的知识修养、题材特点、叙事重点、语体形式、表现风格等不同,在物象的描写及其功能的运用上,也各有不同。通过物象分析,可以更深入地把握小说作品形象体系的构建细节和叙述线索与过程,为审视与评价具体作品提供一个参照。而这正是刘紫云对物象描写的精细艺术分析所致力追求的方向,在讨论"焦点物象"时,她就将其与"节点性情节"放在一起考察,揭示出物象在表现情节冲突、人物关系等中的作用,如书中分析《红楼梦》第八回、第十九回的相关物象时,刘紫云指出:

> 从豆腐皮包子、枫露茶及至蒸酥酪,我们仿佛看到一座潜伏着、不断酝酿并寻找出口的火山,最终喷薄而出。与《金瓶梅》中荷花饼风波不同,上文这些物象描写,不仅每一个构成一个小的矛盾,而且三处合起来共同构成上升阶梯,层层累积的叙述最后构成一个整体性的矛盾,矛盾的双方也从两三个人之间演变成两类人之间。宝玉与李嬷嬷主仆间的矛盾倒在其次,更为根本的矛盾乃在于"女儿"与"女人"这两类人之间。

基于这一抽丝剥茧、逐步递进的分析,豆腐皮包子、枫露茶、蒸酥酪这些琐屑物象所具有的功能作用昭然若揭。书中通过物象描写对宝黛关系中黛玉心理的把握以及黛玉在前八十回与后四十回的人物场域比较，也入情入理、深中肯綮。

当然，刘紫云的研究既给人带来了眼界大开的欣喜，也带来更多的憧憬，昭示了日常物象描写研究可以进一步拓展的空间。仅从本书的阅读而言，就有几点我觉得大有可为的。

一是书中提出了诸多内涵丰富的命题，诸命题在互为印证与补充而相得益彰方面，犹有发挥的余地，一些概念如"物象群"等的意义实具普遍性，本书已有阐发，但限于篇幅，目前仍较多集中在《金瓶梅》等若干名著的个案分析中，为了充分彰显其理论价值，还可以推而广之，并在推广中得到进一步的强化。

二是物象描写与小说文体的关系研究也有待开掘。本书下编第七章即是从篇幅、结构、语言与创作观等小说文体要素入手，探讨物象与诸文体要素之间的互动关系，以及物象对小说文体风格形成的意义，这一研讨目前还是提纲挈领式的，还有值得深究的地方，同时，可以也应该引入的相关问题可能也还有一些。

三是如何在物象描写研究中，处理好跨学科研究的关系，也许还可以找到新的结合点、生长点。比如近些年，名物学、物质文化的研究较为热络，出现了不少可资借鉴的成果，刘紫云对此颇有所好，在本书中已有较成功的运用与发挥，如有关马盂、银鱼、眼纱、眼罩、瓦楞帽、头巾、纱帽等等的论述。她的研究也是一种启发，即在这方面也许还有更多可以展开的地方。

四是中外小说物象描写比较。回到开篇我提到的《大卫·科坡菲尔》中的"纽扣"，由于物质文化发展的特点与程度不同，中国古代服装似乎还没有普遍使用狄更斯笔下的那种"纽扣"，当然也就不会有相关物象，但传统的布制纽扣小说中也不时有所描写，如《红楼梦》中的如下例子：

> 宝玉笑央："好姐姐，你怎么瞧我的了呢。"宝钗被缠不过，因说道："也是个人给了两句吉利话儿，所以錾上了，叫天天带着，不然，沉甸甸的有什么趣儿。"一面说，一面解了排扣，从里面大红袄上将那珠宝晶莹黄金灿烂的璎珞掏将出来。（第八回）
>
> 黛玉因看见宝玉左边腮上有纽扣大小的一块血渍，便欠身凑近前来，以手抚之细看。（第十九回）
>
> 宝玉见他不应，便伸手替他解衣，刚解开了钮子，被袭人将手推开，又自扣了。（第二十一回）

如此等等,或实写,或比喻,都能反映出特定情景下人物的性格与关系。如果不是因了狄更斯的纽扣,我们可能只专注于宝钗的那个神秘的金锁,不会特别留意她还曾"解了排扣",而其中的艺术内涵,或许值得玩味。比如第十八回我们又看到,黛玉误以为宝玉把自己给他的荷包送人了,赌气铰了宝玉烦她做的香袋儿:

> [宝玉]因忙把衣领解了,从里面红袄襟上将黛玉所给的那荷包解了下来,递与黛玉瞧道:"你瞧瞧,这是什么!我那一回把你的东西给人了?"林黛玉见他如此珍重,带在里面,可知是怕人拿去之意,因此又自悔莽撞,未见皂白就剪了香袋,因此又愧又气,低头一言不发。

同样的珍重配戴,一个仿佛用慢镜头拍摄款款解开排扣,金玉良缘渐渐呈现,一个却忽略解扣,直写动作而活现情急之态,木石前盟情意满满。前后参照,中外对比,各呈其趣,俱见匠心。

如此看来,物象描写可能是我们打开小说宝库的一个"纽扣"。这也是我乐于向同好推荐此书的原因。

2023 年 12 月 3 日于奇子轩

目　　录

下编 象外之意:物象的文化意蕴与文体风格

绪论:作为小说构成要素的物象与日常叙事

一、研究对象的界定及价值

所有的艺术都是"介入在各种形象之中并通过形象运转的存在","在形象的伴随下走完全程",可称之为"形象的处理者"。① 从艺术的诸多门类与形象的关系来看,绘画是形象的艺术,对形象的依赖也最大。外部世界经由画家的选择、模仿、抽象和变形,构成形象,进入画面,成为绘画语言的基本组成部分。② 音乐作为以声音为媒介的艺术,声音本身无法直接呈现为某种形象,但却可借由独特的声音效果,间接地在听众的脑海里召唤出虚拟形象。③ 文学,就其对形象的依赖程度而言,介于绘画和音乐之间。文学作为艺术的一个门类,是语言文字的艺术。然而,有声的语言或无声的文字只是媒介而非目的,听众或读者最终接收的是语言符号的所指,以及由其所召唤出来的世界图像之间的逻辑关联,亦即形象思维和抽象思维的结合。当然,以音乐美取胜的韵文则另当别论,在那里声音本身成为意义和目的的一部分。④ 借助语言媒介对外在客观世界及其经验进行提炼和抽象是文学的一大命题,然而这种抽象不同于哲学的抽象那样完全依赖纯粹逻辑,文学的抽象更多地诉诸形象思维。文学的世界为纷繁复杂的形象所包围,形象是构成这一艺术世界的一大要素。一切以语言文字为媒介的文学体裁,都必然拥有一个潜在的形象体系或形象结构(figural structure)。之所以说潜在,是因为这个形象体系只有经由读者的阅读、想象进而被召唤出来才有意义。

"形象"一词可做狭义和广义的理解。狭义地讲,形象即一件一次性呈

---

① 陈中梅著,王天明译《从物象到泛象———一种文艺研究的新视角》,北京:社会科学文献出版社,1998年,绪论,第4页。
② 尽管现代绘画如超现实主义画派,提出要用绘画的形式呈现抽象的思想,但就中西绘画漫长的历史来看,形象思维仍然在绘画构思和创作中起主导作用。
③ 就西方古典音乐而言,这种偏于图像思维的尝试也是十分晚近的事情,一直到十九世纪末以德彪西为代表的印象派音乐才将视觉元素融入音乐创作中。
④ 伊恩·瓦特在《小说的兴起》中论及上层社会中诗歌以口头创作和传播的方式存在,朗读诗歌的声音本身构成了文学活动内容的一部分。

现出的可见或可感受的作品，比如一幅画或一件雕塑。狭义的形象亦可称为
"'空间'形象，因为它总是占有一定的空间以容纳自己"①。从广义上讲，
"形象则是一系列描述性场景的合成体"②。由于场景是一一出现且被依次
感受到的，所以，广义的形象亦可称为"时间"形象。文学作品中的形象，基
本可以归入广义的时间形象。就形象存在方式与人类感官之间的关系而言，
可分为视觉形象和非视觉形象。视觉形象对应于绘画、雕塑等空间形象，是
客观存在的可感物体；非视觉形象则对应于时间形象如音乐、文学中的形象，
是在创作者或者接受者心中召唤出的形象。绘画、雕塑、建筑等艺术门类的
媒介本身就是(视觉)形象，而文学、音乐的媒介如语言文字与乐音，则只是
形象的传递者、指示者，而非形象的载体。就客观程度而言，前一类艺术的形
象为实象，而后一类近于虚象。以文字为媒介的文学形象不同于以画面为媒
介的视觉图像或影像，二者最大的区别在于文学形象由想象和记忆产生，而
视觉图像则更多地依赖于感官视觉效果。在文学作品中，经由语言讲述或文
字记录而生成的形象，不如绘画稳定明晰，但也不似音乐般漂浮虚幻，而是处
在一个中间状态，具有较强的可塑性。

　　在抒情文学作品中，形象及其体系一直较受重视，正如古典诗词研究中
对意象的关注。已有的研究充分揭示出意象之于诗歌艺术的重要性，并且对
意象在抒情传统中的基本功能也有较为清晰的把握。但是，有关小说中的形
象、结构及其功能、意义等问题，到目前为止仍缺乏充分、系统的探讨。

　　小说的形象体系，是文学人物(literary character)和文学物质(literary ob-
ject)形象的总和。以往对人物形象的研究已经较为充分了，相比之下，物质
形象(下文简称"物象")研究则显得捉襟见肘。这并不是说物象研究一向付
之阙如，而是大部分已有研究基本不在小说形象体系或小说构成要素的框架
内进行。

　　就词源学的本义而言，"物象"指的是一切的外界事物。曹植《七启》有
言："耽虚好静，羡此永生，独驰思于天云之际，无物象而能倾。"魏晋玄学推
进了自我主体与外界客体在认识论上的明晰化。当然，本书所要研究的"物
象"，不是认识论上的概念范畴，也不是作为客观物质存在的外界事物，而是
经由小说家的选择进入小说文本、以语言文字的媒介表现出来的文学形象。

　　学界已有的对"物象"这一概念的界定和使用，是在古典诗学核心概念
"意象"的生成脉络中进行的，因此，对"物象"的认识经历了从无到有、不断
深入的过程。杜书瀛《文学物象》一文从诗学、美学的角度阐释物象，以为物

①　陈中梅《从物象到泛象——一种文艺研究的新视角》，绪论，第5页。
②　陈中梅《从物象到泛象——一种文艺研究的新视角》，绪论，第5页。

象乃从诗歌意象发展而来,"获得了语言文字物质表现的文学意象,就是文学物象",也就是"文学意象的外化和物化"。① "物象"的"物"被落实在了"象"的表现形式——语言文字上,而非"象"的内涵上。物象与意象的区别仅体现在载体与表现方式上,"意象"停留在作者脑海里而不为外人所窥探,读者所接受、研究者所讨论的只能是"物象"。这一从创作角度出发的界定和区分难免会引起表述上的不便和混淆。这里就混淆了从创作角度和从接受角度出发理解的"意象"。当我们从接受层面讨论诗歌意象时,不排除甚至很多时候我们都在讨论已经付诸文字的"意象",而非诗人脑海中的那个"悬而未决"的"意象"。即便从创作角度,当我们讨论诗人如何构思"意象"时,也更多地侧重于从思维状态提炼为文字形式的"意象",而非那个完全"不落痕迹"、缠绕在诗人脑海中的"意象"。

值得注意的是,在对诗歌形象体系的探讨中,蒋寅《语象·物象·意象·意境》一文中对"语象"和"物象"进行了更为明晰的界定和区分,他指出"语象是诗歌本文中提示和唤起具体心理表象的文字符号,是构成本文的基本素材",而"物象是语象的一种,特指由具体名物构成的语象"。② 这一界定以"语象"代替传统的"意象",并且在"语象"的范畴内界定"物象",强调要将物象同其经验原型区分开。文学是以语言文字为媒介的艺术,文学形象并不能简单等同于它们的现实经验原型。作为语象之一种的"物象"这一概念,亦适用于小说形象体系的讨论,但需稍做扩充。这样就从媒介的角度将物象纳入语象之中,同时又通过内涵界定将物象同其他语象区分开了。蒋寅还进一步论述"物象包含在语象概念中,意象则由若干语象的陈述关系构成"③,由于物象是语象的一种,因此物象可以进一步构成意象。至此,我们可以下这样的定义,即物象是以一切自然客体和人工制品等具体物质形态为经验原型或在此基础上进行虚构,最终以语言文字为媒介所呈现的物质形象。

在最近几年的诗歌理论研究中,一些学者在蒋文所界定的物象概念基础上,进一步探讨了物象与意象的关系。例如,高晓成在《试论晚唐"物象比"理论及其在诗歌意象化过程中的意义》一文中深入探讨唐宋诗学对"物象"的"发现"及其与"意象"的关系。高文指出,在"意象"尚未被提炼出来的中晚唐至宋初的诗歌理论中,集中出现了一类专门讨论"物象"与政治、道德等相关的"人事"之间关系的内容。"物象的使用决定一首诗的总体特质——

① 杜书瀛《文学物象》,《文艺研究》1987 年第 6 期,第 31 页。
② 蒋寅《语象·物象·意象·意境》,《文学评论》2002 年第 3 期,第 74 页。
③ 蒋寅《语象·物象·意象·意境》,《文学评论》2002 年第 3 期,第 73 页。

这可以说是晚唐五代时期出现的一个重要诗歌理论。"①运用物象进行象征、比喻的"物象比"诗歌理论,构成了古代诗歌语言"意象化"的基调。"物象比"的运用使得人们在读诗的时候,会产生本义之外的"比喻义"的联想。"这种能够使人产生本义之外联想的诗性物象就具备了'意象'概念的最基本特征。"②基于此,高晓成认为,意象乃是诗意化的物象。不仅如此,意象和物象在表达方式和意图指向上也有区别,"从中唐直至晚唐五代时期,由于时局的恶劣,与盛唐诗人多用'柳''月'等意象表达情感不同,诗人们用'物象'比喻与政治、道德相关的'人事'越来越常见,成为意象使用的一个特殊时期"③。也就是说,与意象的抒情功能不同,物象可能还具备指涉、象征、叙事、议论等更丰富的功能。在蒋寅提出的语象基础上,高文通过对本土诗歌理论话语的梳理,将对物象与意象关系的讨论从平面的共时性的层面引向更为立体的历时性的深度。尤其是高文对"物象比"构成机理的分析以及对诗歌形象体系的拓展,为本书从叙事学角度分析物象之于小说之功用提供了立论的基础。

物象不仅出现于诗词歌赋等抒情文体中,也出现在小说戏曲等叙事文体中,是文学形象世界的重要构成部分。无论是从作者创作的角度还是从读者接受的角度看,物象的现实经验原型或虚拟经验原型都是可为人类所感知、认识,或符合人类认知规律的物质。例如,作为物象的妆镜,在现实生活中能找到其对应物,作者对该物象的描写以及读者的接受,正是以现实生活中的经验为基础的。然而,还有很多小说物象,往往缺乏现实生活中的对应物或相似物。例如,《红楼梦》中的冷香丸,按照小说中交代的极其繁复、讲究的制作方法,与其说是对现实的模仿,不如说是基于现实的创造,属于文学的虚构物象(fictional objects)。尽管在现实生活中找不到其经验原型,但这一类虚构物象的设计,仍假设存在一个潜在的或虚拟的经验原型,而这一虚拟经验原型势必要符合我们的认知规律,因而其形象是可为读者所认知、想象并创造的。想象力的运用,是这一类虚构物象被作者捕捉并被读者感知的前提。"想象依据记忆,而记忆依据现实的现象。"④一旦人的认知、感受为想象力所重塑,就没有什么物象是不可能的了。毕竟,想象力可以让作者在文本的世界中创造万物、随物赋形。超常物象的构思、设计,皆拜想象力之赐。例

① 高晓成《试论晚唐"物象比"理论及其在诗歌意象化过程中的意义》,《文学评论》2016 年第 6 期,第 45 页。
② 高晓成《试论晚唐"物象比"理论及其在诗歌意象化过程中的意义》,第 46 页。
③ 高晓成《试论晚唐"物象比"理论及其在诗歌意象化过程中的意义》,第 42 页。
④ [苏]康·巴乌斯托夫斯基著,李时译《金蔷薇》,上海:上海译文出版社,1980 年,第 164 页。

如,小说中的照妖镜、火浣布,虽然镜和布都是寻常之物,但具有照妖功能的镜子、具有辟火功能的布料,却超出了日常、现实的生活经验;而其超常之处,正是想象力对现实、日常经验的加工与创造。因此,无论是对日常物象还是超常物象的描写,都建立在人类感知、认知的规律基础上,亦即它们都是具体可感的,或者模拟出一种可感性;这种可感性可以基于作者或读者既有的生活经验,也可以凭借调动作者或读者的想象力来实现。

较之可以言说和行动的人物,物象更像是沉默、被动的存在。然而,物象的存在不是孤立的,因此也不是绝对静止的。某个或多个物象总是处在过去、现在或未来与人物发生关联的状态中,具备潜在或显在的参与人物言行的可能性,并且为人物所身处的虚构世界制造出一种逼真感。因此,对物象的探讨,不能脱离物象出现的上下文,相反,要详察其所涉及的动态过程和互动关系。例如,食物作为一类物象,常常出现在祭祀、宴饮等动态场景中;探讨作为物象的食物,就不能将其同祭祀、宴饮等动态叙述剥离开,而要在具体语境中留意饮食物象的描写及其作用。

依上述界定的内涵,物象基于现实生活且大于现实生活,几乎无所不包。然而,为了行文的方便,我们有必要对物象的外延划定更为明晰的界线。物象作为一种文学形象,如前文所述,是一种广义的时间形象,但是,就其字面内涵而言,其本质是空间性的存在。当然,这种空间性的存在,不是指存在于现实生活空间,而是指存在于塑成形象的想象空间。在这个意义上,以语言媒介呈现的物象兼具时间性和空间性。基于此,物象可以在文本的想象空间内不断扩大规模,直至变成某种文学空间。也就是说,任何文学空间都是由更小单位的物象所构成的,例如小说中经常写到的宫观寺庙、花园后院、邸旅客船等。不过,我们可以分析构成文学空间的某一物象或若干物象,却不能将文学空间等同于物象,毕竟文学空间是构成这一空间的众多物象和参与此空间的人物及其活动的总和。比如,大观园这一文学空间,不仅包含其涵纳的诸多物象——花草树木、亭台楼榭等,还包含大观园中的少男少女以及他们在大观园内的各项活动。

综上所述,物象是语象的一种,广泛出现于一切文学作品中。在古典诗歌传统中,物象是构成意象的基础,是最小的形象单元。中国古代诗歌素有"托物言志"的传统,因此,物象在诗歌传统中便逐渐被合理化为言志抒情的同盟。在咏物诗中,虽然不乏对物象细节的具体描写,但其存在的意义却指向物象之外,即物象所具备的象征意义或转喻意义。这样一种对物的观看方式和写作态度,反过来又塑造了读者对物象的抒情化、哲理化解读。正如格非所言,"中国传统文学中的'物象',因其在相当程度上被文化化和历史化,一个单独的物象往往承载着极为丰富的文化意指和历史掌故,加之时代变化所赋予意象的转喻,真正的'物'或'风景',倒反而湮没不见了"①。与诗歌传统不同的是,物进入小说的方式以及小说家对物象的积极或消极态度,更多地取决于叙事的需求,当然,也存在超乎叙事需求之外的小说家个人好恶的可能。

物象之于小说的重要性,虽不能同意象之于诗歌的核心作用相提并论,但也绝非可忽略不计者。对其重要性认识之深浅往往与研究的成熟程度成正比,物象的重要性之所以未被充分认识,很大程度上也是由于相关研究不够系统、充分,导致对物象在小说中的作用只有一些支离破碎的模糊印象。物象的外延十分宽泛,可谓无所不包。讨论所有小说中的所有物象,不可能亦无必要。有鉴于此,本书拟以明代中后期到清代中期世情题材小说中的日常物象为中心,探讨其与明清小说日常叙事的关系。

所谓日常物象,乃相对超常物象而言。超常物象,特指具备神奇功能的物象,即可超越日常时空、日常经验或日常实用功能。超常物象往往具备宗教来源或背景。据刘卫英《明清小说宝物崇拜研究》一书对神魔小说宝物的追根溯源,宗教(主要是佛道)背景及其与宗教人士千丝万缕的联系是宝物来源上的共同特点;而来源上的宗教性又为宝物的超常神奇功能提供了充分的理由,神奇功能反过来为宗教的不同凡响做了图解。学界对宝物的关注已经较为充分,已有上述论著专门讨论。本书要考察的不是这一类具备宗教背景神奇功用的超常物象,而是与此相反的日常物象。日常物象的出现与发展,与叙事的日常化或日常叙事的发生、发展过程互为表里。因此,对日常物象的探讨,主要是在日常叙事的框架下展开的。有别于传奇叙事,日常叙事指的是以世俗的日常生活及其经验为人物行动的背景或依据的叙事作品。这类作品从题材上看,基本上属于世情题材。日常物象,从小说故事层面进行分类的话,主要包括饮馔、服饰、器用、陈设等日常生活不可或缺的内容。但是,本书不以小说故事层面的分类作为结构框架的原则,而意欲从小说话语层面即叙事的层面对日常物象进行分类和研究。

日常物象在叙事文学中的大量涌现,始于明代后期的白话小说。其中,《金瓶梅词话》开启了长篇小说日常叙事的新征程。这与明代中后期的思想氛围、商业出版以及城市文化息息相关。通俗小说与日用类书、文人雅趣指南等通俗读物共同受益于商业出版文化,也共同根植于城市娱乐文化。通俗小说与通俗日用类书共享着日常生活领域的知识和经验,彼此之间存在诸多

---

① 格非《文学的邀约》,北京:清华大学出版社,2010年,第158页。

互动关联。不少通俗小说中的饮食服馔描写,能够在日用类书中找到相应的知识分类与说明;反过来,日用类书中的某些知识与经验,可能会被小说家照搬或改编入小说中。有关日常生活物品的制作和保存的知识曾经被掌握在专业人士手中,而彼时则经印刷流通而广为人知。鉴于明代中后期日用性书籍与世情题材小说创作之间的关系,明代中后期理应成为本书的起点。世情小说在明代中后期诞生了横空出世之作如《金瓶梅》,在清代中期则又迎来另一个经典迭出的高峰期。作为世情小说一脉的集大成者,无论是在家庭题材的处理上,还是在具体而微的物象描写上,《红楼梦》对《金瓶梅》都有着内在继承关系,可谓"深得金瓶之壶奥"。从物象参与叙事的角度来看,《红楼梦》不仅继承了《金瓶梅》中已有的范式,还开创了与《金瓶梅》不同的新范式,可谓有过之而无不及。以《金瓶梅》和《红楼梦》作为起讫点,亦即以明代中后期和清中期为起讫点,可以勾勒出日常物象在世情小说中的共同范式与演变轨迹,也可以帮助我们从微观角度观察世情小说叙事形态的基本范式及其丰富的变化形式。清代后期以及晚清的世情小说虽然亦新作迭出,但彼时的小说创作开始受到西方的影响,已与本土的传统小说有所区别。考虑到种种差异,本书将考察范围主要限定于明中后期至清中期的世情小说。

　　这一时期的世情题材小说,为我们提供了关于日常生活及其经验的丰富样式,是探讨日常物象的绝佳范本。世情小说,一般指以世态人情为题材的长篇章回小说。世情题材的小说,以长篇章回小说为主,还包括短篇话本小说。之所以将日常物象的探讨限定在这一时期的世情题材小说尤其是世情小说范围内,主要基于这三点考虑:首先,世情题材与日常生活、世俗经验关系至为密切。世情小说对世俗日常生活的表现,无论从广度还是从深度上讲,都超出了此前神魔、历史演义、英雄传奇等题材。其次,世情小说大多属于写实主义的作品,那么,在写实主义风格中呈现的物象以其写实性和日常性,有别于其他题材小说中具有神奇功能或宗教来源的超常性物象。最后,世情小说多借助日常物象来组织情节、建构人物场域,日常物象是叙事的重要成分。因此,本书以明中后期至清中期的世情小说尤其是经典作品为主要研究对象,辅之以同时期世情题材的短篇话本小说。

　　与诗歌研究传统中对意象的讨论不同,本书并不限于在语言层面上讨论日常物象的生成及其诗学或美学意义,而将结合其所指涉的作为客观存在的或虚构的经验原型的具体形制和特征,从叙事学的角度分析相应的日常物象在小说话语层面或显或隐的作用,并从文化学、文体学的角度阐释日常物象在小说意义与文体生成过程中的文化意蕴。

二、研究综述

与本书相关的研究成果主要包括三类：一、物象的叙事功能研究；二、小说名物考证研究；三、物的理论与物质文化及社会文化史研究。第一方面的研究成果较少，对文学物象的研究多侧重对诗学传统的发掘，对叙事传统中的物象则较为忽略，尤其是理论建构方面，围绕诗歌意象的诗学理论已经较为成熟，而小说物象则仍缺乏较为系统、成熟的理论。第二方面的研究主要以文史互证的方法进行，即先以文检史，钩沉与小说名物相关的史料，再以史证文，论证小说描写与史实的离合程度。这方面的研究做得足够细致深入者，很可为文学的解读添翼增色。第三方面的研究，就范围而言，较为驳杂，本书将择要论之。

1. 物象的叙事功能研究

从文体上看，每一种诗体都有较为具体的形式规范，在一个十分有限的篇幅内，诗歌对意象的安排要服从于十分严格的音律、字数、主题等方面的要求，因此同一意象很少在同一篇内多次出现。然而，小说中的物象则不然。小说虽然也有各自的体制要求（如传奇、话本、章回长篇），但由于其篇幅较长、形式亦较为自由的优势，小说中物象的安排比较自由，主要服从于叙事上的需求，甚至，在必要的叙事中，物象还多次重复出现。笼统而言，小说中的物象具备较强的叙事性。但是，当章回小说这一文体被高度文人化之后，抒情性因素随之渗透到小说叙事中，物象的选择和运用开始受到抒情目的驱使，"物象"出现抒情化倾向而演变成"诗性物象"①，这一点在《红楼梦》中表现得最为突出。然而，就明代中后期小说而言，以叙事为指向的物象不容忽视，其重要性有甚于抒情性意象。由于受抒情传统的影响，许多研究者仍然袭用"意象"一词来概括以叙事为指向或叙事性较强的物象，将抒情功能强加于叙事之上，既不能很好地揭示叙事上的亮点，又过度发挥了抒情性论述。比如张扬《横也丝来竖也丝——试论〈金瓶梅〉中的巾帕意象》一文，将《金瓶梅》中的巾帕升华为"意象"，统计其出现的次数，认为"意象批评与研究常见于诗歌、戏剧，在小说方面则相对薄弱。小说是以叙事为主体的综合性艺术，意象的运用既能增加作品的诗意美，丰富作品的意蕴，又可以在平淡的叙述

---

① 高晓成在《试论晚唐"物象比"理论及其在诗歌意象化过程中的意义》一文中提出"诗性物象"这一概念。高文认为，诗性物象能够使人产生本义之外的联想，具备了"意象"概念的最基本特征。反之，意象乃是诗意化的物象。

中创造出一个又一个叙事亮点,给读者一次又一次审美刺激"①。然而,论者将巾帕这一物质载体在现实文化语境中的传情功能同小说家对此物象的情感寄寓混淆在一起了,或者说将小说人物借巾帕传情等同于小说家借巾帕抒情了。因此,"意象"这一概念实际上是落空了。可见,"意象"这一概念不足以也不能用来统摄小说中的物象;叙事性较强的物象,应该从叙事逻辑的角度来解释其文学功用。

　　小说物象的叙事性,即指小说物象具备叙事功能。李鹏飞《试论古代小说中的"功能性物象"》一文便从这个角度入手,提出"功能性物象"这一概念,从宏观叙事层面(结构和情节)、微观叙事层面(亦即"叙事肌理")、小说主题和人物性格这三大方面对小说物象的叙事功能进行总结。一是物象在小说内部结构(时间、空间)与情节等宏观叙事层面中的作用。在长篇章回小说中,无论是在主要以空间次序为内部结构原则的《西游记》中,还是在主要以时间次序为结构原则的《金瓶梅》《林兰香》等小说中,物象的运用都在结构的层面进一步加强了小说各个部分之间的联系,使得"分布于全书中的数个故事互相交织而不致混乱,前后呼应而又各成一体,结构严密而又叙次分明"②;同时,物象还可以是情节的推动力,成为结构与情节共享的线索、共同的核心,在短篇话本中有较多的体现。二是物象在微观叙事层面的作用,"微观叙事"这一概念与浦安迪所提炼的叙事结构之外的"叙事肌理"相近,即这一类物象虽然不能在结构、情节上有所作用,但却能贯穿、照应前后,使得叙事更为缜密连贯,典型者如才子佳人小说中的男女信物与公案小说中的线索物。三是物象的象征性意义,即"意象化"的物象,主要在小说主题表达、人物性格和思想情感等方面发挥作用,比如《红楼梦》中的"通灵玉""风月宝鉴"等。李鹏飞有关小说物象叙事功能的讨论有诸多可资借鉴之处。此外,杜贵晨《中国古代以"物"写"人"传统的形成与发展——以"紧箍儿"、"胡僧药"与"冷香丸"为例》一文,如题所示,撷取《西游记》《金瓶梅》和《红楼梦》中的三种物象,讨论中国古代小说"以物写人"的传统,③抽离了具体的历史语境,只通过三个孤立的例证便推导出从《西游记》到《红楼梦》的"以物写人"创作手法的演进,则未免略显单薄。

　　有关小说物象的整体研究,除了上文所述之外,比较突出的还有刘卫英

---

① 张扬《横也丝来竖也丝——试论〈金瓶梅〉中的巾帕意象》,载黄霖、杜明德主编《〈金瓶梅〉与临清——第六届国际〈金瓶梅〉学术讨论会论文集》,济南:齐鲁书社,2008 年,第 375 页。
② 李鹏飞《试论古代小说中的"功能性物象"》,《文学遗产》2011 年第 5 期,第 123 页。
③ 杜贵晨《中国古代以"物"写"人"传统的形成与发展——以"紧箍儿"、"胡僧药"与"冷香丸"为例》,《河北学刊》2012 年第 3 期,第 88—92 页。

的《明清小说宝物崇拜研究》（北京：中国社会科学出版社，2008 年）一书。不过，此书以明清神魔小说为主要研究对象，是一个结合文化视角与民俗学视野的交叉学科研究。上编写宝物在神魔小说中的表现及其功能，基本上采取普罗普研究民间故事的范式，即对宝物形态和功能进行分类，确定了宝物描写的几种情节模式，并从人物形象塑造的角度讨论宝物的叙事功能；下编则主要从"宝物崇拜"的文化视角出发，将明清神魔小说中对宝物等物象描写与社会文化心理以及宗教、民俗研究相结合，分析宝物在神魔小说中大量出现的原因，包含了明代心学背景，明清民间宗教跨地区、阶层传播，以及明代朝野改良军事武器的呼声等因素。可以说，前半部分与文学研究相关度大一些，但其所采用的民间文学的研究范式，即对宝物模式化情节和功能的分类，不适用于本书所要重点讨论的世情小说。

新近出版的袁书菲（Sophie Volpp）《小说的本质：明中期至清中期的文学物象》（ *The Substance of Fiction: Literary Objects in China, 1550–1775.* Columbia University Press, 2022）一书，提炼出"虚构物"（fictional object）等概念，将"文学物"（literary object）区分于现实生活中的真实物。全书围绕两个问题展开：一、如何利用物质文化研究照亮文学文本？ 二、虚构物作为一种文学物，在帮助我们理解明清时期的虚构概念时，扮演一个什么样的角色？ 作者试图通过一系列个案——冯梦龙笔下蒋兴哥的"珍珠衫"、杜十娘的"百宝箱"、《金瓶梅》中西门庆的"蟒袍"、李渔笔下的望远镜、《红楼梦》中贾宝玉的玻璃穿衣镜，探讨更具整体性和普遍性的问题，即文学物象对明清小说虚构性的观念化过程所起到的作用。

有关古代小说物象的总体研究并不多，有趣的是，现当代文学的研究者倒比较关注小说物象问题，研究的对象从五四作家鲁迅、郁达夫、废名到1930 年代海派作家穆时英、张爱玲、沈从文，再到当代小说家苏童等创作中的物象；此外，法国新小说派格里耶的作品《窥视者》以其富于象征意味的物象而屡屡为论者所乐道[1]。柯贵文比较系统地梳理了从 1920 年代到 1940 年代中国现代小说物象的变迁，他在《1920 年代女作家群小说物象论》一文中

---

[1]　论者以为："物象是《窥视者》中真正的重头戏，书中多次出现了 8 字形状的事物、路边动物的死尸、手表、马弟雅思的戒指、广告牌、灯塔、江上漂浮的杂物等，这所有零碎的事物杂七杂八的铺面而来，一会夹在对人物的描写之中，一会凝结在一起形成一个篇幅很大的描写，把时间、情节、人物形象等统统都掩埋了。看起来它们与整个事件以及事件中的人没什么联系，但在烘托气氛，衬托人物心理活动方面起到了很大作用。"此外，物的重复也是小说的一个叙事手段。参见龙臻《物象与疑点构成的新小说——浅析格里耶作品的艺术手法》，《青年文学家》2010 年第 1 期，第 38 页。

根据物象的性质和功能又将其分为"实象""比象"和"兴象"三种类型①。他认为,"物象在中国诗歌发展中有一个不断被淡化的过程,但小说却为之保留了巨大的生存空间"②。以 1920 年代女作家的创作为例,柯贵文认为,这实际上只是抒情散文向现代小说的过渡形态,在小说物象的使用上更注重"兴象"(近于诗歌中的"意象")而忽略"实象",并没有超出抒情传统的"意象"范畴,而"实象"尚未受到应有的重视。柯文接着指出,"殊不知,这些在抒情气息浓郁的传统文学中看似无用的实象,在强调写实的现代小说中却有着独特的意义。其功能不仅在于对现实世界的客观描摹,更在于这些实象本身包含着丰富而隐秘的时代、地域、民族、宗教以及个人的信息,它们正是构成小说三要素之一的'环境'的最重要的因素。没有这些实象,要想实现准确的写实是不可想象的"③。"兴象多而实象少,一方面是传统文学的潜在影响所致;另一方面也根源于女作家们视野狭窄、对现实社会了解有限。"④

1930 年代小说物象描写经历了一个较大的变迁,"最外在的表现就是物象的诗性特征大为削弱"⑤。这个变化,很大程度上得益于海派小说的兴起,尤其是"新感觉派"将十里洋场的都市生活纳入小说写作。虽然废名、沈从文等人皆致力于以意象化的物象来建构小说的抒情性,但就物象与小说的整体关系而言,"物的诗性特征被作家日渐淡忘,物的客观存在性却得以凸显;物象的意象化之路走向式微,而其在小说中的存在空间却没有因此而缩小,反而得到了更大程度的拓展"⑥。小说的内在特征亦为之一变:由主观的感伤抒情走向客观的冷静写实;由营造主客和谐的意境走向对社会现实的真实描摹。

"五四"以来白话小说确立了一种新的传统,许多小说家不再接续自明代以来的章回长篇的传统,而是另辟新径,转而学习西方十八世纪以来的小说传统。陈平原在《中国小说叙事模式的转变》一书中将传统小说叙事模式的转变往前推到了晚清,而转折的契机和动力,很大程度上还是源自舶来的西方小说这一参照系。"新感觉派"便是一个极佳的诠释。然而,张爱玲的

---

① 其中,"实象"指的是尚未融入主体情意的"客观物象",其与"实物"之间是直接对应的关系,亦即是实物的符号化,其功能主要在于对物质世界的客观摹写;在物我关系中,它以"我"的缺席与物的突显为特征。参见柯贵文《1920 年代女作家群小说物象论》,《五邑大学学报》2012 年第 3 期,第 34 页。
② 柯贵文《1920 年代女作家群小说物象论》,《五邑大学学报》2012 年第 3 期,第 34 页。
③ 柯贵文《1920 年代女作家群小说物象论》,第 37 页。
④ 柯贵文《1920 年代女作家群小说物象论》,第 37 页。
⑤ 柯贵文《1930 年代中国小说物象论——以沈从文、茅盾、穆时英为例》,《文艺争鸣·史论》2009 年第 3 期,第 106 页。
⑥ 柯贵文《1930 年代中国小说物象论——以沈从文、茅盾、穆时英为例》,第 106 页。

写作却融合了中西方小说的传统。在文体和叙事技巧方面,张爱玲受西方小说的影响较深;但在意象和物象等深层文化方面,中国古代小说的影响也不可忽视。她对《金瓶梅》《红楼梦》极为熟稔,对这两部小说的物象也有十分独特的理解;于张爱玲笔下的女性人物(如葛薇龙)而言,物质细节"便使她想起人生中一切厚实的、靠得住的东西"①,"只有在这眼前的琐碎的小东西里,她的畏缩不安的心,能够得到暂时的休息"②。那么,从张爱玲对传统小说物象描写的借鉴、发挥这一点看来,明清世情小说在物象的运用上确实有诸多值得探究之处。

就有关古代小说物象的研究现状而言,针对某一部小说作品所进行的局部研究和个案研究较为充分。例如,赵毓龙在李鹏飞所提出的"功能性物象"基础上,采用个案研究法,分别对《金瓶梅》与《红楼梦》中的"箱笼"和"手炉"两个物象进行叙事功能与文化意蕴等方面的阐释。③ 欧丽娟在对《红楼梦》的研究中提炼出"以物为谶"的叙事手法,即以小物件暗示、关合男女婚恋,并将此一手法追溯至才子佳人小说。然而,有别于才子佳人小说,曹雪芹将这一手法与正统礼法观相结合,通过对人物婚恋的成败设置透露正统礼法的规约作用。欧丽娟综合考察了《红楼梦》中"男女之间的亲密结合"的情节,并概括为"联姻"(正式定亲的婚姻关系)、"关情"(只有纯粹的情感交流)、"涉淫"(有肉体的交合关系)三种类型。值得注意的是,"这样的区分可以更明确地看出《红楼梦》的婚恋观,特别是在这三种关系中,都有小物件的存在,以发挥连结双方的功能;但以物为谶的情况,就只发生在'联姻'一类上"④。欧丽娟进一步得出,由于"关情"与"涉淫"均不属明媒正娶,不合礼法规约,故以小物件关合的恋情皆以离散告终;而经由"父母之命,媒妁之言"的"联姻",除了尤三姐与柳湘莲之外,则皆修得正果。⑤ 虽然欧丽娟仍然使用"物件"这一概念来指涉小说中的物象,但她对"以物为谶"手法与曹雪芹礼法观念之关系的探讨,将物象功能的探究从叙事层面引向了更深的文化层面。

在外国小说物象的文学文化研究方面,巴赫金(1895—1975)的《拉伯雷小说中的物质—肉体下部形象》一文具有开创意义。此文是其论著《拉伯雷

① 张爱玲《沉香屑:第一炉香》,载《倾城之恋》,北京:十月文艺出版社,2006年,第297页。
② 张爱玲《沉香屑:第一炉香》,载《倾城之恋》,第302页。
③ 赵毓龙《"箱笼":〈金瓶梅〉女性书写的"功能性物象"》,《求是学刊》2017年第4期,第112—119页;赵毓龙《至平实至奇:由"手炉"看〈红楼梦〉日常物象的叙事功能》,《红楼梦学刊》2017年第5辑,第63—80页。
④ 欧丽娟《大观红楼1:欧丽娟讲红楼梦》,北京:北京大学出版社,2017年,第359页。
⑤ 欧丽娟《大观红楼1:欧丽娟讲红楼梦》,第375页。

的创作与中世纪文艺复兴时期的民间文化》的一章。① 巴赫金试图从中世纪
文学传统和民间文化的立场来解释《巨人传》中频繁出现的"地球的下部"形
象以及"人体的下部"形象。"地球的下部"即阴曹地府形象，而"人体的下
部"则是"物质—肉体形象"，构成小说形象体系的主体部分。巴赫金通过对
民间文学传统的梳理推论《巨人传》中大量出现的"物质—肉体形象"与中世
纪民间狂欢节的丑角表演脱冕和怪诞现实主义的"降格"手法一脉相承。在
怪诞现实主义的"降格"中，一切神圣崇高的事物都要从"物质—肉体"下部
角度加以重新理解。最典型的当属《巨人传》主人公高康大擦屁股的情节，
拉伯雷列了一长串用来擦屁股的物品，从围脖、耳套到三月大的小猫等出人
意料的长单。物品被用来擦屁股，这首先是对它的降格、脱冕，而脱冕又使得
物品的陈腐形象得到革新。"出乎意料的用途迫使人们从新的角度看待这
件物品"，"物品的形象在这里摆脱逻辑联系和其他涵义的制约纷至沓来"。②

　　拉伯雷对日常生活用品的脱冕和革新，乃是为进一步对另一种秩
序——基督教的天堂地狱观——进行脱冕做准备。拉伯雷先对基督教教义
中圣徒在天堂永享清福的段落进行戏仿（讽刺性模拟改编），接着又从生理
解剖学角度论证"灵魂的享受深深沉浸于肉体，沉浸于肉体的最下部"③。借
由这两个步骤，拉伯雷对中世纪世界观的最主要原理进行脱冕，从"物质—
肉体"层面加以革新。在巴赫金的研究中，"物质—肉体形象"被放置于脱冕
的序列中加以理解，"使世界更贴近人，贴近人的肉体，使任何物品都能从各
个侧面触动和抚摸，能深入内部，能上下翻转，使人同随便什么崇高和神圣的
其他现象都能进行对比、分析、掂量、衡量、比试，而且所有这一切都是在物质
感觉经验的同一层面上进行的"④。

　　巴赫金对"物质—肉体形象"的研究成果不具备直接参考的价值，但他
的研究方法却十分值得借鉴。他没有像同时代的研究者那样从道德角度批
判《巨人传》中所谓"猥亵"的描写，相反，他认为这种读法是在产生《巨人传》
的母体文化失落了之后才出现的，是一种现代的读法。巴赫金尝试还原诞生
这种描写的历史语境，从民间文化的母体中寻找"物质—肉体形象"的源头，

① ［苏］巴赫金著，钱中文译《拉伯雷的创作与中世纪文艺复兴时期的民间文化》，《巴赫金全集》（全7卷），石家庄：河北教育出版社，2009年第2版，第6卷，第六章，第421—499页。
② ［苏］巴赫金《拉伯雷的创作与中世纪文艺复兴时期的民间文化》，《巴赫金全集》，第6卷，第六章，第426页。
③ ［苏］巴赫金《拉伯雷的创作与中世纪文艺复兴时期的民间文化》，《巴赫金全集》，第6卷，第六章，第433页。
④ ［苏］巴赫金《拉伯雷的创作与中世纪文艺复兴时期的民间文化》，《巴赫金全集》，第6卷，第六章，第436页。

并揭示其在当时所蕴含的积极的历史意义。因此,本书对明中后期世情题材小说中物象的研究,也必须放到同时期商业经济的发展、出版业及其日用之学的兴盛这一历史文化环境中加以考察。

2. 小说名物考证研究

对小说名物的考证研究,由于世情小说与世俗生活、物质生活联系较为紧密,因此也成为主要的研究对象。尤其是围绕《金瓶梅》和《红楼梦》的相关研究,无论从数量还是从质量上看,都较为丰富和成熟。

在相关的专著、论文集或硕博士学位论文中,与本书的物象话题较为相关的是传统名物的考证研究。以《金瓶梅》的名物考证为例,较早的当推姚灵犀《瓶外卮言》(天津书局,1940 年)中的《金瓶小札》,以札记体形式对《金瓶梅》中的名物、习尚等做出较为简短的文献钩沉和注解。二十世纪八十年代以后,出现了一批考证专著,如蔡国梁的《金瓶梅考证与研究》(陕西人民出版社,1984 年)和陈诏的系列研究如《〈金瓶梅〉六十题》(上海书店出版社,1993 年)、《金瓶梅小考》(上海书店出版社,1999 年)、《红楼梦小考》(上海书店出版社,1999 年),分别汇集了他们自 1980 年以来在期刊上所发表的考证文章。"小考"二书皆以《金瓶梅》《红楼梦》中大大小小的知识点作为考证对象,引述一些相关度较大的文献资料做出更为详尽、充分的说明。《金瓶梅考证与研究》一书对《金瓶梅》中的笑话、传说、急口令、宝卷、歇后语、谚语等俗文学进行考究,另外还对小说中出现的磨镜、画裱、银作、雕漆、织造等明代技艺补充更详细的资料。张瑞泉《〈金瓶梅〉服饰小考二则》(1990 年)考证了"补子"和"网巾",论述西门庆身居四品,却穿着二品武官的"狮子补服",印证了明代后期的服饰僭越现象。①

有关《红楼梦》物质细节的考证,以邓云乡的研究为最。他对《红楼梦》第四十九回平儿所戴虾须镯的考证可谓细致入微。首先,作者援引《天水冰山录》的材料论证虾须镯即明清人所言之"折丝""累丝"金饰,也就是金器行业所谓的"拔丝"工艺,即"把黄金拉成细丝之后,然后再以之编成各种首饰器皿等,这是黄金制成的最精美的工艺品,其价值之贵重,不在于黄金本身,而在于它具有艺术境界的工艺技巧"②;其次,据《红楼梦》中平儿之言,这个虾须镯的贵重倒在一颗大珍珠上,邓云乡则结合北京早年金店的金饰式样,认为虾须镯应当是"二龙抢珠"的样式,"用极细的金丝编制成两条龙,龙头

---

① 张瑞泉《〈金瓶梅〉服饰小考二则》,《史学集刊》1990 年第 1 期,第 76 页。文中提到"西门庆是四品武职",有误,当为"五品"。
② 邓云乡《红楼识小录》,石家庄:河北教育出版社,2004 年,第 24 页。

互相衔在一起,中间一颗珠子,是活动的,珠子一摇会动,极为精美"①;最后,作者又引用《清宫词》和地方史料证明,这种珍珠即"东珠",产于东三省,供皇族专用,是无价之宝。经由层层递进的援引和论证,虾须镯的"原貌"得以历历复现,其背后所蕴含的丰富信息得以更为完整地被传递并为读者所领会。这算是一个典型的个例。其余如《高鹗的汤》《芍药·蔷薇》《大毛儿皮货》等篇皆时出新见,以名物考证为文学细读提供佐证。

此外,诸如《红楼梦大辞典》、中国艺术研究院红楼梦研究所组织校注的《红楼梦》以及北师大启功主持校注的《红楼梦》都吸收了相关方面的考证成果,但也存在诸多龃龉不合之处。《红楼梦大辞典》上编分成二十一类,其中与本书相关度较大的是"服饰""器用""饮食""医药"这四类。比如"服饰"类的"石青刻丝灰鼠披风"(《红楼梦》第六回)条的解释是:"石青色刻丝衣面、灰鼠皮里的女用礼服外套。石青:如蓝铜矿所制颜料般的蓝色。清代衣面除黄色外,以石青色为最贵重。"②条目的撰写者援引明人王圻所编《三才图会》的记载,论证《红楼梦》第六回中凤姐所着披风即褙子,古已有之,"宋代用作妇女常服,两腋下开长衩,多为直领。明代用作妇女礼服,演变为大袖宽身式样。[……]③褙子去半袖则成半臂,去全袖则成背心。与后世所谓披肩外衣之披风迥非一物"④。这就澄清了清代妇女所服之披风与"斗篷"(即现代披风)的差别。启功注释本《红楼梦》亦有"披风"条目,引《古今图书集成》之说,"褙子,即今之披风","亦泛指斗篷式的外套"⑤。这个解释却又将"披风"与"斗篷"混为一谈,实则《红楼梦大辞典》中已经说明此二者并非一物。

综上所述,这方面的考证文章,除了作者、时代的考证之外,主要为小说中各种名物、风俗、地理等集腋成裘式的材料搜集与文献考索,对更好地阅读、理解世情小说的社会风俗以及小说家对物质生活的把握等均有裨益;但同时又较为零星松散,且有些文章虽名为考证,但实则只有"考"没有"证",甚至有些文章由于资料有限,连"考"都算不上,不过是将一些看似相关的材料汇集在一起而已。虽然有补遗之功,但由于相关性不大,或者资料零碎而裨益无多。笔者以为,此类的考证文章,如不能与具体的文学分析相结合,便很容易变成史料的堆砌。

当然,也有能够将文学分析与名物考证结合得比较好的研究。郑培凯的

---

① 邓云乡《红楼识小录》,第24页。
② 冯其庸、李希凡主编《红楼梦大辞典》,北京:文化艺术出版社,1990年,第109页。
③ 为节约篇幅、突出重点,本书将引文内容做相应缩略,用省略号加方括号标志出来,以区分于原文可能出现的省略号。
④ 冯其庸、李希凡主编《红楼梦大辞典》,第109页。
⑤ (清)曹雪芹、高鹗著,启功等注释《红楼梦》,北京:中华书局,2010年,第98页。

《〈金瓶梅〉与明人饮酒风尚》①一文是这方面的典范。《金瓶梅》中多次叙及西门庆及其妻妾饮用金华酒,魏子云与戴不凡均据此认定《金瓶梅》当出自南方作家之手,而郑培凯则通过详细的文献资料的爬梳,反过来论证这种想当然的结论之谬误。郑培凯考证的结论是,嘉靖间金华酒备受士大夫欢迎,是比较高档的酒;西门庆作为商人暴发户,家中宴客自然也用南酒(金华酒和江西麻姑酒)。从嘉靖到万历间,金华酒在士大夫之间慢慢让位于三白酒;从明末至于清初,酒的好尚一直在变化。尤其是从顺治、康熙前期到乾隆,金华酒的地位又逐渐为绍兴酒所取代。根据酒的好尚变化,作者推测《金瓶梅》应该是对嘉靖间社会情况的描写。② 此外,郑培凯还详细分析了小说对西门庆所饮之酒的安排往往与情节存在对应、暗示关系,比如葡萄酒往往出现在香艳场合,而烧酒则多暗示纵欲的情节。这篇文章可谓以小见大,富于示范性地将名物考证与文本细读、版本考证结合在了一起。

3. 物的理论与物质文化及社会文化史研究

值得注意的是,基于物的文化理论在形成过程中十分注重对文学尤其是小说的考察,"文学成为问题形成和概念建构的灵感泉源"③。法国学者布希亚《物体系》一书是关于物的符号体系的扛鼎之作,开启了对物的深层文化意义进行研究的新范式,"可以摆在历史人类学的书架上,其中所进行的是一个现代社会物体系的民族志,而它的内含基础,则是马克思的人类学"④。《物体系》专注于作为消费品的物品,从物品的功能(本义)和非功能(延伸意义)、技术与心理四个层面,勾勒出物品向符号转化的过程,并由此检讨这一

---

① [美]郑培凯《〈金瓶梅〉与明人饮酒风尚》,载徐朔方编选校阅,沈亨寿等译《金瓶梅西方论文集》,上海:上海古籍出版社,1987 年,第 49—87 页。

② 这个结论与吴晗对《金瓶梅词话》创作时间的考证结果不一致。吴晗认为,《金瓶梅词话》约创作于万历十年至三十年(1582—1602)间,至迟不晚于袁宏道写作《觞政》的时间(万历三十四年,1606),参见吴晗《金瓶梅的著作时代及其社会背景》,载姚灵犀著,陶慕宁整理《瓶外卮言》,天津:南开大学出版社,2013 年,第 35 页。不过,上述两种结论的矛盾并非不可调和。《金瓶梅词话》内容所反映的时代,并不等同于小说的创作时代。首先,小说家的创作行为往往是一种回溯式的记忆,那么,创作时代往往比小说内容所反映的时代要晚。其次,三白酒的盛行带有地域性色彩,而流行先后亦受运输等各方面现实条件的限制。一般来说,离时尚发源地较近的地域"近水楼台先得月",往往能得风气之先,反之则风行较迟,此亦为常理。绍兴人徐渭(1521—1593)的七言绝句《渔鼓词》有云:"娄唐九黄三白酒,此是老人骨董羹。"(参见徐渭《徐文长三集》,《徐渭集》[全 4 册],北京:中华书局,1983 年,第 2 册,卷十一,第 375 页)娄唐隶属松江府,那么至迟到万历二十年,三白酒在松江地区已不复时兴。金华酒的流行先后与此同理,亦与地域相关。因此,还不能排除一种可能,即《金瓶梅词话》的作者并非江南人,其间名酒风尚之更替或滞后于时尚的源发地——江南地区。

③ [法]尚·布希亚著,林志明译《物体系》,上海:上海人民出版社,2001 年,译后记,第 237 页。

④ [法]尚·布希亚《物体系》,译后记,第 230 页。

套符号体系对日常生活的深远影响。经由对物品符号意义的考察,布希亚得以对日常生活进行社会潜意识式与征兆性阅读,并进一步探讨物和人、主体和客体的关系。由此可见,作为消费品的物的符号意义(延伸意义)要远比功能实用性(本义)更为重要。受此研究的启发,本书也设专章从符号意义与文化意蕴的角度对物象进行更为深入的意义阐释。

此外,有关物的理论体系的建构,芝加哥大学《批判研究》(Critical Inquiry)也值得一提。该刊物从二十世纪九十年代起,曾刊发过系列物件/物体理论(Thing Theory)方面的文章。其中,比尔·布朗(Bill Brown)是主倡者,正是他提出所谓的“物体理论”①。然而,他所提出的“物体”(Object)概念,源自现象学理论,又应用于图像学以及西方现代装置艺术中,与以语言媒介构造的物象不在同一个学术脉络中,所以本书不拟对这方面的研究进行进一步考察。

世情题材小说以其广博的内涵,吸引了许多非文学专业研究者的浓厚兴趣。尤其是随着物质文化史这一新的史学分支的迅速发展,最近十多年来涌现了一大批以服饰、饮食、器物等为对象的物质文化研究等跨学科研究。

以文化阐释为旨归的物质文化研究肇始于西方学界,维多利亚时代(1837—1901)小说是该研究的重镇。维多利亚时期相当于清代中后期,略晚于本书所界定的讨论时段。有意思的是,维多利亚时期的小说中也大量涌现出对物质细节的描写,而这一特征使得其研究十分倚重对物质文化研究范式的借鉴。然而,这一研究范式是在全球殖民和资本扩张的大背景下进行的,亦即与英国特定的殖民历史密切相关。小说中对物质细节的描写,往往与英国维多利亚时期的海外殖民市场密切相关。诸如《不可或缺的奢侈:英格兰维多利亚时期的茶》(A Necessary Luxury: Tea in Victorian England, 2008年),《狄更斯家庭话语中的日用品文化:商品的社会生活》(Commodity Culture in Dicken's Household Words: The Social life of Goods, 2008 年),《维多利亚小说印度商品中的帝国》(The Empire inside: Indian Commodities in Victorian Domestic Novels, 2011 年),《小说工艺:维多利亚家庭手工艺品和十九世纪小说》(Novel Craft: Victorian Domestic Handicraft and Nineteenth-Century Fiction, 2011 年)等书,都致力于这一方面的研究。《物中之思:维多利亚小说转瞬即逝的意义》(The Ideas in Things: Fugitive Meaning in the Victorian Novel, 2006 年)一书主要论及维多利亚时期小说家笔下的三种物象:简·爱小说中的红桃心木家具、玛丽·巴顿小说中的格子花纹窗帘以及狄更斯《远

---

① Bill Brown, "Thing Theory," *Critical Inquiry* Vol. 28, No. 1, Things (Autumn 2001), pp. 1-22.

大前程》中的黑人头像商标烟盒。以这三大物象为起点,作者追溯了维多利亚时期海外殖民市场中伐木工业、棉花纺织工业等对英国国内市场的影响,进而讨论它们如何影响小说的创作。

尽管明清帝国并未拥有一个等量齐观的海外殖民市场,明清世情小说的物象研究也无法效颦维多利亚小说的研究思维,然而,值得一提的是,国外汉学界以明清小说为依托进行物质文化史的研究,仍是在上述这一学术脉络中展开的。近年出版的刘晓艺的《衣食行:〈醒世姻缘传〉中的物质生活》(上海古籍出版社,2019 年)一书,以《醒世姻缘传》中有关"衣食行"的描写为出发点,采用文史互证法,试图勾勒出明代社会的物质生活画面。这本书最为关切的问题,乃是物质文化与经济史、政治史相互碰撞、交叉的边界,因此对于文学性的研究缺乏直接参考作用。

比较有参考价值的是国内综合文物考古与物质史研究的作品,而这方面具有发轫意义的当属沈从文的《龙凤艺术》(作家出版社,1960 年)和《中国古代服饰研究》(商务印书馆香港分馆,1981 年)二书,前书所收《〈红楼梦〉衣物及当时种种》《古代人的穿衣打扮》等均与文学有关,也正体现了沈从文对"文史研究必需结合文物"①研究方式的实践。许嘉璐的《中国古代衣食住行》(北京出版社,1988 年)作为古代日常生活的普及读物,也具有参考价值。扬之水的一系列研究兼具文物考古与文学、文化研究之旨趣,其中《奢华之色——宋元明金银器研究》(中华书局,2010 年)对明代金银器以及各种女性饰物图文并茂的考证,将有助于我们更好地理解小说家对物质细节的运用。《物色:金瓶梅读"物"记》(中华书局,2018 年)一书,以《金瓶梅词话》中的诸多物象为考察对象,综合运用文献与考古文物、图像资料,"集中在物质文化史中的最小单位,即一器一物的发展演变史,而从如此众多的'小史'中一点一点求精细,用不厌其多的例证慢慢丰富发展过程中的细节"②。此外,对明代女性头面的讨论,曾引来不少文物考古学者的兴趣,扬之水与孟晖均有文章论及;考古专家孙机的《明代的束发冠、"䯼髻"与头面》③一文,十分系统地考查了明代女性头面的一般组成构件,对于理解《金瓶梅》中女性头饰描写十分有帮助。孟晖的《潘金莲的发型》(江苏人民出版社,2005 年)一书也是这方面较为出色的研究,其中《披风小识》一文中对"披风"的考证,以及《淡雾轻烟罩眼纱》对《金瓶梅》中西门庆所戴眼罩的考证,与本书的论述关系较

---

① 沈从文《文史研究必需结合文物》,《龙凤艺术》,北京:北京十月文艺出版社,2010 年,第 1—12 页。

② 扬之水《物色:金瓶梅读"物"记》,北京:中华书局,2018 年,后记,第 213 页。

③ 孙机《明代的束发冠、"䯼髻"与头面》,《文物》2001 年第 7 期,第 62—83 页。

大。这些研究为本书考证物象描写的经验原型并在此基础上探求物象描写的文化意蕴提供了可靠的基础。

陈宝良的《明代社会生活史》(中国社会科学出版社,2004年)对明代的商业氛围和物质生活有较为整体的描述,涉及物质生活的方方面面。但总体而言,就本书所要关注的一些物象而言,社会生活史的研究只能提供背景式的介绍,针对性还不够强。与文本的研究有切实参考价值的研究成果,主要是结合物质文化与文学分析的研究,下文将分而论之。就已有的研究而言,以对服饰和饮食的研究最多,但水平参差不齐,其中有一部分是属于技术设计类以及烹饪类等纯粹的服饰或饮食文化的研究,不属于本书参考的对象。

(1)小说中的服饰描写

就服饰描写而言,仅服饰史方面的研究,自沈从文的《中国古代服饰研究》而来便已汗牛充栋,但此方面的文献仅可作为背景资料加以参考;以小说为对象的服饰研究,又分为以整个古代小说中的服饰描写为研究对象的通论之著和以某部小说中的服饰描写为对象的专论之作。

通论之著不多,颜湘君在这方面有一系列的专门研究,硕士学位论文为《明清通俗小说服饰描写艺术发展浅论》①(2002年),博士学位论文为《中国古代小说服饰描写研究》(2006年),另外还有一些单篇文章。《中国古代小说服饰描写研究》②(上海书店出版社,2007年)一书是对其博士学位论文的扩充发展,侧重对史的梳理和总结;作者将中国古代小说服饰描写的文学渊源追溯至诗赋、史传文学,并对唐以前小说、唐传奇、宋元话本、明清通俗小说等不同时段的服饰描写进行概括分析。在对《金瓶梅词话》服饰描写的分析上,作者从其文法形式、史料价值、文化价值和文学价值等方面加以肯定,认为《金瓶梅词话》的服饰描写代表了写实艺术的新起点,超越了《三国志演义》和《水浒传》的程式化格局;同时,服饰描写也成为凸显人物性格、丰富形象的重要文学手段。《醒世姻缘传》中的服饰描写正是对这一写实艺术的继承。《红楼梦》则另辟蹊径,完美地结合了写实和写意,并充分利用了服饰描写在烘托环境、人物塑造与情节安排方面的作用以及配饰(如通灵宝玉、荷包等)作为叙事道具的功用。

此外,小说服饰通论的研究,还有不少单篇论文。如颜湘君、孙逊的《小说服饰：文学符号的民俗文化表征》①（2009 年）、莫艳的《清代通俗小说中的服饰描写——兼论其对服饰史研究的价值和意义》②（2009 年），侧重对服饰文化的研究；颜湘君主要论述服饰在小说中的多重文化表征（政治、伦理、宗教、风俗、时尚等方面）。

专论之列，于《金瓶梅》《红楼梦》的研究最盛。这方面的专著，《金瓶梅》方面有台湾学者张金兰的《〈金瓶梅〉女性服饰文化》（台湾万卷楼图书有限公司，2001 年）和王惠的硕士学位论文《服饰与〈金瓶梅〉人物形象塑造》（2010 年）。《〈金瓶梅〉女性服饰文化》主要从服饰文化的角度切入，上编研究女性服饰的外在表现，下编论述女性服饰的内在意涵。上编从女性服饰的外在表现，极其细致地查考《金瓶梅》一书中女性服饰的类型、质料、色彩，并且制作了大量的表格，十分明晰地反映出相关描写所对应的人物及其身份、出现的场合等；尤其是对丝织品种类的分析，精确到技术层面，分为平纹、斜纹、缎纹、绞经及其他等五类丝线的组织方式，其中再细分为绢、纱、绡、绸、绫、缎、罗、锦八类加以讨论。这一部分的内容对服饰制度和技术都做出了十分详尽、细致的考查，对于进一步讨论服饰在小说描写中的文学乃至文化的意义做了很好的铺垫。此书下编则讨论《金瓶梅》女性服饰的内在意涵，主要从服饰与身份地位、服饰与人物性格、服饰与社会风气三方面展开。王惠的硕士学位论文《服饰与〈金瓶梅〉人物形象塑造》③将《金瓶梅》中的服饰描写分为两种类型，即“作为穿着物的服饰描写”与“作为关系物的服饰描写”，前者主要是静态地塑造人物形象，后者根据施受关系将“关系物”分为“赠与物”与“接受物”，弥补前者之不足，动态地塑造人物形象。同时，作者还论述了服饰描写对故事情节发展的枢纽作用。王惠对服饰描写的这两种分类富于启发性。服饰描写之所以成为小说叙事的重要部分，究其缘由，与明代中后期社会的政治、经济、思想文化以及小说的写实倾向有关。

单篇文章，较早的有戴不凡《〈金瓶梅〉零札六题》之“（六）纺织业史料”④，基本以文史互证的方法对《金瓶梅》中所涉及服饰质地进行考证。最近二十年出现了一些以小说为“史料”研究服饰文化的倾向，孔繁华的《论〈金瓶

---

① 颜湘君、孙逊《小说服饰：文学符号的民俗文化表征》，《文学评论》2009 年第 4 期，第 174—178 页。

② 莫艳《清代通俗小说中的服饰描写——兼论其对服饰史研究的价值和意义》，《艺术探索》2009 年第 4 期，第 26—27 页。

③ 王惠《服饰与〈金瓶梅〉人物形象塑造》，南昌大学硕士学位论文，2010 年。

④ 戴不凡《〈金瓶梅〉零札六题》，载《小说见闻录》，杭州：浙江人民出版社，1980 年，第 151—156 页。

梅词话〉的服饰文化》①(2000年)、施晔的《从〈金瓶梅词话〉看明人服饰风
貌》②(2001年),尹志红的《从〈金瓶梅〉看明代女子服饰僭越现象》③(2013
年)等均为此类研究,其中不乏来自纺织专业的研究者。此外,还有从民俗
学角度进行的研究,如刁统菊的《白绫衫照月光殊——由〈金瓶梅〉及相关史
料看明代元宵节妇女服饰民俗》④(2002年)。与文本论述较为相关的是对
服饰描写文学性的研究,如施晔的《服饰描写在〈金瓶梅〉中的作用》⑤(2000
年)着重论述服饰对于表现人物地位、衬托人物性格、外化人物心理以及对
小说结构、情节发展等方面的作用。

　　有关《红楼梦》的服饰话题,红学家们主要争论的是《红楼梦》服饰风格
的时代属性(明或清)以及是否为戏服,而专门、系统的研究则多出自服装设
计专业或以服饰文化为研究重点的人士之手,比如李军均的《红楼服饰》(山
东画报出版社,2004年)、季学源的《红楼梦服饰研究》(群言出版社,2004
年)。李军均的《红楼服饰》以服饰文化研究为中心,辐射到与此相关的文学
文化、情爱叙事、社会习俗、传统文化、清代政治等诸多领域,是服饰文化的普
及读物。季学源的《红楼梦服饰研究》一书按纵横两线对《红楼梦》服饰进行
研究。纵线针对重要人物的服饰,进行全面的叙、考、论和鉴赏。横线采取服
装文化学的通行原则,收入服装、首饰、佩件、化妆四方面,对服饰品的某一方
面或某几方面进行叙、考、论和鉴赏。季学源的《红楼梦服饰研究》全书分四
个部分:一、研析小说几个重要人物的服饰形象,占全书一半篇幅;二、分析服
饰面料、衣冠、刺绣;三、首饰、随件、化妆;四、其他。总而言之,以上三书均为
服饰文化学的研究,不是本书参考的重点。

　　单篇文章中,颜湘君的《论〈红楼梦〉的服饰描写艺术》⑥(2002年)对
《红楼梦》中人物服饰的三种描写手法的概括颇可资参考,包括分回多次
重点描写个体服饰,集中在同一场合描写众人服饰,轻外在衣饰而重内
在精神的略貌取神描写。崔荣荣的《解读〈红楼梦〉服饰与人物地位之
渊源》(2005年)、朱琴的《〈红楼梦〉中服饰风格与人物整体形象设计的
研究》(2011年)等文章均以举例的研究方式,以小说人物如林黛玉、贾

①　孔繁华《论〈金瓶梅词话〉的服饰文化》,《徐州师范大学学报》2000年第4期,第39—42页。
②　施晔《从〈金瓶梅词话〉看明人服饰风貌》,《南通纺织职业技术学院学报》2001年第1期,第
　　53—59页。
③　尹志红《从〈金瓶梅〉看明代女子服饰僭越现象》,《服饰导刊》2013年6月第2期,第61—63页。
④　刁统菊《白绫衫照月光殊——由〈金瓶梅〉及相关史料看明代元宵节妇女服饰民俗》,《枣庄
　　师范专科学校学报》2002年第6期,第15—18页。
⑤　施晔《服饰描写在〈金瓶梅〉中的作用》,《上海师范大学学报》2000年第4期,第34—38页。
⑥　颜湘君《论〈红楼梦〉的服饰描写艺术》,《中国文学研究》2002年第2期,第83—85页。

宝玉、王熙凤、尤三姐、史湘云等人的服饰描写为例,分析服饰描写对于小说人物形象、人物性格塑造乃至人物地位烘托的作用,论述较为单薄,且多有重复之处。曾慧的《小说〈红楼梦〉服饰研究》①(2011 年)基本也是服饰文化研究,着重对女性服饰的款式、面料、工艺等方面进行论述。其余一些文章②,则以《红楼梦》为史料,进行服饰史文化、满族风俗以及服饰美学的研究,与本书相关度较小,此处不一一罗列。

在《金瓶梅》和《红楼梦》两书之外,偶有涉及其他世情小说的服饰研究,如江兰英的《从〈醒世姻缘传〉看明代晚期服饰》(2009 年)一文同样是以小说文本为依托的服饰文化研究。

综上所述,有关小说与服饰的研究中,水平参差不齐,很大一部分是来自非文学专业学者的服饰文化研究或跨学科研究;少量的文学研究中,对服饰描写的文学功用的研究方式趋于模式化,几乎千篇一律地从小说人物身份地位、人物性格、情节结构等几个大方面论述服饰描写的作用;所谓的"叙事分析"也停留在对故事表层的分析,并没有深入话语层面的分析,有千人一面的模式化倾向。

(2)小说中的饮食描写

这方面的研究大致可以分为三类:第一类是以小说文本为依托的饮食文化研究,成果比较驳杂,甚至还包括来自烹饪专业的食谱考和烹饪技术的研究;第二类是人类学以及思想文化层面的研究,国外汉学较早对这方面产生兴趣,并有较为深入的研究成果;第三方面是与文学相关的研究。

第一类现有的研究仍以《金瓶梅》和《红楼梦》为主要对象。就《金瓶梅》而言,以"食谱"为名的专著便有两本——胡德荣的《金瓶梅饮食谱》(经济日报出版社,1995 年)和邵万宽、章国超的《金瓶梅饮食谱》(山东画报出版社,2007 年)。胡书依照饮馔的类别分为五部分,即美馔佳肴、面点杂食、干鲜果品、酒、茶,并分别从《金瓶梅》中摘选相关描写段落,佐之以史料笔记,撰写成一篇篇文化小散文,具有文化趣味,但学术性则较弱,仅有结语部分的几篇文章颇具参考意义③。附录部分还将《金瓶梅》中出现的菜点加以现代的研

---

① 曾慧《小说〈红楼梦〉服饰研究》(上、中、下),《满族研究》2011 年第 2 期第 110—114 页、第 3 期第 13—16 页、第 4 期第 117—120 页。

② 例如,陈东生等《清代满族风俗与〈红楼梦〉服饰》(2006 年);沈奕君等《〈红楼梦〉中薛宝钗服饰与传统审美哲学》(2006 年);陈东生等《〈红楼梦〉服饰色彩探析》(2007 年),见本书"参考文献"。

③ 邵万宽一书所收文章包括《研究〈金瓶梅〉饮食文化的意义》《〈金瓶梅〉大量饮食描写的历史背景》《饮食描写在〈金瓶梅〉中的作用》《〈金瓶梅〉展示的明人饮馔食俗》《〈金瓶梅〉中的饮食层次》。

制,列出具体的烹饪良方,并附上《金瓶梅》的宴席菜单。值得借鉴的是,此书大量引用类书的资料,较有信服力地勾勒出晚明的饮食风尚和饮食保养的传统。侯会的《食货金瓶梅:从吃饭穿衣看晚明人性》(广西师范大学出版社,2007 年)是一部可读性较强的学术散文集,虽名为"食货",但实际上谈及饮食的仅《餍甘饫肥谈饮食》一篇。

二十世纪九十年代以来多借饮食讨论明代消费文化和市井气质,诸如刘衍青的《消费文化视域中的〈金瓶梅〉——以饮食消费为例》(2010 年)、张宁的《论〈金瓶梅词话〉中宴饮描写的市井气质》(2011 年)等文,不一而足。此外,还有一些由文学研究者所从事的介于文学与社会历史学之间的研究,比如山东大学王平教授的《〈金瓶梅〉饮食文化描写的当代解读》①(2010 年)从小说本有的"酒色财气"框架入手,分析了饮食与权力、财色之间的交换关系,分析的内容属于社会历史学范畴,但是其所采取的研究手段仍是描述性的文学分析。

《红楼梦》这方面的研究也不少,此处不一一列举。专著有素一民的《红楼梦饮食谱》(山东画报出版社,2003 年),研究方法与上述之《金瓶梅饮食谱》相去无多。其他如《林兰香》和《歧路灯》也有相关的研究,杨萍的《〈林兰香〉中的饮食习俗》②(2009 年)和《〈歧路灯〉中的饮食习俗》③(2009 年)二文均为结合民俗学与饮食文化的研究,与本书关注点相去甚远,故而不一一赘述。

第二类的研究中,以人类学的研究成果为著。例如,尤金·N. 安德森在其《中国食物》一书中,以人类学方法研究中国的食物,因为"中国人使用食物来判别族群、文化变迁、历法与家庭事务,以及社会交往。没有一样商业交易不在宴会中完成。没有一次家庭拜访不在佳肴中进行。没有一次宗教大事不在合乎礼仪的特定食物供奉中举办"④。《金瓶梅》中的宴饮可以说十分完美地诠释了宴饮的社交功能,即安德森所谓"食物用于标记特殊事件,反映就餐者的社会关系"⑤。张光直从对商周青铜器等仪式性器皿的使用与食物的关系研究中得出,"到达一个文化的核心的最好方法之一,就是通过它的肠胃"⑥。他主编的《中国文化中的饮食——人类学与历史学的透视》(K.

---

① 王平《〈金瓶梅〉饮食文化描写的当代解读》,《山东师范大学学报》2011 年第 6 期,第 32—37 页。

② 杨萍《〈林兰香〉中的饮食习俗》,《长城》2009 年第 8 期,第 190—191 页。

③ 杨萍、侯旭《〈歧路灯〉中的饮食习俗》,《长春师范学院学报》2009 年第 1 期,第 90—93 页。

④ [美]尤金·N. 安德森著,马孆、刘东译,刘东审校《中国食物》,南京:江苏人民出版社,2003 年,第 194 页。

⑤ [美]尤金·N. 安德森《中国食物》,第 201 页。

⑥ 张光直著,郭于华译《中国文化中的饮食——人类学与历史学的透视》,[美]尤金·N. 安德森《中国食物》附篇,第 250 页。

C. Chang ed., *Food in Chinese Culture: Anthropological and Historical Perspective*. Yale University Press, 1977）一书收录了不少从人类学、中国文化角度考查饮食习惯的文章，其中牟复礼（Frederick W. Mote）和史景迁（Jonathan Spence）的有关论文以明清小说为依托进行描述性或者分析阐释性的研究。这些都为笔者研究小说中的饮馔叙事提供了不同角度的参考。弗里德里克·J. 西蒙（Frederick J. Simons）在《中国思想与中国文化中的食物》中曾提及"在中国对于食物的专注导致了一种不同寻常的关于可食之物的广博知识，这一点从活跃的市场所提供的日常食疗的丰富多样这一点即可显示出来"①。正是这广博的知识储备，为小说家有关饮食的书写提供了可能。尤其是明代中后期以来商业经济的发展、商铺在城市空间中的凸显、日常生活类书的印刷发行，都使得有关食物的知识越来越便捷可得。这一类的研究及其方法论，虽然不适用于本书的论述框架，但是其所提供的较为广阔的视角及其相关的研究成果，则可为本书提供一些背景式参考。

　　第三类文学性研究成果对于本书有较多参考价值。这一部分以单篇论文为主，尤以《金瓶梅》和《红楼梦》宴饮活动及饮食描写的研究为多。② 由于饮食描写从属于宴饮活动，因此在相关论述中，研究者多将重点放在宴饮活动这一动态叙述过程上，而对相对静态的饮食描写着墨无多。尽管上文已论及，物象描写应该被放在动态过程、互动关系中加以审视，但前提和结论都应该围绕这一问题展开：小说家为什么写此物而非彼物？某一物象作为文学形象的独特性、唯一性，应该得到更多的注意。林冠夫的《〈红楼梦〉中的茄鲞和小说中的饮食描写》③（2007 年）一文，从《红楼梦》中带有阶级和身份差异的饮食描写入手，与《三国演义》《水浒传》《西游记》《金瓶梅》《儒林外史》

---

① ［美］尤金·N. 安德森《中国食物》附篇，第 266 页。
② 《红楼梦》方面，以梅新林《"旋转舞台"的神奇效应——〈红楼梦〉的宴会描写及其文化蕴义》（《红楼梦学刊》2001 年第 1 期）为代表，文中将"宴会"比拟成"舞台"，侧重从小说时空上来讨论宴会描写，即"宴会"既是一个空间单位，又是一个时间单位。作者指出，《红楼梦》宴会描写的成功之处在于，小说家没有止于对饮食的描写，而"以饮食这一基本活动为中心，不断向纵深拓展，使宴会成为一个兼容宴席、说书、奏乐、行令、掣签、吟诗、游园、说笑话等等在内的多彩多姿的群体性活动，成为一个生活艺术化与艺术生活化有机统一的独特舞台"。由此，作者揭示出宴会描写在小说叙事中所发挥的多重功能，概括为起兴、交际、聚焦、辐射、导控、寓意六种。全文对《红楼梦》的宴饮描写做出较为系统的概括和分析，此后的论文无有出其右者。《金瓶梅》方面的研究，参见章国超《饮食场面描写在〈金瓶梅〉中的作用》（《明清小说研究》2002 年第 2 期），贾海建《论〈金瓶梅词话〉中的宴饮描写》（《阴山学刊》2008 年第 6 期），张进德、张翠丽《略论〈金瓶梅词话〉的酒宴描写》（收入黄霖、杜明德主编《〈金瓶梅〉与临清：第六届国际〈金瓶梅〉学术讨论会论文集》，第 399—411 页）等文。
③ 林冠夫《〈红楼梦〉中的茄鲞和小说中的饮食描写》，《红楼梦学刊》2007 年第 2 期，第 82—93 页。

等书进行对比,论述《红楼梦》在艺术表现上的深化。其他小说的饮食描写研究较少,可资参考的有温志平的硕士学位论文《〈西游记〉中饮食描写的功用初探》(2011 年)①和付玉贞《饮食场面描写在〈儒林外史〉中的作用》(2006年)一文②。

综上所述,在对小说物象描写的研究中,以对服饰和宴饮的研究较为充分,但由于物质话题处于交叉学科范畴,因此也带进了跨学科的视角,出现了从物质史到文化学、民俗学的研究。值得注意的是,在少部分的文学研究中,对小说物象的讨论明显受到意象研究范式的影响,尤其是在有关服饰描写的研究中,从术语的选择到对文学功能的阐述,都基本沿袭诗学讨论的思路,但却又不能真正如诗歌研究深入,难免给人浮泛之感。同时,相关的叙事分析虽然也有不少的研究,但呈现出模式化、机械化操作的倾向,陈陈相因,难以出新。或许,这与服饰描写较为零散且情节性不强等创作层面的特征有关。当然,也有不少着力于从小说叙事结构、叙事节奏等叙事传统出发的优秀篇章,主要出现在对宴饮描写的研究中。宴饮描写由于其与小说结构、情节设置以及人物表现等存在多方面联系,因此也具备叙事研究深度挖掘的可能。已有的研究,充分证实了这种可能。

以上所归纳的不少专著与单篇论文,基本是在故事层面上对物象描写进行分类研究,比如饰物(头面、耳钉、佩戴)、鞋脚、衣着、食物、游戏之物等研究,专著与单篇文章的差别只在于选例的多少,较为系统的论述往往以其中数种作为综合研究的对象,零散者则不过择取一二物象进行论述,目前许多单篇论文便是如此。从故事层面所进行的分类研究,其长处在于眉目清楚,其短处在于论述对象被从文本中抽离出来,容易变成以物象为中心的物质文化研究或者文物考证,从而忽略对小说话语层面的分析。

三、研究思路和结构安排

通过上述对已有研究的剖析与总结可以得出,对实物以及文学物象的经验原型所进行的历史考证与文化阐释较多,也较为充分;相比之下,对物象描写进行整体理论思考的研究较少,对相关理论概念的辨析与提炼也还不够深入;此外,论述物象叙事功能的单篇论文多以个案研究为主,对物象叙事功能的认识也因此显得较为零碎。有鉴于此,本书将从小说构成要素的角度,对日常物象描写与小说叙事的关系做一个整体的观照和探究。

---

① 温志平《〈西游记〉中饮食描写的功用初探》,辽宁大学硕士学位论文,2011 年。
② 付玉贞《饮食场面描写在〈儒林外史〉中的作用》,《中华文化论坛》2006 年第 3 期,第 84—87 页。

物象是小说的构成要素之一,几乎每一部小说都包含了物象及其描写。本书以明中后期至清中期世情小说为主要研究范围,结合叙事分析与文史互证的方法,在文本细读实践中演绎日常物象描写的丰富形式与意涵,并尝试提炼出若干核心概念,借此归纳日常物象的诸多类型及其叙事功能。

本书分为上、中、下三编,在绪论和结语之外,总共有七章。上编(第一、二章)从小说史角度概述物象描写的日常化进程。中编(第三至五章)尝试从叙事学角度论述物象对日常叙事展开、生成之功。下编(第六、七章)从文化意蕴与文体风格的角度,解析日常物象的文化符码作用,并阐释物象之于文体风格生成的意义。

第一、二章以时间为经,勾勒了日常物象浮出文学地表并成为一种常态化书写的过程。在崇"怪"尚"异"的先明文言小说中,神奇超凡是物象进入书写的入场券;尽管彼时也零星出现了对日常物象的描写,但相关的描写往往被置之于一个更大的非日常的宗教框架中。对日常物象的大量描写,涌现于明代中后期的白话小说中。

第一章梳理先明小说中物象描写的"尚奇"传统,以及日常物象在此传统中出现的契机和情境。首先,通过灾异杂记体和地理博物体这两种小说,考察唐前小说物象描写的宗教背景。以宗教信仰为依托的物象描写,往往呈现出超越日常时空性、超越日常经验性与实用性等特征。其次,通过三种基于题材特点的叙述范式,剖析唐宋小说对世俗经验与写实笔法的吸收,并借此勾勒日常物象描写的雏形。世俗经验的延伸,给小说叙事带来了两个新变化。首先,从表现内容上看,世俗经验包含日常经验,前者的引入自然伴随着对后者的呈现。其次,从叙述手法上看,世俗经验内容的引入乃出于对真实性的追求,因此写实手法与世俗经验内容往往互为表里。世俗化与写实化是物象描写由超常性向日常性迈进的关键步骤,并为此后物象描写的日常化创造了必要前提。

第二章追溯日常物象描写得以诞生的思想文化根源,从商业出版文化与城市文化的角度出发,探究明中后期思想、文化环境的新变及其对写物传统的革命性影响,揭示这一影响下物象描写与叙述的日常化趋势及其内涵。与这一时期心学所鼓吹的"百姓日用"相呼应,日用性与世俗化共同塑造了同时期商业出版的特征。通俗白话小说与通俗日用类书、文人雅趣指南同属于当时的商业出版物,分享着商业出版的逻辑并且共同植根于城市文化母体的土壤中。《金瓶梅词话》的主题、文本形态和物象描写,与通俗日用类书的性质、结构方式与知识体系等有着潜在的互文关联。以"三言二拍"为例,冯梦龙与凌濛初在话本编撰与创作中凸显物象的日常性,呈现出较强的当代性、地域性与专门实用性。

　　第三至五章从更为广泛的叙事概念出发,在多个层面上探讨物象与小说要素的关系。第三章讨论物象描写与小说情节形态的关系。首先,从故事时间与情节的关系模式出发,将小说情节分为节点性情节和连续性情节两种形态。前者多以某个冲突事件为核心形成情节单元,而连接情节单元之间的故事时间是间断、跳跃而非连贯的;后者则以统一的故事时间来安排情节,而情节又以前后交织的方式不断持续向前推进,缺乏较为鲜明的叙事冲突;连续性既是故事时间的特征,也构成这类情节的主要特点。大部分小说兼备这两种情节形态,但往往以某个类型为主。比如《水浒传》和《西游记》较多运用节点性情节,《金瓶梅词话》和《红楼梦》更偏向于连续性情节。当然,后二者亦有意识地通过建构叙事冲突来增强节点性叙事。第一节讨论“焦点物象”之于节点性情节的作用,即“焦点物象”用以制造情节冲突,构建节点性情节,突出日常叙事因微物起波澜的特点。第二节从连续性情节的角度论述“线索物象”的功用,即“线索物象”用以勾连若干个情节单元、加强同一情节单元内部的完整统一性,对连续性情节形态的塑造至关重要,呈现出日常叙事散漫绵长的风格。

　　第四章从叙述形式的角度,分析物象的存在方式,即其参与叙述行为的方式,以及物象与叙述过程、叙述语言的交互作用。作为叙述的产物,小说中的每一种物象均经由特定的叙述方式进入文本。经典叙事学理论将叙述行为的方式分为四种基本形式——省叙、概要、场景、停顿。除了“省叙”之外,物象现身于所有叙述形式中。第一节探讨“场景”中的“象征物象”与“抒情物象”,以及这两种功能性物象如何分别赋予小说场景以双重意义和诗意气氛。第二节聚焦“停顿”中的“催化物象”与“概要”中的“告密物象”,讨论这两种物象与小说微观叙事以及叙述者态度的关系。

　　第五章从人物场域建构的角度对物象描写进行细化研究,并且探讨不同类型的物象描写之于人物场域建构的作用。人物形象的概念,更侧重小说对人物的表现与读者对人物的接受。人物场域则突出作为接受中介的叙事文本中人物存在的方式。在一个叙事文本中,每个人物周边都形成特定的场域,包括特定的言语、行动以及特定的物象描写。什么样的人物拥有什么样的物品,人物的周边都分布着怎样的物品,用怎样的描写形容那个物品,都直接构成该人物的场域,从而间接影响读者所接受的人物形象。“物象群”与“单物象”是物象描写建构人物场域的两种主要方式。“物象群”主要通过物质群像对人物场域进行铺展和界定,“单物象”则以小见大,通过对具有代表性的物象的选取和描写,达到对整个人物场域的提炼和笼括效果,使读者能够通过一物而辨识人物的精神风貌。

第六、七章从文化、文体角度,探讨日常物象的文化意蕴及其对文体风格的影响。第六章结合文化研究的方法,以《儒林外史》和《红楼梦》为例,探析物象的象征意义和社会文化意蕴。对物象文化意蕴的发掘,出现在两部小说对文人文化予以整体观照的视野内。第一节梳理《儒林外史》中对士人头衣的描写,即吴敬梓将对人物头衣的描写内嵌于礼仪服制的框架,并且构成层次丰富的序列,从瓦楞帽到头巾再到纱帽,勾勒出科举制度下三六九等的士人众生相。这些描写贯穿小说全书,并作为一个具有象征意义的细节参与到对士人群像的描绘中。第二节论证《红楼梦》中私室陈设物象的文化符码功能,并解析其所包含的文化内涵。作为个人性格的延伸,私人空间的相关物象描写,加强了人物性格的内在统一性;同时,人物室内陈设之间的对比,又将个体纳入家族的整体空间中,并通过物象的纽带与其他人物建立潜在的对话关系。

第七章从篇幅、结构、语言与创作观等小说文体要素入手,探讨物象与诸文体要素之间的互动关系,以及物象对小说文体风格形成的意义。这一章分为两节,分别用物象勾连起两对文体要素:篇幅与结构、语言与观念。篇幅长短,从来不只关乎形式,而更关乎小说结构的方式。物象参与小说结构的方式,也因篇幅长短而呈现出不同的模式,而不同模式又标记出长短篇小说所内蕴的迥异的认知论基础。语言构成小说风格的基石,是最重要但又最难探讨的文体要素。对物象的描写或叙述的语言,以及这种语言精确而又散碎的特点,构成世情小说富于标志性的风格,同时也折射出日常叙事中语言审美与创作观念的变迁。

上编

走向日常：

古代小说物象描写的演变史

第一章　先明小说的尚奇传统
与平常之物的浮现

早在殷墟卜辞里就有"物"这个字,本义为用于祭祀的"杂色牛"①。然而,这个本义在西周时期的文献中便很少见到了,取而代之的是含义更广的"万物"之意。《周易》六十四卦中,乾、坤两卦居首,共同解释宇宙的形成。乾象征天,坤象征地,"天地感而万物化生"②,充盈天地之间的是万物。战国早期的道家经典中也表达了相似的观点,所谓"道生一,一生二,二生三,三生万物。万物负阴而抱阳,冲气以为和"③(《道德经》)。**万物是天地共同的创造,与天地并立,而万物中包含了人类。**

战国中后期的《庄子》和《荀子》都对"物"的问题做出了回应,在他们的论述中逐渐浮现出人类独立于万物之外的清晰意识。《庄子·大宗师》中南伯子葵向女偊请教如何延年益寿,女偊告以其方:"吾犹守而告之,参日而后能外天下;已外天下矣,吾又守之,七日而后能外物;已外物矣,吾又守之,九日而后能外生;[……]撄宁也者,撄而后成者也。"④郭庆藩注"物"曰:"物者,朝夕所须,切己难忘。"⑤"外物"的观念是中原文化中"物—我"二元论的雏形,即人类主体开始距离化地审视"万物",将"万物"客体化,并最终导致了人与物的分离。由于"物"不再内在于"我",而与"我"呈现出独立紧张的关系,故而庄子才发出"一上一下,以和为量,浮游乎万物之祖;物物而不物于物,则胡可得而累邪"⑥(《庄子·山木》)的感慨。"物物而不物于物",即"视外物为世之一物,而我不为外物之所物"⑦,"物物"即驾驭和把握外物,"物于物"是相反的被动状态;而一旦陷入被动,则难免"身"为"物"累。《荀子·解

---

① 马如森《殷墟甲骨文实用字典》,上海:上海大学出版社,2008年,第32页。
② (魏)王弼注,孔颖达疏《十三经注疏·周易正义》,北京:北京大学出版社,1999年,卷四,第139页。
③ (魏)王弼注,楼宇烈校释《老子道德经注校释》,北京:中华书局,2016年,第四十二章,第117页。
④ (清)郭庆藩撰,王孝鱼点校《庄子集释》(全2册),北京:中华书局,2016年,上册,第260页。
⑤ (清)郭庆藩撰,王孝鱼点校《庄子集释》,上册,第261页,注释五。
⑥ (清)郭庆藩撰,王孝鱼点校《庄子集释》,下册,第670页。
⑦ (清)王先谦、刘武撰,沈啸寰点校《庄子集解　庄子集解内篇补正》,北京:中华书局,2012年第2版,第204页。

蔽》曰:"凡观物有疑,中心不定,则外物不清,吾虑不清,则未可定然否也。"①
从语言学角度看,《庄子·大宗师》中的"外物"还是一个动宾短语,但到了荀
子的论述中,"外物"成为一个偏正合成词,与"中心"相对,接近于认识论中
的客体与主体的关系。

　　**主客体关系的明晰化,为中国传统文艺理论提供了可资依傍的概念工
具**。刘勰(465—520)将"心—物"二元论引入对文学创作的论述中,所谓"情
以物迁,辞以情发","物色尽而情有余"。② 在"诗言志"的抒情传统中,"情"
与"物"对举,更突出主体的精神与情感向度。"辞"的引入,即文学创作的参
与,使原先僵硬的"物—我"二元对立关系变得丰富、灵动起来。"情"与"物"
通过"辞"即文字的媒介再度交融,"情以物兴","物以情观",③最终达到"体
物写志"④的目的。**古代诗歌传统中,"物"与"情"和光同尘,不可分割;"物"
不仅具有抒情功能,同时在儒家语境中,还被赋予伦理化品格。⑤ "物"不再
等同于客观物质,而是文艺形象体系的重要组成部分**。刘勰的"物—辞—
情"关系模式,与王弼(226—249)以玄学注《周易》时所总结的"象—言—意"
关系模式有某种对应关系:"言"与"辞"是媒介,"物"与"象"仅为工具或表
征,"情"与"意"才是目的,所谓"得意在忘象,得象在忘言"。然而,若从发生
学的角度讲,二者在逻辑上并不一致:王弼的模式应该修改为"意—象—
言",而刘勰的则是"物—情—辞"。王弼的关系模式中,"象生于意""言生于
象","意"处于价值链条的上游,"言"是末梢,"得意"是溯流而上的过程,
"意"与"象"是单向决定的关系。在刘勰的模式中,情感的萌生往往乃受外
物之感召,而言辞则为情感的升华与结晶。

　　有意思的是,**诗歌中的形象以及由形象构成的场景,被命名为"意象"和
"意境",而非"物象""物境",这正是受魏晋玄学思想影响的结果**,后来经由
唐宋诗学理论的发挥而定于一尊。

　　与"意象"的玄学色彩形成对比的是具有艺术色彩的"物象"的观念。
《说文解字》"象"的本义为"长鼻牙,南越大兽"⑥,亦即大象。段玉裁

---

① (清)王先谦著,沈啸寰、王星贤点校《荀子集解》(全2册),北京:中华书局,1988年,下册,
　　第404页。

② (南朝梁)刘勰著,黄叔琳注,李详补注,杨明照校注拾遗《增订文心雕龙校注》(共2册),北
　　京:中华书局,2000年,第1册,卷十"物色第四十六",第566、567页。

③ (南朝梁)刘勰著,黄叔琳注,李详补注,杨明照校注拾遗《增订文心雕龙校注》,第1册,卷
　　二"诠赋第八",第97页。

④ (南朝梁)刘勰著,黄叔琳注,李详补注,杨明照校注拾遗《增订文心雕龙校注》,第1册,卷
　　二"诠赋第八",第95页。

⑤ 刘成纪《物象美学:自然的再发现》,郑州:郑州大学出版社,2002年,第252页。

⑥ (汉)许慎《说文解字》,北京:中华书局,1963年影印本,卷九下,第198页。

（1735—1815）注曰："古书多假象为像。人部曰：'像者，似也。似者，像
也。'"①也就是说，"象"又是"像"的假借字，有相似的意思。作于战国中期
的《周易·系辞下》亦曰："易者，象也。象也者，像也。"②小说创作中的物象
描写，就其渊源而言，与雕塑、绘画等空间形象的出现和发展有着更为密切的
关系。

《春秋左氏传》宣公三年载楚庄王向周定王问鼎一事：

> 楚子问鼎之大小轻重焉。对曰："在德不在鼎。昔夏之方有德也，
> 远方图物，贡金九牧，**铸鼎象物，百物而为之备**，使民知神、奸。故民入川
> 泽、山林，不逢不若。螭魅罔两，莫能逢之。用能协于上下，以承
> 天休。"③

所谓"铸鼎象物"，即模仿万物的形态并将其铸造在青铜鼎上。"象物"
这一艺术创造的过程直接导致"物象"的出现，可以算是早期艺术活动中空
间形象的代表。此外，对绘画的界定也涉及"物象"的概念。战国史书《世
本》曰"史皇作图"，东汉宋衷注曰："史皇，黄帝臣也。图，谓画物象也。"④汉
刘熙《释名》卷六曰："画，绘也，以五色绘物象也。"⑤在这两则记载中，"画"
与"图"的形制虽则有别，但它们所创造的都是视觉形象；"物象"既是艺术活
动的对象，也是艺术作品本身；它的内涵既指自然界中的物质形象，又指以线
条、面积、色彩等表现的审美形象。

绪论中已经提及，艺术形象包括空间形象与时间形象。古代的"图"
与"画"有别，但无论是留诸"图"上还是见诸"画"上的"物象"，都是空间
形象。相比之下，以语言为媒介所塑造的"物象"——时间形象的一
种——却出现得较迟。从历史书写的角度看，并非所有的物都有资格进入
书写。那么，在哪些情况下，物可以进入书写？古代小说对物的书写又经
历了怎样的变化？

---

① （汉）许慎著，（清）段玉裁注《说文解字注》，上海：上海古籍出版社，1981 年，九篇下，第 459 页。
② （魏）王弼著，楼宇烈校释《周易注校释》，北京：中华书局，2012 年，第 248 页。
③ （春秋）孔丘、左丘明著，杨伯峻编著《春秋左传注》（修订本）（全 4 册），北京：中华书局，2009 年第 3 版，第 2 册，第 670 页。
④ （东汉）宋衷注，（清）孙冯翼集《世本（两种）》，《丛书集成初编》，上海：商务印书馆，1937 年，第 3698 册，第 3 页。其中，宋衷之注辑录自《文选·宣贵妃诔》，《太平御览》卷七五○。
⑤ （东汉）刘熙著，（清）毕沅疏证，王先谦补，祝敏彻、孙玉文点校《释名疏证补》，北京：中华书局，2008 年，第 207 页。毕沅校记云："今本作'画，挂也，以五色挂物上也'，据《御览》引改'挂'为'绘'，据《广韵》引改'上'作'象'。《考工记》曰：'画绘之事杂五色。'"

第一节　非常之物"开疆拓土"

对物的书写,大致沿着两条脉络——抒情与叙事——展开。诚如前文所述,物象构成诗歌语象的重要部分,并且是意象生成的基础。自有诗歌始,物象便占据了诗歌原质①的半壁江山。《诗经》的不少篇目甚至完全"以物为诗","物语"顺畅地转换为"情语"。至如"赋比兴"的诗艺,也是在人与物之间展开、形成的。由于诗歌传统对物的书写不属于本书讨论的范围,故而本章主要梳理叙事传统尤其是先明小说对物的书写历史及其演变过程。

值得一提的是,**物以其正常的、日常的状态进入抒情传统,但进入叙事传统,则主要凭借其非日常——反常、超常——状态,亦即其妖性与神性。**在先唐叙事传统中展开的对物的想象形成了两个极端:一个是因未知而生发恐惧进而妖魔化,体现为对反常之物的书写;一个则是因未知而生发好奇进而加以神奇化,体现为对超常之物的书写。

一、怪:反常之物的书写

物进入叙事传统始于史书记载。《春秋》庄公二十九年经文曰:"秋,有蜚。"传文补充道:"秋,有蜚,为灾也。凡物,不为灾,不书。"②"蜚",是一种浑身发臭的小飞虫,食稻花为害。在一部以记载人的事迹为主的史书中,动植物只有在与人类发生特定关联的情境下才会被写入其中。"书"与"不书"的界限在于是否为"灾"。"灾"这个概念在春秋战国时期不仅泛指灾害、祸患,还隐含着违背正常自然秩序的意味。只有反常的、对人类社会造成影响甚至构成威胁的自然物或现象,才有被写入人类历史的必要。

《春秋左氏传》的作者在宣公十五年的传文中曾解释过"乱"与"灾""妖"之间的因果关系:"天反时为灾,地反物为妖,民反德为乱,乱则妖灾生。"杜预注"灾"为"应寒而暑,应暑而寒,则为灾害","地反物"为"群物失性",即违背其自然规律的反常现象。③ 当万物遵守其自身规律的时候,便谓

---

① "原质"一语,参见林庚《诗的活力与诗的新原质》,载《林庚诗文集》,北京:清华大学出版社,2005年,卷七《唐诗综论》,第160—168页。林庚先生在此文中并没有严格界定"原质",但却谈道:"诗的内容,原是取之于生活中最敏感的事物。[……]然而这些敏感的事物,久而久之,便会形成一种滥调,一种无病的呻吟;于是新的敏感的事物,便又成为生活中的必要了。[……]新的诗风最直接的,莫过于新的事物上新的感情。"(第160页)

② (春秋)孔丘、左丘明著,杨伯峻编著《春秋左传注》,第1册,第244页。

③ (春秋)孔丘、左丘明著,杨伯峻编著《春秋左传注》,第2册,第763页。

之曰"常",反之曰"不常",具体表现是在天为"灾",在地为"妖"的诡异现象,进而对人类社会构成威胁。这样一种朴素的观念,到汉代经由董仲舒、刘向等今文经学家结合"天人感应"说的发挥,发展成对中国政治文化影响甚巨的灾异说。

在灾异政治学①的影响下,历朝历代的正史中往往设"灾异"一类。影响所及,一些杂史笔记、志怪小说也记录此类灾异现象。**某些反常的自然物,最初正是作为灾异现象被引入历史书写中的。**比较有代表性的,如晋人干宝的《搜神记》。干宝(?—336)曾任史官,《搜神记》中有两卷(今本②卷六、七)专门用于记载此类灾异现象,每一则皆以动物或植物的反常现象为题,比如,"狗冠""妖马""草作人状"等。南朝刘敬叔所著《异苑》是一部志怪小说,其中一半以上的篇幅用在了记录灾异现象上。

魏晋时期,这类反常之物发生了新的"变异","妖怪""精怪"随之"诞生"。《搜神记》中,干宝如此解释"妖怪"的形成过程:"妖怪者,盖精气之依物者也。气乱于中,物变于外。形神气质,表里之用。本于五行,通于五事。虽消息升降,化动万端,其于休咎之征,皆可得域而论矣。"③比干宝稍晚的葛洪(283—363),在他的《抱朴子内篇》卷十七《登涉》篇中提醒入山修行者应当注意的几种危险因素中就包括了"精怪",所谓"万物之老者,其精悉能假托人形,以眩惑人目而常试人,唯不能于镜中易其真形耳。是以古之入山道士,皆以明镜径九寸以上,悬于背后,则老魅不敢近人"④。从干宝与葛洪对"妖怪"和"精怪"之形成的解释可以看出,晋人所谓"妖怪"与"精怪"是两个大致相同的概念。虽然二人皆认可"妖怪"或"精怪"是精气所致,但至于精气从何而来、如何作怪,干宝和葛洪的看法不太一样。干宝以为,妖怪是精气外在地依附于物之上所致,而葛洪则认为那些年岁长久的物,自然会生发出精气灵魂,而精气灵魂又从物中脱离出来,并假托于人形,只有在镜子中才会现出原形。无论是"妖怪"还是"精怪",都是古人对大自然未知之物恐惧情绪的投射。

宋人编《太平广记》时,专设"妖怪"(卷三五九至三六七)、"精怪"(卷三

---

① 古人所说的灾异,是指代表天意的自然或人为灾害、天文异常和社会异象。它们往往被认为是上天对人事的预兆或谴告,具有特殊的政治含义。作为政治文化的灾异,或者政治文化中关涉灾异的层面,可称为"灾异政治文化"。参见陈侃理《儒学、数术与政治:灾异的政治文化史》,北京:北京大学出版社,2015年。

② "今本"指《汉魏六朝笔记小说大观》所收《搜神记》。

③ (晋)干宝《搜神记》,载上海古籍出版社编,王根林等点校《汉魏六朝笔记小说大观》,上海:上海古籍出版社,1999年,第316页。

④ (东晋)葛洪著,王明校释《抱朴子内篇校释》(增订本),北京:中华书局,卷十七,1985年第2版,第300页。

六八至三七三)两类,其中精怪小说"大量出现于六朝时期,是志怪小说的一个重要组成部分。根据素材性质的不同大致可将其分为两种类型:一是器物类;二是动物类"①。六朝人更习惯称之为"物怪"或"妖怪",所谓"物怪"经常指自然界中的动植物,尤其如獭怪等动物怪,往往与地域所产有关。

随着志怪体的日渐成熟,私人拥有的日常物品开始进入小说这种被视为琐碎的文体。**围绕人工器物展开的精怪叙事,可算是唐人小说的进一步拓展**。《太平广记》"精怪"类五卷,总共 52 则小故事,其中南北朝 6 则,唐代 46 则。除最后两卷收录有关"火"和"土"的自然精怪故事之外,其余都是日常人工"杂器用"与"偶像"(玩偶、塑像),像一个日用品杂货店一样应有尽有:饭甑、扫帚、枕头、履、布袋、钟、塑像、瓶盖、车轮、门扇、灯台、水桶、破铛、木杵、木杓、乌靴、文笔、骰子、漆桶、铁鼎、樟木灯擎、酒瓮、铁铮、陶甑、铁杵、铁铫子、破笛子、棋盘、黍穰帚、俑偶、明器等等。这些物象基本上都不是自然物质,而是人工物品。这些以日常人工物品为经验原型的物象,往往因其"成精作怪"而被载入小说,例如《搜神记》中的《阳城县吏》:

> 魏景初中,阳城县吏家有怪,无故闻拍手相呼,伺无所见。其母夜作倦,就枕寝息。有顷,复闻灶下有呼曰:"文约,何以不见?"头下应曰:"我见枕,不能往,汝可就我。"至明,乃饭甑也。即聚烧之,怪遂绝。②

饭甑夜半醒来,呼唤枕头,这样的场景超越了小说人物的日常经验,因此对于这一类精怪,小说中的吏员怀着恐惧和戒备,脑子里是根深蒂固的"妖怪不祥"的念头,本能反应就是一把火烧了。这一片段场景感非常强,无论是当事人还是读者,但闻其声,不见其形;然而,即便是背景不明的对话也惟妙惟肖地勾勒出拟人物精怪的形象。枕头有着一个雅致的名字叫"文约",饭甑的呼唤大约也是悄悄的偷偷的,怕被人听了去。这种鬼祟小心的场景,在今人看来颇有点童话的意味。**作者对身边日常接触的物品,因日用熟悉而减少恐惧感,从而渐渐生发出游戏与谐谑的心态。而恐惧感的消失,正是物的日常性得以浮出文学地表的前提**。

综上所述,自《春秋》以来"凡物,不为灾,不书"的灾异信仰及撰述原则深刻影响了后世对自然物与人工物的书写。发源于战国时期的灾异信仰在汉代成为一时显学,深刻影响了彼时的政治文化观念,也从根本上塑造了这个时期对自然物进行书写的面貌与格局。灾异书写构成彼时政治文化的一

---

① 李鹏飞《唐代非写实小说之类型研究》,北京:北京大学出版社,2004 年,第 51 页。
② (宋)李昉等编《太平广记》(全 10 册),北京:中华书局,1961 年,第 8 册,卷三六八,第 2926 页。

个侧面,隐含了对社会、政治的观察、思考与回应。"不常而书"作为一个潜在的原则贯穿于整个灾异书写之中,并促使"物"的概念与"怪"的概念相结合,从而催生了对"物怪"乃至"精怪"的超常性书写。①

二、异:超常之物的书写

中国古代地理博物体志怪小说,一直有异物崇拜的传统。所谓异物,最初指产自它方之物,后来引申为奇异之物,即具备神奇功能、超乎寻常之物。成书于战国中后期的《山海经》是这一谱系的发轫之作。汉人多视此书为大禹治水的副产品,刘歆(约前50—公元23)在《上山海经表》中首次提出这个观点。② 但经过学者的研究发现,《海经》部分成书年代晚于《山经》,"《海经》不同《山经》之专记载山川道里物产,主要记远国异民及神话传说,巫术意味淡而方术气味浓,有很明显的神仙不死及服食内容"③。因此,据此可以推断,《山海经》的成书及其对物的书写方式与神仙信仰、方士群体有直接的关系。

神仙说兴起于战国中期,大行于战国末叶及秦汉时期。汉武帝在位五十三年间,笃信神仙说,不少方士遂凭借神仙说成为帝王的顾问兼亲随,受到青睐与重用。方士们围着武帝团团转,怂恿武帝召鬼神、炼丹砂、候神仙。④"候神仙"的内容之一便是到汪洋大海中的名山去寻访仙人并封禅。由于求仙和封禅都与名山有关,因此方士中便有人对天下名山进行重新整理;而炼丹又涉及服食,与动植博物之学有天然的亲缘关系。自然而然地,对地理博物的熟稔便成为方士基本的生存技能,而地理博物体志怪小说,便是在这一信仰背景中产生的。

所谓"地理博物体"乃就其体例而言,即模仿《山海经》的文体,按照一定的时空形式安排内容,用存在句的格式描述地理形势、动植物产等;"志怪"是就其内容而言,带有较为浓厚的异物崇拜色彩,以记载它方神奇之物为主要内容,间或载山川动植,记远国异民传说。唐以前的地理博物志怪小说,以《山海经》《神异经》《海内十洲记》《洞冥记》《博物志》和《玄中记》为代表。

---

① 然而,唐代精怪小说描写的对象逐渐向世俗生活的领域转移,带有较强的谐隐成分,而这一特征使其与汉代以来的灾异书写大异其趣。精怪书写不再依托于灾异政治文化,而与文人的智趣追求相始终。由于唐代精怪小说超出了本节的时段限定,故不予论述,请参考李鹏飞《唐代非写实小说类型之研究》,北京:北京大学出版社,2004年。

② (清)严可均校辑《全汉文》,载《全上古三代秦汉三国六朝文》(全4册),北京:中华书局,1958年,第1册,卷四十,第346页。

③ 李剑国《唐前志怪小说史》,北京:人民文学出版社,2011年,第118页。

④ 顾颉刚《秦汉的方士与儒生》,上海:上海古籍出版社,2005年,第16页。

这一类小说"通常很少记述人物事件,缺乏时间和事件的叙事因素,它主要是状物,描述奇境异物的非常表征;即便也有叙事因素,中心仍不在情节上而在事物上"①。

《山海经》基本奠定了后来这一谱系小说对物的书写态度与方式。从自然书写的角度出发,完全可以将《山海经》视为一部原始初民的自然史。它的实用功能决定了它的体例以及对待物的态度。像一部野外探险指南一样,《山海经》将方位、物种名称、食用功能与其对人类的灾祥等一一记录下来;这些内容对原始初民而言,都是极其重要的实用知识和信息。尤其是有关动植物的记载,比较关注其实用价值。

尽管《山海经》中偶或出于解释或说明的需要围绕自然物展开叙事,但多数的自然物几乎被压缩成一个最核心、最可代表此物的信息——名称,以存在句的形式被记录在册,呈现为被知识化的静态物象。汉代神仙方术的兴盛以及方士群体对地理博物文体的借鉴和改造,从根本上改变了地理博物体对物的书写态度以及物象在这一文体中的呈现方式。对于方士群体来说,仅仅具备静态的地理博物知识是不够的,他们还需要创造异物神话。对异物叙事的需求,催生了类似人物传记的"物传"叙事。在汉代博物地理小说中,"与对实际地理知识的淡漠、对虚幻的神界感兴趣的态度一样,对动植物的关注和描写,更多地表现出一种虚构或神异的色彩"②。

旧题西汉东方朔(前154—前93)所作之《海内十洲记》与东汉郭宪(?—220)的《汉武帝别国洞冥记》,是神仙方术和道教色彩比较浓厚的两部地理博物志怪。与《山海经》中对异物所抱有的原始崇拜与神秘主义不同,以神仙方术自命的道徒则将异物异闻转化为可资渲染的帝王故事。《海内十洲记》曾围绕一种奇异贡物展开了长达数千字的叙述,将史传写法引入志怪中来:

> 凤麟洲在西海之中央,地方一千五百里。洲四面有弱水绕之,鸿毛不浮,不可越也。洲上多凤麟,数万各为群。又有山川池泽,及神药百种,亦多仙家。煮凤喙及麟角,合煎作膏,名之为续弦胶,或名连金泥。此胶能续弓弩已断之弦、刀剑断折之金,更以胶连续之,使力士掣之,他处乃断,所续之际终无断也。武帝天汉三年,帝幸北海,祠恒山。四月,西国王使至,献此胶四两,吉光毛裘,武帝受以付外库,不知胶裘二物之妙用也。以为西国虽远,而上贡者不奇,稽留使者未遣。又,时武帝幸华

①　李剑国《唐前志怪小说史》,第26页。
②　张乡里《唐前博物类小说研究》,上海:上海古籍出版社,2016年,第217页。

林园射虎,而弩弦断。使者时从驾,又上胶一分,使口濡以续弩弦。帝惊曰:"异物也!"乃使武士数人,共对掣引之,终日不脱,如未续时也。胶色青如碧玉。吉光毛裘黄色,盖神马之类也。裘入水数日不沉,入火不焦。帝于是乃悟,厚谢使者而遣去,赐以牡桂干姜等诸物,是西方国之所无者。又盖思东方朔之远见。①

《史记·孝武本纪》天汉三年载,武帝"复至泰山修封,还过祭常山"②,并无上文所言之西国王使臣上进续弦胶与吉光裘事。西晋张华(232—300)的《博物志》基本照抄了这段有关续弦胶的叙事。这段文字的写法显然受到了史传传统的影响。首先,这是帝王故事,而叙帝王故事必然要采用与之相称的正统史传文体,上文所引便很明显地在模仿《汉书·西域传》的写法;其次,彼时正史的撰述代表了叙事的最高水准,前有司马迁的《史记》,后有班固的《汉书》,其影响所及,即便是志怪写法也要以正史为参考、借鉴的对象;再者,即便在正史撰述中也经常收录此类方士的奇闻异事,比如《史记·孝武本纪》中齐人少翁以鬼神夜致王夫人③。这些因素都使得地理博物志怪十分自然地采用史传笔法对异物的传奇性进行叙述。

志怪作者将史传传统中较为成熟的叙事手法带入志怪小说中。对异物的书写,不再只是存在句式的知识化、信息化记录,而转变成描写与叙事相结合的对物象的呈现,并且通过异物将相关的人事也纳入叙事中。在上面这个小片段中,对续弦胶的由来及其外观、功能都有很详细的描写;然而,描写只是静态的,还不足以令人相信其神奇效果,于是作者又补充了一段汉武帝的经历:武帝猎虎时弓弦断了,在使臣的提示下,用口水沾了一下续弦胶就把弓弦接上了,派了几个力士拼尽全力拉扯,却怎么拉都断不了,连武帝都惊叹这实在是神奇之物。

以上这段叙事中,汉武帝已然成为神奇之物的陪衬了,他的行动与反应完全是为了衬托异物的超常性神奇功能。这种写法在《海内十洲记》中运用了不止一次。《海内十洲记》是地理博物体志怪,但一半以上的篇幅采用了近乎历史人物杂传的写法,同时又受限于地理博物体的撰述体例和书写原则,整部小说与其说是在写人,不如说是在写物,人物只是物象的陪衬,出现

① (汉)东方朔《海内十洲记》,载《汉魏六朝笔记小说大观》,第66页。
② (汉)司马迁撰,(宋)裴骃集解,(唐)司马贞索隐,(唐)张守节正义《史记》,北京:中华书局,2005年,第340页。
③ 《史记集解》:"徐广曰:'齐怀王闳之母也。'"《史记正义》曰:"《汉书》作'李夫人'。"参见(汉)司马迁《史记》,第322页。

了以物为核心的杂糅式传记写法，姑且称之为"物传"式写法。以汉武帝为线索人物而展开的对于"异物""异产"等神奇贡物的叙事，也出现在东汉郭宪的《汉武帝别国洞冥记》和西晋张华的《博物志》中。比如，《汉武帝别国洞冥记》卷二载郅支国进贡的马肝石以及张华的《博物志》卷二"异产"中所述弱水西国进贡的奇香，分别围绕马肝石和奇香这两种超常物象展开叙述，具备了小说叙事的基本要素。尤其是奇香的段落，其情节设置已颇曲折有致：先叙奇香其貌不扬，武帝不以为意；后叙长安大疫，奇香能辟疫气，武帝始信其奇。值得一提的是，这一系列异物几乎都是四方纳贡之物。对贡物的记录以及围绕异国之物的好奇和想象，在汉武帝时期达到了鼎盛状态，与这一时期不断开疆拓土的军事行动不无关系。《汉书·西域传》中记载了与汉武帝王朝建立外交关系并臣服于汉朝的西域国家；在藩属国向宗主国的纳贡体系中，贡物是彰显并确保这种关系的象征。这也就能解释为何东汉以及后代的神奇贡物叙事，总是喜欢将这笔账记在汉武帝头上；大概也只有汉武帝那样曾经拥有横贯东西大帝国的帝王，才能为神奇贡物叙事的可信性提供保障。

综上所述，地理博物体发凡于战国中后期记载远俗异物的《山海经》。异物最初只是作为一种信息和知识被记录下来，而在对这些知识进行深入解释和说明的过程中诞生了对叙事的需求。超常物象成为叙事中的一个要素甚至主体，开始出现在汉代的地理博物志怪中。汉代的神仙信仰与方士群体赋予这种体式以新的特征。具备博物知识并成为帝王的顾问，随时向帝王讲述异物异闻，是方士这一群体的生存状态与生存技能，也因此催生了对地理博物体中的异物进行史传化的敷演。

第二节　平常之物"浮出地表"

日常物象的出现与文体、题材的演变不无关系。"传奇"作为一个专门的文类概念，始自胡应麟（1551—1602）的分类。他将"传奇"视为与"志怪"对举的一类，引入他的小说分类体系中。然而，"至于志怪、传奇，尤易出入。或一书之中二事并载，一事之内两端俱存，姑举其重而已"①。就胡应麟所举之例而言，区分二者的标准是比较宽泛模糊的，志怪、传奇之间的区别并非绝对。

---

① （明）胡应麟《九流绪论下》，载《少室山房笔丛》，上海：上海书店出版社，2001 年，卷二十九，第 282—283 页。

然而,自鲁迅的《中国小说史略》以来,"传奇"作为唐人小说的代名词一直被沿用至今,同时也造成一种误解,仿佛"志怪"在改朝换代中元气大伤而一蹶不振了。事实上并非如此。志怪的写作绵延不绝,为历朝历代的文人小说家所青睐。从题材上看,唐人小说延续了六朝的传统;就篇幅多寡而论,志怪无疑仍是文言小说的大宗。

因此,本节不论志怪与传奇之别,主要从题材的角度梳理唐以来物象书写的新变。在古代小说史叙述中,《金瓶梅》的出现才标志着写实小说的诞生。但是,古代小说中写实笔法的出现却可以追溯到唐以前。如前所述,以今人的标准来看,多数的志怪小说即便偶或采用写实笔法,但总体可以归入超现实主义题材。志人小说则要复杂一些,尤其是像《世说新语》这样的作品,出现了对人物日常事件与生活细节的写实描写。例如,王子猷种竹、王蓝田吃蛋等著名故事中,竹子、鸡蛋都保持了其经验原型在日常生活中的自然、正常状态,堪称日常物象描写的萌芽。然而,类似的描写还是个别的、零星的,还未形成文学史意义上的新现象。

尽管学界对鲁迅提出的"唐人始有意为小说"的观点有不同的看法,但就唐人小说中的物象描写而言,以特定题材类型为依托的确出现了一些新特质,这些新特质可以成为我们进一步观察古代小说艺术演进的标尺。上文论及的地理博物与精怪题材,在唐代呈现出一种新的面貌。以代表作《酉阳杂俎》为例,其中"对于域外植物的记载更近于客观描述,没有多少神话色彩,这和此前博物杂记类小说关于域外物种充满神奇色彩的记载相比,呈现出完全不同的纪实风貌"①。这一新的风貌,并不是个别的,也体现在其他题材中,共同构成一种新趋势。下文将主要通过入冥、梦幻与遇仙三类超现实题材考察唐人小说中日常物象如何"浮出地表"。

一、入冥:引入日常生活细节描写

传记体作为一种历史体裁,尊崇撰述的真实性,因此,即便是虚构性传记,仍受这一文体传统的规约。时间和空间的确定性,为人物的真实性提供了最基本的依据,所以传记体一般从传主活动的年代、籍贯、爵里叙起,并且沿袭为传记体的基本行文规范。

然而,带有佛教意味的梦幻、入冥、还魂与道教遇仙等主题的引入,对传记体时空的真实性构成了挑战。曾经大盛于南北朝的宣教类志怪,并没有随改朝换代而退出历史舞台,一直延续到了初盛唐的小说创作中。

---

① 罗欣《汉唐博物杂记类小说研究》,北京:中国社会科学出版社,2016 年,第 67 页。

　　无论从题材特点还是从文化趣味上看，初盛唐小说大体上延续了六朝小说的传统。宣验一类的辅教小说，在初盛唐仍不乏响应者，如唐临（602？—661？）的《冥报记》、郎余令的《冥报拾遗》、赵自勤的《定命论》等。在这类小说中，"入冥生还"题材成为佛教宣验所热衷的叙事类型。这类故事一般安排世俗时空中凡俗之人的魂魄进入另一个平行时空——冥间，之后再度返回世俗人间，向世人讲述其在冥间的闻见遭遇。这类题材在叙事上形成一个环形结构，以世俗日常生活经验为起点和终点，标志了人物在两个平行时空之间的位移。

　　这一类题材早在魏晋南北朝就已经十分成熟了，《幽明录》是这一题材的集大成者，原书已散佚，《太平广记》"报应"类征引该书中的《赵泰》，写赵泰死而复生的经历：

　　　　赵泰字文和，清河贝丘人。公府辟不就，精进典籍，乡党称名。年三十五，宋（《辨正论》八注引宋作晋）太始五年七月十三日夜半，忽心痛而死，心上微暖，身体屈伸，停尸十日，气从咽喉如雷鸣，眼开，索水饮，饮讫便起。说初死时，有二人乘黄马，从兵二人，但言捉将去。［……］由是大小发意奉佛，为祖及弟，悬幡盖，诵《法华经》作福也。①

　　几乎同样的记载也出现在《太平广记》卷三七七"再生"类所录王琰《冥祥记》中的《赵泰》一则，所载与上文极为相似：

　　　　晋赵泰，字文和，清河贝丘人也，祖父京兆太守。泰郡察孝廉，公府辟不就。精思圣典，有誉乡里。当晚乃仕，终中散大夫。泰年三十五时，尝卒心痛，须臾而死。下尸于地，心暖不冷，屈申随意。既死十日，忽然喉中有声如雨，俄而苏活。说初死之时，梦有一人，来近心下。［……］时亲表内外候视泰者，五六十人，同闻泰说。泰自书记，以示时人。时晋太始五年，七月十三日也。乃为祖父母二弟，延请僧众，大设福会。皆命子孙，改意奉法，课观精进。士人闻泰死而复生，多见罪福，互来访问。［……］莫不惧然，皆即奉法。②

　　这一类题材在叙事结构上一般都是三段式结构，主体部分采用倒叙手法。为了使结构更加明朗，上面引文略去了由赵泰追忆的冥间见闻。或许出

---

　　① （宋）李昉等编《太平广记》，第 3 册，卷一〇九，第 740—741 页。
　　② （宋）李昉等编《太平广记》，第 8 册，卷三七七，第 2996—2998 页。

于宣教的急切,叙述者一上来就直奔目的地,再从目的地回顾起点。人物进入另一平行空间的方式及其在生理上的差异体验,虽然并不是叙述的重点,但从这一题材诞生之日起就成为容易引起读者好奇的部分。不过,叙述者似乎不太耐烦在这些地方浪费笔墨。《冥祥记》和《幽明录》中都从生理体验的角度写赵泰之死("忽心痛而死,心上微暖")以及赵泰的复活("气从咽喉如雷鸣,眼开,索水饮"),不过都只是一笔带过。

唐人继承了这一题材宗教目的较强的叙事策略,唐临的《冥报记》中也颇多此类记载与叙述方式。**有意思的是,唐临将日常生活经验和情感带入这类题材中,使其叙事在细微处更加生动,也更加真实可信。**例如,《孙回璞》写殿中侍医孙回璞死而复生的故事:

> 尝夜二更,闻外有一人,呼孙侍医者。璞谓是魏征之命,既出,见两人谓璞曰:"官唤。"璞曰:"我不能步行。"即取马乘之。随二人行,乃觉天地如昼日光明,璞怪而不敢言。出谷,历朝堂东,又东北行六七里,至苜蓿谷,遥见有两人,持韩凤方行。语所引璞二人曰:"汝等错追,所得者是,汝宜放彼。"人即放璞。璞循路而还,了了不异平生行处。既至家,系马,见婢当户眠,唤之不应。越度入户,见其身与妇并眠,欲就之而不得。但着南壁立,大声唤妇,终不应。屋内极明光,壁角中有蜘蛛网,中二蝇,一大一小。并见梁上所着药物,无不分明。唯不得就床。自知是死,甚忧闷,恨不得共妻别。倚立南壁,久之微睡。忽惊觉,身已卧床上,而屋中暗黑,无所见。唤妇,令起然火,而璞方大汗流。起视蜘蛛网,历然不殊,见马亦大汗。凤方是夜暴死。[……]璞自以必死,与家人诀别,而请僧行道,造像写经,可六七夜。梦前鬼来召,引璞上高山,山巅有大宫殿。既入,见众君子迎谓曰:"此人修福,不得留之,可放去。"即推璞堕山,于是惊悟,遂至今无恙矣。①

与《幽明录》中的《赵泰》相比,《孙回璞》的叙事显得更为成熟细腻:其一,悬念的设置,本篇不再采用生硬的三段式而用顺叙手法,从过去的某个时间点娓娓道来,有意设置悬念以引起读者对人物命运的好奇。其二,对人物身份的设置与该题材的情节达到了完美的结合;孙回璞是个随时可能被召唤的侍医,这一身份使得他的行动在情节中显得合情合理。这一安排也是出于延宕叙事、增强悬念的需要。其三,叙事重心的转移与叙事视角的调整。在

---

① (宋)李昉等编《太平广记》,第 8 册,卷三七七,第 3000—3001 页。

顺叙部分,从人物限知视角出发的日常经验的分量增加了,而冥间见闻则被大幅压缩,只用一句话带过;人物从阳世到阴间的经验过渡中,叙述者采用限知视角以呈现人物朦胧的意识状态,没有在文本上留下任何可供判断时空转换的标记。然而,人物不能无限期地被滞留在这种朦胧的状态下,读者也不可能无限期地保持对悬念的好奇,因此,当人物从阴间回到阳世时,叙述者也按捺不住开始"抖包袱"了,通过个人限知视角展现出一组日常生活的画面:孙回璞回到家中,安顿好马匹,隔着门缝看到婢女在门边打盹,"唤之不应";一个人讪讪地进了门,朦胧中看到自己的肉身与妻子共眠,不敢相信,遂惊恐地"大声唤妇",却终究得不到回应("终不应");焦虑、恐惧,分不清梦幻与真实的界限,辨不明庄生蝴蝶,到底是自己闯进了他人的梦境,还是他人在自己的梦境中? 凭着朦胧的意识,内心泛起莫大的疑虑,因这疑念而感到难以排遣的恐慌,那隐隐感到而不敢予以确认、不能接受的事实的影子在脑海中挥之不去。恐慌无奈之际,他重新打量起这住过多年、十分熟稔的房屋,环顾四周,看到"屋内极明光,壁角中有蜘蛛网,中二蝇,一大一小。并见梁上所着药物,无不分明"——多么结实可靠的日常生活的印迹、多么鼓舞人的日常证据! 连那蜘蛛网和苍蝇,都泛着日常生活的光辉,还有那挑梁上挂着的中草药包也因遗留着亲人抓取过的温度而令人倍感温馨。日常生活确凿无疑的证据一度令他欣喜,给他安慰——回到他所熟悉的日常时空的慰藉,但也给他幻觉——以为自己与世人并无差异,于是他鼓起勇气,再次尝试,却终告失败("唯不得就床。自知是死,甚忧闷")。最终,他不得承认他的肉身已死而灵魂犹在,灵魂在失去肉身的凭借之后,不能再以行动参与到日常生活中,因此呼之不应,推之不动。灵与肉的再度结合以梦的方式达成,一觉醒来"身已卧床上,而屋中暗黑,无所见。唤妇,令起然火,而璞方大汗流。起视蜘蛛网,历然不殊,见马亦大汗"。"蜘蛛网"和"马亦大汗"等日常物象和场景,再度成为主人公确认自己所处时空的依据,与前文相呼应,也象征着叙事向世俗日常时空的复归,构成了一个环形叙事结构。

在此类题材中,具有宗教色彩的物象也受到了日常经验的点染。《李大安》一则叙陇西李大安旅途中为奴所害,几乎致死,梦见佛像变成僧人为其医治,愈后乃知梦中佛像实则为家中所供佛像。在梦中佛像与家中所供佛像之间建立巧妙关联的是文中对袈裟的描写:

> 大安仍见庭前有池水,清浅可爱。池西岸上,有金佛像,可高五寸,须臾渐大,而化为僧,**披绿袈裟,甚新净**,语大安曰:"被伤耶? 我今为汝将痛去,汝当平复,还家念佛修善也。"因以手摩大安颈疮而去。大安志

其形状,见**僧背有红缯补袈裟,可方寸许,甚分明**。既而大安觉[……]为说被伤由状,及见僧像事。有一婢在旁闻说,因言,大安之初行也,安妻使婢诣像工,为安造佛像。像成,**以绿书书衣**,有一点朱污像背上,当遣像工去之,不肯,今仍在,形状如郎君所说。大安因与妻及家人共起观像,乃所见者也。**其背朱点,宛然补处**。于是叹异,遂崇信佛法。①

这一段引文的底本为日本高山寺抄本②。在对袈裟颜色的描写上,各个版本之间存在异文。梦幻时空中佛像袈裟的颜色,高山寺抄本作"绿袈裟",而《太平广记》则作"袈裟",无"绿"字③;世俗时空中佛像的颜色,高山寺本作"以绿书书衣"④,知恩院本及《法苑珠林》《三宝感应要略录》皆作"以彩画衣",《太平广记》作"以彩画其衣",方诗铭校本据上文所言梦中佛像"披绿袈裟",径改此处为"以绿彩画衣",无任何版本依据,李时人校本亦复如是。若就版本先后而言,高山寺抄本无疑最早。"高山寺本为现存最古的一个抄本,藏于日本京都高山寺。[……]此抄本亦称作奈良朝旧抄本,相传为空海的弟子圆行于日本承和五年(838)游学唐朝时请唐人书写,携带回国的。"⑤从时代上看,高山寺抄本理应最接近《冥报记》的原貌,当然也不排除手抄之误。就目前所见高山寺抄本中对袈裟的颜色描写("绿袈裟")来说,实则与佛经仪轨所定之袈裟用色不符。

译于后秦(384—417)时期的佛教戒律书《四分律》曾严格规定过袈裟的颜色:"若比丘得新衣,应三种坏色。一一色中随意坏,若青若黑若木兰。"⑥"梵语袈裟 Hasāya 译曰坏色",所谓"坏色",即"避青黄白黑无正色,以他之不正色染之,故曰坏色。有三种,一青坏色,二黑坏色,三木兰坏色,此为如法之袈裟色,以作法衣,因而法衣成为袈裟"。⑦ 也就是说,"袈裟"一词的本义为僧人法衣的三种颜色,即"坏色"——分别为青色(铜青色)、黑色(或皂色)和木兰色(茜色),后来用"坏色"或"坏色衣"来指代僧衣。所谓坏色,就是将正色染成不正色。正色又称大色,有五种,分别是青、黄、赤、白、黑;而五正色

① (唐)唐临、戴孚著,方诗铭辑校《冥报记　广异记》,北京:中华书局,1992 年,第 34 页。《太平广记》亦收入此篇,题名《李大安》,归之于卷九十九"释证"类下,第 664 页。

② 《冥报记》的古抄本主要有三个,分别是高山寺本、知恩院本和三缘山寺本。

③ (宋)李昉等编《太平广记》,第 2 册,卷九十九,第 664 页。

④ 方诗铭校记云"原作以绿书书衣",而李时人编校《全唐五代小说》(西安:陕西人民出版社,1998 年)校记云"以绿黛书衣",未知孰是。

⑤ 李铭敬《〈冥报记〉的古抄本与传承》,《文献》2000 年第 3 期,第 81 页。

⑥ (姚秦)佛陀耶舍、竺佛念译《四分律》,[日]高楠顺次郎编《大正新修大藏经》卷二二律部,东京:大正一切经刊行会,大正十三年(1924),卷十六,第 676 页。

⑦ 丁福保编《佛学大辞典》,台北:财团法人佛陀教育基金会,2002 年,第 2850 页。

的中间色,又称"五间色",即绯、红、紫、绿、硫黄五色①。五正色和五间色都在禁用之列。绿色是"五间色"中的一种,非"坏色",照理说,袈裟是不该染成这个颜色的。虽然武后朝曾因僧人重译《大云经》有功,赐予紫袈裟,一时间僧人穿紫服绯成为风尚(莫高窟第217与199窟)②,但绿袈裟却仍十分罕见。

就敦煌莫高窟的佛教塑像而言,"北朝时期的造像衣着的表现样式基本上是符合佛教的仪轨制度的,在佛教文献资料中可以得到映证;基本可以判断莫高窟北朝时期的佛陀衣着的色彩是按照佛教所规定的用色进行创造的,与现实僧侣的袈裟色彩是相附和(符合)的"③。那么唐代的情况,就目前所见塑像而言,未见有着绿袈裟者,倒是绿僧祇支(穿在袈裟里面之左肩及两腋)十分常见。唯有初唐328窟中的壁画部分,分别站在迦叶、阿难左后方的两位胡僧所穿袈裟为绿色④,不排除褪色或变色的可能。总体而言,绿袈裟在文献、文物上都极为少见。

同时,小说最后写大安回家,听婢女说当初造佛像时,用绿色涂了袈裟,不小心在佛像背部留下了一点红色的颜料。佛像背上涂朱这一细节,与佛教的"点净"之制十分相似。依照佛教戒律,"比丘得三衣坐具尼师坛等而受用之,以少分之故衣,贴于新衣,或以墨著点于此,谓之点净。净者离过非而为清净之义,不过依此点法而受用之,故名点净"⑤。"三衣"指的是比丘穿的三种衣服,也泛指僧衣。不过,《李大安》中这一细节主要是为了与人物大安梦中所见僧人绿袈裟上的红补丁相呼应("其背朱点,宛然补处"),而不一定是出于宗教上的考虑。

总而言之,小说家在描写袈裟这一宗教性物象时,并没有严格按照宗教仪轨来设定其颜色;"绿袈裟"在文献和文物中都很少见到,绿色在佛教的仪轨里也属于"间色",不是僧人的袈裟所当用的颜色。此外,绿袈裟上打红补丁("僧背有红缯补袈裟"),也有违佛教仪轨。然而,文中之所以如此描写,或许更多地出于世俗日常生活的经验:以绿色为背景,在上面打红补丁,从视觉效果上看,应该是很抢眼的。这也正是红配绿成为民间所偏爱的配色方案的缘故。后世世情小说中的人物都很热衷这种配色,《红楼梦》中便不乏"松花配桃红"等各种红绿渐变色的搭配。因此,绿袈裟配红布块,也更多地源自小说家于日常生活中的审美经验,而非宗教仪轨。

---

① 丁福保编《佛学大辞典》,第516页。

② 《段文杰敦煌艺术论文集》,兰州:甘肃人民出版社,1994年,第300页。

③ 余明泾《敦煌莫高窟北朝时期佛陀造像袈裟色彩分析》,《敦煌研究》2006年第1期,第66页。

④ 参见刘永增编《敦煌石窟全集·塑像卷》,敦煌研究院主编《敦煌石窟全集》第8卷,香港:商务印书馆,2003年,第137页。

⑤ 丁福保编《佛学大辞典》,第2791页。

综上所述,在初盛唐释证入冥题材中,为了赢得世俗读者的信任,作者对小说人物的世俗经验进行更为细致可感的描写,其中包含对物象日常性特征的呈现。

二、梦幻:以写实场景为叙事框架

初盛唐入冥题材中的环形叙事结构,也被中唐的梦幻题材所采纳。对梦幻的书写由来已久(《太平广记》卷二七六至卷二八二"梦"),然而古来梦书多以备问卜之需。作于唐中期(大历年间)的两篇"梦幻"之作——沈既济(780 年前后在世)的《枕中记》和李公佐(约 770—约 850)的《南柯太守传》,从主题思想与叙事框架上看,更多地受到唐中期佛道思想的影响。佛教主张人世无常,万事万物皆有成住坏空之变。道家面对人世的纷争扰攘,主张寡欲恬淡的齐物适世之学。唐代中期佛道思想的杂糅,共同影响并塑造了梦幻之作的主题,决定了小说的叙事框架。

鲁迅曾指出,《枕中记》中梦中骤进的情节"在歆慕功名的唐代,虽诡幻动人,而亦非出于独创,干宝《搜神记》有焦湖庙祝以玉枕使杨林入梦事(见第五篇),大旨悉同"①。唐人虞世南(558—638)《北堂书钞》卷一三四"枕"类典故中有"枕内选秘书"一则,并注明引自《幽明录》,鲁迅《古小说钩沉》据以收录。在这个版本中,枕为"柏枕",三十多年枕后才出现了小孔②。同时,宋人李昉(925—996)所编《太平广记》和乐史(930—1007)所撰《太平寰宇记》二书亦皆收录此篇,其中《太平广记》卷二八三《杨林》一则即"焦湖庙祝"故事,引自《幽明录》;《太平寰宇记》卷一二六注明引自《搜神记》《幽明录》二书。与《北堂书钞》中的"柏枕"不同,此二书所引焦湖庙祝所用的枕头开始向"玉枕"③演变:

> 宋世。焦湖庙有一柏枕,或云"玉枕",枕有小坼。时单父县人杨林
> 为贾客,至庙祈求,庙巫谓曰:"君欲好婚否?"林曰:"幸甚。"巫即遣林近
> 枕边。因入坼中,遂见朱楼琼室,有赵太尉在其中。即嫁女与林,生六

---

① 鲁迅《中国小说史略》,北京:人民文学出版社,2006 年,第 74 页。

② (唐)虞世南《北堂书钞》,北京:中国书店,1989 年影印本,卷一三四,第 541 页。

③ 《北堂书钞》和《太平广记》均引自《幽明录》,但前者作"柏枕",后者则补充"或云'玉枕'";《太平寰宇记》与《太平广记》如出一辙,作"或名'玉枕'"。与梦幻主题密切相关的物象——柏枕或玉枕,前者当为六朝人的发现,而后者可能是宋人的想象和补充。枕头这一物象在故事流传过程中被改写得更为合乎情理,毕竟"玉枕"无论从形制还是从质地上看,都更加玲珑剔透,与缥缈的梦幻相宜。如果"玉枕"之语出自宋人的补充这一假设可以成立的话,或许还可以由此反推《枕中记》的"青瓷枕"对宋人想象的影响。

子,皆为秘书郎。历数十年,并无思归之志。忽如梦觉,犹在枕旁。林怆然久之。①

玉枕上的小孔是原本既有者,而非如柏枕般无中生有;《枕中记》的青瓷枕,与玉枕一脉相承。虽然鲁迅以为《枕中记》的内容与上文"大旨相同",但实际上,沈既济在叙事框架上尤其是开头和结尾上可谓别具匠心。《枕中记》以邯郸道中一家低档旅店里正在上演的一幕写起:

开元七年,道士有吕翁者,得神仙术。行邯郸道中,息邸舍,设榻施席,摄帽弛带,解囊②而坐,俄有旅中少年,乃卢生也。**衣短褐,乘青驹**,将适于田,亦止于邸中,与翁共席而坐,言笑殊畅。久之,卢生顾其衣袋弊褻,乃长叹息[⋯⋯]讫而目昏思寐。时主人方**蒸黄粱为馔,共待其熟**③。翁乃探囊中枕以授之,曰:"子枕吾枕,当令子荣适如志。"④

觅得神仙之术的道士没有逍遥方外,却下榻昏暗杂沓的小旅店,这样的场景在六朝小说中不得一见。吕翁在市井气浓厚的旅馆中现身,是作者有意安排的叙事框架的一部分。较之本事,《枕中记》弃"庙祝"而用"道士",是为了在道家的解释框架中呈现梦幻故事。小说开篇所呈现的这一幕,是一个画面感十分强的场景,由一连串的物象共同构成:道士的包袱和青瓷枕、少年的短褐青驹、火炉上的蒸黄米。在青瓷枕的神奇作用下,卢生进入了梦幻的世界:

其枕青瓷,而窍其两端。生俯首就之,见其窍渐大,明朗,乃举身而入,遂至其家。[⋯⋯]生惶骇不测,谓妻子曰:"吾家山东,有良田五顷,足以御寒馁。何苦求禄? 而今及此,**思衣短褐、乘青驹**,行邯郸道中,不可得也。"引刀自刎,其妻救之,获免。[⋯⋯]卢生欠伸而悟,见其身方偃于邸舍,吕翁坐其傍,主人**蒸黄粱尚未熟,触类如故**。生蹶然而兴,曰:

---

① (宋)李昉等编《太平广记》,第 6 册,卷二八三,第 2254 页。另外,鲁迅《古小说钩沉》该则校记云"案《广记》二百七十六引《幽明录》",盖或出于笔误。

② 底本《文苑英华》作"隐囊",鲁迅《唐宋传奇集》据此作"隐囊";《太平广记》卷八十三《吕翁》作"担囊",校记云明钞本作"解囊",李时人据明钞本改作"解囊"。

③ 底本《文苑英华》作"方蒸黍",原文无"共待其熟",乃据《太平广记》补入。下文"主人蒸黄粱尚未熟",《文苑英华》原作"蒸黍未熟",亦据《太平广记》改。

④ (唐)沈既济《枕中记》,载李时人编校《全唐五代小说》(共 8 册),西安:陕西人民出版社,1998 年,第 1 册,第 543 页。

"岂其梦寐耶?"翁笑谓曰:"人世之适,亦如是矣。"生怃然良久,谢曰:"夫宠辱之数,穷达之运,得丧之理,生死之情,尽知之矣。此先生所以**窒吾欲**也,敢不受教。"稽首再拜而去。①

青瓷枕作为连接现实与梦幻的中介,是一个十分巧妙的功能性物象。青瓷枕的神奇功能,仍属于超常性描写;然而,对青瓷枕外形特征的描写却是日常性的,符合彼时枕头的形制和特征。这一物象经验原型的形态特征和功能,被十分完美地纳入叙事层面,达到了现实功能与叙事功能天衣无缝的融合。不过,这个构思主要还是六朝人的发明。写实框架中包含了梦幻题材,所谓写实即相对于梦幻的虚构而言;那么,对写实框架中所呈现的看似平淡的日常生活情味的提炼,才是沈既济的发现。他用寥寥几个物象,就构筑出一个异常稳定、鲜明的写实日常生活场景,而这个场景正是对"人生之适,亦如是"主题具体而生动的演绎。当卢生在梦幻世界中遭遇不测时,便追忆往日,而"衣短褐、乘青驹"这一再平常不过的生活场景,却成为遥不可及的乡愁式愿景。大梦惊觉之际,"**见其身方偃于邸舍,吕翁坐其傍,主人蒸黄粱尚未熟,触类如故**",心中如释重负。对世俗日常生活的回归,是这一类题材永恒不变的主题。和六朝的洞窟遇仙题材相似,人物终究要返回世间,出离只是短暂的经验。在梦幻类题材中,若要对读者做出交代,那就是回到世俗时空中来。伴随着叙事对日常时空的复归,为写实的日常物象描写所填充的场景也再度回到读者的视野中,正如卢生从梦中回到现实所体验到的"触类如故"。

程毅中评价《枕中记》,以为它的"情节比六朝志怪详细曲折,富有真实感,但文笔还比较简炼质朴,不太华艳,主要情节与碑传文的写法相近,只是在开头和结尾的细节上有一些很精彩的描写"②,其实开头和结尾不只是细节描写,沈既济以此搭建了一个用日常物象描写来呈现的写实框架。同样的框架,还可以在稍后的《南柯太守传》中看到类似的实践。

梦入蚁穴的情节最初见于《搜神记》,此后的《妖异记》是《搜神记》和《南柯太守传》之间的过渡作品,也是《南柯太守传》的蓝本。③《搜神记》(今本卷十)中的卢汾故事十分简短:"夏阳卢汾,字士济,梦入蚁穴,见堂宇三

---

① (唐)沈既济《枕中记》,载《全唐五代小说》,第1册,第543页。校记云:"本篇今传二本,一为《太平广记》卷八十二引,题《吕翁》,注出《异闻集》;一为《文苑英华》卷八三三载,题《枕中记》,沈既济撰。《类说》卷二十八节引《异闻集》,题《枕中记》,因知《枕中记》确为原题。[……]此以《英华》本为底本,校以《广记》《类说》。"(第1册,第546页)
② 程毅中《唐代小说史》,北京:人民文学出版社,2003年,第120页。
③ 程毅中《唐代小说史》,第6—8页。

间,势甚危豁,题其额曰'审雨堂'。"①《穷神秘苑》中的记载则大大扩充了:

> 《妖异记》曰:夏阳卢汾字士济,幼而好学,昼夜不倦。后魏庄帝永安二年七月二十日,将赴洛,友人宴于斋中。夜阑月出之后,忽闻厅前槐树空中,有语笑之音,并丝竹之韵。数友人咸闻,讶之。俄见女子衣青黑衣,出槐中,谓汾曰:"此地非郎君所诣,奈何相造也?"汾曰:"吾适宴罢,友人闻此音乐之韵,故来请见。"女子笑曰:"郎君真姓卢耳。"乃入穴中。[……]忽闻大风至,审雨堂梁倾折,一时奔散。汾与三友俱走,乃醒。既见庭中古槐,风折大枝,连根而堕。因把火照所折之处,一大蚁穴,三四蝼蛄,一二蚯蚓,俱死于穴中。汾谓三友曰:"异哉,物皆有灵,况吾徒适与同宴,不知何缘而入。"于是及晓,因伐此树,更无他异。②

《穷神秘苑》演绎的梦入蚁穴故事,继承汉魏以来的物怪书写传统,槐树作怪是叙述的重点,也是制造叙事冲突的唯一因素;物怪一旦被除,叙事的紧张感也骤然消解。从题材上看,《穷神秘苑》所载梦入蚁穴故事是《南柯太守传》的蓝本。但是,从叙事上看,《南柯太守传》却是在一个新的框架内处理旧题材,即在世俗写实框架下展开具有宗教与虚构色彩的梦幻书写:

> 东平淳于棼[……]家住广陵郡东十里。所居宅南有**大古槐一株,枝干修密,清阴数亩**。淳于生日与群豪大饮其下。
> 　　贞元七年九月,因沉醉致疾。时二友人于坐扶生归家,卧于堂东庑之下。二友谓生曰:"子其寝矣! **余将秣马濯足**,俟子小愈而去。"生解巾就枕,昏然忽忽,仿佛若梦。见二紫衣使者[……]使者即驱入穴中[……]忽见山川风候草木道路,与人世甚殊。[……]俄见一门洞开,生降车而入。[……]生遂发寤如初。**见家之僮仆拥帚于庭,二客濯足于榻,斜日未隐于西院墙,余樽尚湛于东牖。梦中倏忽,若度一世矣**。[……]生感南柯之浮虚,悟人世之倏忽,遂栖心道门,绝弃酒色。后三年,岁在丁丑,亦终于家。[……]后之君子,幸以南柯为偶然,无以名位骄于天壤间云。③

与《妖异记》单刀直入的叙事风格不同,李公佐很注重对气氛的营造,比

---

①　(晋)干宝《搜神记》,载《汉魏六朝笔记小说大观》,第 354 页。
②　(宋)李昉等编《太平广记》,第 10 册,卷四七四,第 3902—3903 页。
③　(唐)李公佐《南柯太守传》,载《全唐五代小说》,第 1 册,第 636—642 页。

如庭院南边的大槐荫以及醉归的场景，一点点进入视野，又渐渐荡开去，继之以摇曳生姿的梦幻图景，大开大合，戛然而止，定格在最初那个安详的午后，犹如水面照人，静而生像，风吹摇曳，定乃重现。小说开头的场景是通过人物话语建构的，梦醒时分的场景兑现了人物话语并与之相呼应，人物连同物象共同构成了这一回放性场景：童仆在庭院里扫地，客人坐在榻上濯足，落日斜坠西院墙外，而东窗下还放着一杯没喝完的酒。鲁迅谓其"立意与《枕中记》同，而描摹更为尽致"，"篇末言命仆发穴，以究根源，乃见蚁聚，悉符前梦，则假实证幻，余韵悠然，虽未尽于物情，已非《枕中》之所及矣"。①

《南柯太守传》的写法，"以蚁穴比附人世，栖古槐土城以为据津，颇得庄子蛮触之意，寓慨亦深矣"②。然而，综观《枕中记》与《南柯太守传》的写法，都是三段式结构；从时空上看，由现世而入未来，又由未来回到现世。类似的结构也出现在佛教故事中，"汉译《本生经》佛陀本生故事，往往都有固定的结构。某个具体的故事一般都由三个部分构成：第一部分是佛陀现世说法的景况，叙事趋于简洁；中间主体部分则是佛陀过去世的行事状况［……］最后部分是佛陀总结，多伴有偈语，乃现世的佛陀揭明过去世与现在世的联系"③。**很显然梦幻题材的叙事框架，既受到本土道家思想的启迪，也受外来佛教思想及佛教故事叙事手法的影响。**

收录于宋人刘斧《青琐高议》中的《慈云记》，副标题作《梦入巨瓮因悟道》。从结构上看，此篇大体可以分为两部分。上半部分模仿《枕中记》，大背景是北宋太宗、真宗时期宋辽之间的疆土之争和皇室内部的矛盾；写袁道（慈云法师俗名）在高僧指引下梦入巨瓮，登进士第，中状元，授中丞，因直谏忤圣意而遭贬，起复之后仍不改耿直之性，终累及其身而受刑，临刑之际忽然梦觉。下半部分则写袁道看透世事、悟道成佛的过程和他对佛教事务的一些新主张。上文所叙《枕中记》里对卢生进行点拨的老者隐约是道士，而这一篇中则是得道高僧，僧人邀请袁道就其所居：

> 由池面去不百步，道北有小室，入门土阶竹窗，僧邀坐。僧曰："吾暂息少时，子亦可休于此矣。"僧乃就榻。
> 道性本恬静，甚爱清洁，见此居惟屋三间，一无所有，似无烟爨气味。**中室惟巨瓮一枚，破笠覆之。**道私念："此瓮必积谷其中。"试举其笠，瓮

---

①　鲁迅《中国小说史略》，第85页。
②　李剑国《唐五代志怪传奇叙录》，天津：南开大学出版社，1993年，第309页。
③　俞晓红《佛教与唐五代白话小说研究》，北京：人民出版社，2006年，第379页。

中明朗若月光[……]①

袁道在梦中经历了人世枯荣,醒来之后发表了一番感慨:

> 道乃觉,身在瓮傍。回视僧拭目方起,恍然而醒,矍然而兴。僧曰:
> "贤者以此营心,意窒吾欲,而诱吾归。"乃再拜谓僧曰:"富贵穷寒,命
> 也,此天之所以生命;心气,此身之所有,吾将听于天,而养乎内。"②

这段议论,与《枕中记》中卢生所发感慨何其相似。此篇以巨瓮代替了
瓷枕,虽然巨瓮这一物象远没有瓷枕巧妙,但它的叙事功能却是一致的,用以
沟通现实和梦幻两种不同的时空,并在现实时空中与其他日常物象描写一同
构成梦幻书写的框架。瓮是僧人禅房净室中常见之物,小说家信手拈来,符
合僧人的生活习惯,同时又隐含更深层的文化意味。唐人道宣(596—667)
《续高僧传》卷十七载释僧善病重遗言,嘱咐他的弟子:"各勤修业,不劳化
俗,废尔正务。若吾终后,不须焚燎,外损物命。可坐于瓮中埋之。"③这位得
道高僧向弟子吩咐的安葬方式就是瓮葬,又称缸棺葬,起源于原始社会,在
佛教传入中国前便已经在黄河流域流行了。后世又将"坐化"与"缸葬"
(今称)合称"坐缸",这是除了火化之外的另一佛教安葬方式。瓮葬的初
衷是铸就不坏肉身,以待降世成佛,度化众生。在佛教语境中,瓮象征了死
亡与轮回的双重辩证关系。因此,对瓮的描写既是日常性的,同时又是象
征性的。袁道的意识进入瓮中,最后险些丧生的经历,就是死亡的象征;在
梦幻中经历盛衰荣辱,仿佛经历了一次轮回,最终又从梦幻中回到现实中。
瓮既是生命的结点,同时又是生命的起点,开启了另一番轮回。然而,这层
象征含义是隐而不显的。就文体范式而言,《慈云记》显然是以历代《高僧
传》的体例为蓝本进行创作的。梦幻的书写被嵌入有名有姓、言之凿凿的
高僧传记中,成为铺垫其得道历程的一个小片段。这样的写法,固然是对
非理性梦幻的理性化安排,但却失去了引起普遍共鸣的可能性。上文所言
如《枕中记》《南柯太守传》中经历梦幻的主人公身份不一,前者为不得志
的书生,后者为放荡不羁的酒徒,他们在小说中的生命与梦幻相始终,梦醒
时分也是他们退出小说之时,叙事至此已经完成了它的目的,而读者则与
主人公一样沉浸在无限怅惘之中而不能自拔。通过梦幻写世事无常,在

---

① (宋)刘斧《慈云记》,载《青琐高议》,上海:上海古籍出版社,1983 年,前集,卷二,第 21 页。
② (宋)刘斧《慈云记》,载《青琐高议》,前集,卷二,第 23 页。
③ (唐)道宣著,郭绍林点校《续高僧传》(全 3 册),北京:中华书局,2014 年,第 2 册,第 643 页。

《慈云记》中却被淡化成高僧得道的必备程序；或许由于小说主人公身份（僧人）所限，梦幻之于世人执念的冲击和撼动反倒因此减弱了。

综上所述，对梦幻的书写由来已久，中原文化背景下产生的"梦书"多为占卜之书；唐代中后期，对梦幻的书写受到了佛道思想的影响，小说家多热衷于演绎和提炼梦幻主题所蕴含的"真""幻"与"虚""实"观念及人生感怀。然而，这一以佛道思想为内核的主题却是在一个写实的世俗日常生活框架下得到呈现的：主人公从世俗日常生活出离到虚幻梦境中，梦境模拟世俗人生的遭际浮沉，主人公在梦境中获得替代性经验和感悟，最终从虚幻梦境复归于世俗日常生活，从此悟道并实现对世俗生活的超越。在写实框架中引入带有鲜明日常特征的物象描写，有助于得到读者的认同；梦幻中替代性经历对小说主人公所造成的震撼及其对儒家入世观的消解，最终也意在引起世俗读者的共鸣。在此类叙述范式中，写实场景承担着开启、收束虚构叙事的功能，并为佛道思想和主题的发挥提供了一个参照系。梦境与现实之间沟通物的日常实用功能，亦被小说家所留意，并成为梦幻题材叙事的一个亮点。

三、遇仙：通过赠物建立情感联结

从小说家的身份看，汉魏志怪的作者以方士、道士居多，六朝则儒生渐侈，隋代以降科举取士而儒生骤进。儒生构成了文人的主体，唐宋文言小说多出于文人之手，且在文人圈子里流传，读者也多为文人阶层。这一格局大大改变了小说创作的旨趣。

婚恋故事是唐宋文人所热衷的一类小说题材。唐宋婚恋书写主要包括两种题材，一类是书生与女神之间的人神恋，一类是世俗男女之恋。人神恋始于遇仙故事，遇仙故事与神仙信仰一样古老，发轫于汉人小说（如《列仙传》中郑交甫遇女神），一直到清代（如《聊斋志异》）仍余韵犹存。遇仙故事又包括两种类型，一种是凡人入仙窟，一种是仙人下凡。前者最具代表性的是刘义庆《幽明录》中的刘晨、阮肇入桃源仙境，唐人的《游仙窟》，宋人的《桃源三夫人》；后者则如曹毗的《杜兰香传》，葛洪《神仙传》中《王远》，《八朝穷怪录》中的萧总遇巫山女神等，都是仙女、女神下凡。**汉魏之际的遇仙书写总是与长生不老的愿望相始终，尤重对仙人饮食的描写；一直到南朝的遇仙故事中，才逐渐萌生对仙女赠物的兴趣。**

汉魏两晋"王母会武帝"主题对神仙服食展开了富于想象力的发挥，从对静态服食之物的记录敷演成动态的宴饮书写，比如作于魏晋

或东晋①的《汉武帝内传》的描写:

> 因呼帝共坐,帝南面,向王母。母自设膳,膳精非常。丰珍之肴,芳
> 华百果,紫芝萎蕤,纷若填樏。清香之酒,非地上所有,香气殊绝,帝不能
> 名也。**又命侍女索桃,须臾,以鏊盛桃七枚,大如鸭子,形圆,色青**,以呈
> 王母。母以四枚与帝,自食三桃。桃之甘美,口有盈味。帝食辄录核。
> 母曰:"何谓?"帝曰:"欲种之耳。"母曰:"此桃三千岁一生实耳,中夏地
> 薄,种之不生如何!"帝乃止。②

"仙桃"这一物象是神仙服食的一大象征。虽然西王母所食之"仙桃"不
同于普通的桃子,但它终非仙家服食之"上药"。可是,在小说化的叙事中,
它取代了金属矿物和丹药而成为仙家服食的象征,并且成为遇仙叙事的必备
要素。

南朝的遇仙故事中,对仙人服食的关注逐渐让位于仙女的赠物。这固然
与小说家群体身份的变化有关,但也与小说叙事原质的更迭不无关系。凡人
男子遇仙故事,在唐以前并不少见,梁吴均《续齐谐记》中赵文韶夜遇庙神清
溪小姑的故事,发生在秋夜月明的清溪桥畔。赵文韶见月思归,倚门唱《西
夜乌飞》,女姑闻曲起兴,遣婢相邀,令婢歌《繁霜》而己弹箜篌以和之。一夜
歌曲,四更方别,临别又互赠信物。叙事飘逸有致,被誉为"诗化小说"③,带
有较为浓厚的文人意趣。

就唐代的人神、人仙相遇的叙事而言,以男性书生遇女神、女仙的情况最
为常见。在六朝的遇仙叙事中,男性主人公的身份还比较多样,但到了唐代
就基本集中在书生或士子身上;这无疑与文人执笔有关。《裴航》是唐代人
神恋题材中最为隽永飘逸的一篇。该篇分成两部分,第一部分叙落第士子裴
航游于鄂渚,归乡舟中遇国色樊夫人,无由通达,乃赂侍妾传诗一首,夫人数
日之后回赠一诗,云:"一饮琼浆百感生,玄霜捣尽见云英。蓝桥便是神仙窟,
何必崎岖上玉清?"④第二部分叙裴航回到都下,于蓝桥驿忽觉口渴,向一老
姬求浆,得以窥见老姬孙女云英。裴航为云英美貌所倾倒,欲娶云英。老姬

---

① 关于《汉武帝内传》为何时人所作,"《四库全书总目》云当为魏晋间士人所为,《守山阁丛
书》集辑者清钱熙祚推测是东晋后文士造作,二说大致不差",参见《汉武帝内传》校点说
明,收入《汉魏六朝笔记小说大观》,第 139 页。从时代上看,与葛洪的《神仙传》或相距未
远;《汉武帝内传》中对草木之药的青睐,可与《神仙传》相参照。
② (魏晋)佚名《汉武帝内传》,载《汉魏六朝笔记小说大观》,第 142 页。
③ 李剑国《唐前志怪小说辑释》(修订本),上海:上海古籍出版社,2011 年,第 669—671 页。
④ (唐)裴铏《裴航》,载《全唐五代小说》,第 3 册,第 1760 页。

提出了一个条件：

> 妪曰："渠已许嫁一人，但时未就耳。我今老病，只有此女孙。昨有神仙遗灵丹一刀圭，但须玉杵臼捣之百日，方可就吞，当得后天而老。君约取此女者，得玉杵臼，吾当与之也，其余金帛，吾无用处耳。"①

　　裴航为了玉杵臼，把科考都抛在了脑后，走遍大街小巷，四处寻访数月，最终卖了马匹和仆人才购得此物，可谓倾家荡产。老妪为裴航的诚意所感动，遂留裴航住到家中："妪于襟带间解药，航即捣之，昼为而夜息。夜则妪收药臼于内室。航又闻捣药声，因窥之，有玉兔持杵臼，而雪光辉室，可鉴毫芒。于是航之意愈坚。"②最终，裴航与云英结姻，得长生不老之术，超为上仙。樊夫人来贺，裴航方知其为云英之姊，而其之前所赠之诗实则预言了蓝桥之遇。
　　与六朝的遇仙故事不同，《裴航》中没有赠物的环节，取而代之的是一个诗意化的物象——玉杵臼。值得注意的是，玉杵臼是贯穿小说第二部分的一个物象，并非广寒宫中之物，而由裴航从市井中访购而得。玉杵臼的设置，首先，符合该物象的日常实用性特征，即可为捣药之用；其次，对物象具体材质的描写灵感来自玉兔捣药的传说。唐人的咏月诗句往往化用此典，李白（701—760）《古朗月行》云："白兔捣药成，问言与谁餐？"③裴铏（860 年前后在世）将玉兔捣药的传说和诗句化用到小说人物和情节的设置中。上文引用的段落中，裴航夜间所见玉兔捣药的场景，俨然杜甫（712—770）《八月十五夜月二首》中之句："此时瞻白兔，直欲数秋毫。"④不过，诗歌对于玉兔的捣药工具没有十分详细的交代，而小说则在这个地方发挥了想象，为玉兔量身定做了玉杵臼。文人小说家以玉兔捣药这一富于诗意的传说为背景，玉杵臼的描写在此背景中被提升为一种诗意的想象，与玉盘、玉兔等冰清玉洁的诗歌意象融为一体，为裴航与云英的人神恋爱营造出一种诗意的气氛。
　　人神恋的题材，经由文人的发挥而孕育了诗意的想象与对诗意的营造。元稹（779—831）的《莺莺传》，要早于裴铏的《裴航》，其所述虽为世俗之恋，但却深受自六朝以来逐渐文人化、诗化的人神恋叙事范式之影响，**对莺莺的描写也带有很强的"拟神性"特征。**
　　《莺莺传》不载于元稹的文集，《太平广记》卷四八八援引，注明为元稹所

---

① （唐）裴铏《裴航》，载《全唐五代小说》，第 3 册，第 1761 页。
② （唐）裴铏《裴航》，载《全唐五代小说》，第 3 册，第 1761 页。
③ （唐）李白著，（清）王琦注《李太白集注》，上海：上海古籍出版社，1992 年，第 103 页。
④ （唐）杜甫著，（清）仇兆鳌详注《杜诗详注》，上海：上海古籍出版社，1992 年，第 693 页。

撰。《莺莺传》曾单篇流行过,后被陈翰选入《异闻集》,题为《传奇》,后世如《绿窗女史》、重编《说郛》等收录,则题为《会真记》。《会真记》的题名,当缘于文中张生所作《会真诗》及文后所附元稹续《会真诗》三十韵。唐人常以"真"称"仙","会真"即遇仙。从文末所附诗题及诗歌内容看,尤其是开头数句如"微月透帘栊,萤光度碧空。遥天初缥缈,低树渐葱茏。龙吹过庭竹,鸾歌拂井桐。罗绡垂薄雾,环佩响轻风。绛节随金母,云心捧玉童"①,与晚唐诗人曹唐(860—874)吟咏汉武帝候西王母下降主题的诗歌十分相似②;张生等待莺莺的气氛和场景,俨然武帝静候王母降临的景况。

　　元稹在创作《莺莺传》时,隐约以人神恋叙事为蓝本,从而为世俗之恋的叙事注入了哀婉的诗意色彩。元稹写崔莺莺夜深潜入张生之室,如同仙女下凡:

　　　　是夕,旬有八日也。斜月晶莹,幽辉半床。张生飘飘然,**且疑神仙之徒,不谓从人间至矣**。有顷,寺钟鸣,天将晓。红娘促去,崔氏娇啼宛转,红娘又捧之而去,终夕无一言。张生辨色而兴,自疑曰:"岂其梦邪?"及明,**睹妆在臂,香在衣**,泪光荧荧然,犹莹于茵席而已。③

　　与此场景相对应,元稹的《会真诗》中则曰:"言自瑶华浦,将朝碧玉宫。因游洛城北,偶向宋家东。"正是以洛神比拟崔莺莺。此外,又如上文所言,张生"且疑神仙之徒",也暗示了此段描写采用的是人神恋的叙事范式。尤其是对环境和气氛的渲染,以日常物象描写为依托,且带有浓厚的诗意色彩。《会真诗》中如此再现张生梦醒时分的场景:"乘鹜还归洛,吹箫亦上嵩。**衣香犹染麝,枕腻尚残红**。"在这一场景中,小说物象(妆红和衣香)与诗歌意象("衣香"和"残红")——几乎完全一致。

　　妆红和衣香,是传统女性日常生活的印记,也是诗歌中常用的意象,更是晚唐诗人与此后的"花间"词人所厚爱的意象。元稹将抒情诗句揉进散文叙事中,"睹妆在臂,香在衣,泪光荧荧然,犹莹于茵席而已",隽永缠绵不下于诗词。此情此景,余韵袅袅,令后代的文人难以忘却。宋人秦醇的《温泉记》,叙西蜀儒生张俞过骊山,宿于华清池附近的旅店,夜里黄衣使者招魂至一仙宫,太真仙妃邀其共浴,饮酒欢谈:

---

① (唐)元稹《莺莺传》,载《全唐五代小说》,第1册,第661页。
② 曹唐诗作《汉武帝将候西王母下降》《汉武帝于宫中宴西王母》,参见《全唐诗》(北京:中华书局,1999年),第10册,卷六四〇,第7387页。
③ (唐)元稹《莺莺传》,载《全唐五代小说》,第1册,第658页。

不久,玉漏递响,宝灯阑珊,侍者报仙曰:"鼓已三敲。"仙乃命撤去杯皿,与俞对榻寝。[……]俞乃就南榻,与仙对卧而语。不久鸡鸣,烟中月沉,户外侍者促俞起,俞泣下别。[……]仙令取**百合香**一小器遗俞曰:"留以为忆。"**系俞臂**。[……]俞惊起坐,默念岂非梦邪?**臂上香犹存**,发器,异香袭人,非世所有。①

张俞"岂非梦邪"的感慨与余香犹存的细节,与《莺莺传》中张生的感慨和余香犹存的细节如出一辙。虽然文中所记为杨贵妃,但杨贵妃此时已经是上界的太真仙妃,故而文中所叙为人神相遇之事。这也从另一侧面证实了《莺莺传》实乃以人神恋模式为叙事的蓝本。

遇仙或遇神故事中,赠物是较为常见的叙事环节;这一环节模拟世俗恋人之间的互赠信物,多由女神主动留赠,由凡间男子回应性答赠。当小说家将女神身份视为叙事悬念时,往往会弱化女神所赠之物的超常性,而突显其日常性特征。这一倾向在南朝的遇神故事中就已经出现了。《续齐谐记》中赵文韶与清溪小姑临别之际,女神脱金簪以赠文韶,文韶答以银碗、白琉璃匕各一枚。第二天,文韶在清溪小姑庙中看到神座上有银碗,屏风后有琉璃匕,方悟夜间所见为庙神。② 小说家从一开始就刻意隐瞒女子的身份,因此清溪小姑留赠之金簪,更多是对其女性身份的强化,而未能挑明其女神身份。在叙事中承担解除悬念,并揭示女神身份之功用的,反倒是凡间男子答赠女神之物。**在遇神故事中,赠物描写的日常性倾向,乃源于特定的叙事安排。**

上文论及《莺莺传》的相关描写受人神恋或遇仙模式的影响,实际上,《莺莺传》中人物身份的凡俗性,也在一定程度上改写了人神恋固有的叙事模式。人神恋以女神身份为悬念的设置,在世俗之恋中失效了;与此相对应的是,**在世俗之恋题材中,小说家无须对读者隐瞒女性的身份,而世俗恋人之间的赠物亦随之呈现出较强的日常性特征。**《莺莺传》中张生赴京赶考,滞留不返,给崔莺莺寄了封信,并捎去花胜一合、口脂五寸。口脂为胭脂,花胜以剪彩为之,是女性的一种头饰,均为女性日常生活所需饰物。遇仙故事中双方相互赠物,更多地出于叙事的需要,即作为证物的重要性;赠物描写一般不会刻意追求符合对方的性别或日常生活经验。然而,在世俗之恋题材中,张生所赠之物,则以女性日常生活经验为依托,暗示了张生对莺莺容貌之关

---

① (宋)秦醇《温泉记》,载袁闾琨、薛洪勣主编《唐宋传奇总集》(全 2 册),郑州:河南人民出版社,2001 年,第 1 册,第 225 页。

② 李剑国《唐前志怪小说辑释》(修订本),第 653 页。

注。莺莺回赠之物为玉环一枚、青丝一束、文竹茶碾子一个,其中玉环和茶碾子具备日常实用性,三者又各有其象征意味,"玉取其坚润不渝,环取其终始不绝",竹碾子和青丝则象征"泪痕在竹,愁绪萦丝",正如崔莺莺所言,乃是"因物达情,永以为好"。① 崔莺莺的回赠之物,道尽心中无限情事,既道出了她对这份情感的笃定坚守,也充满了对未来的担忧和对张生的殷殷期待。从故事层面看,张生所赠无非"耀首膏唇之饰",并未超越物象经验原型的实用性,而崔莺莺回赠张生之物则具备象征意味和情感价值;从叙事层面看,莺莺回赠之物,充分体现了日常性物象描写的文人化色彩。总体而言,在世俗之恋叙事中,赠物描写的日常性特征更为显著;以崔莺莺对感情强度的耽溺与追求为依托,赠物描写是人物情感与内心的自然流露与外化体现。强烈而冒险的情感,已然逸出人神恋的叙事范式。

上文论及人神恋书写的诗化风格,这一风格主要体现在两方面。一方面,诗歌与曲辞作为人神交接、沟通的方式被引入叙事中,诗词曲等韵文作品被引入文本之中;另一方面,对人神相遇环境、场景、赠物的诗意想象和渲染,在文本中营造了一种诗意的氛围。《莺莺传》继承了人神恋题材的诗化风格,也为后世世俗之恋的书写另辟新径;尤其是对赠物的着意描摹,宋元乃至明代的文言中篇才子佳人小说受此影响匪浅。

由此可见,唐宋世俗之恋借鉴自六朝人神恋题材,人神间的赠物(尤其是神向人的赠物)孕育了诗意的想象与对诗意的营造,往往超越日常实用性,而世俗之恋中的赠物作为必要叙事环节,相关描写则呈现出鲜明的日常性与浓厚的文人色彩。

综上所述,日常物象描写萌蘖于唐宋文言小说中,并与特定的题材相结合而发展出多种表现方式。日常物象以及物象的日常性特征,不是孤立存在的,而与情节结构、人物塑造、细节描写等小说要素相关联,并对特定题材的主题表达起到不容忽视的作用。

首先,日常性乃针对小说家的视角和写法而言。即便在宗教题材之内,小说家也开始注意到日常生活经验对于叙事效果的作用,释证类题材中日常经验的引入,便是一个典型的例子。从小说艺术的角度看,日常物象作为小说细节描写被引入进来。

其次,日常性还意味着物象描写与写实笔法的运用相结合。梦幻类题材本以虚构取胜,无论是作者还是读者都深谙这一规则。释道出世、适世思想对儒家入世思想的偏离和矫正,构成了梦幻题材创作与接受的深层文化心

---

① (唐)元稹《莺莺传》,载《全唐五代小说》,第 1 册,第 660 页。

理。无论从这一类题材的情节安排还是从叙事结构上看,入世的儒家体验都构成梦幻书写不偏不倚的中轴线,而释道所倡导的出世、适世只不过是曲终奏雅式的偏离;梦幻书写的框架是儒家的、写实的,从现实生活中进入梦幻,最终又回到现实生活之中。当现实与虚幻的界限被梦境所混淆之后,由日常物象构成的写实场景的再度浮现,象征着对现实的复归,与梦幻时空截然区分开。以写实手法呈现日常物象及场景,并在此框架内演绎梦幻人生,凸显了梦幻与现实之间的强烈反差感。

最后,日常性还意味着物象与世俗人物建立情感联结。前文论及,早期的博物地理志怪小说中"见物不见人",一直到"物传"类叙事中才出现了作为异物传奇叙事配角的人物。在唐以来的遇仙题材中,来自神界的异物经过仙人神女之手交到了世俗男性手中,而且为了在叙事中向后者隐瞒前者的身份,非常之物伪装成毫不出奇的日常之物。物沟通了人、神之间的隔阂,通过赠物环节,人、神被超越性的情感联结在一起。这样的写法,也见诸世俗之人的婚恋叙事,并直接影响到日后才子佳人小说中的赠物叙事。

第二章 商业出版、城市文化与明小说物象描写的日常化

　　小说家对日常生活的兴趣和肯定,是日常叙事得以兴发、崛起的基础。上一节所论对日常之物的描写,有的是在宗教叙述框架内进行的,有的是在受宗教影响的叙述框架内进行的,总之,与宗教的关系都较为密切。日常生活在上述文本中还未占据一席之地,只有部分物质细节因为叙述的需要被交代出来,而更加宏大的日常生活的画面还未形成。

　　对日常生活的肯定,与商业贸易的发展、平民阶层的崛起与城市生活的发达密不可分。① 其中,商业贸易的发展是最为根本的。日本学者内藤湖南于二十世纪初提出"唐宋变革论",从政治、经济、思想、社会各个方面论述从唐末到北宋之交发生的转变,影响深广。就唐宋经济方面的差异而言,内藤湖南提出,唐及以前,"大多以绢、绵等表示物的价值",但是,"进入宋代之后,货币经济非常盛行",总之,"唐宋之交是实物经济的完结期与货币经济开始的转折期"。② 日本史学家宫崎市定——内藤湖南的学生,进一步补充了这一观点,他提出,唐代是贵族时代,经济以自给自足的庄园经济为主,而宋以后,城市经济兴起,贸易发达。城市经济的兴起,正是宋元以降话本小说等通俗文学作品得以扎根的土壤。

　　正是在这个转型中,"生活在近世、近代社会的既非贵族身份又无职业保障的诗人,则不得不面对日常生活与超越性追求相矛盾的严峻现实"③,并向日常生活靠拢。就传统的诗歌创作而言,宋人的诗歌创作较之唐人表现出对日常生活更浓的兴趣。诗歌题材的日常化,是宋诗发展的一个重要特点。日本汉学家吉川幸次郎就曾指出,宋人"也关注并不那么特别的事物,也就是注意对日常生活的观察。过去的诗人所忽视的日常生活的细微之处,或者

---

　　① 参见[加]查尔斯·泰勒著,韩震等译《自我的根源:现代认同的形成》,南京:译林出版社,2008 年。在该书中,泰勒对现代认同追本溯源,尤为值得注意的是,他在宗教革命的背景下探讨日常生活价值被重估的历史过程,并进一步阐释对日常生活的肯定如何构成现代认同的一大特征。泰勒认为,对日常生活的肯定,除了宗教革命的助力之外,还与十八世纪西方新出现的商业文明模式密切相关。尽管东西方文明的进程及其特点都有较大差异,但就对日常生活价值的重估及其与商业贸易的关系而言,该书仍然为我们思考宋代商业发展与通俗文学中对日常生活的关注这一新现象之间的关系提供了一些富于启发性的观点。

　　② [日]内藤湖南著,夏应元、钱婉约等译《中国史通论》,北京:九州出版社,2018 年,第 370 页。

　　③ 朱刚:《"日常化"的意义及其局限——以欧阳修为中心》,《文学遗产》2013 年第 2 期,第 54 页。

事情本身不应被忽视,但因为是普遍的、日常的和人们太贴近的生活内容,因而没有作为诗的素材,这些宋人都大量地写成诗歌。所以宋诗比起过去的诗,与生活结合得远为紧密"①。

　　与诗歌领域的新变相似,宋代话本小说也呈现出更强的日常化特征。据今存世的敦煌变本可知,**唐代既已出现通俗讲唱,但无论是题材上还是语言上,仍未出脱"崇奇尚异"的传统,而且还带有较强的宗教色彩。宋代话本小说则表现出更为鲜明的对市井阶层及其日常生活的兴趣,而这也构成了宋以降话本小说的新特点。**

　　虽然宋元时期已经出现了话本小说,但目前存世的话本作品除了一个元代的残片之外,最早的便是嘉靖二十至三十年间洪楩(杭州)清平山堂所刊之《六十家小说》中的若干篇。由于多数宋元话本都经过明人的收集、整理、编撰与出版得以流传至今,因此这些被不同程度加工过的宋元话本又归入明人作品,例如"三言"。得益于前辈学者的辨析考证,我们可大致分辨宋元原作与明人手笔,但具体到某一处细节,则很难断其归属。由于本书要探讨的物象描写涉及许多难以断定时代归属的细节,因此,**从明中后期出版文化大背景的角度出发,将宋元明话本视为一个整体加以探讨,则不失为一种更加妥帖的方式。**

　　得益于明代中后期蓬勃发展的出版业,白话小说乃至通俗文学的接受圈扩展至更为世俗而广大的群体。小说创作和传播前所未有地依赖于商业出版和图书消费市场。就明代中后期的总体出版情况而言,大木康根据《中国版刻综录》(陕西人民出版社,1987 年)做了一个统计,结论是"在从宋至明末的这 3094 种书籍中,可以确认有 2019 种出版于嘉靖、万历至崇祯这大约一百年间,实际上占 65%"②。通俗小说的出版高峰,则主要分布于万历之后。以万历二十年为界,可以将通俗白话小说的出版分为两个阶段。"从嘉靖元年(1522)迄万历十九年(1591),凡 69 年时间内,总计刊行通俗小说 9 部"③,

① [日]吉川幸次郎著,李庆、骆玉明等译《宋元明诗概说》,上海:复旦大学出版社,2012 年,第12—13 页。

② [日]大木康著,周保雄译《明末江南的出版文化》,上海:上海古籍出版社,2014 年,第一章,第 7 页。

③ 冯保善《论明清江南通俗小说中心圈的形成》,《明清小说研究》2014 年第 4 期,第 10 页。程国赋以万历十五年为界对可确定具体刊刻年代的作品(参见程国赋《明代书坊与小说研究》附录一《明代坊刻小说目录》,北京:中华书局,2008 年,第 54 页)进行统计,得出的结论是:嘉靖元年至万历十五年(以金陵周曰校万卷楼刊刻《国色天香》为界)书坊所刊为 22 部(不包括《国色天香》),包括文言小说 9 部,小说总集《古今说海》1 部,通俗小说(不含成化词话)12 部。将成化词话排除在外,那么程国赋所统计的 12 部通俗小说与冯保善的统计结果大约相近。另外,据李忠明的统计,1601—1640 年这四十年间刻印、传抄、创作、编撰的小说大约有 141 种(参见李忠明《17 世纪中国通俗小说编年史》,合肥:安徽大学出版社,2003 年,第 23—27、41—46、62—67、84—85 页),虽然这四十年并不严格对应于万历二十年至明亡(1592—1644)这个时段,但仍可大致窥知后半段通俗小说的出版盛况。以上所引诸家统计的标准不一,故而导致统计的数量有出入,但总体而言,万历中后期是学界在研究通俗小说出版史时所公认的一个转折点。

其中还包括创作于元末明初的《三国志通俗演义》和《水浒传》;"万历二十年(1592)至崇祯十七年(1644)明朝灭亡,凡52年时间内,新刊小说总计约有72种"①。

明代中后期出版文化的整体面貌及其与通俗小说之关系,前人已多有论及②,此处不再赘述。本章将以晚明商业出版背景中两类书籍(通俗日用类书与文人雅趣指南)的刊刻为例,提炼出晚明商业出版文化中具有普遍性的特质——日用性、世俗化与日常化;这些特质为晚出的话本小说物象描写所共有。

第一节　明中后期商业出版的日用性与世俗化

从文类文体的角度看,通俗日用类书与文人雅趣指南这两类图书,并非明人的新创,而皆承袭自宋元已有之类书与文人清玩之作的体例。然而,唐宋时期的类书诸如《白氏六帖》《初学记》《艺文类聚》等皆为典故之汇集,关注文翰之事,面向上层士人。南宋末年陈元靓所编《事林广记》以及元人编撰的《居家必用事类全集》这两部类书则标志了"类书"与"日用"的结合③——日用类书。日用类书虽然早在宋元时代既已问世,但却一直到明代中后期才迎来编纂、出版的高峰。**与以往类书不同,日用类书被定位为面向"士农工商"的日常生活指南,其所辑录汇编的内容更为日常化,同时也面向更为世俗化的读者群。**

与此类似,晚明文人清玩作品的创作与出版,也经历了日常化与世俗化之转变。苏轼所言"君子可以寓意于物,而不可以留意于物",可视为宋代士大夫文人体物观的缩影。明代中后期的清玩品赏之作,却将更多的注意力放在了如何营造更为舒适、精致的日常生活上;一种新的"生活美学"④蔚然成风。对古董的搜求,最能体现明代文人的这一转向。古董不再只是博古之学的研究对象,晚明文人通过创造性的运用而大大拓展了古董当下日用的功能

---

① 冯保善《论明清江南通俗小说中心圈的形成》,《明清小说研究》2014年第4期,第10页。

② 参考方彦寿《建阳刻书史》,北京:中国社会出版社,2003年;程国赋《明代书坊与小说研究》,北京:中华书局,2008年;刘天振《明清江南城市商业出版与文化传播》,北京:中国社会科学出版社,2011年;[日]大木康著,周保雄译《明末江南的出版文化》,上海:上海古籍出版社,2014年。

③ 参见吴蕙芳《"日用"与"类书"的结合》,载《明清以来民间生活知识的建构与传递》,台北:台湾学生书局,2007年,第一章,第24—25页。

④ 参见赵强《"物"的崛起:前现代晚期中国审美风尚的变迁》,北京:商务印书馆,2016年,第二章。

和美感。这一时期出现的文人雅趣指南,则更直接将文人的清玩品赏文化转化为可操作的实践,以及可供效仿的"文人雅士"的日常生活样式。

一、"类书"与"日用"的结合以及文人品赏的日用性

明代中后期的思想领域中,心学无疑是最具影响力的一股潮流。在程朱理学向阳明心学的嬗递过程中,"日用"成为"致良知"的试验场之一。心学宗师王阳明(1472—1529)曾多次论及日常生活是操练"心性"、扩充"良知"的绝佳场域:

> 学问工夫只要主意头脑是当。若主意头脑专以致良知为事,则凡多闻多见,莫非致良知之功。盖**日用之间见闻酬酢**,虽千头万绪,莫非良知之发用流行。除却见闻酬酢,亦无良知可致矣。

> 君子之学以诚意为主。格物致知者,诚意之功也,**犹饥者以求饱为事,饮食者求饱之事也**。①

"致良知"说是王守仁心学思想在晚年更为成熟的一种形式。王阳明所言之"良知",指的是人的内在的道德判断与道德评价体系;"致"即"至",意为扩充良知而至其极,而"致知"包含着将所知诉诸实践的意义。② 在王阳明看来,"致良知不能用佛家沉思默虑的方法。致良知,必须通过处理普通事务的日常经验"③,需要在日常感性体验中反复践行。王阳明以日常饮食等基本生理需求譬喻人之于"良知"的精神需求,无疑是对日常生活经验重要性的一次重估。同样地,为了与宋代道学末流对"存天理,灭人欲"的曲解和矫枉过正相对抗,"穿衣吃饭"等"人欲"在李贽的论述中也被合理化、普遍化;以肯定"百姓日用"为出发点,进而肯定世俗之人的合理欲望。万历四年(1576),李贽(1527—1602)给朋友邓石阳的书信④中郑重论及:

> **穿衣吃饭,即是人伦物理;除却穿衣吃饭,无伦物矣**。世间种种皆衣与饭耳,故举衣与饭而世间种种自然在其中,非衣饭之外更有所谓种

---

① (明)王守仁《阳明先生则言》,《续修四库全书》,上海:上海古籍出版社,1996年,据安徽图书馆藏明嘉靖十六年薛侃刻本影印,子部,总第 937 册,卷上,第 361、370 页。
② 参见陈来《宋明理学》,沈阳:辽宁教育出版社,1991年,第 275 页。
③ 冯友兰著,涂又光译《中国哲学简史》,北京:北京大学出版社,2013 年,第 297 页。
④ 容肇祖编《李贽年谱》,北京:生活·读书·新知三联书店,1957 年,第 41 页。

种绝与百姓不相同者也。[……]世间荡平大路，千人共由，万人共履，我在此，兄亦在此，合邑上下俱在此。若自生分别，则反不如**百姓日用**矣。①

　　明代中后期心学对"百姓日用"之学的提倡，与出版界的另一现象——日用类书的发达——遥相呼应。明中后期的出版业极为繁荣，商业书坊的大量涌现，是促成这一盛况的一大原因。以明代中后期的苏州、金陵书坊的出版为例，占书坊出书前四名的，分别为通俗文学、文集、民间日常用书与科举应试参考书。② 日用类书是民间日常用书的一种，这类书籍从形式和内容上看，都具备很鲜明的特点。"此类书籍中所刊载的内容，全系摘抄他书，分类汇编而成，所涉题材极为广泛，不仅常常涵盖天文地理、琴棋书画、医理饮食、戏令技击、相法术数、婚丧礼仪等内容，甚至连青楼风月亦时有专文，在某种程度上堪称是当时百姓的日常生活指南。"③这类书籍，在明代名目不一，清代以后统称为"万宝全书"。学界对这类书籍的术语选择，最初由日本学者仁井田陞界定为"日用百科全书"，其后酒井忠夫改称"日用类书"，并为汉学界所沿用。④

---

① （明）李贽《焚书　续焚书》，北京：中华书局，1975年，卷一，第4—5页。

② 参见郭姿吟《明代书籍出版研究》，台湾成功大学硕士学位论文，2002年，第79页。该文所统计的"通俗文学"特指戏曲、小说，"民间日常用书"包括医书、尺牍、音乐、类书等。以苏州、金陵二地书坊为例，明中后期所出商业出版物共561种，其中通俗文学出版物156种，文集123种，民间日常用书共69种，科举应试56种。民间日常用书中，类书仅5种。由于该文以苏州与金陵地区书坊为统计的范围，而此二地并非类书出版的中心，数量因此较少。

③ 尤陈俊《法律知识的文字传播：明清日用类书与社会日常生活》，上海：上海人民出版社，2013年，绪论，第1页。

④ 对明清日用类书尤其是明代日用类书的研究，发轫于二十世纪上半叶的日本学界，并且一直延续至今；二十世纪七十年代，英语学术圈的学者也纷纷注意到日用类书的价值，并从不同学科角度对其价值进行挖掘和探索；大陆和台湾学界则一直到二十世纪八十年代才逐渐关注日用类书对历史研究的作用，台湾地区的研究尤其值得关注，以王尔敏的论著及其博士生吴蕙芳的《万宝全书：明清时期的民间生活实录》为代表。总体而言，对日用类书的利用和研究，主要出现在历史学界；来自不同领域的历史学者尝试从不同的侧面诸如法制史、教育史、商业史、社会生活史、书籍史等方面对其进行解读、研究，且已有较为充分的研究成果。有关明清日用类书的研究历史与现状，尤陈俊在《法律知识的文字传播：明清日用类书与社会日常生活》（上海：上海人民出版社，2014年）的绪论（学术史回顾、主要材料）与第一章（《明清日用类书概说》）中进行了十分全面可靠的爬梳与整理，参见该书第2—5、24—50页。该书虽为法制史专业的研究，但其对日用类书等一手材料的掌握和对总体研究的了解程度，超过刘天振所著《明代通俗类书研究》（济南：齐鲁出版社，2006年）一书，故用此舍彼。此外，有关晚清民国日用类书的研究，参见于翠玲《中西知识交汇与普及的样本——民国初期"日用百科全书"的特征与价值》，关西大学文化交涉学教育研究中心、出版博物馆编《印刷出版与知识环流：十六世纪以后的东亚》，上海：上海人民出版社，2011年，第277—292页。

南宋末年陈元靓所编《事林广记》为日用类书的滥觞之作，与此前以上层士人为潜在对象不同，此类书籍主要供普通百姓生活日用参考。日用类书起于南宋，却盛行于晚明。① 大约在万历年间，标榜以"四民"阶层为特定服务对象的日用类书，大量出现于书市坊间。② 盛行于明代中后期的日用类书，可分成两大类，即专门性类书和综合性类书，前者针对特定的阶层，如士子、商人等，后者则以"士农工商"为预设读者。

内容上的"日用"指向是这一时期类书的一大特点，也被书商视为可资渲染的卖点。刻于嘉靖四十二年(1563)、伪托刘基所编的《多能鄙事》，是目前所见明刊通俗日用类书中较早的一种，但实际上乃是书商剽窃、抄袭元人《居家必用事类全集》中的相关内容而得。

《居家必用事类全集》一书现存版本均为明刻本③；隆庆二年"飞来山人"刻本的序言代表了明人对这一类书籍的有意抬高："人生日用间，大则惇伦莅政之节、训育交际之规、养生送死之礼，小则器什食用之制、阴阳占候之术、农圃技艺之方，无一事之可缺，亦无一事之可苟也。"④该书依照"十天干"分为十集，"载历代名贤格训及居家日用事宜"⑤。有意思的是，《多能鄙事》虽然袭自《居家必备日用全书》，但却删去了所谓"名贤格训"以及翰墨书启一类的内容，专门采录庶民日常生活中所需之实用知识，包括饮食、服饰、居室、器用、方药、农圃等十一类。嘉靖四十二年范惟一刊《多能鄙事》⑥并序曰：

> 其书凡饮食、服饰、居室、器用、农圃、医卜之类，咸所营综其事，至微细，若无关于天下国家，然迹民生日用之常，则资用甚切而溉益颇弘，其

---

① 存世的明代日用类书却为数不多。自 1999 至 2004 年间，日本汲古书院陆续推出《中国日用类书集成》十四卷，共影印收录了晚明时期出版的 6 种日用类书；2011 年，西南师范大学出版社影印出版《明代通俗日用类书集刊》(全 16 册)，共收入 43 种日用类书的明代刊本，除了 2 种元代就已成书的日用类书的明刊本之外，其余的 41 种均为明刊日用类书。
② 参见吴蕙芳《万宝全书：明清时期的民间生活实录》，台北：政治大学历史学系，2001 年，第 624—625 页。
③ 《四库全书存目丛书》子部第 117 册收录了清华大学图书馆所藏明刻本影印本，《续修四库全书》子部第 1184 册收录了明隆庆二年飞来山人刻本影印本，二书字体、版框等方面存在差异，内容上却完全一致。此外，南京图书馆所藏明刻本有清丁丙跋。参见(清)纪昀、陆锡熊、孙士毅等《钦定四库全书总目》(全 2 册)，北京：中华书局，1997 年，第 1 册，第 1725 页，脚注 5。
④ (元)佚名《居家必用事类全集》甲集，《续修四库全书》，上海：上海古籍出版社，2002 年，据南京图书馆藏明隆庆二年飞来山人刻本影印，子部，总第 1184 册，第 309 页。
⑤ (清)纪昀、陆锡熊、孙士毅等《钦定四库全书总目》，第 1 册，第 1725 页。
⑥ 《多能鄙事》现存三种善本，分别为：明嘉靖四十二年范惟一刻本，藏于上海图书馆；明嘉靖刻本，藏于国家图书馆、清华大学图书馆以及山东省图书馆；明刻本，藏于国家图书馆。参见翁连溪编校《中国古籍善本总目》(全 6 册)，北京：线装书局，2005 年，子部杂家类，第 3 册，第 1020 页。

义曷可少焉? [⋯⋯]君子欲类物情、达世故,通乎万方之略,难矣。①

　　王阳明以为"日用之间见闻酬酢"是"致良知"的绝佳机会,范惟一序则将"民生日用之常"视为君子"类物情、达世故"所必由之径。此后李贽于《焚书》(刻于万历十八年,1590)中所倡之"百姓日用"(写于万历四年,1576)正与类书编纂者对"民生日用之常"的推重与阐发同出一理。万历二十七年(1599)梓行的《新刻天下四民便览三台万用正宗》一书,序作者更不遗余力地向"士农工商"四民阶层保证,"**凡人世所有日用所需,靡不搜罗而包括之**"②。"日用所需"可谓无所不包,王阳明所言"日用之间见闻酬酢"所需亦在其内,它的覆盖范围是百科全书式的。刊于万历四十年(1612)的《新板全补天下便用文林妙锦万宝全书》一书,序作者在推介此书时郑重交代"上下古今记载悉备,凡阴阳星数之奥,物理人事之机,交际之柬仪,壶闱之教戒,但**有益于民生便用者,皆兼收而并采之**"③。其中,"壶闱"指代富于女性色彩的家庭生活。"民生便用"与"百姓日用"相通无碍,都针对上层士人以下的社会阶层及其日常生活。

　　日用性不仅奠定了这一时期类书的新基调,同时也是晚明文人品赏文化的新方向。文震亨(1585—1645)所作《长物志》,成书于天启元年(1621),共有十二卷,其间所涉之物,"从生活的层面来看,它们大体上并非日常实用之物[⋯⋯]这些物在归类上本来就不被放置在日常生活的范畴中——也因此被以'长物'之名。[⋯⋯]这些不同性质的长物,被安置于生活领域内,在非实用性的组织架构下,建立起来一个无关乎现实利益增殖的'文雅境界'"④。将非日常之物置之于日常生活中,改造并激发非日常之物的意义,通过陌生化效果达到对日常生活的雅化经营,这正是晚明文人的"生活美学"。这种生活美学"在于借助'物'来装点和营造一种审美化、艺术化的日常生活情境,从中获得积极的情感和审美体验,进而彰显其才情、趣味"⑤。就搜集古

---

①　(明)刘基辑《多能鄙事》,《四库全书存目丛书》,济南:齐鲁书社,1995 年,据上海图书馆藏明嘉靖四十二年范惟一刻本影印,子部,第 117 册,第 445 页。

②　(明)余象斗《新刻天下四民便览三台万用正宗》(四十三卷),中国社会科学院历史研究所文化室主编《明代通俗日用类书集刊》,重庆:西南师范大学出版社,北京:东方出版社,2011年,据万历二十七年(1599)余氏双峰堂刻本影印,第 6 册,第 211 页,下栏。

③　(明)刘子明辑《新板全补天下便用文林妙锦万宝全书》(三十八卷),《明代通俗日用类书集刊》,据明万历四十年(1612)书林刘氏安正堂重刊本影印,第 10 册,第 243 页,下栏。

④　王鸿泰《闲情雅致——明清间文人的生活经营与品赏文化》,载胡晓真、王鸿泰主编《日常生活的论述与实践》,台北:允晨文化实业股份有限公司,2011 年,第 602 页。

⑤　赵强《"物"的崛起:晚明的生活时尚与审美风会》,东北师范大学博士学位论文,2013 年,第48 页。

董而言,宋人往往据此编撰博物图录以满足好古之癖,明中期以来的文人更将古董视为"一种玩物,要在生活中为人所'玩',与人的触感相接洽,甚至,它们可能被'古为今用',成为生活'用品'"①。明人的玩物态度重塑了古董之于文人日常生活的意义,它不再只是"以激发人的慕古之情而已,它更重要的意义是将人带回到新的生活情境"②。综上所述,日用性有其特定内涵,其中,当代性是十分重要的一点。晚明文人对古董"古为今用"的转化中,就蕴含了对这一精神十分敏锐的捕捉和化用。

二、日用类书与雅趣指南读者群的世俗化

《事林广记》出现于宋元之际,此后不断刊行新版并延及有明一代。以现存《事林广记》诸本为例,元代自泰定二年(1325)至惠宗至元六年(1340)这十五年间,至少出现了三个版本;明代自洪武二十五年(1392)至嘉靖二十年(1541)凡一百多年内,至少出现了六个版本。③明版《事林广记》出于时代需求而对元版做出了相应调整,吴蕙芳对此进行了仔细对比研究,并归纳出三个方面的差异,即明版新增大量国朝礼制、列女传与翰墨启札;除此之外,"亦可发现日用类书从元代到明代逐渐朝更加实用与通俗之方向发展","还新增许多吉凶宜忌的日期选择等属日常生活中普遍为人们需要,且对使用者而言颇为实用的内容"。④需要指出的是,吴蕙芳据以对比的明版《事林广记》是洪武二十五年刊本。日用与通俗的倾向,在洪武年间的《事林广记》中已经初露端倪,尔后则成为明代中后期综合性类书的普遍特征。

较之宋元时期仅仅面向文人的日用类书,明代中后期的综合性日用类书则宣称向更为广泛的社会阶层开放,其读者群和知识类型都带有鲜明的世俗化指向。"日用类书和官方精英阶层使用的参考类书之间的差异取决于各自不同的目的和功能。日用类书主要作为个人日常生活实践的实用指南,而官方精英参考类书则关注政治及精英文化。"⑤如上述类书序言所宣称的,日用类书的编纂初衷乃在于为人世间最广泛、最普遍的日常生活实践提供参考和指南。这一目的和功能,直接体现在它的知识分类和类型上,"晚明时期

---

① 王鸿泰《闲情雅致——明清间文人的生活经营与品赏文化》,载胡晓真、王鸿泰主编《日常生活的论述与实践》,第 602 页。
② 王鸿泰《闲情雅致——明清间文人的生活经营与品赏文化》,载胡晓真、王鸿泰主编《日常生活的论述与实践》,第 605 页。
③ 吴蕙芳《明清以来民间生活知识的建构与传递》,第 21 页。
④ 吴蕙芳《明清以来民间生活知识的建构与传递》,第 24—25 页。
⑤ [美]商伟著,王翎译《日常生活世界的形成与建构——〈金瓶梅词话〉与日用书》,载胡晓真、王鸿泰主编《日常生活的论述与实践》,第 365 页,脚注 10。

刊行的综合性日用类书内,一些被正统文人阶层视为左道奇技的内容(例如星命、相法、玄教、法病等),甚至通常为其羞于公开提及的内容(例如青楼风月),都纷纷堂而皇之地出现其中。这种变化,暗示了晚明日用类书所预设的读者群日益世俗化的趋势"①。促使知识类型向世俗转向的最大动力,便是读者群的世俗化。与前代类书的读者群(士绅阶层)不同,晚明日用类书的预设读者是更为广泛的"士农工商"四民阶层。"四民"的概念在晚明时期特别普及,是大多数综合性日用类书的预设读者群。

那么,日用类书所预设的"四民"读者群是否与实际读者群完全对应?对日用类书实际读者群的讨论,可以借鉴学界对通俗小说读者群的研究范式和成果。在对通俗小说实际读者群②和传播文化的研究中,书价和识字率是定位读者群的重要坐标。学界对通俗小说书价与当时购买力的研究,存在两种不同的观点,第一种观点以物价(主要是米价和日用品价格)和时人收入水平(主要是官员的俸禄制度)作为讨论明代通俗小说书价高低的参照,认为明代通俗小说书价较之普通民众的收入而言颇为昂贵,买书绝非一般市民阶层所能承受,即便对于当时的官员而言,购买通俗小说所需费用仍是一笔不菲的花销;③另一种观点则反思、修正前一种观点,认为明代官员的俸禄仅是其收入中十分有限的一部分,这一阶层的实际收入和购买力都远大于俸禄水平,兼之明代中后期社会购买力大大提高,购买图书在当时算不上高消费,有经济能力购买通俗小说的群体不仅限于官员,④"中等家庭能够拥有诸如通俗文学和实用指南之类的书",尽管"这种消费仍超出了下层家庭的承受力"。⑤总体而言,后一种观点所考虑的因素更为充分多样,论证亦更为严密。这一结论基本适用于对日用类书价格的判断,而且明代日用类书的大规模生产使

① 尤陈俊《法律知识的文字传播:明清日用类书与社会日常生活》,第49页。
② 潘建国根据小说传播方式的不同,将通俗小说的读者细分为直接读者和间接读者,这两类读者分别确立了明清通俗小说两种最基本的传播方式——版籍传播与曲艺传播。本书所讨论的实际读者群基本上对应于"直接读者"这一概念。由于日用类书不似通俗小说可通过曲艺方式口耳相传,而更多倚重于书面阅读,故而下文对日用类书实际读者群的讨论,基本不涉及间接读者而仅限于直接读者。有关通俗小说读者群的分类,参见潘建国《明清时期通俗小说的读者与传播方式》,《复旦学报》2001年第1期,第119页。
③ 参见张秀民《中国印刷史》,上海:上海人民出版社,1989年,第518页;袁逸《明代书籍价格考——中国历代书价考之二》,《编辑之友》1993年第3期,第61—64页;沈津《明代坊刻图书之流通与价格》,《国家图书馆馆刊》1996年第1期,第110—118页。
④ 参见李彦华《从经济因素看明中叶小说的接受层——关于"章回小说价格昂贵"说与"文人接受"说质疑》,《社会科学》2001年第9期,第67—71页;黄卉《明代通俗小说的书价与读者群》,载余金保主编《第十届明史国际学术讨论会论文集》,北京:人民日报出版社,2005年,第459—464页。
⑤ [美]高彦颐著,李志生译《闺塾师:明末清初江南的才女文化》,南京:江苏人民出版社,2005年,第39、38页。

其价格更低于一般书籍①。然而，日用类书的实际读者还受识字水平的限制。因此，基于对经济能力和识字能力的潜在要求，日用类书实际的读者群并不会广泛地涵盖"四民"；"晚明时期多由建阳书坊刊刻的综合性日用类书的实际读者群，或许和大木康所推测的通俗小说的读者群很是相似，最主要还是由那些中下层的读书人和识字商贾构成的人群"，"而下层民众和士大夫阶层则通常要被排除在外"。② 当然，这一问题也可以从出版文化的角度得到解释。"四民"是否对应于实际读者群并不重要，重要的是书商将此视为一种有效的营销策略。"'四民'[……]未必预设了大众读者群的存在，可能是为了创造大众读者群而做的努力，也就是特意为之的行销手段，为了吸引并安抚相对而言较低阶层的读者，让他们认为自己实际上是和士绅阶层读着相同的书。"③

读者阶层的世俗化指向，也存在于同时期的雅趣指南读物中。品赏清玩类书籍，在传统知识分类（《四库全书总目》）中被归入艺术类；无论从著述还是从阅读上看，清玩品赏都是传统文人雅士的专利和特权。然而，由文人所引领的对日常生活的雅化经营，在明代中后期的商业出版助力之下形成了一个高潮，并直接促成了此类书籍的大量出版。正德年间，苏州人沈津曾将其所藏之古图谱，汇编成丛书《欣赏编》（十卷）刊行，此后又相继于嘉靖三十年（1551）、万历八年（1580）分别经汪云程、茅一相续编重刊。④正德原刊本已不存，现仅存嘉靖续编本和万历重编本。万历茅一相重编本，有《欣赏编》十种十四卷和《欣赏续编》十种十卷，两种丛书合称《欣赏全编》。万历刻本的《欣赏编》所收十种书，据原序可知最早所刻为弘治甲子（弘治十七年，1504）的《燕几图》，余如《文房》刻于正德丁卯（正德二年，1507），《砚谱》刻于正德辛未（正德六年，1511）。⑤ 这十种书当继承自沈津原刻，分别为《玉古考图》《印章图谱》《文房职方图赞》《续职方图赞》《茶具图赞》《砚谱赞》《燕几图》《古局象棋图》《谱双》《打马图》。⑥ 嘉靖

① ［日］酒井忠夫《明代の日用類書と庶民教育》，林友春編《近世中國教育史研究：その文教政策と庶民教育》，东京：国土社，1958年，第88—89页。
② 尤陈俊《法律知识的文字传播：明清日用类书与社会日常生活》，第46页。
③ ［美］商伟《日常生活世界的形成与建构——〈金瓶梅词话〉与日用类书》，载胡晓真、王鸿泰主编《日常生活的论述与实践》，第367页，脚注17。
④ 张秀玉《〈欣赏编〉版本考辨》，《图书馆界》2010年第1期，第6页。
⑤ 张秀玉《〈欣赏编〉版本考辨》，《图书馆界》2010年第1期，第6页。
⑥ 《北京图书馆古籍珍本丛刊》子部类书第78册收录《欣赏编》十种（十四卷）与《欣赏续编》十种（十卷），均标注为"明刻本"，前者题为沈津所编，后者署茅一相编。又，《北京图书馆古籍善本书目》著录《欣赏编》曰："欣赏编十种十四卷，明沈津编，明万历茅一相刻本，六册白口，四周单边。"（参见《北京图书馆古籍善本书目》，北京：书目文献出版社，1989年，第1718—1719页）由此可知，二者均为万历刻本。二书目录版式相同，且均依"十天干"之序列目。另外，《欣赏编》所收之《砚谱》一种，其序为万历庚辰（1580年）方大年所撰，(转下页)

三十年(1551)汪云程续本《欣赏编》共十二卷,收书十二种,较之万历本或沈刻原本,少了《燕几图》一种,却增加了《蹴鞠图》《除红谱》《除绿谱》三种。①这一改动致使"蹴鞠"亦跻身文人雅趣活动之列。蹴鞠活动在嘉、万间十分流行,连商人和妓女也都谙熟此项运动。对于这一现象可以有两种解读:一是具有民间性质的蹴鞠活动,被吸收到了文人雅趣指南中;二是作为文人雅趣的蹴鞠运动,在日常生活中为商人和妓女阶所效仿。无论哪一种解读,都无不显示出文人雅趣指南的世俗化。

　　在晚明的出版圈里,自称"山人"的陈继儒(1558—1639)可谓名动一时。以他的名义或伪托他的名义编撰、刊刻的文人雅趣指南成为一时之风尚。他作为一介"山人",却"接连不断地出版并畅销的是高雅文人趣味生活的教科书。他以出版业为背景,推动了文人趣味的大众化(俗化)"②。在大规模出版时代到来之前,这类书籍的流传仅限于文人雅士的圈子;然而,在明代中后期尤其是万历以后,文人清玩品赏书籍"被普及到了更为广泛的社会阶层"③,成为其他社会阶层效仿文士雅趣的指南。例如《燕闲秘录》《遵生八笺》这一类读物往往面向士人以下的社会阶层,还包括不少骤贵暴富者;"在晚明各类百科全书和选集中,所有各种消遣的文章得以连篇累牍地大量生产。在一个坊刻的时代里,庸俗的模仿得以更广泛地传播"④。万历二十五年(1597),袁宏道(1568—1610)在给友人的一封书信中,对世人之慕趣表达了讥讽之意:"世人所难得者唯趣。[……]今之人慕趣之名,求趣之似,于是有辨说书画,涉猎古董以为清;寄意玄虚,脱迹沉纷以为远;又其下则有如苏州之烧香煮茶者。此等皆趣皮毛,何关深情。"⑤

　　袁宏道所不屑的"世人"之举,不仅指士人,还包括不少非富即贵者。世人对雅趣之追慕、效仿,在当时已经形成一种风气;至于雅趣的内容,也具备很强的可操作性。正如袁宏道所例举的,收藏古董、煮茶、烧香等代表了世人对雅趣的庸俗化理解,而这些模式化的风雅活动又取代了对文人雅

　　(接上页)题为《欣赏全编研谱序》,由此可证,北京图书馆所藏此种明代刻本《欣赏编》和《欣赏续编》实乃《欣赏全编》丛书。张秀玉所言万历刻本《欣赏全编》版心有刻工名字(参见张秀玉《〈欣赏编〉版本考辨》,《图书馆界》2010年第1期,第6页),而北京图书馆所藏此二书版心并无刻工姓名,其所属版次不同所致。

①　嘉靖本藏于安徽省图书馆,且未见有影印本,有关嘉靖本与万历本的对比研究,均参考张秀玉《〈欣赏编〉版本考辨》,《图书馆界》2010年第1期,第6—8页。

②　[日]大木康《明末江南的出版文化》,第89页。

③　[日]大木康《明末江南的出版文化》,第89页。

④　[美]高彦颐《闺塾师:明末清初江南的才女文化》,第48页。

⑤　(明)袁宏道著,钱伯城笺校《叙陈正甫会心集》,载《袁宏道集笺校》,上海:上海古籍出版社,2008年第2版,第463页。

趣富于情感的体味。作为商业出版物的文人雅趣指南,迎合了世俗对雅趣之追慕,同时也塑造出一个世俗化的群体,并最终实现了这一富于戏剧性的意义反转。

三、城市文化:日用类书与通俗小说的文化共同体

日用类书与通俗小说,同属于明代中后期城市文化这一共同体,也构成了明代中后期商业出版中具有时代意义的现象。

吴蕙芳曾在日本、美国、中国各地查考过 66 种明清时期综合性日用类书,其中包含出版信息(不论是撰者、编者、辑者、纂者、补订者、校正者等)的类书共 59 种,明代占 29 种,清代 30 种。在这 29 种带有出版信息的明刊综合性日用类书中,就出版地而言,24 种出自福建建阳地区,2 种出自福建地区(未能确定其具体刊刻地),2 种出自江苏金陵,1 种不明出版地。① 可见,在晚明时期大量出现的综合性日用类书,其出版地多为福建建阳这一当时著名的刻书中心。

尤其是福建建阳的刘氏和余氏,他们的特长是插图小说和日用类书。刘氏和余氏家族从北宋开始经营刻书事业,明朝前期曾经历过萧条期,此后嘉靖年间渐有起色,到了万历年间余氏刻书达到鼎盛时期。② 余象斗(约 1560—约 1637)是明末余氏书坊中最有代表性的人物,他于万历十九年(1591)弃学经商,专门从事祖传的刻书事业;既是书坊主人,同时兼任编撰、纂修者。据统计,万历、泰昌年间,以小说刻印地而论,在新刊约 40 种小说中,建阳刊 27 部;③ 这 27 种中,由余象斗编纂或刊刻的多达 11 种。他曾编撰过《新刻皇明诸司廉明奇判公案》《新刻按鉴通俗演义列国前编十二朝》《全像五显灵官大帝华光天王传》等公案、历史演义与神魔题材的通俗小说。此外,他还出版过《新刻天下四民便览三台万用正宗》(万历二十七年,1599)和《新刻芸窗汇爽万锦情林》(万历二十六年,1598)等日用类书。

《新刻芸窗汇爽万锦情林》分上下栏,上栏收录文言短篇,下栏刊载中篇文言传奇。与《万锦情林》一样将中、短篇文言小说与其他杂著合刊的明代通俗类书,还有《新刻京台公余胜览国色天香》《绣谷春容》(明万历刊本)④、林近阳《新刻增补全相燕居笔记》、何大伦《重刻增补燕居笔记》以及

---

① 吴蕙芳《万宝全书:明清时期的民间生活实录》,第 89—91 页。
② 肖东发《建阳余氏刻书考略》(上),《文献》1984 年第 3 期,第 230—247 页;《建阳余氏刻书考略》(下),《文献》1985 年第 1 期,第 236—250 页,宋代至清代余氏刻书统计表。
③ 冯保善《论明清江南通俗小说中心圈的形成》,《明清小说研究》2014 年第 4 期,第 10 页。
④ 此书目录页题为《起北斋辑骚坛摭粹嚼麝谭苑》,序文及版心则作《绣谷春容》。

《增补批点图像燕居笔记》①等,现将前五种通俗类书中所收录的中、短篇文言小说的情况和数量列于下表中:

表1　五种通俗类书所收中、短篇文言小说情况

书名	《国色天香》	《万锦情林》	《绣谷春容》	《燕居笔记》	《燕居笔记》
撰者	吴敬所	余象斗	赤心子	林近阳	何大伦
刊刻年代	万历二十五年（1597）	万历二十六年（1598）	万历	万历	崇祯六年（1633）
栏目	下层	下层	上层	上层	上层
篇数	7种中篇②	7种中篇③	8种中篇④	6种中篇⑤	5种中篇⑥

① 此书各卷正文前署"明叟冯梦龙增编,书林余公仁批补",应为书商假托,实为余公仁编辑。余公仁,原名元长,号一笑道人、麟之、秃庵子、南窗主人、南窗道者、三峰居士,余象斗玄孙辈,生于万历后期。参见(明)冯梦龙编《增补批点图像燕居笔记》,《明代通俗日用类书集刊》,据明刊本影印,第15册,提要,第272页。

② 《国色天香》下层所收七种中篇分别为《龙会兰池》(卷一)、《刘生觅莲记》(卷二至卷三)、《寻芳雅集》(卷四)、《双卿笔记》(卷五)、《花神三妙传》(卷六)、《天缘奇遇》(卷七至卷八)、《钟情丽集》(卷九至卷十),参见(明)吴敬所辑《新刻京台公余胜览国色天香》(十卷),《明代通俗日用类书集刊》,据明万历二十五年(1597)金陵周氏万卷楼重刊本影印,第6册,目录,第4—8页。

③ 《万锦情林》下层所收七种中篇分别为《钟情丽集》(卷一)、《白生三妙传》(卷二)、《觅莲传记》(卷三)、《浙湖三奇》(卷四)、《情义奇姻》(卷四)、《天缘奇遇》(卷五)、《传奇雅集》(卷六),其中,如卷一、卷二、卷三、卷五所收均与《国色天香》同,参见(明)余象斗《新刻芸窗汇爽万锦情林》(六卷),《明代通俗日用类书集刊》,据万历二十六年(1598)余氏双峰堂刊本影印,第12册,目录,第417—419页。

④ 《绣谷春容》所收八种中篇分别为《吴生寻芳雅集》(卷一)、《龙会兰池全录》(卷二)、《刘熙寰觅莲记》(卷三至卷四)、《申厚卿娇红记》(卷五)、《白潢源三妙传》(卷六)、《李生六一天缘》(卷七至卷八)、《祁生天缘奇遇》(卷九至卷十)、《辜辂钟情丽集》(卷十一至卷十二)。值得注意的是,上层所收除了中篇,还掺入一些短篇,例如卷二的《联芳楼记》、卷四《柳耆卿玩江楼记》、卷十《古杭红梅记》以及卷十二《玉壶水》和《东坡佛印二世相会》,参见(明)赤心子汇辑《选锲骚坛摭粹嚼麝谭苑》(十二卷),《明代通俗日用类书集刊》,据明万历中世德堂刊本影印,第13册,目录,第82—86页。

⑤ 万历本《燕居笔记》所收六种中篇分别为《浙湖三奇志》(卷一)、《花神三妙传》(卷二至卷三)、《天缘奇遇》(卷四至卷五)、《钟情丽集》(卷六至卷七)、《拥炉娇红》(卷八至卷九)、《怀春雅集》(卷十)。该书目录页不存,正文目录卷二上层作《三妙摘锦》,正文分为八个小段落,附之以八个小标题,卷三上层作《花神三妙》,分为五个小标题,内容均与之对应并划分为五个段落,以插图为记。此二层上层所叙实为《花神三妙传》一种,出版商或出于新人耳目的考虑而将其改头换面重新刊行,实则为新瓶装旧酒,参见(明)林近阳编《新刻增补全相燕居笔记》,《明代通俗日用类书集刊》,据明万历中余氏萃庆堂刻本影印,第12册。

⑥ 崇祯本《燕居笔记》上层所收五种中篇分别为《天缘奇遇》(卷一至卷二)、《钟情丽集》(卷三至卷四)、《花神三妙传》(卷五至卷六)、《拥炉娇红》(卷七至卷八)、《怀春雅集》(卷九至卷十),此五种明显袭自万历本《燕居笔记》。目录页卷五上层分为八个小标题(例如《白锦琼奇会逅》《白生锦娘佳会》等),正文部分对应有八个小段落;目录页卷六上层亦有六个小标题(例如《凉亭水阁风流》《奇姐临难死节》等),正文部分则又有"《花神三妙传》下"的总标题,与万历本《燕居笔记》相似,卷五、六所载实为《花神三妙传》一种,参见(明)何大伦编《重刻增补燕居笔记》,《明代通俗日用类书集刊》,据明崇祯六年(1633)金陵书林李澄源刊本影印,第14册,第356—359页。

据潘建国的研究,这些长期被学界称为"中篇文言传奇"的小说,实际上受到了同时代白话小说创作与文体的渗透和影响①,已经呈现出白话小说的某些特质。这些所谓的中篇文言传奇,存在三种文本形态,即单行本、合刊本和改装本。② 目前所见单行本很少,大部分保留在合刊本(即类书刊本)中。潘建国在仔细对比单行本与合刊本之后,发现后者在多个方面显示出接受白话小说影响的痕迹,诸如增饰小说细节、语言的通俗化与白话化等。以《万锦情林》为例,其中所收如《情义奇姻》《传奇雅集》等中篇文言传奇,"就很可能出自通俗类书编辑者的即兴编撰"③,以余象斗撰写通俗小说的经验而言,可谓驾轻就熟。

中篇文言传奇语言的通俗化,同时也是城市娱乐消费文化在通俗类书中的折射。这一点可以从明中后期刻书中心的兴替与行销地、图书消费市场的关系中得到间接的证明。就通俗小说的刊刻而言,于万历二十年(1592)以后激增,"建阳与江南分别成为重镇。至天启、崇祯两朝,建阳已经开始从通俗小说淡出,而江南则无论小说创作还是出版,都已成为全国的绝对中心。讫于清朝,江南进一步巩固发展其中心地位,成为集通俗小说创作、评点与出版为一体的唯一中心圈"④。江南之所以取代建阳而成为通俗小说中心,"最直接的一个原因,是这里拥有着全国最庞大的娱乐消费群体,为大众娱乐休闲文化的中心,有着庞大的文化消费市场"⑤。

建阳地处闽北山区,人口不多,经济实力和消费实力均较为有限。嘉靖《建阳县志》卷三"封域志"附录"乡市",载崇化里"书市":"在崇化里,比屋皆鬻书籍。天下客商贩者如织,每月以一、六日集。"⑥建阳书市声名远播,乡市里墟之日,四方客商到此收购图书并贩卖、行销外地。万历年间的建阳县书坊盛况依旧:"在乡一十六里乡市,各有日期。如崇化里书坊街、洛田里崇洛街、

① 自万历二十九年(1601)至万历四十八年(1620)二十年间,刻印、传抄、编撰的白话小说就有六十七种之多,参见李忠明《17 世纪中国通俗小说编年史》,合肥:安徽大学出版社,2003年,第 23—27、41—46 页。

② "合刊本的刊行时间集中于明万历时期,改装本的刊行时间则在清代,而单行本的刊行时间,虽然无法做出精确的判定,但通过文本比较可知其应早于合刊本",参见潘建国《白话小说对明代中篇文言传奇的文体渗透——以若干明代中篇文言传奇的刊行与删改为例》,《暨南学报》2012 年第 2 期,第 2 页,注释 2。

③ 潘建国《白话小说对明代中篇文言传奇的文体渗透——以若干明代中篇文言传奇的刊行与删改为例》,《暨南学报》2012 年第 2 期,第 7 页。

④ 冯保善《论明清江南通俗小说中心圈的形成》,《明清小说研究》2014 年第 4 期,第 12—13 页。

⑤ 冯保善《论明清江南通俗小说中心圈的形成》,《明清小说研究》2014 年第 4 期,第 13 页。

⑥ (明)《(嘉靖)建阳县志》,《天一阁藏明代方志选刊》,上海:上海古籍书店,1962 年据宁波天一阁藏明嘉靖刻本影印,第 31 辑,卷三,第 6 页。

崇文里降口街(每月俱以一、六日集)[……]是日里人并诸商会聚,各以货物交易,至晡乃散,俗谓之墟。而惟书坊书籍,比屋为之,天下诸商皆集。"①

由此可见,即便在万历前建阳尚未为刻书中心之时,建阳刻本已经依靠长途贩运而远销它方了。"建阳主要为图书生产之地,而非图书消费之地;其所生产图书,主要依赖于输出,需要依靠异地消费力量,这就成为它先天不足的一个致命的短板。"②由此可以推测,万历、泰昌间的日用类书和通俗小说,很大一部分刊刻于福建建阳地区,但却通过长途贸易在国内其他地区销售。它们的消费市场和读者群主要分布在城市中,与城市娱乐、消费文化的崛起休戚相关。

城市文化是通俗类书和通俗小说共同的文化土壤。高彦颐提出"新的城市文化"或"读者大众文化"的概念,认为这种"从商品化中成长起来的新城市文化,是与儒家上层所管理的理想农业社会不同的,但它既非一个全新的创造,也不是对旧世界的反叛",然而却"更多地关注日常生活中琐务和世俗娱乐,而非对哲学或平治天下的终极关怀"。③ **日常琐务与世俗娱乐构成了城市文化精神的重要侧面。**

对日常与世俗的关注,是彼时通俗类书和通俗小说共同的亮点。《拍案惊奇》凡例(计五则)其四曰:"事类多近人情日用,不甚及鬼怪虚诞。"④诸如牙牌、骰子、蹴鞠、投壶等各种娱乐活动的专门知识频频见诸多种日用类书;世俗娱乐需求最集中的代表便是子弟文化及其相关的指南读物。《新刻搜罗五车合并万宝全书》卷十"风月门"⑤、《新锲燕台校正天下通行文林聚宝万卷星罗》卷三十一"风月门"⑥,上层作"情书纪要",下层为"青机轨范",收录风月指南。前书刊于万历四十二年(1614),其《风月机关》"内容俱在教导男女风貌谈吐、嫖家识途规矩,不及床底调情嬉戏交合技术"⑦;后书刊于崇

---

①　(明)《(万历)建阳县志》,《日本藏中国罕见地方志丛刊》(全32册),北京:书目文献出版社,1991年,据日本国会图书馆藏明万历二十九年刻本影印,第12册,卷一"各乡市集",第265页,上栏。

②　冯保善《论明清江南通俗小说中心圈的形成》,《明清小说研究》2014年第4期,第13页。

③　[美]高彦颐《闺塾师:明末清初江南的才女文化》,第45、48页。

④　(明)凌濛初著,陈迩冬、郭隽杰校注《拍案惊奇》,北京:人民文学出版社,1991年,第2页。

⑤　(明)徐企龙编《新刻搜罗五车合并万宝全书》,《明代通俗日用类书集刊》,第12册,第188页。

⑥　(明)徐会瀛辑《新锲燕台校正天下通行文林聚宝万卷星罗》,《北京图书馆古籍珍本丛刊》,北京:书目文献出版社,1988年影印本,子部,第76册,第115页。

⑦　王尔敏《明清时代庶民文化生活》,长沙:岳麓书社,2002年,第164页。另,《喻世明言》卷二十四《玉堂春落难逢夫》中叙及公子回到书房,看见《风月机关》《洞房春意》二书,自思"乃是此二书乱了我心。将一火而焚之",参见(明)冯梦龙编,许政扬校注《喻世明言》,北京:人民文学出版社,1958年,第341页。

祯年间,附录风月专集,曰《嫖家真窍》,亦即嫖经,"于男女交际,阅历颇深,就各种不同际遇情境,用不同诗篇申解"①。日用类书中包含"风月"之章节,乃为晚明文化中的特殊现象。②

此一风气影响所及乃至于通俗小说,包括这一时期所刊行的话本小说。万历间,建阳书商熊龙峰刊行了数种单行话本,其中《张生彩鸾灯传》叙张生于元宵夜遇一持彩鸾灯小鬟引一丽人,张生如痴如醉,丽人亦有意于张生,遗同心方胜花信笺,约于明日再会。张生如期赴约,二人欢爱非常,恐为父母所阻,遂谋划私奔。出城之时,女子与张生走散,孤身一人至镇江,举目无亲,栖身于大慈庵中。数年之后,张生得中解元,进京赴试途中,偶过镇江大慈庵,遂与女子团圆。前辈学者以为这篇话本的素材来源,或为《绿窗新话》中所载之《江致和喜到蓬宫》③。值得一提的是,《张生彩鸾灯传》在叙及张生初见丽人时,插入了一段韵文《调光经》。此段文字与日用类书中的"风月门"为同一性质的读物,教导子弟如何在情场中周旋得手:"元来调光的人,只在初见之时,就便使个手段,便见分晓。有几般讨探之法,说与郎君听着。座子弟的牢记在心,勿忘了《调光经》!"④

《调光经》将近四五百字的篇幅,为《江致和喜到蓬宫》所无。该话本头回采用南宋罗烨所著《醉翁谈录》壬集之《红绡密约张生负李氏娘》一则,正话则一反头回之负心结局而为大圆满结局。冯梦龙(1574—1646)《喻世明言》卷二十三《张舜美灯宵得丽女》通篇内容与熊龙峰刊《张生彩鸾灯传》如出一辙,前者很可能直接取自后者。不过在冯梦龙的版本中,连头回也被敷衍成了"两情好合,谐老百年"的结局,而《调光经》的内容也发生了改变,很可能抄自同时期此类书籍。那么,将熊龙峰本、冯梦龙本与宋人所著之话本进行对比则不难发现,《调光经》部分当为明代以后(很可能就是嘉靖年间)增加的内容。

以世情为题材结撰长篇白话小说,始于明代中后期,与城市文化的兴起息息相关。唐代小说中虽已出现对世俗日常生活不俗的描摹,但基本仅限于片段式的再现。以万历中后期的《金瓶梅词话》⑤为开端到清中期,世情题材

① 王尔敏《明清时代庶民文化生活》,第165页。
② 以《万宝全书》为例,1740年及1864年刊行的清代版本完全删去了民间歌曲和"风月"内容,参见[美]商伟《日常生活世界的形成与建构——〈金瓶梅词话〉与日用类书》,载胡晓真、王鸿泰主编《日常生活的论述与实践》,第373页,脚注26。
③ (宋)皇都风月主人编,周楞伽笺注《绿窗新话》,上海:上海古籍出版社,1991年,第88页。
④ (明)熊龙峰刊行,王古鲁汇录校注《熊龙峰四种小说》,上海:上海古籍出版社,1987年,第5页。
⑤ 下文若非特殊强调,则均以《金瓶梅》指代《金瓶梅词话》。

的创作数量在诸题材中一直高居榜首。① 吴晗考证《金瓶梅》的创作时间，约在万历十年到三十年（1582—1602）间，至迟不晚于袁宏道写作《觞政》的时间（万历三十四年，1606）。② 现存 41 种明刊综合性通俗日用类书中，万历刊本 25 种，年份最早的是万历十三年刊本。③ 那么，从时间节点上看，《金瓶梅》的创作时段大致包举日用类书开始大规模出版的时段，与日用类书分享着共同的知识来源。④

　　《金瓶梅》中的物象描写，属于城市商人日常生活图景的一部分；对其进行写实细致的描写，需要庞博的日常生活知识作为支撑，而"类书为我们理解《金瓶梅》如何表现城市日常化生活提供了必要的知识体系和参考框架"⑤。商伟从文体形态学的角度，对《金瓶梅词话》与晚明日用类书的关系进行了系统的考察。他认为，从主题与内容上看，《金瓶梅》所涉及的日常生活的广度与日用类书不相上下。刻于万历二十七年（1599）的《新刻天下四民便览三台万用正宗》共四十三卷，其中音乐、子弟、侑觞、博戏、医学、胎产、星命、相法、笑谑等类，都能在《金瓶梅》中找到相应的描写。从文体形态学上看，《金瓶梅》一书广搜时曲、笑话、酒令等娱乐性文体，其混杂的异质性与"文备众体"的特征近乎一部包罗万象的大型类书。"这部小说的母题、叙述话语的模式及其典型的表达方式，也往往是从当时坊间印刷品的母体中发展出来的。在那个批量印刷的年代，多样的印刷资料进入流通，《金瓶梅》似乎正体现了这样一种努力：把这些材料全部纳入小说的叙述框架，并因此而成为一部里程碑式的文本——一部众书之书。"⑥从文本的内容选择、表现形态到编辑方式看，《金瓶梅》与当时的日用类书共享的是同一套商业印刷文化的逻辑。

---

① 参见相关的统计，冯保善《论明清江南通俗小说中心圈的形成》，《明清小说研究》2014 年第 4 期，第 13 页。
② 吴晗《金瓶梅的著作时代及其社会背景》，载姚灵犀编著，陶慕宁整理《瓶外卮言》，第 35 页。
③ 参见本书第 65 页注释①，以《明代通俗日用类书集刊》所收书目为准。
④ 最早关注类书与明清小说之关系的当属日本学者小川阳一，他的《用日用类书研究明清小说》（《日用類書による明清小説の研究》，东京：研文出版，1995 年）一书乃在其博士学位论文（1993 年）基础上修改而成。在这一专著中，小川阳一尝试从酒令、占卜与善书三个角度系统地分析它们与明清白话小说之关系。他所分析的白话小说主要为《金瓶梅词话》《红楼梦》以及"三言二拍"、《西湖二集》等章回和话本的经典之作。最近几年，他还对类书中的"风月门"与文学描写之关系进行探讨，出版了专著《風月機関と明清文学》（东京：汲古书院，2010 年）一书。
⑤ ［美］商伟著，陈毓飞译《〈金瓶梅词话〉与晚明商业印刷文化》，载乐黛云主编《跨文化对话》第 33 期，北京：生活·读书·新知三联书店，2015 年，第 11 页。
⑥ ［美］商伟《〈金瓶梅词话〉与晚明商业印刷文化》，载乐黛云主编《跨文化对话》第 33 期，第 11 页。

虽然《金瓶梅》的作者只偶尔提及书中人物所用历日名称,而未在小说中提到当时流行的几部日用类书①,但小说中大量涌现的饮食服馔的描写,往往能在日用类书中找到相应的说明文字。

《金瓶梅》写到的酒有数十种之多,如南酒、金华酒、烧酒、茉莉花酒、荷花酒、豆酒、麻姑酒、菊花酒等。小说第三十八回首次提到菊花酒:

> 过了两月,乃是十月中旬时分。夏提刑家中做了些菊花酒,叫了两名小优儿,请西门庆一叙,以酬送马之情。西门庆家中吃了午饭,理了些事务,往夏提刑家饮酒。[……]夏提刑道:"今年寒家做了些菊花酒,闲中屈执事一叙,再不敢请他客。"

> 李瓶儿道:"你吃酒,教丫头筛酒来你吃。大雪里来家,只怕冷哩。"西门庆道:"还有那葡萄酒,你筛来我吃。今日他家吃的是**自造的菊花酒**,我嫌他淯香淯气的,我没大好生吃。"②

夏提刑送给西门庆的谢礼,原是家酿菊花酒。元明日用类书中,载有十分详细的菊花酒酿造法。《居家必用事类全集》已集载"菊花酒"酿法:

> 以九月菊盛开时,拣黄菊嗅之香、尝之甘者,摘下晒干。每清酒一斗用菊花头二两,生绢袋盛之,悬于酒面上,约离一指高,密封瓶口。经宿,去花袋,其味有菊花香又甘美。如木香、腊梅花一切有香之花,依此法为之,盖酒性与茶性,同能逐诸香而自变。③

这个酿造程序,看起来并不繁难。上文论及《多能鄙事》多袭自《居家必用事类全集》,其中"花香酒法"便采编自后者,但却将菊花酒的酿法推广为一切花香酒的酿法:"凡有香之花,木香、荼蘼、桂、菊之类,皆可摘下晒干。每清酒一斗用花头二两,生绢袋盛悬于酒面,离约一指许,蜜(笔者按,讹字,当

---

① 日用类书的刊刻流行,亦曾引起小说家的注意。比较早的,例如吴承恩在《西游记》第九十六回提及《事林广记》,唐僧取经本为唐代之事,而《事林广记》则是宋元时期才出现的,并在吴承恩(生卒年约为明孝宗弘治十三年[1500]至穆宗隆庆十年[1582])的时代应该是普遍流行的,故而能为小说家所熟知利用。比较晚的,如明末清初《醒世姻缘传》第二回提及晁大舍家中备有《万事不求人》一书,与艳情小说《如意君传》一起充当诊脉垫臂之用。

② (明)兰陵笑笑生著,陶慕宁校注《金瓶梅词话》,北京:人民文学出版社,2000年,第三十八回,第449—450、451页。下文"词话本"引文,均以此版为准。

③ (元)佚名《居家必用事类全集》,《续修四库全书》,据南京图书馆藏明隆庆二年飞来山人刻本影印,子部,总第1184册,已集,第548页。

作'密')封瓶口,经宿去花,其酒即作花香甚美。"①

万历二十一年(1593)刊本《便民图纂》的"制造类"也开列了"菊花酒"的酿造法,但与上述二书稍有不同:"酒醅将熟时,每缸取黄英菊花,去萼蒂甘者,只取华英二斤,择净入醅内搅匀,次早榨则味香美。但一切有香无毒之花,仿此用之皆可。"②

然而,无论是采取哪一种方法,菊花酒的酿法在嘉、万年间的类书中可以十分轻易地获得并效法。夏提刑家酿菊花酒,正得益于彼时广泛流传、便捷可得的日用知识。《金瓶梅》第六十一回再次提到菊花酒时,采用的便是与日用类书极其相似的说明、描述口吻:"西门庆旋教开库房,拿出一坛夏提刑家送的菊花酒来。打开碧靛清,喷鼻香,未曾筛,**先搀一瓶凉水,以去其蓼辣之性,然后贮于布甑内筛出来**,醇厚好吃。"③若将这一段文字后半段单独摘出,掺入日用类书的"制造法"部分,则完全可以假乱真,与类书说明文字融为一体。

《金瓶梅》中宴会场合及人物话语中所出现的食物,尤其是下酒肉菜,如水晶犯、糟蟹、水晶鲙、糟瓜、糟茄、鲊等,均能在《多能鄙事》一书找到相应的制作方法。④ 如上文所述,《多能鄙事》多袭自元人所撰《居家必用事类全集》⑤;后者庚集"饮食类"下所设"肉下酒"一类诸如"琉璃肺""水晶脍"等,也分布在《多能鄙事》中。然而,若仔细比对,则可以发现,《多能鄙事》对《居家必用事类全集》多有改动增删之处。比如《居家必用事类全集》中对"糟茄"制作方法的说明仅三十字,而《多能鄙事》则增至近百字,且具体制作方法也与前者有异。⑥ 个中缘由,或与该书刊刻流行的地区相关。《居家必用事类全集》己集"腌藏鱼品"中所收录"江州岳府腌鱼法",是特别针对江西江州地区腌制鲤鱼的方法,但到了《多能鄙事》中,**这一针对特定地域特定鱼类的腌制法被改造成放之四海而皆准的"腌鱼法"**,不再局限于江州地区,也不

---

① (明)刘基辑《多能鄙事》,《四库全书存目丛书》,子部,第117册,第449页。
② (明)邝璠《便民图纂》,《续修四库全书》,上海:上海古籍出版社,2002年,据万历二十一年于永清刻本影印,子部,总第975册,卷十四,第309页。
③ (明)兰陵笑笑生《金瓶梅词话》,第六十一回,第766页。
④ (明)刘基辑《多能鄙事》,《四库全书存目丛书》,子部,第117册,第454—465页。
⑤ 例如,《多能鄙事》卷一"饮食类"下"糟酱腌藏法"收录"法鱼""腌鱼法""红鱼方""鱼酱""酒鱼脯""酒曲鱼""鱼头酱""酒蟹方""酱醋蟹""法蟹""糟蟹""酱蟹"等则,多取自《居家必备事类全集》己集"腌藏鱼品"中所收录之"江州岳府腌鱼法""法鱼""红鱼""鱼酱""糟鱼""酒鱼脯""酒曲鱼""酒蟹""酱醋蟹""法蟹""糟蟹""酱蟹"等则。
⑥ (元)佚名《居家必用事类全集》,《续修四库全书》,子部,总第1184册,第558页,上栏;(明)刘基辑《多能鄙事》,《四库全书存目丛书》,子部,第117册,己集,第475页,下栏。

限于"**鲤鱼**",而适用于一切"**大鱼**"。①《多能鄙事》卷一"烹饪法"下还收录了当时流行的烹饪秘方——新鲜鲥鱼蒸法:"鲥鱼去肠勿去鳞,以江茶末糁去腥。洗净,切作大块,荡锣盛。先铺蒌叶或菜或笋片,用酒醋和一碗,盐酱姜椒,放滚汤内须熟。"②这一份烹饪法,截取自《居家必用事类全集》庚集"肉羹食品"类的"蒸时鱼":"去肠不去鳞,糁江茶抹去腥。洗净,切作大段,荡锣盛。先铺蒌叶或菱菜或笋片,酒醋共一碗,化盐酱花椒少许,放滚汤内顿熟。供或煎食,勿去鳞,少用油,油自出矣。"③以上是蒸鲥鱼的秘方,《金瓶梅》中则保存了一份腌鲥鱼的秘方:

> 西门庆陪伯爵在翡翠轩坐下,因令玳安放桌儿,"[⋯⋯]就把糟鲥鱼蒸了来。"伯爵举手道:"我还没谢的哥,昨日蒙哥送了那两尾好鲥鱼与我。[⋯⋯]余者打成窄窄的块儿,**拿他原旧红糟儿培着,再搅些香油**,安放在一个磁罐内,留着我一早一晚吃饭儿。[⋯⋯]"说未了,酒菜齐至。先放了四碟菜果,然后又放了四碟案鲜[⋯⋯]落后才是里外**青花白地磁盘,盛着一盘红馥馥柳蒸的糟鲥鱼**,馨香美味,入口而化,骨刺皆香。④

这道柳蒸糟鲥鱼秘方出现在应伯爵无以复加的夸赞中,有作者的特殊用意。泼落户出身的应伯爵,是西门庆的帮闲篾片,精通吃穿用度,揩油功夫颇深。由他口中道出烹饪秘方,毫无板滞之感,同时也映衬出应伯爵勤于奉承的嘴脸。应伯爵所掌握的糟鱼法,正是当时日用类书中广泛采用的腌鱼良方:"腊月作干,至正月初,**切作段洗净**,每斤用盐二两,却以糯米白曲造成酒醅,**以红曲入醅内**,**清油**、莳萝、茴香、姜椒**拌和**,一层鱼,一层糟醅,**密封固**。"⑤《金瓶梅》中应伯爵所用的糟鲥鱼法,从工序步骤到对食材的选择、搭配上,都与类书中流行之腌鱼法几乎一致。

虽然我们不能亦无必要证实《金瓶梅》的作者读过并直接摘录了日用类书的相关资料,但从上文的论述可以看出,明代中后期从思想氛围到出版文化上的积累和新变,为这个时期的小说家所吸收化用,并潜移默化作用于小

---

① (元)佚名《居家必用事类全集》,《续修四库全书》,子部,总第1184册,己集,第563—564页,上栏;(明)刘基辑《多能鄙事》,《四库全书存目丛书》,子部,第117册,第456页,上栏。

② (明)刘基辑《多能鄙事》,《四库全书存目丛书》,子部,第117册,第464页,上栏。

③ (元)佚名《居家必用事类全集》,《续修四库全书》,子部,总第1184册,庚集,第578页,上栏。

④ (明)兰陵笑笑生《金瓶梅词话》,第三十四回,第393—394页。

⑤ (明)刘基辑《多能鄙事》,《四库全书存目丛书》,子部,第117册,第456页,上栏"腌鱼又法"。

说的文本形态和叙事深层。

第二节　明中后期话本小说物象描写的日常化

从大的出版文化背景上看,通俗日用类书与短篇白话小说之间确实存在联系。以冯梦龙为例,他既引领了通俗文学的创作与编撰,同时还是出版行业中的佼佼者。"明末董斯张编《广博物志》(该书各卷也记有校书者之名)、冯梦龙编《智囊补》《古今谭概》《情史》等,都是从众多书籍中收集材料。这种类书形式的书籍在明末大量刊行,或许是因为在这些皇皇巨著背后也有类似的编辑团队。"①但是,他所编纂的类书是传统类型的类书,与上文所论之通俗日用类书大不相同,若要从具体的层面讨论类书编撰与短篇话本编撰之间的关系,则又难以落实。有鉴于此,本节则尝试从晚明时期通俗出版物的一个共同趋势——日常化——入手,以此观察、界定话本小说物象描写的特征。

物象描写的日常化起码包含了这两层含义:一、日常性描写指向更广的覆盖面;二、日常性描写呈现出更强的适用性。这意味着,日常物象描写可出现在不同的时代、地域与群体中,并符合特定时代、地域和人物身份的经验与习惯。为一时代之人所司空见惯的日用之物,很可能随着时代的变迁、生活习惯的改变而在后世退出日常生活的领域。对于同一时代不同地域的人(包括小说中的人物和小说外的读者)而言,日常之物(尤其是自然物产)往往因地而异,此地日常之物到了彼地往往则为罕见之物。此外,不同的社会阶层、身份、性别、职业等界定了丰富多样的社会群体,而日常生活或日常物象除了为所有社会群体所共享的那部分之外,还包括为各个社会群体所特有的部分。

一、当代性

优秀的小说作品往往能够超越时代,但小说家却只能生活在特定的时代。属于特定时代的识见经验构成小说家知识经验的重要来源,潜移默化地作用于小说叙事中,形成小说风格的底色。

《杨思温燕山逢故人》是《喻世明言》(卷二十四)中的名篇,并非冯梦龙独创,而改编自宋人洪迈(1123—1202)的《太原意娘》(《夷坚丁志》卷九)②。

---

①　[日]大木康《明末江南的出版文化》,第 88 页。
②　(宋)洪迈著,何卓点校《夷坚志》(共 4 册),北京:中华书局,1981 年,第 2 册,第 608 页。

《太原意娘》以靖康之乱为背景,叙东京人杨从善因公干到燕山,在酒楼墙壁上看到表兄韩师厚妻王氏的题诗,墨迹尚湿;出门见王氏随同一干人正要走,杨追上王氏并攀谈良久。几天后,杨从善到酒楼,又看到一首新题诗,正是表兄韩师厚的墨迹,题诗内容有悼亡之意。韩师厚随同外交使团从南方过来,暂住在燕山公馆。杨从善寻到表兄,提及王氏一事,韩以王氏为金人所掠、自刎而死相告。杨从善疑惑不信,遂领韩师厚同到韩国夫人宅寻王氏,从邻家一个老婆婆处得知意娘已死,但鬼魂经常出没其间。韩师厚进入韩宅,见到意娘,并征得意娘鬼魂的同意,将她的骨灰盒带回南方,但前提是韩师厚不再续弦。后来韩师厚违背了诺言,因此受到意娘鬼魂的惩罚,惊怖而死。冯梦龙在这个基础之上进行了改编,大体情节没有变化,但人物身份更加合理化,情节在逻辑上也更加严密了,尤其是借用历史撰述,将一个原本名不见经传的小人物链接到大历史之中。

　　首先,本事中没有交代杨从善的身份,而冯梦龙则交代杨思温为肃王府使臣。据程毅中的考证,"肃王,即宋徽宗第五子赵枢,靖康初与张邦昌一起出使金军,为金人拘留。[……]本篇所用杨思温,本为肃王府使臣,似即随肃王使金而流落燕山"①。杨思温以这一身份出现在燕山,就显得更为合情合理,同时也对冯梦龙在这篇话本中所营造、渲染的故国之思起到了铺垫作用。

　　其次,本事中最开始未曾交代韩师厚身份,后来又很突兀地写其出使金国。冯梦龙则从一开始就做了安排,写韩思厚为"国信所掌仪",是宋代鸿胪寺下属官。《宋史·职官志五》载,鸿胪寺官属十又二,其一为"往来国信所,掌大辽使介交聘之事"②。话本下文称韩思厚为"韩忠翊",忠翊郎为正九品官。国信所本职掌辽国邦交,疑在辽亡后接管金国事务。③ 本事中提到韩师厚曾被金人掳掠,后来逃出,冯梦龙又进一步补充了韩思厚逃出的情况,即"奔走行在,复还旧职"④。

　　最后,本事中意娘只是韩师厚之妻,而冯梦龙又为她增设了另一重身份,提及"这郑夫人原是乔贵妃养女,嫁得韩掌仪,与思温都是同里人,遂结拜为表兄弟"⑤。乔贵妃也是靖康之难中之实有其名者。"乔贵妃,徽宗的妃子,靖康之乱中被金人掳去,死于北方。曾与高宗赵构之母韦妃结为

---

①　程毅中辑注《宋元小说家话本集》,济南:齐鲁书社,2000 年,第 657 页,注释一八。

②　(元)脱脱等《宋史》(全 40 册),北京:中华书局,1977 年,第 12 册,卷一六五,第 3903 页。

③　程毅中辑注《宋元小说家话本集》,第 658 页,注释二六。

④　(明)冯梦龙编,许政扬校注《喻世明言》,北京:人民文学出版社,1958 年,第 371 页。

⑤　(明)冯梦龙编《喻世明言》,第 641 页。

姊妹。"①

综上所述,从三个主要人物身份的改写上看,冯梦龙通过呼应信史记载的方式,努力追求情节的真实性和"历史化"效果。所谓"历史化"效果,就是将人物和情节置于更加贴近历史真实的背景中,使人物的行为动机、人物之间的关系在这一场景中更加合乎情理:杨思温随从肃王出使金国而被滞留燕山;韩思厚在宋时已是外交使臣,被金人掳掠后得以逃脱,到杭州继任前职,故而有出使金国之行;郑意娘则是徽宗妃子的养女,跟妃子一同在靖康之乱中被金人掠去,随后死在北方。

有意思的是,冯梦龙在对情节背景、人物身份进行"历史化"的同时,却在特定的物象描写方面留下了"当代化"的痕迹。《太原意娘》中杨从善在燕山初次见到意娘的场景中,小说家对意娘的穿戴打扮点到为止:"数十人同行,其一衣紫佩金马盂②,以帛拥项,见杨愕然,不敢公招。"③冯梦龙在《杨思温燕山逢故人》中两次回应了本事中的这一处描写,但却改作:

> (于昊天寺)其中有一妇女穿紫者,腰配银鱼,手持净巾,以帛拥项。

> (于秦楼)紫衣、佩银鱼、项缠帛帕妇女。④

这两处都把原文中的"金马盂"改成了"银鱼"。那么,什么是"金马盂"呢?

据扬之水的考证,"马盂"是宋元时期流行的酒器,其形制殆近于匜,文物考古界因此通称曰"匜"。叶子奇(1327—1390年前后在世)《草木子》卷三描述元时筵席的摆设:"筵席则排桌,五蔬、五果、五按酒。置壶瓶、台盏、马盂于别桌,于两楹之间。"⑤

《梦粱录》卷十三"诸色杂货"云酒市有"马盂、屈卮"⑥,明初刻本《明本

---

① 程毅中辑注《宋元小说家话本集》,第 659 页,注释二七。

② 中华书局校本《夷坚志》甲乙丙丁四志,所据底本为清人严元照(1773—1817)影宋手写本。同时,该校本还援引严元照校记。"金马盂"处严元照校记曰:"'盂'字疑误。"然而,严元照的判断只是一个推测,并无过硬的版本作为依据,甚至这个推测很可能是由于不了解名物之变革所致。

③ (宋)洪迈《夷坚志》(全4册),第2册,第608页。

④ (明)冯梦龙编《喻世明言》,第367、368页。

⑤ (明)叶子奇《草木子》,北京:中华书局,1959年,卷三下,第68页。

⑥ (宋)吴自牧《梦粱录》,收入(宋)孟元老等《东京梦华录(外四种)》,北京:中华书局,1962年,卷十三,第244页。

大字应用碎金》卷下"酒器"列有"马盂、屈卮、觥觞"等①,还是宋元时期的情况。据扬之水的考证,"作为酒器的马盂,其用途也是挹饮相兼,亦即有'盂'的饮之用,也有'杓'的挹之用。而它的有流又可以兼作斟"②。与作为盥洗用具的上古礼器匜不一样,进入日常生活的匜的式样发生了变化,"元代的匜,把位置在与流相对之处的环耳又改在了流的下面,以成小巧的环柄,因使它造型趋于浑圆,特有携行之便"③,这样的新形制,使得马盂可以随身携行。④《夷坚乙志》卷十九《杨戬二怪》叙老龟成精作怪,窃入内帷,"于腰间取一盂,髻中取小瓢,倾酒满泛,其香裂鼻"⑤。龟精用以饮酒的"盂",即为可随身携带之马盂。上文叙杨思温遇见郑意娘的场合是在酒楼,郑意娘随同韩国夫人到酒楼夜饮。那么,在这样的情境下随身携带饮酒器,也就显得合情合理。此种情境当为宋元时期的小说家所常经历,而小说家出于日常生活知识和经验将马盂写进了小说,在彼时亦是顺理成章之事。

然而,马盂到了明代却很少被提及,文物考古中也只发现元代有实物而明代未有,且既有实物(除了一例之外)均出现在北方。或许我们可以由此推测,马盂或马杓到了明代以后就很少使用了,尤其在南方地区。《太原意娘》故事发生的背景是燕山,正是北方地区。冯梦龙是南直隶苏州府长洲县人(今江苏省苏州人),很有可能并不熟悉金马盂,甚至不知道金马盂为何物,因此在改编《太原意娘》时,将这个细节也改写为他所比较熟悉的"银鱼"。

银鱼,亦即银质的鱼符。唐代授予五品以上官员佩带,用以表示品级身份;亦作发兵、出入宫门或城门之符信。⑥ 唐刘禹锡《酬严给事贺加五品兼简

---

① (明)佚名《明本大字应用碎金》,《北京图书馆古籍珍本丛刊》,子部,第76册,卷下,第419页。

② 扬之水《奢华之色——宋元明金银器研究》,北京:中华书局,2012年第3版,卷三,第96页。

③ 扬之水《奢华之色——宋元明金银器研究》,卷三,第95页。

④ 同时,马盂的大小和形制也决定它是否可以系于腰间随身携带。首先,扬之水在她的文章中引用了三件出土文物,均为元代的马杓,包括两个银马杓,一个金马杓。"马杓的名称多见于宋元文献,原是与马盂使用情况略有相似,即挹饮相兼的一种饮器。"这种马杓形制和马盂十分相似,其中一个银马杓(山西灵丘曲回寺元代金银器窖藏)高2.7厘米,口径仅7.6厘米;另一个银马杓(敖汉旗新丘元代银器窖藏)高2.9厘米,口径7.7厘米;还有一个金马杓(艾米尔塔什博物馆藏),也是蒙元时期的,高4厘米,口径12.5厘米,图版说明作"金要挂龙型柄勺"。其次,这三件马杓的一个特点是,柄为龙首衔环柄,龙口衔一枚活环。扬之水的文章中还引用了一个元代铜人雕塑,铜人腰间就悬挂了一个式样与出土实物相似的大勺。那么,以出土文物马杓的大小,将之悬挂在腰间是完全可能的。参见扬之水《奢华之色——宋元明金银器研究》,卷三,第93—100页。

⑤ (宋)洪迈《夷坚志》,第1册,第347页。

⑥ "鱼袋。其制自唐始,盖以为符契也。其始曰鱼符,左一,右一。左者进内,右者随身,刻官姓名,出入合之。因盛以袋,故曰鱼袋。"参见(元)脱脱等《宋史》,第11册,卷一五三《舆服志》第一〇六,第3568页。

同制水部李郎中》一诗中有"初佩银鱼随仗入,宜乘白马退朝归"①之句。宋
因唐制,宋初文武官均需佩鱼。"其制以金银饰为鱼形,公服则系于带而垂
于后,以明贵贱,非复如唐之符契也。太宗雍熙元年[……]内外升朝文武官
皆佩鱼。凡服紫者,饰以金;服绯者,饰以银。"②依宋初制度,六品以上升朝
文武官才能佩鱼,京官、幕职州县官赐绯者可破例佩戴银鱼。亲王武官、内职
将校皆不得佩鱼。然而,此后仁宗、神宗年间,佩鱼的限制逐渐放宽,连伎术
人员(尚药奉御)亦得特赐佩鱼。③

　　冯梦龙所写的是未有诰命之封的郑意娘,而女性佩银鱼的例证,笔者尚
未找到类似的文献;当然,也不排除明代女性腰系银鱼的可能。这个细节修
改之后,便无法与郑意娘随同韩国夫人上秦楼酒店夜饮的场景相呼应了。然
而,修改的理由也很充分,毕竟到了明代,尤其是在江南地区,马盂基本上已
经不再流行了,也不再是晚明江南地区日常生活中习见之物了。如若不做修
改而保存在小说中,势必会令读者感到费解。

　　对宋元旧物旧制进行解释,是明末小说编撰者在改编宋元旧篇时所要做
的工作之一。比如凌濛初在《王渔翁舍镜崇三宝　白水僧盗物丧双生》(《二
刻拍案惊奇》卷三十六)中解释:"看官,你道住持偌大家私,况且金银体重,
岂是一车载得尽的? 不知宋时尽行官钞,又叫得纸币,又叫得官会子,一贯止
是一张纸。"④冯梦龙的"三言"中也不乏此类富于当下对话性的解释工作,比
如上文《杨思温燕山逢故人》根据本事写杨思温到馆驿,与南宋派来金国的
使臣韩思厚会面,小说家便做了一番解释:"说话的,错说了! 使命入国,岂有
出来闲走买酒吃之理? 按《夷坚志》载:那时法禁未立,奉使官听从与外人往
来。"⑤明代已经禁止外国使臣与本国国民接触,否则有交通使臣之罪。基于
这个规定,冯梦龙觉得有必要跟读者交代一下宋代的情况。

　　面对时代变迁导致的名物、制度变化及其由此所造成的认知或理解上的
障碍,后代的小说家往往根据其所身处的时代经验进行适当的调整和改造,
以便于为同时代读者所熟悉、接受。扬之水《唐宋时代的床和桌》一文中也
曾举过一个与上文修改"金马盂"类似的例子。《太平广记》卷一一五录《广
异记》中的李洽故事曰:

①　(唐)刘禹锡著,《刘禹锡集》整理组点校,卞孝萱校订《刘禹锡集》(全2册),北京:中华书
局,1990年,下册,第531页。
②　(元)脱脱等《宋史》,第11册,卷一五三《舆服志》第一〇六,第3568页。
③　(元)脱脱等《宋史》,第11册,卷一五三《舆服志》第一〇六,第3568页。
④　(明)凌濛初著,陈迩冬、郭隽杰校注《二刻拍案惊奇》(全2册),北京:人民文学出版社,
1996年,下册,第654页。
⑤　(明)冯梦龙编《喻世明言》,第370页。

　　山人李洽,自都入京。行至灞上,逢吏持帖,云:"追洽。"洽视帖,文字错乱,不可复识,谓吏曰:"帖书乃以狼藉。"吏曰:"此是阎罗王帖。"洽闻之悲泣,请吏暂还,与家人别。吏与偕行过市,见诸肆中馈馕,吏视之久,洽问:"君欲食乎?"曰:"然。"乃将钱一千,随其所欲即买,**正得一牀**。与吏食毕,甚悦,谓洽曰:"今可速写《金光明经》,或当得免。"①

　　据中华书局点校本,其中"正得一牀"一句,《太平广记》明钞本作"止得一味",或正出自对"牀"字的不理解而径改之。据扬之水的考证,唐人所云"床",正是"异物之床,或者均为矮足之案",为"食床或者茶床",②而明人抄写此书时显然将"床"想当然地理解为卧具之"床",故而不得要领地改成了"味"。

　　《喻世明言》首篇《蒋兴哥重会珍珠衫》,其本事当为冯梦龙《情史》卷十六所载文言短篇《珍珠衫》一文,谭正璧以为本事很可能就是宋懋澄的《九籥集》。文言短篇《珍珠衫》中,如是描写陈商与王三巧的首次觌面:"某家近市楼居,妇偶当窗垂帘外望,忽见美男子,貌类其夫,乃启帘流盼,既觉其误,报然而避。"③但是到了《蒋兴哥重会珍珠衫》中,陈商的形象却更为具体细致了:

　　　　你道怎生打扮? 头上带一顶苏样的百柱骔帽,身上穿一件鱼肚白的湖纱道袍,又恰好与蒋兴哥平昔穿着相像。三巧儿远远瞧见[……]羞得两颊通红,忙忙把窗儿拽转,跑在后楼,靠着床沿上坐地,兀自心头突突的跳一个不住。④

　　"骔"同"鬃",指马颈上的长毛。用鬃毛制帽,是晚明人的时尚。范濂(约1540—约1600)《云间据目抄》(初刻于万历癸巳春,即万历二十一年,1593)卷二"记风俗"谓:

　　　　骔巾始于丁卯以后,其制渐高。今又尚蓝纱巾,为松江土产,志所载者。[……]瓦楞骔帽,在嘉靖初年,惟生员始戴。至二十年外,则富

---

① (宋)李昉等编《太平广记》,第3册,卷一一五,第801页。
② 扬之水《唐宋时代的床和桌》,载《终朝采蓝:古名物寻微》,北京:生活·读书·新知三联书店,2008年,第9页。
③ 谭正璧编《三言两拍资料》,上海:上海古籍出版社,1980年,第3页。
④ (明)冯梦龙,编,许政扬校注《喻世明言》,第9页。

民用之。然亦仅见一二,价甚腾贵。皆尚罗帽、纻丝帽,故人称丝罗必曰帽段。[……]万历以来,不论贫富,皆用骔,价亦甚贱,有四五钱、七八钱者,又有朗素、密结等名。①

这段材料勾勒了以鬃毛制帽在晚明的流行史。其中,以鬃毛制作的瓦楞帽,嘉靖初年只有生员戴,而到嘉靖二十年以后,富民(包括商人)开始戴瓦楞骔帽。到万历以后,以鬃毛制帽开始普及而价格下降,普通人都能戴。

前引《珍珠衫》中陈大郎戴骔帽,正为嘉靖二十年后富民戴骔帽的写照。而《警世通言》卷三《王安石三难苏学士》中少年徐伦戴"缠骔(同'鬃')大帽"②,近乎上文所言嘉靖初年生员戴骔帽的情形。

由此可见,冯梦龙对本事进行增补的过程,包含了一项看似不起眼但却十分重要的工作,即对物象描写的当代化适俗改造,使其投合晚明读者的日常生活经验。

以上所论日常物象描写的当代性,乃相对而言。例如"马盂"对于明代读者而言是历史性的,但对宋元读者而言却是当代性的。所谓当代性,包括两个层面。第一个层面,乃从特定时代小说家对本事的改编以及读者对小说的接受角度出发,即着眼于小说文本外部因素的时代特征。以上所论即为这一层面。除此之外,对文本内部的小说人物而言,日常物象描写也存在时代性问题,这是第二个层面。如上文所论冯梦龙对《太原意娘》的改编和补充,就充分体现了人物设置的历史性。日常物象描写作为建构人物场域的一部分,与人物的时代性相呼应,也有历史性与当代性的区分。时代变迁固然会带来名物、制度上的变化,但并不必然会引起日常生活领域的彻底变革。较之改朝换代天翻地覆式的剧变,日常生活领域及其所需的知识和经验则具有较强的持久性。若物象所依托的经验原型本身不具备鲜明的时代性,或曾经跨越较长的历史时段,那么,在这种情况下,该物象描写亦兼具历史性与当代性的双重可能。大多数以前人记载为本事,并为后人所改编的话本,历史性与当代性这两个层面的特质往往层累式地共存于日常物象描写中。不过,即使该物象所依托的经验原型渊源有自,但其日用功能、特征及其适用范围在某个时代发生了变化,那么我们可以断定,据此时代变化所呈现的物象描写具有较强的当代性特征。

---

① (明)范濂《云间据目抄》,王德毅主编《丛书集成三编》,台北:新文丰出版公司,1997 年影印本,第 83 册,卷二,第 393 页。

② (明)冯梦龙编,严敦易校注《警世通言》,北京:人民文学出版社,1956 年,第 27 页。

二、地域性

物象描写的日常化，还意味着符合特定地域的日常经验。所谓地域性，亦包含两个层面，即文本之内与文本之外。先看文本之内，尤其是在以写实手法为主导的话本小说中，小说家在处理不同地域背景的素材及其描写时，往往需要特定的地域知识或经验作为依托，以达到细节描写的真实性，即符合特定地域的自然环境或社会风俗。

不过，古代话本小说往往并非完全出自小说家的独创，这一事实使得以上的论断不能轻易成立。首先，话本小说往往改编自文言小说，即便是话本小说的独创者，也不见得就对小说中所涉及的地域性物象描写具备相关的知识储备，而很可能因袭自文言本事中已有的描写。其次，晚明刊刻的话本中，有不少是明人在宋元旧篇的基础上进行再创作的结果，素材和物象描写在再创作的过程中可能被改写，但也可能原封不动地被照抄过来。这些因素不得不虑及，但又无法真正厘清。尤其是在无法确证某篇话本是否为改编之作时，比较折中的办法就是不区分原作者和改编者，而以作者总括之。

嘉靖二三十年间，钱塘人洪楩刊刻《六十家小说》，分为 6 集，共 60 篇，现仅存 29 篇（包括残篇）。其中《雨窗集》中现存《董永遇仙记》①，叙淮安润州府丹阳县人董永遇织女事。董永为安葬父亲卖身为长者之佣工，玉帝见此感动，差织女到人间，以大槐树为媒，与董永为妻，助他织丝还债，百日后升天。董永因孝感仙，得皇帝敕封，长者亦受赐，并将女儿嫁给董永。织女与董永生有一子，为董仲舒。董仲舒长大之后，买卜问卦，得算卦人指点，七夕日至太白山中寻母。小说前半段是牛郎织女的传说，后半段附会历史人物，情节疲弱。然而，值得一提的是，小说中不止一次提及织女所织之丝为"纻丝"，而这一物象的设计并非无谓之笔。小说写雇佣董永的"传长者在家无事，打开仙女所织之纻丝看时，上面皆是龙纹凤样，光彩映日月。长者大惊，不敢隐藏，将此事申呈本府"，又写"传长者因进贡异样纻丝，朝廷亦封为金判之职"。②

从文本内部的地域角度看，该话本通篇背景被设置于润州府丹阳县。唐人《元和郡县图志》便曾详细梳理过润州的建制沿革：

> 本春秋吴之朱方邑，始皇改为丹徒。汉初为荆国，刘贾所封。后汉

---

① 程毅中《宋元小说家话本集》未予收录，即认为此篇不能确定为宋元之作。
② （明）洪楩编，谭正璧校点《清平山堂话本》，上海：上海古籍出版社，1987 年新 1 版，第 239、240 页。

献帝建安十四年,孙权自吴理丹徒,号曰"京城",今州是也。[……]晋永嘉乱后,幽、冀、青、并、兖五州流人过江者,多侨居此处,吴、晋以后,皆为重镇。[……]陈废南徐州,改为延陵镇。十五年罢镇,置润州,城东有润浦口,因以得名。①

由此可见,润州之设,始于南朝,《董永遇仙记》绝不可能写于隋以前,而小说中的故事也绝不可能如小说家所言发生于东汉。宋初乐史所作《太平寰宇记》,谓唐武德九年(626)以延陵、句容、白下三县属润州,天宝元年(742)改为丹阳郡,乾元元年(758)复为润州。② 建中(780—783)初,改号镇海军,南唐以为重镇。③ 宪宗元和年间(806—820),称润州,下辖六县,为丹徒、丹阳、金坛、延陵、上元和句容县。润州岁赋以丝、纻、布为主。④ 宋初仍称润州,领丹徒、延陵、丹阳、金坛四县,上元、句容二县割出,上元县入升州,句容县入升州。土产有贡方纹绫、水波绫与罗绵绢。⑤ 开宝五年(972)改镇江军,政和三年(1113)升镇江府。元改镇江路,属江浙行省。⑥ 现存元代方志《至顺镇江志》,载至顺间镇江路下辖丹徒、丹阳、金坛三县。此志卷四"土产"类提到该地盛产布帛,包括罗、绫、绢、纱、绸、布等;在"布"这一条目之下,又详细介绍:"纳纻布,见《元和郡县图志》,以苎皮兼丝缉而成者,谓之丝布。旧志谓金坛之纻布、苎布皆女冠所织,世称精丽,近土人亦有织木绵为布者。"⑦"金坛",即元代镇江路辖下三县之一的金坛县。此外,元时的镇江路还设有织染局、织染提举司,《至顺镇江志》卷六"造作"类曰"纻丝一千九百两织染局独造"⑧,可见这是地方经济的一大来源。元至顺间的镇江向中央缴纳的赋税里,包括"丝八千四百四十七斤二十五两九钱二分二厘",其中仅丹阳一县就有"三千七百二十八斤一两六钱一分二厘"⑨,所纳常赋之数,位居三县之首。

---

①　(唐)李吉甫著,贺次君点校《元和郡县图志》(全2册),北京:中华书局,1983年,下册,卷二十五,第589—590页。

②　(宋)乐史著,王文楚等点校《太平寰宇记》(全9册),北京:中华书局,2007年,第4册,卷八十九,第1757页。

③　(明)李贤等《明一统志》,《景印文渊阁四库全书》,台北:台湾商务印书馆,1983年影印本,史部第230册(总第472册),卷十一,第265页,下栏。

④　(唐)李吉甫《元和郡县图志》,下册,卷二十五,第590页。

⑤　(宋)乐史《太平寰宇记》,第4册,卷八十九,第1757页。

⑥　(元)脱因修、俞希鲁《至顺镇江志》,《中国方志丛书》,台北:成文出版社,1975年,据至顺三年修、民国十二年丹徒冒广生重刊本影印,第171册,第22—23页,卷首"郡县表"。

⑦　(元)脱因修、俞希鲁《至顺镇江志》,《中国方志丛书》,第171册,第185页。

⑧　(元)脱因修、俞希鲁《至顺镇江志》,《中国方志丛书》,第171册,第396页。

⑨　(元)脱因修、俞希鲁《至顺镇江志》,《中国方志丛书》,第171册,第351页。

　　由上文所引地方志记载可知,润州在宋元间为盛产纻丝之地,纻丝是地方经济的一大来源,同时也成为地方向中央所纳贡赋的常项。尤其是小说人物所依托的丹阳县,每年以纻丝所纳之常赋,更是重中之重。小说家将牛郎织女的故事背景精心安排在以丝织品著称的丹阳县(牛郎为丹阳县人,织女为句容县人),而织女所织之纻丝便是当地的一大特色。或许,正是由于此地上贡纻丝闻名遐迩,故而小说家便将牛郎织女的故事附会于此。总而言之,纻丝这一物象,充分体现了话本创作的地域性特点。结合以上润州的建制沿革来看,《董永遇仙记》很可能是一个民间流传的世代累积性作品。从现存明刻话本的内容来看,其中所涉及的地理称谓及对土物之了解,更符合唐宋元时期的情形,甚至此一故事的流传从唐代起就与特定的地域结合在一起了。

　　然而,同样是特定的地理称谓,还透露出另外一个信息,即此篇话本很可能经过了明人的修改。这一点仍可从润州地名见出。话本开头所称"淮安润州府丹阳县",以"府"称"润州",不符合宋元时期的情况。上文提及,润州于北宋末年升府,为镇江府,元时为镇江路。明朝初为江淮府,后改镇江府,直隶京师,领县三,为丹徒、丹阳、金坛三县。① 那么,以"府"称"润州"不可能发生在元代,也不符合宋人的习惯,当出明人之手。"润州"这一地名到明代已经不再出现于版图之中,"府"又是明代二级行政区划,那么,小说家想当然地将陌生地名纳入明代的行政区划系统中,"润州府"这一不存在的地名甚至可能模仿自明代"湖州府"之类的地名。另外,小说家声称"润州府"位于淮安地区,则又犯了一个错误。据明代前期(天顺五年,1461)所编《明一统志》所载府界②可知,润州即明代的镇江府,而镇江府和淮安府之间还隔着扬州府。地理称谓上的疏忽,正体现出明人修改的痕迹。

　　物象描写的地域性特征,还与文本之外作者和读者的地域特征相呼应。《转运汉遇巧洞庭红　波斯胡指破鼍龙壳》(《拍案惊奇》卷一),充分体现了物象描写的本土化过程。这一篇拟话本叙苏州人文若虚做生意连年亏损,遂同几个走海泛货的朋友合伙出海散心。出海前各人都置办货物,准备到海外销售;文若虚本无余钱,信步街头,见满街上正卖洞庭橘,价格也很低廉,遂用一两银子买了百余斤。船行至吉零国,各人都去发卖货物,唯有文若虚留在船中看船。他便将一百斤洞庭红橘从船舱里搬出来,都摆在船板上,"摆得

①　(明)李贤等《明一统志》,《景印文渊阁四库全书》,史部第230册(总第472册),卷十一,第265—266页。
②　(明)李贤等《明一统志》,《景印文渊阁四库全书》,史部第230册(总第472册),卷十一,第265页,下栏。

满船红焰焰的,远远望来,就是万点火光,一天星斗",吸引了吉零国人。不想此国之人从未见过此物,便争相品尝采购。文若虚一钱一颗售出,只剩下五十多颗了,又忽然有人骑马喝道而来,包买了剩下的五十多颗进贡给国王。文若虚这一百多斤的橘子换来了一千多枚银币,而每一枚重八钱七分多,是他购买洞庭橘所费本钱的几百倍。小说中如是描述洞庭橘:

> 红如喷火,巨若悬星。皮未皱,尚有余酸;霜未降,不可多得。元殊苏井诸家树,亦非李氏千头奴。较广似曰难兄,比福亦云具体。
>
> 乃是太湖中有一洞庭山,地暖土肥,与闽广无异,所以广橘、福橘播名天下,洞庭有一样橘树,绝与他相似,颜色正同,香气亦同,止是初出时味略少酢,后来熟了,却也甜美。比福橘之价,十分之一,名曰"洞庭红"。①

这一段描写中将"洞庭红"与播名天下的广橘、福橘相比,个头要比福橘小巧,价格只有福橘的十分之一。有意思的是,这篇拟话本的素材取自明人周玄晖《泾林续记》,本事中主人公苏和所购橘子原为福橘,产于福建,"每百价五分"②,苏和多购之,后卖得千金之利。凌濛初却将之改写成"洞庭红",而这一改动乃基于地域差异。凌濛初为湖州府乌程县人,乌程县位于太湖南面。小说主人公文若虚为苏州人,苏州位于太湖东北面。湖州和苏州都是环太湖城市。唐李吉甫(758—814)《元和郡县图志》载苏州下辖吴县:"本吴国阖闾所都,秦置县。太湖,在县西南五十里。《禹贡》谓之震泽,《周礼》谓之具区。湖中有山,名洞庭山。"③

"洞庭橘"在唐代已是贡品④,到宋代更是闻名遐迩。宋《嘉泰吴兴志》卷二十"风俗"之"橘"目下云:"太湖洞庭山产绿橘,号洞庭橘。韦苏州送橘诗曰:'信后欲题三百颗,洞庭须待满林霜。'橘种不一,《本草》注有朱橘、乳橘、塌橘、山橘。入水村人家,多种成林,画沟塍,常运水灌溉,有至数百树者。"⑤梅尧臣(1002—1060)嘉祐四年(1059)赠别诗《送张子野知虢州先归湖

---

① (明)凌濛初《拍案惊奇》,第 8 页。
② 谭正璧编《三言两拍资料》,第 574 页。
③ (唐)李吉甫《元和郡县图志》,下册,卷二十五,第 601 页。
④ 唐康骈《剧谈录》载"吴中初进洞庭橘,恩赐宰臣外。京辇未有此物,密以一枚赠超云,有人于中将出",参见《太平广记》卷一九六"豪侠"四《潘将军》,第 4 册,第 1470 页。然则,地方志所载唐贡多为乳柑,例如《嘉泰吴兴志》卷二十"风俗"之"柑"目下云:"唐贡乳柑[……]土人以乳柑为贵。与橘同种而不蕃,人共珍之。"
⑤ (宋)谈钥《嘉泰吴兴志》,《中国方志丛书》,台北:成文出版社,1983 年,据民国三年刊吴兴先哲遗书本影印,第 557 册,第 6902 页,上栏。

州》中有"吴兴近洞庭,橘林正吹花。君当橘柚时,摘包带霜华。清甘不楚齿,若酒倾残霞"①之句。"吴兴"乃乌程县旧称②;"洞庭"即为太湖中的洞庭山,而非洞庭湖。明人徐渭(1521—1593)七言绝句《渔鼓词》其四云:"洞庭橘子凫茨菱,茨菰香芋落花生。娄唐九黄三白酒,此是老人骨董羹。"③诗中所举之物,俱为一时风尚之物。此外,"洞庭红"在清人的题咏中亦屡见不鲜④。凌濛初的地方情结与经验,是他在改编、创作话本时弃福橘而用洞庭橘的重要原因。同时,这一改动也与小说人物的地域特征相契合。

　　此外,读者的地域分布也会影响小说家对日常物象的地域选择与设置。读者的地域分布受到消费市场、城市文化等因素的影响。天启、崇祯间,无论从小说家群体还是从出版种类与数量上看,江南都已经取代建阳而形成了通俗小说中心圈。万历、泰昌间的建阳书坊多致力于出版长篇通俗小说,然而,"在话本小说的刻印方面,建阳书坊却没有表现出多少热情,或者说其贡献甚微。今所知见者,也仅有在万历年间,建阳书商熊龙峰刻印了话本小说,有四篇留存"⑤。明清话本小说的发展,"与明清江南出版业的关系,更为密迩,在某种程度上,我们甚至可以说,一部明清江南话本小说的出版史,其所呈现的,就是一部明清话本小说的兴衰史"⑥。话本小说之所以在江南地区大量刊刻,并促使江南最终代替建阳而成为通俗小说的中心圈,其中一个很关键的因素便是江南得天独厚的地域优势。本章第一节中已经论及,较之地处闽西山区中的建阳而言,江南拥有更为发达的城市文化和娱乐消费群体;话本小说作为当时商业出版的一种,它们的读者也是娱乐消费群体中的一部分。晚明话本小说的读者群,若从地域分布而言,江南读者肯定是最主要的一批。胡应麟(1551—1602)曾关注到图书的行销、流通受地域之限制:

　　　　吴会、金陵,擅名文献,刻本至多,巨帙类书咸荟萃焉。海内商贾所

---

①　(宋)梅尧臣著,朱东润编年校注《梅尧臣集编年校注》(全3册),上海:上海古籍出版社,2006年,第3册,第1102页。

②　"孙吴于此置吴兴郡,隋罢郡,以县属苏州,寻置湖州,宋属安吉州,元属湖州路,本朝因之",参见(明)李贤等《大明一统志》,《景印文渊阁四库全书》,史部第230册(总第472册),卷四十,第987页,下栏。

③　(明)徐渭《徐文长三集》,《徐渭集》,第2册,卷十一,第375页。

④　例如,清初诗人王昊(王世贞孙)《硕园诗稿》卷二十(清五石斋钞本)《晚秋风日清衙斋兀坐弄笔得十绝句聊以遣闷》云:"南方佳实橘成丛,霜后金衣颗颗同。回首家园风味美,此时也有洞庭红。"

⑤　冯保善《明清江南出版业与明清话本小说的兴衰》,《明清小说研究》2011年第2期,第50页。

⑥　冯保善《明清江南出版业与明清话本小说的兴衰》,《明清小说研究》2011年第2期,第48页。

> 资,二方十七,闽中十三,燕、越弗与也。然自本方所梓外,他省至者绝寡,虽连楹丽栋,搜其奇秘,百不二三,盖书之所出而非所聚也。①

或受限于交通条件,或受制于地方保护本土市场,外地的图书很难进入江南的图书市场,当然这是嘉靖后期至万历前期的情况。凌濛初之所以选择写洞庭橘而不写福橘,并不是由于知识结构上的欠缺,而是出于吸引、拉拢读者尤其是环太湖地区读者的考虑。

今存于日本日光轮王寺慈眼堂的《拍案惊奇》,是崇祯元年尚友堂安少云刊本;封面识语题署"金阊安少云梓行","金阊"是苏州旧称,这就意味着该书在苏州地区出版发行。那么,凌濛初的《拍案惊奇》所面对的首批读者也应该是这个地区的。苏州和吴兴都在太湖边上,吴兴在太湖的南边,而苏州在太湖的东侧,都位于环太湖地区;洞庭山坐落于太湖中的孤岛,但离这两座城市都不远。因此,对于苏州读者来说,"洞庭红"想必也应该是很亲切熟悉的地方土物。这篇话本中物象描写的地域性包含了两个层面的意蕴:一方面,小说情节层面的"洞庭红"与太湖背景的题材相吻合;另一方面,"洞庭红"又兼顾小说之外读者群的地域分布。这样兼备双重地域性的例证在古代小说中不算多,如上文所述,这一现象乃基于多方面的合力作用。对于江南的读者而言,洞庭橘无疑更能唤起其地方记忆,从而拉近读者尤其是本地读者与小说人物之间的距离。我们不妨假设,如果这篇话本小说改编自一位建阳书商或小说家之手,那么福橘就很可能被保留下来,而不会出现所谓的洞庭橘了。洞庭橘取代福橘这一小小的细节,隐约折射出江南取代建阳而为通俗小说中心圈的事实。

尤其值得注意的一点是,上文提及类书与小说的关系,即类书是去地方化,趋于提供统一适用、超越地域的信息,如本章第一节中所举"江州岳府腌鱼法"被扩充为"腌鱼法"的例子;然而,小说则呈现出对地域性特点的刻意追求,无论是针对小说内部的人物而言,还是面向小说外部的读者。"在晚明日用类书对于日常生活资讯的呈现上,可以很轻易发现尽量去除地方特色及阶级差异的普遍倾向。在这些类书中所呈现的可说是标准版的日常生活。类书中呈现的日常生活虽然以地方知识和实践为基础,却超越了地区间的界限和差异。"②"他们极大地充实了跨越社会和区域界限的日常知识及实践的库藏,并借此帮助读者来设想其他人在各种场合中的举止与活动,进而

① (明)胡应麟《经籍会通》,《少室山房笔丛》,卷四,第42页。
② [美]商伟《日常生活世界的形成与建构——〈金瓶梅词话〉与日用类书》,载胡晓真、王鸿泰主编《日常生活的论述与实践》,第367页,注释15。

吸引他们在自身有限且直接的经验之外参与对更为广大的社会世界的文化想象。"①小说则与此相反,它的目的不在于向读者提供实用的生活资讯,亦非提供一种标准版的日常生活,而在于提供一种具有差异性、个性化但同时又能引起认同的想象。在小说中描写基于特定地域的经验和知识,是引起特定读者群认同的一种方式。

此外,对富于地域特色物象的描写,还映衬出小说家的知识结构,比如《杨谦之客舫遇侠僧》(《喻世明言》卷十九)中对蒟酱的描写。此篇拟话本叙浙江永嘉人杨谦之授官贵州安庄县,赴任途中遇一奇僧,杨谦之待之以礼,僧人欲报知遇之恩,护送杨谦之走水路至雅州后,又安排他的侄女李氏随同杨谦之赴任。李氏通妖术,善禁制之术。杨谦之在李氏的协助下,顺利抵达安庄县,在任上深得土官赏识和土人爱戴,最后名利双收,致仕而归。小说写杨谦之赴任途中,过了牂牁江,为避风浪,停船在牂牁江边的石圯浦:

> 到午后风定了,有几只小船儿,载着市上土物来卖。[……]又有一只船上叫卖蒟酱,这蒟酱滋味如何? 有诗为证:
>
> 白玉盘中簇绛茵,光明金鼎露丰神。
>
> 椹精八月枝头熟,酿就人间琥珀新。
>
> 杨公说道:"我只闻得说,蒟酱是滇蜀美味,也不曾得吃,何不买些与奶奶吃?"叫水手去问那卖蒟酱的,这一罐子要卖多少钱,卖蒟酱的说:"要五百贯足钱。"[……]李氏说:"这酱不要买他的,买了有口舌。"[……]揭开罐子看时,**这酱端的香气就喷出来,颜色就如红玛瑙一般可爱**;吃些在口里,且是甜美得好。李氏慌忙讨这罐子酱盖了,说道:"老爹不可吃他的,口舌就来了。**这蒟酱我这里没有的,出在南越国。其木似穀树,其叶如桑椹,长二三寸,又不肯多生。九月后,霜里方熟。土人采之,酿酝成酱。**先进王家,诚为珍味。这个是盗出来卖的,事已露了。"
>
> 原来这蒟酱是都堂着县官差富户去南越国用重价购求来的,都堂也不敢自用,要进朝廷的奇味。富户吃了千辛万苦,费了若干财物,破了家,才设法得一罐子,正要换个银罐子盛了,送县官转送都堂,被这蛮子盗出来。②

---

① [美]商伟《日常生活世界的形成与建构——〈金瓶梅词话〉与日用类书》,载胡晓真、王鸿泰主编《日常生活的论述与实践》,第 368 页。
② (明)冯梦龙编《喻世明言》,第 273—274 页。

小说在此之前极力敷演杨谦之赴任瘴疠之地的恐惧,那么,因蒟酱而引来的风波可以说是冒险之旅的第一关,也是李氏施展法术的良机。富户得知杨谦之得了蒟酱,便押着牌,驾着快船,手执刀枪,把杨谦之的船包围了起来。于是,李氏用符咒之术禁制了兵船,双方谈判和解,杨谦之送还蒟酱,富户方解甲而归。

在这一小段情节中,蒟酱是矛盾的导火索,象征了旅途中随时随地潜藏的危险。杨谦之由于地方知识经验的欠缺而误将蛮人所售南越之蒟酱当作滇蜀之蒟酱,差点招致杀身之祸。那么,蒟酱到底产自何地? 这涉及相关的地方经验和知识。

白居易(772—846)《白氏六帖事类集》卷五"醢第十八"之下"蒟酱"条目载:"武帝使唐蒙使南越,南越食蒟酱,如桑椹,取实为酱。"①查《史记》,确有其事。汉武帝建元年间(前140—前135),王恢平复了东越之乱,又派唐蒙去晓谕南越,望其臣服:

> 南越食蒙蜀枸酱,蒙问所从来,曰:"道西北牂柯,牂柯江广数里,出番禺城下。"蒙归至长安,问蜀贾人,贾人曰:"独蜀出枸酱,多持窃出市夜郎。夜郎者,临牂柯江,江广百余步,足以行船。南越以财物役属夜郎,西至同师,然亦不能臣使也。"蒙乃上书说上曰:"南越王[……]名为外臣,实一州之主也。今以长沙、豫章往,水道多绝,难行。窃闻夜郎所有精兵,可得十余万,浮船牂柯江,出其不意,此制越一奇也。诚以汉之强,巴蜀之饶,通夜郎道,为置吏,易甚。"②

南越,古国名,即今广东、广西一带。秦末赵佗建立,汉武帝元鼎六年(前111)灭亡。夜郎,亦古国名,在今贵州省西北部及云南、四川二省部分地区。南越国北面与夜郎国、长沙郡、豫章郡接境,可以经由长沙和豫章水道进入南越国,但汉武帝时代这两条水道已经十分难行了,借此发动大规模的军事行动更无从谈起。司马迁从一种微不足道的地方特产"枸酱"引出对新水道——牂牁江——的叙述,进而带出唐蒙征服南越国的计策和军事行动,可谓举重若轻。"枸酱"这一地方特产,裴骃《史记集解》引徐广注曰:"枸,一作'蒟',音窭。"亦即蒟酱。至于牂牁江,则发源于夜郎,流经南越,最终注入南

---

① (唐)白居易《白氏六帖事类集》(全2册),台北:新兴书局,1975年,第1册,第215页。
② (汉)司马迁《史记》,卷一一六《西南夷列传》,第2283页。

海。① 蒟酱原本产自蜀地,蜀地商人偷运出来卖给接壤之夜郎,夜郎商人又顺着牂牁江运送到南越国境内的番禺城(今广州)。扬雄(前53—公元18)的《蜀都赋》中也已经提到了蒟酱乃蜀地物产,比白居易略早的李吉甫《元和郡县图志》载涪州之"贡赋":"开元贡:麸金,文铁刀,蒟酱。元和贡:白蜜,连头十段布一匹。"②蒟酱是涪州开元年间进上的贡品。涪州在唐时隶属江南道,明代属四川重庆府。虽然历代辖区有所变化,但大致在蜀地之内。此篇话本中杨谦之停船的地方,正在牂牁江一带。小说将此地描写成一个交通要塞:"说这个牂牁江,东通巴蜀川江,西通滇池夜郎,诸江会合,水最湍急利害,无风亦浪,舟楫难济。"③小说家介绍了牂牁江的上游所通,至于其下游走向则可以《大清一统志》卷四四一"牂牁江"所载作为补充:"亦郁水东支,自三水县南,流经南海县东,入番禺县界,又东南入海。"④上文所引《史记·西南夷列传》中,蜀地商人顺着牂牁江,将蒟酱从蜀地偷运到南越的番禺城下,即今广州一带。那么,这篇小说中的描写则与上述方向相反,杨谦之所遇到的商人,从南越国重价购求蒟酱,经由牂牁江北上,本要上贡宫中,结果蒟酱在牂牁江附近被盗。蒟酱的流通路线与《史记》中所载相同,但流通方向却相反。毕竟冯梦龙创作的年代距离《史记》的记载已经相去久远,暂且不考虑小说创作的虚构因素,就事实而言,蒟酱的产地和贡地也很可能在这一千多年间发生变化。这一篇话本小说虽然以南宋为背景,但谭正璧从地名、官制等各方面考证,确定其为明人作品。⑤ 小说中的蒟酱是富户从南越国重价购得的,这里的南越国,有两种可能。一种是《史记》中就出现的南越国,即今广东、广西一带。明苏州人王临亨万历二十九年(1601)奉命到广东审案,著有《粤剑编》一书,此书(万历间刻本)卷三曾载:"扶留藤,即蒟酱也。一名荜茇,俗呼为蒌。蔓生,茎叶颇类刀豆。粤人采其叶,杂槟榔食之,味辛甚。"⑥可见,广东一带也经常食用蒟酱。当然,另一种可能是越南。明人顾起元

① 司马贞《史记索隐》引《地理志》曰:"夜郎又有豚水,东至南海四会入海,此牂牁江。"参见《史记》,第2283页。

② (唐)李吉甫《元和郡县图志》,下册,卷三十,第738页。

③ (明)冯梦龙编《喻世明言》,第272页。

④ (清)穆彰阿、潘锡恩等《大清一统志》,《续修四库全书》,上海:上海古籍出版社,2002年,据《四部丛刊续编》影旧钞本影印,史部总第622册,卷四四一,第427页,上栏。

⑤ "本篇是托称南宋时候的事,贵州实没有安庄县,只明代有安庄卫,即镇宁州治;至于土官的宣尉(慰)司,也是明代制度。又书中曾提起'都堂'字样,这是指的明代总督或巡抚加了都御史或副金都御史的称呼。所以可确定它是明人作品",参见谭正璧编《三言两拍资料》,第97页。

⑥ (明)王临亨《粤剑编》,《玄览堂丛书续集》,台北:正中书局,1985年,据明万历刊本影印,第219册,卷三,第118页。

(1565—1628)《客座赘语》卷一载郑和下西洋所至东南亚各国，"当时不知所至夷俗与土产诸物何似。旧传册在兵部职方。[……]所征方物，亦必不止于蒟酱、邛杖、蒲桃、涂林、大鸟卵之奇。"①根据顾起元的语气似可推测，蒟酱或曾常出现于东南亚诸国向明廷进贡的土物之列。

　　总而言之，无论是哪一种可能，有关蒟酱的描写都牵涉到了地域知识。冯梦龙在《杨谦之客舫遇侠僧》中带着强烈的地方优越感，将贵州安庄县描写成化外荒蛮之境。当然，中心较之边缘的优越感，不只出现于小说中，即便在《明一统志》对贵州风俗的事实描述中，亦不乏"荒蛮"等语。因地域知识不足导致对蒟酱来源的误判以及由此招致的杀身之祸，正是对荒蛮之境恐惧的具象化。然而，这同时也显示出小说家对地域知识的了解。该篇拟话本是否有所依傍，目前尚未找到直接相关的本事，不排除对蒟酱的描写源自本事，但也不能排除为冯梦龙首创的可能。

三、专门实用性

　　物象描写的日常化内涵，还包括对专门性与实用性的追求，即日常物象描写与特定社会群体之行业经验、社会习惯相契合；而符合特定行业经验的物象描写，则往往又以实用性为前提。对日常物象描写的背后，是日常生活知识的累积及其体现。

　　对于不同时代和不同社会阶级而言，需要掌握的最低限度的日常知识是各不相同的。尤其是随着社会分工的深化，"某种日常知识在多大程度上是强制性的，则因社会化劳动分工中的位置而异"②。对于桑蚕者而言是必须掌握的日常知识，在泥瓦匠那里可能就不成其为日常知识。因此，在社会分工更加细化、深入的社会中，日常知识有很强的专门针对性。

　　如果将"我们在日常生活中以各种各样方式实际运用的知识（例如，作为行为准则，交谈主题，等等）的总体"称之为"日常思维的内涵"，③那么，"日常思维是关切解决'个人'在其环境中所面临的问题的思维"④，具有较明显的实用主义的特征。然而，并非所有的日常知识对"个人"而言都有实用性，只有那些经由个人选择并运用的日常知识才具备实用性。

　　宋人小说，已经广泛触及彼时社会尤其是城市社会中的庞杂群体。从对

---

① （明）顾起元著，张惠荣校点《客座赘语》，南京：凤凰出版社，2005年，卷一，第29—30页。
② ［匈］阿格妮丝·赫勒著，衣俊卿译《日常生活》，重庆：重庆出版社，2010年第2版，第200页。
③ ［匈］阿格妮丝·赫勒《日常生活》，第199页。
④ ［匈］阿格妮丝·赫勒《日常生活》，第211页。

社会群体的"接纳"程度看,出版于明代中后期的话本小说具备高度包容性,为兴衰隆替的社会群体勾勒出浮世群像。以"三言二拍"为例,起于宋元,讫至晚明,囊括的社会阶层上至帝王下至乞丐,各种身份、各种行当应有尽有:乞丐团头、孤老院流浪汉、打更铺甲、地方衙役、梳头待招、卖油郎、桑户、窑户、船户、灌园叟、戏子、妓女、酒保、茶博士、医师、盐商、监生、武官、世家子弟……这些庞杂多元的社会群体,在正史中是沉默的大多数,然而话本小说却为他们的日常生活留下了鲜活的印记。

兼善堂本《警世通言》卷八《崔待诏生死冤家》,原题下注曰:"宋人小说题作碾玉观音。"①前人考证所得最可能的本事出处,当属元代佚名《异闻总录》卷一《郭银匠》。孙楷第以为,《碾玉观音》与《郭银匠》"所遇女子皆为鬼,且相偕逃之潭州,其情节又同。则为一事衍化无疑"②。值得注意的是,《郭银匠》中男主人公是银匠,而明刻话本《崔待诏生死冤家》中男主人公的身份则为碾玉匠作,而有关"玉观音"的描写便是从这一特定身份中衍化而得。话本叙咸安郡王府中秀秀养娘与崔待诏的生死情缘。秀秀养娘是裱褙铺的女儿,手巧善绣,被郡王相中,唤入府中供奉针线之事。崔待诏亦供职于郡王府,是一个聪明灵巧的玉匠。宋人吴自牧《梦粱录》卷十三"团行"载:"市肆谓之'团行'者,盖因官府回买而立此名,不以物之大小,皆置为团行,虽医卜工役,亦有差使,则与当行同也。然虽差役,则官司和雇支给钱米,反胜于民间雇倩工钱,而工役之辈,则欢乐而往也。[……]其他工役之人,或名为'作分'者,如碾玉作、钻卷作、篦刀作、腰带作[……]裱褙作[……]冥器等作分。"③崔待诏是"碾玉作",而秀秀养娘的父母是"裱褙作"。话本开头写朝廷赐咸安郡王一领团花战袍,郡王为报皇帝恩情:

> 去府库里寻出一块透明的羊脂美玉来,即时叫将门下碾玉待诏,问:"这块玉堪做甚么?"内中一个道:"好做一副劝杯。"郡王道:"可惜恁般一块玉,如何将来只做得一副劝杯!"又一个道:"这块玉上尖下圆,好做一个摩侯罗儿。"郡王道:"摩侯罗儿,只是七月七日乞巧使得。寻常间又无用处。"数中一个后生,年纪二十五岁,姓崔,名宁,趋事郡王数年,是升州建康府人。当时叉手向前,对着郡王道:"告恩王,这块玉上尖下圆,甚是不好,只好碾一个南海观音。"郡王道:"好! 正合我意!"就

①　(明)冯梦龙《警世通言》,刘世德、陈庆浩、石昌渝主编《古本小说丛刊》,北京:中华书局,1991 年影印本,第 32 辑,第 2 册,第 531 页。

②　孙楷第《小说旁证》,北京:人民文学出版社,2000 年,第 5 页。

③　(宋)吴自牧《梦粱录》,收入(宋)孟元老等《东京梦华录(外四种)》,卷十三,第 239 页。

叫崔宁下手。不过两个月,碾成了这个玉观音。①

劝杯专用于敬酒或劝酒。"摩侯罗儿",或写作魔合罗,宋人亦称为"泥孩儿",为七夕节物之一。② 出土文物中的摩睺罗儿多为圆头圆脑的小童,整体比较浑圆,而玉观音则更尖俏些,更适合这块上尖下圆的羊脂玉。崔宁在碾玉匠人中脱颖而出,凭借的是乖巧和机智。秀秀养娘早就留意于他,趁着府中起火逃了出来,与崔宁私奔到潭州,后来被郡王查访得知,将崔宁发配回原籍;秀秀养娘被郡王杖毙后,变作女鬼仍旧恋恋不舍崔待诏,跟着他到建康府,仍旧开碾玉作铺:

> 且说朝廷官里,一日到偏殿看玩宝器,拿起这玉观音来看,这个观音身上,当时有一个玉铃儿,失手脱下。即时问近侍官员:"却如何修理得?"官员将玉观音反覆看了,道:"好个玉观音! 怎地脱落了铃儿?"看到底下,下面碾着三字:"崔宁造。"——"怎地容易,既是有人造,只消得宣这个人来,教他修整。"敕下郡王府,宣取碾玉匠崔宁。[……]崔宁谢了恩,寻一块一般的玉,碾一个铃儿,接住了,御前交纳。破分请给养了崔宁,令只在行在居住。③

这一段对玉观音的描写十分细致、专业,既落实了崔宁的玉匠身份,又与秀秀养娘这一人物构成镜像关系。陆游(1125—1210)《老学庵笔记》卷五载家藏一鄜州田氏所做泥孩儿,其下以小字书名款曰"鄜畤田玘制"④。镇江出土的一组泥孩儿身后各有"吴郡包成祖""平江包成祖"等楷书阴文戳记。⑤《醒世恒言》卷十三《勘皮靴单证二郎神》中充当破案线索的皮靴,靴尖内衬蓝布托上有一纸条,上写"宣和三年三月五日铺户任一郎造"⑥。同理,在玉器雕刻底部或表面留下工匠名字,应当也是较为常见的现象。此外,玉观音往往被用来形容女性之美。《喻世明言》卷二十四《杨思温燕山逢故人》中韩思厚的悼亡词中就以观音比拟亡妻:"合和朱粉千余两,捻一个观音样。大

---

① (明)冯梦龙编《警世通言》,第 91—92 页。
② 扬之水《摩睺罗儿与化生》,载《古诗文名物新证》,北京:紫禁城出版社,2004 年,第 274 页。
③ (明)冯梦龙编《警世通言》,第 98 页。
④ (宋)陆游《老学庵笔记(外十一种)》,上海:上海古籍出版社,1993 年影印《四库全书》本,第 39 页,下栏。
⑤ 扬之水《摩睺罗儿与化生》,载《古诗文名物新证》,第 276 页。
⑥ (明)冯梦龙编,张明高校注《醒世恒言》,北京:北京十月文艺出版社,1994 年,第 265 页。

都却似两三分,少付玲珑五脏。"①又如《醒世恒言》卷十四《闹樊楼多情周胜仙》写周胜仙"一个观音也似女儿,又伶俐,又好针线,诸般都好"②。玉观音的描写,不仅增强玉匠身份的真实性,而且暗示并间接塑造了秀秀养娘的形象。

碾玉匠作属于传统职业,但在之前的小说中却很少得到如此细致、真实的描写。机户是晚明时江南富庶地区富于标志性的群体,亦为这一时期的小说家所注意。《醒世恒言》卷十八《施润泽滩阙遇友》叙嘉靖间苏州府盛泽镇施复,家中养蚕织绸。一日,施复卖绸回家路上拾到六两银子,如数归还原主。数年后,施复养蚕致富,家中添了三四张绸机,一年桑叶紧缺,施复本欲往洞庭山采购,途经滩阙巧遇当年遗银的朱恩。朱家有多余的桑叶,遂赠与施复,并与其结为儿女亲家。丝织业是农业社会经济的支柱,各个社会阶层对蚕桑都具备一些基本的常识。例如晚明人所作《续西游记》第六回《蠹妖设计变蚕桑》,孙悟空根据养蚕的时节舛错判断施舍斋饭的乃是妖怪:

> 行者见了道:"师父,不可吃他斋饭。一则养蚕人家,伤生害命,不洁;二则节当冬至之后,天寒地冻,非养蚕吐丝之时。事既差错,必是妖怪。我看那婆子把蚕簸箕放在我们经担上,必有缘故。行路罢,不要惹他。"八戒道:"饭在嘴边,又疑惑甚的?想我南方养蚕春暖,这西域不同,也未可知。师父说的到是,莫要把蚕簸放在经担上,不当仁子。"③

养蚕需待春暖时节,这是一个基本的常识,《续西游记》的描写并不足为奇。但是,《施润泽滩阙遇友》这篇话本中对蚕桑之事的了解,则超出了常识的范畴,而近乎机户、蚕户的专业熟稔:

> 那育蚕有十体、二光、八宜等法,三稀五广之忌。**第一要择蚕种。蚕种好,做成茧小而明厚坚细,可以缫丝。**如蚕种不好,但堪为绵纩,不能缫丝,其利便差数倍。第二要时运。有造化的,就蚕种不好,依般做成丝茧。若造化低的,好蚕种,也要变做绵茧。**北蚕三眠,南蚕俱是四眠。眠起饲叶,各要及时。又蚕性畏寒怕热,惟温和为得候。昼夜之间,分为**四时。**朝暮类春秋,正昼如夏,深夜如冬,**故调护最难。④

----

① （明）冯梦龙编《喻世明言》,第370页。
② （明）冯梦龙编《醒世恒言》,第282页。
③ （明）佚名著,杜聪、文益人、余力校点《续西游记》,济南:齐鲁书社,2006年,第六回,第32页。
④ （明）冯梦龙编《醒世恒言》,第376—377页。

这一整段堪称"育蚕经"的文字,传达的是机户、蚕户的行业经验。元人所撰《居家必用事类全集》一书的实用性较强,在明代仍受欢迎。现存明刻本收录有"择茧种""用叶法""养蚕百忌"等条目,其中"斋蚕法"涉及话本小说主人公所遇到的桑叶紧缺的情况:"育蚕而阙叶者,以甘草水洒桑叶,次以米粉糁之。候干与食,谓之斋蚕。可以度一日夜,唯惧人知。成茧厚实。"①这一类实用知识和经验,为当时民间通俗出版物所共享。徐光启(1562—1633)刊于崇祯年间的《农政全书》(明崇祯平露堂本)一书,卷三十一至三十六专设"蚕桑"一类,汇集前代及当时育蚕植桑的专门知识和经验。该书卷三十一引前人撰述,条陈育蚕之法及其避忌:

> 王祯曰:"育蚕之法,**始于择种**。收茧,取簇之中,向阳明净厚实者。蚕子变色,要在迟速由己,勿致损伤自变。[……]初生色黑,渐渐加食[……]纯黄,则停食,谓之正眠。眠起,自黄而白[……]又一眠也。**每眠,例如此候之,以加减食**。凡叶,不可带雨露,及风日所干。或浥臭者,食之令生诸病。常收三日叶,以备霖雨,则蚕常不食湿叶,且不失饥。采叶归,必疏爽于室中,待热气退,乃与食。蚕时,**昼夜之间,大概亦分四时:朝暮类春秋,正昼如夏,夜深如冬**,寒暄不一。虽有熟火,各合斟量多少,不宜一例。[……]北蚕多是三眠,南蚕俱是四眠。"②

徐光启比冯梦龙(1574—1646)大十二岁,《农政全书》与《醒世恒言》大约刊行于同一时期。《醒世恒言》中的育蚕知识与《农政全书》所载有着高度相似之处,或当另有所本,但也有可能直接来自《农政全书》。话本小说作为文学创作,其偶或涉及之行业经验与知识,却与专门性实用书籍若合符契。这首先是由写实手法所决定的,其次也得益于小说家较为完备的知识结构。

不过,上文这一段有关如何育蚕的文字止于铺陈,未能与小说的情节产生互动;而桑叶紧缺才构成此篇话本小说叙事中的转折点,施复由于桑叶紧缺,到外地收购桑叶才偶遇了当日遗银之人,并从他那里获赠多余的桑叶。桑叶紧缺,并非由于本地桑叶出产不够,或者提前准备不足,小说家在这一点上亦毫不含糊敷衍:

---

① (元)佚名《居家必用事类全集》,《续修四库全书》,子部,总第 1184 册,戊集,第 481 页,下栏。

② (明)徐光启著,石声汉校注《农政全书校注》(共 3 册),上海:上海古籍出版社,1979 年,第 2 册,卷三十一"养蚕法",第 838—841 页。

那年又值养蚕之时，才过了三眠，合镇阙了桑叶，施复家也只勾两日之用。心下慌张，无处去买。大率蚕市时，天色不时阴雨，蚕受了寒湿之气，又食了冷露之叶，便要僵死，十分之中，只好存其半；这桑叶就有余了。那年天气温暖，家家无恙，叶遂短阙。①

小说家对桑叶紧缺的描写乃基于十分专业、实用的养蚕经验和知识，即气候突变所致之反常现象。小说家在叙述施复到滩阙镇借火的情节时，还穿插介绍了蚕户的风俗、忌避：

天已傍晚，过湖不及，遂移舟进一小港泊住，稳缆停桡。打点收拾晚食，却忘带了打火刀石。众人道："那个上涯去，取讨个火利便好？"施复却如神差鬼使一般，便答应道："待我去。"取了一把麻骨，跳上岸来。见家家都闭着门儿。你道为何天色未晚，人家就闭了门？那养蚕人家，最忌生人来冲。从蚕出至成茧之时，约有四十来日，家家紧闭门户，无人往来。任你天大事情，也不敢上门。②

以上小说家关于养蚕的描写，已经超出普通人所可能具备的常识，而涉及十分专门性、实用性的经验。专门性知识与实用性经验的获得，有赖于晚明的商业出版，尤其是明代中后期广泛刊行的通俗日用类书；这些专门性知识与实用性经验，大大提升了小说家对各类人物、情节的驾驭能力。与不同行业、不同阶层人物相契合的物象描写，增强了小说的写实色彩，进而塑造出真实饱满、鲜活立体的人物形象及其生活。

上文所述施复是一个小机户，家中只有三四张织机，不仅自家养蚕、缫丝，还要自己负责把丝织品拿到市场上去卖。这种身份，介于商人和农民之间。那么，商人作为晚明社会十分活跃的一个群体，在小说中也得到了广泛的关注与表现。商人以及商业生活对物象描写产生的显著影响，当属商品价值成为关注点且为叙事带来新的可能。

《拍案惊奇》卷一《转运汉遇巧洞庭红》中文若虚由于本钱有限，采购了一些价格比较低廉的洞庭橘，带到吉零国发卖，结果竟然大受欢迎，价值大涨，因此发了一笔小财；《二刻拍案惊奇》卷三十七《叠居奇程客得助》中徽州商人程宰在海神的指点下，于入夏时节大量收购药材、彩缎、粗布，甚至连有脏斑的彩缎也都买下，入夏后适值辽东疫病，急需药材，不久又爆发战事，广

---

① （明）冯梦龙编《醒世恒言》，第 377 页。
② （明）冯梦龙编《醒世恒言》，第 377—378 页。

征彩缎做军旗，次年又遇国丧，大需粗布，这三样商品都以高价卖出，程宰因此获利七八千金。清初话本小说集《人中画》所载《狭路逢》（三回）叙一忘恩负义老丈人故事，即以商品价格之波动来设置情节。湖广商人李春荣随同父亲往湖南各处收购桐油，卸了一半在芜湖发卖，把另一半带到苏州发卖。在苏州接济一老丈人，恰值苏州桐油价涨，李氏父子便托老丈去把留在芜湖的那一半载来苏州。老丈到了芜湖，芜湖桐油价也跟着涨了，行主已将桐油发卖，老丈得了千金，径直带回家。如上所举三例中，商品价格的浮动尤其是上涨，成为小说叙事中新的兴趣点；小说家围绕价格之上涨来设置小说情节，并在这个过程中展现人物命运的戏剧性变化与人情世态之炎凉。

虽然日常物象描写早在明代之前就出现了，但对日常性的经营与提炼则一直到晚明的话本小说中才蔚为大观，并呈现出日常化的整体性现象。小说家对当代生活的观察、地域性知识的借鉴、专行业经验与知识的掌握，大大丰富了物象描写的日常内涵。

中编

言之有"物"：
物象与世情小说的日常叙事

第三章　物象与情节形态

《金瓶梅词话》(下文简称《金瓶梅》)之前的章回小说,都以非日常生活作为叙述的主要对象;《三国演义》借用的是历史题材,《水浒传》聚焦于英雄的传奇世界,《西游记》则展示奇方异境神魔间的斗智斗勇。那么,日常生活如何构成情节,如何提炼日常生活进行叙述等一连串问题便成为《金瓶梅》作者所要面临的新问题。

从社会学角度看,"日常生活"是用来"称谓人类生活涉及生产和再生产方面的技艺术语,生产与再生产指劳动、生活必需品的制造以及我们作为有性存在物的生活(包括婚姻和家庭)"①。劳动、生产与婚姻、家庭,构成了日常生活的主要内容。在以日常生活为题材的小说《金瓶梅》中,围绕西门庆展开的商业经营与婚姻家庭内容也就构成该书日常叙事的重要环节。也正是在日常叙事框架下,我们得以理解《金瓶梅》日常物象的意义。

就整部小说中主要人物的活动空间而言,基本仅限于日常生活空间。即便是有社交权利的西门庆,也仅在第五十五回给蔡京送生辰纲出了一回清河县,大多数情况下,最远也不过到城外钱行而已。西门庆寻芳猎艳的踪迹,也从来没有超出日常空间的范畴。那么,在这么一个充分世俗化的日常时空之内,如何建构冲突、如何推进叙述,都对小说家提出了挑战。

日常家庭生活周而复始的重复性与平淡性,与传统小说读者"崇奇尚怪"的需求相违背,因此叙事冲突的建构在《金瓶梅》中显得尤为必要。叙事冲突构成了家庭生活叙事中的节点性情节,在较短的时段或篇幅内集中展示一段完整的情节,以淡化日常叙事的枯燥感。然而,日常家庭生活又不同于富于冒险精神的旅行生活,它的连贯性决定了日常叙事不能过于跌宕起伏,而对叙事的连续性提出了更高的要求,因此连续性情节便应运而生,即一个完整的情节是在较长的时段或篇幅内断断续续地叙述完成的。

不同情节形态的形成,直接受制于小说家对故事时间的提炼、组织方式,而日常物象在叙事过程中所发挥的作用又与特定的情节形态类型互为表里。在现实世界中,时间是万事万物的度量衡。在文本的世界中,时间也是组织

---

①　[加]查尔斯·泰勒《自我的根源:现代认同的形成》,第282页。

情节的一大原则。在小说文本之内,小说家首先要确立一个叙述的时间点,而过去、现在和未来是最常见的三种。无论是倒叙、顺序、预叙或任何一种叙述手法,无一不是相对于一个一往无前的时间坐标而言。

时间点一旦确立,文本内部的故事时间便开始了。自从时间开始的那一刻起,小说家便将人物和情节交给了不可逆转的时间之流,直到小说结束的那一刻为止。每一部小说都有一份或模糊或精确的时间表,在这一份时间表中,时间的行进速度快慢不一。情节与时间的关系,界定了两种不同的情节形态。

在《水浒传》和《三国演义》中,故事时间多以情节单元为转移,而情节单元又往往围绕人物展开。一个新的人物出现,往往意味着一个新的情节单元即将展开。整部小说所有人物共享的时间表,固然将不同的情节单元都整合到同一叙事框架中,但每个情节单元中的人物又各有一份时间表;故事时间从这一人物过渡到另一人物时往往是非匀质的、间断跳跃的。这两部小说中空间的纵横捭阖,无形中又加强了这种阅读体验。人物构成了篇章转换、回合推进的动力,围绕人物展开的情节冲突,也随着人物的更替而层出迭起,给读者"一山放过一山拦"的阅读感受。在情节单元之间,时间感是暂时间断的;而每个情节单元内部,时间感又是连续的。当然,这是相对而言,毕竟从整个文本来看,故事时间一直处在连续状态中直至结束。《西游记》开创了以固定的几个人物贯穿始终的结构原则,人物和情节都受制于一份共同的取经时间表。然而,由于关山险阻、旅程浩漫,人物和情节并不受限于一时一地;更兼孙悟空有纵横腾挪之功,能够超越时空,因此时间在《西游记》中的推进经常以季节、年岁计,也具有较强的跳跃性和间断感。

《金瓶梅》脱胎于《水浒传》,但却开创了一种完全不同的叙事风格。《金瓶梅》的人物在小说前十回就基本确定了,而且一旦出现就不再退出,所以小说叙事既不可能如《水浒传》那样通过引进新人物来推动叙事,也不能通过人物的进入与退出来标记情节单元的开启与结束。**从人物、情节与时间的关系看,人物、情节都紧紧地受制于故事时间,甚至时间的行进、流逝所带来的盛衰兴替之感,超越人物和情节而成为小说的重要主题。**将所有的人物都安排在一个时空之内,尤其是在一个较为封闭的空间之中,这在此前的长篇小说中是不敢想象的。依照《金瓶梅》的故事时间,已经有学者排出一份年表,并称《金瓶梅》为编年体叙事;尤其是小说后半部,写西门庆日薄西山,则几乎是以日为单位在叙述,以应"数着日子过活"之语。在这样一个架构之内,时间可以成就一切,亦可以毁灭一切。所有的人物连同他们的欲望、言语和行动,都卷入时间之流中,连绵不绝,找不到一个可以切断的节点;情节的段落感并不鲜明,同时,每个情节段落总是与其前后的情节段落错综交织在一起,不能截然分开。连续性叙事过多而间断不足,容易造成阅读接受中对情节完整性把握的模糊感。因此,在《金瓶梅》这一类以连续性情节取胜的小说中,小说家也十分重视对节点性情节的吸纳。人物关系潜在的矛盾,犹如潜藏在平静河面之下的暗礁;围绕"焦点物象"爆发的冲突将人物从平稳的时间之流中托举出来,犹如暗礁浮出水面,而平静的河面亦因此而兴起波澜。总体而言,《金瓶梅》的连续性情节要比节点性情节更加突出,所占分量亦更大,由此形成的风格也很明显。

《红楼梦》中人物、情节与故事时间的关系,则是一个折中的安排。时间的行进时而紧凑,时而悠荡,时而明确,时而模糊;《红楼梦》中的人物也不像《金瓶梅》中那样紧紧地受制于同一份时间表。同时,《红楼梦》有意识地以人物为中心建构情节单元,情节性更强一些,而这主要得力于曹雪芹有意识的提炼,从回目的设置中可以窥见一斑。总体而言,《红楼梦》也是一个叙事连续性比较强的文本,但其对节点性情节有意识的借鉴、吸收,使得它的情节单元更加明朗清晰。

第一节　"焦点物象"与节点性情节

《金瓶梅》的情节由两条线索组成,一是西门庆在家庭之外的社交生活及寻芳猎艳、眠花宿柳的线索,另外一条线索则是家庭内部西门庆与众妻妾的周旋以及妻妾之间的明争暗斗。这两条线索的并存及其在叙述上的分工,可以从崇祯本(即绣像本)对词话本第一回的改动中看得更为清楚。词话本第一回几乎完全袭用《水浒传》的情节,回目作"景阳岗武松打虎　潘金莲嫌夫卖风月",崇祯本则改为"西门庆热结十兄弟　武二郎冷遇亲哥嫂",从西门庆的社交生活开始写起,进而叙述西门宅里内闱之事。郑振铎从传奇剧本书体形态对崇祯本编刻的影响角度入手,提出"崇祯本的铺张扬厉的西门庆'热结'十兄弟事,《词话》却又无之。这'热结'事,当是崇祯'编'刻者所加入的罢。戏文必须'生''旦'并重。第一出是'生'出,第二出必是'旦'出。崇祯本之删去武松打虎而着重于西门庆的'热结十兄弟',当是受此影响"①。这固然是十分有创见的推测,但或许不必从戏文影响的角度,即便从词话本固有的双线结构也可以对此有很好的解释,只是戏文的影响锐化了这两条线

———————

① 郑振铎《谈〈金瓶梅词话〉》,吴晗、郑振铎等著,胡文彬、张庆善选编《论金瓶梅》,北京:文化艺术出版社,1984年,第62页。

索的差异和对比。

那么,在这么一个充分世俗化的日常时空之内,如何建构叙事冲突和矛盾,如何推进叙述,着实是一个棘手的问题。从外部线索来看,虽然如上文所论,这是一个充分世俗化的日常空间,但是叙述者却模仿传奇时空中不断升级的战斗与征服的模式,将此化用于对西门庆不厌其烦且不断升级的猎艳与征服的叙述。这也就无怪乎叙述者屡次动用檄文等军事挑衅以及战斗场景的描写,对西门庆的女性"征服之旅"进行夸张的渲染。然而,不同于此前三大奇书中战斗与征服的敌我对峙关系以及战斗中所采用的策略,从小说故事层面而言,在西门庆的征服之旅中,物质与欲望之间的交换策略可谓所向披靡、无远弗届;从小说话语层面而言,叙述者以一种对物质的执着态度,通过对物象繁复而近乎琐碎的描写来再现这样一种无所不在的物质交换关系。因此,对物象的描写理应在叙述层面得到更为深入的审视和总结。那么,内部线索又如何建构这种日常叙事?妻妾之间的明争暗斗,究其缘由,往往不过是些鸡毛蒜皮之事,一根簪子、一把扇子或者一件皮袄、一只鞋子完全足够挑起事端。在波澜不惊的内闱生活中,物质方面的分配不均及其牵涉到的经济利益和感情上的争端,往往成为内部线索中制造矛盾、冲突的一个叙述策略,亦即"因物生事"的创作手法。如果说外部线索中的物象,呈现出欲望与物质的交换关系,那么内部线索中的物象,则更多地反映出人物之间的权力争夺关系。

一、"焦点物象"与家庭矛盾冲突

所谓节点性情节,在《金瓶梅》中体现为如何在平淡无奇的日常叙事中制造矛盾和冲突,以形成较为鲜明的冲突情节。用来制造矛盾和冲突的物象,可以称之为"焦点物象"。所谓焦点,并不必然意味着该物象在小说故事层面的重要性,当然也不排除这种可能,但更主要地是针对其在叙事层面的作用而言。从叙事层面看,"焦点物象"是在相对集中的篇幅之内,构成或激发小说叙事显在或潜在矛盾的物象。由焦点物象所构成的叙事,对应于节点性情节。

早在《金瓶梅》之前,"四大奇书"中的《水浒传》《西游记》均已自觉或不自觉地通过引入物象来构建情节矛盾。例如,《水浒传》第三十七回因宋江要吃鲜鱼汤引发李逵和张顺的一番厮打,第五十五回时迁盗走徐宁家传铠甲,徐宁因追甲而中了梁山好汉之计,最终被迫上梁山。这些情节中虽然运用了物象,但仍然是基于生活经验的逻辑,并非叙事上的有意为之。相对来说,《西游记》对焦点物象的运用是更为自觉的,亦可谓信手拈来、驾轻就熟:

仙桃仙丹、锦襕袈裟、紫金葫芦、芭蕉扇、人参果以及由这些宝物引发的争斗不胜枚举。从小说故事层面看,这些物象多为具有神奇功能的宝物,不仅如此,还可以从来源上辨别宝物与一般物象的区别;据刘卫英的统计,神魔小说中的宝物,几乎都出自仙界,由于不慎而落入妖怪之手,成为它们卖弄的资本和看家本领。① 来源与功能上的非同凡响,将宝物与日常物象区分开来。从叙事功能上看,正是这些物象构成了叙事冲突的动因。

在对物象的选择和使用上,《金瓶梅》可谓与《西游记》大异其趣。无论是从物象的来源还是从功能上看,除了第四十九回胡僧药及其来源带有较强的神秘色彩和象征意味之外,《金瓶梅》中的物象多为日常物象。选择描写哪些物象,主要取决于题材,小说家所选择的物象势必要与小说人物的场域相协调,这意味着并非所有的物象都可以进入小说,而只有特定的物象方能出现在小说中。由于《金瓶梅》描写的是以女性角色居多的日常家庭生活,因此与女性相关的日常物象也就顺理成章地构成其间令人瞩目的风景。至于何种物象能够参与日常叙事的生成并在这个过程中发挥作用,则基本受制于叙事安排。

《金瓶梅》中的日常物象,以饮食、服饰为最多。首先,若从故事层面看,小说中的内容可分为"故事成分"和"非故事成分"两种。② 前者直接构成小说情节的重要段落,参与并影响情节的发展,后者则对小说情节影响甚微。然而,这不意味着后者在小说的叙事层面可以忽略不计。不过,总体而言,作为"故事成分"的日常物象,与特定的情节形态相结合,作用于小说的叙事结构和风格,对日常叙事的贡献尤多。其次,从叙事层面看,物象参与叙事的方式和程度有直接与间接之别。例如,对饮食的描写与对宴饮活动的叙述有别,前者是非故事性的静态呈现,后者则是故事性的动态叙述;但是当前者被置于后者的框架之中时,前者也就获得了间接的叙事性,即参与到叙事之中。"描写原来是许多叙事性的写作手法之一"③,可以是次要的方法,也可以成为主要的创作原则。《金瓶梅词话》中涌现出大量的物象描写,但往往被置于人物活动等动态叙述中,因此,描写从属并服务于叙事。

在《金瓶梅》众妻妾的明争暗斗中,潘金莲是最积极的角色,从一开始就巧施连环计:激打孙雪娥,结仇李娇儿,离间吴月娘,拉拢李瓶儿。孙雪娥是

---

① 刘卫英《明清小说宝物崇拜研究》,北京:中国社会科学出版社,2008年,第29—38页,"宝物来源定量分析表"。

② [以色列]施洛米丝·雷蒙-凯南著,赖干坚译《叙事虚构作品:当代诗学》,厦门:厦门大学出版社,1991年,第18页。

③ [匈]卢卡契《叙述与描写》,载《卢卡契文学论文集(一)》,北京:中国社会科学出版社,1980年,第45页。

西门庆已故陈大娘子的陪房,后来填作第四房的妾,地位不如诸人,住在西门宅最靠后的一层梢间里,平日主管厨下之事。潘金莲看准了她势单力薄且无所依傍,便恃宠寻衅,假西门之威以震慑之。第十一回中潘金莲与孙雪娥之间关系白热化,潘金莲遂唆使西门庆怒打孙雪娥。作者给潘金莲安排的这第一招,好比宋惠莲用一根柴火就能把个猪头烧得滚烂,其实并无须大动干戈,只不过在家常饮食上下了点功夫。词话本十分平淡地描述二人冲突的缘起:"西门庆许了金莲,要往庙上替他买珠子,要穿箍儿戴。早起来等着要吃荷花饼、银丝鲊汤。"①此处叙述中,要吃荷花饼和银丝鲊汤的是西门庆,但是根据下文的安排,不难推断出背后是潘金莲在唆使和刁难。张竹坡此处夹批曰:"言为金莲所迷也。观饼汤名色可见。"②虽然饼汤之名未必与潘金莲有什么关系,但是西门庆之受金莲的唆使却是毫无疑问的。这一点,还可以从小说叙事中有关早餐的段落比较得出,西门庆平时只是吃粥,只有这一次忽然要换新花样。潘金莲故意不直接派贴身丫头庞春梅去催饭,反倒先派了一个蠢笨的小丫头秋菊去厨下催孙雪娥备办饼汤。那里孙雪娥已经准备好了粥,听说他们不吃粥了却又要催她整治饼汤,不免有几句牢骚起来。过了两顿饭工夫,秋菊不见来,饼汤也还不见上来。潘金莲方使了春梅到厨下去催;雪娥本来就不忿金、梅二人,早已心中记恨,所以见春梅来催并带骂秋菊,雪娥早看不下去,便与春梅大吵大闹起来。结果是西门庆听到厨下大嚷大叫,赶到厨房对雪娥一顿拳打脚踢。这个汤饼风波就此结束,孙雪娥败下,从此在西门宅中名存实亡。在此之前,为了庆祝西门庆打赢官司时曾齐家同庆,彼时芙蓉宴上还有孙雪娥的席位;在此之后,吴月娘与诸位妻妾轮流做东,孙雪娥便自动从中除名了。荷花饼、银丝鲊汤其实并不是叙述的重点,重点乃在于由此所引发的争端,若从这个角度看,似乎叙述者没有必要详细交代是什么饼什么汤,大可以"饼汤"一词代之,但是细味其词,精确的命名有其微妙的言外之意。荷花饼、银丝鲊汤在烹饪程序上或许比普通的汤饼要求更多一些,清人王士祯《带经堂集》(康熙五十年程哲七略书堂刻本)中有《历下银丝鲊》诗一首:"金盘错落雪花飞,细缕银丝妙入微。欲析朝酲香满席,虞家鲭鲊尚方稀。"银丝鲊可算是比较讲究的饮食了,由此亦能看出潘金莲故意刁难之用心。

与上述情节安排极为相似的,还有第九十四回庞春梅以鸡尖汤刁难孙雪

---

① (明)兰陵笑笑生《金瓶梅词话》,第十一回,第111页。

② (明)兰陵笑笑生著,刘辉、吴敢辑校《会评会校金瓶梅》,香港:天地图书有限公司,2012年修订版第2版,第十一回,第253页。此书以张竹坡皋鹤堂评点本为底本,以诸多绣像本为参校本。

娥。西门庆死后,春梅嫁给周守备为妾,后来又扶正当上了太太,得知孙雪娥流落娼门,因与她宿昔有仇隙,便将孙雪娥赎回家中,仍充作厨下之役。一日,春梅装病,叫小丫鬟兰花儿:

> 分付道:"我心内想些鸡尖汤儿吃。你去厨房内,对那淫妇奴才,教他洗手做碗好鸡尖汤儿与我吃口儿。教他多有些酸笋,做的酸酸辣辣的我吃。"[……]这兰花不敢怠慢,走到厨下对雪娥说:"奶奶教你做鸡尖汤,快些做,等着要吃哩。"原来这**鸡尖汤,是雏鸡脯翅的尖儿,碎切的做成汤**。
>
> 这雪娥一面洗手剔甲,**旋宰了两只小鸡,退刷干净,剔选翅尖,用快刀碎切成丝,加上椒料、葱花、芫荽、酸笋、油酱之类,揭成清汤**。盛了两瓯儿,用红漆盘儿,热腾腾兰花拿到房中。春梅灯下看了,呷了一口,怪叫大骂起来:"你对那淫妇奴才说去,做的甚么汤!**精水寡淡**,有些甚味?你们只教我吃,平白叫我惹气!"慌的兰花生怕打,连忙走到厨下,对雪娥说:"奶奶嫌汤淡,好不骂哩。"这雪娥一声儿不言语,忍气吞声,从新坐锅,又做了一碗。多加了些椒料,香喷喷教兰花拿到房里来。春梅又**嫌忒咸了,拿起来照地下只一泼。**[……]登时把雪娥拉到房中。[……]一手扯住他头发,把头上冠子跥了[……]采雪娥出去,当天井跪着。[……]打了三十大棍,打的皮开肉绽[……]领出去办卖。①

庞春梅早在荷花饼风波中就已领略过潘金莲的刁难术,耳濡目染,不免深谙其道;此时春梅不再是旧日之婢,而成了守备新宠,凡事皆能自专做主。以鸡尖汤刁难孙雪娥②,与潘金莲的手段极为相似,又比潘金莲更加刻薄酷毒。前后相去甚远的两个情节段落之间的呼应,乃以小说家对后二十回人物的设计安排为依托。西门庆这一人物在叙事中的重要性,在他死后才显得更为突出。尽管小说家已经使出了浑身解数力挽狂澜,但小说自西门庆病故(第七十九回)之后的叙事仍不可阻挡地松懈了下来。为了重新制造叙事的紧张感,后二十回对陈经济与庞春梅这两个人物及其关系的设置,实际上仍旧以西门庆与潘金莲为蓝本。在这一人物安排的整体构思框架中,第九十四回中对同一叙事范型的重复,实则是通过重复的方式呼应之前的人物与情节。

此外,女性的鞋也是《金瓶梅》中经常采用的焦点物象。第二十七回潘

---

① (明)兰陵笑笑生《金瓶梅词话》,第九十四回,第1284—1286页。
② 《水浒传》第三回鲁提辖拳打镇关西情节中的臊子肉,与此用法相似。

金莲醉闹葡萄架之后,第二天早起换睡鞋,发现昨日穿的红鞋少了一只。秋菊昨日负责收拾铺盖,因此被责罚去寻鞋。不料秋菊竟在藏春坞的拜匣内找到一只大红平底鞋:

> 春梅看见果是一只大红平底鞋儿,说道:"是娘的,怎么来到这书筐内? 好蹊跷的事!"于是走来见妇人。妇人问:"有了我的鞋,端的在那里?"春梅道:"在藏春坞爹暖房书筐内寻出来,和些拜帖子纸、排草、安息香包在一处。"妇人拿在手内,取过他的那只鞋来一比,都是大红四季花嵌八宝段子白绫平底绣花鞋儿,绿提根儿,蓝口金儿。惟有鞋上锁线儿差些:一只是纱绿锁线,一只是翠蓝锁线,不仔细认不出来。妇人登在脚上试了试,寻出来这一只比旧鞋略紧些,方知是来旺儿媳妇子的鞋[……]①

　　小说第二十三回潘金莲窃听藏春坞时,西门庆曾夸宋惠莲的脚比潘金莲的小。第二十四回元宵节走百步,宋惠莲怕地下泥泞,自己的鞋外头又套着潘金莲的鞋,一路上还只是掉鞋,不停地扶着人兜鞋。彼时宋惠莲已为潘金莲所收服,故而潘金莲并不计较。秋菊寻出的鞋子,正是宋惠莲的大红平底鞋,款式、颜色、花样、大小都与潘金莲的极为相似,连一向精明的春梅都莫能辨别。之后还是陈经济从铁棍儿手中以银网巾圈子换得了潘金莲的大红睡鞋,并以此作为要挟,向潘金莲索取她贴身所用的汗巾儿。原来西门庆与潘金莲醉闹葡萄架时,被家中仆人一丈青的儿子铁棍儿所窥见,落后又被铁棍儿拾了大红睡鞋。潘金莲以汗巾儿换得大红睡鞋,心中不忿,遂将此事向西门庆诉说:

> 西门庆就不问谁告你说来,一冲性子走到前边。那小猴儿不知,正在石台基顽耍。被西门庆揪住顶角,拳打脚踢,杀猪也似叫起来,方才住了手。这小猴子倘在地下,死了半日。慌得来昭两口子走来扶救,半日苏醒。见小厮鼻口流血,抱他到房里问,慢慢问他,方知为拾鞋之事。拾了金莲一只鞋,因和陈经济换圈子,惹起事来。这一丈青气忿忿的走到后边厨下,指东骂西,一顿海骂[……]②

　　由大红睡鞋引起的正面冲突,主要体现于主仆之间,尤其是潘金莲对秋

---

① （明）兰陵笑笑生《金瓶梅词话》,第二十八回,第321—322页。
② （明）兰陵笑笑生《金瓶梅词话》,第二十八回,第325页。

菊、铁棍儿等仆人。在较短的篇幅之内,大红睡鞋一时间吸引多人注意,并构成叙事的焦点。女性的睡鞋,是极为私密之物;这是由于传统女性的脚,在当时的身体观念中,是至为私密之处。[①] 以大红睡鞋这一焦点物象挑起小说人物之间的矛盾进而构成节点性情节,这样的叙事策略不可能出现在此前的章回小说中。这也从另一侧面向我们展示出《金瓶梅》所面临的新问题以及小说家如何应对这一问题。大红睡鞋这一物象的选择,一方面受到女性家庭生活这一题材特征的启发,另一方面也与特定的人物塑造意图紧密相关。对大红睡鞋这一物象的运用,与潘金莲、宋惠莲这一对镜像人物相始终;睡鞋的私密性及其所引发的隐秘联想,主要指向潘金莲,而这正与小说家所预设的"淫妇"形象相契合。

　　以家庭细物的纠纷引发人物之间的矛盾,这样的写法,在《金瓶梅》之后的小说中得到了积极响应。《醒世姻缘传》叙薛素姐与狄希陈两世姻缘,而他们此世的不合,尽管已经被叙述者安置在一种前世果报的框架中,但薛素姐对狄希陈的折磨仍需具体的事由来触发,素姐心仪却未得到的饮食服馈往往充当这样的事由。第六十三至六十五回叙薛素姐在庵中见邻女智姐穿了一套南京顾绣衣裳,羡慕非常;智姐此前因薛素姐之夫狄希陈的一个恶谑而遭到丈夫的毒打,正思伺机报复,因此假说此套顾绣正是狄希陈托她丈夫上南京买来的两套里挑剩的那一套,一套八两银子。薛素姐归家来质问狄希陈,狄希陈不知底里,禁不住薛素姐一顿毒打,最后以两套四十三两的高价从智姐之夫手中购回,奉赠薛素姐,这才暂缓了皮肉之苦。类似的,还有狄希陈许过寄姐要捎羊羔酒、响皮肉与寄姐,后来忘记捎带,引发寄姐的撒泼辱骂。由此可见,一件琐碎微物,足以写尽家烦宅乱,人情世态。

二、"焦点物象"与家庭内部关系网

　　妻妾不和是《金瓶梅》人物矛盾的主线,这是以西门庆为主的一夫一妻多妾制家庭的必然结局。《红楼梦》以未成年的贾宝玉为核心人物,几乎完全避开了《金瓶梅》所要处理的矛盾类型。虽然"木石前盟"与"金玉良缘"也构成了不可调和的矛盾,象征着黛、钗不和,进而给人物关系制造了紧张气氛,然而黛、钗关系的发展最终超出了这一设计而走向和解。尽管《红楼梦》中也有凤姐苦赚尤二娘的情节,但就主要女性人物之间的关系而言,则与《金瓶梅》中妻妾不和之争有霄壤之别。然而,在这么一个大家庭之内,由错

---

① "春宫画上的女人凡在席子上或有侍女可以看见的地方性交,总是穿着鞋子和扎着裹脚。鞋子和裹脚只有在遮有帐幔的床上才脱下,裹脚布也只在浴后才更换。"参见[荷]高罗佩著,李零、郭晓惠等译《中国古代房内考》,上海:上海人民出版社,1990 年,第 290 页。

综复杂的人际关系及利益之争所带来的烦恼与争吵无时不在,尤其是在不同层级的奴仆("女儿"与"女人")之间。

《红楼梦》开篇,叙述者曾透露此书回目撰写的经过:"后因曹雪芹于悼红轩中披阅十载,增删五次,纂成目录,分出章回。"①意思很清楚,曹雪芹写完了整部小说之后,根据内容编纂目录,再据目录分出章回。回目的拟定,一方面受制于对仗化的需求,另一方面又要符合对该回主要内容的概括或者对全书意旨的揭示。第八回回目,庚辰本作"比通灵金莺微露意　探宝钗黛玉半含酸",甲戌本作"薛宝钗小恙梨香院　贾宝玉大醉绛芸轩"。甲戌本所据底本虽然较早,但由于甲戌本是一个过录本,其抄成年代要晚于庚辰本,因此不能由此遽断甲戌本第八回回目比庚辰本要早。然而,甲戌本第八回夹批有诸如"醉态逼真""偏是醉人搜寻的出""真醉了""真真大醉了"等语,②评点者显然是扣题而批,由此可以断定写宝玉大醉本是"题中应有之意",亦即甲戌本的回目较之庚辰本应该更接近初稿原貌。庚辰本的回目"比通灵金莺微露意　探宝钗黛玉半含酸",严格来说,未能完整地概括第八回的两个对称性情节。"黛玉含酸"的情节其实与回目上句同处一个情节单元内,而宝玉大醉才是本回的第二大情节单元。若以庚辰本回目为准,不仅脂批的旨意难以寻绎,就连宝玉借豆腐皮包子、枫露茶迁怒于人的情节也无从谈起了。那么,豆腐皮包子、枫露茶这一段文字是否如脂批所言,仅仅是为了凸显宝玉的醉后之状?

第八回中宝玉在薛姨妈处喝酒,李嬷嬷怕担不是,多次劝阻。黛玉冷眼看破,几句话压服了李嬷嬷,大家才得以开怀畅饮。李嬷嬷早已是受了气,只是脸上不好发作。宝玉那天晚上喝得十分尽兴,回到绛芸轩:

> 宝玉一看,只见袭人和衣睡着在那里。宝玉笑道:"好,太渥早了些。"因又问晴雯道:"今儿我在那府里吃早饭,有一碟子豆腐皮的包子,我想着你爱吃,和珍大奶奶说了,只说我留着晚上吃,叫人送过来的,你可吃了?"晴雯道:"快别提。一送了来,我就知道是我的,偏我才吃了饭,就放在那里。后来李奶奶来了看见,说:'宝玉未必吃了,拿了给我孙子吃去罢。'他就叫人拿了家去了。"接着茜雪捧上茶来。宝玉因让:

---

① (清)曹雪芹、高鹗著,中国艺术研究院红楼梦研究所校注《红楼梦》,北京:人民文学出版社,1996年第2版,第一回,第7页。该书前八十回以庚辰本为底本,第六十四、六十七及后四十回,采用程甲本补配。以下《红楼梦》引文,若非特殊注明,均以此书为准。

② (清)曹雪芹《脂砚斋重评石头记(甲戌本)》,北京:人民文学出版社,2010年影印本,第247—248页。

"林妹妹吃茶。"众人笑说:"林妹妹早走了,还让呢。"

宝玉吃了半碗茶,忽又想起早起的茶来,因问茜雪道:"早起沏了一碗枫露茶,我说过,那茶是三四次后才出色的,这会子怎么又沏了这个来?"茜雪道:"我原是留着的,那会子李奶奶来了,他要尝尝,就给他吃了。"宝玉听了,将手中茶杯只顺手往地下一掷,豁啷一声,打了个粉碎[……]说着便要去立刻回贾母,撵他乳母。①

贾宝玉如此动怒,在《红楼梦》一书中是比较罕见的。庚辰本中的批语,也连连以醉酒的理由来为宝玉解围。甲戌本此处眉批曰:"按警幻情讲,宝玉系'情不情'。凡世间之无知无识,彼俱有一痴情去体贴。今加'大醉'二字于石兄,是因问包子问茶、顺手掷杯、问茜雪、撵李嬷,乃一部中未有第二次事也。袭人数语,无言而止,石兄真大醉也。余亦云实实大醉也,难辞碎闹,非薛蟠纨绔辈可比。"②这似乎为宝玉辩护过头了。首先,宝玉并非无一点纨绔之气,看他日后误踢袭人、高头大马数人围护出门的排场(第五十二回),其实难免公子哥儿的习气。其次,宝玉的"情不情"并不等同于平等、无差别地对待所有人,也不意味着人人都值得他的同情理解。除了贾母、王夫人等长辈之外,在宝玉的道德秩序中,"女儿"永远高居于"女人"之上。③ 小说第七十七回宝玉撞见周瑞家的撵司棋,本想为司棋说情,结果却吃了一鼻子灰,心中愤恨不平:

又恐他们去告舌,恨的只瞪着他们,看已去远,方指着恨道:"奇怪,奇怪,怎么这些人只一嫁了汉子,染了男人的气味,就这样混帐起来,比男人更可杀了!"守园门的婆子听了,也不禁好笑起来,因问道:"这样说,凡女儿个个是好的了,女人个个是坏的了?"宝玉点头道:"不错,不错!"④

虽然说的是气话,但与他年幼时的名言——"女儿是水作的骨肉,男人是泥作的骨肉。我见了女儿,我便清爽;见了男子,便觉浊臭逼人"⑤——仍

---

① (清)曹雪芹、高鹗《红楼梦》,第八回,第126—127页。
② (清)曹雪芹《脂砚斋重评石头记(甲戌本)》,第248页。
③ 参见 Louise Edward, "Eating and Drinking in a Red Chambered Dream," in *Scribes of Gastronomy:Representations of Food and Drink in Imperial Chinese Literature*, Hong Kong: Hong Kong University Press, 2013, pp. 114-115.
④ (清)曹雪芹、高鹗《红楼梦》,第七十七回,第1078页。
⑤ (清)曹雪芹、高鹗《红楼梦》,第二回,第28页。

一脉相承。贾宝玉对男女两性的高下轩轾,已经超越生理范畴而上升到道德范畴了。"清爽"与"浊臭"作为感官体验的两极,同时象征着女性与男性在道德领域的分野。依照这个逻辑,嫁了男人的女性,便染了男人的气味,也变得"浊臭"起来;只有未婚或不婚的女性,才能葆有"清爽"的女儿本性。然而,女儿本性到底是什么?表面而论,很容易将"女儿"与"女人"的区分标准归诸婚姻与性。基于这个区分,大观园似乎理所当然成为理想、纯洁的象征,而与此形成对比的是大观园之外成人的污浊世界。然而,"值得注意的是,曹雪芹在描写大观园的时候,并没有采取纯洁/肮脏的两极法。相反,对立力量之间的辩证互动,贯穿了全书始终,在这里也不例外"①。大观园是在宁府花园(贾赦旧府)的地基上建造起来的,而那里正是一个藏污纳垢之所。"贾宝玉本人也并非全然天真未凿。在第二十三回搬进园子之前,他就已经在秦可卿和她的弟弟秦钟那里,分别有过异性和同性之间的性经验。"②因此,婚姻与性并不天然地构成"女儿"与"女人"的分水岭。凤姐是已婚的女性,曹雪芹甚至在第八回回目"送宫花贾琏戏熙凤"中寄寓"春秋笔法",但这并不影响她名列"金陵十二钗",也不令她成为宝玉所讨厌的"女人"。另外,诸如秦钟、柳湘莲、琪官等人,也未被降黜至"浊臭"男人的行列。贾宝玉对女儿本性、女性气质近乎理想化的崇拜,使得"女儿"成为一切美好、优雅、洁净的象征,拥有无与伦比的审美特质与道德优势。对男女两性的褒贬,指向对精神风貌的品鉴。"女儿"气质成为贾宝玉轩轾人物的道德标尺,在这套道德秩序里,"浊臭"的男人与已婚的"浊臭"女人一同居于道德金字塔的最底层,其次是结过婚但仍不失"女儿"本色的女人以及有"女儿"气质的男人,最顶层才是"清爽"的"女儿"。

上文宝玉借酒迁怒的对象,不是晴雯或茜雪,而是李嬷嬷,属于贾宝玉所讨厌的"浊臭"女人。根据贾府中的老规矩,乳母是非常受尊重的,几乎可与主子平起平坐,并且对年轻的主人施加管束;**这种人为的、社会性的等级规定显然有悖于宝玉内心的道德秩序**。在他的道德秩序中,晴雯要高于李嬷嬷;好吃的好玩的,只宜留给洁净的"女儿","女人"是配不上这些好东西的。仗着酒后胆壮气盛,宝玉才敢与乳母叫板,一发平日里积蓄的不满。袭人深知宝玉的这种性情,也时时避免宝玉与乳母之间、自己与乳母之间的矛盾公开化。第十九回贾妃赐出糖蒸酥酪,宝玉惦记袭人喜吃此物,便命留与袭人了。

①　[美]商伟《文人时代及其终结》,载[美]孙康宜、宇文所安主编,刘倩等译《剑桥中国文学史》(全2册),北京:生活·读书·新知三联书店,2013年,下册,第四章,第331页。

②　[美]商伟《文人时代及其终结》,载[美]孙康宜、宇文所安主编《剑桥中国文学史》,下册,第四章,第331页。

袭人彼时回她哥哥家过节,等到夜里回来:

> 宝玉命取酥酪来,丫鬟们回说:"李奶奶吃了。"宝玉才要说话,袭人便忙笑说道:"原来是留的这个,多谢费心。前儿我吃的时候好吃,吃过了好肚子疼,足闹的吐了才好。他吃了倒好,搁在这里倒白遭蹋了。我只想风干栗子吃,你替我剥栗子,我去铺床。"
>
> 宝玉听了信以为真,方把酥酪丢开,取栗子来,自向灯前检剥。①

袭人本可借蒸酥酪小题大做,并仗着宝玉跟李嬷嬷较真,但她柔顺的性情令她十分巧妙地避开了对峙和冲突。上文(第八回)晴雯就曾恨不得借豆腐皮包子挑起事端,怪不得甲戌本脂批有云:"然特于此处细写一回,与后文袭卿之酥酪遥遥一对,足见晴卿不及袭卿远矣。余谓晴有林风,袭乃钗副,真真不错。"②不过,纵使袭人百般柔顺,也不能化解她与乳母之间的矛盾。第二天,宝玉在黛玉房中与宝钗聊天:

> 忽听他房中嚷起来,大家侧耳听了一听,林黛玉先笑道:"这是你妈妈和袭人叫嚷呢。那袭人也罢了,你妈妈再要认真排场他,可见老背晦了。"
>
> 宝玉忙要赶过来,宝钗忙一把拉住道:"你别和你妈妈吵才是,他老糊涂了,倒要让他一步为是。"宝玉道:"我知道了。"说毕走来,只见李嬷嬷拄着拐棍,在当地骂袭人[……]
>
> 宝玉虽听了这些话,也不好怎样[……]彼时黛玉宝钗等也走过来劝说[……]李嬷嬷见他二人来了,便拉住诉委屈,将当日吃茶,茜雪出去,与昨日酥酪等事,唠唠叨叨说个不清。③

袭人心中很是委屈,已经如此退让了,还免不了被李嬷嬷这般辱骂。更具讽刺意味的是,晴雯借豆腐皮包子公开挑衅的话没传到李嬷嬷耳朵里,而袭人委曲求全的话反倒被李嬷嬷记恨在心。袭人以为,她们与李嬷嬷之间的矛盾可以靠个人的退让隐忍而得以避免和解决。这是她不如晴雯犀利明白的地方。无论是晴雯还是袭人,她们与李嬷嬷之间的矛盾,只要宝玉处在她们的中间,那么就是"女儿"与"女人"两类人的矛盾。晴雯十分了解并利用

---

① (清)曹雪芹、高鹗《红楼梦》,第十九回,第259页。
② (清)曹雪芹《脂砚斋重评石头记(甲戌本)》,第247页。
③ (清)曹雪芹、高鹗《红楼梦》,第八回,第269—270页。

这一点，一如她任性张扬、我行我素的性格。宝玉富于叛逆精神，但并没有付诸行动上的反抗，正如贾母向甄家之人所言，"可知你我这样人家的孩子们，凭他有什么刁钻古怪的毛病儿，见了外人，必是要还出正经礼数来的。若他不还正经礼数，也断不容他刁钻去了。[……]若一味他只管没里没外，不与大人争光，凭他生的怎样，也是该打死的"①。李嬷嬷公然辱骂袭人，宝玉肯定一方面对乳母愤恨不已，一方面又为袭人抱屈。然而，以他所受的教养（林之孝家的所言"受过调教的公子"），宝玉不可能做出犯上之举，也就不能有所行动。

　　从豆腐皮包子、枫露茶及至蒸酥酪，我们仿佛看到一座潜伏着、不断酝酿并寻找出口的火山，最终喷薄而出。与《金瓶梅》中荷花饼风波不同，上文这些物象描写，不仅每一个构成一个小的矛盾，而且三处合起来共同构成上升阶梯，层层累积的叙述最后构成一个整体性的矛盾，矛盾的双方也从两三个人之间演变成两类人之间。宝玉与李嬷嬷主仆间的矛盾倒在其次，更为根本的矛盾乃在于"女儿"与"女人"这两类人之间。

　　"女儿"与"女人"不仅是宝玉道德秩序中高下有别的两类人，而且还包括并对应于现实生活中拥有不同地位与权限的"二层主子"与"婆子"。上文袭人与李嬷嬷，一个是"主子"身边的贴身侍女，地位仅次于"主子"，亦即"二层主子"；一个虽是老"婆子"，但乳母的身份令其在贾府备受尊重，主子都不得不让她三分，何况"二层主子"。如果没有乳母这一层身份，恐怕李嬷嬷也不敢如此倚老卖老。一旦解除了这一保护身份，二层主子（有权有势的"女儿"）与婆子（无权无势的"女人"）之间便难免要擦枪走火乃至正面交锋。小说第五十一回曾交代，由于天气渐冷，为了年轻姑娘们保养身体起见，贾母命人在大观园中另设厨房，一应饮食俱由园内厨房照料。一日，掌厨的柳嫂正按各房分例分派菜馔：

　　　　忽见迎春房里小丫头莲花儿走来说："司棋姐姐说了，要碗鸡蛋，炖的嫩嫩的。"柳家的道："就是这样尊贵。不知怎的，今年这鸡蛋短的很，十个钱一个还找不出来。[……]你说给他，改日吃罢。"
　　　　莲花儿道："前儿要吃豆腐，你弄了些馊的，叫他说了我一顿。今儿要鸡蛋又没有了。什么好东西，我就不信连鸡蛋都没有了，别叫我翻出来。"一面说，一面真个走来，揭起菜箱一看，只见里面果有十来个鸡蛋，说道："这不是？[……]"柳家的忙丢了手里的活计，便上来说道：

---

①　（清）曹雪芹、高鹗《红楼梦》，第五十六回，第773页。

"［……］通共留下这几个,预备菜上的浇头。［……］你们深宅大院,水来伸手,饭来张口,只知鸡蛋是平常物件,那里知道外头买卖的行市呢。［……］**我倒别伺候头层主子,只预备你们二层主子了。**"

莲花听了,便红了脸,喊道:"谁天天要你什么来?［……］前儿小燕来,说'晴雯姐姐要吃芦蒿',你怎么忙的还问肉炒鸡炒?［……］"柳家的忙道:"［……］凡各房里偶然间不论姑娘姐儿们要添一样半样,谁不是先拿了钱来,另买另添。［……］你们竟成了例,不是这个,就是那个,我那里有这些赔的。"

正乱时,只见司棋又打发人来催莲花儿,说他:"死在这里了,怎么就不回去?"莲花儿赌气回来,便添了一篇话,告诉了司棋。司棋听了,不免心头起火。此刻伺候迎春饭罢,**带了小丫头们走来**［……］命小丫子动手,"凡箱柜所有的菜蔬,只管丢出来喂狗,大家赚不成"。

小丫头子们巴不得一声,七手八脚抢上去,一顿乱翻乱掷的。众人一面拉劝,一面央告司棋说:"［……］说鸡蛋难买是真。［……］他已经悟过来了,连忙蒸上了。姑娘不信瞧那火上。"

司棋被众人一顿好言,方将气劝的渐平。［……］柳家［……］**蒸了一碗蛋令人送去。司棋全泼了地下了。**①

为了一碗炖鸡蛋闹得鸡飞狗跳、家翻宅乱,"肇事者"竟然只是个"二层主子"——司棋。这一段与《金瓶梅》中的荷花饼风波相比,可谓有过之而无不及。《金瓶梅》中潘金莲先派一个不顶用的小丫鬟秋菊到厨下传话,雪娥并不买她的账,埋怨了半天,后来潘金莲又派春梅去催,才激发了双方的正面冲突,最后以雪娥败阵收场。《红楼梦》中也采取了类似的情节安排,司棋先让小莲花儿去要一碗"炖的嫩嫩的"鸡蛋,柳嫂不情不愿,抱怨手头紧、鸡蛋短缺;司棋见小莲花不来,"又打发人来催莲花儿";莲花儿赌气回来,加油添醋说了一番,司棋"带了小丫头们走来",气势汹汹,翻箱倒柜,"一顿乱翻乱掷",最终以司棋胜出收场。这一场大闹,恐怕仅次于芳官等女戏子与赵姨娘肉搏的闹剧。

与炖鸡蛋闹剧性质相同,女戏子与赵姨娘肉搏闹剧的背后也隐含了"女儿"与"女人"之间的矛盾。《红楼梦》中这场史无前例的闹剧肇端于一个美好的初春早晨:

---

① （清）曹雪芹、高鹗《红楼梦》,第六十一回,第832—835页。

一日清晓，宝钗春困已醒，搴帷下榻，微觉轻寒，启户视之，见园中土润苔青，原来五更时落了几点微雨。于是唤起湘云等人来，一面梳洗，湘云因说两腮作痒，恐又犯了杏癍癣，因问宝钗要些蔷薇硝来。宝钗道："前儿剩的都给了妹子。"因说："颦儿配了许多，我正要和他要些，因今年竟没发痒，就忘了。"因命莺儿去取些来。莺儿应了才去时，蕊官便说："我同你去，顺便瞧瞧藕官。"说着，一径同莺儿出了蘅芜苑。①

蕊官本是梨香院的小旦，后来留下来给宝钗使唤；藕官原本扮小生，留在黛玉房中；正旦芳官给了宝玉；其他几个也都分配在各房里（第五十八回）。蕊官跟着莺儿去黛玉处要到了蔷薇硝：

当下来至蘅芜苑中，正值宝钗、黛玉、薛姨妈等吃饭。莺儿自去泡茶，春燕便和他妈一径到莺儿前，陪笑说"方才言语冒撞了，姑娘莫嗔莫怪，特来陪罪"等语。莺儿忙笑让坐，又倒茶。他娘儿两个说有事，便作辞回来。

忽见蕊官赶出叫："妈妈姐姐，略站一站。"一面走上来，递了一个纸包与他们，说是蔷薇硝，带与芳官去擦脸。春燕笑道："你们也太小气了，还怕那里没这个与他，巴巴的你又弄一包给他去。"蕊官道："他是他的，我送的是我的。好姐姐，千万带回去罢。"春燕只得接了。②

春燕是在宝玉房里使唤的小丫头，她老娘何婆子得罪了莺儿，春燕陪同何婆子前来道歉。蕊官遂托春燕将蔷薇硝带给了宝玉房里的芳官。春燕回到怡红院，正值贾环、贾琮二人来问候宝玉，宝玉因与二人无甚可谈，遂问芳官手里是什么：

芳官便忙递与宝玉瞧，又说是擦春癣的蔷薇硝。宝玉笑道："亏他想得到。"贾环听了，便伸着头瞧了一瞧，又闻得一股清香，便弯着腰向靴桶内掏出一张纸来托着，笑说："好哥哥，给我一半儿。"宝玉只得要与他。芳官心中因是蕊官之赠，不肯与别人，连忙拦住，笑说道："别动这个，我另拿些来。"宝玉会意，忙笑包上，说道："快取来。"③

---

①　（清）曹雪芹、高鹗《红楼梦》，第五十九回，第 810 页。
②　（清）曹雪芹、高鹗《红楼梦》，第六十回，第 818—819 页。
③　（清）曹雪芹、高鹗《红楼梦》，第六十回，第 819 页。

芳官本想拿一些自己常用的蔷薇硝给贾环了事,结果很不巧,再不剩一点儿,只好将些茉莉粉包了一包冒充蔷薇硝。贾环十分得意地当作稀罕物送给了彩云,彩云打开一看,说不是蔷薇硝,而是茉莉粉:

> 贾环看了一看,果然比先的带些红色,闻闻也是喷香,因笑道:"这也是好的,硝粉一样,留着擦罢,自是比外头买的高便好。"彩云只得收了。
>
> 赵姨娘便说:"有好的给你! 谁叫你要去了,怎怨他们要你! 依我,拿了去照脸摔给他去[……]宝玉是哥哥,不敢冲撞他罢了。难道他屋里的猫儿狗儿,也不敢去问问不成!"贾环听说,便低了头。①

到此为止,一场不见硝烟的战争已经酝酿起来。赵姨娘怒火中烧,准备到怡红院大闹,路上又遇夏婆子,被火上浇油一番,到怡红院时已经怒不可遏,一边将茉莉粉摔到芳官脸上,一边就打骂起来。

追溯蔷薇硝在这段情节中的踪迹,则可以发现它首先是"线索物象":从黛玉处传递到宝钗处,又经蕊官之手传递到芳官手中;之后茉莉粉冒名顶替了蔷薇硝,传到了贾环手中,接着又传递到了彩云、赵姨娘手中,最后赵姨娘又摔给了芳官。至此,到最后这一环节中,蔷薇硝转变成了焦点物象。由蔷薇硝所引发的事端,构成了较为突出、集中的完整情节,形成节点性情节。

芳官与赵姨娘的肉搏场面,充分凸显出焦点物象"煽风点火"的叙事效果。赵姨娘泼辣无礼,而芳官也不是省油的灯,娇惯傲慢(第六十二回写芳官饫甘餍肥之态、第六十回写芳官对贾环的不屑),怎禁得起赵姨娘的打骂,立马撒泼哭闹,撞到赵姨娘怀里让她打:

> 外面**跟着赵姨娘来的一干的人**听见如此,心中各各称愿,都念佛说:"也有今日!"又有那一干怀怨的**老婆子**见打了芳官,也都称愿。
>
> 当下藕官蕊官等正在一处作耍,湘云的大花面葵官,宝琴的豆官,两个闻了此信,慌忙找着他两个说:"芳官被人欺侮,咱们也没趣,须得**大家破着大闹一场,方争过气来**。"四人终是小孩子心性,只顾他们情分上义愤,便不顾别的,一齐跑入怡红院中。豆官先便一头,几乎不曾将赵姨娘撞了一跌。那三个也便拥上来,放声大哭,手撕头撞,把个赵姨娘裹住。晴雯等一面笑,一面假意去拉。急的袭人拉起这个,又跑了那个,

---

① (清)曹雪芹、高鹗《红楼梦》,第六十回,第820页。

口内只说:"你们要死! 有委曲只好说,这没理的事如何使得!"赵姨娘反没了主意,只好乱骂。蕊官藕官两个一边一个,抱住左右手;葵官豆官前后头顶住。四人只说:"你只打死我们四个就罢!"芳官直挺挺躺在地下,哭得死过去。①

这出闹剧最终还是由探春出面才得以了局。芳官无意中的疏忽,却引起了意想不到的羞辱。表面上看来都是茉莉粉惹的祸,实际上却是人物之间积蓄已久的矛盾所致。赵姨娘与宝玉的内在矛盾是先前就已存在的了,这一次只不过又借题发挥而已。从第五十八回解散梨香院、小戏子留园开始,一直到第六十一回为止,**女戏子与老婆子们之间的矛盾不断升温直至白热化**。夏婆子、何婆子等人名义上是这些小女孩子们的庇护者(干娘),实际上却对她们恨之入骨。宝玉为了庇护藕官而与夏婆子对抗,宁可让芳官帮他吹汤,也不让何婆子进他房中一步。诸如此类,令婆子们又气愤又嫉妒。老婆子们嫉妒女戏子不仅拥有比她们更多的权利,而且还可以经常得到好处。女戏子之间悄悄传递的私物如蔷薇硝,很令婆子们眼红。

《红楼梦》写人物之间直面冲突的闹剧,之后还有王熙凤因贾琏与鲍二的女人私通而大闹荣国府(第六十七回)、因贾琏偷娶尤二姐大闹宁国府(第六十八回),然而这两次大闹皆由贾琏出轨而起,即属于情感方面的冲突。相较之下,无论是司棋与柳嫂,还是芳官等人与赵姨娘,则均肇端于日常琐碎之物——炖鸡蛋和蔷薇硝,即物质利益方面的冲突。

曹雪芹对不同人物、不同类型矛盾的呈现,与人物特定社会阶层属性相契合。在诗礼簪缨的世家大族中,处于社会阶层上流的王熙凤、贾宝玉等人,极少因琐碎物质利益得失而生发纠纷,感情的纷扰与破裂似乎才足以构成这一类人物冲突与矛盾的内在根由。第三十一回似乎是个例外,宝玉因晴雯失手坠扇而恼怒,甚而要撵晴雯出门。但是,正如晴雯所言"就是跌了扇子,也是平常的事。先时连那么样的玻璃缸、玛瑙碗不知弄坏了多少,也没见个大气儿,这会子一把扇子就这么着了"②,宝玉何曾是因惜物而发怒,乃是黛玉的一番话让他愁绪不展、闷闷不乐,借着晴雯坠扇发泄一通而已。后来宝玉亦自悔抱歉,把自己的扇子给晴雯撕,还一边笑说:"你爱打就打,这些东西原不过是借人所用,你爱这样,我爱那样,各自性情不同。比如那扇子原是扇的,你要撕着玩也可以使得,只是不可生气时拿他出气。就如杯盘,原是盛东西的,你喜听那一声响,就故意的碎了也可以使得,只是别在生气时拿他出

---

① (清)曹雪芹、高鹗《红楼梦》,第六十回,第822—823页。
② (清)曹雪芹、高鹗《红楼梦》,第三十一回,第419页。

气。这就是爱物了。"①由此可证,宝玉原非因坠扇而生气,坠扇不过是借口,真正的矛盾是宝玉内心对于捉摸不定的爱情的困惑。相比之下,第六十回、六十一回闹剧中,蔷薇硝和炖鸡蛋则的的确确是人物双方争执的起因。当然,我们也不能忽略事端背后复杂的人物关系。

紧接着炖鸡蛋闹剧,第六十一回下半部分叙林之孝的女人怀疑柳嫂的女儿柳五儿偷窃了王夫人屋里的玫瑰露,把她捆了起来准备审问,可巧小蝉、莲花儿并几个媳妇子走来,听闻此事,又添油加醋一番。莲花儿正是同回上半部分所叙厨下闹剧中被派去要炖鸡蛋的小丫头,她的幸灾乐祸,自然是因炖鸡蛋一事受了柳嫂的气,正好可以借机发泄在五儿身上。五儿因玫瑰露被拘之时,传言柳嫂即将被撤去掌厨职位,林之孝家的便在平儿面前极力举荐秦显的女人来接替柳嫂的位置。这位秦显的女人,正是司棋的婶娘。林之孝家的荐秦显家的,可见司棋的婶娘觊觎这一肥缺已经不止一日了。或许我们可以由此反推司棋因一碗鸡蛋羹在柳嫂面前的发作,似乎不能排除其有意刁难的用心。

然而,司棋与柳嫂之间的冲突,实则不过是贾府内部人物复杂矛盾的冰山一角而已。第七十一回中因两个管家奶奶得罪了尤氏,凤姐命周瑞家的捆了起来任由尤氏发落。"周瑞家的虽不管事,因他素日仗着是王夫人的陪房,原有些体面,心性乖滑,专管各处献勤讨好,所以各处房里的主人都喜欢他。"②不想其中一个被拘的管家婆子和邢夫人陪房费大娘做了亲家,婆子女儿便央求费婆子向邢夫人说情放人。"这费婆子原是邢夫人的陪房,起先也曾兴过时,只因贾母近来不大作兴邢夫人,所以连这边的人也减了威势。凡贾政这边有些体面的人,那边各各皆虎视眈眈。"③一个是王夫人的陪房,一个是邢夫人的陪房。邢夫人自从为贾赦讨鸳鸯被贾母拒绝之后,很不受贾母待见,心中十分愤懑,便将怒气转嫁到凤姐身上;正值费婆子说情,邢夫人故意当着贾母的面向凤姐示弱求情,令凤姐十分难堪。司棋(迎春侍女)是邢夫人这边的人,而柳嫂则一心巴结宝玉房里的人,希冀能让自己的女儿五儿去填补小红的空缺。一边是邢夫人的人,一边则心向宝玉,自然也就倒向王夫人。第七十四回王善保家的陪同凤姐抄检大观园,结果竟搜出自己外孙女司棋的私物,凤姐对王善保家的"笑而不言",与周瑞家的攥走司棋时的幸灾乐祸何其相似。

贾政与贾赦及其家庭成员构成荣府的两个分支,无论从贾母的态度,还

---

① (清)曹雪芹、高鹗《红楼梦》,第三十一回,第422页。
② (清)曹雪芹、高鹗《红楼梦》,第七十一回,第982页。
③ (清)曹雪芹、高鹗《红楼梦》,第七十一回,第984页。

是从人丁多寡、财力厚薄、地位高低上看,贾赦一支都逊于贾政一支。同时,作为贾赦一支之主力的贾琏,由于王熙凤与王夫人的关系而更偏向贾政一边。**这一对垒式矛盾关系牵动着荣府人物关系网的各个细节,从主人到仆人,甚而波及仆人的关系网**。上文炖鸡蛋闹剧中直面冲突的司棋与柳嫂,虽然位居整个关系网的末梢,但她们的对峙无不投射出其所依赖的两大支派之间的矛盾。炖鸡蛋的情节,不仅反映了"女儿"与"女人"之间的冲突,还成为荣府两大支派之间矛盾的缩影。可以说,"曹雪芹不但描写了一个大家庭的复杂人物关系,更描写了这种关系中所潜藏的更为复杂的矛盾"①。

　　综上所述,与神魔小说中非同凡响的宝物不同,在以家庭闺阁为题材的世情小说中,用以制造或激发矛盾冲突的焦点物象,其经验原型往往为日常生活中不起眼、微不足道的琐碎之物。神魔小说中的宝物之所以吸引不同阵营的角色加入争夺,乃是基于宝物本身具备的神奇功能,亦即物象本身的特点蕴含了构成叙事矛盾的可能。世情小说则不然,上文所述《金瓶梅》中的荷花饼、银丝鲊汤或《红楼梦》中的炖鸡蛋、蔷薇硝,都是再家常不过的物象,其经验原型不具备任何神奇功能;然而,小说家却以这类物象为焦点,展开对叙事矛盾的建构。**叙事冲突并不基于物象本身的特征,而基于小说人物关系中潜藏的矛盾**。激发矛盾的物象在特定情境下被置于矛盾人物关系的中心,构成人物关系网和故事时间之流中的一个节点,亦即节点性情节。在连绵不绝的时间之流中,焦点物象仿佛一根救命稻草,小说人物连同他们的生活攫住这根稻草浮出了水面。

第二节　"线索物象"与连续性情节

　　如本章开头所论,从情节、人物与故事时间的关系可以大致将章回小说情节形态分成两种类型——节点性情节与连续性情节。第一节中论及,即便在以连续性情节占主导的世情小说中,矛盾和冲突仍然是必须的,即节点性情节仍不可或缺。但总体而言,连续性情节及其叙事构成世情小说的主体叙事风格。《金瓶梅》采用同一故事时间来统摄所有的人物,这也就意味着时间成为建构小说叙事的内在动力。由于时间是连绵不绝向前推进而不能被阻断的,因此小说叙事也呈现出较强的连续性特征。从叙事的角度看,连续性起码包含了两方面:一、情节单元内部的完整统一;二、情节单元之间的连

---

① 刘勇强《中国古代小说史叙论》,北京:北京大学出版社,2007年,第430页。

贯衔接。在世情小说尤其是《金瓶梅》和《红楼梦》二书中,情节内部和情节之间的连续性叙事,往往有待于"线索物象"的前后勾连作用。

在一定篇幅内,对小说叙事结构起到连贯作用的物象,可以称之为"线索物象"。与上文叙事连续性两个层面的内涵相对应,线索物象发挥作用的篇幅长度,以情节单元为单位,也可分为两种:情节单元之内与情节单元之间。一个完整的情节单元的篇幅长度,因题材差异而长短不一。在一个情节单元之内即相对集中的篇幅中发挥作用的线索物象,与情节的关系更为紧密,能够积极参与并作用于情节的建构;跨越数个情节单元、在较长篇幅中发挥作用的线索物象,对维护叙事结构的连贯、完整性贡献良多,但却很难与不同的情节单元都保持十分紧密的互动关联。

线索物象的运用,并非始自世情小说。就第二种线索物象而言,最具代表性的是唐人小说开山之作《古镜记》。《古镜记》从题材和旨趣上看,都更接近于汉魏六朝小说;但从篇幅与结构上看,《古镜记》则开启了新的叙事范式,以一个具有神奇功能的物象作为篇章的结构线索,将有关的故事都聚集其下,这是六朝小说所不曾有的结构。已有学者指出《古镜记》可能受到印度文学的影响,采用了典型的"连串插入式"的叙事方式。[1] 这篇小说以一面古镜为主线,中间插入了许多小故事。大的线索是宝镜的获得与失去。叙述者以倒叙开篇,正文以编年体进行,追溯宝剑的来历、神奇的功用以及牵涉其中的鬼怪人物。小的线索则包含两条:第一是王度持镜所历,贯穿鹦鹉狐精、日食失明、薛侠之剑、苏绰之仆、胡僧之方、芮城蛇怪、为女治病七个情节单元;第二条线索则是王度的弟弟王勣携带宝镜旅行,贯穿路遇龟猿精怪、蛟龙之池、雄鸡作怪、三女遭魅、镜精托梦五个情节单元。这样的结构比较松散,那么贯穿不同情节单元的线索便是古镜这一物象。[2] 然而,古镜作为线索物象在这篇小说中的运用,可以说还处在比较稚嫩、粗糙的阶段。由古镜串联起来的若干情节单元之间,是相对独立的关系,不存在逻辑上的因果关系;线索物象与情节之间的互动关联也较为简单机械。这就意味着叙事段落可以无限增加,也可以任意替换。然而,线索物象的这种用法在唐代小说中亦仅

---

[1] 季羡林认为《古镜记》的结构受印度文学的影响,与《五卷书》的结构极为相似,"全书有一个总故事,贯穿始终。每一卷各有一个骨干故事,贯穿全卷。这好像是一个大树干。然后把许多大故事一一插进来,这好像是大树干上的粗枝。这些大故事中又套上许多中、小故事,这好像是大树粗枝上的细枝条。就这样,大故事套中故事,中故事又套小故事,错综复杂,镶嵌穿插,形成了一个像迷楼似的结构",参见季羡林《〈五卷书〉再版后记》,载《季羡林文集》,南昌:江西教育出版社,1996年,第十六卷《梵文与其他语种文学作品翻译(二)》,第539—542页。

[2] 李鹏飞将这类物象称为"功能性物象",这类物象"既是跟结构有关,也跟情节有关的",参见李鹏飞《试论古代小说中的"功能性物象"》,《文学遗产》2011年第5期,第123页。

此一例。

　　更为常见的情形是第一种线索物象,即线索物象在一个较为完整的情节单元之内,既起到连贯叙事的作用,还参与推动情节的发展,成为叙事的动力。若追本溯源,恐怕六朝小说中便已出现此类线索物象,例如《幽明录》中的《刘隽》:

　　　　元嘉初,散骑常侍刘隽,家在丹阳。后尝遇骤雨,见门前有三小儿,皆可六七岁,相率狡狯,面并不沾濡。俄见共争一匏壶子,隽引弹弹之,正中壶,霍然不见。隽得壶,因挂阁边。明日,有一妇人入门,执壶而泣。隽问之,对曰:"此是吾儿物,不知何由在此?"隽具语所以,妇持壶埋儿墓前。间一日,又见向小儿持来门侧,举之,笑语隽曰:"阿侬已复得壶矣。"言终而隐。①

　　这则文言小说中的"匏壶"可谓线索物象的雏形;同时由于篇幅较短,它又是构成叙事矛盾的焦点物象。匏壶贯穿起故事中的所有情节段落:三小儿争匏壶、刘隽弹匏壶并得壶、妇人执壶而泣、妇人埋壶亡儿墓前、小儿持壶笑语。整个故事的篇幅较短,由匏壶串接起来的几个小片段之间存在比较紧密的因果关联,不能随便抽去其中的一段;另外,情节段落之间并非完全平等,每个小片段本身也是不完整的,不能单独构成一个更小的故事,因此也不能被抽离出去。匏壶构成了小儿之间、小儿与刘隽之间、妇人与刘隽之间的矛盾,而矛盾的发生和解决直接构成了小说叙事的动力。《太平广记》将此则列入"鬼"一类,刘隽所见为小儿之鬼,所抢的是匏壶亦即葫芦,十分契合儿童心理。此后唐人何延之的《兰亭记》、康骈的《田膨郎偷玉枕》以及宋人洪迈的《嘉州江中镜》等都是这方面的代表作。

　　《金瓶梅》《红楼梦》等世情小说中线索物象的运用,受以往小说创作的启发,但具体的描写及功能的运用,则又与小说家的才能、小说题材类型、小说篇幅等因素相互生发,形成世情小说日常叙事特有的风格。

一、情节单元内"线索物象"与日常叙事的循环往复

　　焦点物象通过激发人物矛盾和冲突以造成叙事上的间断效果,线索物象则通过贯穿叙事结构以维系小说叙事的内在连续性。然而,在一个情节单元之内起到连贯叙事作用的线索物象,同时可能兼具焦点物象的功能。

---

① 　(宋)李昉等编《太平广记》,第7册,卷三二四,第2571页。

金圣叹评点《水浒传》时,已经注意到这一类物象,并将此类物象的运用归之于"草蛇灰线法":"有草蛇灰线法。如景阳岗勤叙许多'哨棒'字,紫石街连写若干'帘子'字等是也。骤看之,有如无物,及至细寻,其中便有一条线索,拽之通体俱动。"①金圣叹所说的"哨棒"和"帘子"出现在《水浒传》第二十二回和第二十三回中,"哨棒"出现了19次,"帘子"出现了16次,在相对集中的情节段落——西门庆勾挑潘金莲——中起到了贯连前后的作用。这类起到"草蛇灰线"作用的物象,往往反复出现于情节中。这种多次的、反复的出现,可以称之为"迭用"。

浦安迪提出,"形象迭用"是明代"四大奇书"的常用修辞。② 除了具体物象的迭用之外,也经常出现对事件的迭用,例如"失物复得"的迭用。《金瓶梅》中银执壶(第三十一回)和金镯子(第四十三回)的失而复得,就属于事件迭用。这两个事件在文本中占据的情节段落相对集中,在一回到两回之内构成"珠还合浦"式③的情节结构类型。第三十一回叙西门庆在家中办庆官宴,吴月娘房中侍婢玉箫与西门庆的娈童书童因素日眉眼生情,这一日玉箫趁人多不注意,便将一把银酒壶并四个梨、一个柑子偷偷送给书童。适逢书童不在,玉箫便将银执壶藏于床底下,不想又被琴童看见并偷偷拿到李瓶儿房里。酒席散后盘点家伙时,见少了这一件银执壶,月娘便将此事告诉西门庆,西门庆欲待息事宁人,潘金莲却不愿善罢甘休,讽刺西门庆"你家是王十万! 头醋不酸到底儿薄"④。后来李瓶儿房里的丫头迎春拿出了银壶,潘金莲又极力想栽赃李瓶儿。最后西门庆反问潘金莲"莫不李大姐他爱这把壶",一句话把潘金莲问羞了,她才勉强丢开手。潘金莲之必欲抓住失壶这件小事,无非如叙述者所言,要"讽刺李瓶儿首先生孩子,满月不见了壶,也是不吉利"⑤。第四十三回的失金情节与三十一回失壶十分相似,也是潘金莲借失金一事来讽刺、栽赃李瓶儿。这一回写西门庆拿了四锭金镯儿给官哥儿玩,结果却莫名其妙地丢了一锭,一家上下为此事乱作一团,潘金莲却冷眼到月娘跟前栽赃李瓶儿。这一次重复了上次的话"你家就是王十万也使不的",正是讽刺西门庆过分溺爱官哥儿。金镯子后来失而复得(第四十四回),被证实为二房李娇儿房里丫头夏花儿所偷,这才最终打消了潘金莲的

① 金圣叹《贯华堂第五才子书水浒传》,《金圣叹全集》,南京:江苏古籍出版社,1985 年,第 22 页。
② 浦氏定义的"形象迭用",涉及并包含某一类人物、器物、细节、母题、事件、场面、概念等的迭用,参见[美]浦安迪著,沈亨寿译《明代小说四大奇书》,北京:生活·读书·新知三联书店,2006 年,第 90、116—118 页。
③ 参见李鹏飞《试论古代小说中的"功能性物象"》,《文学遗产》2011 年第 5 期,第 123 页。
④ (明)兰陵笑笑生《金瓶梅词话》,第三十一回,第 360 页。
⑤ (明)兰陵笑笑生《金瓶梅词话》,第三十一回,第 360 页。

猜忌。"失物"是制造叙事冲突的契机,"复得"在表面上平息了叙事冲突,但是人物关系之间深层次的矛盾并没有因此解决,甚至因而加深了,这也就是叙述者一而再地使用这一模式的缘由所在。执壶也好,金镯子也罢,不过是醉翁之酒,而醉翁之意却在于以这两种物象的失而复得展现大家庭内部的混乱失序、藏污纳垢,以及潘金莲由越积越深的嫉妒演变成猜疑、栽赃的险恶用心。

《红楼梦》也多次采用此类"珠还合浦"式的情节结构,例如第二十四回中小红遗失手帕的情节(回目下句作"痴女儿遗帕惹相思")在第二十六回又被接续起来(回目上句作"蜂腰桥设言传心事")。与《金瓶梅》中失金镯子极其相似,《红楼梦》中也有虾须镯失而复得的情节。第四十九回由湘云提议在芦雪广烤鹿肉,"平儿也是个好顽的,素日跟着凤姐儿无所不至,见如此有趣,乐得顽笑,因而褪去手上的镯子,三个围着火炉儿,便要先烧三块吃"①。吃毕,洗漱了一回,发现镯子却少了一个,左右前后乱找了一番,踪迹全无。凤姐闻此,只说她知道镯子去向,保管三日内就有了。小说在第五十二回才揭晓答案,原来宝玉房里的小丫头子坠儿偷了镯子,被宋嬷嬷看见,告诉了平儿。平儿担心让宝玉难堪,本欲将此事压下,于是偷偷告诉麝月,不料隔墙有耳,被宝玉听见了,宝玉又将坠儿之事告诉了晴雯。晴雯气得暴跳如雷,唤宋嬷嬷领了坠儿的母亲来直接撵了出去。平儿跟麝月讲的一番悄悄话中,还透露出宝玉房中之前还有个叫作良儿的丫头,因偷玉被赶了出去。对于贾府中的主子而言,下人偷窃的行径,无异于是对自己品行的奇耻大辱。正如平儿所言,"宝玉是偏在你们身上留心用意、争胜要强的〔……〕偏是他这样,偏是他的人打嘴"②。

与宝玉的留心用意形成对比的是迎春的心活面软、不闻不问。第七十三回后半段至七十四回开头,迎春的累丝金凤既是线索物象,又是焦点物象。这一回应该是全书中写迎春笔墨最多的一回,从对仗标目("痴丫头误拾绣春囊　懦小姐不问累金凤")可以看出,该回后半段乃是为迎春立传。"懦"与"不问"如同画外音,蕴含了褒贬。后半回中迎春的乳母因赌博获罪,邢夫人恨迎春不争气,不但不安慰迎春,反倒狠狠训斥了她一番;机灵要强的侍女绣桔想趁热打铁,尝试用激将法游说迎春向乳母子媳施压并要回被借去的累丝金凤,可迎春却对此不置可否;乳母子媳本想向迎春求情放她婆婆,听绣桔说要讨回累丝金凤,手头吃紧,心里拿稳迎春软弱,便闹起来反要向迎春算账。正闹得不可开交,探春等人正走来安慰迎春,听到屋中吵嚷,探春物伤其

---

① (清)曹雪芹、高鹗《红楼梦》,第四十九回,第 665 页。
② (清)曹雪芹、高鹗《红楼梦》,第五十二回,第 704 页。

类,主动出面制服王住儿媳妇,又调兵遣将,找来平儿,在平儿面前将王住儿媳妇私拿迎春首饰去赌钱等事实一一交代,让平儿去处置。此事方告一段落。严格来说,这不符合典型的失而复得情节,毕竟是迎春的姑息纵容、不闻不问致使累金凤落入乳母子媳之手,而非为下人所窃,且此处并不强调失而复得的结果。然而,正是这种自恃被默许的偷窃行为激起了众人的愤怒。**累丝金凤像指挥棒一样,将迎春的侍女绣桔、乳母子媳王住儿媳妇、探春、平儿等人都调度到一起,读者也跟随探春等小说人物一同进入迎春更为私密的生活圈,同小说人物"汇聚一堂"**;累丝金凤同时赋予每个人物以行动的理由,将乳母赌博获罪、王住儿媳妇求情与探春出面摆平这些更小的情节片段连缀在了一起。

《红楼梦》中的虾须镯和累丝金凤,与《金瓶梅》中的银执壶与金镯子的失而复得相似,构成了"珠还合浦"式的情节结构,而这些物象"成为结构与情节共享的线索"①。唐前小说"珠还合浦"式的情节中,巧合论与命定观的悖论式结合构成创作和接受的文化心理基础;即便在明代话本小说如《蒋兴哥重会珍珠衫》中,作者和读者都被这种命定的巧合或巧合的命定所深深吸引。然而,《金瓶梅》对这一情节结构类型的借鉴却**抛开了这些先入为主的框架性观念**,而将目光投向日常家庭生活中千变万化、微妙复杂的人际关系网络。线索物象在情节层面将各色人物、几个看似毫无关联的小事件联络起来;从叙事层面看,线索物象与"珠还合浦"式结构类型的结合,构成环形叙事结构,并塑造出首尾呼应、内在连续的叙事风格。

失物情节是世情题材小说中的常见情节,**"珠还合浦"式结构强调失物复得,但这并不完全符合日常生活的逻辑**。《红楼梦》中的失物叙事,除了上述类型之外,还有"失物—寻物"的情节类型,更突出对寻找、搜寻过程的叙述。除了众所周知的搜检大观园中的绣囊之外,以第六十回"茉莉粉替去蔷薇硝 玫瑰露引来茯苓霜"中的玫瑰露瓶最具代表性。这一回标目纯粹由四种物象组成,在全书中也是绝无仅有的特例。茉莉粉和茯苓霜是首次亮相,蔷薇硝和玫瑰露在此之前便已经被引荐给读者了。正如回目所提示的,这一回包含了两个情节段落。蔷薇硝部分,如上一节所述,属于节点性情节,而玫瑰露部分则属于连续性情节。

第六十回后半回"蔷薇露引出茯苓霜"与上半回相似,**通过物象的传递与交换来写荣府人物尤其是下层人物之间错综复杂的关系**。实际上,玫瑰露和茯苓霜引起的风波一直要到第六十二回才真正平息。第三十四回宝玉被

---

① 李鹏飞《试论古代小说中的"功能性物象"》,《文学遗产》2011年第5期,第123页。

贾政杖罚,日夜休养,王夫人拿了两瓶玫瑰露给袭人,让袭人泡水给宝玉喝:

> 说着就唤彩云来,"把前儿的那几瓶香露拿了来"。袭人道:"只拿两瓶来罢,多了也白糟踏。等不够再要,再来取也是一样。"
>
> 彩云听说,去了半日,果然拿了两瓶来,付与袭人。袭人看时,只见**两个玻璃小瓶,却有三寸大小,上面螺丝银盖,鹅黄笺上写着"木樨清露"**,那一个写着**"玫瑰清露"**。袭人笑道:"好金贵东西! 这么个小瓶儿,能有多少?"王夫人道:"那是进上的,你没看见鹅黄笺子? 你好生替他收着,别糟踏了。"①

后来,芳官被分到宝玉房中以后,曾拿了些玫瑰露给柳嫂的女儿五儿。五儿十分喜欢,芳官便向宝玉说还要些。宝玉命袭人取了出来,因见瓶中所剩不多,连瓶也给了她:

> 芳官拿了一个五寸来高的小玻璃瓶来,迎亮照看,里面小半瓶胭脂一般的汁子,还道是宝玉吃的西洋葡萄酒。母女两个忙说:"快拿旋子烫滚水,你且坐下。"芳官笑道:"就剩了这些,连瓶子都给你们罢。"
>
> 五儿听了,方知是玫瑰露,忙接了,谢了又谢。②

这个玻璃瓶子差点令柳家母女扫地出门。柳嫂因玫瑰露稀罕,便又倒了半盏子,送给卧病在床的侄子;她哥嫂感激不尽,为了答谢,又回赠了茯苓霜给五儿服用。五儿舍不得自己吃,为了答谢芳官,偷偷摸摸溜进大观园,又将茯苓霜交给了小燕,让小燕转交给芳官。结果,出园门的时候,被林之孝家的撞见;彼时正值王夫人房里丢了玫瑰露,令林之孝家的到处查访。见五儿鬼鬼祟祟,林之孝家的便起了疑心。在莲花儿的指引下,林之孝家的在厨房中找到玫瑰露瓶,还搜出了一包茯苓霜。很巧的是,正好有人送了茯苓霜来给贾母、王夫人。五儿遂被认定为不仅偷了王夫人房中的玫瑰露,还偷了贾母的茯苓霜,罪大恶极,立马被林之孝家的捆起来,等待凤姐发落。平儿早知道玫瑰露乃是王夫人房里彩云偷去给贾环的(第三十四回由彩云拿玫瑰露给袭人),但怕伤了探春自尊,本想息事宁人,不料五儿被卷入进来,宝玉少不得又要替众人担不是,后来还是彩云羞耻心动,供认是自己所偷,五儿才逃过一劫。

---

① (清)曹雪芹、高鹗《红楼梦》,第三十四回,第453页。
② (清)曹雪芹、高鹗《红楼梦》,第六十回,第826页。

私人物品在不同人物之间的传递与交换,是现实日常生活中十分常见的情形。《红楼梦》中有关玫瑰露瓶的情节段落,便提炼自日常生活经验。第六十回前半回中,蔷薇硝是线索物象;后半回中,玫瑰露瓶成为穿针走线的物象,从王夫人那里经由彩云之手传递到袭人手中,又经由袭人到了宝玉处,后来经由芳官之手给了五儿,柳嫂又把它分给了贾府之外的人;而茯苓霜则以逆向路线从贾府之外传进了贾府之内,从五儿手中进入大观园内芳官的手中。**超越人物等级界限、超越空间等级界限的物象的传递,展现了错综复杂的人物关系,尤其是不同地位、不同年龄段的女性之间(园内与园外、小戏子与老婆子)的关系。**玫瑰露与茯苓霜沿着两个相反的方向传递,一个从怡红院经由厨房再到园外,一个从园外经由厨房再到怡红院,正如芳官与五儿,一个希望在怡红院之外、在比她地位低的群体里受到尊敬,一个则挤破头都要摆脱厨下、跻身怡红院,在那里得到与她相称的地位。不安分而躁动的年轻的心,正如清亮透明的蔷薇露,浓烈殷切;又如玻璃瓶一样,一经摧折便破碎不堪。

玫瑰露与茯苓霜作为线索物象,贯穿起"失物—寻物"情节单元。从故事层面看,玫瑰露与茯苓霜这两种物象的下落对于小说人物如柳五儿来说,足以决定其去留的命运;但**从叙事上看,物象的下落并不重要,小说家感兴趣的是失物所引发的一系列反应以及在寻物过程中所带出来的人事牵连。**玫瑰露或茯苓霜,将这一系列人事和反应都贯穿、收拢在一起,构成一个首尾呼应、内在连续的情节单元。

二、情节单元间"线索物象"与日常叙事的散漫绵长

世情小说的日常叙事以连续性为主体风格,但仍可以在文本中划分出若干个相对独立的情节单元。那么,线索物象除了维系情节单元内部的连续性之外,还对情节单元之间的连续性助益颇多。

对于构成一部小说的若干情节而言,有的情节是关键的、起主导作用的,而有的情节则只是起催化、过渡的作用。那么,**线索物象便往往衍生于主导情节,却活跃在数个过渡性情节当中,贯穿起数个散落的情节单元,由此构成世情小说缜密细腻的叙事肌理。**

传统评点家借鉴文章学的方法评点小说,对此类有补于叙事之缜密的细节多能心领神会。张竹坡在评点《金瓶梅》时,对于此类物象细节便颇多留意。例如,第八回潘金莲见西门庆头上撇着一根金簪,正是孟玉楼的簪子。

张竹坡评点道:"将簪一点,固是又照玉楼,却又伏线千里矣。"①第八十二回陈经济拾得玉楼遗落的金簪,此后孟玉楼三嫁李衙内。张竹坡继而评点道:"不谓此簪又作此篇文字,金针奇绝。""玉楼来时,在金莲眼中将簪子一描;玉楼将去,又将簪子在金莲眼中一描。两两相映,妙绝章法。"②第九十二回孟玉楼嫁给李知县,升转严州府通判,陈经济企图以金簪诬玉楼与其有奸,借此讹诈钱财。张竹坡几乎赞叹着评道:"一簪之针线,其妙如此。"③前文张竹坡所谓"伏线千里",正是指此段情节。第九十八回通过韩爱姐之眼对陈经济头上的孟玉楼金簪投去最后一瞥。张竹坡评点道:"依旧是一簪作线,此书真是一丝不紊。"④一根金簪,串联起小说的一首一尾,在相隔九十回的眺望中见证了物是人非,让首尾之间的映照、对比更加突出。

　　类似地,还有小说中有关皮袄的叙述,并未参与到某一个较为集中、关键情节单元的建构中,而是断断续续地出现在两个主导情节单元之间的过渡情节中。第一部分是第四十六回,第二部分是从七十四回到七十九回。虽然从宏观的小说结构和情节设置上看,这些叙述似可有可无,但从更为微观的角度看,有关皮袄的叙事却大大加强了不同情节单元之间的连贯性和缜密性。

　　小说第四十六回写众妻妾元宵节受吴大妗子之邀"走百病儿",夜深待要回家时外面下起雪来,吴月娘便打发小厮玳安往家中取皮袄,玳安不去,便又叫了琴童去取。琴童到了家里,发现掌管橱柜钥匙的玉箫以及各房大丫头都被贲四娘子请去吃酒,遂直奔贲四家取了钥匙回来,到家却又打不开柜子;琴童再往贲四家走了一趟,玉箫说记错了,钥匙原在床褥子下,于是又跑回家到褥子下拿钥匙开柜子,好不容易打开了柜子,却又找不到皮袄;于是琴童满腹怨气地第三次跑到贲四家里问玉箫,玉箫笑说原来忘记了,皮袄不在屋里橱柜里,倒在外间大橱里。如此三番两次,琴童才取到了皮袄,拿了往吴大妗子家来。先前月娘想起众人都有皮袄,只潘金莲没有,便主张叫小厮把当铺里一件新当的皮袄给金莲,金莲却不领情,嫌弃当铺的皮袄"黄狗皮也似的,穿在身上教人笑话,也不气长,久后还赎的去了"⑤。待琴童拿来了皮袄,月娘拿在灯下给金莲看,说了些好话,金莲才勉强穿了。"当下吴月娘是貂鼠皮袄,孟玉楼与李瓶儿俱是貂鼠皮袄⑥,都穿在

①　(明)兰陵笑笑生著,刘辉、吴敢辑校《会评会校金瓶梅》,第八回,第209页。

②　(明)兰陵笑笑生著,刘辉、吴敢辑校《会评会校金瓶梅》,第八十二回,第1755、1745页。

③　(明)兰陵笑笑生著,刘辉、吴敢辑校《会评会校金瓶梅》,第九十二回,第1924页。

④　(明)兰陵笑笑生著,刘辉、吴敢辑校《会评会校金瓶梅》,第九十八回,第2043页。

⑤　(明)兰陵笑笑生《金瓶梅词话》,第四十六回,第545页。

⑥　奇书本修改为"当下月娘与玉楼、瓶儿俱是貂鼠皮袄,都穿在身上",参见(明)兰陵笑笑生著,刘辉、吴敢辑校《会评会校金瓶梅》,第四十六回,第911页。

身上,拜辞吴大妗子、二妗子起身。"①一件皮袄,费去多少脚力、口舌。琴童三番两次地跑腿,令读者比琴童更加不耐烦起来。这一段并不如上文所述之汤饼风波那么紧凑热闹,只是琐琐碎碎地叙述了一些毫不相干的细节,情节性并不强,由妻妾之间关于皮袄的对话与家中仆婢寻袄这两部分组成。尤其是后者,叙述者费了不少笔墨写奴仆的抱怨、仆婢之间的私情以及西门宅中家主缺席时的紊乱嘈杂之状。**这些大家庭内部的丑闻和凌乱与皮袄并不相关,但是叙述者却十分巧妙地借寻皮袄一事透迤写出**。所谓"中菁之言,不可详也;所可详也,言之长也",叙述者偏能短话长说,于寻袄一节中见微识著。**皮袄在此间的作用,更多地是将前后两段**(即第四十六回和第七十四至七十九回)**看似毫不相干的情节贯穿在一起,呈现出西门家中纷繁复杂的人际关系——妻妾**(月娘与金莲)**、仆婢**(小玉与玳安)**与主仆**(月娘与玳安)**之间的失和失敬**;在这种前后关联中,读者很容易将仆婢之间的丑闻归因于前者的"上梁不正",而婢女的惰怠贪乐则似乎在讽刺众妻妾的"走百病"。

皮袄一事预伏于前文,还要在后文挑起更大的风波。早在第十五回就提到了"银鼠皮袄",那也是元宵佳节,众妻妾在狮子街看花灯:

> **吴月娘穿着**大红妆花通袖袄儿,娇绿段裙,**貂鼠皮袄**。**李娇儿、孟玉楼、潘金莲都是**白绫袄儿,蓝段裙。李娇儿是沉香色遍地金比甲,孟玉楼是绿遍地金比甲,潘金莲是大红遍地金比甲,头上珠翠堆盈,凤钗半卸,鬓后挑着许多各色灯笼儿。②

叙述者着意描写了她们的穿戴,其中只有月娘穿着"貂鼠皮袄",与众人不同。到了第二十四回,又是一个元宵节:

> 正月十六,合家欢乐饮酒。正面围着石崇锦帐围屏,挂着三盏珠子吊灯,两边摆列着许多妙戏桌灯。西门庆与吴月娘居上坐,其余李娇儿、孟玉楼、潘金莲、李瓶儿、孙雪蛾、西门大姐都在两边列坐。**都穿着锦绣衣裳**,白绫袄儿,蓝裙子,**惟有吴月娘穿着大红遍地通袖袍儿**,**貂鼠皮袄**,下着百花裙,头上珠翠堆盈,凤钗半卸。③

① (明)兰陵笑笑生《金瓶梅词话》,第四十六回,第548页。
② (明)兰陵笑笑生《金瓶梅词话》,第十五回,第164页。
③ (明)兰陵笑笑生《金瓶梅词话》,第二十四回,第270页。

　　绣像本不耐烦这些琐碎的服饰描写,很武断地将此段改为:"正月十六,合家欢乐饮酒。西门庆与吴月娘居上,其余李娇儿、孟玉楼、潘金莲、李瓶儿、孙雪娥、西门大姐都在两边同坐①,**都穿着锦绣衣裳**。"很显然,绣像本修改者并未能很好地理解貂鼠皮袄在众妻妾中眼中以及叙述者眼中的意义。毫无疑问,在**这两回中,貂鼠皮袄俨然是区分正室偏房的标志**。然而,到第四十六回,如上文所引"当下吴月娘是貂鼠皮袄,孟玉楼与李瓶儿俱是貂鼠皮袄",穿貂鼠皮袄不再只是月娘的权利了,**此处叙事中特地将孟玉楼、李瓶儿与吴月娘分开,重复叙述突出了强调的意味**,仿佛在回应第二十四回的"惟有"。张评本中此句被改为"当下月娘与玉楼、瓶儿俱是貂鼠皮袄,都穿在身上"②,很显然没有领会到此处重复叙述的意味,即孟玉楼与李瓶儿在财富上的势均力敌对吴月娘的正室地位构成了某种威胁。

　　吴月娘对此威胁的激烈反应,在小说后半部有更为露骨的表现。第七十四回到七十九回中,叙述者接续了四十六回中的皮袄话题,"藕断丝连"式或隐或显地一而再、再而三叙及。**重复叙述孟玉楼与李瓶儿也穿着貂鼠皮袄,这一笔并非无谓的重复**。李瓶儿的皮袄已被觊觎良久,一旦她死后,连她的皮袄也将被占有、争夺,最终流落他人之手。第六十二回李瓶儿死后,她的财物先被吴月娘收为己有。第七十四回潘金莲恃宠向西门庆讨要李瓶儿的故物——貂鼠皮袄,西门庆教人拿钥匙到上房取了皮袄给金莲。吴月娘听闻金莲得了皮袄,心里不痛快,便假借李瓶儿的由头把西门庆骂了一回:"你自家把不住自家嘴头了。他死了,嗔人分散房里丫头,相你这等,就没的话儿说了。他见放皮袄不穿,巴巴儿只要这皮袄穿。早时他死了,你只望这皮袄;他不死,你只要好看一眼儿罢了!"③但是,在后来潘金莲与吴月娘的对骂中,叙述者透露出月娘早已将李瓶儿之物据为己有,何尝不是"只望这皮袄",故而金莲此举,正中月娘要害。第二天,月娘房中的丫头玉箫,偷偷把月娘骂的那一番话告诉了金莲。这为二人争风吃醋埋下伏笔。金莲终究恃宠要到了皮袄,于是第七十五回写众妻妾从应二家中夜归的场景,大家都穿上了银鼠皮袄:

　　　　却说来安同排军拿了两个灯笼,晚夕接了月娘来家。月娘便穿着

---

①　北京首都图书馆藏《新刻绣像批评金瓶梅》与日本内阁文库藏《新刻绣像批评原本金瓶梅》作"列坐",参见(明)兰陵笑笑生著,刘辉、吴敢辑校《会评会校金瓶梅》,第二十四回,第506—507页。

②　(明)兰陵笑笑生著,刘辉、吴敢辑校《会评会校金瓶梅》,第四十六回,第911页。

③　(明)兰陵笑笑生《金瓶梅词话》,第七十四回,第984页。

银鼠皮披①,藕金段袄儿,翠蓝裙儿;**李娇儿等都是**貂鼠皮袄,白绫袄儿,紫丁香色织金裙子。原来月娘见金莲穿着李瓶儿皮袄,把金莲旧皮袄与了孙雪娥穿了。②

联系上文看来,从第二十四回"惟有"月娘穿貂鼠皮袄,到四十六回"孟玉楼与李瓶儿俱是貂鼠皮袄",再到此处,潘金莲、李娇儿也都穿上了貂鼠皮袄。然而,月娘似乎总还尽力维持着与众不同的体面。虽然款式是一样了,但质料却还是较众妾更胜一筹。小说第七十六回写月娘应夏提刑娘子之邀去吃酒席,至晚间回来便"穿着银鼠皮袄,遍地金袄儿,锦蓝裙"③。银鼠较之貂鼠更为尊贵。明熊廷弼(1569—1625)《按辽疏稿》卷四《劾自在州疏》中所列州官贪贿之物,就有"貂袄"和"银鼠皮袄"两项,④可见此物乃贵重之物。一直到清代,银鼠仍在市庶禁服之列(《清史稿·舆服志》)。貂鼠原为东北所产,边疆将士的军服出于御寒的考虑,多有用貂鼠皮者。小说第七十七回写云离守袭职当了清河右卫指挥同知,来拜西门庆,礼单里有"貂鼠十个"⑤,后来西门庆向郑爱月儿夸说"昨日舍伙计打辽东来,送了我十个好貂鼠"⑥,此番炫耀可知貂鼠之不易得。众妻妾尤其是正室的穿戴,在很大程度上是西门庆财富积累与权势膨胀的外化标志。

虽然如此,吴月娘还是为金莲恃宠夺袄一事耿耿于怀,第七十五回月娘与金莲两人头一次面对面吵起来。吵闹之间仍不忘捎上前日之事,月娘怪道:"一个皮袄儿,你悄悄就问汉子讨了,穿在身上,挂口儿也不来后边题一声儿。"⑦潘金莲却也不甘示弱,回道:"白眉赤眼儿,你嚼舌根,一件皮袄,也说

---

① (明)兰陵笑笑生《全本金瓶梅词话》(全2册),香港:香港太平书局,2013年,下册。第七十五回此处作"月娘便穿着银鼠皮。披藕金段袄儿"(第2208页),该词话本的点断是有问题的;第七十六回写月娘从夏提刑家回来"穿着银鼠皮袄,遍地金袄儿,锦蓝裙"(第2275页)。陶慕宁的注本,将第七十五回的"皮披"改作"皮袄",也可以说得通,但是没有很切实可靠的版本根据。其实,作"皮披"亦未尝不可,可以解释成"皮披风"或"皮披袄"。《红楼梦》第六回写凤姐穿着"灰鼠披风",据邓云乡《红楼识小录》一书中《大毛儿皮货》的考查,"细毛皮货中,最大路的除去狐狸皮、貂皮而外,使用最多的就是灰鼠皮。灰鼠中有浅灰、有白针者,叫银鼠"(第188页)。可见,银鼠披风是实有的。又可参见陶慕宁注本第七十八回"林太太是白绫袄儿,貂鼠披风"(第1095页)。

② (明)兰陵笑笑生《金瓶梅词话》,第七十五回,第1011页。

③ (明)兰陵笑笑生《金瓶梅词话》,第七十六回,第1041页。

④ (明)熊廷弼《足本按辽疏稿》,北京:中华全国图书馆文献缩微复制中心,1996年影印本,第777页。

⑤ (明)兰陵笑笑生《金瓶梅词话》,第七十七回,第1045页。

⑥ (明)兰陵笑笑生《金瓶梅词话》,第七十七回,第1057页。

⑦ (明)兰陵笑笑生《金瓶梅词话》,第七十五回,第1018页。

我不问他,擅自就问汉子讨了。我是使的奴才丫头? 没不往你屋里与你磕头去?"①二人后来被孟玉楼劝和了,才不提这皮袄。李瓶儿死后,其财物已归月娘掌管;金莲料定月娘必不肯将皮袄让给她,于是绕开月娘而向西门庆讨要皮袄。这便威胁到了月娘的权威,何况月娘也打着算盘要独占这件皮袄,不想金莲的算盘打得比她更快。但是,作为正室的月娘岂能善罢甘休。

紧接着第七十八回又是元宵佳节,月娘邀请何千户娘子蓝氏等众官娘子到家赏花灯,蓝氏"身穿大红通袖五彩妆花四兽麒麟袍儿,系着金镶碧玉带,下衬着花锦蓝裙"②,夜深返家时,"蓝氏穿着大红遍地金貂鼠皮袄,翠蓝遍地金裙;林太太是白绫袄儿,貂鼠披风③,大红裙"④。小说中以西门庆偷觑的视角来写蓝氏的穿戴,虽然不提月娘,但实际上月娘已然眼红,难免又勾起她的心病来:

> 到半夜,月娘做了一梦,天明告诉西门庆说道:"敢是我白日看见他王太太穿着大红绒袍儿⑤,我黑夜就梦见你李大姐箱子内寻出一件大红绒袍儿,与我穿在身,被潘六姐匹手夺了去,披在他身上。教我就恼了,说道:他的皮袄你要的去穿了罢了,这件袍儿你又来夺! 他使性儿把袍儿上身扯了一道大口子,吃我大嗓喝,和他骂嚷。嚷嚷着就醒了,不想都是南柯一梦。"西门庆道:"你从睡梦中只顾气骂不止。不打紧,我到明日,替你寻一件穿就是了。自古梦是心头想。"⑥

至此,月娘也耍了点手段,不好直说自己不忿金莲抢去了皮袄,却说自己做了个梦,梦里金莲又来抢袍子。最后也还是和潘金莲一样恃西门之宠满足私愿,皮袄一事至此才"寿终正寝"。

综观上文,皮袄本身并非直接挑起人物之间冲突的焦点物象,不足以构成一个独立完整的(主导)情节单元;即便在月娘与金莲对峙的情节中,皮袄也不过是月娘的借题发挥而已,夹在一长段琐碎的谩骂中;然而,它在叙事连续性层面却有着妙不可言的作用。**正是通过对皮袄"藕断丝连"式的叙述,或由叙述者正面直叙,或由人物的话语侧面捎带出,形成了一种密不透风、严**

---

① (明)兰陵笑笑生《金瓶梅词话》,第七十六回,第1041页。
② (明)兰陵笑笑生《金瓶梅词话》,第七十八回,第1094页。
③ 词话本原作"貂鼠披",陶慕宁注本参酌绣像本增补为"貂鼠披风"。
④ (明)兰陵笑笑生《金瓶梅词话》,第七十八回,第1095页。
⑤ 此处或为小说家笔误,据第七十八回所述为蓝氏着红袍子;或为吴月娘梦中之言,本不求前后一致。
⑥ (明)兰陵笑笑生《金瓶梅词话》,第七十九回,第1098页。

丝合缝的叙事风格。

《金瓶梅》中的皮袄勾连起小说第十五回、二十四回、四十六回和七十四至七十九回这四个段落,比较集中地分布在第七十四至第七十九回中。相关的情节跨度较大,叙事结构上也比较松散,对读者的记忆力是一个很大的挑战。这大概与《金瓶梅》的成书过程与传播形式密切相关。据《金瓶梅》早期读者的记载,这部书最早以抄本形式流传,有半部与全本之分。袁宏道所借的董其昌藏本唯有前半部,袁中道后来从麻城刘承禧处借得全本,该全本又为他人所抄并流入书坊刊行出来。① 前半部抄本的流传,"这个事实不由得使人想到,是否《金瓶梅》的作者也如同《石头记》的作者一样在自己的作品刚完成一半时,便公诸其友辈之间。这一点并不一定就是意指金瓶梅在万历卅五年尚在写作中(虽然也没有绝对的不可能),因为有可能金瓶梅的此一部分被钞了又钞,自成一体的存在了"②。也就是说,《金瓶梅》有可能是写到一半就流传出来,也有可能是完成全书之后才被传抄,但由于各人所藏抄本来源不同,也就有半部与全本之别。因此,《金瓶梅》是基本写完了(半部或全部)才流传出去,被读者所阅读的,这就意味着作者在创作时,可能不曾考虑、也可能根本不在意读者对散漫的连续性情节的阅读感受以及可能存在的接受上的困难。

《红楼梦》的创作与流传过程,则与《金瓶梅》不一样,很可能是随写随抄,即写完一部分就在小圈子里流传开,脂砚斋、畸笏叟等人参与评点并反馈给作者,曹雪芹可能会参考友朋的意见进行修改,"秦可卿淫丧天香楼"一节被删即是明证。在这样的创作环境中,作者会更多地考虑到读者的阅读感受。就情节结构而言,《金瓶梅》的情节性并不是很强,两个情节单元之间往往没有明显的分界点,而呈现出连绵起伏、犬牙交错、错综交织的状态;线索物象如皮袄便跨越了不同的情节单元。这一风格继而为《红楼梦》所借鉴,但却得到了吐故纳新的发挥。相比之下,《红楼梦》的情节结构则更为紧凑明朗,每个情节单元相对独立;尤其是对回目的经营,也起到了调节、收束叙事的作用。

曹雪芹对物象的安排经营,可谓用心良苦。这一点也可以从回目的设计上看出。《金瓶梅》的回目中极少出现物象,偶或用之,则多出于补完事件信息的考虑,例如第七十四回回目"宋御史索求八仙鼎 吴月娘听宣黄氏卷"。上文所涉及的第三十一回失壶情节,回目作"琴童藏壶觑玉箫 西门庆开宴

---

① [美]韩南著,王秋桂等译《〈金瓶梅〉的版本及其他》,载《韩南中国小说论集》,北京:北京大学,2008 年,第 215 页。

② [美]韩南《〈金瓶梅〉的版本及其他》,载《韩南中国小说论集》,第 209 页。

吃喜酒",第四十四回失金情节,回目作"吴月娘留宿李桂姐　西门庆醉拶夏花儿",前者上下句字数不一,后者根本不提及失金一节。《红楼梦》的双句回目,对仗更加严格,也更富于诗意。不少回目引入物象来满足对仗需求,比如第二十八回"蒋玉菡情赠茜香罗　薛宝钗羞笼红麝串"、第三十一回"撕扇子作千金一笑　因麒麟伏白首双星"、第三十五回"白玉钏亲尝莲叶羹　黄金莺巧结梅花络"、第五十二回"俏平儿情掩虾须镯　勇晴雯病补雀金裘"、第六十回"茉莉粉替去蔷薇硝　玫瑰露引来茯苓霜"、第七十三回"痴丫头误拾绣春囊　懦小姐不问累金凤"等。

　　回目的对仗句式又决定了叙事的对称特征。然而,就上面所举诸例而言,并不严格符合这一特征。比如第二十八回,就篇幅而言,前三分之一所叙为宝黛情事,蒋玉菡赠巾一节曾不及三分之一,但回目却以赠巾来总括前半段情节,很可能是出于讲究对仗的需要。然而,"茜香罗"与"红麝串"从颜色上讲,也并不完全符合对仗要求。张爱玲曾考证,"直到一七五四年(乾隆甲戌,十九年)前的百回《红楼梦》,此回蒋玉菡的汗巾还是绿色的,明义《题红楼梦》诗中称为'绿云绡'。一七五四本始有'茜香罗'这名色——茜草是大红的染料。此回回目'蒋玉菡情赠茜香罗　薛宝钗羞笼红麝串',是一七五四本新改的,回内也修改了两次换系汗巾的颜色。一七五四前的回目想是'情赠绿云绡',对'红麝串'更工整"①。如果此说成立的话,我们可以由此看出曹雪芹在物象描写上的推敲用心。茜香罗是千里放长线的线索物象,预伏了后文袭人嫁蒋玉菡的结局。

　　按照茜香罗的设置逻辑可以推测,第三十一回的"麒麟"或许应该预伏湘云与宝玉的姻缘,然而,这显然又有悖于曲子中所透露的湘云的命运以及宝钗嫁宝玉的结局。第三十一回回目的"因麒麟伏白首双星"一语,红学界曾有过多种猜想和论证,但迄今仍未有公认的说法。俞平伯最早提出这个问题,并认为应当如此理解麒麟之设:"湘云不嫁宝玉,而却借金麒麟作媒介。"②所谓"媒介",是针对湘云与卫若兰的姻缘而言。顾颉刚则以为,金麒麟未必要坐实,"曹雪芹要写出黛玉的嫉妒,所以借这个'小物'引起一篇极深挚的宝黛言情文字",而"补作的人泥于金麒麟的一物,不恤翻了曲子的

①　张爱玲《红楼梦魇》,北京:北京十月文艺出版社,2012 年,第 313 页。张爱玲的这一推测,完全基于明义的诗句,没有其他的旁证,聊备一说。富察明义《题〈红楼梦〉绝句二十首》为组诗,吴恩裕认为写作时间在乾隆二十三年(1758)左右,而且明义与曹雪芹可能有过直接的交往。其中一首当为题袭人,云:"红罗绣缬束纤腰,一夜春眠魂梦娇。晓起自惊还自笑,被他偷换绿云绡。"参见一粟编《古典文学研究资料汇编:红楼梦卷》(全 2 册),北京:中华书局,1963 年,第 1 册,第 11 页。
②　俞平伯《八十回后底〈红楼梦〉》,载《红楼梦辨》,北京:商务印书馆,2010 年,第 162 页。

案,这是他的不善续"。① 显然,顾颉刚的解释不能令俞平伯感到满意。不仅红学家们对此倍感费解,清代的续书作者们也因此很头疼,对湘云结局的不同安排彰显出续作者对麒麟这一物象功能的不同理解。据俞平伯考证,《红楼梦》八十回之后的续书,原本不止一种,后来都亡佚了,只剩下如今这一种百二十回本。俞平伯通过戚序本(有正本)的批语,推测评点者曾读过另一种八十回后的续书,而这种续书已经亡佚,只能从批语所透露的片语只言去推测佚本续书中的相关情节。至于湘云的结局,有正本批语中有两条写得最明白:

> 金玉姻缘已定,又写一金麒麟,是间色法。(第三十一回眉批)

> 后数十回,若兰在射圃所佩之麒麟,正此麒麟也。提纲伏于此回中,所谓草蛇灰线在千里之外。(第三十一回总评)②

俞平伯据此推测,亡佚的续书中"湘云夫名若兰,也有个金麒麟,或即是宝玉所失,湘云拾得的那个麒麟,在射圃里佩着。[……]似乎宝玉底麒麟,不知怎样会辗转到了若兰底手中,仿佛蒋琪官底汗巾,到了袭人底腰间一样。所以回目上说'因''伏',评语说,'草蛇灰线千里之外'。不然,如宝湘因麒麟而配合,这是很明显的,说'因'则可,似乎用不着'伏'字"③。值得一提的是,俞平伯的推测是建立在戚序本的批语基础之上的,当时诸如己卯本等早期抄本尚未被发现,而实际上上文这两条批语在己卯本中就已经有了。据冯其庸考证,己卯本即怡府抄本,"乾隆己卯即乾隆二十四年的时候,《石头记》尚未风行于世,在己卯之前,也还只有一个甲戌本④,所以它的底本除曹雪芹原稿外,外间过录本恐还很少甚至没有,所以己卯本的底本来源于曹雪芹或曹頫这个揣测并不是毫无根据的"⑤。如果这一推论成立的话,那么,己卯本的批语极有可能是脂砚斋针对曹雪芹的原稿而作,而非如俞平伯所言乃针对续书而作。当然,还有一种可能,即俞平伯所谓续书就是曹雪芹早期的八十回内或八十回后的内容,但后来亡佚了,只剩下这八十回。张爱玲就直接将

---

① 转引自俞平伯《八十回后底〈红楼梦〉》,载《红楼梦辨》,第 164、165 页。

② [法]陈庆浩编著《新编石头记脂砚斋评语辑校》(增订本),北京:中国友谊出版公司,1987年,第 525 页。

③ 俞平伯《后三十回的〈红楼梦〉》,载《红楼梦辨》,第 207 页。

④ 更准确地说,应称作"一七五四年本",即曹雪芹修订本,以区分于以"甲戌"命名。实则晚于 1754 年的过录本。

⑤ 冯其庸《石头记脂本研究》,北京:人民文学出版社,1998 年,第 4 页。

批语所揭示的湘云与若兰的姻缘等情节,视为曹雪芹八十回早期稿本中的一部分,而后曹雪芹批阅增删进行了修改:"显然早本有个时期写宝玉湘云同偕白首,后来结局改了,于是第三十一回回目改为'撕扇子公子追欢笑,拾麒麟侍儿论阴阳'(全抄本),但是不惬意,结果还是把原来的一副回目保留了下来,后来添写射圃一节,使麒麟的预兆指向卫若兰,而忽略了若兰湘云并未白头到老,仍旧与'白首双星'回目不合。脂批讳言改写,对早本不认账,此处并且一再代为掩饰。"①也就是说,张爱玲将麒麟设置上的矛盾还原为曹雪芹在历时性修改工作中留下的一个疏漏。这个结论固然富于雄辩的想象力,但仍缺乏实在的证据。

以上红学家们不乏想象力的考证,为我们理解麒麟这一物象在小说中的作用提供了绝佳的范例。**一个小小的麒麟,虽未至牵一发而动全身,但却完全足以影响对人物命运、结局的解读和对续书情节的安排。**在俞平伯考证的另外一种八十回后续书"旧时真本"中,就将三十一回回目的"因麒麟伏白首双星"这一句坐实了,最终"宝钗亦早卒;宝玉无以作家,至沦于击柝之流;史湘云则为乞丐,后乃与宝玉仍成夫妇"②。麒麟这一物象之所以引起诸多红学家的注意并被当作重要线索而引入版本考证的范畴,究其缘由,乃基于这些前提和判断:曹雪芹无闲笔;麒麟和茜香罗一样,是"草蛇灰线"安排下的线索性物象,用于勾连前后文;回目对叙事起预示安排、提纲挈领的作用,麒麟出现在回目中,必然会干预并影响后文情节安排和人物命运。无论是续书者对八十回后的安排,还是红学家们前仆后继的推测和考证,都无疑在加强这些基本的判断,即线索性物象的功能。这是续书作者和红学家们基本的共识,主要的分歧在于这一物象所勾连的人物到底是湘云和宝玉,还是湘云和若兰。据上文考证看来,以后说为上。

从小说文本自身的逻辑来看,起码可以推出与前说(宝玉与湘云结合)相反的结论。上文论及曹雪芹写作《红楼梦》,往往以才子佳人小说作为对话(或批驳、矫正)的对象。除了以叙述者身份直接声讨之外,曹雪芹还经常借人物之口发表见解,最具代表性的是贾母对才子佳人小说的批驳。贾母不允许女先生讲才子佳人故事,年轻的女性们自然也没有机会接触这一类故事。唯一有特权的是贾宝玉。第二十三回宝玉搬入园中将近一年,小说比较委婉地叙及宝玉情欲的萌发,茗烟从外面书坊"把那古今小说并那飞燕、合德、武则天、杨贵妃的外传与那传奇角本买了许多来,引宝玉看"③,但又不许

---

① 张爱玲《红楼梦魇》,第268页。
② 蒋瑞藻编,汪竹虚标校《小说考证》,上海:上海古籍出版社,1984年,第207页。
③ (清)曹雪芹、高鹗《红楼梦》,第二十三回,第314页。

宝玉带入园内。后来宝玉在沁芳闸桥边桃花底下偷看《西厢记》,被黛玉发现了,遂与黛玉同看。第三十二回中黛玉对麒麟的猜疑与警惕,与她所看过的才子佳人小说不无关系:

> 原来林黛玉知道史湘云在这里,宝玉又赶来,一定说麒麟的原故。因此心下忖度着,近日宝玉弄来的外传野史,**多半才子佳人都因小巧玩物上撮合**,或有鸳鸯,或有凤凰,或玉环金佩,或鲛帕鸾绦,**皆由小物而遂终身**。今忽见宝玉亦有麒麟,便恐借此生隙,同史湘云也做出那些风流佳事来。因而悄悄走来,见机行事,以察二人之意。①

结合二人共读《西厢记》的描写可以推测,黛玉应该还从宝玉那里读到过不少世面上流行的才子佳人小说。当然,这也不过是小说家借人物发言的方便法门而已。若就此处而论,既然已借黛玉心理挑明才子佳人的套路,那么以曹雪芹的文学抱负,似不肯轻易落入窠臼,亦不会如此轻巧地用“麒麟”来成全湘云与宝玉。不过,这也只能止于推测而已。

抄本系统中还有一处批语,透露出线索物象之于叙事的影响。第二十一回大姐儿出天花,凤姐因要供奉痘疹娘娘,让贾琏搬出到外书房斋戒;贾琏不惯独寝,便与多姑娘搭上了。大姐毒尽癜回,贾琏仍复搬进卧室。平儿收拾外书房的铺盖,竟在枕套中抖出一绺头发来。平儿本想以此为把柄,拿住他的软肋。没想到贾琏趁平儿不防,抢了过来,塞到了靴掖里。戚序本和王府本第二十一回中,此处均有批语云:“设使平儿收了,再不致泄漏。故仍用贾琏抢回,后文遗失,方能穿插过脉也。”②揣度批者之语,后文当有遗失的情节,但今本八十回中及后四十回中完全无此一节。俞平伯以为,“第二十一回注说,贾琏后来又失发这件事,因而引起风波,高本没有此文。想后来必因此大闹,贾琏对于凤姐十分酷虐”,“琏凤夫妇,将来必至于决裂”,“凤姐后来,是被休弃返金陵的”,与册子中“一从二令三人木”(拆字法“休”字)、“哭向金陵事更哀”(第五回)等语相呼应。③ 如果这一批语可靠的话,那么,这一绺头发可谓“伏线千里”,它的得与失,关系到琏凤二人的感情,也关系到王熙凤的结局,后四十回中有关凤姐及琏凤关系的段落便要重写,真可谓“牵一发而动全身”了。

《红楼梦》原作之不完整,使得有关“金麒麟”的叙述成为难解之谜。红

---

① (清)曹雪芹、高鹗《红楼梦》,第三十二回,第433页。
② [法]陈庆浩编著《新编石头记脂砚斋评语辑校》(增订本),第404页。
③ 俞平伯《后三十回的〈红楼梦〉》,《红楼梦辨》,第209页。

学家们将金麒麟之设视为"千里伏线"的典型例证,并由金麒麟的象征含义推测原作八十回后的人物命运和结局。**无论这种推测是否站得住脚,这一思路本身很值得玩味。红学家对原作结局的逆向推测,坐实并强化了线索物象在不同情节单元之间的连贯、衔接之作用。**出现在小说第三十一回中的线索物象,将会影响甚至决定小说八十回后的情节设置和人物命运的走向;后文的情节通过这一线索物象与前文的情节暗中衔接并遥相呼应。

综上所述,线索物象与焦点物象并非截然对立,对此二者的区分,乃针对其所发挥的功能的主导面而言。线索物象如果在叙事过程的某个环节中又起到制造叙事矛盾的作用,那么它在那个叙事环节中就同时又是焦点物象。相反,焦点物象则很难同时成为线索物象。毕竟,焦点物象与节点性情节相呼应,构成情节过程中的关键性节点;线索物象与连续性情节相对应,尤其对线性叙事结构贡献颇多。

第四章　物象与叙述形式

物象不仅参与对日常叙事情节形态的宏观建构,而且还参与对其叙事纹理的微观编织。物象之所以有别于现实生活中的物质,乃在于它的本质仍是文学的虚构。小说中的物象,总是经由某种叙述行为呈现给读者。反过来,呈现物象的特定的叙述形式,也决定了物象参与叙述过程的程度及其所起的作用。

叙述行为的方式是多样的,热奈特曾将小说叙述行为分为四种基本形式——省叙、概要、场景、停顿。他认为,正是这四种叙述形式的交织运用,构成了完整的叙述行为。这四种叙述行为的划分乃基于故事时间(所叙故事中事件时间的长短)与叙事时间(在叙事文本中所占篇幅的长短)的不同关系类型,即叙事时距的类型。①

在四种叙述形式中,就中国古代小说的情况而言,概要和场景在构筑情节方面的功能无疑是最突出的,正如论者所说的,"中国古代小说的故事情节就是通过概要和场景采用不同的组合方式来实现的",而且两者相较而言,"场景才是中国古代小说最主要的情节表达形态,概要则可以是连接不同场景的过渡手段"。② 就明清世情小说物象的叙述形式而言,除了概要与场景之外,停顿也是重要的叙述方式。

第一节　"场景"中的物象

"场景"是一种以特定时空中的人物活动为内容的叙述形式,也是叙事性作品情节的基本单位。就中国传统的小说场景而言,"它是景物、人物、情节三者相结合,构成一个具有相对独立性的生活片段"③,由"空间""出场人

---

① "省叙"和"概要",指"叙事时间<故事时间";"场景"即"叙述时间=故事时间","停顿"意味着"叙述时间>故事时间",参见[法]热拉尔·热奈特著,王文融译《叙事话语　新叙事话语》,北京:中国社会科学出版社,1990年,第59页。

② 黄霖、李桂奎、韩晓等《中国古代小说叙事三维论》,上海:上海书店出版社,2009年,第260页。

③ 黄霖、杨红彬《明代小说》,合肥:安徽教育出版社,2001年,第218页。

物""人物活动"三要素①共同构成。"空间"是构成场景的决定性要素,因此,场景也被视为"空间叙事的基本单位","更多地具有视觉的空间特点,即共时性"。②

小说物象虽然不是场景的必要构成要素,但却又几乎无所不在地参与到场景叙述中,有时候是空间背景的一部分,有时候也介入人物活动。下文将聚焦此类参与场景叙述的物象,并探讨其与人物、场景的关联。

一、"象征物象"与场景的双重意义

作为世情小说的开山之作,《金瓶梅》对物象的呈现方式兼具开创与典范意义。场景中的物象与事件、人物、空间相交织,其意义生成受制于事件、人物、空间等共同构成场景的要素及其性质,反过来物象也可以起到标记、暗示、象征场景中的事件、人物的作用。

在《金瓶梅》中,除了社会公共生活之外,西门庆的私生活,占据了主要叙事段落。对西门庆私生活的描写,基本出以写实手法。其中,西门庆的猎艳场景,是《金瓶梅》中反复出现的场景。十分有趣的是,在西门庆沾花惹草的场景叙述中,读者可能会留意到一个看似微不足道但却饶有深味的暧昧物象——眼纱。如同猎人出猎需要准备防护用具一样,西门庆的猎艳之旅亦需要一整套装备。他的房中秘具固然炫人耳目,但出行设备却较为低调,尤其是眼纱。③

综观《金瓶梅》全书,除了写文嫂、孙雪娥等不甚重要的女性角色外出戴眼纱之外,仅西门庆一人戴眼纱的细节便提及了十多次:第四、六回各出现一次,写西门庆从潘金莲处回到家中;第十六回一次,写西门庆从狮子街李瓶儿处(彼时西门庆尚未迎娶李瓶儿)返家;第三十七回出现三次,第三十八回、第四十七回、第五十回各出现一次,都是在写西门庆前往牛皮巷(韩道国之妻)王六儿处时提及;第六十九回出现两次、七十八回一次,均为描写西门庆往王招宣府中秘密会见林太太④;第七十七回一次,写西门庆到郑爱月儿处。

───────────

① 吴飞鹏《"三言"场景研究》,北京大学中文系硕士学位论文,2017年,第3页。

② 黄霖、李桂奎、韩晓等《中国古代小说叙事三维论》,第256、258页。

③ 韩晓《释"眼纱"话〈金瓶〉》(《中国典籍与文化》2007年第1期,第114—119页)一文,梳理了眼纱的历史由来,并对眼纱在《金瓶梅》中的使用情况和功能进行了分析和总结。很遗憾的是,笔者在2015年撰写博士学位论文的时候,未能及时留意到该文并加以参考。照理,该问题既有前人之论,此处宜加删减,但是考虑到笔者的相关论述与韩文既有重叠也有参差,因此,或可仍其旧,以便读者两相参阅。

④ "约会的时刻到了,作者非常得体地让西门庆戴上他早先在夜半出游时经常戴用的眼纱出了门",参见[美]浦安迪《明代小说四大奇书》,第75页。

眼纱,又称眼罩。明人张一中《尺牍争奇》卷二收王世茂《与张不偏》书信中有"恐襥襻子不耐风日"之语,并有双行小字注解"襥襻子"曰:"襥襻,笠子也,以布绢为襜,戴之以蔽日色,即今之眼罩。"①又明人张自烈(1597—1674)《正字通》中"帽"字条下有更为详细的解释:

> 席帽,今俗用纱绢缝成如帽,前幅长,后无幅,加于巾上,以蔽沙日;或圆圈如□形,周围加布绢伞檐,与席帽相似,则士庶皆服之,非如宋之席帽、裁帽分两等也[……]又新唐志,妇人施幂罗以蔽身,永徽中始用帷帽,施裙及颈。中宗后,无复用羃䍦者。宋又有衫帽,士大夫于马上披凉衫,妇女步通衢以方幅紫罗障蔽半身,犹唐之帷帽、羃䍦也。即今所用帽檐眼罩也。②

依照《正字通》里的解释,眼罩由帷帽发展而来,即帽檐四周用绢、纱等材质的布料围住以遮风挡日。

王世贞(1526—1590)《弇州四部稿》中有诗《戏为眼罩作一绝》曰:"短短一尺绢,占断长安色。为何眼底人,对面不相识。"③由此可见,眼罩除了可以起到防沙蔽日之用,同时也可能如王世贞所言会影响视觉判断,但是从被观看者的角度而言,眼罩或还可以起到掩人耳目的作用。《金瓶梅》中西门庆使用眼罩的情景与眼纱更为实用的功用没有太大的关系,而与其避人耳目之用更为密切。

仔细分析眼纱在《金瓶梅》中出现的场景及其在小说中的分布情况,我们将会有一个有趣的发现,即眼纱的出现无不与西门庆在家庭之外的猎艳场景有关,并且与这一场景的隐秘性相呼应。在第四、六回中与在第十六回中,西门庆尚未迎娶潘金莲和李瓶儿,故此二人亦属于其在家庭之外的猎艳对象。尤为有趣者在于,从第二到第六回,西门庆不止两次往返于潘金莲处(或王婆处),第二回两天之内便往返了好几趟,但眼罩这一物象却只在第四、六回各出现了一次。如果我们读得更仔细一点,便不难发现,第二回中西门庆虽然往返了几趟,但却并未得手。眼纱这一物象在这两处的缺省是有意味的,正好可以验证其作为象征性物象的作用。"象征"之所以有别于"隐

---

① (明)张一中辑《尺牍争奇》,《四库未收书辑刊》,北京:北京出版社,1997 年影印本,第 10 辑,第 30 册,卷二,第 212 页。

② (明)张自烈《正字通》寅集"巾部",《四库全书存目丛书》,济南:齐鲁书社,1997 年,据清康熙刻本影印,经部,第 197 册,第 464 页,下栏。

③ (明)王世贞《弇州四部稿》,《景印文渊阁四库全书》,台北:台湾商务印书馆,1983 年影印本,集部第 218 册(总第 1279 册),卷四十五,第 567 页。

喻",正在于其"具有重复与持续的意义"①,我们将看到,**作为象征之用的眼纱,正是"重复""持续"地在文本中出现**。或许,更为细心的读者会发现,西门庆与李瓶儿私通之时,作者亦未提及眼纱,那是由于西门庆是夜乃逾墙而过。从这诸多的细节可以发现,作者对于眼纱的提及并非偶或为之,而的确有深意存焉。② 值得注意的是,如果我们进一步观察这几位女性的身份,便不难发现,她们均为有夫之妇。西门庆所谋求的有夫之妇亦不止此几位,此前如来旺儿媳妇宋惠莲,之后如伙计贲四媳妇贲四娘子,又如李瓶儿房内官哥儿的奶娘如意儿等人均为有夫之妇,然而,她们都是西门庆的仆人,且身居西门宅内,为西门庆的猎艳提供了某种便利;而眼纱这一物象所牵连到的这几位,诸如潘金莲、李瓶儿、王六儿以及林太太,则均为西门宅邸之外的有夫之妇。与此相对照的是,作者在叙及西门庆往行院勾栏中的诸多场合中,仅第七十七回雪天到勾栏寻郑爱月儿时提及一次眼纱:

> 西门庆陪二舅在房中吃了三杯,分付:"二舅,你晚夕在此上宿,自在用,我家去罢。"于是带上眼纱,骑马,玳安、琴童跟随,径进构拦往郑爱月儿家来。转过东街口,只见天上纷纷扬扬,飘下一天瑞雪来。③

此前西门庆与李桂姐来往时从未提及眼纱,独与郑爱月儿来往时提及。这或许与本书下文(第五章)将论及之郑爱月儿这一人物的特殊性相照应。也就是说,无论在作者还是在小说中的人物看来,狎妓并不是一件需要遮遮掩掩的事情,从道德上讲,亦不会引来致命的非难;然而,玩弄有夫之妇,则属另一回事。眼纱这一细微物象在小说中与西门庆猎取有夫之妇的叙事场景若合符契,这不能说完全出于无意的巧合。

《金瓶梅》的叙事风格整体以写实为主,富于象征意味的情节并不多。就物象描写而言,也以写实为最。《金瓶梅》中至为露骨的象征笔法,集中出现在第四十九回对胡僧饮馔的描写中。但是,这一部分也只是游戏之笔,并无太多深意。然而,有关眼纱、眼罩的描写,则与特定场景的叙述相始终,也

---

① 　[美]雷·韦勒克、奥·沃伦著,刘象愚、邢培明、陈圣生等译《文学理论》,北京:生活·读书·新知三联书店,1984 年,第 204 页。

② 　类似的描写,在外国小说中亦可见到。《包法利夫人》中爱玛与罗道耳弗骑马外出时用蓝纱巾,以及与莱昂在鲁昂约会时用黑纱巾。此外,穆齐尔小说《没有个性的人》中,面纱的功用与西门庆的眼罩相似,面纱出现的场景,亦带有《金瓶梅》中的暧昧与象征意味。小说叙有夫之妇博娜黛娴每次与乌尔里希幽会都要戴上面纱,参见[奥]罗伯特·穆齐尔著,张荣昌译《没有个性的人》,北京:作家出版社,2000 年,第 128、144、669、674、721 页。

③ 　(明)兰陵笑笑生《金瓶梅词话》,第七十七回,第 1055 页。

富于象征意义。结合眼纱的实际功用,这一物象在小说中起码有三个层面的意义:一、它与情节设置相统一,作者利用了其掩人耳目的功能,将其嵌入具有私密性甚至不可告人的叙事场景中,赋予其特定的象征功能;二、眼纱的运用,与人物的心境相符合,透露出西门庆内心深处的顾忌与遮掩,同时也能看出此人谨慎小心的一面;三、这一物象是作者"春秋笔法"的体现,寄寓了一种道德上的微词。在其他的章节里,我们能读到叙述者更为直接、有力的道德上的讨伐,实际上,这种物象的运用可以理解成一种全知叙述者的声音。

《金瓶梅》中眼纱的象征、讽喻功能,基本处于隐而未显的朦胧状态,需要读者通过综合细读来把握其言外之意。同时,这一物象的讽喻功能,并不是从它的物理属性中衍生而得,而是经由与特定场景叙述的结合才被激发出来的。

曹雪芹对这一点可谓心领神会,同时也将其发挥到出神入化的境地。《红楼梦》第六十五回叙贾珍、贾蓉父子聚麀,后来贾琏也加入进来,偷娶了尤二姐,在荣府之外买房置产。尤三姐遂随二姐离了宁府,迁入新居。贾珍对这朵刺手的玫瑰垂涎已久,热孝方除,旧情复萌,于是:

> 先命小厮去打听贾琏在与不在,小厮回来说不在。贾珍欢喜[……]只留两个心腹小童**牵马**。一时,到了新房,已是掌灯时分,悄悄入去。两个小厮将马拴在圈内,自往下房去听候。[……]
>
> 尤二姐**知局**,便邀他母亲说:"我怪怕的,妈同我到那边走走来。"尤老也**会意**,便真个同他出来,只剩小丫头们。贾珍便和三姐挨肩擦脸,百般轻薄起来。[……]
>
> 四人正吃的高兴,忽听扣门之声,鲍二家的忙出来开门,看见是贾琏**下马**,问有事无事。鲍二女人便悄悄告他说:"大爷在这里西院里呢。"贾琏听了,便回至卧房。只见尤二姐和他母亲都在房中,见他来了,二人面上便有些讪讪的。[……]
>
> 贾琏的心腹小童隆儿**拴马去**,见已有了一匹马,细瞧一瞧,知是贾珍的,心下**会意**,也来厨下。只见喜儿寿儿两个正在那里坐着吃酒,见他来了,也都**会意**,故笑道:"你这会子来的巧。我们因赶不上爷的马,恐怕犯夜,往这里来借宿一宵的。"隆儿便笑道:"有的是炕,只管睡。[……]"喜儿便说:"我们吃多了,你来吃一钟。"隆儿才坐下,端起杯来,忽听**马棚内闹将**起来。原来**二马同槽**,不能相容,互相蹶踢起来。隆儿等**慌的**忙放下酒杯,出来喝马[……]

尤二姐听见马闹,心下便不自安,只管用言语混乱贾琏。那贾琏吃了几杯,春兴发作,便命收了酒果,掩门宽衣。①

这一段由交织在一起的两条叙事线索、两种场景构成:一是贾珍、贾琏与尤三姐的暧昧情事及其场景,二是仆从拴马的情节与马厩里二马同槽、彼此不容而争闹的场景。贾珍、贾琏兄弟本不避聚麀之诮,但自从贾琏娶了尤二姐以后,贾珍、贾琏兄弟又添一层连襟的关系,而贾琏成了尤三姐的姐夫,更兼碍于二姐之面,聚麀不复可行。**叙贾珍来访,依次写尤二姐"知局"、尤老娘"会意"、贾琏的心腹小童隆儿见贾珍之马"会意"、喜儿寿儿见隆儿进来"也都会意"**,诸人的沉默和"体谅"中,酝酿着一种秘而不宣的暧昧气氛。所有人都十分配合地演着这出哑剧,装作什么也没看到,什么也没听到。赤裸的皇帝本可以大摇大摆地从人群中走过,可是,贾珍与贾琏的坐骑们却偏不同意。贾珍的马先到,贾琏的马后到,二马同槽,"不能相容,互相蹶踢起来";先是慌了贾琏的小厮,后来尤二姐听见马闹也心慌起来,那场景令人想起"无使尨也吠"的暧昧与尴尬。

马是写实物象;由写实物象构成的二马同槽互不相容的场景,也是写实场景。然而,当二马同槽的场景与贾珍、贾琏同尤三姐的暧昧场景并置在一起的时候,二马同槽的场景所隐含的象征与讽喻的含义便被激发出来了。那么,这一场景的象征与讽喻的含义起码有三层:一、二马尚不肯同槽,而贾珍、贾琏却不以聚麀为耻;二、以二马同槽象征贾珍、贾琏聚麀,以二马争闹象征二人因尤三姐而不和;三、二马相争的躁动气氛象征下文贾珍、贾琏二人为尤三姐所戏弄的尴尬。**以贾珍、贾琏之马讽喻二人,将二人之行与牲畜相抗对举,皮里阳秋,褒贬分明。**蒙古王府本回末总评云:"房内兄弟聚麀,棚内两马相闹,小厮与家母饮酒,小姨与姐夫同床。可见有是主必有是奴,有是兄必有是弟,有是姐必有是妹,有是人必有是马。"②从这一细节,我们不难体会到曹雪芹对贾珍、贾琏之行几近刻露的鄙屑与嘲谑,但还是极力克制着,用寥寥数语制造这躁动不安的气氛,让读者们自行去揣摸这背后的意味。恐怕读者们至此必要会心一笑乃至击节叫好。仅凭此一段,曹雪芹便无愧小说巨擘之称。

如上文所述,马作为动物物象,本身并无特定的象征指向,但当它出现在二马同槽的叙事场景中并与贾珍、贾琏的聚麀场景并置时,它所隐含的象征

---

① (清)曹雪芹、高鹗《红楼梦》,第六十五回,第905—907页。
② [法]陈庆浩编著《新编石头记脂砚斋评语辑校》(增订本),第642页。

与讽喻的意味才渐渐浮现出来。① 象征物象诞生于场景之中,通过类比获得象征含义,在动态过程中实现它的功能,这一类可以称作功能实现的象征物象。此外,还有一类功能受阻的象征物象,比如第三十六回"绣鸳鸯梦兆绛芸轩 识分定情悟梨香院"中宝钗绣鸳鸯的段落:

> 宝钗独自行来,顺路进了怡红院,意欲寻宝玉谈讲以解午倦。不想一入院来,鸦雀无闻,一并连两只仙鹤在芭蕉下都睡着了。宝钗便顺着游廊来至房中,只见外间床上横三竖四,都是丫头们睡觉。转过十锦槅子,来至宝玉的房内。宝玉在床上睡着了,袭人坐在身旁,手里做针线,旁边放着一柄白犀麈。[……]
>
> 说着,一面又瞧他手里的针线,原来是个白绫红里的兜肚,上面扎着鸳鸯戏莲的花样,红莲绿叶,五色鸳鸯。[……]宝钗只顾看着活计,便不留心,一蹲身,刚刚的也坐在袭人方才坐的所在,因又见那活计实在可爱,不由的拿起针来,替他代刺。
>
> 不想林黛玉因遇见史湘云约他来与袭人道喜,二人来至院中,见静悄悄的,湘云便转身先到厢房里去找袭人。林黛玉却来至窗外,隔着纱窗往里一看,只见宝玉穿着银红纱衫子,随便睡着在床上,宝钗坐在身旁做针线,旁边放着蝇帚子。
>
> 林黛玉见了这个景儿,连忙把身子一藏,手握着嘴不敢笑出来,招手儿叫湘云。②

在这一叙事片段中,曹雪芹大量吸收了诗歌的意象与场景,对叙事场景进行抒情化的尝试。"两只仙鹤"、一对"鸳鸯",都是富于明确象征意味的物象。这一类物象就其本身特征或文化含义而言,已经蕴含了象征的可能,并无须借助于特定的叙事场景。宝钗接过袭人正在绣的鸳鸯戏莲的"满池娇"图案、为宝玉绣肚兜之举,是对"金玉良缘"的回应。林黛玉隔着纱窗所见的场景,也再度确证了"鸳鸯"的象征意味。

然而,曹雪芹并不愿事情变得如此简单:"这里宝钗只刚做了两三个花

① 马作为性欲的象征,亦见诸外国小说。纳博科夫留意到,在《包法利夫人》中,马是一个不容忽视的主题,甚至于"如果挑出《包法利夫人》中写到马的段落,放在一起,我们就能得到这部小说的一个完整的故事梗概。在本书的浪漫故事中,马奇怪地扮演着一个重要角色"([美]弗拉基米尔·纳博科夫著,丁骏、王建开译《俄罗斯文学讲稿》,上海:上海译文出版社,2018 年,第 196 页)。关于该书中马的具体象征意味,参见兰守亭《〈包法利夫人〉中马的象征解读》,《长春大学学报》2009 年第 5 期,第 57—60 页。
② (清)曹雪芹、高鹗《红楼梦》,第三十六回,第 479 页。

瓣，忽见宝玉在梦中喊骂说：'和尚道士的话如何信得？什么是金玉姻缘，我偏说是木石姻缘！'薛宝钗听了这话，不觉怔了。"①宝玉的梦话惊醒了宝钗，也惊散了鸳鸯。"满池娇"所允诺的和美清平的未来图景，瞬间搅乱如一地鸡毛。虽然后四十回成就了"金玉良缘"，但却不能以此反推此处势必要成全一对鸳鸯。曹雪芹没有迎合读者既有的期待，而将传统象征物象通向所指的大道通衢改造成交岔小径，让人物和读者都迷失在分歧的路口。曾在抒情的港湾中优游嬉戏的鸳鸯，却在叙事的土壤中彷徨踟蹰起来。鸳鸯象征意义的复杂化，与第五回《红楼梦曲》中"纵举案齐眉，到底意难平"所揭示的宝玉与宝钗不尽如意的结局相契合。

如果说上文之例仅仅是阻碍了鸳鸯这一传统象征物象向意义层面的顺畅转化，那么"鸳鸯剑"则是对其传统象征意义的背离。第六十六回叙贾琏路遇柳湘莲，为尤三姐作伐牵线；柳湘莲留下祖传的鸳鸯剑作为聘礼，曹雪芹描写那鸳鸯剑："上面龙吞夔护，珠宝晶莹，将靶一掣，里面却是两把合体的。一把上面錾着一'鸳'字，一把上面錾着一'鸯'字，冷飕飕，明亮亮，如两痕秋水一般。"②这是柳湘莲极为珍视的传家之宝。鸳鸯剑的灵感，或许得自干将莫邪，意味着成双成对、不离不弃。然而，好事多磨。柳湘莲因宝玉的一番话而怀疑尤三姐，决定退掉这门亲事；尤三姐料到湘莲之心，羞耻难容，遂将剑并鞘还给柳湘莲，自己以雌锋自刎，斩断了她与柳湘莲的情缘。柳湘莲梦幻之中，仍见尤三姐手持鸳鸯剑向他怨诉。**鸳鸯剑不但没成全鸳鸯侣，反倒葬送了卿卿性命。**尤三姐之死是一出悲剧，所有的一切在距离美满幸福那么近的地方轰然倒塌，悲剧与幸福的结局仅仅一步之遥，而鸳鸯剑所暗示的美满最终也未能兑现。

总而言之，《金瓶梅》和《红楼梦》等世情小说主要采用写实手法，这一叙事风格从根本上决定了象征物象发生作用的方式。如果从象征意义的发生与否及其发生方式来看，象征物象可以分成三种：第一种是物象本身就包含暧昧的象征意味，与特定叙事场景结合而产生象征意义，比如《金瓶梅》中西门庆的眼罩；第二种是物象本身在传统文化语境中并不具备象征意味，但却在特定的叙事场景中或者与特定叙事场景的并置中产生象征意义，例如《红楼梦》中的二马同槽；第三种是物象本身在传统文化语境中具备象征意味，但这一象征意义在具体叙事场景中被消解，以《红楼梦》中的两处鸳鸯为例，一处是象征钗玉婚姻的鸳鸯戏水图案，另一处是象征尤三姐与柳湘莲姻缘的鸳鸯剑，都未能顺畅地实现其在传统文化语境中的象征意义。

---

① （清）曹雪芹、高鹗《红楼梦》，第三十六回，第 479 页。
② （清）曹雪芹、高鹗《红楼梦》，第六十六回，第 920—921 页。

二、"抒情物象"与场景的诗意化

章回小说回目的演变史,同时也是小说叙事的发展史。毛宗岗评本《三国志演义》之后的章回小说,"不仅使用了双句标目,且在情节分划方面也有了新的规则,即每回设置大体对称的两段故事,分别对应两句回目"①。《金瓶梅》的双句标目,基本与每一回情节的两段相对应;但就规范化程度而言,尚且处在过渡阶段,还存在大量字数不一、对仗不工等不尽整饬的现象。就句法结构而言,《金瓶梅》的回目基本为"主谓宾"式,包含完整的事件信息,从未出现纯粹以名词构成的标目。传递完整的事件信息,是《金瓶梅》作者设计回目的一大出发点。《金瓶梅》的标目显示出较强的叙事性,人物和事件是回目中必不可少的要素,其句法结构也具备有序、完整的特征。

《红楼梦》的回目设计,则包含了曹雪芹对叙事情节的诗意提炼。例如第十九回"情切切良宵花解语　意绵绵静日玉生烟"②、第四十九回"琉璃世界白雪红梅　脂粉香娃割腥啖膻"、第五十八回"杏子阴假凤泣虚凰　茜纱窗真情揆痴理","这些回目一如才子书之目,不仅省略了主语,也或省略或模糊或替代了本应有的谓语或宾语。事实上,它们是用诗的形式写成的","通过营造诗意氛围来暗示情节","《红楼梦》回目的创制也与作品整体呈现出来的艺术境界一样,具有诗化的气质"。③

《红楼梦》的诗化气质,不仅体现在回目的设置上,还体现在小说的场景中。如前所述,物象并非场景的必备要素,但《红楼梦》却大量吸收诗性物象以营造场景的诗意。由于阅读是在时间过程中进行的,因此场景也是随着读者的阅读而被依次感受到的,并且最后综合成一个连续的形象集合——幻觉画面。曹雪芹不可能把一幅真实存在且占据一定空间位置的画作搬进它的书稿中,但他却可以在小说中营造一种类似于画面效果的视觉幻象,即幻觉画面。

场景的诗意化,主要包括两种类型,第一种是场景对画境的借鉴与经营,第二种是场景对诗歌意象与意境的吸收和化用。传统绘画与诗歌在造境上有诸多共通之处,对画境的借鉴,往往意味着对诗化意境的营造。一幅画作包含最基本的三个元素:构图、形象、色彩。《红楼梦》第五十回宝琴取梅的段落,曹雪芹将画面元素纳入叙事场景之中:

---

① 李小龙《中国古典小说回目研究》,北京:北京大学出版社,2012 年,第 361 页。
② 庚辰本第十九回本无目,今本补之以戚序本之目。
③ 李小龙《中国古典小说回目研究》,第 282 页。

一看四面粉妆银砌,忽见宝琴披着凫靥裘站在山坡上遥等,身后一个丫鬟抱着一瓶红梅。众人都笑道:"少了两个人,他却在这里等着,也弄梅花去了。"贾母喜的忙笑道:"你们瞧,这山坡上配上他的这个人品,又是这件衣裳,后头又是这梅花,像个什么?"众人都笑道:"就象老太太屋里挂的仇十洲画的《双艳图》。"贾母摇头笑道:"那画的那里有这件衣裳?人也不能这样好!"①

图1　《红楼梦图咏·薛宝琴》

在这一场景中,凫靥裘和红梅这两个物象成为组织人物对话、构成情节片段的核心,同时也是这一场景中最突出的形象要素。宝琴所披的凫靥裘,用野鸭子头上的毛缝制而成,"金翠辉煌",与众人的猩猩红斗篷大不一样。红梅是传统绘画题材,同时又是古典诗歌所常吟咏的对象,是一个充分诗意化的物象。山坡、宝琴的姿态与侍女抱瓶的动作,人物有主次之分,十分契合仕女图的构图;颜色则以白为地,主要人物身披金翠色斗篷,次要人物手捧青瓷红梅,色彩亦十分鲜亮协调。曹雪芹对画面感的经营也有几分自得,连小说中的人物都不禁联想到仇英的仕女图,而贾母却以为此景更胜过图画。第二天雪晴,贾母还不忘嘱咐惜春将这一场景入画:"第一要紧把昨日琴儿和丫头梅花,照模照样,一笔别错,快快添上。"②通过惜春的绘画,宝琴取梅的场景直接转化为大观园画作的一部分。

除了通过作画的情节而将场景纳入画作之外,曹雪芹还以窗框暗示画框,将窗框内外的场景纳入画框中,而画框中所见之景与画框外窥探之景又共同构成一个场景。

大观园各处的窗,不同季节有不同的讲究。冬天玻璃窗外另罩一层纱窗,夏天则只有一层纱窗。由纱窗所框定的场景往往富于诗情画意,同时纱窗这一物象也是充分诗化的。曹雪芹不仅将其写入小说、提炼为回目(第五十八回),还让小说中的人物也将其写入他们的诗歌。纱窗与玻璃窗的材质不同,冬天的玻璃窗是透明的,而夏天的纱窗则隔着一层窗纱,其影影绰绰的视觉效果十分适宜于朦胧浪漫的叙事风格。张爱玲曾指出,俞平伯根据百廿

① (清)曹雪芹、高鹗《红楼梦》,第五十回,第681页。
② (清)曹雪芹、高鹗《红楼梦》,第五十回,第683页。

回抄本校正别的脂本,发现第七十九回有一句抄错为"好影妙事",原文当作"如影纱事",即纱窗后朦胧的人影与情事。张以为,曹雪芹这种地方深得浪漫主义文艺的窍诀。① 小说中写纱窗的场合完全与季节时令相符,多为春夏之间。例如暮春时节的纱窗:"宝玉信步走入,只见湘帘垂地,悄无人声。走至窗前,觉得一缕幽香从碧纱窗中暗暗透出。宝玉便将脸贴在纱窗上,往里看时,耳内忽听得细细的长叹了一声道:'每日家情思睡昏昏。'"②

以纱窗为界,纱窗内外共同构成一个较为完整的场景。潇湘馆中的纱窗起初是碧绿色的,后来年久褪色,贾母令其改用银红色的霞影纱。宝玉来探望之时,尚用碧纱。这一回的回目作"潇湘馆春困发幽情",**林黛玉的幽情隔着一层碧纱窗才得以委婉地表达出来。幽碧暗绿的纱窗,暮春中翁翁郁郁的竹丛,与萦绕在黛玉心中的那份青涩深沉的体验一样,无言清寂中略带点幽怨。**宝玉探黛玉,透过碧纱窗感到的是暮春的幽怨气息;而黛玉探宝玉,则是另一番气象。那是孟夏时节,林黛玉和湘云到怡红院找袭人:"来至窗外,隔着纱窗往里一看,只见宝玉穿着银红纱衫子,随便睡着在床上,宝钗坐在身旁做针线,旁边放着蝇帚子。"③

在上一个场景中,宝玉隔着纱窗听到了黛玉一个人的暗自幽叹,但在这个场景中,黛玉隔着纱窗看到的却是宝玉在宝钗的陪伴下安然入睡的情景。根据第五十八回回目"茜纱窗真情揆痴情"和第七十九回所言霞影纱可知,宝玉房中的茜纱窗即为银红色的霞影纱。为了画面的协调,颜色的运用总是与整体构图相契合。上一个场景中黛玉的窗纱是冷色调的碧绿色,又值暮春之际,暗示了幽怨、孤独的氛围,与林黛玉独自幽叹、幽情满怀的心境相协调;这一场景中则是暖色调的茜色,而宝钗正绣着鸳鸯戏水的"满池娇"图,象征着温熙、充盈,正是回目"绣鸳鸯梦兆绛芸轩"所暗示的氛围。宝玉与宝钗的感情线索,在这一回中通过绣鸳鸯再度得到确认。正如张爱玲所言,写纱窗乃是为了映衬窗后的朦胧人影与情事。纱窗制造了人物之间的猜测与狐疑,也给读者留下了想象的空间。

与古典诗人一样,《红楼梦》中的人物也将纱窗写进他们的诗里。黛玉所作《秋窗风雨夕》一诗中,纱窗构成抒情的出发点,是全诗的诗眼,是最重要的意象。宝玉为晴雯所作的《芙蓉女儿诔》中,有"红绡帐里,公子多情"之语,黛玉以为"红绡帐里"未免熟滥,不若用"茜纱窗",而"茜纱窗"正是他们所用的霞影纱,既新鲜又现成。无疑地,纱窗是古典诗歌中的

---

① 张爱玲《红楼梦魇》,第 12 页。
② (清)曹雪芹、高鹗《红楼梦》,第二十六回,第 353—354 页。
③ (清)曹雪芹、高鹗《红楼梦》,第三十六回,第 479 页。

经典意象。当它带着诗意的基因被引入叙事之中时,古典诗歌的意境亦随之被移植到了叙事场景之中。对于长期浸淫于古典诗词之中的传统读者而言,出现在叙事场景中的纱窗这一诗性物象,很快就能召唤起他们对古典诗境的记忆和体验。

除了用纱窗来构建富于诗情画意的场景之外,《红楼梦》还大量吸收和化用古典诗文中的自然意象。曹雪芹往往能以描写性语言再现诗境的意趣,将诗歌语言糅化进散文叙事之中。例如有名的杏子阴下场景,叙宝玉因紫鹃一句话病了月余,及至病后初愈,已是清明时节:

> 宝玉便也正要去瞧林黛玉,便起身挂拐辞了他们,从沁芳桥一带堤上走来。只见柳垂金线,桃吐丹霞,山石之后,一株大杏树,花已全落,叶稠阴翠,上面已结了豆子大小的许多小杏。宝玉因想道:"能病了几天,竟把杏花辜负了! 不觉倒'绿叶成荫子满枝'了!"因此仰望杏子不舍。又想起邢岫烟已择了夫婿一事,虽说是男女大事,不可不行,但未免又少了一个好女儿。不过两年,便也要"绿叶成荫子满枝"了。再过几日,这杏树子落枝空,再几年,岫烟未免乌发如银,红颜似槁了,因此不免伤心,只管对杏流泪叹息。①

这一段中,作者借宝玉之口引用诗句,将人物所处的场景与诗句中的情境并置类比,并通过描写性的散文语言对诗境进行创造性的发挥。"绿叶成荫子满枝"典出《唐诗纪事》,写杜牧游湖州遇一美丽少女,十四年后,杜牧任官湖州,再访其人,已出嫁生子,乃怅然为诗曰:"自是寻春去较迟,不须惆怅怨芳时。狂风落尽深红色,绿叶成荫子满枝。"②意象是古典诗学的核心,也是构成意境的基本要素。原诗中的"绿荫"意象系泛泛而论,较为模糊朦胧;曹雪芹则落实为清明时节的杏树。诗歌虽有抒情与叙事之分,但总体而言,以抒情为旨归,意象不妨朦胧一些;然而,在叙事文学的场景中,却要求物象的准确明晰,唯其如此,方能营造一种真实幻象,进而感召读者的自我带入与投射。

《红楼梦》中不少场景将诗意糅化其间,并不需以引入诗句的形式加以点化。例如湘云醉卧芍药茵的场景,就十分富于诗意与画意:

> 湘云卧于山石僻处一个石凳子上,业经香梦沉酣,四面芍药花飞了

---

① （清）曹雪芹、高鹗《红楼梦》,第五十八回,第800页。
② 转引自(清)曹雪芹、高鹗《红楼梦》,第五十八回,第800页,注释1。

一身,满头脸衣襟上皆是红香散乱,手中的扇子在地下,也半被落花埋了,一群蜂蝶闹穰穰的围着他,又用鲛帕包了一包芍药花瓣枕着。①

山石、石凳、芍药花、蜂蝶、鲛帕,皆为可入诗之物,亦可入画。带有自然意趣的场景,天然地属于诗歌的联盟;但作者却将其移至小说之中,用白描的手法勾勒出诗歌的意境。

此外,还有关乎自然时令的场景,比如写初春清晨的景色:"一日清晓,宝钗春困已醒,搴帷下榻,微觉轻寒,启户视之,见园中土润苔青,原来五更时落了几点微雨。"②青苔是古典诗歌中的经典意象,雨后青苔,也是诗人常咏之景,唐人司空图的"苔湿挂莎衣",宋人喻良能的"过雨苍苔湿"以及明人的"花雨沾苔湿"之句,皆可视为上述场景的诗意提炼;或者说,上文场景正是对这些诗句的散文化演绎。写景固然是传统诗歌的阵地,但曹雪芹对诗意的糅化,写宝钗对初春景色的体察,其清新隽永,更在诗句之上。

除了自然景色之外,对声音的描写也是古典诗文的一大强项。《红楼梦》中贾母虽然反对说书,但却不禁止听曲看戏,尤其是昆曲。梨香院的小戏子们平日里曾演习过《牡丹亭》,黛玉经过梨香院墙角时,不经意间听到《惊梦》的两句唱词,几至神魂颠倒。贾母携刘姥姥逛大观园时,曾在缀锦阁上摆宴,将家班安排在藕香榭的水亭子上,借着水音听戏:"不一时,只听得箫管悠扬,笙笛并发。正值风清气爽之时,那乐声穿林度水而来,自然使人神怡心旷。"③

之后贾母在元宵夜宴时,还曾命芳官唱了一出《寻梦》,不用笙笛,只用胡琴与管箫吹奏。《红楼梦》写节日,尤重元宵、中秋二节,而每写必及丝竹管弦。《金瓶梅》中每逢节日必有戏曲点缀,但却对侑觞劝杯的时令小曲更感兴趣,往往长篇累牍地将曲选的内容搬到小说中;而且几乎所有的笔墨都用于表现演唱的内容,而对乐音和听者的感受略而不及。当然,这与小说所表现的人物的身份、阶层均有关系。《金瓶梅》中的音乐,绝大多数在室内演奏。《红楼梦》中由于大观园的存在而大大扩展了人物的活动范围,音乐的演奏也被搬到了(仿)自然空间中。例如第七十六回中秋夜在嘉荫堂用过晚饭,贾母命人移到凸碧山庄上去赏月。山庄建在山脊上,最宜赏月。贾母因见月而思闻笛,道:"如此好月,不可不闻笛。"便命梨香院的女孩子用笛子远远地吹起来:

① (清)曹雪芹、高鹗《红楼梦》,第五十八回,第855页。
② (清)曹雪芹、高鹗《红楼梦》,第五十九回,第810页。
③ (清)曹雪芹、高鹗《红楼梦》,第四十一回,第550页。

　　这里贾母仍带众人赏了一回桂花,又入席换暖酒来。正说着闲话,猛不防只听那壁厢桂花树下,呜呜咽咽,悠悠扬扬,吹出笛声来。趁着这明月清风,天空地净,真令人烦心顿解,万虑齐除,都肃然危坐,默默相赏。听约两盏茶时,方才止住,大家称赞不已。①

　　但是,贾母还嫌这支曲子吹得不够好,得再"拣那曲谱越慢的吹来越好"。大家饮酒说笑,夜色渐浓,寒意也上来了:

　　只听桂花阴里,呜呜咽咽,袅袅悠悠,又发出一缕笛音来,果真比先越发凄凉。大家都寂然而坐。夜静月明,且笛声悲怨,贾母年老带酒之人,听此声音,不免有触于心,禁不住堕下泪来。众人彼此都不禁有凄凉寂寞之意,半日,方知贾母伤感,才忙转身陪笑,发语解释。又命暖酒,且住了笛。②

　　桂花、笛声、明月、清风,都是古典诗词常用的意象,曹雪芹却将它们熔铸到白描语言中,为月夜闻笛的场景注入了诗歌的意趣和灵魂。若将笛声的描写段落连缀起来,则无疑是一篇优美的诗化散文。若再从主题、谋篇、情感上看,则直接取源于传统诗文。贾母见月而思闻笛,与苏轼(1037—1101)《后赤壁赋》中的体验何其相似:"霜露既降,木叶尽脱。人影在地,仰见明月。顾而乐之,行歌相答。已而叹曰:'有客无酒,有酒无肴,月白风清,如此良夜何?'"③及至"呜呜咽咽,悠悠扬扬,吹出笛声来。趁着这明月清风,天空地净,真令人烦心顿解,万虑齐除,都肃然危坐,默默相赏",又仿佛《赤壁赋》中的"其声呜呜然,如怨如慕,如泣如诉;余音袅袅,不绝如缕。舞幽壑之潜蛟,泣孤舟之嫠妇。苏子愀然,正襟危坐"④。

　　写月夜闻乐,乃是文人的雅好。苏轼将其写入散文化的赋中,而晚明文人则直接用散文来创作。袁宏道的《虎丘》中写月夜于虎丘闻乐:

　　一箫,一寸管,一人缓板而歌,竹肉相发,清声亮彻,听者魂销。比至夜深,月影横斜,荇藻凌乱,则箫板亦不复用。一夫登场,四座屏息,音若

---

① (清)曹雪芹、高鹗《红楼梦》,第七十六回,第1058页。
② (清)曹雪芹、高鹗《红楼梦》,第七十六回,第1059页。
③ (宋)苏轼著,孙民译注《东坡赋译注》,成都:巴蜀书社,1995年,第35页。
④ (宋)苏轼《东坡赋译注》,第29页。

细发,响彻云际,每度一字,几尽一刻,飞鸟为之徘徊,壮士听而下泪矣。①

张岱的(1597—1679)《西湖七月半》亦津津乐道西湖边上的月夜之音:

> 断桥石磴始凉,席其上,呼客纵饮。此时月如镜新磨,山复整妆,湖复颒面。向之浅斟低唱者出,匿影树下者亦出,吾辈往通声气,拉与同坐。韵友来,名妓至,杯箸安,竹肉发。月色苍凉,东方将白,客方散去。吾辈纵舟,酣睡于十里荷花之中,香气拍人,清梦甚惬。②

无论是袁宏道还是张岱,都在一次次追摩苏子的体验中将自己融入了文人的精神血脉之中。曹雪芹亦复如此,与袁宏道、张岱一样,他面对着悠久深厚的文人的诗文传统。这是他挥不开、遣不散的,曾浸润、滋养过一代代文人的传统。曹雪芹将这个传统融入小说创作中,而他不露斧凿的化用与熔铸,正是对这一传统由衷的致敬。

诗意化的场景虽然不能单独构成情节单元,但却构成了情节单元之间必不可少的过渡环节。如同山峰间连绵的坡地一样,在耸峙的群峰之间留白、过渡,让叙事的地貌景观更加从容。

第二节 "停顿"与"概要"中的物象

明清世情小说中,日常物象描写俯拾皆是。描写,乃叙述手法之一种。从叙述学的角度看,描写即"停顿",意味着故事时间停止,叙述者久久凝视于某个细节,并展开繁复的描写。因此,这种描写往往是静态的,脱离主体叙述的。

放眼世界文学,描写手法被十九世纪欧洲小说发扬光大之后,却在此后的历史中不断遭受批评。卢卡契(1885—1971)曾在一篇论文《叙述与描写》中,将叙述与描写的兴替视为古典小说和现代小说的分野,即古典小说主要运用叙述手法,描写从属并服务于叙述,而在现代小说中尤其是在自然主义

---

① (明)袁宏道《袁宏道集笺校》,第157页。
② (明)张岱著,马兴荣点校《陶庵梦忆 西湖梦寻》,北京:中华书局,2007年,第84页。

和形式主义小说中，描写独立于叙述之外，并且与叙述分庭抗礼。① 卢卡契对描写持批判态度，认为描写"不但根本提供不出事物的真正的诗意，而且把人变成了状态，变成了静物画的组成部分"②。进一步地，卢卡契认为"事物只有通过它们对于人的命运的关系，才能获得诗的生命。所以，真正的叙事诗人并不描写它们。叙述事物在人的命运的连接中所承担的任务，而且只有当它们参与了这个命运，参与了人的行为和苦难的时候，他才能做到这一点"③。卢卡契对"描写"的历史定位，继承了巴尔扎克的观点，即认为它基本上是一种现代的写作方法，有别于十七、十八世纪小说，对描写的强调是十九世纪小说的"新的风格因素"④。

对细节静态、繁复的描写，在二十世纪以来的艺术评价中往往被视为是一种缺乏生命力的表现手法。其中，对细节描写的一项最为强烈的指责是，它带入了过多不必要的信息。"19 世纪的现实主义，自巴尔扎克以降，制造出极大丰富的细节，对现代读者而言，早应习惯了叙述中必带有一些过量，必有一些内置的冗余，即它裹挟的细节多于必要的数量。换言之，小说给自己造出过量的细节正如生活中充满过量的细节。"⑤虽然，这是就西方小说的情况而言，但是类似的话语也多次出现于对世情小说尤其是《金瓶梅》细节描写的批评中。

这一类物象描写往往呈现出静态特征，未直接参与到人物的行动与情节发展进程中。那么，此类描写的意义何在？

一、"停顿"中的"催化物象"

在明清小说叙事研究中，长期以来大家关注的是关键性、枢纽型的情节

① 卢卡契在这篇文章中试图回答这一问题："描写原来是许多叙事性的写作手法之一，而且无疑只是一种次要的方法，它是怎样并且为什么变成了主要的创作原则的。因为，描写就是这样从根本上改变了它在叙事创作中的性质和任务。"以托尔斯泰《安娜·卡列丽娜》与左拉《娜娜》中涉及赛马的两个段落为例，他十分敏锐地捕捉到这两部小说——分别象征了1848 年前后的小说传统——在叙述角度处理上的微妙区别：托尔斯泰从参与者的角度叙述赛马，而左拉则从旁观者的角度描写赛马。二者对叙述与描写的选择和运用，折射出以1848 年为分水岭的两代小说家截然不同的生活经验和世界观，而这又与他们所处的社会的发展阶段密切相关。前者是由于多方面丰富的生活经验才成为作家，而后者则是资本主义分工意义上的"专家"，生活经验和身份的不同，决定了两代小说家截然不同的世界观和创作观。卢卡契对描写所进行的社会历史考源、对叙述与描写的本质区别、对事物的诗意的探讨十分深刻，但是他将叙述与描写意识形态化并视之为特定历史阶段或阶级的产物，这一点仍值得商榷。
② ［匈］卢卡契《叙述与描写》，载《卢卡契文学论文集(一)》，第 68 页。
③ ［匈］卢卡契《叙述与描写》，载《卢卡契文学论文集(一)》，第 68 页。
④ ［匈］卢卡契《叙述与描写》，载《卢卡契文学论文集(一)》，第 46 页。
⑤ ［英］詹姆斯·伍德著，黄远帆译《小说机杼》，郑州：河南大学出版社，2015 年，第 58 页。

片段,而对散落在两个情节段落之间,没有突出、明显叙述功能的描写性片段关注较少。罗兰·巴特认为,最小叙述单元的叙述功能并非完全相等:一些叙述单元组成叙述的关键点,或者成为叙述的一个片段;有的则不过只是为了填充在两个枢纽性、关键性功能之间的叙述空间。这两种不同的叙述功能,前者可以称之为基本(主要)功能,后者则鉴于它们作为补充的性质,可称之为"催化剂"。①

在明清世情小说中,有关服饰的大段的、静态的停顿与描摹,往往不构成独立的叙事单元,充其量只是散布于叙事单元之间的一些"碎片",但正是这些"碎片"作为过渡和缓冲,对下一个叙事单元起到催化剂作用。

在《金瓶梅》中,服饰描写就对欲望叙事起到了催化剂的作用。《金瓶梅》中的服饰描写主要集中于女性人物身上,少部分出现在人物话语中,绝大多数分布于叙述话语中。值得注意的是,叙述话语部分的女性服饰描写,往往笼罩在显在或者潜在的男性观看视线中。

晚明商业经济的发展,不仅塑造了新的群体(商人、暴发户)及生活样式,而且还使商业市场的交换逻辑与物化思维深入人心。尤其是在一些商业较为发达的运河沿线城市,这种情况更为明显。《金瓶梅》中人物所依托的清河县,有学者论证就是明代山东临清州。② 临清,又名清源,位于山东西北部,居会通河与卫河交汇处,属东昌府,是一个水陆要冲之地。在黄仁宇对明代漕运的考察中,临清是大运河运输主干线上一个颇为重要的点,沟通了闸河河段和卫河河段:"临清的地位,是作为从漕河运来的货物向华北内陆各府县散发的运输中转站;这一点从货物接收地区的地方志中可以证实。"③从作为清河县原型的临清商业的发达,我们可以推测《金瓶梅》中清河县的商业氛围。其实,小说中有关西门庆商业贸易的交代,也足以证明清河作为一个货物流通中转站的地位。商品货物的高密度涌现与流通,带来了财富的急剧积累,兼之官商勾结,暴发户便如雨后春笋般出现,西门庆便是其中的一员。他看待女人的眼光和看待商品的眼光没有实质性的差别,尤其是对附着于女性身体之上的服饰:

> 西门庆恰进门坎,看见二人家常都带着银丝鬏髻,露着四鬓,耳边

---

① Roland Barthes, "Introduction to the Structural Analysis of Narratives," in *Image, Music, Text,* essays selected and translated by Stephen Heath, New York: Hill and Wang, 1977, p.93.

② 薛洪勣《也谈〈金瓶梅〉与临清》,载黄霖、杜明德主编《〈金瓶梅〉与临清——第六届国际〈金瓶梅〉学术讨论会论文集》,第148页。此外,还可参考《金瓶梅地理背景新探》等文章。

③ [美]黄仁宇著,张皓、张升译《明代的漕运》,北京:新星出版社,2005年,第184页。

青宝石坠子,白纱衫儿,银红比甲,挑线裙子,双弯尖趫红鸳瘦小鞋,一个个粉妆玉琢,不觉满面堆笑,戏道:"好似一对儿粉头,也值百十银子。"①

这是西门庆凝视下的孟玉楼和潘金莲二人头面、穿戴、鞋脚的描写,其中又着重写她们所戴的是比较昂贵的"青宝石坠子";有趣的是,西门庆将作为外在附加装饰物的货币价值转换为女性本身的价值。

来自男性的凝视,构成《金瓶梅》女性服饰描写的重要背景。作为以经营缎子铺、绸绢铺、绒线铺起家的商人,西门庆对女性服饰的敏感和凝视,既是对其职业、身份的彰显,更是对充沛欲望的表达。西门庆对女性服饰的凝视,包含了较为显著的性的暗示意味。

那么,这种凝视是如何发生的呢? 第一回武松送嫂子潘金莲做衣服的缎子,《金瓶梅》的作者基本照搬《水浒传》的既有描写,只提到"一匹彩色段子"②;有意思的是,西门庆登场之后,对服饰的描写变得细致、繁复起来,例如西门庆送宋惠莲成套衣服,是"一匹翠蓝四季团花兼喜相逢段子"③,有了具体的颜色、花纹、图案。**西门庆这一主要人物的引入,成为许多叙述行为包括服饰描写发生的大背景。之所以如此,是因为在这些描写背后隐藏着来自主要人物的观看和视线。正是这一视线让女性服饰描写在小说文本内部得以发生并获得意义。**

《金瓶梅》并非总是在人物初次出场时进行程式化的服饰描写,写谁、什么时候写、怎么写,有其内在逻辑。最有代表性的一个例子是关于吴月娘服饰的描写。作为西门庆的正妻,吴月娘在第二回就曾被提及,但迟至第二十一回才被"正眼相看"。在此之前,潘金莲、孟玉楼、李瓶儿陆续登场,并被细致描摹过一番了。被描写本身意味着被观看被凝视,尤其是被主要男性人物西门庆凝视。

小说叙吴月娘因西门庆娶李瓶儿一事与西门庆失和,众人解劝皆无效,后来月娘的兄弟吴大舅又来劝了一回,月娘遂上演了一出雪夜祷告的感人戏份,凑巧被夜归的西门庆看到,并成功打动了这"回头浪子"。于是,"那西门庆把月娘一手拖进房来。灯前看见他家常穿着大红潞绸对衿袄儿,软黄裙子,头上戴着貂鼠卧兔儿,金满池娇分心,越显出他粉妆玉琢银盆脸,蝉髻鸦鬟楚岫云。那西门庆如何不爱"④。

---

①　(明)兰陵笑笑生《金瓶梅词话》,第十一回,第 110 页。

②　(明)兰陵笑笑生《金瓶梅词话》,第一回,第 16 页。

③　(明)兰陵笑笑生《金瓶梅词话》,第二十二回,第 253 页。

④　(明)兰陵笑笑生《金瓶梅词话》,第二十一回,第 236 页。

西门庆自从七月二十到十一月下旬一直与月娘合气，此时前嫌冰释，故有此看，而观看本身传递了一种交流的可能性。此后小说第一次叙及西门庆与月娘行房，正是基于这一逻辑。有意思的是，**有关吴月娘服饰的繁复描写，出现在男女情事之前，正是一剂催化剂。**

在西门庆的一妻五妾中，**有关潘金莲与李瓶儿的服饰描写，往往作为欲望叙事的前奏出现。**小说第二十七回，如回目"李瓶儿私语翡翠轩　潘金莲醉闹葡萄架"所示，分别聚焦于西门庆与李瓶儿、潘金莲的恣欲情事。由于时值盛夏，潘、李所着正是透气清爽的纱质裙衫。小说以西门庆的视线展开对潘、李二人的凝视：

> 只见潘金莲和李瓶儿家常都是白银条纱衫儿，密合色纱桃线穿花凤缕金拖泥裙子。李瓶儿是大红蕉布比甲，金莲是银红比甲，都用羊皮金滚边，妆花楣子。①

这些描写无疑是静态的，色彩、衣料都是沉默的，但它们却召唤、酝酿观看者（小说中的人物与读者）的欲望。繁复的服饰描写与色欲之间的关联，在接下来的一处描写中被挑明了："西门庆见他（李瓶儿）纱裙内罩着大红纱裤儿，日影中玲珑剔透，露着玉骨冰肌，不觉淫心辄起。"②

前一次描写中，作者交代了李瓶儿纱衫纱裙的夏日装扮，这一处描写则仍旧通过西门庆的视线，看到李瓶儿纱裙内"罩着大红纱裤儿"。由于纱质衣料比较透光，所以可以隔着蜜合色纱裙看到大红纱裤；甚至大红纱裤掩映下的"玉骨冰肌"也隐约可见。正是大红与玉肌的对比差加强了彼此，制造了具有冲击力的视觉效果。服饰的催化剂作用是双重的，首先就内容层面而言，服饰的色彩所发挥的视觉效果对人物乃至读者的欲望起到了催化剂的作用；其次，有关服饰的繁复描写对欲望叙事也起到了催化剂作用，引导并过渡到欲望叙事。

类似的催化剂作用，还见诸对潘金莲服饰的描写中：

> （西门庆）因看见妇人上穿沉香色水纬罗对衿衫儿，五色绉纱眉子，下着白碾光绢挑线裙子，裙边大红光素段子白绫高底羊皮金云头鞋儿；头上银丝鬏髻，金厢玉蟾宫折桂分心翠梅钿儿，云鬓簪着许多花翠，越显出红馥馥朱唇，白腻腻粉脸，不觉淫心辄起，挽着他两只手儿，搂抱在一

---

① （明）兰陵笑笑生《金瓶梅词话》，第二十七回，第310页。

② （明）兰陵笑笑生《金瓶梅词话》，第二十七回，第310—311页。

处亲嘴。(第十九回)

　　(潘金莲)寻了一套大红织金袄儿,下着翠蓝段子裙,要装丫头[……]西门庆因见金莲装扮丫头,灯下艳妆浓抹,不觉淫心荡漾,不住把眼色递与他。(第四十回)①

　　这两处描写仍旧非常繁复,几乎囊括了服饰的所有信息,有色彩、质地、款式、搭配,仿佛将人物的服饰特征一一"描绘"出。这是因为描写得越是繁复,越是细腻入微,越能精准无误地激发人物的冲动和欲望。
　　西门庆目光所及之处,皆是一派声色欢场。**那些与他交欢的女性,尤其是西门妻妾之外的女性,无一不是在西门庆这一男性人物的凝视下被赋予色彩和形状的。围绕王六儿、林太太、如意儿、贲四娘子等一连串西门庆的情人展开的服饰描写,总是伴随着西门庆的凝视,且总是以欲望叙事为旨归。**兹举数例于下:

　　见他上穿着紫绫袄儿,玄色段红比甲,玉色裙子下边显着趫趫的两只脚儿,穿着老鸦段子羊皮金云头鞋儿。[……]西门庆见了,心摇目荡,不能定止。(第三十七回)

　　于是忙掀门帘,西门庆进入房中。但见[……]妇人头上戴着金丝翠叶冠儿,身穿白绫宽绸袄儿,沉香色遍地金妆花段子鹤氅,大红官锦宽襕裙子,老鸦白绫高底扣花鞋儿。(第六十九回)

　　那妇人头上勒着翠蓝销金箍儿,鬏髻插着四根金簪儿,耳朵上两个丁香儿,上穿紫绸袄,青绉丝披袄,玉色绸裙子,向前与西门庆道了万福。(第七十七回)

　　那如意儿节间头上戴着黄霜霜簪环,满头花翠,勒着翠蓝销金汗巾,蓝绸子袄儿,玉色云段披袄儿,黄绵绸裙子,脚下沙绿潞绸白绫高底鞋儿,妆点打扮比昔时不同[……]又与西门庆斟酒哺菜儿。(第七十八回)②

　　在上述例子中,出现了紫、玄色、玉色、金、白、沉香色、大红、老鸦、翠蓝、

---

① (明)兰陵笑笑生《金瓶梅词话》,第 208、476—479 页。
② (明)兰陵笑笑生《金瓶梅词话》,第 435、892、1065、1082 页。

青、黄、蓝、沙绿等一系列色彩。缤纷繁复的色彩,构成上述女性人物的底色和背景,令西门庆"心摇目荡,不能定止"。作者不仅已经敏感意识到特定情境下服饰色彩对心理、情感所施加的魔力,而且痴迷于通过色彩制造一种逼真的视觉效果。

整部小说在对西门庆的服饰描写中,几乎都采用全知叙述者的视角;除了小说开头继承《水浒传》采取了潘金莲的视角呈现西门庆之外,便只有一位女性曾经以平等的姿态打量过西门庆:

> 不想林氏悄悄从房门帘里,望外观看西门庆:身材凛凛,语话非俗,一表人物,轩昂出众。头戴白段忠靖冠,貂鼠暖耳,身穿紫羊绒鹤氅,脚下粉底皂靴,上面绿剪绒狮坐马,一溜五道金钮子,就是个:富而多诈奸邪辈,压善欺良酒色徒。①

这个女人便是王招宣的遗孀林太太。无论从社会地位还是从金钱财富上讲,林太太不仅可以与西门庆平起平坐,恐怕还比西门庆更有优势。西门庆穿戴上的特点,被林太太巨细无遗地收入眼底,不难想见林太太贪婪的眼光从"绿剪绒狮坐马,一溜五道金钮子"读出了地位与权势,正如西门庆第二次见林太太时,特地在林太太面前显摆薛内相送给他的飞鱼服。可以说,在**由潜在欲望驱动的成人世界里,西门庆与女性之间的相互凝视,隐藏着心照不宣的欲望诉求。关于服饰的繁复描写,是这暗流涌动中的一丝波澜。**

对服饰的繁复描写,除了来自男性的凝视之外,还有发生于女性之间的审视。浦安迪在阐释小说中"鞋脚"的象征意义的时候,便提到了女性群体内部的相互观看。除了"鞋脚"之外,饰品也经常会引发女性相互观看、暗中较量。围绕饰品的较量,既关乎审美,也关乎钱财。

在西门庆瞒着家人和李瓶儿欢会之际,潘金莲最早察觉出来。她以此要挟西门庆,并最终"恩准"西门庆和李瓶儿继续往来,前提是西门庆要保障她充分的"知情权"。因此,尚未过门的李瓶儿,为了讨好潘金莲,通过西门庆转达了一份心意—— 一对御制金寿簪:"金莲接在手内观看,却是两根番纹低板、石青填地、金玲珑寿字簪儿,乃御前所制,宫里出来的,甚是奇巧。"②得了这一对寿簪,金莲满心欢喜地戴在了头上,高调宣布自己对西门庆情事知情权的垄断。**而这一对寿簪,也如同催化剂一般,引发此后家庭女性之间的相互观看乃至更为深远的相互较量与竞争。**此后李瓶儿参与的一次家庭宴

---

① (明)兰陵笑笑生《金瓶梅词话》,第六十九回,第 891—892 页。

② (明)兰陵笑笑生《金瓶梅词话》,第十三回,第 146 页。

会上,潘金莲撇在鬓边的这对寿簪,如其所愿,引来其他妻妾艳羡的目光。孟玉楼和吴月娘都注意到了潘金莲头上的寿簪,但二人的反应有所不同。孟玉楼只是看在眼里藏在心里,口里却不提及金寿字簪子;吴月娘则看在眼里,说在口里,怪不得张竹坡此处旁批道:"写月娘贪瓶儿之财处,一丝不放空,直与后锁门,争皮袄一气呼吸。"①后来,李瓶儿果然就教人拿了四对金寿字簪儿,每人送了一对。这寿字金簪好像一只金蝴蝶,在众人灼灼的眼光中出场,辗转于女性的交叉视线中,翩翩起舞,最后落定在每个女性的头上,化作袅袅钗头凤。

　　围绕金字寿簪展开的相互观看与审视,正是日后妻妾之间暗中攀比、较量的预演。同时,金字寿簪也是日后一系列财物之争的催化剂。李瓶儿的财货一向为吴月娘、潘金莲所觊觎。李瓶儿一死,吴月娘把控了李瓶儿生前的财产,但潘金莲却特宠要到同为月娘所觊觎的一件皮袄,吴月娘因未能先下手为强而懊恼生气,甚至和潘金莲撕破脸大吵了一架。

　　对催化物象极为类似的描写和运用,还见诸与《金瓶梅》相去不远的《醒世姻缘传》。《醒世姻缘传》叙述富室晁源娶计氏为妻之后,又瞒着妻子继娟为妾。新人进门,"穿着大红通袖衫儿,白绫顾绣连裙,满头珠翠"②,全身上下自然是新的。此后,小妾珍哥联合丈夫一起欺压计氏,甚至诬陷计氏与和尚有私,计氏气急败坏,拿了一把匕首,冲到大门上向街坊邻居自证清白,其时"上穿着一件旧天蓝纱衫,里边衬了一件小黄生绢衫,下面穿一条旧白软纱裙"③,裙衫皆旧,完全是被遗弃的"故人"。最后计氏因不堪其辱,自缢身亡。小说家对计氏上吊之前的一番装扮给予了细致的描摹:

　　　　计氏起来,又使冷水洗了面,紧紧的梳了个头,戴了不多几件簪环戒指,缠得脚手紧紧的;下面穿了**新做的**银红锦裤,两腰白绣绫裙,着肉穿了一件月白绫机主腰,一件天蓝小袄,一件银红绢袄,一件月白缎衫,外面方穿了那件**新做的**天蓝段大袖衫,将上下一切衣裳鞋脚用针线密密层层的缝着。④

　　这是小说中唯一一次如此细致繁复地描写计氏的服饰,也是计氏婚姻悲

① (明)兰陵笑笑生著,刘辉、吴敢辑校《会评会校金瓶梅》,第十四回,第324页。
② (明)西周生著,李国庆校注《醒世姻缘传》(全3册),北京:中华书局,2005年,上册,第七回,第85页。
③ (明)西周生《醒世姻缘传》,上册,第八回,第107页。
④ (明)西周生《醒世姻缘传》,上册,第九回,第113页。

剧的终点。**她从头到脚都是新的,仿佛一切都刚开始,然而,全新的服饰妆裹的身体,被缝合在密密的针脚里。缓慢而近乎凝滞的服饰描写,始终为一种令人窒息的气氛所笼罩。**

有意思的是,与计氏服饰之"新"形成对比的是珍哥的"旧"。晁源和珍哥得知计氏自缢,乱作一团,小说家如此描写珍哥的穿戴打扮:"穿着一领家常半新不旧的生纱衫子,拖拉着一条旧月白罗裙,拉拉着两只旧鞋。"①这一次,珍哥成了那个一身上下都着"旧"的"故人"。计氏的"新",是有备而来;而珍哥的"旧",是张皇失措。

这一次二人服饰上的"新""旧"对比,**颠覆了此前的"新""旧"关系,并催化了此后的情节走向。**在二人的"新""旧"抉择中,计氏以决绝赴死告别这种不堪忍受的"旧"生活,投胎重生,进入小说另一条叙事线索中的"新"故事中;珍哥在计氏自缢后成为晁家"旧人",此后锒铛入狱,苟活于"旧"世界的牢笼中。

《醒世姻缘传》第七十三回,写程大姐上庙的妆扮,这是整部小说中最为繁复的服饰描写:

> 梳了一个耀眼争光的头,焌黑的头发,后面扯了一个大长的雁尾,顶上扎了一个大高的凤头,使那血红的绒绳缚住;戴了一顶指顶大珠穿的鬏髻,横关了两枝金玉古折大簪,右边簪了一枝珠玉妆就的翠花,左边一枝赤金拔丝的丹桂;身穿出炉银春罗衫子,白春罗洒线连裙,大红高底又小又窄的弓鞋;扯了偏袖;从那里与素姐并了香肩,袅袅娜娜,像白牡丹一般冉冉而来。②

这样详尽的描写,并非为了突出人物的重要性。相反,程大姐只是一个被捎带提及的人物。那么,为什么要对她的服饰进行如此详细的描写呢?

小说在此之前叙述薛素姐不顾家人阻拦,执意要同程大姐上庙。在这一语境下,小说家对程大姐夸耀、高调的出场进行了细致描摹。此后的情节急转直下,打扮得如同"白牡丹"一样的"袅袅娜娜"的程大姐与薛素姐,在上庙途中,被恶少拦路,揪掉发髻,剥夺衣衫,"连两只裹脚、一双绣鞋也不曾留与他"③。穿戴越是"齐整"的少妇,越容易被恶少为难;上庙前程大姐的穿戴有多"齐整",之后就有多"狼狈"。正是关于程大姐上庙前繁复的服饰描写,催

---

① (明)西周生《醒世姻缘传》,上册,第九回,第114页。
② (明)西周生《醒世姻缘传》,下册,第七十三回,第941页。
③ (明)西周生《醒世姻缘传》,下册,第七十三回,第942页。

化了此后恶少拦路的情节。

综上所述,围绕催化物象所展开的描写,往往是细致繁复的。作者希望通过繁复的描写所引发的叙事停顿激起读者的关注。《金瓶梅》中繁复的服饰描写,往往是欲望叙事的催化剂。以西门庆的凝视呈现的女性服饰描写,营造了一种物质享乐的商业社会的气氛。在这种氛围中,物与欲互为表里,构成了《金瓶梅》物象描写的内在意涵,并服务于更大的、具有反省意味的命题,即商业文化中人的日常生存状态、思维方式与人际(尤其是两性)关系。《醒世姻缘传》中服饰的繁复描写,显得较为零散,未能在一个更大的意义框架内得到整体性解释,但就局部情节而言,也扮演着不可忽视的催化剂作用。

二、"概要"中的"告密物象"

尽管世情小说往往因其无所不包的百科全书特点而备受关注,但小说家不仅不可能也没有必要对一切知无不言。如同绘画艺术一样,小说也需要留白。这是因为"任何叙事性的小说都命中注定必须简练敏捷,因为,在塑造一个包含万物的世界的同时,小说并不能面面俱到。小说只能对此提供暗示,再要求读者去弥补一系列文本没有填满的小缝隙"①。小说所提供的"暗示",有时候是以物象的形式出现的。这一类物象犹如告密者,将人物或情节秘而不宣的一面以及隐藏的作者态度公之于众。

在中国传统社会,围绕不同阶层身份的人的衣食住行,形成一整套烦琐复杂的礼仪制度。人们的衣食住行,要符合身份、阶层、场合等因素,如此方为得体,否则便被视为失礼。在很多小说中,叙述者会对物质生活的僭越与失范直接提出批评,如《醒世姻缘传》《歧路灯》等叙述者声音极为强势的小说。《醒世姻缘传》的作者对世风浇薄、庶民穿戴不成体统的现象,几乎是直接骂出口的:

> 那些后生们戴出那蹊跷古怪的巾帽,不知是甚么式样、甚么名色。十八九岁一个孩子,戴了一顶翠蓝绉纱嵌金线的云长巾,穿了一领鹅黄纱道袍,大红段猪嘴鞋,有时穿一领高丽纸面红杭绸栗子的道袍,那道袍的身倒打只到膝盖上,那两只大袖倒拖在脚面。

> 当初古风的时节,一个官保尚书的管家,连一领布道袍都不许穿;如今玄段罗纱、镶鞋云履,穿成一片,把这等一个忠厚朴茂之乡,变幻得

---

① [意]安贝托·艾柯著,俞冰夏译《悠游小说林》,北京:生活·读书·新知三联书店,2005年,第3页。

成了这样一个所在!①

即使是在没有直接骂出来的地方,作者也忍不住用一种嘲讽的口吻描写不合礼仪的穿戴。例如,在作者看来不伦不类的乐工穿戴:

> 那四五个乐工都换了斩新双丝的屯绢圆领、蓝绢衬摆,头上戴了没翼翘的外郎头巾,脚上穿了官长举人一样的皂靴,腰里系了举贡生员一样的儒绦,巾上簪了黄烁烁的银花,肩上披了血红的花段,后边跟了许多举人相公,叫是迎贺色长。②

"官长举人一样的皂靴""举贡生员一样的儒绦",都点明了乐工的穿戴僭越了其所属阶层,不合礼仪规范。

《歧路灯》中商人王春宇决定为儿子隆吉延师入学,妻子曹氏得知后,"像儿子上任一般",急急置办新鲜绸衣。小说家借娄潜斋之口对此提出了批评:"学生今日来上学,便是我的门人,我适才看学生身上衣服,颇觉不雅。"③从王春宇的应对("明日就送他的本身衣裳来"④)可以推知,小说家批评的重点在于隆吉的穿戴有失本分。在这里,小说家虽然没有直接评论,但却借助人物之口,表达了他的看法。

但是,**还有一些时候小说家不直接发表评论,也不通过小说人物发声,而是通过物象传达自己的态度和声音,将判断、评价的权力让渡给读者。虽然物象是沉默的,但是它却能"发声"、会"告密",可以传达出作者隐秘的态度,因此不妨将这种声音和评论称之为"无声之声""不评之评"。**这一类告密物象,往往出现在叙述者声音极为克制的小说中,最有代表性的是《金瓶梅》《儒林外史》和《红楼梦》。值得注意的是,较之催化物象描写的高调、繁复,对告密物象的叙述,往往通过概要的方式进行,因此显得低调、简省。

晚明正统文人对世风日下的批评,其中很大一部分是针对庶民在衣食住行上的全方位僭越。同样的情形亦见诸世情小说,例如《醒世姻缘传》的作者在愤慨中勾勒出不安本分的庶民的日常:

---

① (明)西周生《醒世姻缘传》,上册,第二十六回,第335—336、343页。

② (明)西周生《醒世姻缘传》,上册,第二十六回,第337页。

③ (清)李绿园著,栾星校注《歧路灯》(全3册),郑州:中州书画社,1980年,上册,第三回,第29页。

④ (清)李绿园《歧路灯》,上册,第三回,第29页。

　　这样的衣服,这样的房子,也不管该穿不该穿,该住不该住,若有几个村钱,那庶民百姓穿了厂衣,戴了五六十两的帽套,把尚书侍郎的府第都买了住起,宠得那四条街上的娼妇都戴了金线梁冠,骑了大马,街中心撞了人竟走!①

　　在这一段义愤填膺的批评中,作者列举了庶民在衣、住、行等方面的广泛僭越现象。有意思的是,我们可以在西门庆这一暴发户身上看到所有这些僭越现象。

　　先来看衣。"庶民百姓穿了厂衣",正是西门庆的作风。小说第七十一回,叙一次同僚聚餐,西门庆在何太监面前做小伏低,讨得何太监一片欢心,于是情喜之下,何太监将一件自己穿的"飞鱼绿绒氅衣"赏给了他。据《明史·舆服志》可知,天顺二年定官民衣服不得用蟒龙、飞鱼、斗牛等花样。天顺十三年皇帝赐服,一品为斗牛服,二品为飞鱼服。② 由于飞鱼服多赐予锦衣卫、大内太监,以备朝日、夕月、耕耤、视牲之用,故而后来便成为标准的"厂衣"。也就是说,西门庆不敢领受的这份大礼,的确来头不小。第七十三回正值孟玉楼上寿,在内眷的庆贺酒席上,西门庆特地穿上了何太监给他的五彩飞鱼绿绒氅衣。飞鱼服的这两次亮相,小说家都只以极其简省的概要呈现。然而,我们知道,**在这简省的笔墨背后,是西门庆溢于言表的得意和叙述者深藏不露的反讽**。这可以从此后叙述者借着应伯爵的视线对飞鱼服展开的繁复描写以及应伯爵的"代言"中得到验证。此处叙西门庆与妻妾吃过酒之后,又到外间宴请温秀才、应伯爵等人:

　　伯爵灯下看见西门庆白绫袄子上,罩着青段五彩飞鱼蟒衣,张爪舞牙,头角峥嵘,扬须鼓鬣,金碧掩映,蟠在身上,唬了一跳,问:"哥,这衣服是那里的?"西门庆便立起身来笑道:"你每瞧瞧,猜是那里的?"伯爵道:"俺每如何猜得着。"西门庆道:"此是东京何太监送我的。我在他家吃酒,因害冷,他拿出这件衣服与我披。这是飞鱼,朝廷另赐了他蟒龙玉带。他不穿这件,就相送了。此是一个大分上。"伯爵方极口夸奖:"这花衣服少说也值几个钱儿。此是哥的先兆,到明日高转,做到都督上,愁玉带蟒衣? 何况飞鱼。穿着界儿去了。"③

---

① （明)西周生《醒世姻缘传》,上册,第二十六回,第336页。
② （清)张廷玉等《明史》(全28册),北京:中华书局,1974年,第6册,卷六十七,第1639页。
③ （明)兰陵笑笑生《金瓶梅词话》,第七十三回,第965页。

应伯爵深得西门之心,每在此处。以应伯爵之眼回溯前文,则不难看出,即便是再简省不过的"飞鱼绿绒氅衣"六个字,也蕴含了丰富的信息。飞鱼服作为赐服,是不可转让的,但是何公公却把它转赠给了西门庆。袁书菲指出,《金瓶梅》中本不可转让的物品,被不假思索地投入流通,这显然是在控诉商业文化对情感纽带、传统社会等级制度的漠视。①

《金瓶梅》中最后一次提及这件飞鱼服,是第七十八回西门庆到招宣府上赴林太太之约。这是西门庆第二次到招宣府上。第一次,他身上穿的是"紫羊绒鹤氅"②,可谓富而不贵;这一次,西门庆在"白绫袄"之外搭"天青飞鱼氅衣",可谓既富且贵,"十分绰耀"。③ 作为招宣府的遗孀,林太太象征着西门庆难以企及、不可逾越的社会地位和阶层。因此,对林太太的征服也便是双重的,现实的身体的征服和象征性的权力的征服。所以,**这一身的"绰耀",不只是穿给林太太看的,更是与招宣府节义堂供奉着的"大红团就蟒衣玉带,虎皮校椅坐着观看兵书"④的祖先的暗中较量。**飞鱼服是沉默的,叙述者也从未发出声音,但我们却可以从叙述者使用物象的场合及其语境中去读取它的意义。

在世情小说中,《儒林外史》的叙述者是最为克制的,因此也形成了冷峻、简省的风格。在对告密物象的使用上,吴敬梓可谓独具匠心。第二十九回叙僧官请客,众客已到,正在闲聊,忽有一客不请自到,令人惊诧的是,这位客人模样蹊跷:"一副乌黑的脸,两只黄眼睛珠,一嘴胡子,头戴一顶纸剪的凤冠,身穿蓝布女褂、白布单裙,脚底下大脚花鞋。"⑤男扮女装来赴宴已是稀奇,更何况又留着胡子,戴着纸冠,男不男,女不女。**"凤冠""花鞋"与"胡子""大脚"相映衬,暴露出一个自相矛盾的性别身份,而有趣的是,这种自相矛盾正是这位不速之客——据僧官之口可知此人名"龙三"——具有表演性的言谈举止所要激发的效果。**这一身古怪的打扮及其描写,引发了小说内外之观众与读者的好奇,而结合后文龙三自称僧官太太以及僧官有口难辩的情状,不难推测二人的暧昧关系。

再来看食。什么场合、什么情境、跟什么人吃什么,都在礼仪文化的规约范围之内。因此,小说家甚至不需要出声,而只借助于具体情境中的食物名

---

① Sophie Volpp, "The Gift of a Python Robe: the Circulation of Objects in *Jin Ping Mei*," *HJAS* 65, no.1 (Jun. 2005): 133—158.

② (明)兰陵笑笑生《金瓶梅词话》,第六十九回,第891—892页。

③ (明)兰陵笑笑生《金瓶梅词话》,第七十八回,第1077页。

④ (明)兰陵笑笑生《金瓶梅词话》,第六十九回,第891页。

⑤ (清)吴敬梓著,李汉秋辑校《儒林外史汇校汇评》,上海:上海古籍出版社,2010年,第二十九回,第356页。

单,便可以向读者传递意味深长的信息。《儒林外史》全书第一个人物周进,是久考不中的老童生,被薛家集聘为义学教师,安住在观音庵。因为寺庙庵观是公共场所,所以免不了要迎来送往。一个雨天的午后,王举人上坟返家遇雨,因此避雨庵中。周进迎至庵内,小心作陪。二人攀谈到晚饭时分,"掌上灯烛,管家捧上**酒饭,鸡、鱼、鸭、肉,堆满春台**。王举人也不让周进,自己坐着吃了,收下碗去。落后和尚送出周进的饭来,**一碟老菜叶、一壶热水**,周进也吃了"①。这一段文字并未对桌上的食物展开细致描写,而是以概要的方式罗列食物的品类,但这简略得再不能简略的几个菜名及其前后形成的对比,可谓"无声胜有声"。尽管此前二人的对话中,王举人已经以其不可一世的气势映衬出周进的卑微和屈辱,但至少在周进这一边,仍可以竭力假扮毕恭毕敬的"对话者"的角色,然而,**这一顿晚饭,彻底撕破了连王举人都懒于维持的假体面,让周进直面这种公然的蔑视以及被视如无物的屈辱**。庵里和尚为了讨贵客喜欢,先张罗了王举人的饭菜,才给周进端来晚饭。二人在吃饭时间上的一前一后,似乎应和并且增强了此前二人对话中的不同步、不对等。与王举人堆满春台的"鸡、鱼、鸭、肉"形成巨大反差的,是周进的"一碟老菜叶、一壶热水"。"一碟老菜叶",仿佛周进黯淡、干瘪、备受摧残的灵魂。第二天,王举人扬长而去,"撒了一地的鸡骨头、鸭翅膀、鱼刺、瓜子壳,周进昏头昏脑扫了一早晨"②。仅从表述上看,"一地的鸡骨头、鸭翅膀、鱼刺、瓜子壳",比"鸡、鱼、鸭、肉"更为丰富详细了,但实际上如同被打碎的瓷器,剩下的只是多余而无用的碎片。**这被抛弃的一地狼藉,每一块碎片都刺痛他的神经。这些描写真可谓寄有声于无声,写尽周进的卑微和屈辱。**

此外,范进吃大虾圆子的例子也是经典之笔。范进中举之后,跟着周静斋到汤镇台处打秋风。汤知县置办酒席招待两位远来之客,席间见范进不举杯箸,询之方知范进在居丧期间,不用银镶杯箸。因此,"知县疑惑他居丧如此尽礼,倘或不用荤酒,却是不曾备办。落后看见他在燕窝碗里拣了一个大虾元子送在嘴里,方才放心"③。知县从"疑惑"到"放心"的过程,只是"一个大虾元子"的间隔。范进的虚伪情状,也是"一个大虾元子"就可以揭露的。在这段文字中,"大虾元子"是在一段概要中被顺带提及的,显得漫不经心,实际上却是精心之笔。

最后,我们来看住。"家庭内景,可以看作是人物的转喻性的或隐喻性

---

① （清）吴敬梓著,李汉秋辑校《儒林外史汇校汇评》,第二回,第 27 页。
② （清）吴敬梓著,李汉秋辑校《儒林外史汇校汇评》,第二回,第 27 页。
③ （清）吴敬梓著,李汉秋辑校《儒林外史汇校汇评》,第四回,第 57 页。

的表现。一个男人的住所是他本人的延伸,描写了这个住所也就是描写了他。"①在传统仕宦家庭的住宅空间内部,尤其是在稍具规模的住宅中,男性成员往往将书房营造成自己的私人空间。因此,书房的布置、经营,无不以彰显男性家庭成员的身份、个性乃至文化品味为宗旨。

《金瓶梅》中,小说家未曾写过西门庆众妻妾的卧室,却多次叙及西门庆的书房。西门庆虽为目不识丁的商人,但家中却有两三间书房。晚明范濂《云间据目抄》卷二记载世风变化,其中一则提到:"尤可怪者,如皂快偶得居止,即整一小憩,以木板装铺,庭蓄盆鱼杂卉,内则细桌拂尘,号称书房。竟不知皂快所读何书也。"②西门庆的书房,亦即此类附庸风雅者。小说第三十一回第一次提及西门庆的书房,那是大厅西厢房的一间,"内安床几、桌椅、屏帏、笔砚、琴书之类"③,其内部陈设以概要的方式被一笔带过。第三十四回出现的书房则不然,小说家借着应伯爵的视角带领读者到翡翠轩内领略了一番,并对内部装饰进行了浓墨重彩的描写。

翡翠轩藏在花园木香棚后,松墙掩映深处,有曲径通幽之趣。书房中的陈设却也古香古色,乍看十分雅致。书房内外的安排、陈设,也是以当时文人雅士的审美品位为蓝本来布置的。然而,正如扬之水所指出的,细心的读者当会发现,翡翠轩室内陈设、布局与文人雅趣貌合神离,因此"若把当日文人的意见作为书房之雅的标准,则西门庆的书房便处处应了其标准中的俗"④。

作为士绅"最为珍视的一切文化实践发生的场所,一个高度仪式化的场域"⑤,书房可视为是对文人精神、品味的物质化呈现。固然,**陈设、布局上的微妙差异**,足以凸显西门庆之流在审美实践上与真正的文人雅士之间的天壤之别。然而,**彻底暴露西门庆伪装姿态的**,却是他内书房的一份礼物账簿。这份账簿使得幽兰之室也难掩铜臭:

> 伯爵走到里边书房内,里面地平上安着一张大理石黑漆缕金凉床,挂着青纱帐幔,两边彩漆描金书厨,盛的都是送礼的书帕、尺头、几席文具,书籍堆满。绿纱窗下安放一只黑漆琴桌,独独放着一张螺甸交椅。书箧内都是往来书柬拜帖,并送中秋礼物账簿。⑥

① [美]雷·韦勒克、奥·沃伦《文学理论》,第248—249页。
② (明)范濂《云间据目抄》,奉贤褚氏1928年重刊本,第5页。
③ (明)兰陵笑笑生《金瓶梅词话》,第三十一回,第356页。
④ 扬之水《物色:金瓶梅读"物"记》,第210页。
⑤ [英]柯律格著,高昕丹、陈恒译,洪再新校《长物:早期现代中国的物质文化与社会状况》,北京:生活·读书·新知三联书店,2015年,第136页。
⑥ (明)兰陵笑笑生《金瓶梅词话》,第391—392页。

前文提及翡翠轩内有一明两暗书房，这便是**暗间书房，也隐藏着不可见人的暗处交易**。俗丽的书橱内装的是充当门面的书籍和文具，外来的访客一望可知，但那是文饰后的假象；唯有书箧内隐藏着真相，装的都是西门庆用以维系人际关系、巩固商业根基的重要媒介：书柬拜帖和礼物账簿。此时未及中秋，西门庆却早已预先备办好礼物账簿了。礼物账簿这一物象，连同书房内的诸多陈设，被一同呈现到读者面前。虽然叙述者并未对礼物账簿展开细致的描写，也没有刻意要引起读者的注意，但礼物账簿这一物象在书房这一雅空间内显得十分突兀，以其所象征的俗务破坏了文人书房所应有的简雅气氛。礼物账簿这一物象与其所属空间、环境之间形成的反差与张力，使得读者能一眼辨识出它作为告密者的身份，并顺利读懂它的隐含意义。

礼物账簿犹如一个告密者，将西门庆刻意经营的雅致伪饰背后的露骨经营和盘托出，将附庸高雅的遮羞布一并撕去，从文人主流审美观的立场宣告了西门庆亦步亦趋审美实践的失败。因此，从作者态度的角度看，礼物账簿这一物象，隐含了作者对西门庆所代表的暴发户亦步亦趋模仿文人阶层审美的反讽，以及对二者之间"差之毫厘，谬以千里"的难以逾越的鸿沟的重申。

类似的，还有《儒林外史》中杨执中客座的"报帖"。小说第十一回叙娄氏公子终于得偿所愿，见到了两度寻访而不值的乡贤杨执中。杨执中将公子们请到自家草堂：

> 见是一间客座，两边放着六张旧竹椅子，中间一张书案，壁上悬的画是朱子《治家格言》，两边一副笺纸的联，上写着："三间东倒西歪屋；一个南腔北调人。"上面贴了一个报帖，上写："捷报贵府老爷杨讳允，钦选应天淮安府沭阳县儒学正堂。京报[……]"①

这位娄氏公子花费七百五十两保释的"读书君子"，将《治家格言》作为客座所悬之画，诚如清代评点家黄小田所云，乃"腐儒"②的自我标榜。最致命的是墙上的"报帖"，据杨执中"自供"可知，是三年前的报帖"只为当初无意中补得一个廪，乡试过十六七次，并不能挂名榜末。垂老得这一个教官，又要去递手本，行庭参，自觉得腰胯硬了，做不来这样的事。当初力辞了患病不去，又要经地方官验病出结，费了许多周折"③。在清代，"儒学正堂""儒学训谕"等教官之职，多是给久考不中的老秀才的一条可以"荣身"的"引退"之

---

① （清）吴敬梓著，李汉秋辑校《儒林外史汇校汇评》，第十一回，第149页。

② （清）吴敬梓著，李汉秋辑校《儒林外史汇校汇评》，第十一回，第149页。

③ （清）吴敬梓著，李汉秋辑校《儒林外史汇校汇评》，第十一回，第149页。

路。杨执中并不掩饰这一点,而且以自己的高姿态("腰胯硬了")将教官一职贬低为"做不来"的"这样的事"。然而,这个被他"费了许多周折"要辞去的官,却一直被他赫然张贴于墙上,并引来两位公子的垂询,无怪乎黄小田一针见血地指出:"一番议论大似高人,但既已辞官,报单亦可不贴。"①因为,那**张贴了三年的报单,暴露了杨执中声称要放下却并没有放下的"功名富贵"的愿想。引发两位公子的垂询,并以此为自己的声名背书,不正是杨执中之辈的伎俩吗?** 可悲的是,两公子竟然看不透,还连连赞叹杨执中"辞官一节""品高德重"。两公子的颟顸、腐昧,亦由此可见一斑。

　　综上所述,上文我们将停顿与概要作为两种单独的叙述形式分开讨论,但实际上这两种叙述形式往往交织、嵌套在一起。例如对飞鱼服的叙述,正是由概要过渡到停顿;对西门庆书房中礼物账簿、杨执中客座中报帖等物象的概要,正是出现在对书房的描写(停顿)中的。同一物象出现在不同的叙述方式中,其所发挥的作用也会有差别。以繁复的停顿描写凸显的物象,往往引起读者的注意,为其对此后情节的催化、诱发效果做铺垫。而相对简省的概要,则将读者对物象本身的注意力降至最低,而物象所蕴含的意义,则有待于从包含这一物象的语境中去发掘。

---

① （清）吴敬梓著,李汉秋辑校《儒林外史汇校汇评》,第十一回,第149页。

第五章　物象与人物场域

人物研究是古代小说研究中的核心部分。自金圣叹以来的明清小说评点家,对小说人物表现出较浓厚的兴趣,但多为感性的评点。五四以来,胡适将实证主义方法运用到对人物原型的考索中,才确立了一种较为有效的研究范式。就世情小说而言,实证主义人物研究方法的成果主要出在对《红楼梦》《儒林外史》等小说家信息较为确定的小说研究中;其余诸如《金瓶梅》等作者信息相对缺乏的作品,相关的人物研究还一直无法用实证主义的方法进行。然而,这反过来或许也使得这一类小说的人物研究可以摆脱过于实证主义的色彩,在小说叙事学研究的层面上获得更为深入的探讨。

二十世纪六十年代以来的西方叙事学基于对民间故事的叙事结构研究,将小说人物化约为"功能性"人物,即"将人物视为从属于情节或行动的'行动者'或'行动素'"①,上一个行动与下一个行动的联结者。这样一种观点,乃是从古希腊悲剧的研究中发展而来,并不完全适用于中国古代小说人物的研究。当然,古代小说中也存在功能性较强的人物,如"陪衬性人物"②,超情节人物如"一僧一道"③等,但就世情小说的主体人物而言,基本属于较为复杂立体的"心理性"人物。"'功能性'人物观认为人物的意义完全在于情节中的作用,而'心理性'的人物观却认为人物的心理或性格具有独立存在的意义。"④福斯特的扁平人物和浑圆人物也难逃二分法法则,并不能穷尽所有的人物类型。

小说人物的研究方法,有赖于小说人物的塑造方法(创作手法及其传统)和读者的接受范式。西方小说的人物研究方法很大程度上取决于小说传统中的人物创作方法,即心理描写被视为表现人物性格最有效也最直接的方法。比如,所谓"心理性"人物,指的是"作品中的人物是具有心理可信性

---

① 申丹《叙述学与小说文体学研究》,北京:北京大学出版社,1998 年,第 54 页。

② 吴组缃《谈〈红楼梦〉里几个陪衬人物的安排》,载《说稗集》,北京:北京大学出版社,1987年,第 199—213 页。

③ 刘勇强《一僧一道一术士——明清小说超情节人物的叙事学意义》,《文学遗产》2009 年第2 期,第 104—116 页。

④ 申丹《叙述学与小说文体学研究》,第 65 页。

或心理实质的(逼真的)'人',而不是'功能'"①,这一看法也是基于对人物心理描写的概括,当然这一概念同样适用于以无论何种手法表现人物并以人物性格的表现为创作目的的小说。然而,这一提法不能被普遍化。例如《金瓶梅》中最主要的角色西门庆,小说叙述者对其进行的心理描写非常有限,基本是通过言语和行动来表现,但这却丝毫不减弱西门庆这一人物的复杂性。此间的抵牾源自中西方小说塑造人物的不同传统。据福柯在《性经验史》一书中的推测,即西方的整个心理描写的文学传统,直接源自中世纪以来的宗教忏悔制度,此后诸如书信、自传体等诸多文体的发达,亦是这一忏悔传统的变形和余绪。② 如果此一观点成立的话,那么,中国小说之缺乏心理描写则显得情有可原亦有理有据。章回小说脱胎自史传传统这一事实,或许可以为此观点提供证据。中国古代的史传传统,往往更注重以"春秋笔法"写人物言行,并以言行来间接透露人物的动机。那么,深受这一传统影响的章回小说叙述者,往往将人物的动机隐藏在具体的言行以及细节中,而不对其进行大量直露的心理描写;即便进行心理描写,也只限于某一两个特定人物,而并非时时洞穿所有人物的内心。就这一点而言,明清世情小说多采用选择性全知叙事,以《金瓶梅》为最具代表性,即只选择洞察某些人物的内心;对于其他人物,叙述者模拟的是一种现实生活中的逻辑和态度,即人们并不向彼此透露自己的意图,那么读者也就不能轻而易举地领略人物的意图,而需根据人物之间相互关系以及周边细节等对人物意图加以理解和判断。③

在中国章回小说的叙事传统中,对人物言行进行横向对比(不同人物之间)、纵向对比(同一人物在不同时间流的叙事片段中),是叙述者透露人物动机,寄托其价值判断的一种策略;此外,对同一个事实,经由不同人物进行复述、转述,在复述和转述中人物往往修改言辞来透露自己的价值判断,这也是通过一个叙事焦点展示人物性格及人物关系的典型手法。这两种写人的手法,始于《金瓶梅》,在此后的世情小说中遂沿袭为传统。由于世情小说所述多为看似"波澜不惊"的家庭生活,那么转述、复述言语,对比、类比人物行动,也就成为制造矛盾、冲突的有效手段,所谓"老婆舌头"一大堆,并非凭空捏造。

如上所述,对人物言行进行对比,转述、复述人物话语,都是通过言行来

---

① 申丹《叙述学与小说文体学研究》,第 64 页。

② Michel Foucault, *The history of Sexuality: Volume I: An Introduction*, translated by Robert Hurley. New York: Vintage Books, 1990, p. 59.

③ 同样的叙事策略在《儒林外史》有关"龙三"的叙述片段中有较为精湛的发挥,参见[美]商伟著,严蓓雯译,商伟审定改写《礼与十八世纪的文化转折:〈儒林外史〉研究》,北京:生活·读书·新知三联书店,2012 年,第 245—249 页。

勾勒人物形象。在世情小说中,除了人物的言行之外,特定人物场域之内的相关物象及其描写,也共同参与人物形象的塑造与生成。"人物场域"这一概念最初由巴赫金提出,指"附着于作者声音之上的人物语言有效作用的区域"①。在对小说杂语现象的讨论中,巴赫金提出,杂语分布在人物四周的作者语言中,并形成人物所特有的场域。同时,"场域"也是社会学术语,最早由法国社会学家皮埃尔·布迪厄(1930—2002)在他的《文化生产的场域》(The Field of Cultural Production, 1993 年)一书中提出。"场域"一词,英文为"Field",有田野的意思。一个社会被分割成若干场域,每个场域是一定社会关系的综合体。它不是一个实体存在,而是一个在个人之间、群体之间想象上的领域。一部完整的小说文本如同一个小社会,本书借用"场域"一词,将小说文本划分为若干场域,每个场域以特定人物为中心,而相关的物象描写是构成这一场域的重要组成部分。小说中不同人物的场域之间有交集,但也有分明的界限。

与人物相关的物象描写,是人物场域的一部分,并参与人物场域的建构。物象描写对于人物场域的建构方式,可以分成两种:一是以群象的方式,即用"物象群"描写界定人物场域的范围;二是以个象的方式即"单物象"描写,借由一个看似偶然出现的物象描写提炼并笼括人物场域中最显著、最足以代表人物形象的风格。

第一节　"物象群"与人物场域总体面貌的界定

"物象群",顾名思义,指两个或两个以上的物象共同出现在一处描写之中。与此相对的是"单物象"的概念,即在较为独立的一处描写中仅出现一个物象,或者该物象比较偶然地单独出现在一个描写中。那么,在对人物场域的建构上,"物象群"描写往往着力于横向铺展、填充人物场域的内里并构成人物场域的边界,即界定哪些物象为哪个人物所特有,或特定的人物之间共享哪些物象,并由此反映人与物之间的关系,而不同的关系类型又透露出小说人物性格以及人物关系上的差异。相比之下,"单物

---

① 巴赫金论著英文译本作"character zone",参见 M. M. Bakhtin, "Discourse in the Novel," in *The Dialogic Imagination: Four Essays*, Austin: University of Texas Press, 1988, pp. 259–422. 又见 *Problems of Dostoevsky's Poetics*, Minneapolis: University of Minnesota Press, 1989。中文译本根据俄文原著译作"领区",参见[苏]巴赫金《长篇小说的话语》,《巴赫金全集》,第 3 卷,第 100 页。商伟在《〈儒林外史〉叙述形态考论》(《文学遗产》2014 年第 5 期,第 133—147 页)一文中将其译作"人物场域",用以描述《儒林外史》人物话语及叙述形态。

象"则主要从纵向上提炼某个足以代表、笼括整个人物场域的物象,使得读者可以通过"单物象"就能辨识特定人物的精神气质。如果说"物象群"是演绎和敷演,那么"单物象"则意味着归纳和提炼。当然,"物象群"与"单物象"亦不能截然分开,在具体的叙述过程中,这两种物象描写往往是结合在一起的。

一、个性化、共享型"物象群"与人物场域的独创、重叠

当小说不完全采取全知视角时,人物的内心、性格和真实动机并非完全透明,在这种情况下,物象描写是揭示人物内心的重要手段。《金瓶梅》选择性全知视角主要体现在两个方面:一、叙述者只选择透视特定的一两个人物,而对其他人物"睁一只眼闭一只眼"。《金瓶梅》选择透视潘金莲的言行乃至其内心丑陋的一面,对其他妻妾则多规避之。二、即便是针对某个人物的全知视角也是有限的,并未完全入侵到人物心理和动机层面。比如西门庆,我们只见其言行而未曾知其心想意念,他的欲念诉求,往往需要读者去推测、判断。叙述者并未将人物的全部内心活动和盘托出,而是通过选择性的全知视角对叙述信息进行调节,让读者成为一个模拟的历史旁观者,参与对人物的理解、评价。这就形成了中国古代小说所特有的节制、冷静的叙述风格,同时也塑造了一种高语境的人物类型。理解这一类人物的心理或性格特征,仅凭叙述者的评价或字面上的人物言行是远远不够的,还要更多地关注人物所处的社会关系网络、分布于人物场域内的物象、人物言语的上下文、叙述修辞(暗示或反讽)的使用等多个层面。虽然《金瓶梅》的叙述者经常对人物进行褒贬,但实际上作者借叙述者之口的干涉并不能完全左右他笔下人物的走向以及读者对这些人物的解读。这一点,福斯特曾以笛福的《摩儿·弗兰德斯》为例,以为"这本书正是按照女主角的个性自然地向前发展"[①];人物的强大生命力,往往决定小说情节的走向。因此,我们不能以作者或叙述者的全知式褒贬为人物盖棺定论,而应深入叙事的肌理烛幽发微,以呈现更为复杂、丰富的人物形象。综上所述,由于选择性全知叙事对人物形象不是一种三百六十度全方位的展示,同时,叙述者本身的褒贬亦不足为据,这就为从物象描写的角度来把握人物形象及人物关系提供了可能。

1. 个性化"物象群"与独创性人物场域

众所周知,《金瓶梅》从《水浒传》中潘金莲与西门庆私通的情节脱胎而来,较之《水浒传》集中省练的描写,《金瓶梅》则可以说是一种有意安排的

---

① 　[英]爱·摩·福斯特著,苏炳文译《小说面面观》,广州:花城出版社,1984年,第49页。

"节外生枝",以煌煌一百回的篇幅铺叙西门庆及其妻妾的生活。

《金瓶梅》借用《水浒传》的情况,美国学者韩南曾有过较为系统的研究,并归纳为两类:一、武松和潘金莲故事的直接引用;二、若干片段被广泛地改编移植于《金瓶梅》中。① 韩南还指出,"在这些引文中,虽然《金瓶梅》对《水浒传》的原文力求忠实,作者仍然时刻要求它们从属于自己的意图。[……]来自《水浒传》的人物有时重新加以构思。描写的技巧以及作家处理题材的手法都有重大差异"②。《金瓶梅》第一至第六回对《水浒传》原文(第二十三至二十四回)的小范围修改,韩南又总结了七种差异。这一对比研究已经比较全面细致,不过关注点主要在情节、人物、主题等方面。

观察的结果往往随着观察视角、焦点的转移而变化。《金瓶梅》在小说史上的地位和意义乃基于这样一个事实,即它是第一部以家庭生活为题材的长篇白话小说,围绕世俗家庭日常生活展开,不再像以往的小说那样着重描写非凡人物的非凡经历。那么,以家庭日常生活为题材的小说,在抛弃了英雄传奇、神魔鬼怪之后,该如何展开叙述? 与之前《水浒传》所确立的叙事传统对比,这个变化是如何发生的? 从对《水浒传》的借用上看,《金瓶梅》在叙事上与《水浒传》渐生"罅隙"乃至最后"分道扬镳",是否有一个过程? 文本中是否有一些蛛丝马迹可依可寻? 也就是说,与《水浒传》第二十三至二十四回原文对比,《金瓶梅》第一至六回中是否还有一些更为细微但同时值得关注的差异呢?

几乎所有的研究者都会论及《金瓶梅》对日常生活巨细无遗的描写,"举凡生活起居、社交游乐、酒宴筵席、衣着穿戴以及婚丧嫁娶、算命卜卦、嫖妓宿娼等都有细致而具体的描绘。至于家庭内部的妻妾争宠,主奴的欺诈、摩擦,以及与朋友的往还、争夺更是描摹得形象而逼真"③。如上文所言,物象描写是塑造人物的重要手法,而人物也正是物象描写的聚焦点。从物象描写的角度重新对读《金瓶梅》与《水浒传》,我们将发现二者在叙事风格上的差异在此已渐露端倪。《金瓶梅》前六回中的人物设置并没有超出《水浒传》的框架,然而西门庆和潘金莲在《金瓶梅》中却获得更为细腻、丰满的表现,为二人在《金瓶梅》中承担主要角色做了铺垫。《金瓶梅》中更为立体的西门庆形象,有赖于个性化物象群的塑造作用。

西门庆在《水浒传》里充其量只是个过客,被武松从酒楼摔到街心便呜呼哀哉了,但在《金瓶梅》中,他一跃成为小说的主角。《金瓶梅》第九回写武

---

① 参见[美]韩南《〈金瓶梅〉的版本及其他》,载《韩南中国小说论集》,第 225 页。

② [美]韩南《〈金瓶梅〉的版本及其他》,载《韩南中国小说论集》,第 225 页。

③ 杨子坚《新编中国古代小说史》,南京:南京大学出版社,1990 年,第 204—205 页。

松误打李外传,闹出人命,"此时哄动了狮子街,闹了清河县,街上看的人不计其数,多说:西门庆不当死,不知走的那里去了,却拿这个人来顶缸"①。"西门庆不当死",不仅是街上看客的话头,更是兰陵笑笑生的"篡改",此举为西门庆争取了七年的光阴,也为《金瓶梅》创造了叙述的可能。且不论西门庆"走的那里去了",西门庆"怎么来的"这一点同样值得追究。

爱·摩·福斯特(1879—1970)在《小说面面观》里提到,出生、饮食、睡眠、爱情、死亡乃现实生活中人的五大重要之事,可小说人物却不需要一一践行此人生五事,唯有死亡可以说是个例外。小说家都偏爱写小说人物的死亡,因为"死亡可以干净利落地结束一本作品"②。至于小说人物的出生,小说家似乎缺乏相应的兴趣;然而,人物在出生多久后才被引入书中,以何种方式出现在书中? 对此,小说家各有各的打算。西门庆这一人物,便像是一个被投递来的包裹一样蓦然出现在小说中。《水浒传》第二十四回,施耐庵用潘金莲失手打落的叉竿捎出了西门庆:

> 又过了三二日,冬已将残,天色回阳微暖。当日武大将次归来。那妇人惯了,自先向门前来叉那帘子。【夹批:帘子八。○惯了妙,写得并无痕影。】【眉批:叉帘另作一篇文字读。】也是合当有事,却好一个人从帘子边走过。【夹批:便走得跷蹊。○帘子九。】自古道:"没巧不成话。"这妇人正手里拿叉竿不牢,失手滑将倒去,不端不正,却好打在那人头巾上。那人立住了脚,正待要发作,回过脸来看时,是个生的妖娆的妇人,先自酥了半边,那怒气直钻过爪哇国去了,变作笑吟吟的脸儿。这妇人见知不是,叉手深深地道个万福,说道:"奴家一时失手,官人休怪。"那人一头把手整头巾,一面把腰曲着地还礼道:"不妨事。娘子请尊便。"③

虽然金圣叹已经事后诸葛地在前文频频透露,"帘子""叉竿"的重复出现预示着重要人物即将登场,但这丝毫不能坐实两者之间的因果关联;西门庆的出现仍是出乎意料的,正如施耐庵所言"也是合当有事"。"那人"在此处尚且是一个没有名姓的路人,却因一根叉竿而卷入了这场危及性命的风波中。"那人"被施耐庵不动声色地拎出来,又若无其事地驱遣开去。读者跟

---

① (明)兰陵笑笑生《金瓶梅词话》,第九回,第99页。
② [英]爱·摩·福斯特《小说面面观》,第45页。
③ 正文引用(元)施耐庵、(明)罗贯中《水浒全传》,北京:人民文学出版社,1954年,第366—367页。金批引用(元)施耐庵著,(清)金圣叹批评,罗德荣点校《金圣叹批评水浒传》,长沙:岳麓书社,2006年,第270页。

随着"这妇人"的眼光,看到一顶头巾,"变作笑吟吟的脸儿",又是整顿头巾,弯腰还礼。在此之前,兰陵笑笑生几乎是照搬《水浒传》第二十三回的描写,然而在此处,他却对"那人"产生了兴趣,停顿下来仔细揣摩起来:

> 妇人便慌忙陪笑。**把眼看那人**,也有二十五六年纪,生得十分博浪。头上戴着缨子帽儿,金玲珑簪儿,金井玉栏杆圈儿;长腰身穿绿罗褶儿;脚下细结底陈桥鞋儿,清水布袜儿,腿上勒着两扇玄色挑丝护膝儿;手里摇着洒金川扇儿,越显出张生般庞儿,潘安的貌儿。**可意的人儿,风风流流从帘子下丢与奴个眼色儿**。这个人被叉杆打在头上,便立住了脚。待要发作时,回过脸来看,却不想是个美貌妖娆的妇人。[……]观不尽这妇人容貌,且看他怎生打扮。但见:
>
>> 头上戴着黑油油头发鬏髻,口面上缉着皮金,一径里鼕出香云一结。周围小簪儿齐插,六鬓斜插一朵并头花,排草梳儿后押。[……]通花汗巾儿袖中儿边搭刺,香袋儿身边低挂,抹胸儿重重纽扣,裤腿儿脏头垂下。往下看,尖趫趫金莲小脚,云头巧缉山牙,老鸦鞋儿白绫高底,步香尘偏衬登踏。红纱膝裤扣莺花[……]
>
> 那人见了,先自酥了半边,那怒气早已钻入爪哇国去了,变颜笑吟吟脸儿。这妇人情知不是,又手望他深深拜了一拜,说道:"奴家一时被风失手,误中官人,休怪。"那人一面把手整头巾,一面把腰曲着地还喏道:"不妨,娘子请方便。"①

兰陵笑笑生以两倍于《水浒传》的笔墨,对男女主人公的相遇进行了增补和改写。**这是一场暗自惊叹的观看,由一组快速切换的镜头组成,频繁地调整叙事视角和口吻**:先是把握着全知视角的叙述者对潘金莲的观看,"妇人便慌忙陪笑。把眼看那人";看着看着,叙述者以一个直接引语带入了潘金莲的视角,"那人"变成了"这个人","可意的人儿,风风流流从帘子下丢与奴个眼色儿",第三人称叙事不知不觉替换成了第一人称叙事,叙事视角亦由全知视角转向人物限知视角;由此"眼色儿"又引出西门庆对潘金莲的观看。观看,尤其是隐含性别意味的观看,成为整部小说中物象描写尤其是饮食、服饰描写中显在或潜在的人物视线②。**在这场相互的观看中,西门庆和潘金莲的相遇在《金瓶梅》中获得了一种不同于《水浒传》的姿态和方式**。原

---

① (明)兰陵笑笑生《金瓶梅词话》,第二回,第23—24页。
② 为区别于叙事学中的"人物限制视角",故而命名为"人物视线",即在全知叙事视角的观照下,对某个特定人物视线中特定观察结果的呈现。

先那顶笑吟吟的头巾,如今在潘金莲的观看下渐次清晰明朗、细致甚至繁复起来;年貌、衣帽、扇子,甚至连护膝都被潘金莲尽收眼底;原先《水浒传》中那"妖娆的妇人"也在西门庆的眼里妖娆得有理有据起来:头面、穿戴,甚至连鞋脚、香袋如此私密的随身饰物也通过西门庆的视线一一呈现出来。

值得注意的是,《金瓶梅》作者对西门庆这一人物的初步勾勒中,除了继承《水浒传》已有的对人物言行的叙述之外,**还选用了一组《水浒传》所没有的物象群对西门庆进行细笔描摹,并且在此后邻近的几个章节里不断地回应此处的描写。**这些描写主要集中于西门庆的服饰方面:缨子帽儿、金玲珑簪儿、绿罗褶子、洒金川扇儿,这些物象无一不在后面的章节中派上用场。① 如果说在前六回中,《金瓶梅》叙述者不过是见缝插针式地在人物周边点缀各种物象描写以丰富细节,那么,在摆脱了《水浒传》这一"母本"的影响焦虑之后,亦即从小说第七回起,叙述者对物象的兴趣就益加明显了,大有一发不可收之态。第八回中的叙述最为集中地回应了第二回中出现的这一组物象群:

> (潘金莲)一手向他头上把帽儿撮下来,望地下只一丢。慌的王婆地下拾起来,见**一顶新缨子瓦楞帽儿**,替他放在桌上。说道:"大娘子,只怪老身不去请大官人来。就是这般的。还不与带上,着试了风。"妇人道:"那怕负心强人阴寒死了,奴也不疼他。"一面向他头上拔下**一根簪儿**,拿在手里观看,却是一点油金簪儿[……]妇人因见手中擎着**一根红骨细洒金金钉铰川扇儿**,取过来迎亮处只一照。②

这一段也高密度地安排下一组带有鲜明个人特征的物象群:新缨子瓦楞帽儿、金簪儿、洒金川扇。对这一组物象群的集中描写,蕴含了十分微妙的意味。小说从潘金莲与西门庆忽如其来的相遇写起,紧锣密鼓地安排下十件挨光计,一直写到二人偷奸乃至潘金莲药鸩亲夫、西门庆买通件作(第六回),可到了第七回,作者却忽又刹住了话头,全然撇开西门庆与潘金莲情事,蓦地插进来一个薛嫂儿,由此引出西门庆迎娶孟玉楼一节。**也是从第七回起,兰陵笑笑生抛开了《水浒传》,为西门庆安排了一种完全不同于水浒英雄的生活:**五月初五西门庆与潘金莲共度端午(第六回),紧接着五月二十四日西门庆却转向孟玉楼行聘礼,六月初二迎娶孟玉楼,六月十二日嫁女儿(第七

---

① 《金瓶梅词话》第三回写西门庆"手拿着洒金川扇儿"(第37页);第四回写西门庆的"绿纱褶子"(第43页);第四回写西门庆的"金头银簪"(第44页)。

② (明)兰陵笑笑生《金瓶梅词话》,第八回,第85页。

回),一个月多未往金莲家去。**从第七回开始,小说叙述时间从《水浒传》式的以年月为记录单位的模糊时间,切换成以日为记录单位的精密时间**;人物活动的空间亦从《水浒传》中仅供暂时逗留的茶坊、英雄人物纵横驰骋的江湖天地,转移到了可为长期居住的西门庆私宅、新兴商人辐辏云集的清河县城。在这样一个完全不同于《水浒传》的时空里,非日常的经验渐渐成为遥不可及的想象,**日常便开始主宰小说的时空**。一直到七月二十八西门庆生日(第八回),叙述者才将一而再、再而三被延宕的有关潘金莲的叙述收拢回来:潘金莲准备了一些酒食礼物,拔下那根金簪子,让王婆请来了西门庆。以上便是西门庆重返紫石街,二人再度相会的场景。这个场景中的物象群所具有的微妙意义主要体现在以下两个方面:

首先,物象的散与聚构成了叙事线索的转移与复归,物象的描写被吸收为叙述的成分。转移是指小说叙事从第二回的情事游离开,转入对孟玉楼的叙述;所谓复归,即相对第二回而言。缨子帽、簪子、川扇,早在第二回中便已提及,第八回再次叙及便是一种"形象迭用",但又不是严格的迭用。这一组物象群就文字描写而言并没有发生变化,但较之第二回,此处的缨子帽儿是新的,簪子不是当日的金玲珑簪子,川扇儿亦非一个月前那把洒金川扇。如张竹坡评语所言,"此回内缴过两件物事,又伏出两件物事"①。前者指西门庆的川金扇被金莲撕掉和金莲的簪子被西门庆遗失,而后者指孟玉楼陪嫁的婚床和金簪。尤其是孟玉楼的金簪,张竹坡以为衬托出"玉楼宴尔,西门薄幸,金莲几乎被弃,武大险些白死。真小小一物,文人用之,遂能作无数文章,而又写尽浮薄人情"②。叙述者借用潘金莲的视线照亮了这一组物象群:新缨子瓦楞帽与钑有两行字的新簪子,明摆着西门庆新婚的事实;而带有牙痕的折扇,则隐含西门庆寻欢作乐的一贯行径。这些沉默物象所蕴含的新信息,经由"形象迭用"的叙述技巧而被含蓄地传达出来。

其次,对物象群的描写几乎总是伴随着显在或者潜在的特定人物视线,描写的着力点随视线发出者的身份、性情而有所不同,由此透露出人物的不同性情与内心。上述第八回中潘金莲先声夺人"一手向他头上把帽儿撮下来,望地下只一丢",潘金莲的动作盖过了她的视线,而补之以王婆的视线,"慌的王婆地下拾起来,见一顶新缨子瓦楞帽儿,替他放在桌上"。一个肆意地丢,一个小心地放;一个只写其丢帽,一个只写其拾帽,但恰要反着来理解,写潘金莲丢帽是衬托她潜在的"看",写她灵敏善察、心细好强,叙事上的省略造成的速度加快暗示了人物的机敏;王婆则是先前不曾"看"见,直待拾帽

---

① (明)兰陵笑笑生著,刘辉、吴敢辑校《会评会校金瓶梅》,第八回,第202页。
② (明)兰陵笑笑生著,刘辉、吴敢辑校《会评会校金瓶梅》,第八回,第202页。

之际才留意其上,定睛一看,方见不同。即便是二人所同见之"新",亦各有各的关心处,金莲见"新"生醋意,而王婆见"新"生贪心。叙述者潜在地描写金莲之"看"帽子之后,又显在地描摹她对金簪子和川扇的一番定睛凝眸:

> 拿在手里观看,却是一点油金簪儿,上面钑着两溜子字儿:金勒马嘶芳草地,玉楼人醉杏花天。却是孟玉楼带来的。[……]妇人因见手中擎着一根红骨细洒金金钉铰川扇儿,取过来迎亮处只一照。原来妇人久惯知风月中事,见扇儿多是牙咬的碎眼儿,就是那个妙人与他的扇子,不由分说,两把折了。①

前者暗写潘金莲识字,后者明写其惯知风月,与小说中有关潘金莲身世经历的叙述相契合②。潘金莲的这两个特征,是许多矛盾的导火索。尤其是这两个特征的结合,既识字会曲又通晓风月,《金瓶梅》对此有十分精湛的发挥,上文看金簪、川扇便是一例。

人物视线不只是行动层面的标记,同时还隐含了十分丰富的心理活动。迎着亮处,举起红骨细洒金、金钉铰川扇,看到扇面上一个个被亮光填满的碎眼儿,便料定是行院中人所赠之物,这大概也只有潘金莲看得到想得到。若非久惯风月,便想不到要对着亮处找碎眼儿;若非疑心到此,便看到了亦想不到个中缘由。叙述者此间并不交代人物的内心活动,但以上撮帽子、拿簪子、夺扇、撕扇,又无一不是人物内心的写照,而且比直白的心理描写更见妙处。这一组具有象征意味的物象群的迭用,不止于叙述潘金莲对西门庆的一番重新观看,同时也象征了二人情感的离合变化及其微妙的内心活动。

在这一组物象群中,川扇是关键性物象,足以使《金瓶梅》的西门庆与《水浒传》的西门庆"判若两人"。所谓川扇,是明代中后期四川贡扇的通称;四川贡扇曾于嘉、万朝野风靡一时。四川布政使和藩王岁贡名录里,川扇是一大亮点。沈德符(1578—1642)《万历野获编》卷二十六"四川贡扇"条云:

> 聚骨扇自吴制之外,惟川扇称佳。其精雅则宜士人,其华灿则宜艳女;至于正龙、侧龙、百龙、百鹿、百鸟之属,尤宫掖所尚;溢出人间,尤贵重可宝。今四川布政司所贡,初额一万一千五百四十柄;至嘉靖三十年,加造备用二千一百,盖赏赐所需;四十三年,又加造小式细巧八百,则以供新幸诸贵嫔用者,至今循以为例。[……]凡午节例赐臣下扇,各部大

---

① (明)兰陵笑笑生《金瓶梅词话》,第八回,第85页。
② 参见(明)兰陵笑笑生《金瓶梅词话》,第一回(第10页)、第七十八回(第1089页)的相关叙述。

臣及讲筵词臣,例拜蜀扇,若他官所得,仅竹扇之下者耳。①

　　年贡川扇的数目,引自《大明会典》。至晚在嘉靖四十三年,川扇仍是宫中的时尚,即便作为赏赐之物,也只给身居要职的臣僚,普通官员所得不过下等的竹扇子。沈德符在另外一条有关"折扇"的记录里,提到"聚骨扇,一名折迭扇,一名聚头扇,京师人谓之撒扇"②,可见,川扇亦为折扇。文震亨《长物志》卷七"器具"记载"折叠扇,古称聚头扇,由日本所贡",后"川中蜀府制以进御,有金绞藤骨、面薄如轻绡者,最为贵重"。③ 此种"金绞藤骨"折扇的形制,当与潘金莲所撕之"红骨细洒金金钉铰川扇儿"十分接近。晚明商人阶层服馔上的僭越现象,已有不少学者论及。此处西门庆所用之川扇及其暴发户式的炫耀心态,也可在这一背景下得到理解。康熙间评点家张竹坡于此处亦颇多留意,第三回回前评提及"文内写西门庆来,必拿洒金川扇儿"④,并详细分析《金瓶梅》(绣像本)的西门庆与《水浒传》中西门庆的差别:

　　　　况且单写金莲于挑帘时,出一西门,亦如忽然来到已前不闻名姓之西门,则真与《水浒》之文何异? 然而叙得武大、武二相会,即忙叙金莲,叙勾挑小叔,又即忙叙武大兄弟分手,又即忙叙帘子等事,作者心头固有一西门庆在内,不曾忘记,而读者眼底,不几半日冷落西门氏耶! 朦胧双眼,疑帘外现身之西门,无异《水浒》中临时方出之西门也。今看他偏有三十分巧,三十分滑,三十分轻快,三十分讨便宜处,写一金扇出来,且即于叙卜志道时,写一金扇出来。夫虽于迎打虎那日,大酒楼上放下西门、伯爵、希大三人,止因有此金扇作幌伏线,而便不嫌半日缅缅洋洋写武大、写武二、写金莲如许文字后,于挑帘时一出西门,止用将金扇一幌,即作者不言,而本书亦不与《水浒》更改一事,乃看官眼底自知为《金瓶》内之西门,不是《水浒》之西门。⑤

　　最后一句,道出了"金扇"这一物象之于《金瓶梅》西门庆的画龙点睛之妙以及在叙事结构中的前后勾连作用,并有效地区分出两种叙事风格在同一人物形象上的不同着力点。

① (明)沈德符《万历野获编》(全3册),北京:中华书局,1959年,中册,第662页。
② (明)沈德符《万历野获编》,中册,第663页。
③ (明)文震亨著,赵菁编《长物志》,北京:金城出版社,2010年,第267页。
④ (明)兰陵笑笑生著,刘辉、吴敢辑校《会评会校金瓶梅》,第115页。
⑤ (明)兰陵笑笑生著,刘辉、吴敢辑校《会评会校金瓶梅》,第116页。

综上所述，即便在第一至六回这样几乎完全依傍《水浒传》的章节中，《金瓶梅》已经透露出其不同于前者的叙事兴趣点和风格；对物质细节的关注和描摹将小说人物引上了一条完全不同于水浒英雄的道路，叙述者正是借此以摆脱《水浒传》的影响并开创了以物象群写人的新手法。这一创作方法在《金瓶梅》中被发挥到了极致。通过一组个性鲜明的物象群，《金瓶梅》为小说主人公建构了一个新场域；这一场域属于《金瓶梅》中的新兴商人西门庆，而不再属于《水浒传》里的破落户西门庆。

2. 共享型"物象群"与人物场域的重叠

在《金瓶梅》所塑造的诸位女性中，李瓶儿是仅次于潘金莲的角色。小说写她与西门庆通奸、气死亲夫花子虚、再嫁西门庆的情节，令人想起潘金莲与西门庆通奸并毒害亲夫的情节；小说在写李瓶儿未嫁西门时的泼辣刚烈，大有潘金莲昔日的影子。但是，李瓶儿嫁入西门，便很快地转变成如她的属相所预示的那样一只温顺的小绵羊。对于这个转变，有学者以为"纵观全书，《金瓶梅词话》并没有为李瓶儿的性格变化做出合乎生活逻辑的、令人信服的解释"①。其实，这解释起来并不难。首先，李瓶儿准备嫁入西门府之时，碰上西门庆为了躲避政治风波闭门数月，消息不通，李瓶儿遂又曲折招赘蒋竹山；西门庆祸除得势，买人打了蒋竹山，李瓶儿再嫁西门进门头三天，西门庆不理不睬，遂致李瓶儿寻死觅活，拿鞋带自缢未果，后来又被西门庆用皮鞭教训了一顿。这样的经历，使得她在家中上下很是抬不起头来，刚开始连月娘房中的婢女都敢拿她取笑，这也就无怪乎她那本来泼辣刚烈的心性泯灭得无影无踪了。其次，虽然李瓶儿的行迹与潘金莲没有实质的差异，但她们两个不同的出身和经历，决定了二人在性格、品味、情感上的差异。这一方面的差异，则有待于物象群描写的烘托。

词话本第十三回写西门庆首次见到李瓶儿：

> 他浑家李瓶儿，夏月间戴着银丝䯼髻，**金镶紫瑛坠子，藕丝对衿衫**，白纱挑线镶边裙；裙边露一对红鸳凤嘴，尖尖趫趫，立在二门里台基上，手中正拿一只纱绿潞绸鞋扇。那西门庆三不知走进门，两下撞了个满怀。②

这一段描写，从叙述视角而言，可以理解为叙述者的全知叙事，亦可以视

---

① 曦钟《从人物形象看〈金瓶梅词话〉与〈红楼梦〉》，载徐朔方、刘辉编《金瓶梅论集》，北京：人民文学出版社，1986年，第180页。

② （明）兰陵笑笑生《金瓶梅词话》，第十三回，第137页。

为叙述者借西门庆之视角所做的限制叙事,毕竟对女性鞋脚的关注,是西门庆特有的视角。若从叙述时间和故事时间的层面考查,这一段明显属于热奈特所定义的"停顿",即"叙事(伪)时间>故事时间"。这一整段的描写在小说故事的层面,可能仅仅是西门庆对李瓶儿的一瞥,也可能是定睛细看,然而,叙述者在这里停顿住了,故事时间停止了,人物仿佛被施了魔法般定住不动了,叙述时间开始了,叙述者的眼光和西门庆的眼光此刻交织在李瓶儿的穿戴上,流连良久。

对李瓶儿服饰的这段描写,孤立来看,并未能引起太多的注意,也未能生发任何对更为深入层次意蕴的探讨。但是,如果**我们在小说中再次遭遇叙述者不厌其烦的描写,物象的重复叙述便不再是无谓的了**。第二十回西门庆娶回李瓶儿,晚上办酒席宴请应伯爵以及一帮妓女,应伯爵等人起哄要见李瓶儿,李瓶儿遂在众人期待的目光中上场了:

> 厅上又早铺下锦毡绣毯,麝兰暖馥,丝竹和鸣,四个唱的导引前行。妇人身穿大红五彩通袖罗袍儿,下着金枝线叶沙绿百花裙,腰里束着碧玉女带,腕上笼着金压袖,胸前项牌缨落,裙边环佩玎珰,头上珠翠堆盈,鬓畔宝钗半卸,**紫瑛金环**耳边低挂,珠子挑凤髻上双插。粉面宜贴翠花钿,湘裙越显红鸳小;恍似嫦娥离月殿,犹如神女到筵前。四个唱的,琵琶筝弦,簇拥妇人,花枝招飐,绣带飘飘,望上朝拜。①

这般珠围翠绕恐怕已令当场的宾客和读者的目光无所适从了。全书比较正式地描写李瓶儿之穿戴的,便只此两处。有趣的是,一为初识,一为再嫁;前者为常服,后者为礼服。细心的读者将注意到,两处服饰虽然不同,但所戴的耳环却是一样的,都是金镶紫瑛石耳环。第十三回中李瓶儿不过是夏天家常穿戴,亮晶晶的宝石耳环衬着素净清爽的裙衫,故而夺目;第二十回遍身绫罗,珠围翠绕,这对紫瑛石的耳环又与这身打扮相得益彰。这个细节之所以特别重要,恐怕已不是今日的读者所能领会的。明人宋诩《宋氏家规部》卷四"水晶类"条目下有"紫水晶",小字注解:"如紫瑛石者,贵。"②此外,"琼华类"亦有"紫瑛石",小字注解:"深紫明亮,亦如紫雅琥,但雅琥体冷,其体温。"③即便在西门庆家穿金戴银的诸位妻妾里,也只有李瓶儿有这么一对

---

① （明）兰陵笑笑生《金瓶梅词话》,第二十回,第228页。绣像本相应的描写中,独独删去了"紫瑛金环耳边低挂,珠子挑凤髻上双插"一句,余者皆同。
② （明）宋诩《宋氏家规部》,《北京图书馆古籍珍本丛刊》,子部,第61册,第44页。
③ （明）宋诩《宋氏家规部》,《北京图书馆古籍珍本丛刊》,子部,第61册,第45页。

金镶紫瑛耳坠①。上文所引两处对李瓶儿的描写,余物并无甚出常之处,只此金镶紫瑛石耳坠子才是画龙点睛之笔,它不仅是佩戴者个人品味的体现,同时还是财富地位的象征。李瓶儿本为东京梁中书的妾,后来逃出来嫁给花太监的侄子花子虚,并且从花太监那里继承了许多家产。这对耳环虽然没有明说其出处,但很有可能便来自内官之藏。李瓶儿与花太监的暧昧关系以及由花太监所牵涉到的曲折的宫廷关联,或隐或现地体现在李瓶儿的穿戴和财物中。叙述者对这一层关系和背景的关注,便主要通过对物质细节的描写来实现。之所以说这个细节并非随意之笔,在于我们将在小说第五十九回中第三次看到这对不同寻常的紫瑛石耳坠子:

> 坐了半日,忽听帘栊响处,郑爱月儿出来:不戴鬏髻,头上挽着一窝丝杭州攒,梳的黑鬒鬒光油油的乌云,霞着四鬓。云鬟堆纵,犹若轻烟密雾,都用飞金巧贴,带着翠梅花钿儿,周围金累丝簪儿齐插,后鬓凤钗半卸,耳边带着**紫瑛石坠子**。上着**白藕丝对衿仙裳**,下穿紫绡翠纹裙,脚下露一双红鸳凤嘴,胸前摇珊珰宝玉玲珑,正面贴三颗翠面花儿,越显那芙蓉粉面;四周围香风缥缈,偏相衬杨柳纤腰。②

这次戴着紫瑛石耳坠子的不是李瓶儿,而是郑爱月儿。这也是书中第二次写郑爱月儿的穿戴(第一次在五十八回),叙述者借西门庆之眼仔细端详了一番,又是一处叙事的停顿。郑爱月儿的名妓派头③和"不识时务",在第五十八回已有所渲染;前一回写西门庆生日,叫了一批优伶乐工来帮闲,几个唱的都到了,只有郑爱月儿在王皇亲宅里未曾到,最后被西门庆差去的排军强拿了回来。这次是西门庆亲自到行院来找郑爱月儿,心情自与上回带着酒气怒气不同。在此处停顿中,西门庆看到郑爱月儿戴"**紫瑛石坠子**。上着**白藕丝对衿仙裳**,下穿紫绡翠纹裙",其中"紫瑛石"和"藕丝对衿仙裳"带着似曾相识的熟悉感扑面而来,有此同感的不仅是读者,恐怕还有故事里的西门庆。这个熟悉的描写,令人想起第十三回中西门庆初识李瓶儿的场景。回顾当日李瓶儿穿戴,"**金镶紫瑛坠子**,**藕丝对衿衫**,白纱挑线镶边裙",郑爱月儿的穿戴风格确实与李瓶儿高度相似。尤其是作为重要装饰品的紫瑛石坠子,

---

① 词话本中亦提及李桂姐戴"紫夹石坠子",潘金莲戴"青宝石坠子"(第十一回、七十八回),春梅戴"宝石坠子",而玉箫有一对"假青宝石坠子",其余丫鬟仆人多戴"金灯笼坠子",而行院中人时兴戴"丁香儿"。

② (明)兰陵笑笑生《金瓶梅词话》,第五十九回,第728页。

③ 孟超著,张光宇画《〈金瓶梅〉人物》,北京:北京出版社,2003年,第63页。

整部小说中亦只有此二人佩戴。藕丝对衿衫，此处被称为"仙裳"，可以想见其轻盈飘逸之态，也只出现在对李瓶儿、郑爱月儿服饰的描写段落中。

小说写西门庆与女性的关系，几乎只写他对女性纯粹的肉欲，女性成为西门庆个人欲望的投射；见色起欲，几乎是西门庆所有猎艳经历的开端。然而，对于郑爱月儿，西门庆似乎在她身上找回他初识李瓶儿时的熟悉感。这一点可以在一个更为私密细致的描写中得到印证。第五十九回写西门庆在郑爱月儿家用了饭，饭后二人遂看牌饮酒：

> 须臾，姊妹二人陪吃了饼，收下家火去，揩抹桌席，铺**茜红毡条**，床几上取了一个**沉香雕漆匣**，内盛**象牙牌三十二扇**，两个与西门庆抹牌。当下西门庆出了个天地分，剑行十道。那爱香儿出了个地牌，花开蝶满枝。那爱月儿出了个人牌，搭梯望月。须臾收过去，摆上酒来。但见盘堆异果，酒泛金波。桌上无非是鹅鸭鸡蹄，烹龙炮凤。珍果人间少有，佳肴天上无双。正是：舞回明月坠秦楼，歌遏行云遮楚馆。鸳鸯杯，翡翠盏，饮玉液，泛琼浆。姊妹二人递上酒去，在旁筝排雁桂，款跨鲛绡。当下郑爱香儿弹筝，爱月儿琵琶，唱了一套"兜的上心来"。端的词出佳人口，有裂石绕梁之声。唱毕，又是十二碟果仁减碟，细巧品类。姊妹两个促席而坐，拿骰盆儿、二十个骰儿，与西门庆抢红**猜枚**。
>
> 饮勾多时，郑爱香儿推更衣出去了，独有爱月儿陪着西门庆吃酒。①

如此从容盘桓的场景，在西门庆与女性的周旋中实在难得一见。以用情之深沉专一来要求西门庆这一角色无异于缘木求鱼，然而，即便粗鄙贪婪如彼，亦不免有过一些哪怕只是稍纵即逝的情感需求；他与郑家姐妹看牌饮酒的这一场面，恍若旧梦重温：

> 李瓶儿同西门庆**猜枚**，吃了一回，又拿一副三十二**扇象牙牌儿**，卓上铺**茜红毡条**，两个灯下抹牌饮酒。吃一回，分付迎春房里秉烛。原来花子虚死了，迎春、秀春都已被西门庆要了，以此凡事不避他，教他收拾床铺，**拿果盒杯酒**。②

这一回中花子虚已因病故去，李瓶儿搬到狮子街的房子，这日刚好李瓶儿生日，西门庆从妓女李桂姐那里回来，直接到李瓶儿处，又一面瞒着家里人

---

① （明）兰陵笑笑生《金瓶梅词话》，第五十九回，第729—730 页。
② （明）兰陵笑笑生《金瓶梅词话》，第十六回，第173 页。

说在行院里。此前第十三回潘金莲识破了西门庆与李瓶儿的奸情,并详细盘问二人光景,西门庆便告诉潘金莲他时常和李瓶儿"两个帐子里放着果盒,看牌饮酒"①。这便是李瓶儿深得西门之心之处,即在纯粹的欲望需求之外尚有些许的闲暇与优游,而感情便萌芽于连绵欲望之间的停顿处。论者以为"李瓶儿与潘金莲有相似之处,但细细考究,毕竟很不相同。潘金莲只有淫欲,没有情爱,而李瓶儿却是有一份痴情的",虽然这"痴情"被视为是"情的滥用,毫无理智和见识"②。这种痴情,对于西门庆而言,无疑是一种新鲜的体验;而李瓶儿,又无疑是西门庆可以感受这种痴情的唯一来源。潘金莲且不论,其他妻妾亦各有各的盘算,包占的妓女就更不用说了,余者如家奴之妻宋惠莲、王六儿则更是有违常情地以出卖肉身来倒贴家室。叙述者描绘西门庆的笔墨,从来吝于抒情,但是在李瓶儿死后却浓墨重彩地一而再、再而三地渲染西门庆对李瓶儿的思念之情。李瓶儿死后,西门庆哭她是"有仁义好性儿的姐姐",然而他的贴身小厮玳安却背地里议论说,西门庆心疼李瓶儿,不是疼人,是疼钱。李瓶儿当时曾带来几大箱笼的财物来,一串一百颗胡珠,二两重石青宝石,但"这个评论有欠中肯,人死了,人带来的钱还在西门庆的库里,钱没有消失,何疼之有? 玳安大概不相信西门庆对一个女人会有真情实感,他太知道西门庆与各色女人的关系了。不过,西门庆对待李瓶儿的确有些例外,他的确动了真情。后来办丧事,他坚持要提高规格,把李瓶儿当正妻看待,那棺木,那排场,都是极其奢侈的。西门庆的这份感情不是装出来的"③。

西门庆情移郑爱月儿,或许正出于郑爱月儿与李瓶儿的相似。"肌肤白皙的李瓶儿本身就是个美人儿",而郑爱月儿"无疑是全书中最迷人的女子"。④ 除了二人的穿戴风格、审美习惯以及游戏爱好有着高度相似之外,叙述者还着重描写二人均于饮食服馔上十分用意讲究。第五十九回写郑爱月儿整治的几道精致饭菜:

　　四个小翠碟儿,都是**精制银丝细菜**,割切香芹、鲟丝、鳇鲊、凤脯、鹭鸶。然后拿上两箸赛团圆、如明月、薄如纸、白如雪、香甜可口、酥油和蜜钱、麻椒盐**荷花细饼**。郑爱香儿与郑爱月儿亲手拣攒各样菜蔬肉丝卷

①　(明)兰陵笑笑生《金瓶梅词话》,第十三回,第147页。
②　石昌渝、尹恭弘《〈金瓶梅〉人物谱》,南京:江苏古籍出版社,1988年,第48页。
③　石昌渝、尹恭弘《〈金瓶梅〉人物谱》,第14页。
④　[美]夏志清著,胡益民、石晓林、单坤琴等译《中国古典小说导论》,合肥:安徽文艺出版社,1988年,第207、211页。

就,安放小泥金碟儿内,递与西门庆吃。旁边烧金翡翠瓯儿,斟上**苦艳艳桂花木樨茶**。①

菜是"细菜",饼是"细饼",又是荷花饼;碟子泥金,酒瓯透碧,茶色亦好得恰到好处。这场"吃"比起西门庆与他那些个"好兄弟"的大嚼自有天壤之别,即便与西门庆其他情妇整治的饭菜比起来,亦胜出一筹。郑爱月儿的名妓派头,也都一一体现在这点点滴滴上了。小说中唯一可与之媲美的,便只有李瓶儿。有趣的是,李瓶儿便是由一盒子点心"捎来"的:

> 当下西门庆与吴月娘居上,其余李娇儿、孟玉楼、孙雪娥、潘金莲多两傍列坐,传杯弄盏,花簇锦攒饮酒。只见小厮玳安领下一个小厮,一个小女儿,才头发齐眉儿,生的乖觉,拿着两个盒儿,说道:"隔壁花太监家的,送花儿来与娘们戴。"走到西门庆、月娘众人跟前,都磕了头,立在傍边,说:"俺娘使我送**这盒儿点心并花儿**,与西门大娘戴。"揭开帘子看盒儿,一盒是朝廷上用的**果馅椒盐金饼**,一盒是新摘下来**鲜玉簪花儿**。②

人未见而点心先到,且是"朝廷上用的";由点心的不一般,便自然带出对李瓶儿的介绍;以花为赠,也算得上书中为数不多的不俗之举。小说此后便集中在第十六、十七回多处描写李瓶儿在饮馔、器物方面的精细考究:

> (词话本)于是汤水嗄饭,老妈厨下一齐拿上。李瓶儿亲自洗手剔甲,做了些葱花羊肉**一寸的匾食儿**,银镶钟儿盛着**南酒**,绣春斟了两杯,李瓶儿陪西门庆吃。西门庆止吃了上半瓯,就把下半瓯送与李瓶儿吃。一往一来,迭连吃上几瓯。③

> (绣像本)于是银镶钟儿盛着南酒,绣春斟了送上,李瓶儿陪着吃了几杯。④

匾食儿,即扁食,亦解作馄饨或水饺。刘若愚《酌中志》卷二十提到十一

---

① (明)兰陵笑笑生《金瓶梅词话》,第五十九回,第729页。
② (明)兰陵笑笑生《金瓶梅词话》,第十回,第105页。
③ (明)兰陵笑笑生《金瓶梅词话》,第十六回,第182—183页。
④ (明)兰陵笑笑生著,刘辉、吴敢辑校《会评会校金瓶梅》,第十六回,第362页。

月的风俗"糟腌猪蹄尾、鹅脆掌、羊肉包、扁食馄饨,以为阳生之义"①。此回为正月十五李瓶儿生日,吃扁食或为习俗。扁食倒不是什么稀奇之物,"一寸"才是重点。叙述者借着西门庆的目光在此大概是目测了一番的,故而有此一笔。据郑培凯《〈金瓶梅词话〉与明人饮酒风尚》一文的考证,南酒就是金华酒。金华酒在当时的北方地区算是比较贵重的酒,士大夫之间流行喝此酒,不但一般人家喝不起,就是西门府上没有钱的主子也喝不起。小说中描写喝酒的场合不下百处,酒的种类亦名目繁多,有葡萄酒、麻姑酒、菊花酒、荷花酒、茉莉花酒、豆酒、竹叶青酒、白酒、烧酒等。西门庆一般用金华酒来款待家眷、客人,并以此作为谢仪相赠。牛皮巷的王六儿吃的是烧酒,经济方面不占优势的潘金莲私下吃的是白酒。值得一提的是,金华酒第一次出现在小说中便是这第十六回。这是小说中西门庆第一次喝南酒,故而有点喝不惯,只喝了半瓯子便给了李瓶儿;我们甚至可以猜测,这或许是他第一次知晓金华酒。这第一次有着非同寻常的意义。**李瓶儿对西门庆的吸引,除了相貌和财富之外,还有一种(伪)贵族的品味和好尚。**这种品味主要来自她与政治、文化的主流阶层间十分曲折隐幽的联系;通过花太监,李瓶儿能够毫不费力地探知当下宫中乃至文人士大夫等主流阶层在饮食服馔上的好尚,而她对这种好尚的理解便一一融入在她的衣食用度上。这虽然已经是一种二手的贩卖,然而凭着女性的直觉,她可以近乎完美地实现对这种好尚品味的演绎。西门庆作为目不甚识丁的地方破落户,在他遇见李瓶儿时,虽然财富上有了一点积累,但却不啻于一介土豪,和"贵"是一点不沾边。在传统社会乃至现代社会中,财富都不能直接转化为文化权力和社会地位。李瓶儿的出现及其饮食服馔上的好尚,正好满足了这种暴发户内心深处的虚荣心。然而,西门庆对主流阶层或者贵族文化的需求亦只到此为止,不过是为了装点自己的门面,以满足富且贵的虚荣。这一点,浦安迪对戏仿、反讽的解读,或许可以更深入地解释西门庆对主流文化的复杂心态。

回到上一则引文中的"匾食",小说中倒也不止一次提到吃扁食吃水角(水饺),但只有两处着重点出其大小。那另外一处又十分碰巧的是(第七十七回)西门庆在郑爱月儿处:

> (词话本)这西门庆到于房中,脱去貂裘,和粉头围炉共坐。房中香气袭人。只见丫鬟来放卓儿,四碟细巧菜蔬,安下三个姜碟儿。须臾拿了三瓯儿黄芽韭菜肉包**一寸大**的水角儿来,姊妹二人陪西门庆每人吃了

① (明)刘若愚《酌中志》,北京:北京古籍出版社,1994年,第183页。

一瓯儿。**爱月儿倒又拨了上半瓯儿添与西门庆。**①

(绣像本)这西门庆到于房中,脱去貂裘,和粉头围炉共坐,房中香气袭人。须臾,丫头拿了三瓯儿黄芽韭菜肉包一寸大的水角儿来。姊妹二人陪西门庆每人吃了一瓯儿,爱月儿又拨了上半瓯儿添与西门庆。②

这"一寸大"的水饺儿,可以想见其小巧精致,叙述者只把它分配给李瓶儿和郑爱月儿,仿佛余人不配似的。郑爱月儿小意贴恋拨让饺子的场景,与上文所引西门庆将半瓯子酒让给李瓶儿那一来一往的情形有神似之妙。不管是真恩爱还是假恩爱,这段叙事场景中便有几分温馨的意思,而这点意思的传达却有赖于几个"一寸大"的小水饺儿或半瓯子南酒。

综合以上李瓶儿与郑爱月儿二人从服饰风格、游戏到饮食好尚上诸种形似神似的蛛丝马迹,**这两个人之间的隐秘关联也从散乱的物象群描写中慢慢浮现、立体起来。**对于郑爱月儿这一角色的安排,如已有的论者已经指出的,她的"巧施连环计","不但保举了林太太好风月,还附带了王三官娘子,如是固住了西门庆的笼,阻住王三官去桂姐那里的路,还打击了桂姐,使她在西门庆心里减低了地位"③。李桂姐是西门庆之前梳笼的妓女,林太太是之后情节(第六十九回到七十八回)中西门庆的情妇,何千户娘子蓝氏则是西门庆至死都垂涎而不能得手的女性,也是小说中唯一一位西门庆未能得手的女性。很明显,借助郑爱月儿这一角色,小说抛出了此后的线索,同时也为西门庆与桂姐的情节做一个了结。郑爱月儿这一人物具有比较明显的叙事功能这一点,已经是研究者的一个共识。然而,至于为什么要突然转入郑爱月儿这一人物以及这一人物与之前的情节是否有关联、她在整部小说中的位置等这些问题,已有的研究者并未给予充分的关注,也未能给出令人满意的回答。

小说中郑爱月儿的出场,不像李桂姐那样"没来由"地被介绍给西门庆以及读者;她的姐姐郑爱香儿早在第十三回中便已经出现了,彼时郑爱香儿人称郑观音,正是花子虚包占的粉头,但彼时尚未提及其有一妹郑爱月儿,亦未提及其有一兄郑奉。此后花子虚死后,郑氏便依附西门庆。第十六回已经过了花子虚百日,李瓶儿除服,西门庆同十兄弟在应伯爵家摆酒,席间叫了两个小优儿弹唱,"递毕酒,上坐之时,西门庆叫过两优儿,认的头一个是吴银儿

① (明)兰陵笑笑生《金瓶梅词话》,第七十七回,第 1056—1057 页。
② (明)兰陵笑笑生著,刘辉、吴敢辑校《会评会校金瓶梅》,第七十七回,第 1621 页。
③ 孟超著,张光宇画《〈金瓶梅〉人物》,第 64 页。

兄弟,名唤吴惠;那一个不认的,跪下说道:‘小的是郑爱香儿的哥,叫郑奉’”①。这才又捎出了郑爱香儿的哥哥郑奉,亦未曾有一言提及郑爱月儿。有趣的是,两个小优儿的姐妹,都曾经是花子虚的粉头。第十一回叙花子虚在自己家里摆宴,请粉头妓女弹唱,西门与席,酒乐都过:

> 西门庆呼答应小使玳安,书袋内取三封赏赐,每人二钱,拜谢了下去。因问东家花子虚:“这位姐儿上姓? 端的会唱。”东家未及答,在席应伯爵插口道:“大官人多忘事,就不认的了。这揸筝的是花二哥令翠,构拦后巷吴银儿。那拨阮的是朱毛头的女儿,朱爱爱。这弹琵琶的是二条巷李三妈的女儿,李桂卿的妹子,小名叫做桂姐。你家中见放着他亲姑娘,大官人如何推不认的?”西门庆笑道:“六年不见,就出落得成了人儿了。”②

花子虚死后,西门庆俨然代替花子虚成了行院大佬,梳笼了李桂姐;西门生子加官时,李桂姐还拜了月娘为干娘,吴银儿亦明争暗斗,拜了李瓶儿为干娘。郑爱香、郑奉也对西门庆趋之如鹜。相较之下,郑爱月儿便显得更有脾性。小说叙事层面郑爱月儿的“出场”,正是以其缺席为“出场”的。第五十八回中西门庆叫了几个唱的,唯有郑爱月儿不来:

> 且说西门庆打发玳安、郑奉去了,因向伯爵道:“这个小淫妇儿,**这等可恶!** 在别人家唱,我这里叫他不来。”伯爵道:“小行货子,他晓的甚么? 他还不知你的手段哩。”西门庆道:“我倒见他酒席上说话儿伶俐,叫他来唱两日试他,倒**这等可恶**。”伯爵道:“哥今日拣的这四个粉头,都是出类拔萃的尖儿了,再无有出在他上的了。”③

叙述者利用人物间的对话来调节叙述信息,补充了郑爱月儿的背景。郑爱月儿这个人物,可能是作者在写第十一回时便已经想到的,但也有可能是作者在写作过程中慢慢清晰、逐渐补充出来的人物。**可以证实的是,作者对这个人物的设置,有意无意中总是与李瓶儿这个人物相对照。**首先,郑爱月儿本为花子虚的粉头,李瓶儿为花子虚之妻。其次,郑爱月儿刚开始如应伯爵所言,不知道西门庆的手段,敢于抗命而行,最后被西门庆的排军强拿回

---

① （明）兰陵笑笑生《金瓶梅词话》,第十六回,第180页。
② （明）兰陵笑笑生《金瓶梅词话》,第十一回,第116页。
③ （明）兰陵笑笑生《金瓶梅词话》,第五十八回,第708页。

来；李瓶儿改嫁蒋竹山一节，便是临时改变主意，也是不曾领略西门庆的手段，嫁入西门府后，西门庆三日不到李瓶儿房中，李瓶儿先是自缢不成，后来又受了一场皮鞭，才想起蒋竹山当日说西门庆是"打老婆的班头，降妇女的领袖"①。对西门庆而言，郑爱月儿与当初的李瓶儿一样，是需要被驯服的对象；郑爱月儿刚开始的倔强与不识时务，以及后来委曲求全的性格和经历，都与李瓶儿极为相似，这种相似加深了这两个人物之间的联系。笔者以为，作者写**李瓶儿与郑爱月儿，好比人物正、副册**，写郑爱月儿亦往往影射李瓶儿。这一点，在小说第六十七回有十分明显的体现：

> 一回见雪下的大了，西门庆留下温秀才在书房中赏雪。搭抹卓儿，拿上案酒来。只见有人在暖帘外探头儿，西门庆问谁，王经说："郑春在这里。"西门庆叫他进来，那郑春手内拿着两个盒儿，举的高高的跪在当面，上头又阁着个**小描金方盒儿**。西门庆问是甚么，郑春道："小的姐姐月姐，知道昨日爹与六娘念经辛苦了，没甚么，送这两盒儿茶食儿来与爹赏人。"揭开，一盒**果馅顶皮酥**，一盒**酥油泡螺儿**。郑春道："此是月姐亲手自家拣的，知道爹好吃此物，敬来孝顺爹。"西门庆道："昨日又多谢你家送茶，今日你月姐费心又送这个来。"伯爵道："好呀，拿过来，我正要尝尝！**死了我一个女儿会拣泡螺儿，如今又是一个女儿会拣了。**"先捏了一个放在口内，又拈了一个递与温秀才，说道："老先儿，你也尝尝！吃了牙老重生，抽胎换骨，眼见稀奇物，胜活十年人。"温秀才呷在口内，入口而化，说道："此物出于西域，非人间可有。沃肺融心，实上方之佳味。"②

西门庆等一帮假斯文在书房里赏雪，实则不过是换着法子饕餮。拣酥油泡螺原也是李瓶儿的拿手戏。第三十二回曾提到李瓶儿会拣酥油泡螺，第五十八回写西门庆同应伯爵等人在家饮酒：

> 不一时，画童儿拿上添换果碟儿来，都是蜜饯减碟、榛松果仁、红菱雪藕、莲子荸荠、**酥油蚫螺**、冰糖霜梅、玫瑰饼之类。这应伯爵看见**酥油蚫螺，浑白与粉红两样**，上面都沾着飞金，就先拣了一个放在口内，如甘露酒心，入口而化，说道："倒好吃。"西门庆道："我的儿，你倒肯吃，此是你六娘亲手拣的。"伯爵笑道："**也是我女儿孝顺之心。**"说道："老舅，你

---

① （明）兰陵笑笑生《金瓶梅词话》，第十九回，第217页。
② （明）兰陵笑笑生《金瓶梅词话》，第六十七回，第851页。

也请个儿。"于是拣了一个,放在吴大舅口内。又叫李铭、吴惠、郑奉近前,每人拣了一个赏他。①

这"酥油蚫螺"②是一种用酥油(奶油)制作的甜食,表面像螺蛳,入口即化。"蚫螺"又作"鲍螺""泡螺""抱螺""鲍酪",《梦粱录》《武林旧事》中将其列入"蜜饯糖果"一类③。《陶庵梦忆》卷四"乳酪"载:"苏州过小拙和(乳酪)以蔗浆霜,熬之、滤之、钻之、掇之、印之为带骨鲍螺,天下称至味。其制法秘甚,锁密房,以纸封固,虽父子不轻传之。"④看来这是一项绝活儿,西门庆诸妻妾中唯独李瓶儿会拣。第六十二回李瓶儿已经病死,第六十七回郑爱月儿便整治了来给西门庆,其揣度西门之心,不可谓不深。应伯爵因为西门庆正与郑爱月儿打得火热,不免加意奉承几句郑爱月儿的酥油泡螺:

> 伯爵道:"可也亏他,上头纹溜就相螺蛳儿一般,粉红、纯白两样儿。"西门庆道:"我见此物不免又使伤我心,惟有死了的六娘,他会拣。他没了,如今家中谁会弄他!"伯爵道:"我头里不说的,我愁甚么? 死了**一个女儿会拣泡螺儿孝顺我,如今又钻出个女儿会拣了。偏你也会寻,寻的多是妙人儿。**"⑤

上文第五十八回叙述者曾借应伯爵之眼,仔细端详过李瓶儿的酥油泡螺,正是"浑白与粉红两样",此处郑爱月儿之巧心逢迎,不仅意思模仿到了,连酥油泡螺的样式也模仿得十分到家,无怪乎其能得西门庆之欢心。果然,西门庆之后还特地向郑爱月儿致谢了一回,说:"前日多谢你泡螺儿。你送了去,倒惹的我心酸了半日。当初有过世六娘他会拣,他死了,家中再有谁会拣他。"⑥这种温存和感念,即便是假意的也罢,恐怕也是整部小说中绝无仅有的。

通过酥油泡螺,叙述者显然有意将郑爱月儿与李瓶儿联系了起来,并且在第六十二回李瓶儿病死之后,十分自然地过渡到对郑爱月儿的叙述。在所有与李瓶儿或郑爱月儿有关的物象群描写中,尤其是对那些关键性物象的描写,几乎是以叙事上的停顿来处理的。叙述者从穿戴之不俗、器物的精洁、饮

① (明)兰陵笑笑生《金瓶梅词话》,第五十八回,第714页。
② 《会评会校金瓶梅》第三十二回有回前插图,参见第653页,可惜不甚清楚。
③ 陈诏《金瓶梅小考》,上海:上海书店出版社,1999年,第202页。
④ (明)张岱《陶庵梦忆　西湖梦寻》,第51页。
⑤ (明)兰陵笑笑生《金瓶梅词话》,第六十七回,第857页。
⑥ (明)兰陵笑笑生《金瓶梅词话》,第六十八回,第877—878页。

食之考究等诸多方面,勾勒出这两个人物场域的相似性;值得注意的是,对这些物象群的描写中,叙述者并没有赋予其浓厚的抒情意味,甚至拒绝直接抒情。然而,这并不意味着,诸如紫瑛石坠子、象牙骨牌、酥油泡螺就没有抒情性,这种抒情性并不直接体现在物象浅层可见的意义层面,而需要通过人物之间的关联以及人物完整的风格加以理解。小说中描写宴饮的场合中,除了公开的大型宴会以及家庭宴会之外,写西门庆与其妻妾或情妇的宴饮里,只有写西门庆与李瓶儿、郑爱月儿的宴饮是最用心的。

    对李瓶儿的描写,还有一点非常重要,即对财富的渲染。在经济上不占任何优势的潘金莲,便曾屡次以嫉妒、不忿的口吻提起李瓶儿的富有,称其为"有钱的姐姐"①;甚至连作为正室的吴月娘,也感到了前所未有的压力。在娶李瓶儿一事上,吴月娘曾加以阻拦,后来因为潘金莲的挑拨,西门庆便和月娘生隙,二人有个把月不曾说话。吴月娘的兄弟吴大舅来劝慰月娘,月娘忍不住道:"早贤德好来,不教人这般憎嫌。他有了他富贵的姐姐,把俺这穷官儿家丫头,只当亡故了的算帐。你也不要管他,左右是我,随他把我怎么的罢。贼强人,从几时这等变心来!"②当然,对李瓶儿财富实力的渲染,除了通过人物话语之外,还可从散见于小说中李瓶儿乐于施赠的细节看出。孟超对这些细节有较为综合的评价:"因为瓶儿既有色而更有财之故,不但得到西门庆的特别宠爱,连金莲也得她的布施,从簪子起直到秘戏图止,所以乐为之助;吴月娘虽然听到唱曲儿唱'喜得功名遂'到'永团圆世世夫妻'一句,也酸溜溜含了不少的醋意,玩出一手'松雪烹茶'的争风的特别技巧,可是因财之故,也不能对她不另眼相看。小玉、玉箫最初对她是多么的奚落嘲弄,后来看到她有钱,也不能不表示好感。唱曲的每人发一方销金汗巾,五钱银子,也都打发得够饱了。至于解衣银姐,更因为有衣才能显出自己的大方。综括起来看,李瓶儿这一时期,正像捎班中的安儿,花钱运动的大员,靠自己的钱,才站稳了地位;可是,透过了钱财,才显得出这一世界的她,这也正启示了瓶儿的结局了。"③这些细节大多是借助物象群描写来呈现的。

    正是通过对物象群的描写,李瓶儿这一形象的前后转变以及她和金莲的貌合神离,才显得更为真切可感。无论是紫瑛石耳坠还是一寸大小的水饺、或是象牙骨牌与南酒,都不是潘金莲所可能拥有之物。这些精致、讲究的物象群,构成了李瓶儿所特有的人物场域。有意思的是,构成李瓶儿这一人物场域的物象群,有很大一部分同时也为郑爱月儿所享有,即二人的场域存在

---

① (明)兰陵笑笑生《金瓶梅词话》,第三十三回,第381页;第五十八回,第720页。
② (明)兰陵笑笑生《金瓶梅词话》,第二十回,第229页。
③ 孟超著,张光宇画《〈金瓶梅〉人物》,第101页。

大量交叉和重叠。那么，**借助物象群的描写，郑爱月儿这一人物也与李瓶儿有了一种更为深层的联系，同时也显示出叙述者在人物安排上的用心之细密。**

《金瓶梅》中借由物象群描写建构人物场域，从人物与物象群的关系上看，《金瓶梅》所着意表现的是人物对物象群的占有关系，或者说物象群于人物的隶属关系。以李瓶儿为例，她以吃穿用度上的讲究和品味区别于其他女性，而这背后是以雄厚的财力为支撑。构成她的场域的物象群，同时也是各种中高档商品的综合体。这正是对商业文明消费文化逻辑的模拟：拥有什么样的商品即意味着拥有什么样的品味。文化品味的高低与经济地位互为表里，同样是一种可以购买和消费的附属品。

二、原稿、续笔中的"物象群"与人物场域的前后不协

由于《金瓶梅》作者处理的是商人家庭题材，因此围绕特定人物展开的物象群描写也十分注重对其商品性的暗示。无论是小说人物还是读者，都会极其自然地在物象与商品价值之间进行等价转换。物象群描写往往用于暗示人物的经济地位。与《金瓶梅》中主要角色对物质财富的热衷不同，《红楼梦》中的主要人物是很不屑汲汲于金钱财富（当然也有例外，如王熙凤）。**《红楼梦》中用以建构人物场域的物象群所具备的精神与情感上的意义，要远远大于其经济价值。**

1. 温厚蕴藉之雅：原稿中心系宝玉之黛玉

《红楼梦》中的每个人物都有属于自己的场域，尤其是主要人物。写什么不写什么，都与小说家对于该人物性格的设置和把握密切相关。按照王熙凤的评价，宝钗是"拿定了主意，'不干己事不张口，一问摇头三不知'"[①]，但那是针对公开场合而言；就《红楼梦》对薛宝钗话语的描写而言，则极凸显其博学强记与人情练达。前有冷香丸，可谓超凡绝尘；后有当票子，不愧经济致用。第三十五回，袭人央求莺儿给宝玉打梅花络，关于如何配色，引发了宝玉与莺儿惬意亲密的讨论：

> 莺儿道："什么要紧，不过是扇子，香坠儿，汗巾子。"宝玉道："汗巾子就好。"莺儿道："汗巾子是什么颜色的？"宝玉道："大红的。"莺儿道："大红的须是黑络子才好看的，或是石青的才压的住颜色。"宝玉道："松花色配什么？"莺儿道："松花配桃红。"宝玉笑道："这才娇艳。再要雅淡

---

① （清）曹雪芹、高鹗《红楼梦》，第五十五回，第760页。

之中带些娇艳。"莺儿道："葱绿柳黄是我最爱的。"宝玉道："也罢了，也
打一条桃红，再打一条葱绿。"莺儿道："什么花样呢?"宝玉道："共有几
样花样?"莺儿道："一炷香，朝天凳，像眼块，方胜，连环，梅花，柳叶。"宝
玉道："前儿你替三姑娘打的那花样是什么?"莺儿道："那是攒心梅花。"
宝玉道："就是那样好。"①

　　这一段描写之琐细，可与《金瓶梅》第五十二回中潘金莲托陈经济买手
帕子一节相提并论。不过，陈经济是完全属于男性世界的人物，对潘金莲一
五一十开出的手帕式样和颜色十分不耐烦，连称"把人琐碎死了"。同时，对
手帕颜色、式样的描写，基本上仅出现在潘金莲的单向话语中，而并未得到互
动和交流。**原本横亘在两性之间、由截然不同的社会规范和生活习惯所造成
的知识与兴趣上的隔阂，在贾宝玉与他周边年轻女性朋友的交流中，完全被
打破甚至消弭了。**宝玉性情中的女性气质，使其成为一个具有沟通性质的人
物；借由他这面镜子，少女特有的细腻审美心理得以在一个畅通无阻的对话
场景中得到淋漓尽致的表现。程乙本将莺儿所言"葱绿柳黄是我最爱的"改
为"葱绿柳黄可倒还雅致"②，虽则更为雅致稳重，但却失却活泼娇憨、率性天
真，不如庚辰本贴近莺儿的身份口吻。后改的那一句倒更像是宝钗之言：

　　　宝钗坐了，因问莺儿"打什么呢?"一面问，一面向他手里去瞧，才打
　　了半截。宝钗笑道："这有什么趣儿，倒不如打个络子把玉络上呢。"一
　　句话提醒了宝玉，便拍手笑道："倒是姐姐说得是，我就忘了。只是配个
　　什么颜色才好?"宝钗道："若用杂色断然使不得，大红又犯了色，黄的又
　　不起眼，黑的又过暗。等我想个法儿：把那金线拿来，配着黑珠儿线，一
　　根一根的拈上，打成络子，这才好看。"
　　　宝玉听说，喜之不尽，一叠声便叫袭人来取金线。③

　　上文不惜笔墨渲染莺儿的手艺之巧与她对颜色的敏感，或正为写宝钗做
铺垫。宝钗对颜色搭配的独特审美，更在莺儿和宝玉之上。上文中莺儿最喜
欢的是葱绿柳黄，十分清丽明快。然而，宝钗结玉络的配色更出人意表，须用
金线配黑线，既不张扬，又不黯淡，雍容大方，正如其人。程乙本在宝钗用色

---

① (清)曹雪芹、高鹗《红楼梦》，第三十五回，第 471 页。
② (清)曹雪芹著，陈其泰批校《红楼梦(程乙本)——桐花凤阁批校本》(全 5 册)，北京：北京
　图书馆出版社，2001 年影印本，第 2 册，第三十五回，第 1033 页。
③ (清)曹雪芹、高鹗《红楼梦》，第三十五回，第 472 页。

的描写上,有些微差异:

> 宝钗道:"用鸦色断然使不得,大红又犯了色。黄的又不起眼,黑的
> 太暗。依我说,竟把你的金线拿来配着黑珠儿线,一根一根的拈上,打成
> 络子,那才好看。"①

显然,"鸦色"即黑色,与后文"黑"色相犯,甚是不通。虽仅一字之差,但却足以影响人物话语的缜密性。上文宝玉听了莺儿的配色提议,不过懒懒地说了声"也罢了",而听到宝钗的方案后,宝玉便"喜之不尽""一叠声",可见宝玉深服宝钗之眼光。莺儿是宝钗的贴身侍女,写莺儿之擅长女红且灵巧活泼,实则间接写宝钗之勤于调教、以女德为尚。宝钗主仆在女红上的用心和敏巧,从她们结络用色的安排可见一斑。

相比之下,《红楼梦》一书却很少提及紫鹃或雪雁精于女红,对黛玉则几乎省去这方面的描写。第三十二回湘云和黛玉怄气,袭人略带微讽地向湘云透露,黛玉一年到头也没做成什么女红,"旧年好一年的功夫,做了个香袋儿;今年半年,还没见拿针线呢"②。湘云虽为大家闺秀,但家道中落,不得不亲自拿针拈线、自食其力。袭人虽用不着事必躬亲,但宝玉贴身穿戴都需自己出力。与此二人对比,黛玉已然相形见绌。小说写了什么,固然值得关注;不写什么,乃无为之为,亦值得关注。

这样一种自得于日常闺阁、专注于女性活动中自足安然的状态,在小说对黛玉的描写中可谓凤毛麟角。黛玉自小丧母,且又寄人篱下,虽受贾母宠爱,但其敏感多疑的性情致使其对周遭缺乏泰然处之的安全感。既为大家闺秀,黛玉本无心过问家长里短,兼之身体纤弱,更不事衣食女红,作者亦不曾让黛玉去操这些心。**然而,黛玉却也有破例的时候。**前八十回中,黛玉所出之言,极少涉及生活中的物质细节,毕竟此非黛玉心之所系;然而,若与宝玉有关,则另当别论。例如,第二十回写黛玉因宝玉亲近宝钗、湘云等姊妹而心生不快,气闷落泪。宝玉知难挽回,打叠起千百样款语温言来劝慰她:

> 宝玉[……]说道:"你这么个明白人,难道连'亲不间疏,先不僭后'
> 也不知道? [……]?"林黛玉啐道:"我难道为叫你疏他? 我成了个什么
> 人了呢! 我为的是我的心。"宝玉道:"我也为的是我的心。难道你就知

---

① (清)曹雪芹著,陈其泰批校《红楼梦(程乙本)——桐花凤阁批校本》,第2册,第三十五回,第1036页。
② (清)曹雪芹、高鹗《红楼梦》,第三十二回,第432页。

你的心,不知我的心不成?"林黛玉听了,低头一语不发,半日说道:"你只怨人行动嗔怪了你,你再不知道你自己恼人难受。就拿今日天气比,分明今儿冷的这样,你怎么倒反把个青肷披风脱了呢?"宝玉笑道:"何尝不穿着,见你一恼,我一炮燥就脱了。"林黛玉叹道:"回来伤了风,又该饿着吵吃的了。"①

　　宝玉的热烈剖白与温存劝慰,终于还是打动了黛玉。黛玉的敏感脆弱、自尊好强,兼之寄人篱下的身世经历,致令她对他人常持不信任的态度。出于对宝玉爱情的不安全感,黛玉将自己投注于一次又一次耗费心力的确证之旅,置身于一次又一次情感的旋涡之中。对于处在旋涡中心的黛玉而言,宝玉的表白,无疑地,是强有力的镇定剂。仿佛骤雨初歇,天地复又风和日丽,重归平和的黛玉,方意识到宝玉在春寒料峭的天气里(正月十八)仅穿着袄子,便嗔责他:"分明今儿冷的这样,你怎么倒反把个青肷披风脱了呢?"这一细节,可谓关切之至。黛玉的形象常常与葬花、吟诗等风雅活动联系在一起,俨然不食人间烟火的仙女。然而,黛玉终究不是一个苍白的符号,她是那么真切鲜活的少女,也有着"咬啮的小烦恼"。

　　黛玉不但关心贾宝玉身上少了什么东西,同时还对他身上多出来的东西十分留意,正如第三十二回中黛玉对麒麟的敏感,只是因为那是宝玉之物,又与史湘云的金麒麟共成一对,"便恐借此生隙,同史湘云也做出那些风流佳事来"②。

　　《红楼梦》写宝玉的全身装束,几乎都通过黛玉的视角来呈现。除了第三回两次通过黛玉的视线写宝玉的礼服与常服之外,第四十五回写秋雨夜宝玉探访黛玉时的雨天装束:

　　　　一语未完,只见宝玉头上带着大箬笠,身上披着蓑衣。黛玉不觉笑了:"那里来的渔翁!"[……]
　　　　黛玉看脱了蓑衣,里面只穿半旧红绫短袄,系着绿汗巾子,膝下露出油绿绸撒花裤子,底下是掐金满绣的绵纱袜子,靸着蝴蝶落花鞋。黛玉问道:"上头怕雨,底下这鞋袜子是不怕雨的?也倒干净。"宝玉笑道:"我这一套是全的。有一双棠木屐,才穿了来,脱在廊檐上了。"黛玉又看那蓑衣斗笠不是寻常市卖的,十分细致轻巧,因说道:"是什么草编的?怪道穿上不像那刺猬似的。"宝玉道:"这三样都是北静王送的。[……]

---

① (清)曹雪芹、高鹗《红楼梦》,第二十回,第277页。
② (清)曹雪芹、高鹗《红楼梦》,第三十二回,第433页。

惟有这斗笠有趣[……]我送你一顶,冬天下雪戴。"黛玉笑道:"我不要他。戴上那个,成个画儿上画的和戏上扮的渔婆了。"及说了出来,方想起话未忖夺,与方才说宝玉的话相连,后悔不及,羞的脸飞红,便伏在桌上嗽个不住。①

宝玉的这身打扮,着实引起了黛玉的好奇。然而,**有趣的是,黛玉并不先问蓑衣,倒先关心起宝玉的袜子**。黛玉心内早有忖度,雨夜来访,恐怕袜子早已溅湿,等他脱了蓑衣便从头到脚打量了一番,发现袜子竟不湿,且倒干净,故而便自好奇。宝玉方说他原穿着木屐过来的,现脱在廊檐下,想必也是怕泥污不洁,未曾穿进来。一问一答看似平淡,但却暗含了二人心领神会的亲昵与关切。**对宝玉放了心,黛玉才有心细看他所穿的新蓑衣、新斗笠。若是迎头便问蓑衣斗笠,恐非黛玉作风,而更像史湘云了**。小说第三回写黛玉初入贾府时所闻所见,即便出乎意料,也丝毫无有惊乍好奇之状,其敏察机警不在熙凤之下。然而,相处日久,兼之大观园与众姊妹所营造的宾至如归的气氛,黛玉也渐渐卸下了这些顾虑,尤其是对宝玉。也只有在一个惬意放松的氛围中,黛玉才有可能"出言不逊",甚至开起了玩笑。与上文金麒麟相似,曹雪芹将黛玉的观察和心理活动注入对蓑衣、斗笠的描写中;但是,与写金麒麟的猜疑不同,打趣蓑衣和斗笠的林黛玉活泼而幽默。二人聊了一会儿,宝玉恐耽误黛玉休息,便命人打灯笼回去:

> 黛玉笑道:"这个天点灯笼?"宝玉道:"不相干,是明瓦的,不怕雨。"黛玉听了,回手向书架上把个玻璃绣球灯拿了下来,命点一支小蜡来,递与宝玉,道:"这个又比那个亮,正是雨里点的。"宝玉道:"我也有这么一个,怕他们失脚滑倒了打破了,所以没点来。"黛玉道:"**跌了灯值钱,跌了人值钱**? 你又穿不惯木屐子。那灯笼命他们前头照着。这个又轻巧又亮,原是雨里自己拿着的,你自己手里拿着这个,岂不好? 明儿再送来。就失了手也有限的,怎么忽然又变出这'剖腹藏珠'的脾气来!"②

宝玉的灯笼是明瓦的,也就是用蛎、蚌的壳磨成半透明的薄片以取光,故而不怕雨;明瓦灯笼,就是以明瓦围之,中间燃烛。未有玻璃以前多用之,其亮度不如玻璃。至于玻璃灯笼,清人焦东周生《扬州梦》卷三《梦中事》有云:"灯以玻璃为上,琉璃次之。玻璃有方有六角,琉璃有圆有长,皆有华盖有绥。

---

① (清)曹雪芹、高鹗《红楼梦》,第四十五回,第610页。
② (清)曹雪芹、高鹗《红楼梦》,第四十五回,第611页。

绥有线有珠,色有红有彩,素者用白用蓝。"①不过,据沈从文的考证,黛玉的玻璃绣球灯,应该是"用硬木作骨架拼合十二或十六方做成的球形灯,这种灯宋明以来多是用纱糊成,上面并绘彩画,清代才用玻璃作,上面还是作各种粉彩杂画,和绣球一样,所以名绣球灯"②。六角还是十六方,具体的形制如何或许并不重要;值得注意的是,这是黛玉主动与宝玉分享之物。

虽然《红楼梦》中不止一次写黛玉将己物馈赠他人或与他人分享③,但总的来说,仍不及宝钗赠物之多之广。当然,这是由二人不同的经济地位、家庭处境和性格所决定的。但是,在涉及宝玉的切身需求上,黛玉却从来没有吝惜过她的所有物。上文的雨夜探访中,宝玉先提到他是穿着海棠木屐来的,黛玉心里默默记下,此时宝玉要走,她又担心宝玉穿不惯木屐,雨湿路滑或恐摔倒,便命人将她的玻璃绣球灯给了宝玉,还嗔怪他不应如此惜物。这一番温柔体恤的关切与"管教",是继上次娇嗔披风事件后再度流露真性情,这在黛玉是十分罕见的。平日里姊妹共处,不方便流露真情,亦不好过于关切。值此秋夜,风雨淅沥,闺中清宁,更无可虑可疑之人,只有宝玉"一手举起灯来,一手遮住灯光,向黛玉脸上照了一照,觑着眼细瞧了一瞧,笑道:'今儿气色好了些'"④。那灯笼透出温暖柔和的光,将两个人的影子投在纱窗上。以黛玉的敏感与诗情,那场景或早已触动她,如巴山夜雨、西窗剪烛般,久久慰藉人心。

前八十回中的黛玉大部分时候嘴上不饶人,亦不太在乎他人感受,但她未尝不会体恤关切,未尝不谙人情世故:宝玉少穿一件衣服,多出一个麒麟,他的蓑衣、他的袜子,连同他的灯笼,黛玉都不曾眼错过。

2. 斧凿刻露之俗:续笔中沉湎己虑之黛玉

《红楼梦》前八十回中,不曾仔细交代过黛玉所住潇湘馆的内部格局,只提及"上面小小两三间房舍,一明两暗,里面都是合着地步打就的床几椅案","又有两间小小退步",所谓"退步",是"套间一类可作退居之所的附属建筑"。⑤《红楼梦》前八十回尚有"套间"一词,总共出现了两次,一写贾母的套间,一写贾琏与熙凤处的套间,可见"退步"与"套间"并不完全一样。小说前八十回写宝玉探访黛玉的场合中,往往只提"进入里间"(第十九回),泛指明间两旁的暗间。但是,续书则一再强调黛玉睡卧之处乃是一个套间:

---

①　(清)焦东周生《扬州梦》,上海:国学整理社,1935年,卷三,第49页。

②　沈从文《〈红楼梦〉衣物及当时种种》,载《龙凤艺术》,第224页。

③　第十六回黛玉从苏州回来时,曾经将纸笔分赠宝钗、迎春、宝玉等人;第五十九回湘云犯了杏癍薛,向宝钗要蔷薇硝,宝钗处没有,遂建议湘云向黛玉要,黛玉命紫鹃包了一包给湘云。

④　(清)曹雪芹、高鹗《红楼梦》,第四十五回,第610页。

⑤　(清)曹雪芹、高鹗《红楼梦》,第十七、十八回,第221页,注释4。

　　一时晚妆将卸,黛玉进了套间,猛抬头看见了荔枝瓶,不禁想起日间老婆子的一番混话,甚是刺心。①

　　紫鹃答应着,忙出来换了一个痰盒儿,将手里的这个盒儿放在桌上,开了套间门出来,仍旧带上门,放下撒花软帘,出来叫醒雪雁。②

　　续作者不知有何依据,将黛玉的睡卧之处安顿得如此详切。尤其是"撒花软帘",十分扎眼。前八十回中,"撒花"几乎是熙凤与宝玉姐弟俩的专用图案。黛玉第一次见到王熙凤,凤姐穿着翡翠撒花洋绉裙(第三回);刘姥姥第一次见凤姐,她又是桃红撒花袄,房中还挂撒花软帘(第六回);黛玉第一次见宝玉,他身上穿着银红撒花半旧大袄,下面半露松花撒花绫裤腿(第三回),后来还见他穿过油绿绸撒花裤子(第四十五回),屋里挂着大红销金撒花帐子(第二十六回),门上挂葱绿撒花软帘(第四十一回)。总之,"撒花"往往以桃红、银红、松花、葱绿等极其醒目鲜亮的色彩为底,极富丽张扬、明快活泼,与熙凤、宝玉的气场相映生辉,但却与黛玉格格不入。就前八十回写软帘而言,这么小的一个细节也因人而异,与人物场域相匹配。凤姐与宝玉的都是"撒花软帘",宝钗的是"半旧的红绸软帘"(第八回),与她通身半旧不新、富而不丽的色彩基调相一致。鲜亮色系与繁复图案,不是黛玉的风格。正如张爱玲所言,黛玉"通身没有一个细节,只是一种姿态,一个声音"③。小说第十九回宝玉来看望黛玉时,"满屋内静悄悄的。宝玉揭起绣线软帘,进入里间,只见黛玉睡在那里"④;"绣线"是对工艺的描述,没有透露具体颜色和图案,给人一种清新灵秀之感,更契合黛玉的气质。第四十回贾母和刘姥姥到潇湘馆,"紫鹃早打起湘帘"⑤;那"湘帘",正是第十七、十八回门帘账单中的"湘妃竹帘",与潇湘馆的整体建筑风格亦相协调。曹雪芹在这种地方的省俭之笔,给读者想象黛玉空灵缥缈的形象留下了空间。

　　后四十回续书对黛玉房间的描写较之前八十回,最明显的特征是更加写实具体,而这一判断亦适用于后四十回中对黛玉场域的营造。同时,由于后四十回对黛玉风格把握不够准确,致使前八十回所确立的"仙姝寂寞林"形象为世俗所改写。这主要体现在后四十回中对黛玉饮食服饰的描写中。

①　(清)曹雪芹、高鹗《红楼梦》,第八十二回,第1159页。
②　(清)曹雪芹、高鹗《红楼梦》,第八十二回,第1163页。
③　张爱玲《红楼梦魇》,第12页。
④　(清)曹雪芹、高鹗《红楼梦》,第十九回,第264页。
⑤　(清)曹雪芹、高鹗《红楼梦》,第四十回,第532页。

前八十回仅两次提到黛玉的衣饰,一次是第四十九回赏雪,为了衬托邢岫烟的寒酸,逐个交代每人的外衣,"黛玉换上掐金挖云红香羊皮小靴,罩了一件大红羽纱面白狐狸里的鹤氅,束一条青金闪绿双环四合如意绦,头上罩了雪帽"①;另一处是第八回黛玉到薛姨妈家探望宝钗,"宝玉因见他外面罩着大红羽缎对衿褂子,因问:'下雪了么?'"②,"也是下雪,也是一色大红的外衣,没有镶滚,没有时间性,该不是偶然的。'世外仙姝寂寞林'应当有一种飘渺的感觉,不一定属于什么时代"③。然而,**续书却将林黛玉从写意画中搬到了工笔画中:**

> 但见黛玉身上穿着月白绣花小毛皮袄,加上银鼠坎肩;头上挽着随常云髻,簪上一枝赤金扁簪,别无花朵;腰下系着杨妃色绣花绵裙。④

皮袄、坎肩、云髻、金簪、绵裙,俨然《金瓶梅》中女性的装扮。同一处描写,张爱玲曾在一种石印的程甲本中读到略有差异的描写,黛玉穿着"水红绣花袄",头上也插着"赤金扁簪",非常刺眼。⑤ 乾隆百廿回抄本中本来是没有这一段的,后来夹行添写了这一段。⑥

后四十回中的黛玉,十分留意于脂粉衣着。比如第八十七回黛玉向雪雁吩咐:"天气冷了,我前日叫你们把那些小毛儿衣服晾晾,可曾晾过没有?"⑦据邓云乡的考证,"皮衣、皮货分细毛皮货、粗毛皮货、大毛儿、小毛儿、直毛、弯毛等类,都是两两对照的。大毛儿是细毛皮货,顾名思义是对小毛儿说的"⑧。"大毛儿""小毛儿"均为表示珍贵细毛皮货毛头长短的概念,而非专指某一种兽皮。⑨ 虽然这里仍然用的是珍贵的皮毛,但仍有违前八十回对黛玉服饰描写的一贯风格。

前八十回两次写到黛玉的装束,第八回所穿为大红羽缎对襟褂,而第四

---

① (清)曹雪芹、高鹗《红楼梦》,第四十九回,第660页。
② (清)曹雪芹、高鹗《红楼梦》,第八回,第122页。
③ 张爱玲《红楼梦魇》,第12页。
④ (清)曹雪芹、高鹗《红楼梦》,第八十九回,第1247页。
⑤ 张爱玲《红楼梦魇》,第12页。
⑥ (清)曹雪芹《乾隆抄本百廿回红楼梦稿:杨本》(全3册),北京:人民文学出版社,2010年影印本,第2册,第八十八回,第1000页。
⑦ (清)曹雪芹、高鹗《红楼梦》,第八十七回,第1222页。
⑧ 邓云乡《红楼识小录》,第187页。
⑨ 参见邓云乡《红楼识小录》,第187页。

十九回所穿鹤氅的质地,各本存在异文,就抄本系统而言,甲辰本作"羽绉"①、梦稿本(乾隆百廿回抄本)亦作"羽绉"②,其余抄本均作"羽纱";刻本系统,程甲、程乙均作"羽绉"③。清王士禛(1634—1711)《皇华纪闻》卷三载:"西洋有羽缎、羽纱,以鸟羽织成,每一匹价至六七十金,着雨不沾湿。荷兰上贡止一二匹。"④其《香祖笔记》又云:"羽纱、羽缎出海外荷兰、暹罗诸国。康熙初入贡止一二匹,今闽广多有之,盖缉百鸟羢毛织成。"⑤刊刻于雍正五年的(闽海关)《常税则例》中,羽毛类进口物单中除了"羽毛缎""羽毛纱",还有"羽绉",总共三种,均为外来羽毛织物,且都质地轻柔飘逸。《钦定皇朝文献通考》卷一四一"王礼考"曰:"皇帝雨冠、雨衣、雨裳之制,皆用明黄色毡及羽绉、油绸,惟其时",而皇子所用低一等,"均用红色毡及羽纱、油绸,惟其时"。⑥ 作为贡品或者进口的羽绉、羽纱,多用作贵族的雨具,从服饰等级上看,羽绉比羽纱更加贵重一些。从质感和外观上看,羽缎(又称哔叽)是光地的羽毛织物,羽绉(或羽绸)是毛地的织物。⑦ 羽纱则为一种薄的纺织品,用棉与毛或丝等混合织成,多用来做衣服衬里。总之,前八十回写黛玉的服饰,只写其雪天所穿的红色羽毛织物外套,映衬着明净的雪地,轻盈飘逸,不失仙姝之态。彩绣辉煌、雍容华贵的大毛儿是王熙凤所爱,不是黛玉的风格,更不用说质地粗糙的小毛儿了。

后四十回中的黛玉还一反常态地逢迎讨好贾母。在第九十四回海棠违时开花,贾母引以为奇,带着家人来看,雪雁跑来叫黛玉也去,"黛玉略自照了一照镜子,掠了一掠鬓发,便扶着紫鹃到怡红院来"⑧。前八十回写黛玉对镜只有三处,一处是晨起梳妆,一处是宝玉提醒黛玉掠鬓,还有一处是宝钗为黛玉整理松了的头发。这一回中黛玉久病初愈,先前因听闻宝玉婚聘而大病几殆,后来又离奇地好起来,听说贾母要来看海棠,黛玉便兴冲冲地更衣照镜,

① 冯其庸主编,红楼梦研究所汇校《脂砚斋重评石头记汇校》(全5册),北京:文化艺术出版社,1987—1989年,第3册,第2643页。不过,该汇校本有遗漏之处,此处未出梦稿本异文。
② (清)曹雪芹《乾隆抄本百廿回红楼梦稿:杨本》,第2册,第四十九回,第569页。
③ (清)曹雪芹、高鹗《程甲本红楼梦》(全4册),北京:北京图书馆出版社,2001年影印本,第2册,第1286页。(清)曹雪芹著,陈其泰批校《红楼梦(程乙本)——桐花凤阁批校本》,第2册,第1440页。
④ (清)王士禛《皇华纪闻》,《四库全书存目丛书》,济南:齐鲁书社,1995年,据清康熙王氏家刻后印本影印,子部,第245册,第221页。
⑤ (清)王士禛《香祖笔记》,《景印文渊阁四库全书》,台北:台湾商务印书馆,1983年影印本,子部第176册(总第870册),卷一,第382页。
⑥ (清)乾隆敕撰《钦定皇朝文献通考》,《景印文渊阁四库全书》,台北:台湾商务印书馆,1983年影印本,史部第393册(总第635册),卷一四一,第115、116页。
⑦ 沈从文《〈红楼梦〉衣物及当时种种》,《龙凤艺术》,第207页。
⑧ (清)曹雪芹、高鹗《红楼梦》,第九十四回,第1300页。

很有逢迎讨好之意,实则是续笔者对黛玉的庸俗化揣度。

　　然而,对黛玉缥缈优雅形象给予最致命破坏的,不是撒花软帘、水红皮袄、银鼠坎肩、赤金扁簪,也不是小毛儿衣服,而是一碗汤。第四十五回宝钗对黛玉坦诚相待,冰释前嫌,关怀黛玉的身体状况,建议她"每日早起拿上等燕窝一两,冰糖五钱,用银铫子熬出粥来,若吃惯了,比药还强,最是滋阴补气"①,当天晚上又派婆子给黛玉送了一大包上等燕窝,还有一包洁粉梅片雪花洋糖。第五十一回凤姐和贾母、王夫人共同商议,由于天气渐冷,大家都到贾母处来吃饭不便,因此园中另立厨爨,供应一日两餐,由李纨带姑娘们就在大观园里吃。第五十七回中宝玉听黛玉说宝钗送燕窝,后来也在贾母面前露了风声,由紫鹃的回应中又可得知贾母果真每日派人送一两燕窝来。除此之外,前八十回没有详细写过林黛玉的饮食。然而,第八十七回却十分详细地通过紫鹃之口交代了林黛玉的饮食:

　　　　紫鹃走来[……]便问道:"[……]刚才我叫雪雁告诉厨房里给姑娘作了一碗火肉白菜汤,加了一点儿虾米儿,配了点青笋紫菜。姑娘想着好吗?"黛玉道:"也罢了。"[……]这里雪雁将黛玉的碗箸安放在小几儿上,因问黛玉道:"还有咱们南来的五香大头菜,拌些麻油醋可好么?"黛玉道:"也使得,只不必累赘了。"一面盛上粥来,黛玉吃了半碗,用羹匙舀了两口汤喝,就搁下了。②

　　邓云乡在《高鹗的汤》一文中指出这一段"妙文"的三个可怪之处:第一,吃粥就汤,是南北各地,从来没有听说过的吃法。小说第四十三回曾借贾母之口说过"那汤虽好,就只不对稀饭"的话,而续作者却"要写出喝完粥、又喝汤的怪文",连"笔下的林黛玉也变得莫名其妙了"。第二,五香大头菜加醋,也是怪文,是续作者"无此学识和生活的基础","想不出什么高级粥菜",故而十分寒碜。第三,火肉即炉肉,是北京特产,又名烧肉、青酱肉,是把小猪肉抹上面酱等作料放在火上去烤,肉皮烤成焦黄,十分硬,若再切成小长条入锅用文火炖,肉皮炖软后风味极佳。青笋是指春天的嫩笋,而此时是秋末,时令不对。紫菜是海货,不宜放在白菜汤里。白菜本身有一点甜味,加上腥咸的紫菜,是不相宜的。③ 邓云乡以为,续作者有意在模仿前文宝玉吃汤的情节(第八回"酸笋鸡皮汤",第四十三回"野鸡崽子汤",第五十八回"火腿鲜笋

----

① (清)曹雪芹、高鹗《红楼梦》,第四十五回,第607页。
② (清)曹雪芹、高鹗《红楼梦》,第八十七回,第1221—1222页。
③ 邓云乡《红楼识小录》,第297—301页。

汤",第六十二回"虾丸鸡皮汤"等),但由于他缺乏生活基础、又不懂烹饪,故而写得十分拙劣。抛开烹饪知识和生活经验不说,**就人物场域内在统一性而言,这"火肉白菜汤"已经太过于挑战林黛玉的脾胃了**。小说第四十九回割腥啖膻时,众人都吃得十分起劲,连怕脏的宝琴也鼓起勇气尝了尝鹿肉,但林黛玉却是一口不吃的。就这点而言,续作者已经唐突佳人了。

由于缺乏特定的知识,也由于生活经验所限,续作者对构成人物场域的物象的选取和描写,并没能成功地接续前八十回中既已形成的风格,反而破坏了人物场域的完整性与人物风格的内在统一性。后四十回中有失分寸、过于写实具体的物象描写,使得前八十回中缥缈优雅的林黛玉渐渐现出世俗的面向。然而,续作者的初衷绝非如此。从后四十回对黛玉习琴、抄经的叙述,可以看出续作者仍致力于呈现黛玉精神品格中雅的一面。然而,续作者对雅俗的看法未脱流俗之见,不免将琴棋书画的程式化套路作为"雅"的代名词,沿着这一思路来扩展黛玉的生活和形象,殊不知这正是曹雪芹一贯反对的陈词滥调,正如杜慎卿所言"雅的这样俗"①。比如,写黛玉教宝玉看琴谱与抚琴。俞平伯以为续书中有几个部分写得不错的,其中之一便是写妙玉与宝玉听琴那一部分,但笔者以为,纵使这部分的描写不错,从情节结构上看,也是极落俗套的一种写法。另外,第八十九回写黛玉抄经、写对联、鉴古画,有"书"又有"画"了;写妙玉与惜春下大棋、看棋谱也格外用力,似乎都是为了凑齐"琴棋书画"四艺。此外,**续作者对物象象征功能的肤浅的理解,也导致对黛玉内心的描写过于露骨刻意、有失温厚蕴藉**。第八十二回宝钗派婆子给黛玉送来一瓶蜜饯荔枝,那婆子对黛玉极尽夸赞,并称黛玉与宝玉是天仙一对。到了夜里:

> 一时晚妆将卸,黛玉进了套间,**猛抬头看见了荔枝瓶,不禁想起日间老婆子的一番混话,甚是刺心**。当此黄昏人静,千愁万绪,堆上心来。想起自己身子不牢,年纪又大了。看宝玉的光景,心里虽没别人,但是老太太舅母又不见有半点意思。深恨父母在时,何不早定了这头婚姻。又转念一想道:"倘若父母在时,别处定了婚姻,怎能够似宝玉这般人材心地,不如此时尚有可图。"心内一上一下,辗转缠绵,竟像辘轳一般。叹了一回气,掉了几点泪,无情无绪,和衣倒下。②

荔枝瓶本身并不象征或暗示什么,只是令黛玉联想起日间婆子之言,从

---

① (清)吴敬梓著,李汉秋辑校《儒林外史汇校汇评》,第二十九回,第362页。

② (清)曹雪芹、高鹗《红楼梦》,第八十二回,第1159—1160页。

而引发一段庸俗的心理描写。可以说,这一处的荔枝瓶可以换成随便什么其他的东西,而不与人物内心产生任何关联。同时,续作者对物象描写的另一极端是,物象被赋予过于直接刻意的象征意味,比如第八十六回的小盆兰花:

> 于是走出门来,只见秋纹带着小丫头捧着一小盆兰花来说:"太太那边有人送了四盆兰花来,因里头有事没有空儿顽他,叫给二爷一盆,林姑娘一盆。"黛玉看时,却有几枝双朵儿的,心中忽然一动,也不知是喜是悲,便呆呆的呆看。那宝玉此时却一心只在琴上,便说:"妹妹有了兰花,就可以做《猗兰操》了。"黛玉听了,心里反不舒服。回到房中,看着花,想到"草木当春,花鲜叶茂,想我年纪尚小,便像三秋蒲柳。若是果能随愿,或者渐渐的好来,不然,只恐似那花柳残春,怎禁得风催雨送"。想到那里,不禁又滴下泪来。①

这一段描写中对双朵兰花的发挥,简直令人肉麻。这是对于物象象征功能过于肤浅的理解所致,将林黛玉也写成了如此直接肤浅、庸俗不堪的人物。

综上所述,恰如其分的物象的选取和描写,是界定人物场域、塑造人物风格、保持人物性格内在统一性的重要手段。从物象描写的角度看,前八十回中的林黛玉虽然极少关注日常生活方面的物质细节,然而,以黛玉的话语或视线呈现的少数物象皆围绕贾宝玉展开,作者在宝、黛的动态关系中对这些物象加以描写。与宝玉相关的物象成为黛玉表达情感的媒介;借由相关的物象描写,曹雪芹塑造出一个心系宝玉的黛玉形象,叙事风格蕴藉温厚。相较之下,后四十回的黛玉则呈现出沉湎于一己之虑的倾向,这一形象无疑与前八十回相背离。一个关键性的原因是续作者在运用"以物写人"手法时,过于浅显刻露地将人物心理附会于物象描写之上。十分具有讽刺意味的是,源于对"雅"的模仿和追求,续作者悖论性地将林黛玉引上了庸俗化的道路,而失败之处就在于对物象选取的失当与有失分寸的描写。

第二节　"单物象"与人物场域精神内核的提炼

上文提及,"单物象"指的是单独出现在一个独立描写中的物象。《金瓶梅》更倚重物象群描写,对单物象尚缺乏十分自觉的选取与提炼。《红楼梦》

---

① (清)曹雪芹、高鹗《红楼梦》,第八十六回,第1216页。

在这方面付出了更多的努力,也贡献了许多成功的创作经验。

一、象征"单物象"与人物场域的符号化

在《金瓶梅》刊刻印行一百多年之后,八十回本《石头记》才开始在曹雪芹的亲友圈里传抄开来。当曹雪芹提笔创作之际,他所面对的是"千部共出一套"的才子佳人小说的传统;此外,正如脂砚斋批语所提示的,还有《金瓶梅》的传统。然而,此二者均未能给曹雪芹提供一个理想的写作范式,正如叙述者借石头之口所言:"历来野史,或讪谤君相,或贬人妻女,奸淫凶恶,不可胜数。更有一种风月笔墨,其淫秽污臭,屠毒笔墨,坏人子弟,又不可胜数。"①就内容而言,《金瓶梅》及其之后的艳情小说难逃其责,"看雪芹所指野史大约就是《金瓶梅》,或其他一类的书"②。无论《红楼梦》在叙述手法上如何"深得金瓶之壸奥",曹雪芹却志不在写"肌肤淫滥"。"至若佳人才子等书,则又千部共出一套,且其中终不能不涉于淫滥"③,则才子佳人小说亦不足为据。《红楼梦》第一回中借石头之口开宗明义,并十分自觉地对已有的小说传统进行回应。对此前的文学传统,曹雪芹有着十分清晰的认识和判断。

同样写家庭闺阁,《红楼梦》在叙事结构与思想感情上的精深蕴藉,为《金瓶梅》所望尘莫及。然而,无论是作为成功的示范,还是作为失败的教训,在家庭闺阁题材的表现上,《金瓶梅》都为《红楼梦》提供了可资借鉴的经验。《金瓶梅》所遇到的问题或未能解决的问题,也成为曹雪芹所要面对的挑战。

《金瓶梅》继承了《三国演义》《水浒传》等皆以楔子作为笼罩性象征框架,以"四贪词"及劝诫总括全书要旨。在明清章回小说中,"楔子"的功能主要有三种,或暗示主题,或揭示人物来源,或说明创作意图,④楔子构成小说叙事的象征意义层面,丰富了小说的时空关系和叙事层次。就《金瓶梅》而言,读者该如何理解小说人物的情欲、生活和命运? 这一切的意义是什么? 对于这个问题,兰陵笑笑生势必感到了解释的必要性,故而在全篇开首引入"四贪词",以构成读者理解全书的基础。然而,《金瓶梅》的楔子仍旧停留在"就事论事"的层面,最终只能引导读者从人世伦理劝诫的角度理解人物的行为及其意义。面对小说中以细腻坚实的物象描写构筑的世界,这一解释框

① (清)曹雪芹、高鹗《红楼梦》,第一回,第5页。
② 俞平伯《作者底态度》,载《红楼梦辨》,第111页。
③ (清)曹雪芹、高鹗《红楼梦》,第一回,第5页。
④ 刘勇强《中国古代小说史叙论》,第438页。

架显得勉强而敷衍,完全不足以解构那个曾令西门庆乐在其中的盈溢充实、生猛鲜活的酒色财气的生活。**过于写实的日常生活如洪水般淹没了既定的思想、道德的堤坝,冲走一切尚未扎根的象征与寓言的可能。**《金瓶梅》中的物象,除了第四十九回写胡僧的饮食带有较强的象征意味之外,大多数是缺乏象征意义的,而这与小说叙事层面象征结构的缺如不无关系。而正是在这一方面,《红楼梦》有出蓝之誉。

1. 作为象征框架的大楔子

虽然"曹雪芹在他那时代多么孤立,除了他自己本能的判断外,实在毫无标准。走的路子是他渐渐暗中摸索出来的"①,但他仍有一个可资借鉴的传统叙事架构。在象征与写实的平衡关系上,《红楼梦》就利用了传统的楔子搭建框架,"为全书营建了一个象征与写实互补的结构"②。《红楼梦》第一至六回,是一个大的楔子。这个楔子里总共出现了四个时空层次:一、绛珠仙草与神瑛侍者的神话时空;二、石头与道士、真人对话的抽象佛道时空(青埂峰无稽崖);三、石头幻化为贾宝玉兼通灵宝玉的世俗时空;四、宝玉梦境中具体化了的佛道时空(警幻仙境)。这四种时空之间不是简单的并行关系,而是复杂的循环嵌套关系。抽象的佛道时空笼罩世俗时空,世俗时空的叙事又被嵌套在神话与佛道的框架之中,但通过贾宝玉的梦境以及疠癞和尚,神话与佛道时空又被连接回世俗时空。在这四层时空中,**第三层是小说叙事的主体时空,但从小说的意义体系看,第三层却只是意义链条的中间环节,既不是起点,亦非终点。**对人物性格的写实描写基本在这一层次上展开,但对人物命运与人物关系及其意义的揭示却隐藏在其他三个层次中。这三个时空层次虽然不可混为一谈,但较之世俗时空而言,它们都属于象征层面的时空。第一层和第二层时空分别为主要人物黛玉和宝玉对应的象征物象而设;第四层时空则为小说中主要及次要女性角色所对应的象征物象而设。《红楼梦》的"象征—写实"关系不只是双层结构,而是多重交叉结构。以"木石前盟"为例,"木"指林黛玉在神话时空(第一层)中的原型"绛珠仙草",同一时空中宝玉的原型是神瑛侍者而非石头;"石"乃是贾宝玉在第二时空中的原型,而这一时空中并未出现黛玉的物象化原型。因此,"木石前盟"结合了第一时空之黛玉原型与第二时空之宝玉原型,并将其作为世俗时空中宝黛关系模式的象征。清人改琦(1773—1828)所绘《红楼梦图咏》首幅《通灵宝石绛珠仙草》亦将此二物放置于同一画面空间中。

---

① 张爱玲《红楼梦魇》,第10页。
② 刘勇强《中国古代小说史叙论》,第437页。

2. 象征取向与写实取向的命名

《红楼梦》象征与写实的一大区别是,象征框架以物为主,写实叙述则以人为重。《红楼梦》中人与物的关系包括三个层次:一、象征层面人与物的关系;二、写实层面的人与象征层面的物的关系;三、写实层面人与物的关系。然而,这三个层面正如上文所述是相互嵌套交织在一起的。

有关此书书名的演变,透露出对此书意旨的不同取向。对象征层面的取向,是我们讨论"人—物"关系的一个切入点。《红楼梦》第一回楔子中,叙述者透露此书的书名曾经过多次改动。然而,不同版本中的楔子部分内容并不一致,此处以甲戌本为例:

> 改《石头记》为《情僧录》。**至吴玉峰题曰《红楼梦》**,东鲁孔梅溪则题曰《风月宝鉴》。后因曹雪芹于悼红轩中披阅十载,增删五次,纂成目录,分出章回,则题曰《金陵十二钗》。并题一绝云:
> 满纸荒唐言,一把辛酸泪!
> 都云作者痴,谁解其中味?
> **至脂砚斋甲戌抄阅再评,仍用《石头记》。**①

此书原名"石头记"大概是毋庸置疑的,至于曹雪芹最后定为何名,则一直众说纷纭。据上文中作者的口吻,似有拟定"金陵十二钗"之意,但最后一句却又话锋一转,"仍用《石头记》"。目前所见甲戌本,即题为"脂砚斋重评石头记"。张爱玲以为"如果此句是甲戌年加的,此本第一回就是一七五四年本。但是也可能是甲戌后追记此书恢复原名经过"②。显然,张爱玲以为此句出自曹雪芹之手。有意思的是,"至吴玉峰题曰《红楼梦》"一句和最后一句"至脂砚斋甲戌抄阅再评,仍用《石头记》"均未见诸其余诸本而仅见于甲戌本③,以墨笔抄写,且出现的位置也比较蹊跷。如果这一句是作者后来增写的话,大可以紧接《金陵十二钗》之后补上一笔,而不必挪至题诗之后。从文意连贯及其版本上的孤例等情况看,尚不能排除脂批混入正文的可能。不过,无论是出自作者之笔,还是出自脂砚斋之笔,从甲戌本的题名来看,作者最后应该还是同意以"石头记"为题。

然而,凡例的内容却令书名的取舍问题变得扑朔迷离了。甲戌本凡例第一条曰:"红楼梦旨义。是书题名极多,梦是总其全书之名也。又曰风月宝

---

① （清）曹雪芹《脂砚斋重评石头记（甲戌本）》,第15—16页。
② 张爱玲《红楼梦魇》,第78页。
③ 冯其庸主编,红楼梦研究所汇校《脂砚斋重评石头记汇校》,第1册,第19页。

鉴[……]又曰石头记[……]又名曰金陵十二钗。"①显然,甲戌本的楔子和凡例之间有矛盾。凡例部分开宗明义采用"红楼梦",以"梦"总括其书。从这一点来看,凡例与曹雪芹、脂砚斋的意见均相左,当不出自曹雪芹或脂砚斋手笔,只可能出自他人之笔。冯其庸以为,"这个'凡例'只可能是后来产生的"②,而"《石头记》改名为《红楼梦》,其时间大致是乾隆四十九年前后到乾隆五十六年之间"③。张爱玲则以为,凡例作于此书用名"红楼梦"时期,在"脂砚斋甲戌抄阅再评"之前,亦即在乾隆十九年(甲戌)曹雪芹删改之前就曾用《红楼梦》一名。④ 二人的结论可谓截然相反。针对凡例与正文楔子在拟用书名上的矛盾,张爱玲十分曲折地从人情关系上去解释,"作者当时仍旧主张用'十二钗',因此把'红楼梦'安插在'风月宝鉴'前面"⑤;至于凡例公然违背作者旨意题名"红楼梦",张爱玲则推测"作者总是有他的苦衷,不好意思或是不便反对,只轻描淡写在楔子里添上一句'至吴玉峰题曰《红楼梦》',贬低这题目的地位,这一句当与'凡例'同时"⑥。虽然,张的论述并不能完全成立,但最后一句却实富洞见。

问题的关键是,添上的那句("至吴玉峰题曰《红楼梦》")是否出自曹雪芹之手。这是值得仔细琢磨的一点。张爱玲以为楔子中"至吴玉峰题曰《红楼梦》"一句,乃是与凡例相呼应,并与凡例作于同时。如果再结合冯其庸对凡例写作时代的推测性考证,那么问题的答案就大致浮出水面了。"至吴玉峰题曰《红楼梦》"这一句仅见于甲戌本⑦,而甲戌本的抄定年代较晚,在己卯、庚辰之后。这一句话在版本上的孤证现象,为另外一种假设提供了可能:凡例诞生于"红楼梦"之名较为普及的乾隆中后期,为了抬高"红楼梦"一名,凡例作者在回溯此书之名的演变之时,在楔子中添入了这一句。己卯、庚辰本中没有这一句,固然可以推测为曹雪芹的删改,但纵使曹雪芹力主"金陵十二钗"一名,也无必要删去"红楼梦"一语,毕竟最终不被曹雪芹采纳的诸如"情僧录""风月宝鉴"等题名亦未曾被删去。

书名演变的复杂过程,其实已难以完全复原。然而,对于此书的定名存在争议,却是不争的事实。甲戌本便提供了这样一个鲜活的例证,即在同一文本空间的楔子与凡例之间、不同时段的作者与评者之间都存在分歧。

---

① (清)曹雪芹《脂砚斋重评石头记(甲戌本)》,第 1 页。
② 冯其庸《石头记脂本研究》,第 216 页。
③ 冯其庸《石头记脂本研究》,第 236 页。
④ 张爱玲《红楼梦魇》,第 75 页。
⑤ 张爱玲《红楼梦魇》,第 77 页。
⑥ 张爱玲《红楼梦魇》,第 78 页。
⑦ 冯其庸主编,红楼梦研究所汇校《脂砚斋重评石头记汇校》,第 1 册,第 19 页。

"《石头记》至少有三个尝试性或替换性的题目,被巧妙地编织进小说叙事的肌理,分别揭示出小说的某一侧面或某一维度。"①其中,"**石头记**"和"**红楼梦**"大概是此书最受认可的两种题名,并分别代表了此书象征与写实的两个面向及其解释框架和理解方式。"石头记"无疑是象征层面的,以象征物为题;"红楼梦"虽从警幻仙境的十二支曲子而来,但其作为标题有较强的写实色彩,②亦更多包含了世俗想象的可能,似更符合传统读者既有的阅读习惯与期待,这在清代读者"梦觉主人"的序中可窥见一斑:

> 辞传闺秀而涉于幻者,故是书以梦名也。夫梦曰红楼,乃巨家大室儿女之情,事有真不真耳。红楼富女,诗证香山;悟幻庄周,梦归蝴蝶。作是书者借以命名,为之《红楼梦》焉。③

清代的读者从"梦"字上做功夫,从而将《红楼梦》连接到已有的文学传统及真幻的辩证讨论中。可以说,《红楼梦》这一定名,与小说的写实维度有着更为密切的关联,也更容易激发读者从这一维度去理解、阐释这部作品的内容和意义。

3. 悲剧:物性与人情的悖论性结合

与"红楼梦"偏向写实维度不同,"石头记"一名揭示了小说的象征维度。石头作为贾宝玉的象征,是小说象征层面中的关键性物象。以物象为题,早在唐人小说《古镜记》等篇目中既已出现,其中古镜是小说主体叙事部分的线索物象。虽然石头也参与到主体叙事中④,在一定程度上扮演线索物象,但其主导功能却仍是作为楔子中的象征物象。从象征层面看,这部小说讲述的是一块无力补天的顽石久经锻炼,灵性已通,经幻术变化成一块通灵宝玉,在尘世中历经繁华盛衰,最后彻悟解脱,返还本性,复为石头的故事。物的变化作为一种主题,在唐人精怪小说中得到了精湛的发挥。然而,精怪小说的兴趣点在于挖掘物怪及其所变之人之间的相似性,包括从外貌、品性到生活

① [美]商伟《文人的时代及其终结》,[美]孙康宜、宇文所安主编《剑桥中国文学史》,下册,第四章,第327页。
② 从书名演变讨论《红楼梦》一书创作过程中象征或写实取向问题,参见李清宇《从诸题名论〈红楼梦〉创作过程中写实性的演进》,《红楼梦学刊》2014年第6辑,第175—193页。
③ 一粟编《古典文学研究资料汇编:红楼梦卷》,第1册,第28页。
④ 蔡义江认为,"在早期脂本中有不少表明石头在整个故事发展过程中总是执行着自己任务的文字(有的还是石头的自白),因为后人不甚了解作者的意图,一些被当作误窜入正文的脂评文字而剔除了,有一些则干脆被认为是作者自己多余的说明,也将它删去了",参见蔡义江《"石头"的职能与甄、贾宝玉——〈红楼梦论佚〉中有关结构艺术的一章》,《红楼梦学刊》1982年第3辑,第121页。

习惯等方面所隐含的共通之处;借助作者对人与物相似处的巧妙设置,读者
最终辨认出物怪原型,如同猜对一道谜语,揭秘是小说叙事的高潮,也是小说
家与读者的共同乐趣所在。以往精怪叙事中,往往先隐藏起物怪原型,而从
物所变之怪开始叙起;"石头记"则从一开始就交代了谜底,即石头变成了通
灵宝玉。贾宝玉是神瑛侍者投胎转世,含玉而生,通灵宝玉同时也成为贾宝
玉的象征。经由通灵宝玉这一中间物,石头与宝玉之间形成并置类比关系。
然而,石头与贾宝玉的类比,是一种悖论的关系,即石头既变成宝玉,也变成
了宝玉所佩戴的美玉。这种悖论性构成了小说叙事的张力,也维系了象征与
写实之间的紧张度。

　　石头的物性本身是无智无识更兼无性无情的,虽经锻炼之后性灵已通,
但诚如僧道所言"若说你性灵,却又如此质蠢"①。即便下凡历劫,却终将"复
还本质"②。然而,贾宝玉却以其性灵敏感而与石头的本质格格不入。夏志
清在分析整部小说的悲剧主题时论及,这同时也是"一场关键性的哲学论
争",即"同情心与自我拯救两者之间的不可调和性"。③ 对他人痛苦的敏感,
是贾宝玉痛苦的主要来源,即不忍之心;而自我拯救就是返璞归真,回归石头
无知无觉的本质,也就意味着不再能感知他人的痛苦。"或自知无力使人类
恢复正常状态从而只好默默忍受,空表同情,或寻求自我解脱,使自己变成一
块石头,对周围痛苦的呼号无动于衷。"④在自我救赎与同情他人之间,在物
性与人情之间,贾宝玉最终还是"以牺牲同情与敏感,也就是他的个体意识
和生命体验的根本特质为代价,实现了自我救赎"⑤,最终回归石头的本质。

　　从贾宝玉与顽石的关系上看,象征物象并置类比了人物命运,并且赋予
人物的性格、生活和命运以意义。然而,这也是凭借楔子这个结构因素才能
实现的艺术效果。石头变化而成的那块佩玉,"借助双关和象征,这块宝玉
从一开始,就跟贾宝玉的命运和自我意识交织在一起",而"这块宝玉的神性
起源也暗示了贾宝玉最终实现自我超越的潜力"。⑥ 虽然通灵宝玉同时也是
贾宝玉在世俗时空中的象征物象,但若从整部小说的架构看,石头才是贾宝
玉的根柢与归宿。"石头记"的题名,既隐藏了作者对人生虚无感的深切体

① (清)曹雪芹、高鹗《红楼梦》,第一回,第 3 页。
② (清)曹雪芹、高鹗《红楼梦》,第一回,第 3 页。
③ [美]夏志清《中国古典小说导论》,第 324 页。
④ [美]夏志清《中国古典小说导论》,第 321 页。
⑤ [美]商伟《文人的时代及其终结》,[美]孙康宜、宇文所安主编《剑桥中国文学史》,下册,
　　第四章,第 332 页。
⑥ [美]商伟《文人的时代及其终结》,[美]孙康宜、宇文所安主编《剑桥中国文学史》,下册,
　　第四章,第 326 页。

验,但同时也透露出一种超越虚无的努力,即尝试将短暂的人情纳入永恒的物性之中。

二、写实"单物象"与人物场域的经典化

纳博科夫在评价契诃夫《带小狗的女人》这篇小说的艺术手法时,提及契诃夫擅长用一两个细节点亮整个人物,即"通过精挑细选和对细微而明显特征的分类,达到对人物准确而丰富的刻画。对于普通作者那些没完没了的描写、重复、强调,契诃夫表示了鄙视。在这段或那段描写中,选用一个细节就可以照亮整个背景"①。这一艺术手法,也见之于世情题材小说,即通过某一代表性物象提炼人物精神内核,刻画人物精神肖像。

由于世情题材小说多以写实笔法为主,因此写实也构成物象描写的主要风格。如上文所述,石头作为宝玉的象征物象,其物性与宝玉的性情相背离,而这种背离乃服务于一个更大的悲剧框架。然而,这种背离在写实手法中是难以想象的。除非出于讽刺的目的,否则出于写实的初衷,小说家在描写与人物相关的物象时,往往会根据人物的性情来安排与其相契合的物象,包括作为人物谈吐之话题的物象,为人物的视线所聚焦的物象,作为物质空间的一部分与人物共处的物象等。

1.《金瓶梅词话》中的写实"单物象"

为了将人物话语与叙述者的概述区分开,可以将每个叙事文本划分成两大部分,即人物话语与叙述话语两部分。若按此逻辑,物象群或单物象可能出现在人物话语中,也可能出现在叙述话语中。然而,值得一提的是,上一节所论及的物象群,倾向于出现在叙述话语中,而这一节将要讨论的单物象,则更多出现在人物话语中。由叙述者承担的叙述话语,在《金瓶梅》中大多数时候依托于选择性全知视角,具备较大的延展空间和自由度,甚至能够以罗列、敷陈的方式进行物象群描写。由人物主导的人物话语则受制于性别、身份、立场、性格等因素,除非特殊情况,否则不可能亦无必要连篇累牍地对物象群进行描写。这也符合现实生活中的经验,毕竟人物话语不是一对多的演讲,而是在一对一的交流关系中展开、进行的,可能随时为对方所打断,也因此往往是零碎不完整的。缘于人物话语相互间的交流性,可供"谈资"之用的单物象,在人物话语中得到了更多发挥。

(1)潘金莲:汗巾

当单物象出现于人物话语中并且成为对话关系中的主题时,人物话语及

---

① ［美］弗拉基米尔·纳博科夫《俄罗斯文学讲稿》,第308页。

对话关系中对这一物象的描述和态度,则无不作用于人物场域的建构与人物形象的塑造。小说家往往要根据特定人物的处境、性格来让人物对某些特定的话题发言。话题可以是事件、人物,也可以是某个特定的物象。世情题材小说中以单物象为话题的现象十分普遍,从根本上说,实乃由琐碎的家庭内闱生活所决定。例如,《金瓶梅》第五十二回叙潘金莲托陈经济买汗巾:

> 金莲道:"不打紧处,我与你银子,明日也替我带**两方销金汗巾子**来。"李瓶儿便问:"姐夫,门外有买销金汗巾儿,也稍几方儿与我。"经济道:"门外手帕巷有名王家,专一发卖**各色改样销金点翠手帕汗巾儿**,随你问多少也有。你老人家要**甚颜色,销甚花样**,早说与我,明日一齐都替你带来了。"李瓶儿道:"我要一方**老金黄销金点翠穿花凤汗巾**。"经济道:"六娘,老金黄销上金不现。"李瓶儿道:"你别要管我,我还要一方**银红绫销江牙海水嵌八宝汗巾儿**,又是一方**闪色麻花销金汗巾儿**。"经济便道:"五娘,你老人家要甚花样?"金莲道:"我没银子,只要两方儿勾了。要一方**玉色绫琐子地儿销金汗巾儿**。"经济道:"你又不是老人家,白剌剌的要他做甚么?"金莲道:"你管他怎的!戴不的,等我往后吃孝戴。"经济道:"那一方要甚颜色?"金莲道:"那一方,我要**娇滴滴紫葡萄颜色,四川绫汗巾儿,上销金**,间点翠,十样锦,同心结,方胜地儿,一个方胜儿里面一对儿喜相逢,两边栏子儿都是缨络出珠碎八宝儿。"经济听了,说道:"耶噪!耶噪!再没了?卖瓜子儿开厢子打涕喷,**琐碎一大堆**。"①

这一段叙事中唯一带有行动色彩的只有"道"和"听"这两个不得不涉及的"行动因素","行动因素"几近于零,而完全由人物一来一往的对话构成。在人物的对话中,"汗巾儿"是关键话题。陈经济所说的"琐碎一大堆",正是被很多学者诟病的地方。但是,我们要加以区分的是,这是在人物话语中的"琐碎一大堆",而不是在叙述话语中的"琐碎一大堆"。就前者而言,这种"琐碎"与小说人物的性别特征、生活习惯相契合。李瓶儿和潘金莲较之陈经济就"琐碎"多了,而潘金莲较之李瓶儿又更为"琐碎"。陈经济只知道"各色改样销金点翠手帕汗巾儿",因此只问"要甚颜色";李瓶儿的"琐碎"中,对时兴汗巾儿的款式、图案如数家珍,自然是当时女性的常识;潘金莲的"琐碎"则又后来居上,心细如发,不是李瓶儿可比得的,真正琐碎死人。但是,这

---

① (明)兰陵笑笑生《金瓶梅词话》,第五十一回,第619页。

样一种"琐碎",尤其是潘金莲的描述中所透露出的她对汗巾儿的熟稔,恰到好处地描摹出潘金莲的心思细巧。

就叙述话语与人物话语中物象描写的详略程度而言,《金瓶梅》中前者往往要比后者更加繁复精细,似乎意味着对物象审美的兴趣更多出自叙述者本人的偏好;出现在人物话语中的物象描写,除了上文中所引对物象形态、外观表示浓厚的兴趣和关注之外,绝大多数的情况是对物象的经济价值更感兴趣。

(2)应伯爵:犀角带

《金瓶梅》的作者比较擅长用物象群来铺展人物的场域,而以单物象来笼括整个人物场域,比较成功的例子为数不多。除了上文以汗巾儿写潘金莲之外,另外一个比较有代表性的例子是以犀角带写应伯爵。

破落户应伯爵是西门庆身边的帮闲篾片,在吃穿用度上颇有心得并以此钓取西门之好,从中揩油得利。他曾盛谀过不少西门之物,其中最具代表性的是西门庆的犀角带、李瓶儿拣的蚫螺儿、西门庆给李瓶儿置办的名贵棺材以及西门庆馈赠的鲥鱼。尤其是犀角带,可谓尽显应氏毕生所学:

> 西门庆见他拿起带来看,一径卖弄说道:"你看我寻的这几条带如何?"伯爵极口称赞夸奖,说道:"亏哥,那里寻的? 都是一条赛一条的好带,难得这般宽大。别的倒也罢了,自这条犀角带并鹤顶红,就是满京城拿着银子也寻不出来。不是面奖,说是**东京卫主老爷,玉带金带空有,也没这条犀角带。这是水犀角,不是旱犀角。旱犀不值钱。水犀角,号作通天犀。**你不信,取一碗水,把犀角安放在水内,分水为两处。**此为无价之宝。**又夜间燃火照千里,火光通宵不灭。"因问:"哥,你使了多少银子寻的?"[……]西门庆道:"[……]定要一百两。"伯爵道:"且难得这等宽样好看。哥,你到**明日系出去,甚是霍绰。**就是你同僚间,见了也爱。"于是夸美了一回,坐下。①

小说第三十回写西门庆谋得了一个五品的副千户——第一紧要事就是唤裁缝来家中"攒造衣服"。《明史·舆服志》规定五品官的常服包括乌纱帽、团领衫、银钑花腰带。② 据后文西门庆上任日的穿戴("头戴乌纱,身穿五

---

① （明）兰陵笑笑生《金瓶梅词话》,第三十一回,第353—354页。
② （清）张廷玉等《明史》,第6册,卷六十七,第1637页。此外,五品官员的公服,包括展角幞头、小杂花枝青袍、乌角带、笏板,参见第1636页。

彩洒线揉头狮子补子员领,四指大宽萌金茄楠香带,粉底皂靴"①)可知,西门庆准备的"衣服"正是五品官的常服。然而,西门庆所戴的犀角带,与《明史·舆服志》所载明初规定有一定出入。万历间大藏书家俞汝楫所作《礼部志稿》卷六十四"服色禁制"下载万历间职官品服之制:

> 职官一品至四品,帽顶帽珠系腰,用金玉珠宝妆饰;五品六品,帽顶许用金玉,帽珠用珊瑚、琥珀,系腰用金银犀角带;七品至九品,帽顶许用银或镀金,帽珠用水晶、琥珀,系腰用银减铁。以上帽子帽花,许用制造字样及龙凤文,靴子通用金绵花样。②

西门庆新官上任,依官品配了这条犀角带,可见并无僭越之举。从小说第三十九回"西门庆从新换了大红五彩狮补吉服,腰系蒙金犀角带"一语可见,这正是上述引文中所提及之"犀角带"。所谓"蒙金犀角带",即金厢犀角带。这条金犀角带为应伯爵提供了一次绝佳的表现机会。

应伯爵一上来就口气非凡,先用犀角带把"金带玉带"都比了下去。他说"东京卫主老爷,玉带金带空有,也没这条犀角带",所谓"玉带金带"正是一品至四品官"用金玉珠宝妆饰"的系腰。《天水冰山录》中载严嵩被抄没家产中,也有"犀角带三条",归入"金厢各色带"一类,西门庆所戴金犀角带正与此同款。③ 紧接着,应伯爵把他脑海里有关犀角的丰富知识都派上了用场。

首先,他对犀角进行了一番鉴定,认定此乃水犀角,而非旱犀角。那么,他据以鉴定的分类知识是否有根据呢? 明人缪存济所作、成书于隆庆元年(1567)的《识病捷法》之"炮制药品便览"下将"犀角"视为一味良药,并辨别其种类:"取角尖佳[……]此山犀也,有二角,以额上者为胜。又一种角上有一白缕如线,直上至端,名通天犀,角有神妙,此水犀也。"④由此可见,水犀即通天犀。缪存济是晚明的医学家,从医学用药的角度将犀角分为山犀与水犀两种。应伯爵所言之旱犀,应当就是山犀;他的旱犀与水犀之分,正合山犀、水犀两种。万历间吴兴人慎懋官所辑《华夷花木鸟兽珍玩考》一书的"珍玩

① (明)兰陵笑笑生《金瓶梅词话》,第三十一回,第356页。
② (明)林尧俞等纂修,俞汝楫等编撰《礼部志稿》,《景印文渊阁四库全书》,台北:台湾商务印书馆,1983年,史部第356册(总第598册),卷六十四,第77页。
③ (明)佚名《天水冰山录》,《丛书集成初编》,上海:商务印书馆,1937年,第1502册,第107页。
④ (明)缪存济《识病捷法》,《续修四库全书》,上海:上海古籍出版社,2002年,据万历十一年(1583)刻本影印,子部,总第998册,卷九,第448页。

考"卷八"犀"条目下提到"犀有三种[……]诸犀中水犀最贵"①。可以说,应伯爵据以鉴定的知识还是可以靠得住的。

其次,应伯爵又对通天犀进行了一番炫耀式的夸捧:"你不信,取一碗水,把犀角安放在水内,分水为两处。此为无价之宝。"这番拍马很难为他,也是有根据的。关于通天犀能分水的神奇叙述,最早出自葛洪《抱朴子内篇》卷十七"入山佩戴符"的记载,通天犀角被描述成入山修行辟邪之良选,不仅可以分水、骇鸡,还可以夜明、解毒:

> 或问:"昔闻谈昌,或步行水上,或久居水中,以何法乎?"抱朴子曰:"以葱涕和桂[……]则能行水上也。郑君言但习闭气至千息久,久则能居水中一日许。得真通天犀角三寸以上,刻以为鱼,而衔之以入水,水常为人开,方三尺,可得氖息水中。[……]此犀兽在深山中,晦冥之夕,其光正赫然如炬火也。[……]通天犀所以能煞毒者[……]他犀亦辟恶解毒耳,然不能如通天者之妙也。[……]"②

一直到明代中后期,文人们仍笃信通天犀有辟水这一神奇功能。张懋修(万历八年[1580]进士)《墨卿谈乘》卷十"器物"载"通天犀":"通天犀,能分水去三尺,能不沾雾露,而燃之以照水底怪形。唐宋有以通天犀赐大臣裴度、寇准者,本朝绝无此犀。"③宋朝以通天犀赏赐重臣,而明朝人自言本朝绝无此犀,由此可以想见通天犀之稀。慎懋官将收藏水犀角视为一件稀奇之事而载诸书中:"秀州周通直家有正透犀带,其中一点白,以纸灯近之,即时灭。有湿气,疑是水犀。"④

最后,应伯爵又说通天犀"又夜间燃火照千里,火光通宵不灭",也有出处。上文所引《抱朴子内篇》提及犀牛这种动物夜里会发光,没有明确说通天犀角夜里是否会发光。《太平广记》卷四〇四"宝"类下"玳瑁盆"一则引《杜阳杂编》载犀角夜明之说:"夜明犀,其状类通天犀。夜则光明,可照百步。覆缯十重,终不能掩其耀焕。上遂命解为腰带,每游猎,夜则不施其蜡炬,有如昼日。"⑤按照《太平广记》的记载,夜里能发光的犀角称为"夜明

---

① (明)慎懋官辑《华夷花木鸟兽珍玩考》,《四库全书存目丛书》,济南:齐鲁书社,1995年,据复旦大学图书馆藏万历刻本影印,子部,第118册,卷八,第580页。
② (东晋)葛洪著,王明校释《抱朴子内篇校释》(增订本),卷十七,第312页。
③ (明)张懋修《墨卿谈乘》,《四库未收书辑刊》,第3辑,第28册,第145页。
④ (明)慎懋官辑《华夷花木鸟兽珍玩考》,《四库全书存目丛书》,子部,第118册,卷八,第580页。
⑤ (宋)李昉等编《太平广记》,第9册,卷四〇四,第3258页。

犀",形状与通天犀十分相似,但却不是通天犀。应伯爵或许出于拍马的需要,添油加醋,把夜明犀的神奇功能也记在了通天犀头上。不过,他却也说得很应景。上面这段引文中皇帝将夜明犀做成了腰带,戴着会发光的腰带夜出打猎;那光耀如日的场景被移植到了应伯爵对西门庆的夸美中。

综上所述,从犀角带这一物象可以看出,应伯爵平日在纨绔子弟、商贾新贵喜欢摆弄的奢侈品上,确实费了不少心思去"钻研";兼之他本人也是个曾败过家的破落户儿,在这方面更是积累了不少知识和经验。借由这方面的知识和积累,应伯爵把这犀角带吹上了天,也把西门庆夸得陶然欲仙。

总体而言,《金瓶梅》的作者尚未能很自觉地运用单物象以笼括人物场域,而更习惯于以物象群的铺陈来界定人物的场域。上文所述汗巾儿和犀角带都是单物象在对话中充当主题的情况,但人物之间的对话性实则十分有限:陈经济对潘金莲所言不知所云,而应伯爵也是单方面的拍马。与其说是对话,更像是自说自话。汗巾儿和犀角带,确实足以笼括潘金莲和应伯爵各自的场域;但它们却未能在对话关系中对听话者或者人物之间的关系进行更深一层的刻画。

2.《红楼梦》中的写实"单物象"

《红楼梦》在以单物象笼括人物场域这一点上,可谓更为自觉。如上文所言,闺阁家庭生活基本上限定了话题的范围;除了诗歌主题之外,日常物象构成人物话题的半壁江山。一方面,就个体而言曹雪芹尽量为人物设计符合其性格与经验的话题物象;另一方面,就群体而言,为了增强人物之间的交流性,也会设计可供众人评论、交流的话题物象。

与《金瓶梅》不同,《红楼梦》的叙述者显得更为成熟、节制,不再急于在叙述话语层面透露一己之好并将之强加于读者,而退一步将物象描写让位于人物话语,并提炼成可为众人发言并参与对话的话题。作为话题的物象,多为单物象。

才子佳人小说的传统,构成了曹雪芹创作持续不断的对话对象,也成为脂砚斋评点的参照系。曹雪芹往往借小说人物之口表达对才子佳人小说的不满,比如第一回中借僧道的对话:

> 那道人道:"[……]想来这一段故事,比历来风月事故更加**琐碎细腻**了。"那僧道:"历来几个风流人物,不过传其大概以及诗词篇章而已;至**家庭闺阁中一饮一食**,总未述记。再者,大半风月故事,不过偷香窃玉,暗约私奔而已,并不曾将儿女之真情发泄一二。想这一干人入世,其

情痴色鬼、贤愚不肖者,悉与前人传述不同矣。"①

正如石昌渝所论,才子佳人小说"它们上承文言的中篇传奇小说,虽然也写家庭生活,小儿女谈情说爱是家庭范畴的故事,但它们是线性结构,作者的视野是狭窄的,它仅仅追踪爱情婚姻的线索,除此之外的生活的方方面面,都不屑和无暇顾及,恐怕也无力顾及"②。才子佳人小说在展现生活的广度和深度上普遍有限,根本而论,主要受制于小说家的经验和知识结构。曹雪芹自信"悉与前人传述不同",而最根本的不同在于"作者对描写对象的充沛的感情体验"③,这两者成全了他对闺阁生活与儿女真情的细腻表现。脂砚斋的评点亦屡屡强调《红楼梦》在这一点上对才子佳人小说的超越。

才子佳人小说是直奔主题的,小说家既无能又无暇顾及感情婚姻线索之外更为广阔的生活。人物的生活场景及其对话、行动,都紧紧围绕这一线索展开而缺乏更为从容富余的表现。对这一点,曹雪芹很不以为然。

《红楼梦》表现的是诗礼簪缨的世家大族,完全无须像商人暴发户那样夸耀示显。贵族当是泰然自若、怡然自足的,但也不尽然。虽然不同于暴发户式的炫耀,《红楼梦》中亦不乏夸耀之举,就其小者而言之,最具代表性的是袭人因母丧回家时王熙凤的"成全"之举;择其大者言之,主要在两种场合:一是元妃省亲,一是刘姥姥再进大观园。这些夸耀之举,都是通过物象描写而得以实现的。

(1)王熙凤:茄鲞与莲叶羹

刘姥姥第一次进贾府时得了些好处,后来便以酬谢之由再进荣国府,获贾母之邀,留住府中数日。此时宝玉和他的姐妹们都搬进了大观园,正沉浸在大观园所带来的新鲜感中;由湘云做东筹办的螃蟹宴令众人意犹未尽,贾母意欲还席,留下刘姥姥热闹一日。第二天贾母兴致颇高地带刘姥姥到各处参观了一回,中午在秋爽斋晓翠堂上开宴。这一次宴会上,熙凤与鸳鸯为了讨贾母欢心,将刘姥姥着实戏弄取笑了一番。上来一道鹌鹑蛋,凤姐私下命鸳鸯给刘姥姥一双老年四楞象牙镶金的筷子。筷子是沉重方直的,而鹌鹑蛋却小巧圆滑,简直凿枘不合,可以想见刘姥姥洋相尽出。后来凤姐才换了贾府常用的乌木镶银筷子。午后接着逛园子,晚饭摆在缀锦阁,一边用餐一边隔水听藕香榭的戏文。

为了灌醉刘姥姥取乐,凤姐命丰儿取来黄杨木根整抠的十个大套杯,

---

① (清)曹雪芹、高鹗《红楼梦》,第一回,第9页。
② 石昌渝《中国小说源流论》,北京:生活·读书·新知三联书店,1994年,第379页。
③ 刘勇强《中国小说史叙论》,第417页。

"刘姥姥一看,又惊又喜:惊的是一连十个,挨次大小分下来,那大的足似个小盆子,第十个极小的还有手里的杯子两个大;喜的是雕镂奇绝,一色山水树木人物,并有草字以及图印"①。套杯的奇巧讲究是显而易见的,也难怪刘姥姥又惊又喜。然而,正如脂砚斋屡屡提及者,才子佳人小说写富贵之家,往往由于作家经历有限,以穷酸眼度富贵相,以为愈是名贵奇巧就愈能服人,结果反倒矫情失真。虽然不能将《红楼梦》完全当作曹雪芹的自传,但曹雪芹的切身经历及饱满情感无疑是《红楼梦》一书的源泉。

刘姥姥这一角色的重要性,不仅有小说叙事方面情节结构上的作用,还对读者起到阅读提示和引导的作用。**刘姥姥与贾府中人的关系,象征了惯读才子佳人之读者与《红楼梦》叙述者的关系。**储藏在缀锦阁里的象牙镶金筷子、黄杨根整抠的十大套杯,由于刘姥姥的出现,才有了崭露头角的机会。然而,正如凤姐诸人以此嘲谑刘姥姥一般,叙述者亦以此调侃惯读才子佳人小说的读者,因为他们必然同刘姥姥一样"又惊又喜"。在那些只是空想富贵生活的才子佳人小说家笔下,大约象牙镶金筷子会比乌木镶银筷子更受青睐;但是,《红楼梦》叙述者却让凤姐以贾府常用的乌木镶银筷子代替象牙镶金筷子。在这一戏谑性场景中,小说家实则在对才子佳人小说进行戏仿。

然而,真正值得炫耀、具备贵族品味的不是象牙镶金的筷子或黄杨木根整抠的十大套杯,而是听似稀松平常的茄鲞:

> 凤姐笑道:"姥姥要吃什么,说出名儿来,我搛了喂你。"[……]贾母笑道:"你把茄鲞搛些喂他。"凤姐儿听说,依言搛些茄鲞送入刘姥姥口中,因笑道:"你们天天吃茄子,也尝尝我们的茄子弄的可口不可口。"刘姥姥笑道:"别哄我了,茄子跑出这个味儿来了,我们也不用种粮食,只种茄子了。"众人笑道:"真是茄子,我们再不哄你。"刘姥姥诧异道:"真是茄子? 我白吃了半日。姑奶奶再喂我些,这一口细嚼嚼。"凤姐儿果又搛了些放入口内。
>
> 刘姥姥细嚼了半日,笑道:"虽有一点茄子香,只是还不像是茄子。告诉我是个什么法子弄的,我也弄着吃去。"凤姐儿笑道:"这也不难。你把才下来的茄子把皮劖了,只要净肉,切成碎钉子,用鸡油炸了,再用鸡脯子肉并香菌、新笋、蘑菇、五香腐干、各色干果子,俱切成钉子,用鸡汤煨干,将香油一收,外加糟油一拌,盛在瓷罐子里封严,要吃时拿出来,用炒的鸡瓜一拌就是。"刘姥姥听了,摇头吐舌说道:"我的佛祖! 倒得

---

① (清)曹雪芹、高鹗《红楼梦》,第四十一回,第 548—549 页。

十来只鸡来配他,怪道这个味儿!"①

　　值得一提的是,让刘姥姥尝茄鲞,乃出贾母之命。无论从地位、权力还是从财富上讲,贾母都处在贾府内部等级结构的金字塔顶,她在饮食上的讲究(第七十五回)几乎成为贾府鼎盛时期的缩影。在对贾府生活的展现中,饮馔描写往往可以起到以小见大、见微识著的作用。

　　陈诏在《红楼梦小考》中提到:"此段文字似是游戏之笔,从烹饪常识上判断,决不可能有如此制法。所谓鲞,干鱼或腊鱼也,可引申为风干、晒干的食品[⋯⋯]放在瓷罐里贮存的茄鲞,当然是冷的,应是一盆凉菜,然而,为什么吃的时候又要与炒熟的鸡瓜子一拌,这显然也是不合理的。"②然而,"如果认为曹雪芹编造的茄鲞全无根据,那也未必尽然。他一定有所闻、有所见、有所尝,然后才在生活原型的基础上加酱添油,调侃夸饰"③。邓云乡也以为鲞的做法当"是习惯冷吃,既不像是热炒那样的热菜,也不同于随时烹制的冷荤",同时考证了具体的烹饪过程,以为最后一笔"要吃时拿出来,用炒的鸡瓜一拌"与冷吃习惯不合,"似乎是曹公故加一笔,以显高贵"。④ 对茄鲞的考证中,有一点被忽略了,即对茄鲞复杂精细的制作过程的描述,乃出自熙凤之口。已有的考证将人物话语坐实并等同于作者的观点,因此就会与事实龃龉不合。如果对全书中凤姐的话语进行通盘考查,那么,将不难发现凤姐话语的夸饰甚至不实的特点。比如第六十八回凤姐大闹宁国府,她向尤氏哭诉中夹枪带棒,随口成谎,多有不实,说张华告贾琏,她"少不得偷把太太的五百两银子去打点"⑤,但实际上前文提到的是三百二十两而已⑥,而尤氏贾蓉不知底里,皆信以为真,都说"婶子方才说用过了五百两银子,少不得我娘儿们打点五百两银子与婶子送过去,好补上的"⑦。这一哭一闹,也挣了一百八十两银子。诸如此类,不一而足。邓云乡以为茄鲞描写的最后一笔是曹雪芹"以显高贵",但如果考虑到**这段话出自王熙凤之口,那么更准确地说是王熙凤要借此在刘姥姥面前"以显高贵"**。

　　王熙凤掌管着荣府的家务财政,且自小生长于世宦大族,心思活络,口舌

---

① (清)曹雪芹、高鹗《红楼梦》,第四十一回,第549—550页。
② 陈诏《红楼梦小考》,上海:上海书店出版社,1999年,第228页。
③ 陈诏《红楼梦小考》,第228页。
④ 邓云乡《红楼风俗名物谭——邓云乡论红楼梦》,北京:文化艺术出版社,2006年,第49—50页。
⑤ (清)曹雪芹、高鹗《红楼梦》,第六十八回,第946页。
⑥ (清)曹雪芹、高鹗《红楼梦》,第六十八回,第944页。
⑦ (清)曹雪芹、高鹗《红楼梦》,第六十八回,第947页。

伶俐,借她之口来描述茄鲞的"高贵",可谓再恰当不过。其余诸人,或不谙家务,或不敢多言,都成了"沉默的大多数"。依照荣府的规矩,吃饭的时候,家中媳妇子要站立侍奉张罗,而未出阁的女孩子则可以端坐享用。在所有描写荣府家宴的场合中,李纨与熙凤从来都是"站在地下",虽然李纨在贾府孙媳中排行先于熙凤,但由于她性情寡默,不喜出风头,因此王熙凤便专揽了发令应对之职。贾母两宴大观园,皆由王熙凤与刘姥姥周旋应对。茄鲞并未出现于叙述者话语菜单式的罗列中,而被融入人物对话中,成为引发话题的单物象。贾母虽不事夸耀,但又喜听美言、厌闻不祥,王熙凤深谙此点,故此引逗刘姥姥发问,发动众人参与打趣。凸显茄鲞的"高贵",一则可夸耀于外人,二则亦可逢迎贾母之意,可谓一举两得。上述引文中,具有标记性的对话提示诸如"凤姐笑道""贾母笑道""刘姥姥笑道""众人笑道"等,经由人物对话将茄鲞的妙处一点点晕染出来。茄鲞这个单物象,如同一颗石子打破宁静的湖面,激起层层涟漪,将人物对话从中心人物扩展至周边人物,然后又渐渐平息、回荡至中心人物——王熙凤。

与此类似的,还有对莲叶羹的描写。第三十五回贾宝玉因忠顺府索琪官、金钏投井接二连三的祸事而大受笞挞,贾母、薛姨妈等人来看他,问他想吃点什么:

> 宝玉笑道:"[……]倒是那一回做的那小荷叶儿小莲蓬儿的汤还好些。"凤姐一旁笑道:"听听,口味不算高贵,只是太磨牙了。[……]"贾母便一叠声的叫人做去。凤姐儿笑道:"老祖宗别急,等我想一想这模子谁收着呢。"因回头吩咐个婆子去问管厨房的要去。[……]次后还是管金银器皿的送了来。
>
> 薛姨妈先接过来瞧时,原来是个小匣子,里面装着四副银模子,都有一尺多长,一寸见方,上面凿着有豆子大小,也有菊花的,也有梅花的,也有莲蓬的,也有菱角的,共有三四十样,打的十分精巧。因笑向贾母王夫人道:"你们府上也都想绝了,吃碗汤还有这些样子。若不说出来,我见这个也不认得这是作什么用的。"凤姐儿也不等人说话,便笑道:"姑妈那里晓得,这是**旧年备膳**,他们想的法儿。不知弄些什么面印出来,**借点新荷叶的清香,全仗着好汤**,究竟没意思,谁家常吃他了。那一回呈样的作了一回,他今日怎么想起来了。"说着接了过来,递与个妇人,吩咐厨房里立刻拿几只鸡,另外添了东西,做出十来碗来。
>
> 王夫人道:"要这些做什么?"凤姐儿笑道:"有个原故:这一宗东西家常不大作,今儿宝兄弟提起来了,单做给他吃,老太太、姑妈、太太都不

吃,似乎不大好。不如借势儿弄些大家吃,托赖连我也上个俊儿。"贾母听了,笑道:"猴儿,把你乖的! 拿着官中的钱你做人。"说的大家笑了。①

　　与上文谈论茄鲞一样,莲叶羹成为特定叙事场景中人物谈论的话题;其次,与上文引入刘姥姥的反应类似,此处亦引入薛姨妈的反应来写莲叶羹之精巧;复次,莲叶羹的讲究复杂也不下于茄鲞,茄鲞"倒得十来只鸡来配他",十来碗莲叶羹也得"几只鸡,另外添了东西"才做出来。虽然王熙凤说宝玉"口味不算高贵,只是太磨牙了",但连作为皇商遗孀的薛姨妈都对其精细讲究连连称奇,则莲叶羹之"高贵"似又在茄鲞之上,何况这道汤本是"旧年备膳"之用。正如王熙凤所言,这道精巧讲究的汤,仅先前贾元春归省时备膳用过,此后连银模子都收起来了。《红楼梦》一书中多次提及贾宝玉对宫掖饮食的偏好,比如第十九回中的酥酪、这一回的莲叶羹以及之后的玫瑰露。贾宝玉确实对这道汤念念不忘,但又记不真切,只模糊说"小荷叶儿小莲蓬儿的汤",仍是稚气未脱的口吻。相比之下,凤姐却能一五一十地向众人笑谈这道汤的精华所在及其烹饪要领。李木兰在《〈红楼梦〉中的饮食》一文中论及,因莲叶羹与贾元春及宫掖背景相关,可以视之为女性纯洁品质与能量的象征,因此能够治愈贾宝玉所遭受的来自父权一方施加给他的精神与肉体上的创伤。② 这样的阐释虽则未为至解,但其对莲叶羹这一物象象征层面含义的解读富于启发意义。**莲叶羹连同围绕它所展开的家庭女性成员之间的对话,呈现出一种锦簇雍容、富贵升平的大家气象。几个重要的家庭女性成员围绕在贾宝玉身边,知疼着热,谈笑风生,对他极尽怜爱之情;这些温煦的家庭生活场景,连同那些精细讲究的生活习惯和话题,对贾宝玉而言,是注定要烟消云散的,而对曹雪芹而言,已然成为可望不可即的回忆。**不仅后四十回中这类描写实属凤毛麟角,就是在前八十回后半部分中,如此怡然融洽的场景亦随着荣府的衰落而不复当初。追忆式叙述,给所有这一切曾经鲜活的生活印记抹上了一层感伤的色彩,正如脂砚斋在点评"合欢花浸的酒"(第三十八回)时所言:"伤哉,作者犹记矮𬞟舫前以合欢花酿酒乎,屈指二十年矣。"③

　　以上对精细饮食的描写,以茄鲞和莲叶羹为例,出现在众人在场的家庭

---

①　(清)曹雪芹、高鹗《红楼梦》,第三十五回,第464—465页。

②　Louise Edward, "Eating and Drinking in a Red Chambered Dream," in *Scribes of Gastronomy: Representations of Food and Drink in Imperial Chinese Literature,* Hong Kong: Hong Kong University Press, 2013, pp. 118-119.

③　[法]陈庆浩编著《新编石头记脂砚斋评语辑校》(增订本),第563页。

宴会或众人说笑的场景中,且皆以熙凤与他人的对话展开相关描写。这既与王熙凤执掌家政的身份相适宜,同时也与其喜夸耀、善逢迎、争胜好强的性格相映生辉。

(2)贾母:软烟罗

上文已经提及,给刘姥姥尝茄鲞,实出贾母之意。贾母出自名门望族,虽目睹过史家的式微,遭际荣府不可扭转的江河日下,但始终不失为富贵场中之人。她的教养和品味,是世家大族鼎盛时期的缩影,在日渐衰微的荣府中遂成绝唱。小说第四十回贾母带刘姥姥游览大观园,到潇湘馆:

> 贾母因见窗上纱的颜色旧了,便和王夫人说道:"这个纱新糊上好看,过了后来就不翠了。这个院子里头又没有个桃杏树,这竹子已是绿的,再拿这绿纱糊上反不配。[……]明儿给他把这窗上的换了。"凤姐儿忙道:"昨儿我开库房,看见大板箱里还有好些匹银红蝉翼纱[……]我竟没见过这样的。[……]"贾母听了笑道:"呸,人人都说你没有不经过不见过,连这个纱还不认得呢,明儿还说嘴。"薛姨妈等都笑说:"凭他怎么经过见过,如何敢比老太太呢。老太太何不教导了他,我们也听听。"凤姐儿也笑说:"好祖宗,教给我罢。"
>
> 贾母笑向薛姨妈众人道:"**那个纱,比你们的年纪还大呢。**怪不得他认作蝉翼纱,原也有些象,不知道的,都认作蝉翼纱。正经名字叫作'软烟罗'。"凤姐儿道:"这个名儿也好听。只是我这么大了,纱罗也见过几百样,从没听见过这个名色。"贾母笑道:"你能够活了多大,见过几样没处放的东西,就说嘴来了。那个软烟罗只有四样颜色:一样雨过天晴,一样秋香色,一样松绿的,一样就是银红的,若是做了帐子,糊了窗屉,远远的看着,就似烟雾一样,所以叫作'软烟罗'。那银红的又叫作'霞影纱'。如今上用的府纱也没有这样软厚轻密的了。"薛姨妈笑道:"别说凤丫头没见,连我也没听见过。"①

上文论及凤姐往往自恃多识善记,精于管理,但凡家庭闺阁之内,无所不详。说茄鲞令刘姥姥瞠目结舌,谈莲叶羹致薛姨妈连连称奇。这次对话场景中的薛姨妈,再度充当了烘托陪衬的角色。与贾母的闻见经验相比,凤姐就算小巫见大巫了。她把软烟罗误认作蝉翼纱,在场的人当中唯有贾母发现并纠正了她的错误。毕竟,那匹纱比在场的各位年岁都大。囤积在昏暗储藏间

---

① (清)曹雪芹、高鹗《红楼梦》,第四十回,第533—534页。

角落里的软烟罗,仿佛曾经烜赫一时的荣府埋藏在封尘的记忆中,虽然年代久远,但依旧色泽新鲜、质地坚实,贾母不禁抚今追昔,无限感慨,不由地叹道"如今上用的府纱也没有这样软厚轻密的了"。贾母不仅对各种纱的质地十分熟稔,还对颜色的搭配富于审美的敏感。潇湘馆外遍种翠竹,此前的窗纱也是翠绿色的;贾母考虑到院子中没有桃杏等暖色调的花色,窗纱再用了绿色反倒不配,不若用银红色的霞影纱。

到了探春房中,"贾母因隔着纱窗往后院内看了一回,说道:'后廊檐下的梧桐也好了,就只细些'"①。贾母对配色、取景的讲究,对整体协调的敏感,与清代前中期文人雅文化的趣味若合符契。李渔(1611—1680)《闲情偶寄》"居室部"专门讨论"窗栏"的设计:

> 予又尝取枯木数茎,置作天然之牖,名曰梅窗。生平制作之佳,当以此为第一。

> 此窗若另制纱窗一扇,绘以灯色花鸟,至夜篝灯于内,自外视之,又是一盏扇面灯。即日间自内视之,光彩相照,亦与观灯无异也。②

贾母对纱窗质地、颜色的讲究,隔纱窗望梧桐的取景,与李渔利用纱窗营造光影效果以及梅窗的取景理念,实在同根同源。此外,贾母对室内陈设、器物排列的爱好、讲究,也与晚明以来文人对个人空间的精致追求相契合。贾母见宝钗房中的陈设过于素净,便吩咐鸳鸯:

> "[……]若很爱素净,少几样倒使得。**我最会收拾屋子的**,如今老了,没有这些闲心了。他们姊妹们也还学着收拾的好[……]**我看他们还不俗**。如今让我替你收拾,包管又大方又素净。我的梯己两件,收到如今,没给宝玉看见过,若经了他的眼,也没了。"说着叫过鸳鸯来,亲吩咐道:"你把那石头盆景儿和那架纱桌屏,还有个墨烟冻石鼎,这三样摆在这案上就够了。再把那水墨字画白绫帐子拿来,把这帐子也换了。"③

《红楼梦》中贾母的梯己之物,荣府上下多少人在觊觎。然而,只有深得

① (清)曹雪芹、高鹗《红楼梦》,第四十回,第539页。
② (清)李渔著,杜书瀛评注《闲情偶寄 窥词管见》,北京:中国社会科学出版社,2009年,卷四,第120、125页。
③ (清)曹雪芹、高鹗《红楼梦》,第四十回,第541页。

贾母之心的人，才能得到贾母的赐物。凤姐和贾琏曾通过鸳鸯之手，在贾母的默许下谋得一些私物。贾母公开赠送梯己之物的场合并不多。贾母曾送宝琴一袭凫靥裘，乃为深许宝琴，意在婚娶，故而不吝贵重。贾母又曾赐宝玉一袭雀金呢，众人不识，贾母遂道："这叫作'雀金呢'，这是哦啰斯国拿孔雀毛拈了线织的。前儿把那一件野鸭子的给了你小妹妹，这件给你罢。"①这么贵重的进口皮货，荣府上下仅此一件，为贾母所有，也只有贾母知道它的质料、来头。宝玉是她所深疼的孙子，雀金呢亦非他莫属。然而，这都是后话。这一回中，贾母拿出自己收藏多年的三样器玩给宝钗，还一一吩咐鸳鸯如何摆放。这在全书中实属头一遭。宝钗深得贾母之疼爱，由此见得。贾母自称"最会收拾屋子"，她对室内陈设、古董文物富于审美品味，但这种独具匠心更是上层文人精神、素养的一部分。李渔的《闲情偶寄》卷十"器玩部"专门讨论器物的搭配及其合宜的摆放位置。贾母收拾的几件古董，未必一一尽合文人意趣，但却不失世家大族的遗风。

　　宝琴的凫靥裘、宝玉的雀金呢以及宝钗房中新添的"盆景儿和那架纱桌屏，还有个墨烟冻石鼎"，都是贾母之物，它们共同建构起贾母的场域；软烟罗则集中体现了贾母的经验、资历与品味，可以说提炼并笼括了贾母这一人物场域的特征。

　　综上所述，物象是人物场域的一部分，并参与人物形象的塑造，但并不是所有的物象都能对人物形象的塑造起到直接、正面的作用。如何删繁就简，从物象群中提炼出单物象，使其成为人物场域精神内核的象征、缩影或暗示，《红楼梦》在《金瓶梅》既有的创作经验上做出了更为丰富的探索。单物象并非孤立的存在，或出现于叙述者话语，或出现于人物话语中，并在"人—物"关系框架中实现对人物场域的符号化和经典化。

---

① （清）曹雪芹、高鹗《红楼梦》，第五十二回，第711页。

下编

象外之意：

物象的文化意蕴与文体风格

第六章　物象的文化意蕴

如前文所述,物象对于组织日常叙事具有很突出的功能,这一功能可以脱离物象的文化内涵而得以实现;但在建构人物场域时,物象的文化内涵则是人物形象及其风格得以确立的基础。物象的文化内涵即其作为文化符码的所指,构成文本意义表达的最小单位,而物象参与文本的方式又决定其意义表达的整体效果。零散的、孤立的物象描写,其意义表达往往较为随意、破碎;成体系的物象描写具有整体意义,参与小说主题、思想趣味的表达。

物象的文化内涵,源自现实生活中物品的文化面向。从社会经济学的角度看,物品参与社会生产、分配、交换、消费的整个过程,"这个过程的主角就是物",其中"消费不仅是一个人的需求被满足的过程,也是一个社会区隔的构建过程,一个商品被重新赋予意义的'生产'过程,经济行为、社会关系与文化意涵成为同一行为的不同个侧面"。① 二十世纪的经济人类学研究(如《礼物》)已经充分揭示出物的多重面向——经济、社会、文化面向——以及不同面向之间的关系。物品的文化意涵,指的是物品在参与经济行为、社会关系过程中被赋予的意义,"一个物品的社会现实,同时在于实践、想象和它所传达的意识形态"②。物品文化意涵的获得过程,也正是"想象"与"意识形态"共同参与的符号化过程。因此,结构化与符号化是现实生活中物品获得意义的两个关键环节。以此类推,即便是完全虚构的文学物象,也可以依此逻辑虚拟生成其特有的内涵。这就要求小说家在物象安排上具备整体视野,在结构关系的框架中对物象予以描写和呈现。

对物象的文化意蕴进行发掘的兴趣,在《金瓶梅》中已初露端倪,如西门庆的时尚消费中所涉之物,折扇、犀带等。西门庆的书房以及书房中所陈列之物,莫不透露出小说家的反讽之意。但是,这种兴趣还只停留在逼真地再现层面,尚未进一步与小说的主题思想表达发生关联。那么,更为自觉地发掘物象的文化意涵,以小见大地勾连宏旨,则是清代文人小说的擅场。乾隆中期出现的独立于商业出版的"文人小说",尽管数量有限,"这些小说往往在长度和视野的广度上都相当惊人,广泛涵盖了文人的关注和切身感受的诸

---

① 刘永华《物:多重面向、日常性与生命史》,《文汇报》2016 年 5 月 20 日第 W12 版。
② [法]尚·布希亚《物体系》,译后记,第 237 页。

多方面，还有作者的个人癖性和形形色色的思想话语的融汇与交锋"①。其中，就清代文人小说与文人文化的关系而言，"吴敬梓、曹雪芹以及其他乾隆晚期的文人小说家则行之更远，因为他们的作品深深地沉浸于文人文化的源泉之中"②。因此，本章将围绕《儒林外史》与《红楼梦》这两部富于代表性的清代世情题材文人小说展开论述。

对物象文化意涵的发掘，出现在两部小说对文人文化予以整体观照的视野内。这意味着：首先，小说所描写的物象在文人文化的价值秩序框架内自有其归属和位置，具备较为稳定的符号特征和文化意涵；其次，相关物象描写不是孤立的、零散的，往往是成系列的、成体系的，体现出小说家的自觉意识，并且隐含小说家对文人文化的回应与思考。

回到《儒林外史》和《红楼梦》，礼仪文化是吴敬梓和曹雪芹在反观、反思文人文化时所留意的共同面向，但二人的关注点又有所不同。《儒林外史》主要关注士人群体，《红楼梦》更注重家族与个人。从物象描写的角度看，吴敬梓围绕士人衣冠问题展开的僭越与假冒的描写，直指士林中礼的沦丧这一现象。曹雪芹通过对公共空间中私人空间的呈现，将其对文人文化的思考和回应延伸到更为细致的层面——性别界限与价值选择，体现出对个性的推崇与对多元价值的肯定，而这无疑已经溢出了礼的框架。

第一节　儒林衣冠与士人文化之检讨
——以《儒林外史》为例

《儒林外史》是一部以群体人物为中心的长篇章回小说。鲁迅在《中国小说史略》中指出，《儒林外史》有别于前代"寓讥弹于稗史者"仅"集中于一人或一家"，吴敬梓"机锋所向，尤在士林"。③ 对士人群体失范的观察和反思，构成吴敬梓创作的出发点，也决定了《儒林外史》的叙事结构和思想深度。吴敬梓正是通过小说创作，呈现士林普遍存在的问题，并探索深层次的文化原因。这样一种高屋建瓴的创作出发点和全局观，统领了《儒林外史》的方方面面。哪怕是小说中有关衣冠服饰的物象描写，也体现出吴敬梓整体

---

① ［美］商伟《文人的时代及其终结》，载［美］孙康宜、宇文所安主编《剑桥中国文学史》，下册，第四章，第300页。
② ［美］商伟《文人的时代及其终结》，载［美］孙康宜、宇文所安主编《剑桥中国文学史》，下册，第四章，第306页。
③ 鲁迅《中国小说史略》，第226页。

构思、通盘把握的艺术尝试。

一、托明写清：以明代服制为蓝本的衣冠描写

"衣冠"本义为古代士人衣冠，后遂为士大夫、缙绅、士人乃至文明礼教之代称。《儒林外史》聚焦士人群体的世界，其所关注的也正是礼仪教化的大题目。《儒林外史》托明写清，从第二回至五十四回，起于明成化末年，迄于明万历十八年(1590)，跨越一百余年。为了照应这一故事时间框架，叙述者屡屡在情节中穿插解释"明朝体统"。衣冠服饰关乎舆服礼制之大事，也是明朝体统的一部分；小说中关于各个社会阶层的衣冠描写，正是在明朝礼制的大框架下展开的。

传统服装除身上所着之衣外，还包括头衣(俗称帽子)和足衣。无论在现实生活中，还是在阅读过程中，头衣往往在第一时间直接而清晰地标记出人物的身份、阶层和地位。《儒林外史》中的头衣描写往往出现在人物对话之前，或者与对话同时展开。**头衣与人物身份、阶层、地位的相称或相违这样看似无关宏旨的细节，却颇可揭示出礼仪制度的尊显或隳堕如此截然不同的历史情境，并透露出小说家的叙述意图。**

"方巾"是整部小说中最重要的一种头衣，也是极有代表性的物象。士人便服，多以方巾搭配道袍，可证之叶梦珠《阅世编》卷八所忆前朝衣冠之制：

> 其便服，自职官大僚而下至于生员，**俱戴四角方巾，服各色花素绸纱绫缎道袍**。其华而雅重者，冬用大绒茧绸，夏用细葛，庶民莫敢效也。其朴素者，冬用紫花细布或白布为袍，隶人不敢拟也。①

《儒林外史》中士人便服，多为方巾搭配直裰，这一描写基本符合明代服制。然而，满人入关之后，废汉人服制，顺治初年无论士庶皆禁戴方巾。徐珂《清稗类钞》服饰类"小帽"载：

> 明之士人类多方巾大袖者。至顺治甲申，则戴平头小帽，以自晦匿。而禁令苛暴，方巾为世大禁，虽巨绅士子，出与平民无异。间有惜仡羊之遗意，私居偶戴方巾者，一夫窥瞷，惨祸立发。常熟有二生，于巡按行香日，戴方巾杂行众中，为所瞥见，即杖之数十，并题奏将二生碟之于市。②

---

① (清)叶梦珠撰，来新夏点校《阅世编》，北京：中华书局，2007年，第197页。
② (清)徐珂编撰《清稗类钞》(全13册)，北京：中华书局，1984—1986年，第13册，第6195页。

此处所叙为顺治元年及此后的情形,不可谓不严厉。类似的记载,亦可见诸《阅世编》:

> 本朝于**顺治二年**五月,克定江南时,郡邑长吏,**犹循前朝之旧**,仍服纱帽圆领,升堂视事,士子公服、便服,皆如旧式。惟营兵则变服满装,武弁临戎亦然,平居接客则否。故剃发之后,加冠者必仍**带网巾于内**,发顶亦大,无辫发者但小帽改用尖顶,士流亦间从之。至三年丙戌春暮,招抚内院大学士亨九洪公承畴刊示严禁云:岂有现为大清臣子而敢故违君父之命,放肆藐玩,莫此为甚!于是各属凛凛奉法,始加钱顶辫发,**上去网巾**,下不服裙边,衣不装领,暖帽用皮,凉帽用篁,俱上覆红纬,或凉帽覆红缨,**一如满州之制**。①

顺治二年,营兵改服满装,江南士人虽然剃发,但服制上仍从前朝旧式。顺治三年,彻底革除前朝旧制,尤其是便服头衣,由方巾改为暖帽、凉帽。清初官方对方巾下如此酷令,不仅因为方巾是前明遗制,更在于方巾是前明士人群体的象征。有清一代,士人公服、吉服皆戴顶帽②,与明代士人服制迥然有别。

《儒林外史》中有关士林衣冠的描写,总体依托明制,但也融入了清代的服制要素。"服装制式及流行变化往往具有明显的时代特色。吴敬梓注意到这种情况,通过一些具体描写以显示明代特色。"③例如,第四十七回写五河县"一班是余、虞两家的秀才,也有六七十位,穿着襕衫、头巾",如前所论,方巾搭配襕衫正是明初生员的标准巾服样式。然而,并不是所有描写都依明制而来,也有掺杂清代服制特征的情况。例如,第二十八回提及方巾上缀"水晶结子",便是清朝服制特征的体现。这一回叙季苇萧在扬州招亲,金东崖、辛东之等人来庆贺,席间闲谈,话到扬州盐商,诸人不无含酸地讥诮一番。季苇萧说他近日听见扬州盐商是"六精",辛东之说是"五精",没听过"六精",于是季苇萧说:"是'六精'的狠!我说与你听!他轿里是坐的债精,抬轿的是牛精,跟轿的是屁精,看门的是谎精,家里藏着的是妖精,这是'五精'

---

① (清)叶梦珠《阅世编》,第 198 页。

② "会试中式贡士朝冠,顶镂花金座,上衔金三枝九叶[……]状元金顶,上衔水晶。[……]举人公服冠,顶镂花银座,上衔金雀。公服袍[……]公服带[……]吉服冠[……]贡生吉服冠,镂花金顶,余同举人。监生吉服冠,素银顶,余同贡生。生员冠,顶镂花银座,上衔银雀。公服袍,蓝绸青缘。披领如袍式。"参见赵尔巽等《清史稿》(全 48 册),北京:中华书局,1976—1977 年,第 11 册,卷一〇三,第 3063 页。

③ 刘红军《儒林外史明代背景问题研究》,北京:中国文联出版社,2011 年,第 161 页。

了。而今时作,这些盐商头上戴的是方巾,中间定是一个水晶结子,合起来是'六精'。"①在季苇萧等士流看来,盐商戴头巾已属荒唐不经,更为可笑的是,为了夸奢耀侈,盐商还要在方巾顶上结缀一颗水晶,实则有违体统,无知之至。所谓水晶结子,即顶珠之制。巾顶结珠,是金人四带巾的遗制。四带巾是金人常服,贵显者为了自耀其身,往往"于方顶,循十字,饰以珠,其中必贯以大者,谓之顶珠"②。《皇明通纪法传全录》载明太祖"克元都,诏衣冠悉复唐制。士民皆束发于顶。官则乌纱帽、圆领、束带、黑靴。士庶则服四带巾,杂色盘领衣,不得用黄玄。其辫发、胡髻、胡服、胡语,一切禁止,于是悉复中国之旧"③。四带巾乃女真巾服,原非汉唐旧制,因此洪武三年下诏更令天下士庶改戴四方平定巾,亦即方巾。方巾不同于四带巾,巾顶不缀顶珠。季苇萧嘲笑盐商不识体统处,便在于此。

清代的读者和评点者对这一描写心有戚戚焉,却是出于清人所特有的知识背景和生活经验。黄小田在评语中做了质疑,他以为,所谓水晶结子,"其实是水精顶帽,托之明代,故曰'结子',然此系八九十年以前事,后来无不蓝顶矣"④。黄小田认为,由于吴敬梓托明写清,故不提清人的顶帽、顶珠,而写明人的方巾、结子。顶帽、顶珠之制在清入关前既已有之,顺治初成为清朝服制要素。清代官吏所戴之帽名曰"顶帽",为了区分官阶,在帽顶正中安一金属小座,座上面安一核桃大小的圆珠,珠的质料和颜色表示一定品级,珠子亦称"顶珠"。齐省堂本评语"从前五品水晶顶觉得尊贵之至,得之良非易也"⑤,正是针对清朝官吏顶帽上标志品阶的顶珠而言。黄小田所言之"蓝顶",是指以蓝宝珠为官帽顶珠。刘廷玑《在园杂志》卷一载康熙间顶帽、顶珠之制:"盖一品顶嵌东珠,二品大学士、尚书亦嵌东珠;三品红顶,四品蓝顶,各有等威,不准过也。"⑥由此可知,蓝顶在康熙朝是四品官员官帽上的顶珠。或许,我们可以做出进一步推测,生活于康雍、乾隆间的吴敬梓,受生活经验的影响,在创作过程中将清人顶帽顶珠之制巧妙地与明人方巾之制融合在一起了。

---

① (清)吴敬梓著,李汉秋辑校《儒林外史汇校汇评》,第二十八回,第347页。
② (元)脱脱等《金史》(全8册),北京:中华书局,1975年,第3册,第984页。中华书局原文"金人之常服四:带,巾,盘领衣,乌皮靴。"这一标点实则有误,当作"金人之常服:四带巾,盘领衣,乌皮靴"。
③ (明)陈建著,高汝栻订,吴桢增删《皇明通纪法传全录》,《续修四库全书》,上海:上海古籍出版社,2002年,据浙江省图书馆藏明崇祯九年刻本影印,史部,总第357册,第84页,上栏。
④ (清)吴敬梓著,李汉秋辑校《儒林外史汇校汇评》,第二十八回,第347页。
⑤ (清)吴敬梓著,李汉秋辑校《儒林外史汇校汇评》,第二十八回,第347页。
⑥ (清)刘廷玑著,张守谦点校《在园杂志》,北京:中华书局,2005年,第5页。

综上所述,《儒林外史》中的衣冠描写,总体上以明代服制为框架和蓝本,但个别处也掺杂、融合清代服制及特征。

二、儒林衣冠:头衣与人物层次

在《儒林外史》连环式的人物亮相中,先后出现了诸如高帽、瓦楞帽、毡帽、方巾、纱帽、小帽(即"六合一统帽")、孝帽、红黑帽子、黑帽子、和尚帽子等数十种头衣。下文将就几种重要的头衣进行概述。

先来看"高帽"。王冕所戴的"高帽",小说写得比较模糊,所谓"高"仅就其大致形状而言,非指某种特定形制的头衣。在贯穿"全书之血脉经络"①的楔子中,王冕的一举一动无不投注了吴敬梓对理想士人的想象和诠释。王冕本不过是个放牛的村童,不到二十岁,博览群书:

> 但他性情不同:既不求官爵,又不交纳朋友,终日闭户读书。又在《楚辞图》上看见画的屈原衣冠,他便自造一顶极高的帽子,一件极阔的衣服。遇着花明柳媚的时节,乘一辆牛车载了母亲,他便戴了高帽,穿了阔衣,执着鞭子,口里唱着歌曲,在乡村镇上,以及湖边,到处玩耍。惹的乡下孩子们三五成群跟着他笑,他也不放在意下。②

天目山樵以为,王冕高帽阔服、执鞭高歌的细节,皆"此元章实事,见本传"③。宋濂《王冕传》有云:"母思还故里,冕买白牛驾母车,自被古冠服随车后,乡里少儿竞遮道讪笑,冕亦笑。"④其中,"古冠服"为泛言,不特指"屈原衣冠"。明人陆应阳所撰《广舆记》则将王冕"古冠服"落实为"高檐帽""绿蓑衣":"(王冕)一试进士举,不第,焚所为文。读古兵法,着高檐帽,着绿蓑衣,履长齿木屐,系木剑。或骑黄车持《汉书》以读。人咸目为狂士。"⑤小说中已指出,王冕穿戴之"高帽""阔衣",仿自《楚辞图》上的"屈原衣冠"⑥。《楚辞图》是根据屈原作品《楚辞》诗意所作的画作。明末陈洪绶所作《九歌图》《屈子行吟图》等均属此类⑦,其中后者所摹绘之屈原衣冠,近乎王冕高帽

---

① (清)吴敬梓著,李汉秋辑校《儒林外史汇校汇评》,楔子,第15页。
② (清)吴敬梓著,李汉秋辑校《儒林外史汇校汇评》,楔子,第5页。
③ (清)吴敬梓著,李汉秋辑校《儒林外史汇校汇评》,楔子,第5页。
④ (明)宋濂《宋濂全集》(全4册),杭州:浙江古籍出版社,1999年,第3册,第1474页。
⑤ 转引自(清)吴敬梓著,李汉秋辑校《儒林外史汇校汇评》,楔子,第16页。
⑥ 有关屈原衣冠形状的描摹,尚可见诸明清两代的名人画像图赞,如《历代名人像赞》(弘治戊午,1498年)、《历代圣贤像赞》(万历癸巳,1593年)、(彩绘)《历代圣贤图像》(约1600年)、《历代圣贤名人像》(清南薰殿藏)等。
⑦ (清)吴敬梓著,陈美林批评校注《陈批儒林外史》,北京:商务印书馆,2014年,第14页。

阔服之形状。王冕"既不求官爵,又不交纳朋友"的品行,正是吴敬梓所推崇的,也是此后的士人群体所不及之者。衣冠摹古,前代有之。苏轼《次韵子由三首·椰子冠》诗中有云:"规模简古人争看,簪导轻安发不知。更着短檐高屋帽,东坡何事不违时。"①在衣冠上追摹古人,正是"违时""不合时宜"的表现,也是模仿者借以表明不媚于时、不流于俗的立场。王冕以乡间牧童之身,上蹈三闾大夫之衣冠行迹,足见其慕古、复古之心。

再来看"瓦楞帽"。"瓦楞帽",又作"瓦垅帽""瓦棂帽",或即"缨子帽""缨子瓦楞帽""瓦楞骔帽"。范濂《云间据目抄》卷二《风俗》载:"瓦楞骔帽在嘉靖初年,惟生员始戴,至二十年外,则富民用之,然亦仅见一二,价甚腾贵。"②此种瓦楞帽,当为春暖至炎夏为取凉而戴。《金瓶梅》中所描写的正是嘉靖之后"二十年外"之事,彼时瓦楞帽已然成为商人的头衣。第八回,春日间西门所戴正为"新缨子瓦楞帽儿"③;第五十二回亦在春日,陈经济"头上缨子瓦棂帽儿"④;第九十八回,"那时约五月,天气暑热,经济穿着纱衣服,头戴瓦垅帽"⑤。"瓦楞帽"在《儒林外史》中总共出现9次,多为杂流头衣,诸如翟头役、夏总甲、陈和甫、景兰江、牛浦郎、鲍廷玺、张铁臂等人物均头戴瓦楞帽出现;其身份驳杂,有胥吏头役(第一、二回)、医卜星相(第七回),更兼农商细民(第十七、二十一回)、倡优侠武(第三十一回),可归之于"杂流"。而且,戴瓦楞帽的时节也不限于春夏,第二回夏总甲戴瓦楞帽便在正月初八日。

此外,"毡帽"也是庶民头衣,一般而言多于秋冬间为保暖而戴。《儒林外史》共6次叙及头戴毡帽之人,分别是周进、范进、邹吉甫、九门提督齐老爷的仆役、倪霜峰、妓院龟头。整部小说中,除了倪霜峰以生员身份戴毡帽外,其余戴毡帽者皆为庶民。第二十五回叙述者通过鲍文卿之眼写倪霜峰,十月初一日"头戴破毡帽,身穿一件破黑绸直裰,脚下一双烂红鞋"⑥。倪霜峰是进过学的秀才,本该戴头巾,但由于窘困潦倒,弃考改志,以修补乐器为生,自以为辱没士人身份,故改戴毡帽。由头巾改戴毡帽,正象征了倪霜峰由士流退居杂流的人生选择,其穷途末路的选择或许更能代表大多数底层士人的处境。

与杂流的"瓦楞帽""毡帽"相呼应的,则是士流的"方巾""头巾"和"纱

① (宋)苏轼著,(清)王文诰辑注,孔凡礼点校《苏轼诗集》,北京:中华书局,1982年,卷四十一,第2268页。
② (明)范濂《云间据目抄》,《丛书集成三编》,第83册,卷二,第393页。
③ (明)兰陵笑笑生《金瓶梅词话》,第八回,第85页。
④ (明)兰陵笑笑生《金瓶梅词话》,第五十二回,第636页。
⑤ (明)兰陵笑笑生《金瓶梅词话》,第九十八回,第1334页。
⑥ (清)吴敬梓著,李汉秋辑校《儒林外史汇校汇评》,第二十五回,第311页。

帽"。不仅如此，"方巾""头巾"和"纱帽"还标记出士人群体内部的层次差异与品味分化。"方巾"即"四方平定巾"，洪武初年为士庶、吏员通用的头衣，洪武末年成为生员以上士人专用头衣。《大明会典》卷六十一"士庶巾服"载："洪武三年定：士庶初戴四带巾，今改四方平定巾，杂色盘领衣。"①"吏员巾服"载："洪武四年定：各衙门掾史、令史、书吏、司吏、典吏，穿皂盘领衫，系丝绦，戴四方平定巾。"②可见，在洪武四年前，无论士庶、吏员，都戴一样的头巾。一直到洪武三十年，才规定"令史、典吏皆服吏巾，巾样不与庶民同"③。至此方巾才成为士人专属头衣。此后，方巾又为明代生员以上士子的头衣，甚至用来指代生员。生员俗称"秀才"，《儒林外史》第十五回叙匡超人"看见他（马纯上）戴着方巾，知道是学里朋友"，第十七回景兰江"看见匡超人戴着方巾，知道他是秀才"，④由此可知，在学生员均戴方巾。"方巾"在《儒林外史》中共出现了 72 次，涉及人物多达 40 位；"头巾"出现 15 次，所涉及人物基本在戴方巾之列。《儒林外史》中的"头巾"等同于"方巾"，例如第七回荀玫进学，乡人来贺，都道："恭喜荀小相公，而今挣了这一顶头巾。"第十七回景兰江对匡超人道："你道这书单是戴头巾做秀才的会看么？"除了庶民吉服中的"纱帽"之外，作为品官身份象征的"纱帽"，总共出现了 35 次，涉及张静斋、严贡生、鲁编修、董孝廉、高老先生、萧云仙、方六老爷、万中书等候补贡生、在朝官员或致仕乡绅。

综上所述，在《儒林外史》所叙及之数十种头衣中，有关"方巾""头巾"的描写最多也最为显著，而"方巾""头巾"所代表的真假士人也正是吴敬梓最为关切的群体。

三、"遍地是方巾"：杂流的本分与僭越

顾名思义，《儒林外史》以"儒林"即文士群体为主要创作对象，正如第三十七回卧评所言"名之曰儒林，盖为文人学士而言。篇中之文人学士，不为少矣"⑤。然而，纵览全书便不难发现，小说中"有名姓人物七十多，个性鲜明的至少二三十个。所写人物，儒者名士，官绅吏胥，医卜星相，娼妓劫窃，农工

① （明）申时行等修，赵用贤等纂《大明会典》，《续修四库全书》，上海：上海古籍出版社，2002年，据明万历内府刻本影印，史部，总第 789—792 册，第 249 页，下栏。
② （明）申时行等修，赵用贤等纂《大明会典》，《续修四库全书》，史部，总第 789—792 册，第249 页，下栏。
③ （明）申时行等修，赵用贤等纂《大明会典》，《续修四库全书》，史部，总第 789—792 册，第249 页，下栏。
④ （清）吴敬梓著，李汉秋辑校《儒林外史汇校汇评》，第十五回，第 198 页；第十七回，第220 页。
⑤ （清）吴敬梓著，李汉秋辑校《儒林外史汇校汇评》，第三十七回，第 465 页。

兵商,市井细民,无所不有"①。这也就无怪乎天目山樵读到沈琼枝等人名列"幽榜"时质问:"和尚、拳师、妇人俱得谓之儒林耶?"②然而,在吴敬梓的笔下,杂流不仅没有逸出儒林的范围,反而被纳入一个动态的历史场景中,成为观察、叙述儒林群体十分有益的参照系。

出于托明之故,《儒林外史》所描写的衣冠僭越现象,与明代中后期的情形若合符契。从《儒林外史》对头衣的描写中可以看出,吴敬梓十分关注杂流混戴方巾的现象,而这也正是明代后期以来的士林乱象之一。《阅世编》中载明后期:

> 其后巾式时改,或高或低、或方或扁,或仿晋、唐,或从时制,总非士林,莫敢服矣。其非绅士而巾服或拟于绅士者,必缙绅子弟也。不然,则医生、星士、相士也。其后能文而未入泮雍者,不屑与庶人伍,故亦间为假借,士流亦优容之,然必诗礼之家,父兄已列衣冠者,方不为世俗所指摘,不然将群起而哗之,便无颜立于人世矣。③

方巾本来是区分士民身份的标志,而那些出身衣冠世家又未能入学的子弟,为了标榜与民不同,便假借方巾冒充士人,对于这一类人,士流尚持宽容态度。等而次之的,则是像医生、星士、相士等与士人接触较多的一类人,假借方巾混迹士林,也是士流尚可接受的。《儒林外史》中如赵雪斋(医生)、陈和甫(相士)都可归入此类。至于平民布衣,无任何背景、资历而忝列衣冠者,会受到世人指摘。更有甚者,倡优隶卒等贱民冒充士流者,则世人将群起而攻之。《儒林外史》中戏行钱麻子、黄老爹冒充士林,为鲍文卿暗中点破;妓院龟头王义安冒充士人,为仪征学霸当场揭发殴打,皆属贱民冒充士流一类,情况更为恶劣了。

明人左懋第(1601—1645)《严禁奢僭以挽风俗以息灾渗示》对晚明服制僭越尤其是混戴方巾、逾越本分的现象,不遗余力地加以斥责并告诫后人:

> 方巾所以别士民,而见各项人俱乱戴之,示后方巾止许生员及有前程人戴。武生有学校之名、乡约有教民之任并戴方巾,而童生及幼稚戴片玉巾及凌云等巾,千把总官俱戴将巾,凡术士等杂项人戴一字巾,俱不

---

① 黄秉泽《论〈儒林外史〉的长篇艺术结构》,载李汉秋编《儒林外史研究论文集》,北京:中华书局,1987年,第484页。

② (清)吴敬梓著,李汉秋辑校《儒林外史汇校汇评》,第五十六回,第680页。

③ (清)叶梦珠《阅世编》,第197页。

许混戴方巾。违者责究。①

清人褚人获(1635—1682)《坚瓠集》亦记载明末"戴巾之滥":

> 《语窥今古》晋汉唐之巾,儒者之冠。明兴,科甲监儒兼而用之,非真斯文尽戴小帽。其后渐至业铅椠、赋诗章者戴矣。迩来一介小民,未闻登两榜而入黉宫,一丁不识,骤获资财,巍然峨其冠,翩然大其袖,扬扬平康曲里,此何巾哉?曰银招牌也,否则曰省钱帽也。**一人侥幸科第,宗族姻亲尽换儒巾,曰荫袭巾也。**谚有"**满城文运转,遍地是方巾**"之诮。安得科道一疏厘而正之,不然朝廷差巡巾御史,揽辔中原,遇则杖而裂之,不亦快哉?○崇祯末有一人卖丝而业医,家富饶遂戴巾,人谓之药师巾。②

　　上文一系列杂流僭戴方巾的现象中,其中"业铅椠、赋诗章者"是书商、作诗的名士,"一介小民,未闻登两榜而入黉宫,一丁不识,骤获资财,巍然峨其冠"或即指目不识丁的商人,而"翩然大其袖,扬扬平康曲里"则更是嫖客了。《儒林外史》中也不乏这些杂流,甚至可以一一对应起来。综观全书,这一僭越现象先后牵涉陈和甫(星相术士)、权勿用(乡民布衣)、洪憨仙(星相术士)、匡太公(乡民布衣)、赵雪斋(医生)、支剑锋(巡商)、牛浦郎(小本生意人)、方六老爷(徽商)、丁言志(布衣)等杂流人物,以及王义安(妓院龟头)、万雪斋(曾为隶)、钱麻子、黄老爹(优伶)等倡优隶卒贱民阶层。其中,如支剑锋以巡商兼名士的身份戴方巾,万雪斋曾为隶卒、后以盐商的身份戴方巾,丁言志戴方巾上妓馆,这些都可以和清初人笔下所载晚明方巾泛滥的现象一一对应。此外,匡太公去世后,匡超人彼时已进过学,是个秀才了,便"合着太公的头,做了一顶方巾"③。这一情节便与上述引文中所谓"荫袭巾"如出一辙,即上文所谓"一人侥幸科第,宗族姻亲尽换儒巾"。天目山樵评点质问这一僭越现象的荒谬道:"秀才亦可弛封乎?"④

　　《儒林外史》中这类描写并非零碎无章的,而是成体系的,反映出吴敬梓对士林世界进行整体观照的视角。吴敬梓的这一关切态度,在后来评点者的

① (明)左懋第《左忠贞公剩稿》,《山东文献集成》,济南:山东大学出版社,2009年影印本,第3辑,第26册,卷二,第819页。
② (清)褚人获辑撰,李梦生校点《坚瓠集》(全4册),上海:上海古籍出版社,2012年,第3册,第652页。
③ (清)吴敬梓著,李汉秋辑校《儒林外史汇校汇评》,第十七回,第218页。
④ (清)吴敬梓著,李汉秋辑校《儒林外史汇校汇评》,第十七回,第218页。

点评中得到了呼应和验证。清代评点者对这些细微差异十分敏感,往往会提示读者留意这样的"春秋笔法",或暗示或直接予以嘲讽抨击。例如,陈和甫初次出场时,在荀玫、王惠寓中为两位进士算功名,彼时"头戴瓦楞帽,身穿茧绸直裰,腰系丝绦"①,及至再次出场,则现身娄府门外,为鲁编修千金提亲,"头上也戴的是方巾,穿的件茧绸直裰,像个斯文人"②,以至于娄氏兄弟误以为是他们渴慕已久的杨执中先生登门造访。黄小田评本于此处点出:"前在京戴的瓦楞帽。"③类似的提示也出现在对权勿用的评点中。权勿用初次亮相时"热孝在身","穿着一身白,头上戴着高白夏布孝帽"。④ 待孝期满了,进城见娄氏兄弟,却连衣服也不换,一顶高孝帽又在途中被一根尖扁担挑去了,只穿着一身白、科着头来至娄府。幸好娄氏公子不在府上,杨执中代公子迎接上宾,见此窘状,不免愁眉不展,"叫他权且坐在大门板凳上,慌忙走进去,取出一顶旧方巾来与他戴了"⑤,之后参加莺脰湖大会,权勿用没有合适衣服穿,公子"又取出一件浅蓝绸直裰送他"⑥。权勿用穿孝服、戴方巾的怪模样,引来天目山樵的讥讽:"孝服而戴方巾,奇矣;而二公子不以为非,更奇。"⑦及至权勿用换上了直裰,天目山樵又嘲讽道:"浅蓝绸直裰乃与方巾相称,程朱学问的人不以夺情为嫌。"⑧然而,天目山樵并未指出权勿用戴方巾乃逾制之举。黄小田指出,权勿用"考了十数回不进学,无故却孝服戴方巾"⑨,不仅不配戴方巾,而且在服丧期间戴方巾也不合礼制。此后,扬州盐商万雪斋头戴方巾出场,又为天目山樵和黄小田分别点出:"万雪斋戴方巾","又是一个方巾"。⑩

　　杂流混戴方巾、冒充士流,本不合礼法,情节严重者还要绳之以法。第十八回匡超人与西湖名士春游赋诗,回城迟了,被分管盐务的同知撞见。内中有个名士支剑锋本分是个巡商,盐捕分府认得,"看见他戴了方巾,说道:'衙门巡商,从来没有生、监充当的。你怎么戴这个帽子! 左右的,捆去了! 一条链子锁起来'"⑪。当然,这样绳之以法的情形在小说中并不多见,更多的是

---

①　(清)吴敬梓著,李汉秋辑校《儒林外史汇校汇评》,第七回,第97页。
②　(清)吴敬梓著,李汉秋辑校《儒林外史汇校汇评》,第十回,第133页。
③　(清)吴敬梓著,李汉秋辑校《儒林外史汇校汇评》,第十回,第133页。
④　(清)吴敬梓著,李汉秋辑校《儒林外史汇校汇评》,第十二回,第158页。
⑤　(清)吴敬梓著,李汉秋辑校《儒林外史汇校汇评》,第十二回,第160页。
⑥　(清)吴敬梓著,李汉秋辑校《儒林外史汇校汇评》,第十二回,第162页。
⑦　(清)吴敬梓著,李汉秋辑校《儒林外史汇校汇评》,第十二回,第160页。
⑧　(清)吴敬梓著,李汉秋辑校《儒林外史汇校汇评》,第十二回,第162页。
⑨　(清)吴敬梓著,李汉秋辑校《儒林外史汇校汇评》,第十二回,第160页。
⑩　(清)吴敬梓著,李汉秋辑校《儒林外史汇校汇评》,第二十二回,第282页。
⑪　(清)吴敬梓著,李汉秋辑校《儒林外史汇校汇评》,第十八回,第236页。

未被拆穿、瞒天过海。值得注意的是，《儒林外史》中混戴方巾的杂流，多选择在外地招摇撞骗。由于僭越行为本身具有隐蔽性，除非被熟人撞见并揭发，否则多能避人耳目、招摇过市。以杂流跻身士流而得逞者，无过于牛浦郎。牛浦郎跟着祖父生活，本是小本生意人家出身，后来冒牛布衣之名，结交达官贵人，继而出走芜湖，认牛玉圃为叔祖。第二十二回牛玉圃要去盐商家招摇撞骗，为了让牛浦郎撑门面，"拿出一顶旧方巾和一件蓝绸直裰来，递与牛浦，道：'今日要同往东家万雪斋先生家，你穿了这个衣帽去'"①。天目山樵点出："牛浦郎戴方巾。"②及至牛玉圃发现自己中了牛浦郎之计时，思量报复，将牛浦郎臭打一顿，扒光了衣服，丢在岸边。牛浦郎被过路船家救起：

> 　　那客人道："你是何等样人，被甚人剥了衣裳捆倒在此？"牛浦道："老爹，我是芜湖县的一个秀才。[……]"那客人[……]看见他精赤条条，不像模样，因说道："相公且站着，我到船上取个衣帽鞋袜来与你穿着，好上船去。"当下果然到船上取了一件布衣服，一双鞋，一顶瓦楞帽，与他穿戴起来。说道："这帽子不是你相公戴的，如今且权戴着，到前热闹所在再买方巾罢。"牛浦穿了衣服，下跪谢那客人。③

船家只有瓦楞帽子，拿给牛浦郎戴，黄小田于此处评曰："正是他戴的。"④然而牛浦郎已学会假戏真唱，口口声声称自己为秀才。船家没奈何，只得抱歉地委屈牛浦郎先戴瓦楞帽子，稍后再买方巾戴。天目山樵此处批曰："还是方巾余波。"⑤在小说评点家眼中，**瓦楞帽与方巾之争**，正是于无声处见风雷，牛浦郎的自欺欺人与钻营虚伪昭然若揭。

更有甚者，倡优隶卒等贱民阶层也有僭戴方巾、冒充士流者，而他们所面临的不仅是可能被当面揭发，甚至还将遭遇暴力殴打。小说第二十二回牛玉圃带着牛浦郎在仪征停船，上楼便逢戴方巾的老友：

> 　　正说得稠密，忽见楼梯上又走上**两个戴方巾的秀才**来：前面一个穿一件茧绸直裰，胸前油了一块，后面一个穿一件玄色直裰，两个袖子破的晃晃荡荡的，走了上来。两个秀才一眼看见王义安，那穿茧绸的道："这

① （清）吴敬梓著，李汉秋辑校《儒林外史汇校汇评》，第二十二回，第281页。
② （清）吴敬梓著，李汉秋辑校《儒林外史汇校汇评》，第二十二回，第281页。
③ （清）吴敬梓著，李汉秋辑校《儒林外史汇校汇评》，第二十三回，第292页。
④ （清）吴敬梓著，李汉秋辑校《儒林外史汇校汇评》，第二十三回，第292页。
⑤ （清）吴敬梓著，李汉秋辑校《儒林外史汇校汇评》，第二十三回，第292页。

不是我们这里丰家巷婊子家掌柜的乌龟王义安?"那穿玄色的道:"怎么不是他? 他怎么敢戴了方巾在这里胡闹!"不由分说,走上去,一把扯掉了他的方巾,劈脸就是一个大嘴巴,打的乌龟跪在地下磕头如捣蒜,两个秀才越发威风。①

王义安本为妓院龟头,却公然戴方巾上酒楼,若非被两个学霸揪住,恐怕还很义正辞严。天目山樵评云:"此回从方巾上生色,而以大观楼一闹为主。盖方巾之不足为轻重久矣。"②这也是吴敬梓之深恶痛绝处,即各色人等冒充士人,致令士林鱼龙混杂,江河日下。

然而,吴敬梓并未停留于呈现杂流僭越本分、招摇士林的集体乱象,在冷眼旁观之时,他还尝试为士林时弊把脉出方。吴敬梓笔下的杂流,并非都如此不堪。鲍文卿便是杂流乃至贱民中的一股清流。安分守己是鲍文卿这一人物身上至为关键的品格,同时这一点也被吴敬梓塑造为杂流和贱民的典范。在鲍文卿出场之前,吴敬梓已零星叙及杂流尤其是贱民中安守本分的几个人物,如秦老爹、邹吉甫、卜老爹等,字里行间流露出对这些人物的欣赏。至鲍文卿出,则近乎激赏。鲍文卿身居下贱,言行出处却可为士流借镜,故评者有云"特写鲍文卿,所以愧士大夫也"③。鲍文卿的安分守己,不仅体现在他与士林人物交接中对自我身份与地位的省察、谨守礼法而不逾矩的作风,而且还体现在他对同行戏子逾礼行为的劝改与匡正。小说第二十四回叙鲍文卿从北京回到南京老家,寻人修理乐器、整顿戏班,出门上茶馆会同行:

> 才走进茶馆,只见一个人坐在那里,头戴高帽,身穿宝蓝缎直裰,脚下粉底皂靴,独自坐在那里吃茶。鲍文卿近前一看,原是他同班唱老生的钱麻子。[……]鲍文卿道:"我方才远远看见你,只疑惑是那一位翰林、科、道老爷[……]"当下坐了吃茶。[……]鲍文卿道:"[……]像这衣服、靴子,不是我们行事的人可以穿得的。你穿这样衣裳,叫那读书的人穿甚么?"钱麻子道:"而今事,那是二十年前的讲究了! [……]"鲍文卿道:"兄弟你说这样不安本分的话,岂但来生还做戏子,连变驴变马都是该的!"钱麻子笑着打了他一下。茶馆里拿上点心来吃。④

---

① (清)吴敬梓著,李汉秋辑校《儒林外史汇校汇评》,第二十二回,第280—281页。
② (清)吴敬梓著,李汉秋辑校《儒林外史汇校汇评》,第二十二回,第284页。
③ (清)吴敬梓著,李汉秋辑校《儒林外史汇校汇评》,第二十四回,第305页。
④ (清)吴敬梓著,李汉秋辑校《儒林外史汇校汇评》,第二十四回,第307—308页。

鲍文卿阔别南京十四年，言行出处不改其旧，但他的同行却已是今非昔比。钱麻子本是戏班唱老生的，属于倡优隶卒贱民阶层，却公然穿着翰林、科道老爷衣巾出入茶馆酒肆。更有甚者，连本该持重的老者也尽失体统，耻言戏行，攀附士流。鲍文卿跟钱麻子吃点心，见一个老者上来：

> 头戴浩然巾，身穿酱色绸直裰，脚下粉底皂靴，手执龙头拐杖，走了进来。钱麻子道："黄老爹，到这里来吃茶。"[……]鲍文卿道："[……]记得我出门那日，还在国公府徐老爷里面，看着老爹妆了一出《茶博士》才走的。老爹而今可在班里了？"黄老爹摇手道："我久已不做戏子了。"[……]鲍文卿[……]又道："钱兄弟，你看老爹这个体统，岂止像知府告老回家，就是尚书、侍郎回来，也不过像老爹这个排场罢了！"①

叙述者唯恐读者读不出鲍文卿的讥刺之意，一违前文节制的语调，直接骂道："那老畜生不晓的这话是笑他，反忻忻得意。"②鲍文卿见到钱麻子时，虽眼里看不惯，却仍存回转之念，先以拳拳之心劝诫之，晓之以理，继而动之以情。及至见到黄老爹，自知礼法隳堕已非一人之力可挽，虽不至于嬉笑怒骂，却也明褒暗贬乃至于讥诮挖苦。吴敬梓将鲍文卿置之于如此鲜明的对比中，也正是为了凸显其安守本分的难能可贵。行文至此，士林颓势尽显，杂流乃至贱民皆戴方巾，而倪霜峰等落魄士人却被迫戴瓦楞帽，两相对照，尤见士林乱象之积重难返。

综上所述，杂流乃至贱民混戴方巾、冒充士流的情节主要出现在小说前二十五回中，共同勾勒出士林鱼龙混杂的面貌。借由对头衣与阶层身份的相称或错忤系列现象的呈现，吴敬梓显然有意于将服制上的紊乱与礼法之隳堕相联系，并为小说下半部重建礼仪的努力和思考做铺垫。总而言之，杂流和贱民在《儒林外史》中的意义有二：一、不安本分的杂流和贱民，摇身一变而为假士人、假斯文，致使士流鱼龙混杂；二、安于本分的杂流和贱民构成士流的参照系，其言行出处莫不与失范的士流形成对比。

四、"满城文运转"：士流的升迁与倒退

与明清科举考试的程序以及从地方到中央的科考等级相对应，士人群体内部存在等级层次的分化，而不同层次士人所着头衣正可为我们辨别士人群体内部的分层提供较为清晰的标记物。《儒林外史》第五十六回的儒修表中

---

① （清）吴敬梓著，李汉秋辑校《儒林外史汇校汇评》，第二十四回，第308页。
② （清）吴敬梓著，李汉秋辑校《儒林外史汇校汇评》，第二十四回，第308页。

将"儒林"分为十一类,分别为:已登仕籍未入翰林院者,武途出身已登仕籍、例不得入翰林院者,举人,荫生,贡生,监生,生员,布衣,释子,道士,女子。其中前七类都是明清学校制度与科举考试制度中的士人阶层。此外,尚为布衣的童生可充士人后备军。方巾与特定服饰的搭配,可以区分士林内部的不同层次。《明史·舆服志》载洪武二十四年,命生员乃至贡举入监者皆服襕衫。① 襕衫,又称"蓝衫"。因此,方巾、襕衫(蓝衫)是洪武末年到仁宗年间生员及以上士人的标准巾服,以区分于庶民和吏员。仁宗朝以后,有别于普通生员,监生巾服改为方巾、青圆领。此后,生员以上的士人头衣形制略有变化。《阅世编》卷八载明末举人、贡生、监生、生员同戴儒巾:

> 闻举人前辈俱带圆帽,如笠而小,亦以乌纱添里为之。予所见举人与贡、监、生员同带儒巾,儒巾与纱帽俱以黑绉纱为表,漆藤丝或麻布为里,质坚而轻,取其端重也。举、贡而下,腰束俱蓝丝绵条,皂靴与职官同。②

徐树丕《识小录》卷一"国朝器制"云:"国朝创制器物前代所无者:儒巾、襕衫、折扇、围屏、风领、酒盘(一名护衣盘)、四方头巾、网巾、水火炉。"③由此可见,儒巾形制与方巾不同。然而,《儒林外史》中未涉及对"儒巾"的描写。因此,从《儒林外史》的头衣描写出发,以生员和举人为分界点,生员以下童生的头衣与庶民同,多为毡帽、瓦楞帽;生员至举人,包括荫生、贡生、监生,常服头衣为方巾;中进士第而登仕籍者,公服头衣为纱帽,便服头衣为方巾。从头衣的角度看,毡帽或瓦楞帽、方巾、纱帽的次第变换,可以标记出科举制度下士人群体的升迁轨迹。

整部《儒林外史》便从一顶"旧毡帽"开始。第一顶毡帽出现在第二回薛家集延请周进为村学西宾的情节中,那时正值正月十六日,"众人看周进时,头戴一顶旧毡帽,身穿玄色绸旧直裰,那右边袖子同后边坐处都破了,脚下一双旧大红绸鞋"④。小说所叙在正月间,周进着红鞋乃是时俗。《云间据目抄》卷二"风俗"载:"春元必穿大红履。儒童年少者,必穿浅红道袍。"⑤因此,旧毡帽、旧直裰、破了洞的袖子以及旧大红绸鞋,共同构成了这个久困场

① (清)张廷玉等《明史》,第 6 册,卷六十七,第 1649 页。
② (清)叶梦珠《阅世编》,第 197 页。
③ (明)徐树丕《识小录》,《涵芬楼秘笈》,上海:商务印书馆,1916 年影印本,第 1 集,第 60 页,a 面。
④ (清)吴敬梓著,李汉秋辑校《儒林外史汇校汇评》,第一回,第 21 页。
⑤ (明)范濂《云间据目抄》,奉贤褚氏重刊本,1928 年,第 2 页。

屋、落魄潦倒的老童生面貌。此时的周进是科举制度中最底层的一员,而薛家集又是小说所依托的明代版图中微乎其微的一个小地方。小地方的小人物——戴着旧毡帽的老童生,正是吴敬梓对科举制度和士人群体进行整体性观照和反思的起点,也是吴敬梓对士人个体精神世界进行深度观察和刻画的起点。

首先,吴敬梓将周进这位老童生的出场与科举制度中阶段性的成功者——秀才与举人——并置,后二者的先后出场及其与周进的交接场面,构成了童生与秀才、举人的横向对比,并进一步勾勒出士人阶层内部的分化和层次。正如卧闲草堂本评云"旧毡帽与新方巾相映"①,周进作为老童生的尴尬、屈辱处境,在梅玖这一新秀才的映衬下可谓穷形尽相。这是书中第一顶方巾,梅玖是书中第一个秀才。此后,王惠作为前科新中的举人,"头戴方巾,身穿宝蓝缎直裰,脚下粉底皂靴"②出场,从其与周进的交接中可看出,王惠几乎视周进为无物。清明日王惠扫墓归来,正值雨天,遂领从人借宿观音庵,次早走人,"撒了一地的鸡骨头、鸭翅膀、鱼刺、瓜子壳,周进昏头昏脑扫了一早晨"③。正如天目山樵所评:"见了举人该修弟子职。"④老童生在举人面前之卑微及所遭受之冷落与轻蔑,直令人惨然。所幸吴敬梓为周进选择了一条更富于戏剧性的青云之路,而这种戏剧性正暗合科举制度的逻辑。

这便是"旧毡帽"的第二层意义,即借由一系列戏剧性骤变与升迁,周进的命运象征了士人个体在科举制度中所能经历的荣辱两极,由士人群体的底层不断向上直至科举考试的最顶端——进士,并由此进入仕途。吴敬梓仅用只言片语叙述了周进在士人群体内部的升迁和地位之反转。周进在生意人的帮助下捐了监生,由上文所引史料可知,其巾服当与生员无异,彼时当改着方巾、襕衫。此后乡试、会试一帆风顺,中了进士,钦点广东学道。其赴任之时,又当为纱帽、圆领。虽然后二者不为作者所提及,然却不妨推测而得。周进到广东考生员,考到第三场南海、番禺两县童生,"落后点进一个童生来,面黄肌瘦,花白胡须,头上戴一顶破毡帽"⑤。天目山樵评曰:"破毡帽算是周先生衣钵"⑥,这样的物象描写与细节安排并非偶然。范进也是以落魄老童生的形象出场,此后在周进的提拔下考取案首,进了学,继而又顺利中举,从相公而老爷,立即跻身士流上层,与身着纱帽、圆领的张乡绅分庭抗礼。因此,

---

① (清)吴敬梓著,李汉秋辑校《儒林外史汇校汇评》,第一回,第 21 页。
② (清)吴敬梓著,李汉秋辑校《儒林外史汇校汇评》,第二回,第 25 页。
③ (清)吴敬梓著,李汉秋辑校《儒林外史汇校汇评》,第一回,第 27 页。
④ (清)吴敬梓著,李汉秋辑校《儒林外史汇校汇评》,第一回,第 27 页。
⑤ (清)吴敬梓著,李汉秋辑校《儒林外史汇校汇评》,第二回,第 34 页。
⑥ (清)吴敬梓著,李汉秋辑校《儒林外史汇校汇评》,第二回,第 34 页。

从周进与范进的个体角度看,从破毡帽到方巾、纱帽的变化,正标记出了士人个体在科举制度中的升迁轨迹。

然而,正如楔子中王冕所言"将来读书人既有此一条荣身之路,把那文行出处都看得轻了"①,伴随着地位的升迁与声名、财富的积累,士人的品行却每况愈下。最典型的莫过于匡超人,可谓集地位升迁与品行倒退为一身。他刚刚出现时还只是个来自穷乡僻壤的质朴白丁,在客店中邂逅老秀才马纯上:

> 马二先生见他乖觉,问道:"长兄,你贵姓?可就是这本城人?"那少年又**看见他戴着方巾**,知道是学里朋友,便道:"晚生姓匡,不是本城人。晚生在温州府乐清县住。"马二先生**见他戴顶破帽**,身穿一件单布衣服,甚是褴褛[……]②

匡少年与马纯上相互从对方的巾帽上读出了彼此的身份。马纯上出于同情斯文之心,资助匡少年返乡侍亲。后来匡少年进了学,脱去了帽子,戴上了方巾。方巾与瓦楞帽,分别代表了两种身份及其言行出处。瓦楞帽与方巾的差别,一望可知:

> 匡超人[……]走进饭店,见里面点着灯,先有一个客人坐在一张桌子上,面前摆了一本书,在那里静静的看。匡超人[……]走到跟前,请教了一声"老客",拱一拱手。那人才立起身来为礼,青绢直身,**瓦楞帽子**,像个生意人模样。两人叙礼坐下。匡超人问道:"客人贵乡尊姓?"那人道:"在下姓景,寒舍就在这五十里外,因有个小店在省城,如今往店里去,因无便船,权在此住一夜。"看见**匡超人戴着方巾**,知道他是**秀才**[……]③

此时的匡超人已是进了学的秀才,而景兰江却只是个在杭州城里开方巾店的生意人。匡超人不解他既做生意,为何又看书,景兰江却反问匡超人:"你道这书单是戴头巾做秀才的会看么?我杭城多少名士都是不讲八股的。"④以匡超人的乖觉逢迎,很快便被杭城名士圈所接纳,继而又崭露头角于选家圈,可谓左右逢源、触处逢春。然而,正如黄小田评语所云:"他偏有许

---

① (清)吴敬梓著,李汉秋辑校《儒林外史汇校汇评》,第一回,第13页。
② (清)吴敬梓著,李汉秋辑校《儒林外史汇校汇评》,第十五回,第198页。
③ (清)吴敬梓著,李汉秋辑校《儒林外史汇校汇评》,第十七回,第220页。
④ (清)吴敬梓著,李汉秋辑校《儒林外史汇校汇评》,第十七回,第221页。

多遇合,而爱之适所以害之。"①名利的诱惑也在不断侵蚀他为人处世的底线,而匡超人作为士人的底线终于在结识潘三后彻底失守。匡超人经由潘保正之荐,结识了杭州城衙吏潘三,领受他许多人情,也不免替潘三效劳——为金东崖的儿子替考。潘三出计让匡超人先冒充军牢夜役混入考场,之后同金东崖的儿子互换行头,匡超人再冒充童生进入考场参加童生试:

> 潘三打听得宗师挂牌考会稽了,三更时分,带了匡超人悄悄同到班房门口。拿出**一顶高黑帽**、一件青布衣服、一条红搭包来,叫他**除了方巾**,脱了衣裳,就**将这一套行头穿上**。[⋯⋯]超人手执水火棍,跟了一班军牢夜役,吆喝了进去,排班站在二门口。[⋯⋯]匡超人就退下几步,到那童生跟前,躲在人背后,**把帽子除下来与童生戴着**,衣服也彼此换过来。那童生执了水火棍,站在那里。匡超人捧卷归号,做了文章,放到三四牌才交卷出去[⋯⋯]②

黄小田评本注意到匡超人的头衣从方巾更换为高黑帽这个细节,点评道:"童生而高帽矣","方巾而高帽矣"。③《阅世编》卷八载:"其衙门杂役,如皂隶则漆布冠岸帻,而网巾外见,旁插孔雀翎毛,服下截细褶青布衣,腰束红布织带。"④小说中的描写,与此相契合。由此可见,高黑帽、青布衣服、红搭包,是典型的衙役装束,而衙役与生员本自有不可逾越的等级差异,这种差异正是通过服饰外化并固化的。然而,**在替考的场景中,匡超人的头衣从方巾而黑帽,有着霄壤之别的身份隔阂和等级差异,就在匡超人轻而易举的头衣更换中被逾越、消弭了**。士人品行的倒退乃至堕落,由此可见一斑。然而,富于反讽意味的是,正是这样一个毫无操守的士人,很快补了廪生,又以优行贡入太学,候补教习之缺。此后,匡超人重婚再娶时,所着便是官员吉服,"纱帽圆领,金带皂靴"⑤。

如前所述,杂流僭越本分、冒戴方巾,是为了跻身士流;然而,置身士流的士人,在科举体制中又被分成三六九等,以至于秀才瞧不起童生,为官的瞧不起当秀才的。正如第四十九回施御史对迟衡山和武书毫不掩饰的不屑:"这两个人却也作怪。但凡我们请他,十回到有九回不到。若说他当真有事,做

---

① (清)吴敬梓著,李汉秋辑校《儒林外史汇校汇评》,第十九回,第247页。
② (清)吴敬梓著,李汉秋辑校《儒林外史汇校汇评》,第十九回,第245页。
③ (清)吴敬梓著,李汉秋辑校《儒林外史汇校汇评》,第十九回,第245页。
④ (清)叶梦珠《阅世编》,第197页。
⑤ (清)吴敬梓著,李汉秋辑校《儒林外史汇校汇评》,第二十回,第252页。

秀才的那里有这许多事？若说他做身份，一个秀才的身份到那里去！"①士人圈内部存在的层级隔阂，使得一些居于较低层次的士人，为了获得进入高层士人圈的入场券，用尽心机、铤而走险。第四十九至五十回中的万中书本是个穷秀才，"只因家下日计艰难，没奈何出来走走。要说是个秀才，只好喝风呵烟。说是个中书，那些商家同乡绅财主们才肯有些照应"②。因此，他便冒充七品中书，着纱帽、补服，与御史、翰林交接，后因一场官司，险些东窗事发，却侥幸得旁人捐资保举，自己一分钱不费，既洗脱罪名，又谋得真官。假万中书被差人带到衙门里时，依旧纱帽、补服，后来凤四老爷去衙门探望他，见状不堪，"脱下外面一件长衣来，叫万中书脱下公服换了"，"又除了头上的帽子，叫万中书戴了"；③及至秦中书、施御史出钱弄权，为假中书谋得真官，凤四老爷遂吩咐万中书："明日仍旧穿了公服到这两家谢谢去。"④

士流除了僭越本分、冒充更高层次士人之外，有时候也会降低本分、改换巾服，此种情形往往用来掩人耳目，逃避因其有污士林的德行而可能招致的道德压力。以"青衣小帽"的装束为例，《儒林外史》中总共出现4次，一次是写差人，一次写鲍文卿（戏子），另外两次分别写荀玫和王惠。《阅世编》卷八载："捕快则小帽青衣，加红布背甲于外，腰束青丝织带。"⑤可见，青衣小帽是隶卒之辈的巾服。第七回"到晚，荀员外自换了青衣小帽，悄悄去求周司业、范通政两位老师，求个保举"⑥，正是荀玫希图匿丧之时。第八回王惠逃窜之时，恨不得改头换面，遂"只取了一个枕箱，里面几本残书和几两银子，换了青衣小帽，黑夜逃走"⑦。王惠、荀玫是书中成对出现的两个人物，恰好一个不忠，一个不孝，也只有此二人曾着"青衣小帽"。

综上所述，头衣的变换不仅标记出士人在科举体制中的升迁轨迹，而且在特殊的场合中，还标记出其士人文行出处上的倒退。

对小说人物衣冠服饰进行描写，属于古代小说描写人物外貌、塑造人物形象的传统手法。《儒林外史》中的衣冠服饰描写，既继承了古代小说的这一手法，同时在诸多方面有所突破和创新。

首先，从小说创作技法的角度看，吴敬梓对衣冠服饰的描写，在遵循传统程式的基础上又有所调整，其中不少描写从程式化描写中独立出来，以"春

① （清）吴敬梓著，李汉秋辑校《儒林外史汇校汇评》，第四十九回，第601页。
② （清）吴敬梓著，李汉秋辑校《儒林外史汇校汇评》，第五十回，第610页。
③ （清）吴敬梓著，李汉秋辑校《儒林外史汇校汇评》，第五十回，第609页。
④ （清）吴敬梓著，李汉秋辑校《儒林外史汇校汇评》，第五十回，第613页。
⑤ （清）叶梦珠《阅世编》，第197页。
⑥ （清）吴敬梓著，李汉秋辑校《儒林外史汇校汇评》，第七回，第100页。
⑦ （清）吴敬梓著，李汉秋辑校《儒林外史汇校汇评》，第八回，第108页。

秋笔法"运之,成为情境化、情节化的物象描写,蕴含了小说家的褒贬。对人物外貌、服饰进行描写的传统,可追溯至说话表演中的人物亮相。及至《水浒传》以来的长篇章回小说,在人物初次出场时,往往也会给人物一个特写,从人物五官面容写起,继而写其穿戴服饰,从头到脚描摹一遍。这样的特写在《儒林外史》前的小说中已成为一个惯例和程式,也能在《儒林外史》中找到大量的例证。然而,《儒林外史》中不少描写,例如上文所论及之头巾之争、真假纱帽,则都在头衣上做文章,而有关的头衣描写属于情境化、情节化描写而非程式化描写。程式化描写往往是超情节、独立于情节之外的,而情境化、情节化物象描写则与人物性格变迁、情节推进乃至小说主题发生关联。这种关联是通过对史传"春秋笔法"的借鉴而得以实现的。吴组缃先生提出,吴敬梓的讽刺艺术是取传统的史家态度而加以发展,堪称"史笔","作者并没有直接对我们褒贬什么,但那种种形象却无处不含有巨大的褒贬"①。关于头衣的描写,莫不包含了小说家的褒贬态度。这样的创作手法,相应地要求读者"必须从各个场合形象的关连上、发展上来作体会和了解"②小说家的褒贬态度。如前文所述,牛浦郎、匡超人等人的性格、人格的塑造,无不是在一个发展的时间进程中呈现的,而对此二人头衣的描写正是小说家寄寓褒贬之处。当我们将二人前后的情节段落并置关联,便不难看出二人的堕落过程。

其次,从小说主题和结构上看,《儒林外史》中有关头衣的物象描写及其细节,被整合到对儒家礼仪之隳堕的观察、反思与重建的框架下,并由此获得了进行体系化和整体化观照与理解的可能,也为我们检视《儒林外史》的长篇结构提供一个新的视角。在《儒林外史》中,吴敬梓试图从整体上观照士人群体的精神世界,从制度、文化上反思广泛存在于士人群体乃至社会各个阶层的问题。因此,与以往的章回长篇不同,富于思想深度的主题取代了人物成为贯穿小说的线索。吴敬梓将小说的背景放在明代,用意非浅。明初朱元璋钦定颁布针对各个社会阶层的服饰制度,整顿元人遗制,恢复汉人体统。舆服之制是儒家礼仪很重要的一部分,体现了儒礼的社会阶层观和秩序观。《儒林外史》中无论士流、杂流,其巾服特征基本符合明人服制特征,亦即汉人服制,而几乎看不到小说家对清朝服制特征的正面反映,这显然是经过小说家的设计和经营的。通过头衣相关物象描写,吴敬梓不仅呈现出某个具体人物的形貌,而且还将某一具体人物纳入群体谱系中,在横、纵向的对比中呈现个体与群体的关系。如上所述,瓦楞帽、毡帽是杂流以及未入士流之童生的头衣,方巾是跻身士人阶层的一个外在标志,而乌纱帽则更是仕途、权势的

---

① 吴组缃《〈儒林外史〉的思想和艺术》,载李汉秋编《儒林外史研究论文集》,第33页。
② 吴组缃《〈儒林外史〉的思想和艺术》,载李汉秋编《儒林外史研究论文集》,第33页。

象征。《儒林外史》中的人物,无论杂流还是士流,其巾服的僭越与假冒成为一时之流弊:进不了学的小生意人想冒充秀才,丢了瓦楞帽戴方巾;进了学久考不中、落魄江湖的秀才又一心想结交权贵、当大官,于是就丢了方巾戴乌纱帽。无论是"瓦楞帽""方巾""头巾"还是"纱帽",在这一长篇中是自成体系的,三种不同的描写将儒林群体划分成可识别度较高的三种身份与阶层;这三种描写所对应的三种阶层与身份,又共同勾勒出儒林全体。这种整体性的效果是短篇小说所不可比拟也难以实现的。

最后,从小说史的角度看,与头衣相关的物象描写也属于细节描写,而细节描写折射出古代小说在不同历史阶段的特征。然而,这一过程既包含了演变与发展,同时也包含了齐头并进的多元并存。与《儒林外史》几乎同时期的《红楼梦》,其细节描写"往往大有深意,与人物的身份、心理、性格和全书的主旨有着千丝万缕的联系"①,更专注于对个人性格的深度塑造,体现出精致化的倾向。"从小说原初形态往往只是'粗陈梗概',到英雄传奇、历史演义细节的夸张化,再到一些话本小说及世情小说细节描写的趋于真实,乃至《红楼梦》细节描写的精致化的变化,本身也构成了小说发展史的一个重要细节。"②那么,就头衣相关的物象与相关细节描写上看,《儒林外史》以体系化、整体化取胜,而且将抽象的儒礼问题具象化,十分有力地勾勒出士林群体文行出处的变迁,呈现出吴敬梓对儒礼之隳堕进行反思、重建,复归于迷惘的思想历程。

第二节　私室陈设与多元价值
——以《红楼梦》为例

中国传统住宅建筑空间,尤其是宋代以来的住宅,被视为一个礼的空间,一种新儒学价值观的具体化,住宅空间布局充分诠释了儒家的家庭伦理规范和原则;同时,在家国同构的文化逻辑中,"家庭住房不是一个私人性的世界,不是逃避国家的庇护所,而是一个微型的国家"③。除了承载儒家伦理秩序之外,传统家庭住宅所发挥的另一个关键作用,便是用空间区隔标志出家庭内部的性别差异。传统住宅"提供了妇女生活的物质性框架,予男性和女性

---

① 刘勇强《中国古代小说史叙论》,第442页。
② 刘勇强《中国古代小说史叙论》,第445页。
③ [美]白馥兰著,江湄、邓京力译《技术与性别:晚期帝制中国的权力经纬》,南京:江苏人民出版社,2006年,第47页。

领域的分离以具体的形式"①。

两性区隔直接体现在住宅空间布局上。《礼记·檀弓上第三》规约明礼君子"非致齐也,非疾也,不昼夜居于内"②,即除非祭祀前斋戒,除非生病,否则不能昼夜待在内宅。司马光《书仪·居家杂仪》进一步阐发内外之别:"凡为宫室,必辨内外。深宫固门,内外不共井,不共浴堂,不共厕。男治外事,女治内事。男子昼无故不处私室,妇人无故不窥中门。有故出中门,必拥蔽其面。"③在宋代宅院中,"以'中门'为限,强调了内外分界:'妇人无故不窥中门',而当'有故'之际,所出也只是'中门',这样就从规范上把女性完全框在了宅院之中"④。"中门"区隔出两性在住宅建筑中的活动范围,形成了空间乃至文化上的"内""外"之别。

在内外有别的空间格局基础上,根据个体与群体的不同关系模式,又可将住宅空间细分为公共空间与私人空间。⑤ 宽泛而言,闺房、卧内、书斋等建筑形式是个体日常起居之所,构成私人空间;而厅堂、祠堂等则是群体活动如会客、祭祀之所,属于公共空间。传统住宅建筑空间以内外有别、公私分明为区隔原则,进一步规约两性在家庭生活不同领域的分工。

人物居住空间属于小说"环境"或"背景"的一部分,后者实质上是"一种'道具'系统"⑥,"是文学描写的要素"⑦,由一系列人物场域内的物象描写构成。出现在这一"道具系统"中的"道具"——物象,经常是象征性的,并进一步构成隐喻与象征体系。私人空间内部相关物象书写,也因此可以折射出礼法规约、性别限定与价值认同等丰富的文化内涵。

《红楼梦》中以家庙宗祠为中心而建立起来的荣宁二府,正是比较典型的传统住宅建筑,男女之别、公私之别的空间区隔原则在此也有十分显著的体现。第三回叙述者借林黛玉的视点,向读者呈现了荣国府的空间布局。荣

---

① [美]白馥兰《技术与性别:晚期帝制中国的权力经纬》,第44页。
② (汉)郑玄注,(唐)孔颖达疏《十三经注疏·礼记正义》,北京:北京大学出版社,1999年,第203页。
③ (宋)司马光《书仪》,《景印文渊阁四库全书》,台北:台湾商务印书馆,1983年影印本,经部第136册(总第142册),卷四,第480页。
④ 邓小南《"内外"之际与"秩序"格局:兼谈宋代士大夫对于〈周易·家人〉的阐发》,载邓小南主编《唐宋女性与社会》,上海:上海辞书出版社,2003年,第99页。
⑤ 公与私的区分并非绝对,还要考虑其他的因素,而且也会有其他的表现方式。例如已婚男性的私人空间,除了书房,也包括中门以内的内室。又,书房这一私人性较强的空间,有时也会临时性地起到公共空间的作用,例如《儒林外史》中娄氏兄弟延请友朋至其书斋进行社交活动的场景。另外,《红楼梦》中贾政就既有内书房,又有外书房,前者分布在女性、内部空间中,而后者则在男性、外部空间中。
⑥ [美]雷·韦勒克、奥·沃伦《文学理论》,第203页。
⑦ [美]雷·韦勒克、奥·沃伦《文学理论》,第248页。

国府大致分为左中右三路,林黛玉初入荣国府走的是西路,从西边角门由轿夫抬进去,走了一射之地轿夫退出,此处为贾府男女两性活动范围的分界线;往后另换三四个十七八岁的小厮抬轿,至垂花门前退下,由婆子扶黛玉下轿,过穿堂直抵正房大院,而垂花门正是贾府女性活动范围的临界点。

　　宋代以来的家规家仪都明确规定女性在家庭住宅中的活动范围。妇女送迎不出门,外来的女客乘坐轿子、肩舆,通常到中门厅事而下,男性仆从不入中门,女主人则到厅事或中门迎客入内,送客亦至于中门厅事。荣国府中起到类似空间区隔作用的除了西路的垂花门,还有中轴线上的仪门。林黛玉见过贾母,又要去见两个舅舅。邢夫人领着她出西角门,由东角门(黑油大门)进入荣府东路,至仪门前众小厮退出,仪门以内非男仆可到之处。林黛玉到了三层仪门以内,"邢夫人让黛玉坐了,一面命人到外面书房去请贾赦"①,可见贾赦白天不在内室,这一情形也印证了"男子昼无故不处私室"的家仪规约。贾赦以身体不适为由回避,黛玉遂作辞出来,仍旧由西角门进入荣府,去拜见贾政和王夫人。贾政和王夫人的院落,处于荣国府的中轴线上,"仪门内大院落,上面五间大正房",便是"正经正内室,一条大甬路,直接出大门的"②。若以西路垂花门和中路、东路仪门为基点勾勒横向坐标轴,往南往北延伸为纵向坐标轴,可分别标识出荣国府的"内"与"外":内为女眷的住宅空间,包括贾母、王夫人的院落,再往后一进则是王熙凤的院子;外则为男性的空间,小说并未做详细的交代,但在它处提及贾政、贾赦、宝玉等人的外书房等。由于第三回借黛玉之眼看荣国府,而女性身份限制了她对男性空间的观察,因此荣国府空间格局的描写呈现出"内详外略"的特点。《红楼梦》虽未直接描写宁国府的建筑布局,但我们可以通过荣国府大致想象宁国府的布局,并且可以肯定一点,即荣宁二府中的女性私人空间处在"内外有别"的传统住宅建筑之"内",大体坐落在仪门以内。

一、物象与对礼法的依违

　　在大观园营建之前的荣国府中,小说曾两次叙及人物的私人空间,一为借黛玉之眼写王夫人的小正房,一为借宝玉之眼写秦可卿私室。第三回林黛玉跟着婆子去见贾政和王夫人,发现王夫人日常起居并不在正室内,而在东廊三间小正房内。叙述者借黛玉的视点呈现小正房的物质环境:

　　　　正房炕上横设一张炕桌,桌上磊着书籍茶具,靠东壁面西设着半旧

---

① (清)曹雪芹、高鹗《红楼梦》,第三回,第42页。
② (清)曹雪芹、高鹗《红楼梦》,第三回,第43页。

的青缎靠背引枕。王夫人却坐在西边下首,亦是半旧的青缎靠背坐褥。见黛玉来了,便往东让。黛玉心中料定这是贾政之位。因见挨炕一溜三张椅子上,也搭着半旧的弹墨椅袱,黛玉便向椅上坐了。王夫人再四携他上炕,他方挨王夫人坐了。①

这段描写的意旨,可以指向小说人物,亦可指向小说家。如甲戌夹批所言,正房内坐具和座次的描写乃为"写黛玉心到眼到"②;而"桌上磊着书籍茶具"这一细节,是"伤心笔,堕泪笔"③,是小说家的情感流露。然而,更为直接的创作意图应当指向对王夫人和贾政这两个人物的塑造。这一段描写中,"半旧的"一词总共出现了三次,暗示此为王夫人与贾政的日常起居之处,故多家常之物。此外,"半旧的"还暗示了贾政夫妇节制有度、合乎礼法的物质追求。

小说家对物象的选取和描写往往与特定道德立场相结合,并蕴含其对人物的褒贬态度。通过对小正房物质环境的描写,曹雪芹向读者允诺并塑造了恪守礼法的男女主人形象;而在贾政缺席的情况下,这一描写又着重指向了王夫人。小正房中的摆设完全合乎礼法,尤其是坐具的摆放次序暗示人物对礼法的依循。此外,对服饰器用的态度折射出女性的道德和志趣所在。小正房的摆设虽不能说朴素,但却很节制,完全合乎礼法,同时也是妇德的外化。

然而,小说家对秦可卿私室的描写恰恰与此相反。上文通过林黛玉的视点呈现王夫人的小正房,而秦可卿私室则借助贾宝玉这一男性人物视点来呈现。**选择何种性别、何种人物的视点来呈现私人空间,无疑包含了小说家的立场和姿态。**颇为讽刺的是,贾宝玉正是在秦可卿房中梦入警幻仙境,得警幻仙子接引,预览十二钗册、品仙茗、饮仙醪、听仙曲,又得神秘女子秘授云雨之事:"警幻便命撤去残席,送宝玉至一香闺绣阁之中,其间铺陈之盛,乃素所未见之物。更可骇者,早有一位女子在内,其鲜艳妩媚,有似乎宝钗,风流袅娜,则又如黛玉。"④叙述者在描写警幻仙境的"香闺绣阁"时,虽仅以"素所未见之物"略括"铺陈之盛",但其景其情实则与宝玉在秦可卿私室这一幕相映照。据警幻仙姑披露,这位女子"乳名兼美字可卿",正与宁国府的秦可卿同名。结合宝玉的心理活动"其鲜艳妩媚,有似乎宝钗,风流袅娜,则又如黛玉",我们可推知"兼美"这一命名的含义,即兼备钗黛之美。由《红楼梦》套曲中《终身误》的曲辞可知,无论对宝钗还是黛玉,贾宝玉都有"美中不足"之

---

① (清)曹雪芹、高鹗《红楼梦》,第三回,第44—45页。
② [法]陈庆浩编著《新编石头记脂砚斋评语辑校》(增订本),第73页。
③ [法]陈庆浩编著《新编石头记脂砚斋评语辑校》(增订本),第73页。
④ (清)曹雪芹、高鹗《红楼梦》,第五回,第86页。

叹恨。宝玉憧憬着宝钗的身体,在精神上却又与林黛玉更为契合。为了弥补"美中不足"的叹恨,小说家试图塑造一位"兼美"的理想女性形象,并且通过人物命名在警幻仙境的"兼美"与宁府的秦可卿之间建立关联。这样一位"兼美"的女性形象,在小说中得到了众口之誉,"然而可怪的是我们在书中却看不见她什么具体行动,足以证实她的那些良好的反映。作者偏偏对于她的卧室做了一番很奇特的记载",论者皆以为"这不是什么文艺描写,而是有意作出象征性的说明"。①

宝玉在秦可卿房中闻到的是"细细的甜香",看到的是"春睡图",小说家用"眼饧骨软"一词形容宝玉身处秦可卿私室时所感受到的感官上的刺激。秦可卿私室中的宝镜、金盘、木瓜、卧榻、联珠帐、纱衾、鸳枕等物象,还牵动着一连串以香艳著称的女性及其艳史,弥漫着暧昧的气息。庚辰本"秦太虚写的一幅对联"后存一批语曰:"艳极,淫极。"②无论是早期评点者还是后来的读者,都不难读出这段描写所蕴含的道德上的贬抑。

《金瓶梅》第五十九回中的情节及其描写,正可与此参照、类比。此回叙西门庆至名妓郑爱月儿处,登堂入室:

> 正面黑漆镂金床,床上帐悬绣锦,褥隐华裀;旁设褪红小几,几上博山小篆,香霭沉檀。楼鼻壁上,文锦囊、象窑瓶,插紫笋其中;床前设两张绣甸矮椅,旁边放对鲛绡锦帨。云母屏,模写淡浓之笔;鸳鸯榻,高阁古今之书。
>
> 西门庆坐下,但觉异香袭人,极其清雅,真所谓神仙洞府,人迹不可到者也。③

这是一种名妓之室所特有的气氛,一种富于性的挑逗的暧昧气氛。最后一句"西门庆坐下,但觉异香袭人",与宝玉"刚至房门,便有一股细细的甜香袭人而来",二者的写法何其相似。在郑爱月儿、秦可卿私室的描写中,小说家"在这里勾勒的事物都绝对是女性房间专用的",而且这些物象暗示了男性人物的感官体验,"唯有这类知识能够加强读者对他所经历的情欲的联想"。④

---

① 王昆仑《红楼梦人物论》,北京:北京出版社,2004年,第46页。
② [法]陈庆浩编著《新编石头记脂砚斋评语辑校》(增订本),第115页。
③ (明)兰陵笑笑生《金瓶梅词话》,第五十九回,第729页。
④ [美]曼素恩著,定宜庄、颜宜葳译《缀珍录——十八世纪及其前后的中国妇女》,南京:江苏人民出版社,2005年,第166页。

不过，二者在艺术手法上存在较大差异。《金瓶梅》中这段描写是纯写实性的，其间所涉及的物象不具备象征性意义。出于为尊者讳的考虑，曹雪芹则通过用典、譬喻来委婉地描写秦可卿私室，这在《红楼梦》全书中也是绝无仅有的。早期读者将这些物象描写理解为譬喻之笔，正如甲戌本"鸳枕"后夹批所云："一路设譬之文，迥非《石头记》大笔所屑，别有他属，余所不知。"①"不知"之词，乃是有所保留的托辞。不过，可以肯定的是，对秦可卿私室的描写，与宝玉不愿进的功名之屋形成对比，具有功能性、象征性意义。

二、物象与性别意涵的拓展

在荣宁二府中，两性空间有着十分清晰的界限和区隔，正如王夫人和秦可卿的私室均坐落于仪门之"内"，与仪门之"外"的男性空间隔断。然而，**大观园的建成，构成整部小说空间叙事的转折点，催生了新型的空间结构关系和两性相处模式**。②"大观园是完全虚构的建筑，但曹雪芹严格按照中国的园林建筑样式和造园原则来描述"③，这一开放、流动的园林结构赋予人物以更多的活动自由。

第十七至十八回贾政在清客的簇拥下游览大观园，绕过假山，出了石洞，过沁芳亭：

> 忽抬头看见前面一带粉垣，里面数楹修舍，有**千百竿翠竹遮映**。[……]入门便是曲折游廊，阶下石子漫成甬路。[……]出去则是后院，有大株梨花兼着芭蕉。[……]后院墙下忽开一隙，得泉一派，开沟仅尺许，灌入墙内，绕阶缘屋至前院，盘旋竹下而出。④

潇湘馆俨然再理想不过的文人书斋，连贾政都情不自禁地赞叹道："若能月夜坐此窗下读书，不枉虚生一世。"⑤彼时黛玉尚未入住，叙述者主要着力点乃在其周遭环境之清雅，不过以寥寥数笔括其内部空间结构。一直到黛玉入住大观园约摸半年后，读者才得以借刘姥姥之眼领略潇湘馆的内部风景：

---

① ［法］陈庆浩编著《新编石头记脂砚斋评语辑校》（增订本），第 115 页。
② 大观园内的私人空间，应放在大观园世界的内在结构中加以观察。大观园房屋的配置呈现出其内在空间结构，这一结构又与诸人在情榜上的位置及其与宝玉感情之深浅远近遥相呼应。第十七回宝玉为大观园题联额，正面描写的仅四所院落，依次为潇湘馆、稻香村、蘅芜苑和怡红院。潇湘馆出现在第一位，又与怡红院的距离最近，由此可见宝、黛感情深密之至，参见余英时《红楼梦的两个世界》，上海：上海社会科学院出版社，2002 年，第 49 页。
③ 张世君《〈红楼梦〉的空间叙事》，北京：中国社会科学出版社，1999 年，第 23 页。
④ （清）曹雪芹、高鹗《红楼梦》，第十七、十八回，第 221 页。
⑤ （清）曹雪芹、高鹗《红楼梦》，第十七、十八回，第 221 页。

　　刘姥姥因见窗下案上设着笔砚，又见书架上磊着满满的书，刘姥姥道：“这必定是那位哥儿的书房了。”贾母笑指黛玉道：“这是我这外孙女儿的屋子。”刘姥姥留神打量了黛玉一番，方笑道：“这那像个小姐的绣房，竟比那上等的书房还好。”①

　　刘姥姥对潇湘馆总体风格的印象——书房而非绣房——十分富于象征意味。读书，既是林黛玉的爱好和生活方式，而且还赋予她以超凡脱俗的文人品格。

　　小说家对潇湘馆内外的呈现，尤其是物象的选取及描写，乃与文人书斋的书写传统遥相呼应。对私人空间的书写兴趣，较早出现于以载道为任的文人散文传统中，以书斋题材为最具代表性，成为文人通过书写进行自我塑造、获得身份认同的经典方式。与此同时，诗歌传统中亦不乏文人对书斋的吟咏，书斋在诗歌的书写与呈现中成为具有独特“书斋意趣”②的审美对象。书斋在空间意义上成为住宅或官署中不可或缺的一部分，同时也象征着儒家文人群体私人领域的诞生与形成。然而，在章回小说中，对私人空间的书写兴趣并非出自小说家群体自我呈现或建构身份认同的诉求，而是出于设置小说人物身份与建构特定人物场域的需要。

　　在描写潇湘馆的外部环境时，小说家选取了关键物象——竹。在传统文化语境中，竹子象征传统文人对理想人格的憧憬。潇湘馆以竹闻名，小说家十分细腻地通过竹影与竹声的描写来渲染潇湘馆的氛围。**虽然潇湘馆被视为理想的书房，但它却绝不是小说家对传统文人书斋亦步亦趋的模仿。**传统书斋题材散文预设了这一前提，即书斋的所有者是男性文人。这一性别身份潜在规约了书斋物质环境中的物象描写，而物象所隐含的文化意蕴反过来又强化了文人的性别身份。**竹子本是典型的文人化物象，但小说家却选择突出竹文化意蕴中的另一面，即其纤细柔嫩、伤感幽渺的阴柔意涵。**潇湘馆中所种之竹为斑竹，而斑竹典出神话中娥皇、女英的事迹。通过这一层关系，小说家将沉潜于竹文化的女性气质从暧昧不明的背景中引至聚光灯下，从而赋予黛玉的书房以女性的色彩和气息。

　　此外，小说家还为潇湘馆增设了一些富于女性气质的物象，其中最夺人眼目的是一只活泼好言的鹦鹉。第三十五回黛玉调弄鹦哥的闲适场景，十分难得地描绘出黛玉优游物外的自遣之状。很显然，鹦鹉能言善记的特征与口角伶俐的林黛玉相契合。黛玉蓄养鹦鹉这一描写的意义以及鹦鹉所暗示的

---

① 　（清）曹雪芹、高鹗《红楼梦》，第四十回，第532—533 页。
② 　张蕴爽《论宋人的“书斋意趣”和宋诗的书斋意象》，《文学遗产》2011 年第 5 期，第 65 页。

性别意涵,通过文震亨《长物志》对鹦鹉的品评可以得到十分清晰的界定:

> 鹦鹉能言,然须教以小诗及韵语,不可令闻市井鄙俚之谈,聒然盈耳。铜架食缸,俱须精巧。然此鸟及锦鸡、孔雀、倒挂、吐绶诸种,皆断为闺阁中物,非幽人所需也。①

可见,**鹦鹉几乎是女性的专属品**,"女性的物品是男性不能拥有也不能在自己的房间使用的","鹦鹉的图象不能出现在男人的家具上"。②改琦绘《红楼梦图咏》中,黛玉置身潇潇竹林中,左上方便有一只鹦鹉相伴。③ 这一构图更多地受到传统仕女图以人物为主、动物为点缀的绘画传统的影响,这也间接证明了鹦鹉这一物象或图像的女性化色彩。

从潇湘馆内部陈设看,小说家突破了传统女性私人空间的性别界限,将文人化书斋"挪至"女性私闺,并使林黛玉这一人物超越既有性别书写的限定而获得更丰富的文化内涵。就潇湘馆的外部环境而言,斑竹与鹦鹉这两种物象则从另一方向拓展了传统书斋空间的性别意涵。**潇湘馆既有文人书斋的格局,又萦绕着仕女私闺的气氛,这一理想私人空间的双重特质同时也是林黛玉这一人物场域的双重基调**,即文人精神与仕女气质的结合。林黛玉嗜书善诗,孤介寂傲,是其文人精神的一面;而她纤细柔弱的形象、细腻敏感的内心,又带有典型的仕女气质。

在传统住宅建筑格局中,一般而言,书房是男性的私人空间,而绣房则是未婚女性的私人空间。然而,《红楼梦》中两性私人空间的书写并不墨守既定性别身份的界限,**而不断拓展着性别身份的边界,甚至模糊、颠倒传统的性别设定**。最为显著的便是林黛玉潇湘馆与贾宝玉怡红院的对举,用刘姥姥的话,一个是"哥儿的书房",一个是"小姐的绣房"。

贾母携刘姥姥游览大观园时,醉酒的刘姥姥误入宝玉之室,"忽见有一副最精致的床帐",仰身睡倒,后来被袭人赶出,还不解地念叨着"这是那个小姐的绣房,这样精致?"④此后,给晴雯看病的大夫也说宝玉"那屋子竟是绣房一样"⑤。无疑地,怡红院给两位外来者留下了深刻的印象,其富于女性气质的室内陈设从感官上给他们以强烈的冲击;除了精致考究的床帐之外,他们或

---

① (明)文震亨《长物志》,北京:中华书局,2012年,第102页。
② [美]曼素恩《缀珍录——十八世纪及其前后的中国妇女》,第133—134页。
③ (清)改琦绘,张问陶、王希廉等题咏《红楼梦图咏》,北京:北京图书馆出版社,2004年,据光绪五年(1879)刊本影印。
④ (清)曹雪芹、高鹗《红楼梦》,第四十回,第559页。
⑤ (清)曹雪芹、高鹗《红楼梦》,第五十一回,第698页。

许也瞥见了贾宝玉的妆台。第四十四回平儿受凤姐侮辱心中委屈,哭坏了妆容,被宝玉劝到怡红院理妆。平儿是贾琏爱妾兼凤姐心腹,宝玉因此不肯与她亲近,但又因不能尽心而引以为恨事。及至得了这样的机会,岂不亲力亲为?宣窑瓷盒盛放着玉簪花棒,白玉盒子装着胭脂以及专用竹剪刀——宝玉向平儿亮出他的珍藏,而他对妆奁的熟稔也令平儿大为吃惊。庚辰本脂批如是揣度小说家构思这一情节的出发点:"宝玉最善闺阁中事,诸如胭粉等类,不写成别致文章,则宝玉不成宝玉矣。然要写又不便,特为此费一番笔墨,故思及借人发端。"因此这一段为平儿理妆,实则是为"放手细写绛芸闺中之什物也"。①

贾宝玉调脂弄粉的癖好,在妆台前展露无遗。妆台乃闺中重地,得近妆台者,自然是极亲昵者。二人共凑于妆台之前,于镜中看到彼此的花容月貌,此一场景意味深长。例如,宝玉为麝月篦头,晴雯撞见冷笑道:"哦,交杯盏还没吃,倒上头了!"②晴雯心直口快,以嘲讽口吻道破了这一举动的亲密意味。宝玉与麝月二人在镜内相视会意之景,更传达出彼此神领意会的默契和亲密无猜的率真。可与之对举的是湘云为宝玉梳篦编辫的场景。宝玉坐在镜台前,见"镜台两边俱是妆奁等物,顺手拿起来赏玩,不觉又顺手拈了胭脂,意欲要往口边送"③,结果被湘云将胭脂打落。宝玉深知湘云素不喜他这吃胭脂的癖好,心中本也有所顾忌。但是,对妆奁之物近乎非理性的喜爱,令他忘乎所以,情不自禁"赏玩"起来。上文宝玉协助平儿理妆,看似是为平儿献勤效力,实则也是与年轻女性共享赏玩的乐趣。

将李纨的妆奁与宝玉的妆奁进行对比,更能见出宝玉十足的"脂粉气"。第七十五回尤氏从惜春处赌气出来,到李纨处,还没洗脸,李纨命素云取自己的妆奁给尤氏暂用:"素云一面取来,一面将自己的胭粉拿来,笑道:'我们奶奶就少这个。奶奶不嫌脏,这是我的,能着用些。'"④这一段与平儿理妆的背景极为相似,上文宝玉向平儿一一介绍他的妆奁,以显示他对妆奁的熟稔、对脂粉的考究以及对女性之细心;而此处则直接由李纨的贴身侍女交代李纨素少此物。一繁一简、一实一虚,前者强化了宝玉的女性气质,而后者则弱化了李纨的女性气质。**妆奁本是女性闺中必备之物,但在《红楼梦》中却成为宝玉卧内的亮点。**

性别身份界定了私人空间的物象描写及其文化内涵,而曹雪芹显然不满足于以刻板的单一性别身份构建人物场域与气质。基于对人物性别及气质、

① [法]陈庆浩编著《新编石头记脂砚斋评语辑校》(增订本),第588页。
② (清)曹雪芹、高鹗《红楼梦》,第二十回,第272页。
③ (清)曹雪芹、高鹗《红楼梦》,第二十一回,第280页。
④ (清)曹雪芹、高鹗《红楼梦》,第七十五回,第1041页。

人物性格的丰富性、复杂性的认识和思考,**曹雪芹在私人空间的书写中进行着双向拓展的试验。他一方面对林黛玉的私人空间进行文人化的拓展,另一方面又将女性气质融入对宝玉私人空间的书写中。**

三、物象与价值追求的分化

《红楼梦》第一回曹雪芹借叙述者之口批评才子佳人小说"千部共出一套",其实不仅情节上如此,才子佳人小说在人物塑造上也"千人一面",人物精神世界之单调与贫瘠几乎难以避免。面对这一文学传统与局面,曹雪芹从诸多方面进行新的尝试,通过私人空间物象经营的差异性呈现人物价值追求的分化及其多元与丰富。

同样也是在刘姥姥再登贾府那一回,秋爽斋与蘅芜苑首次进入了读者的视野,向我们打开了通往私密空间的门扉:

> 探春素喜阔朗,这三间屋子并不曾隔断。当地放着一张花梨大理石大案,案上磊着各种名人法帖,并数十方宝砚,各色笔筒,笔海内插的笔如树林一般。那一边设着斗大的一个汝窑花囊,插着满满的一囊水晶球儿的白菊。西墙上当中挂着一大幅米襄阳《烟雨图》,左右挂着一副对联[……]案上设着大鼎。左边紫檀架上放着一个大观窑的大盘,盘内盛着数十个娇黄玲珑大佛手。右边洋漆架上悬着一个白玉比目磬,旁边挂着小锤。①

在不到二百五十字的描写段落中,"几乎所有的摆设都突出了'大'和'满',这恰是探春大气充盈的象征"②,由此可见其高旷开朗的气象与胸襟③。论者以为,"大观园中惟一具备政治风度的女性是探春,她是行将没落的侯门闺秀中的一个改革者"④。无疑地,探春具备管理大家族的才能,亦毫不掩饰其对经世致用这一传统文人价值实现的向往。这一志趣十分明晰地体现于秋爽斋的诸多物质细节中。

首先,有别于大观园内其他院落,秋爽斋的内部空间以开放性格局独树一帜。文中叙"探春素喜阔朗,这三间屋子并不曾隔断",这意味着睡卧之处并未被单独隔开,而同其他空间打通连在一起。然而,小说家并未选择描写

---

① (清)曹雪芹、高鹗《红楼梦》,第四十回,第538—539页。
② 王慧《大观园研究》,北京:中国社会科学出版社,2008年,第156页。
③ 王昆仑《红楼梦人物论》,第69页。
④ 王昆仑《红楼梦人物论》,第68页。

探春的睡卧之处,这与后文叙蘅芜苑时聚焦宝钗睡卧之具的描写形成对比。

其次,秋爽斋中的陈设物及其安排暗合文人审美传统。在传统住宅建筑空间中,"正式的、公共的空间与非正式的、更私人性空间之间的差别也由装饰品、家具及其布置来标志"①。作为日常起居之所的私人空间,其陈设风格往往会透露出个人的爱好和自我期许。秋爽斋中占据核心位置的花梨大理石大案,无论从款式还是从用材的描写上看,都继承了明式家具风格②,而描写这一家具及其陈设范式的语汇和修辞,实则沿袭宋以来文人清玩的书写传统。以大观窑大盘盛放大佛手,是秋爽斋引人注意的一个陈设,与晚明文人书斋中的"香橼盘"如出一辙:

> 香橼出时,山斋最要一事。**得官、哥、定窑大盘**,青冬磁龙泉盘、古铜青绿盘、宣德暗花白盘、苏麻尼青盘、朱砂红盘、青花盘、白盘数种,**以大为妙**。每盆**置橼二十四头或十二、十三头**,方足香味,满室清芬。其佛前小几上,置香橼一头之橐。旧有青冬磁架、龙泉磁架最多,以之架玩,可堪清供。否则,以旧砂雕茶橐亦可,惟小样者为佳。③

《考槃余事》所载香橼陈设法,对盛放器具及其规制、香橼的数量等均有所规定,并形成一套文人的审美规范。"中国的知识阶层对实践领域加以细心的关注,对身体行为塑造身份特性的方式、对人们生活于其中的物质世界如何产生一种社会的和道德的存在,皆十分敏感。"④值得寻味的是,这些潜在的审美范式在秋爽斋的陈设中一一得到印证。秋爽斋中陈设的佛手,又称"五指香橼";盛放佛手的大观窑大盘,正是"以大为妙";而"数十个"之数,也与"十二、十三头"不相上下。

小说家对秋爽斋的描写,虽为写实笔法,但亦不妨作象征笔法读。秋爽斋凛然不可侵犯、令人肃然起敬的氛围,正如探春之欲得人之敬畏一般。探春虽为庶出,但心性才气却都不让他人。她对自己的出身极其敏感,不得不在意别人的看法,亦希望通过一切可见的努力去改变别人的偏见。她的努力,从秋爽斋两件名贵瓷器中可见一斑。这两件瓷器分别是汝窑花囊和大观窑大盘。《红楼梦》全书仅三处提及汝窑瓷器,第三处便是秋爽斋。明人王

---

① [美]白馥兰《技术与性别:晚期帝制中国的权力经纬》,第62页。

② 参见王世襄《明式家具珍赏》,香港:三联书店(香港)有限公司,北京:文物出版社,1985年,第43、402、289、291页。

③ (明)屠隆《考槃余事》,《四库全书存目丛书》,济南:齐鲁书社,1995年,据中国社会科学院图书馆藏明万历绣水沈氏刻宝颜堂秘笈本影印,子部,第118册,卷三,第220页。

④ [美]白馥兰《技术与性别:晚期帝制中国的权力经纬》,第32页。

世懋(1536—1588)《窥天外乘》中称:"宋时窑器以汝州为第一,而京师自置官窑次之。"①可见,汝窑乃北宋瓷器中的珍品,而拥有这样一件珍品,与其说是财富的象征毋宁说是地位尊贵之象征。另外一件"大观窑",程高本作"大官窑"②,乃是后来的抄书者不知大观窑来历所致。宋人周辉(1126—1198)《清波杂志》载"饶州景德镇,陶器所自出,于大观间窑变,色红如朱砂[……]比之定州红瓷器,色尤鲜明"③。论者以为"大观窑乃窑变之一种,是难能可贵的稀有瓷器,比定窑还好"④。细览大观园诸人院宇内陈设,除宝玉之外,就古董珍藏之多少而言,探春可谓首屈一指。

与探春显露锋芒并汲汲得到认可的心态不同,宝钗无意于凭借外在事物来向他人证明什么。不同于探春积极有为、经世致用的志趣,"宝钗有才能,但她所奉行的却是'女子无才便是德'的'女教',只想做一个身居正位而品德贤淑的闺范,此外皆非所取"⑤。二人对私人空间的经营,很好地诠释了她们的价值认同和追求:

> 贾母因见岸上的清厦旷朗,便问"这是你薛姑娘的屋子不是?"众人道:"是。"贾母忙命拢岸,顺着云步石梯上去,一同进了蘅芜苑,只觉异香扑鼻。那些奇草仙藤愈冷愈苍翠,都结了实,似珊瑚豆子一般,累垂可爱。及进了房屋,**雪洞一般,一色玩器**全无,案上只有一个**土定瓶中供着数枝菊花**,并两部书,茶奁茶杯而已。床上只吊着青纱帐幔,衾褥也十分朴素。⑥

上文写秋爽斋,未曾描写其外部环境,单写室内陈设之器物;此处叙蘅芜苑,则从外部环境写起,未入其室而"异香扑鼻",又见"奇草仙藤",如入仙境。第十七回叙贾政至蘅芜苑,见院中山石群绕、异草攀援,先厌嫌其"无味",而后笑称其"有趣",态度的转变值得玩味。清代读者曾评云:"其人固别开生面,作者意象布置亦别开生面。"⑦蘅芜苑中没有任何器玩摆设,唯一的装饰品是土定瓶插花。"土定瓷器是定窑瓷器之一种,一般指河南涧磁村

---

① (明)王世贞、王世懋《凤洲杂编(二) 瓠不瓠录 窥天外乘》,《丛书集成初编》,上海:商务印书馆,1937年,第2811册,第20页。
② (清)曹雪芹、高鹗《程甲本红楼梦》,第2册,第1048页;曹雪芹著,陈其泰批校《红楼梦(程乙本)——桐花凤阁批校本》,第2册,第四十回,第1176页。
③ (宋)周辉著,刘永翔校注《清波杂志校注》,北京:中华书局,1994年,卷五,第213页。
④ 陈诏《红楼梦小考》,第277页。
⑤ 王昆仑《红楼梦人物论》,第68页。
⑥ (清)曹雪芹、高鹗《红楼梦》,第四十回,第541页。
⑦ 冯其庸纂校订定《重校〈八家评批红楼梦〉》,南昌:江西教育出版社,2000年,第368页。

定窑窑场以外的地方烧制者,其特点是胎土白中发黄,比较粗松,胎体厚重,釉色白中闪黄或赤"①,是定瓷中之价低者。《扬州画舫录》云:"浅黄白色曰密合。"②小说第一次写宝钗的穿戴,多作"蜜合色"③,与土定瓷瓶低调沉着的色泽十分接近。

宝钗出身皇商之家,名贵瓷器并不难致,但她却弃而不用,而选择了较为劣质的土定瓶插花。出生于同样的家庭,薛蟠被小说家塑造得极为不堪,不仅不学无术、浑浑噩噩,而且目无法纪、恣行无德;这样不堪的生活方式和个人风格,印证并加强了读者有关富室子弟的想象。然而,小说家却没有将这样的逻辑简单地运用到宝钗身上。**无论是物质生活还是道德生活,宝钗都标志出与其兄长奢靡铺张、放荡不羁的作风格格不入的另一种想象和追求,即物质生活上的简朴与道德上的克己。**

土定瓶白中发黄的色泽、厚重的质地、古朴浑厚中又不失雅致,与宝钗笃行女德的稳重作风相契合。第四十二回宝钗对黛玉的劝解之言,同时也是一番自我剖白。她认为读书明理、辅国治民、经世致用,那都是男人的分内之事,女孩儿家只该做些针线纺织的事。**她并不像探春那样热衷于从外部经验中获得认可和价值实现,宝钗所笃信和践行的是内在的德行。**有关床帐的描写,经由贾母之言反衬出其物质生活极为克制的态度,而这正是宝钗道德生活中克己之欲的外化。

由此可见,《红楼梦》中私人空间的物象不仅是人物价值追求的外化,更为重要的是,风格迥异的物象传达出人物价值追求分化、多元并存的局面。以价值追求和认同塑造人物精神世界并由此将价值多元升华至小说思想层面的手法,并非天然地存在于中国古代小说的叙事基因中,而有赖于一代代小说家的发现与创造。对女性人物深层次价值的认同及其精神世界的发掘,正是《红楼梦》对中国古代叙事传统的一大贡献。

私人空间作为个人性格的延伸这样一种信念④,普遍存在于中西文学创作中。《红楼梦》中,无论是王夫人正房端方克制的铺陈、秦可卿私室香艳淫佚的气息,还是潇湘馆清幽洒落的氛围、怡红院精致讲究的脂粉气,抑或秋爽斋器宇轩昂的架势、蘅芜苑清爽简净的格调,都成为人物各自的性情写照。不仅如此,私人空间中的物象书写还映射出丰富的文化意蕴。首先,传统住

---

①　陈诏《红楼梦小考》,第281页。

②　(清)李斗著,汪北平、涂雨公点校《扬州画舫录》,北京:中华书局,1960年,第30页。

③　唯独乾隆百二十回抄本作"水绿色棉袄",参见(清)曹雪芹《乾隆抄本百廿回红楼梦稿:杨本》,第1册,第七回,第90页。

④　宋淇《论大观园》,载余英时、周策纵、周汝昌等《四海红楼》,北京:作家出版社,2006年,第611页。

宅空间是礼法对人伦进行规约的空间,王夫人与秦可卿私室中的物象描写折射出小说人物对礼法的依循或违背。其次,性别区隔原则构成传统住宅空间的结构原则,而大观园世界的出现打破了这一绝对区隔原则,有关潇湘馆与怡红院中的物象描写,双向拓展了私人空间的性别内涵。最后,对私人空间的经营透露出人物的价值认同和自我期许,秋爽斋充分诠释了探春通过外部经验实现自我价值的孜孜以求,而蘅芜苑则隐藏着宝钗经由内在道德生活获得平淡自足的心曲,二者又共同塑造了《红楼梦》思想层面的多元兼容风格。

综上所述,在这两部清代世情题材文人小说中,某些物象的描写展示出此前小说所未曾出现的一些特点,而这些特点根植于文人小说家对文人文化更为自觉的反思意识中。

首先,物象描写具备较为自觉的整体性。这体现为某类物象描写形成一个意义层次更加明晰的结构,而其中某个物象描写的意义需要在同类物象描写所构成的意义框架中去定位。在《儒林外史》中,对人物头衣的描写内嵌于礼仪服制的框架中,并且构成层次丰富的序列,从瓦楞帽到头巾再到纱帽,勾勒出科举制度中三六九等的士人众生相。对士人头衣的描写不是一个孤立事件,而是贯穿小说全书,作为一个具有象征意义的细节参与到对士人群像的描绘中。在《红楼梦》中,对室内空间陈设物的描写,乃基于小说家对人物个体与群像的整体构思和通盘把握。通过某一处室内陈设的描写,可以增进单个人物性格的内在统一性;通过一系列室内陈设的描写,个体被纳入家族的整体空间中并通过物象的纽带与其他人物建立潜在的对话关系。

其次,物象描写具有较强的符号性。物象的符号性基于其在序列结构中的稳定性,是伴随物象描写的整体性而出现的。在吴敬梓笔下,头衣是区分士民以及进一步识别三六九等的士林阶层的标记物。头衣与人物身份的正位与错位,富于象征性地投射出士人对礼仪的态度,并共同反映礼在士林中的实际处境。《红楼梦》的私室陈设可以被视为一系列文化符码,将人物链接回孕育这部小说的文人文化的语境中。《红楼梦》中对荣宁二府中秦可卿、王夫人私室的相关描写,仍旧是在礼仪的框架内进行的。而在荣宁二府之外的大观园,从公共空间到私人空间的布局,都不再是对礼的图解,而包含了更为多元的价值。在大观园中,性别的壁垒被打破,性别的界限变得流动起来,男性文人文化与女性闺淑文化交融,共同建构了这个富于活力的乌托邦。

第七章　物象与文体风格

从章回小说的文体发展史来看,世情小说以其题材内容与日常叙事,为这一文体注入了新的活力,带来了新的面貌。然而,每一部世情小说的风格,既受章回小说这一文体传统惯例的制约,也涵纳了小说家的独创与发挥。而小说家的独创和发挥,往往又是题材内容、叙事范式、结构方式、语言风格等多个方面因素的融合。

文体是指按一定的话语秩序所形成的文本体式,它折射出作家、批评家独特的精神结构、体验方式、思维方式和其他社会历史、文化精神。① 结构方式与语言风格最能体现作家个人创作特点,最具独立发挥的空间。一般而言,我们所说的结构方式指显性的情节结构,语言风格大多数时候指作家对人物语言的塑造,即所谓个性化的语言。但是,当结构方式指的是一种更加深层的隐性结构,而语言风格指向描写物象的语言风格时,结构方式和语言风格在多大程度上是作家个人创作特点的体现? 这是值得思考的问题,也是下文论述展开的起点。

物象可以为我们讨论小说结构与语言风格提供一个新的视角。前文论及,物象作为小说的构成性要素并非孤立存在,而与情节、人物等小说构成要素互动关联,以多种叙述形式呈现,共同构成明清世情小说日常叙事的有机体。除此之外,物象还参与对小说结构的构建、对语言风格的塑造。具体而言,当我们以物象来观察世情小说结构的方式时,我们会发现尽管每一部世情小说都有其别具一格的情节结构,但其围绕物象所展开的隐性进程都呈现出累积的、渐变的结构特点。从物象的角度来观察世情小说的语言风格,我们将会发现在世情小说的脉络中,其实共享了对物象描写的精确追求。无论是隐性结构的累积渐变,还是物象描写语言的精确追求,这些反过来又共同界定了世情小说及日常叙事的文体特征。因此,世情小说的隐性结构与物象描写语言,并不完全由作家个人所决定,它体现了作家个人风格与题材内容、叙事范式以及文体规范的辩证统一。

---

① 参见童庆炳《文体与文体的创造》,昆明:云南人民出版社,1994 年,导言,第 1 页。

第一节 篇幅与结构方式

篇幅长短影响物象参与小说叙述结构的方式和程度。以篇幅而论,中国古代小说与欧洲小说一样,可分为短篇小说、中篇小说与长篇小说三种。但是,这三种小说产生的先后次序,中国小说与欧洲小说稍有不同。欧洲的短篇小说产生最早,其次是中篇,最后是长篇;中国也是短篇小说产生最早,但其次是长篇小说,中篇小说产生得最晚。[①]

值得注意的是,中文表述的特点容易给人一种错误的认知,即认为这些作品的区别仅在于篇幅的长短。实际上,在英语、法语、德语、俄语中,都有不同的词汇分别指称长篇小说与短篇小说(如英语的 novel 与 short-story[②]),二者的差别不仅是篇幅上的而更是性质上的。在世界文学范围内,由于长篇小说和短篇小说在其发展演变过程中形成了各具特色的文学传统与审美特质,因此无论是在创作领域还是在研究领域,都形成了长篇小说与短篇小说"分而治之"之态。当然,这并非要否认长篇小说与短篇小说同属于散文叙事文学的文体共通性,而是要突出二者在各个方面表现出的倾向性差异。就当代小说而言,不少作家从创作经验的角度,对长篇小说与短篇小说的差异进行过总结,例如"长篇靠生活;短篇靠技巧(手艺)","长篇小说代表一种以更整合的方式把握世界和艺术的意图","短篇的保证在于情绪,在于灵感;而长篇的保证在于结构,在于气概"。[③] 在英语文学研究界,对长篇小说与短篇小说的差异的探讨,已经深入认知论的层面了。[④]

就本书讨论的白话世情题材小说的篇幅类型而言,主要包括长篇与短篇两种,即章回小说与话本小说这两大类。[⑤] 关于章回小说与话本小说的源流

---

① 参见石昌渝《中国小说源流论》,第 22—23 页。

② 实际上,英语中并无一个表达"短篇小说"这一文体的单词。"short-story"一词,也只是在"短篇故事"(short story)这一词组的基础上在两个词之间使用连字符形成的。

③ 王蒙《长篇小说与短篇小说》,《读书》1993 年第 5 期,第 111—115 页。

④ 参见[美]查尔斯·E. 梅著,金敏娜译,唐伟胜校《短篇小说的意义产生方式:以爱丽丝·芒罗的〈激情〉为例》,《叙事(中国版)》2013 年第 5 辑,第 3—14 页。

⑤ 明末清初,涌现出诸多世情题材(尤以才子佳人题材为多)的中篇话本小说。郑振铎认为,中国的中篇小说,"其篇幅大都是八回到三十二回之间(但也有不分回的,那是例外)。其册数大都自一册到四册,而以大型的一册,中型的四册为最多"(参见郑振铎《中国小说的分类及其演化的趋势》,载《郑振铎古典文学论文集》,上海:上海古籍出版社,1984 年)。但是,从结构方式和原则上看,中篇小说是一个比较尴尬的类型,不少学者认为"长篇小说与中篇小说的不同是长度上的不同:中篇小说不过是短小一些的长篇小说而已"(参见[美]Brander Matthews 著,朱宾忠译《论短篇小说的哲学》,《长江学术》2007 年第 3 期,第 48 页)。(转下页)

关系,学界仍存在不同意见。① 即便将章回体小说与话本小说视为"同源""同根"的体裁,也不能否认二者在主题、结构、技巧、修辞、叙事风格等诸多方面仍存在的倾向性差异。其中,二者在结构方式上的差异及其背后所隐含的认识论特点,也体现在对物象加以吸纳、运用的方式上。

小说的结构,可以分成"内部结构"和"外部结构"。② 内部结构,主要是指小说对具体材料的组织安排,即叙述结构;外部结构,即小说这一文体长期发展所形成的共同组织规范,即体制结构。本节讨论的小说结构,指的是内部结构,即叙述结构。"叙述结构就像支撑起现代高层建筑物的主梁:你看不到它,但是它的确决定了这栋建筑的外形与特色。"③就中国古典小说的结构而言,石昌渝从故事组织的方式和情节冲突的性质两个层面,归纳了两组同时适用于长、短篇小说的结构类型:单体式结构和连缀式结构;线性结构和网状结构。这两组结构方式可以相互组合运用,例如《金瓶梅》《红楼梦》均属于单体式结构与网状结构的组合,《儒林外史》则是连缀式结构与网状结构的组合。

总体而言,目前所见有关古代小说的结构分析,主要是从故事的组织方式,即情节的角度进行的。短篇小说中物象对叙述结构的组织之功,也是在情节结构的层面上。然而,循着这一思路探讨物象之于长篇小说情节结构的参与方式,却遇到许多障碍。其中一个最大的障碍在于,长篇小说中的许多物象并不在小说情节的层面参与叙述,而是以隐性进程的方式参与建构小说叙述,这就决定了我们不能只从情节的层面去探讨长篇小说中物象的结构功能。

"隐性进程"(covert progression),是"一种隐蔽的叙事动力,它在显性情节动力的背后,从头到尾与之并列运行",作为"与情节发展并列前行的一股

(接上页) 在中国文学研究中,也有类似的观点,例如,认为明末清初白话中篇"可以说是长篇章回小说的缩小"(石昌渝《中国小说源流论》,第30页)。尽管就白话中篇到底是长篇章回小说的缩小还是短篇白话小说的嵌套式扩展这一问题而言,即中篇小说到底与长篇小说还是与短篇小说更为接近,可能很难取得共识。但是,无论与短篇小说还是与长篇小说比较,中篇小说都不构成实质性差异这一点,应该还是可以成立的。考虑到这一点,本节将略过中篇,以构成实质性差异的短篇小说和长篇小说为主要论述对象。

① 主流的看法认为章回小说和话本小说都源自"说话",文体上十分接近,但叙事方式上,白话短篇小说接近"说话"而长篇小说离"说话较远"(石昌渝《中国小说源流论》)。鲁迅评价《儒林外史》的结构"虽云长篇,颇同短制",亦是此种观点的体现。然而,海外学者浦安迪则认为,以明代"四大奇书"为代表的长篇小说自成一体,与话本小说并非同根之木。奇书体并非源自"说话",而是源出史传,属于文人创作的文学,有一套文人文学特有的修辞策略和叙事美学。

② 金健人《小说结构美学》,杭州:浙江文艺出版社,1987年,结论,"结构的不同层次",第8页。

③ [英]戴维·洛奇著,卢丽安译《小说的艺术》,上海:上海译文出版社,2010年,第258页。

叙事暗流,其中心人物与情节发展中的人物相同,却暗暗表达出对照或对立性质的主题意义"。① 由于隐性进程的发现,小说结构也变成一种双重结构模式,既包含了由情节发展构成的事件结构,还包含了由隐性进程所构成的事件结构。我们权且将前者称之为"显性结构",后者称之为"隐性结构"。

有鉴于此,下文将使用"显性结构"与"隐形结构"分别概括短篇小说与长篇小说中物象参与叙述的倾向性差异,以及由此形成的叙述结构的特点。当然,这并非意味着所有出现在长篇小说中的物象都参与隐性进程,而所有出现在短篇小说的物象都参与情节叙事。之所以这样区分,只是就其大体趋势而言。

一、短篇与回环闭合的显性结构

就短篇小说而言,物象主要通过特定的情节模式作用于叙述结构。在这种情况下,叙述结构是一种显性结构,即情节结构。物象构成若干重要的情节节点,并进一步构成叙述结构的支撑点。在围绕物象展开的叙事中,有两种情节模式——"得而后失"与"失而复得"——较为显著。在这两种情节模式中,物象是情节矛盾的引爆者,也是情节矛盾的终结者。无论是"得而后失"还是"失而复得",物象都将叙事终结在一个有意义的时刻,形成了一个叙事上的回环闭合。

1. "得而后失"

对物象结构性叙事功能的发现与发掘,可以追溯到唐以前的文言小说。运用物象组织全篇的情节结构,当以隋末唐初的《古镜记》为起点。第三章中已论及此篇,其中以宝镜的"得而后失"为线索,连缀起诸多情节段落,这些情节"镶嵌穿插,形成了一个像迷楼似的结构"②。除了《古镜记》之外,以某物的"获得—失去"为线索来结构全篇情节的,比较有代表性的,尚有唐人何延之的《兰亭记》、宋人洪迈的《嘉州江中镜》等篇目。

"唐代小说与传记文同出一源,很难划清界限。除了已被大家公认为小说的,还有不少记录史事的作品,论其文学价值并不在某些小说之下。事实上我们也无法分辨它到底有多少事实,有多少虚构,姑且称之为小说化的传记,与小说分别论述。这类作品应推何延之的《兰亭记》(714)为最早。"③这篇小说化的传记文,记述了王羲之兰亭帖的递藏过程以及唐太宗用计谋从辩

① 申丹《"隐性进程"与双重叙事动力》,《外国文学》2022年第1期,第63、64页。

② 季羡林《〈五卷书〉再版后记》,载《季羡林文集》第十六卷《梵文与其他语种文学作品翻译(二)》,第539—542页。

③ 程毅中《唐代小说史》,第295页。

才和尚手中骗得《兰亭》,亦即辩才和尚失去《兰亭》的全过程。① 其中,《兰亭》帖曾传至王羲之第七代孙智永禅师,禅师圆寂之后,又传给弟子辩才,辩才宝重非常,不肯轻易示人。贞观年间,太宗锐意二王书法,遍访《兰亭》不得;后来获知在辩才处,三召辩才而不至。房玄龄遂献计,荐萧翼微服前往,与辩才作斯文交。萧翼与辩才诗酒往来,渐渐熟络,辩才放松警惕,拿出《兰亭》与萧共赏。萧翼故意怀疑诋毁《兰亭》为伪作,致令辩才心生疑窦,从此随手放置,不复宝藏。萧翼便趁辩才出行之日,以御史身份进寺取得《兰亭》,终遂太宗之愿。在这篇小说化的传记文中,对结构的经营是显而易见的。其中,《兰亭》法帖构成情节发展的动力,也成为串联诸多情节段落的线索。虽然辩才和尚失去了法帖,但其复为唐玄宗所得,同属于开头所叙述的《兰亭》递藏过程的一个环节,因此这就将小说结尾绕回到开头,形成了一个闭环。

类似的,还有宋人洪迈《夷坚志》中所收《嘉州江中镜》一篇,以宝镜的获得为线索,描写了三类人,是"以物写人"的典范之作。此篇叙嘉州渔人王甲夫妇,于江中意外得一古镜,自此生计渐丰,钱财塞屋,夫妇反以财多为患,自愿将古镜献给白水禅寺供养。禅寺长老将真镜占为己有,依样造了一个假镜,供奉在佛前,自此长老衣钵充溢而渔人夫妇日渐贫困。夫妇心生悔恨,取回古镜,却依旧贫穷,方知真镜为长老窃去,但亦无可奈何。古镜的神奇效应,引起了提点刑狱使的觊觎。此人也是贪婪之辈,闻知长老宝藏此镜,便追逼楚掠,长老守口如瓶,竟死于狱中。长老曾将宝镜藏所告知心腹行者,行者闻知长老入狱,便携镜而走。不料走至溪头,天降一金甲真人,幻化为猛虎,叼走了宝镜。此文在最后交代宝镜乃为天神之物,偶然遗落人间,遂引起这一场争夺,此后复归天庭。宝镜似乎照出了各人秉性,渔人夫妇的善良忠厚与僧人、官员、行者的各怀鬼胎、贪得无厌形成了鲜明的对比。在这篇作品中,宝镜作为一个结构要素也是十分显著的,从宝镜的角度看,经历了从天而降,游历人间,最终复归天界的过程,也构成了小说情节层面的回环闭合。

上述这两篇文言小说中,就故事层面而言,兰亭帖和宝镜是小说人物之间的争夺之物;就叙事层面来看,兰亭帖或宝镜由得而失的过程构成了叙事的目的和动力。物象是叙述的核心,一切的人和事都是以某一物象的"获得—失去"为结构框架,将相关情节以发生发展的先后次序或因果关系编织在一起。

---

① (唐)何延之《兰亭记》,载《全唐五代小说》,第 1 册,第 274—277 页。

2. "失而复得"

唐代小说多模仿史传体以人名为标目,但晚唐僖、昭间康骈(约公元886年前后在世)《剧谈录》(序于乾宁二年,895年)中则出现了不少具有叙事特征的标目,可谓开宋代叙事标目之先风。到宋人小说中,包含物象或径直以物象为题的篇目开始多起来,例如北宋张实的《流红记》(收入《青琐高议》)、李献民《云斋广录》中的《四合香》《双桃记》《玉尺记》,又如话本小说中《简帖和尚》《张生彩鸾灯传》《碾玉观音》等篇目。尽管其中出现的物象不一定对叙述结构起作用,但是"作者特意以之作为标题,而不按照惯例以所叙之事件或人名为题,这就说明他们已经开始意识到'物'在作品中的意义"①。

比较有代表性的,是仅存残篇的《戒指儿记》(收入《清平山堂话本》)对"戒指儿"这一物象的提炼和运用。戒指儿出现在话本前半部分,贯穿起情节的多次转折:(第一次)玉兰小姐命丫鬟将一个金镶宝石戒指儿递与阮华;(第二次)阮华得相思之症,张远来探望,见其手戴金嵌宝石的戒指,要了他的戒指以为谋划之用;(第三次)张远与尼姑设计,尼姑从张远手中拿到戒指作为信物;(第四次)尼姑到陈太常家,故意露出手上宝石嵌的金戒指,引起玉兰之好奇;(第五次)尼姑要到了玉兰的金镶宝石戒指,将这一对戒指作为信物奉还给张远,张远又交给了阮华。此后玉兰和阮华得以在尼姑庵私会,戒指儿实现了其在小说中承担的叙事功能,小说后半部分便未再提及这一物象。在上述两篇话本中,物象的结构功能仅限于篇章局部,即都出现在前半部分。

此外,还可以在叙述的起承转合处运用物象以加强结构感,例如《北窗志异》中《黄损》这一篇。小说在开头部分简要交代了主人公黄损路遇鹤发童颜的老道,并将自幼佩戴的玉马坠送给老者之后,叙述的方向便转向主体情节,即黄损与玉娥的情缘聚散故事。玉马坠再度出现,是在整体叙述行进的大约中间部分,由一来历不明的胡僧将玉马坠授予玉娥。玉马坠最后出现,就是在叙述即将收束之时,玉马坠变成了天降白马,拯救了玉娥,并守护了她的贞洁,促成了玉娥与黄损的结合。玉马坠总共出现了三次,分别出现在叙述的起、转、合处,参与到重要情节节点中,连点成线地成为整个篇章的结构线索。

在明人编创的话本小说中,作者对物象之于全篇的结构性功能,有了更为深刻的认知,从技法上看也更为驾轻就熟了。将某一物象的失而复得与人物的离合悲欢作为互为表里、相互交织的两条情节线索并以此组织全篇的写

---

① 李鹏飞《试论古代小说中的"功能性物象"》,《文学遗产》2011年第5期,第120页。

法,在明代话本中遂成为一种屡试不爽的结构模式。

围绕某一物象之失而复得展开叙述并结构全篇,其实早在唐代就有较为完整的作品了。例如,上文提及之晚唐康骈的《剧谈录》中有《潘将军失珠》《田膨郎偷玉枕》两篇,皆以具体历史时空为背景,围绕"失物—寻物"展开叙述。《潘将军失珠》一则叙商人潘某获僧人之赠,得一宝珠,自此财货日滋,遂成一方巨贾。一日宝珠无故失踪,掌珠家仆与京兆府吏王超有来往,遂将此事告知王超,倩王超暗中察访。王超受托,后在坊市间遇一奇女子,遂以潘将军失珠一事相求。女子坦言其与朋侪偶戏,将珠寄放在寺庙塔顶,约于明日还珠。第二天,女子超升于塔顶,取珠奉还,此后踪迹遂绝。《田膨郎偷玉枕》的构思与此相似,叙文宗日用白玉枕失窃,宫禁惶惶,累及百人,又于民间悬赏搜求。将军王敬弘手下身怀绝技的小仆,供出窃贼乃军人田膨郎。田与小仆一样善超越,苟非折足,则千军万马亦难追及。小仆便趁久旱无雨之时、车马尘飞之际,用球杖打折了田膨郎的腿,擒获了窃贼。宫中叹以为奇,赏赐了王将军。在这两则故事,在"失物复得"的情节模式中,"寻物"的过程是叙述的重点,用以烘托世外高人神乎其技的本领。

但是,在明代的"失而复得"结构模式中,叙述重点从"寻物"转移到了"寻人"上。这里仍以世情题材的话本小说为主要论述对象,集中讨论"珠还合浦"结构模式的作品。在这类作品中,物象既是情节的依傍,又为篇章结构所借力。但是,物象参与情节结构的程度也有深浅之别,有的只是起到开启与收束情节的大框架作用,有的则参与情节全过程,构成回环闭合式的叙述结构。

就其浅者而言之,物象的失而复得,可以构成小说情节的开启与收束。这一类物象,虽不能紧扣情节的全过程,但却起到开启并收束情节或照应篇章前后的结构作用。例如,《喻世明言》压轴之作《沈小霞相会出师表》叙沈炼受严嵩迫害身陷图圄几至家破人亡,两个儿子死于杖下,妻子与幼子流放边地,唯有长子沈小霞在亲友的帮助下躲过一劫。沈炼生平最喜《出师表》,曾手书一幅悬于壁间;沈炼获罪入狱后,《出师表》为仰慕者贾石所收藏。严嵩倒台后,沈小霞北上寻母及弟,于客边偶遇贾石并父亲手书之《出师表》,并与离散多年的弟弟重逢。《出师表》在小说行文中并未参与情节的全过程,只出现在篇章结构的首尾,与人物离乱团圆的命运相呼应;小说家将《出师表》提炼为话本题目的一部分,意味着该物象是一个葆有悬念的"看点"。

就其深者而言之,这类作品往往通过失物复得写人世离乱偶合,其中物象由得而失、失而复得呼应着小说情节的起承转合,构成一种回环闭合的情节结构。离乱情人、夫妻或亲人破镜重圆的故事,是"三言二拍"继承自《夷坚志》的一类题材。① 然而,《夷坚志》中的本事或此类故事中尚未出现对线索物象的运用与经营,而"三言二拍"中的此类作品则多以线索物象的离乱聚合为辅助叙事线索结构全篇,例如《喻世明言》卷一《蒋兴哥重会珍珠衫》中祖传珍珠衫的失而复得,卷十一《苏知县罗衫再合》之罗衫分而再合;《警世通言》卷十二《范鳅儿双镜重圆》中鸳鸯宝镜拆后重圆,卷二十二《宋小官团圆旧毡帽》中再见旧毡笠;《醒世恒言》卷三十二《黄秀才徼灵玉马坠》中玉马坠的赠而复归;《拍案惊奇》卷二十七《顾阿秀喜舍檀那物》之重睹芙蓉图等。

在此类作品中,作为"三言"开篇的《蒋兴哥重会珍珠衫》颇值一提。"珍珠衫"不仅仅是"点题"之物,还是贯穿全篇情节之物。珍珠衫乃是主人公蒋兴哥祖传之宝。蒋兴哥外出经商,妻子王三巧在卖花王婆的诱导下与徽商陈大郎有染,并将珍珠衫赠予情人。蒋兴哥偶然中得知此事,回到家中,一气之下休了妻子。陈大郎客死他乡,其妻平氏保存着珍珠衫。后来几经辗转,蒋兴哥续弦娶的正是陈大郎原配平氏,至此珍珠衫复归原主。小说情节到此并未结束,后面还有一段叙及王三巧的结局。然而,珍珠衫辗转多人之手、失而复得的过程,贯穿了话本的重要情节段落:王三巧与陈大郎的恋情、蒋兴哥与王三巧的离合以及蒋兴哥与陈大郎遗孀平氏的结合等情节;珍珠衫这一物象是此篇话本的框架性要素,参与建构并完善小说的篇章结构。与此类似的,还有《喻世明言》卷十一《苏知县罗衫再合》中的罗衫,与珍珠衫发挥了相似的叙事功能,但发挥作用的具体方式又有不同。这篇话本中的罗衫共两件,分别为离散的人物双方所持有;罗衫再合牵动着人物双方的行动,也意味着叙事线索的调整与重组,之前分别叙述离散人物双方的两条叙事线索,至此则交汇到了一起。

当然,以物象的"失—得""散—聚",支撑起小说情节结构富于节律的吐纳呼吸,最具代表性的要数《范鳅儿双镜重圆》。此篇叙贼党族人范希周与朝臣之女吕顺哥的离乱重圆故事,其本事(《说郛》卷三十七)中并无分镜与合镜情节,但话本则精心设计了"鸳鸯宝镜"这一物象,并以宝镜之离合象征夫妻之离合,构成情节回环闭合的结构形式。话本开头叙吕顺哥随从父亲到福州就任,在建州地方被范姓贼党游兵所劫;范希周是贼首范汝为的族人,娶吕顺哥为妻,以鸳鸯宝镜为聘:"希周有祖传宝镜,乃是两镜合扇的,清光照彻,可开可合,内铸成鸳鸯二字,名为'鸳鸯宝镜',用为聘礼。遍请范氏宗族,花烛成婚。"②是年冬天,韩世忠率领大军十万,下建州讨捕范姓贼兵,吕

---

① 参见刘勇强《论"三言二拍"对〈夷坚志〉的继承与改造》,《文学遗产》1995 年第 4 期,第 77 页。

② (明)冯梦龙编《警世通言》,第 155 页。

顺哥恐不能自保,欲引剑自刎而被范希周劝阻。二人离散之前,范希周将鸳鸯宝镜拆分两扇:

> 希周道:"承娘子志节自许,吾死亦瞑目。万一为漏网之鱼,苟延残喘,亦誓愿终身不娶,以答娘子今日之心。"顺哥道:"'**鸳鸯宝镜**',乃是君家行聘之物,妾与君共分一面,牢藏在身。他日此镜重圆,夫妻再合。"说罢相对而泣。①

吕顺哥之后在韩世忠的帮助下与父亲团圆;范希周则隐姓埋名,改名贺承信,在广州守将下任指挥使。十二年后,吕公累官至都统制,领兵镇守封州,广州守将差遣贺承信往封州都统总部投递公牒。吕公与贺承信交涉之时,吕顺哥在后堂窥探并认出了贺承信实乃范希周。吕顺哥将此事告诉吕公,吕公半信半疑;顺哥遂将二人临别前分镜之事告诉吕公,让吕公以此质询。过了半年,贺承信又来投递公牒,吕公便尝试打探:

> 吕公又问道:"足下与先孺人相约时,有何为记?"承信道:"有'**鸳鸯宝镜**'合之为一,分之为二,夫妇各留一面。"吕公道:"此镜尚在否?"承信道:"此镜朝夕随身,不忍少离。"吕公道:"可借一观。"承信揭开衣袂,在锦裹肚系带上,解下一个绣囊,囊中藏着宝镜。吕公取观,遂于袖中亦取一镜合之,俨如生成。承信见**二镜符合**,不觉悲泣失声。②

二镜重圆之时,也是范、吕夫妇团圆之日。鸳鸯宝镜这一物象乃受乐昌公主破镜重圆故事的启发;但从物象的叙事功用上看,鸳鸯宝镜的构思更为精巧。首先,鸳鸯宝镜的名目和形制都象征了爱情与婚姻,这一层象征意味为普通镜子或者同题材其他话本小说中的物象(旧毡笠、罗衫、芙蓉图)所无。其次,鸳鸯宝镜与小说情节相始终,充分参与到情节过程中,鸳鸯宝镜的合扇重圆与人物重逢团圆形成镜像对应关系,互相映照生发;在叙事层面,鸳鸯宝镜是一个线索物象,连缀全文,呼应首尾,构成精巧的环形叙事结构。

在这些话本小说中,物象的参与标记出重要的情节节点,构成叙述结构之起承转合。《醒世恒言》卷三十二《黄秀才徼灵玉马坠》这一篇改编自上述宋代文言短篇《黄损》,并继承了《黄损》中玉马坠这一物象对情节的结构功

---

① (明)冯梦龙编《警世通言》,第157页。
② (明)冯梦龙编《警世通言》,第159页。

能。冯梦龙特地将"玉马坠"写入标题,"这充分说明明代拟话本的作者对宋代文言小说运用'功能性物象'的技巧乃是心领神会并自觉加以借鉴的"①。在《黄秀才徼灵玉马坠》中,冯梦龙增补了一个情节段落,即玉娥被河水漂走之后,黄生穷途末路企图跳河自尽,被老道人劝阻;老人归还玉马,并告知黄生可以此为信借宿其禅兄的茅庵。因此,后来黄生将玉马坠奉赠给了胡僧。这就弥补了本事中玉马坠传递链条的缺失(小说开头处黄生送给老者的玉马坠为何在小说下半部出现在胡僧手中),也使得玉马坠的结构功能更为完整、显豁。②

在上述作品中,参与叙述并起到结构之功的物象,无论是在情节人物之间"辗转迁徙"(如珍珠衫、鸳鸯镜),还是由超情节人物"把持操控"(如玉马坠),其在情节结构层面的"升降浮沉"都是显而易见的,而且这种显而易见也是作者有意为之的效果。也就是说,在话本小说中,物象参与呈现的情节结构是一种显性结构,而物象的结构功能也是显见的。同时,情节结构的显性与结构功能的显见,都向读者昭示作者对文本的强大支配力。

以上所举短篇白话小说的例证中,物象参与组织情节结构,或支撑起情节的开启和收束,或贯穿重要的情节段落,精巧地结构全篇,照应前后,构成一种回环闭合的结构。**回环闭合结构传递了一种信念或者说创造了一种神话,即无论经过多少磨难和挫折,人或物仍可以回到故事的起点,可以恢复物的原貌,可以再造人生的完满。回环闭合结构还制造了一种幻觉,即对生命经验及其过程的可控感,尽管人物的经历被更大观念所支配,但人生的苦难总归不是徒劳的,错误会被矫正,一切还会回到人生的正路上来。生命不会被磨损,那些黯淡的经验会被重新擦亮,并获得它的意义。**而那些被精心安排到小说情节结构中的物象,无疑暗示了这一神话的缔造者——作者——的存在。在短篇小说中,物象一直被作者所操纵着,像提线木偶的幕后演员支撑着人和物的一举一动。从叙述参与方式的角度看,物象和人物是平等的,都直接"受命"于作者。

向读者传达某种基于情节的观念,对于短篇小说作者来说更为迫切,也更能折射出短篇与长篇在美学风格与认知论层面的差异。在短篇小说中,只

---

① 李鹏飞《试论古代小说中的"功能性物象"》,《文学遗产》2011 年第 5 期,第 120 页。
② 就题材而论,《黄秀才徼灵玉马坠》属于才子佳人小说。才子佳人小说中对信物、礼物的运用,学界已有较为充分的研究,此不赘述,参见吕堃《信物在明末清初才子佳人小说中的叙事作用》,《明清小说研究》2007 年第 4 期,第 50—57 页。此外,曹雪芹通过对"信物"的创造性运用,将自己的创作区分于普通的才子佳人小说,因此"信物"在《红楼梦》中扮演着与其在才子佳人小说中所不同的角色,参见胡元翎、刘雪莲《从才子佳人小说到〈红楼梦〉"信物"功能衍变论析》,《中国文学研究》2011 年第 1 期,第 61—64 页。

有对情节结局、对观念表达有所裨益的物象,才会在叙述中被突出,被赋予某种叙事功能。反之,突出的、具有明确叙事目的的物象便是作者在场的证明。物象也因此成为越过小说人物和情节,与作者直接沟通的凭借。因此,物象存在于情节中,与人物相关联,但又超乎其上,可以不遵循人物、情节所在叙事层的逻辑,而直接受控于作者。当然,从本质上看,所有的人物、情节和物象,都是作者一手创造的。但是,在文本层面,仍存在相对独立的叙事逻辑,维持着人物和情节的运转。而在短篇小说中,物象往往是超越这一叙事层直接与作者沟通,并由作者而非人物直接赋能的。这就不难理解上述短篇小说中的情节突变,即主人公经常是突然得到了某物,或者又突然失去了某物。这是因为**作者越过了叙述者和读者,直接向人物"予取予夺"**。

二、长篇与累积渐变的隐性结构

长篇小说所面临的结构难题,不仅仅是如何将各部分情节勾连成一个完整的整体,更在于如何在一个漫长的篇幅中清晰勾勒、呈现叙述层次的变化及其内部关系。相较而言,第一个方面是外显的情节组织问题,而第二个方面则涉及较为隐蔽的隐性进程。前者是既有物象叙事功能研究的重中之重,即物象的情节组织之功及其对叙述结构所发挥的作用。至于后者,即物象如何参与长篇小说的隐性进程这一点,则鲜见论及者。参与隐性进程的物象,由于不集中出现于某一情节段落,也不具备显著的情节组织功能,因此在既有的研究中往往或被忽视,或被曲解。

如前文所述,在短篇小说中,通过物象之间的勾连、呼应,加强各部分情节内容之间的联系,这固然是物象有功于结构的重要方式,但却不是唯一的方式。就长篇小说而言,尽管在局部篇幅之内仍会在情节层面用物象加强结构的紧凑感①,但就整部小说而言,我们很难找到如上述短篇小说中那样强势全程参与情节并发挥结构性作用的物象。当然,**这并不是说长篇小说中物象的结构性功能减弱了,而是物象对长篇小说结构起作用的方式发生了变化**。值得注意的是,在长篇小说中,通过参与情节叙事的方式维系各部分的联系,不再是物象发挥结构作用的主要方式了;充斥于长篇小说中的,是大量不参与情节叙事但参与隐性进程的物象。究其缘由,篇幅增长带来的叙事容量的扩增固然是一个因素,但根本的原因还在于长篇小说赖于发生发展的认

---

① 在长篇章回小说中,"珠还合浦"式的情节作用的范围多局限于某个情节单元之内。例如,《金瓶梅》与《红楼梦》中银执壶、金镯子、累丝金凤等物失而复得的情节,都只限于一、两回之内,最长的不超过三回(《红楼梦》中虾须镯);《续金瓶梅》中以一百零八颗胡珠为线索所维系的情节,也只限于第五十五至六十一回(共七回)这个篇幅之内。

知观模式。从物象的角度看,这种有别于短篇小说的认知观体现并作用于两个方面。

首先,群体的、总体的形式成为物象在长篇小说中的主要存在方式。任何一个物象都是在整个物质背景、物质世界中出现的,并内嵌于长篇小说所隐含的整个物质世界。在世情小说中,即便作者并未细致、全方位地直接勾勒这样一个物质世界,但总会经由这样那样的物象描写、以一种部分代表整体的关系暗示这个物质世界的存在。而这一物质世界的存在构成所有读者阅读时的背景。**物象以一种更加接近现实本身的纷繁甚至是无序状态,构成了人物生活的背景,而且与人物的行动相辅相成。**长篇小说的读者,需要像在现实生活中那样靠自己的观察,辨识出有用无用之物,并且循着它们的踪迹观察叙述的变化,最终从这些变化中去体味作者的未尽之意。因此,在长篇小说中,叙述者编织起一张物象的网,个体物象的意义需要在整体的框架中探求。

其次,从短篇小说到长篇小说所发生的变化,不只是篇幅的扩展,更是一次艺术手法、结构方式及观念的跃进。在长篇小说中,随着篇幅的展开,人物的经历被放在了一个更长的时段中,以更为复杂的方式加以叙述。所谓更为复杂,主要体现在人物的变化,不只是被动接受外部经历的变化,而更多地呈现出内在生命的成长。当然,这不是说短篇小说中的人物缺乏内在自我和成长的向度,而是相较而言,短篇小说中的人物,如上述所言回环闭合结构中的人物,更多地受到不可抗的外部力量的左右,而对这种外部力量的确信正是回环闭合结构的地基。在回环闭合结构中,这种外部力量有时候是前世姻缘,有时候是因果轮回,都表现为"命中注定"的观念。然而,**在长篇小说中,**尽管仍有不少作者采用了上述解释框架,但是**由于叙事容量的大幅扩增,带进了人物的复杂面向和更为丰富的细节,这些在很大程度上冲击甚至对抗先入为主的解释框架。**《金瓶梅》和《醒世姻缘传》是很典型的例子。这两部世情小说所呈现的人生经验以及人性的复杂性,已经远远超出因果报应的解释框架。因此,实际上,在世情小说中,没有一种解释框架能够穷尽、统合所有人物和事件的意义。尽管叙述者总是努力将人物经验整合到一个具有内在统一性的解释框架内,但异见歧出仍不可避免。由篇幅扩展带来的叙事容量的剧增,像无数触须,溢出作者所预设的具有内在统一性的解释框架。这也是何以长篇小说与其说是提供解决方案和结论,不如说是呈现观察和思考的过程。唯其篇幅漫长,作者可以从容地观察,借助人物和情节展开思考。因此,**呈现一个发展、变化的过程,是长篇小说的使命,同时也成为长篇小说结构的原则。**

　　因此,在长篇小说中,物象与人物、情节乃至与作者互动的方式都被重塑了。这就决定了我们**要从整体上、在长时段内探析物象之于长篇小说的结构作用及其特点**。物象之于长篇小说的结构性作用,体现为物象在质或量上的累积渐变应和着叙述结构的分层。在短篇小说中,物象在质和量上面的变化几乎是可以忽略不计的,或者说至少不是作者关心的。如前文所述,在"失而复得"情节模式中,小说家关注的是得与失的状态,而不是好与坏、多与少的质和量。由于篇幅的扩增,长篇小说中物象的生命周期大大延长了,读者也因此可以在一个长时段去追踪、观察它们在质和量上的变化。物象在质与量上的变化,虽然不构成主体情节的叙述线索,但却构成小说的隐性进程,辅助或颠覆主体情节的叙述。

　　长篇世情小说中大量存在的、不参与主体情节叙事的日常物象(尤其是服饰、饮食、往来人情礼物),不仅需要从整体上加以把握,还要以动态发展的眼光观察其在质和量上的渐变,这是因为"这些细节与其他文本成分联手构成了一个从头到尾独立运行的叙事暗流,它不含象征意义","这股叙事暗流将对于情节显得离题的各种细节加以微妙组合,在另一主题轨道上赋予其意义和美学价值"。①

　　《金瓶梅》中西门庆及其妻妾的服饰描写或叙述十分富于典范意义,因为它们共同构成了一个有始有终、独立运行的隐性进程。本书第三章中谈及的线索物象皮袄,从第十九回到七十五回,从第一个元宵节到第四个元宵节,从一件皮袄到五件皮袄,呼应了西门及其家庭财富不断积累的全过程。妻妾穿戴的变化,是衡量西门家财富积累的一个标志。有意思的是,有关皮袄的描写或叙述,在西门庆死之后便不复出现。

　　就西门庆而言,有关他的服饰描写也构成一个隐性进程,诠释着他"狂飙突进"的短暂人生。作为一个"旧世界"的人物,西门庆在"新世界"中获得了"新生"。《金瓶梅》的作者从里到外重塑了这一人物形象。在读者熟悉的水浒故事中,西门庆以"浮浪子弟"的形象——"头上戴着缨子帽儿,金玲珑簪儿""长腰身穿绿罗褶儿""手里摇着洒金川扇儿"——重新亮相。然而,细细考究去,自这一亮相之后,除了第七回西门庆上门提亲,准备迎娶孟玉楼时,写得较为详细("头戴缠棕大帽,一撒钩绦,粉底皂靴")之外,此后有关西门庆穿戴仅见的几处描写都较为模糊:第十一回、十七回西门庆至花子虚家、周守备家赴宴,分别以"衣帽整齐""衣帽齐整"一语带过;第二十四回叙荆都监来拜,西门庆"包网巾,整衣出来";第三十回春梅打发西门庆"穿衣裳",亦

---

　　①　申丹《"隐性进程"与双重叙事动力》,《外国文学》2022 年第 1 期,第 70 页。

未详写其衣裳。①

可以说,在第三十回之前,西门庆的穿戴提及较少,相关描写也比较简略;但是,值得注意的是,到第三十回之后,相关描写不仅多了起来,而且也更为详细。这是因为第三十回中西门庆迎来了人生中的第一个高峰——生子加官。新官上任,冠带要自行备办。于是,西门庆一时间好不忙乱:"一面使人做官帽。又唤赵裁率领四五个裁缝,在家来裁剪尺头,攒造衣服。又叫了许多匠人,钉了七八条,都是四指宽,玲珑云母,犀角鹤顶红,玳瑁鱼骨香带。"②这条犀角带,价值百两,可谓不菲。照理说,冠带只是官员品级的标记,但是西门庆却一味要在冠带上露富。这是因为官位带给西门庆的是再多的财富也无法满足的虚荣。小说如是叙写西门庆新官上任后锦衣昼行的威风:

> 每日骑着大白马,头戴乌纱,身穿五彩洒线揲头狮子补子员领,四指大宽萌金茄楠香带,粉底皂靴。排军喝道,张打着大黑扇,前呼后拥,何止十数人跟随,在街上摇摆。上任回来,先拜本府县,帅府都监,并清河左右卫同僚官,然后亲朋邻舍,**何等荣耀施为!** ③

按《明史·舆服志》中的官员补服规定可知,狮子补子是一二品武官所用补子,而西门庆所担任的"理刑副千户"是个五品官,照理该用熊罴补子。④春风得意的西门庆,开始嫌民爱官,悔不当初与乔大户结成儿女亲家,慨叹乔亲家虽家事富足,只可惜仍是"白衣人":

> 西门庆道:"既做亲也罢了,只是**有些不搬陪些**。乔家虽如今有这个家事,他只是个县中大户,白衣人。你我如今见居着这官,又在衙门中管着事。到明日会亲,酒席间**他戴着小帽,与俺这官户怎生相处? 甚不雅相**。[……]"⑤

"小帽""白衣"是乔亲家上不了台面的尴尬,也是西门庆急于要告别的过去。由此可见,第三十回之后,小说更为频繁、详细地描写西门庆的穿戴,

---

① (明)兰陵笑笑生《金瓶梅词话》,第十一回,第116页;第十七回,第184页;第二十四回,第277页;第三十回,第342页。

② (明)兰陵笑笑生《金瓶梅词话》,第三十一回,第352页。

③ (明)兰陵笑笑生《金瓶梅词话》,第三十一回,第356页。

④ (清)张廷玉等《明史》,第6册,卷六十七,第1038页。

⑤ (明)兰陵笑笑生《金瓶梅词话》,第四十一回,第487页。

正是为了表现其"荣耀施为"的得意。

自此之后,有关西门庆服饰的描写不断升级,体现在面料、款式、规格三个方面。首先,从用料上看,出现了貂皮、羊绒等冬用高档皮草面料。当然,相关描写也都出现在冬季。第三十八回写一个冬夜,西门庆还家,到李瓶儿房中,"穿着青绒狮子补子坐马,白绫袄子,忠靖段巾,皂靴棕套,貂鼠风领"①;第六十九回,初会林太太,"头戴白段忠靖冠,貂鼠暖耳,身穿紫羊绒鹤氅,脚下粉底皂靴,上面绿剪绒狮坐马,一溜五道金钮子"②;第七十二回,王三官宴客招宣府,西门庆回家时"头戴暖耳,身披貂裘"③。这三处描写中,分别出现了"貂鼠风领""貂鼠暖耳""貂裘",都是貂鼠皮毛制品,属于高档材质。除此之外,第三十八回、第六十九回中还出现了羊绒衣料,如青羊绒补服、紫羊绒鹤氅。第四十六回元宵夜,第六十七回居家赏雪,西门庆戴忠靖冠,身披绒氅。其次,从款式上看,出现了鹤氅这种富于时代标记性的流行服饰。最后,从规格上看,出现了僭越服饰——飞鱼服。西门庆在一次与同僚的聚会上,得到了何太监赏赐的飞鱼服。上文已经论及,飞鱼服一般是作为赐服由皇帝赏赐给近臣或太监的。以五品官之职而身着飞鱼,可谓僭越之极。然而,晚明僭越之风盛行,西门庆亦不以为然,不仅在家穿,还穿到了招宣府去炫耀。小说第七十三回,在自家家宴上,西门庆穿着何太监送给他的"五彩飞鱼氅衣,白绫袄子"④;第七十八回,西门庆再会林太太,"穿着白绫袄子、天青飞鱼氅衣,粉底皂靴"上招宣府,"十分绰耀"。⑤

值得注意的是,西门庆服饰规格的不断升级,是其家庭财富积累、社会地位提升的标志。与此相同步的是,妻妾的服饰穿戴以及家庭消费的升级。这两者又共同构成整部小说叙述结构层次上的递进。前文论及,尽管明朝的典章法令对商人多有贬抑,但晚明商人僭越成风,已是不争的事实。而服饰上的僭越,是最为显著的。**西门妻妾的穿戴,在小说长达一百回的篇幅中,构成了西门庆及其家庭兴衰的"面子"。**

西门庆一妻五妾的第一次郑重亮相,出现在小说第十五回。彼时李瓶儿尚未入门,为了讨好西门庆的妻妾,将她们请到她临街的楼房看花灯。时值小说中第一个元宵节,众人打扮得花枝招展。孟玉楼和潘金莲的往下看,引来许多浮浪子弟的往上看。他们纷纷议论起楼上女子的真实身份。有人根

---

① (明)兰陵笑笑生《金瓶梅词话》,第三十八回,第451页。
② (明)兰陵笑笑生《金瓶梅词话》,第六十九回,第891—892页。
③ (明)兰陵笑笑生《金瓶梅词话》,第七十二回,第951页。
④ (明)兰陵笑笑生《金瓶梅词话》,第七十三回,第961页。
⑤ (明)兰陵笑笑生《金瓶梅词话》,第七十八回,第1077页。

据她们穿戴似"内家妆束",认定她们是"那公侯府位里出来的宅眷",甚至是
"贵戚皇孙家艳妾";然而,也有人说是卖色弹唱的"院中小娘儿"。最后,由
作者钦定扮演揭秘人的路人交代,楼上女子乃"县门前开生药铺、放官吏债
西门大官人的妇女"。① 从浮浪子弟众说纷纭的猜测中可以推知,西门庆妻
妾们的穿戴不能界定她们的真实身份,亦即服饰品级和风格所匹配的社会身
份、地位与人物的实际情况不符。西门妻妾被误认为"公侯府位""贵戚皇
孙"的宅眷艳妾,意味着庶民与贵族在服饰上的界限正在变得模糊;而被当
作卖唱的高级妓女,则又传达出良民与贱民在服饰上的区别也不再清晰。由
此可见,"明末的舆服逾制,是发生在一个广大的层面上的。不仅'贵贱'之
别被突破了,'良贱'之别也被突破了"②。

　　上述对西门庆服饰的描写或叙述并未构成独立、集中、完整的情节段落,
只是充当主体情节的"边角料"(甚至有时候连"边角料"都算不上)并参与到
小说叙述进程中。

　　类似的,还有本书第六章中论及的《儒林外史》中匡超人头衣层次的升
降变化。对匡超人头衣的描写或叙述中,出现了两次转折,一次是由破帽变
成方巾,标记出匡超人身份的改变与社会地位的提升,这与情节层面匡超人
步步高升的叙事相契合;另一次是匡超人将自己的方巾脱下,戴上了衙役的
高帽,混入考场代人替考,这次变化标记出人物道德品行的退化,颠覆了情节
层面匡超人不断晋级的科举人生。**从情节层面看,作者勾勒了一个在科举制
度中如鱼得水的人物,他的结局是开放的、未完成的,作者甚至不得不违心地
向读者暗示一个属于匡超人的"平步青云"的未来。但是,从隐性进程的角
度看,这两次头衣叙写构成叙述进程中升与降的两个转折点,前者辅助了主
体情节叙事,后者则颠覆了主体情节叙事。**如第六章中所述,《儒林外史》中
对头衣的描写,透露出吴敬梓对这一物质细节的整体性关注和考虑,因此,我
们也可以将上述结论扩大至整部小说,即**《儒林外史》中所有人物的头衣描
写,共同构成了一股叙事暗流,辅助或者颠覆主体情节的叙述。**

　　此外,作为赠物的物品及其流通,或用于维持人情关系或服务于特殊目
的(贿赂、请托),这一类的叙述充斥于世情小说中,构成大量"无用"且"繁
复"的物象描写。其中,作为人情往来的赠物的流通在一些小说中构成隐性
进程,辅助着情节叙事中人物经验、履历的变迁。人类学家巴塔耶提出,"在
买卖之外,是社会的礼节和风俗主导着物品或商品的巡回",即礼物的循环

---

① （明）兰陵笑笑生《金瓶梅词话》,第十五回,第 165—166 页。
② 刘晓艺《明初的舆服整顿与明末的舆服乱象——以〈醒世姻缘传〉中的描写为例》,《上海师
　　范大学学报》2019 年第 2 期,第 78 页。

和交换"不是市场买卖机制,而是遵循社会和文化机制,包括风俗、尊卑、等级、情感以及道德内涵"①。这是因为"在这些行为中交换的不是'物',物还没有堕落为世俗世界中的无生命的惰性的东西。礼物是荣誉的象征,物本身具有荣誉的光芒。通过赠予,一个人展示了自己的财富和好运(权力)"②。**因此,在有关物品流通的叙述中,人的关系往往外化为物的关系,而人的关系又会被物的关系所重组。**《醒世姻缘传》中小说空间从山东到京畿、从乡到城的转移,小说人物狄希陈由民而官的身份与变迁,莫不通过礼物流通、巡回之规模与级别的变化所标记、彰显出来。

在《醒世姻缘传》中民风淳厚的明水村,出于人情往来的赠物基本上以家庭而非个人的名义进行,而且几乎都由家庭中的长辈出面张罗。如小说叙薛、狄二姓通家往来,薛教授的夫人"叫人称了五斤猪肉,两只鸡,两尾大鲫鱼,二十只鲜蟹,两枝莲藕,六斤山药,两盘点心"③作为回赠。无论是赠送的物品,还是回赠的物品,均不过家常日用之物,有些甚至是农家自产的食物,这反映出两家之间日常、轻松而亲密的关系。而当小说空间转移到北京之后,有关礼物赠送的叙述发生了一些变化。当然,城市中仍不乏出于人情往来的礼物互赠,例如第五十四回叙狄希陈随父进京坐监,租住在童七奶奶家,宾主初会,狄宾梁"收拾了自己织的一匹绵绸、一斤棉花线、四条五柳堂出的大花手巾、刘伶桥出的十副细棉线带子、四瓶绣江县自己做的羊羔酒"④等土特产品,作为见面礼。过了两日,童七回赠了"一大方肉,两只汤鸡,一盒澄沙馅蒸饼,一盒蒸糕,一锡瓶薏酒"⑤。第七十五回叙狄希陈再次进京坐监,送旧日房东童奶奶见面礼以及童的回礼:

> 次日,狄希陈赴礼部投过了文,见过了祭酒司业及六堂师长,打开行李,送了童奶奶两匹绵绸、一匹纺丝白绢、二斤棉花线、两双绒裤腿子,送了李明宇一双绒袜、二双绒膝裤、四条手巾、一斤棉线。[⋯⋯]第三日童奶奶送了一方肉、两只汤鸡、两盒点心来看。⑥

在这样的互赠中,物品的流通是对称的、双向的;而且双方互赠之物多为朴素日用之物,而正是这些生活必需品见证着狄希陈与旧房东童奶奶之间不

---

① 孟悦、罗钢主编《物质文化读本》,北京:北京大学出版社,2008 年,前言,第 11—12 页。
② [法]乔治·巴塔耶《竞争性炫财冬宴中的礼物》,孟悦、罗钢主编《物质文化读本》,第 3 页。
③ (明)西周生《醒世姻缘传》,上册,第二十五回,第 326 页。
④ (明)西周生《醒世姻缘传》,中册,第五十四回,第 695 页。
⑤ (明)西周生《醒世姻缘传》,中册,第五十四回,第 696 页。
⑥ (明)西周生《醒世姻缘传》,下册,第七十五回,第 965—966 页。

失朴厚的旧日情谊,以及各自对这份情谊的珍视。狄希陈送给新旧房东的见面礼,很可能都是家中自产的生活必需品。

但是,当物品的流通从双向变成单向,礼品的性质从生活必需品变成装饰品或奢侈品,赠物的性质也随之发生改变。例如,小说第七十一回叙童奶奶为保住丈夫童七的银匠生意,向主事陈公公的母亲陈太太送礼说情。小说叙童奶奶精心备办礼物的情状:

> 连忙走到福建铺里,一两八钱银买了四个五指的佛手柑,又鲜又嫩,喷鼻子的清香;一钱二分称了一斤橄榄。拿到家里,都使**红灯花纸包了**,叫虎哥使**描金篾丝圆盒端着**,自己两只袖子袖着两封银子[……]雇上了个驴,骑到陈公外宅。[……]童奶奶从袖中取出一个月白绫汗巾,吊着一个白绫肚青绸绒口的合包,里边盛着四分重一付一点油的小金丁香,一付一钱一个戒指[……]①

这一段有关童七奶奶购礼、送礼的描写可谓细致甚至琐碎,其中出现的诸多赠物显然比前面所举的诸般赠物更为讲究。首先是礼品性质的讲究,佛手柑、橄榄等物,是“又希奇又不大使钱的”②东西,超出了生活必需品的范畴;虽然价格不算贵,但因“希奇”不易得而彰显出赠物者购置之用心;小金丁香戒指儿,显然属于比较贵重的礼品。其次,有关礼品包装的纸张(红灯花纸)、盒子(描金篾丝圆盒)的描写,以及童七奶奶的穿戴、合包的细节,都作为礼品赠送的背景,标记出赠礼规格的提升。

赠物所涉物象描写或叙述,在狄希陈履职前达到了高峰。第八十四回叙狄希陈即将赴任,老于世故的童奶奶为其开列近千两的人情礼单打点送上司:

> 买上二十四匹头拿着。别样的小礼,买上两枝牙笏,四束牙箸,四副牙梳,四个牙仙;仙鹤、獬豸、麒麟,斗牛补子,每样两副;混帐犀带,买上一围;倒是刘家的好合香带,多买上几条,这送上司希罕。象甚么洒线桌帏、坐褥、帐子、绣被、绣袍、绣裙、绣背心、敞衣、湖镜、铜炉、铜花觚、湖绸、湖绵、眉公布、松江尺绫、湖笔、徽墨、苏州金扇、徽州白铜锁、篾丝拜匣、南京绉纱,**这总里开出个单子来**,都到南京买。如今兴的是你山东的山茧绸,拣真的买十来匹,留着送堂官合刑厅。犀杯也得买上四只。叫

---

① (明)西周生《醒世姻缘传》,下册,第七十一回,第911—912页。
② (明)西周生《醒世姻缘传》,下册,第七十一回,第915页。

香匠做他两料安息香、两料黄香饼子。这就够了,多了也不好拿。领绢
也往南首里买去。北京买着纱罗凉靴、天坛里的鞋,这不当头的大礼小
礼都也差不多了。你到南京,再买上好玉簪、玉结、玉扣、软翠花、羊皮
金,添搭在小礼里头,叫那奶奶们喜欢。①

　　童奶奶开出的一大串人情礼单,虽无叙事功能,但却足以令读者预见狄
希陈领着仆人各地备办礼品的奔波,以及到任后俯仰同僚间迎来送往的繁
忙。而这些共同营造了一种狄希陈赴任前欣喜的忙碌心情和气氛,也令人升
起对新生活的向往。

　　这些不断升级的人情往来背后的空间流动,似乎暗示着狄希陈逐渐摆脱
薛素姐的掌控、不断走向自主的人生之路。然而,富于反讽的是,无论狄希陈
走到哪里,薛素姐都将尾随而至,他始终逃不出她的掌控。同时,在一次次尝
试远离薛素姐的努力中,狄希陈并未积累起更多的勇气,反而证明所有的努
力都是徒劳的。这就使得薛素姐到四川后对狄希陈的折磨、凌辱近乎闹剧。
因此,在这一意义上,**隐性进程中通过赠物规格提升所暗示的地理空间的变
迁与狄希陈生活情境的"升迁",与狄希陈注定无法摆脱宿命的显性情节之
间,形成了巨大的反差,也形成了一种反讽的效果。**

　　就显性情节结构层面而言,上述物象在数量、质量上的变化是可以忽略
不计的。无论是在最小情节单位的结构中,还是在整部小说情节结构中,这
些物象无疑都未能发挥任何结构性功能。但是,在隐性进程中,物象在数量、
质量上的变化,勾勒出叙述层次的变迁,形成一种累积、递进的隐性结构。物
象在隐性进程中积蓄起一股温和而坚定的力量,如暗流涌动,或推进显性情
节的走向,或倾覆显性情节的发展。**这正诠释了日常叙事的逻辑和抱负:在
日常生活波澜不惊的流淌中,积蓄着足以改变生活的力量;显山露水的突发
事件,不过是这股力量的爆发。**

第二节　语言与艺术观念

　　究其根本,物象终究只是语言的幻影;相对于真实而言,物象是一种虚构
的语象。语言是建构话语的基础,而话语又决定了小说的风格。小说话语,
是经由作者语言塑造出来的语言形象,因此也就有作者话语与人物话语

---

① 　(明)西周生《醒世姻缘传》,下册,第八十四回,第 1078—1079 页。

之分。

在一些小说家看来,"风格"正是"讲述虚构故事的话语,决定小说生(或者死)的说服力"①。过去的风格研究,也基本上是沿着这个思路进行的,即着重于分析"讲述虚构故事的话语"。这样的研究思路关注的是情节推进的动态的叙述话语,而对小说中围绕物象展开的静态的描写话语关注不多。

小说中用以描写物象的语言,是人物话语与作者话语的辩证统一。巴赫金在对小说话语与诗歌话语进行对比的研究中指出,小说人物的语言风格不等同于作者的语言风格,这是因为人物的语言形象是经由作者语言描绘出来的,因此人物语言是被描绘者,而作者语言是描绘者。因此,小说"作者似乎没有自己的语言,但他有自己的风格,有自己独具的统一的规律来驾驭各类语言,并在各类语言中体现出自己真实的思想意向和情态意向"②。那么,对于出现在特定人物直接话语或人物场域中的物象,小说家往往以这个人物及其阶层所特有的语言习惯和思维方式进行描写。因此,在某个人物场域内出现的描写物象的语言,既属于小说人物话语,也属于作者话语,是一个融合了"被描绘者的语言意识"和"另一语言体系的描绘者的语言意识"的语言风格。③

一、精确地"及物"

从人类历史上看,视觉形象先于文字表达而存在,文字表达往往受到视觉形象的启发,并通过视觉形象传递意义。在文学作品中,作者运用视觉想象力、借助于语言媒介所创造的形象(语象),需要读者调动视觉想象力将其召唤出来。作者用来描述文学形象的语言越具体,读者通过文字"还原""转化"而成的视觉形象也就越清晰越稳定。

钱锺书在《中国画与中国诗》一文中,针对由来已久的"诗画一律"论指出,实际上"中国传统文艺批评对诗和画有不同的标准:论画时重视王世贞所谓'虚'以及相联系的风格,而论诗时却重视所谓'实'以及相联系的风格"④。绘画以南宗为正统,推崇摹神传韵,以"冲和淡远为主";诗歌的正统近乎北宗画,讲求"刻划体物""近色相",以"雄鸷奥博为宗"。⑤ 耐人寻味的

---

① [秘鲁]巴·略萨著,赵德明译《中国套盒:致一位青年小说家》,天津:百花文艺出版社,2000年,第32页。

② [苏]巴赫金《长篇小说话语》,载《巴赫金全集》,第3卷,第94页。

③ [苏]巴赫金《长篇小说话语》,载《巴赫金全集》,第3卷,第146页。

④ 钱锺书《中国诗与中国画》,载《七缀集》,北京:生活·读书·新知三联书店,2002年,第23页。

⑤ 转引自钱锺书《中国画与中国诗》,载《七缀集》,第24页。

是,尽管小说的审美风格与诗歌大异其趣,但是在文字媒介与对象的关系上,明清世情小说所推崇的正统风格,共享了作为诗歌正统的"刻划体物""雄鸷奥博"的精神内核,即"运用'展示'(showing)的方式,以修辞的姿态指出所描述之物的特色"①。

对物质性特征的持续关注与精确刻画,构成世情小说日常叙事的一大特征。在中国抒情传统中,书写物的语言一直很发达,摹物状物的描写性语言以及在物象基础上发展而来的意象概念,奠定了诗歌话语的基石。但在叙事文学传统中,物象的描写性话语一直是从属于叙述性话语的第二话语。在文言小说中,因受洗练节制的语言审美追求的限制,物象的描写性话语多以简笔速写为主。就白话小说而言,物象描写中对物质性特征的重视,发凡于宋元话本小说,在晚明小说中得到极致体现,并为此后世情小说的描写语言确立范式。在宋元话本中,围绕物质性展开的描写语言虽然较之唐小说更为具体了,但是这些描写往往是零星出现、孤立存在的。较之宋元小说,明代小说尤其是晚明小说中的物象描写,实现了量的飞跃,而且出现了相当数量的细致描写。也正是从晚明小说开始,描写性语言作为叙述话语的一部分,参与构建更大的叙述情境,形塑新的语言审美风格。

晚明时期伴随着不断膨胀的物质世界而至的,是"日益增长的用精确言辞来契合物质世界的兴趣"②。诸多晚明著述都流露出对物质世界进行精确描摹的孜孜不倦的兴趣。艺术史研究者柯律格留意到,一些谱录类的读物,如《天水冰山录》和《长物志》等书有"一个重要的相似点,是它们所运用的语言及其描述的精确程度",并且据此推测"明代显然有一批关注物品造册的读者群"。③ 这种对精确程度的追求并非理所当然,而是一个值得分析的文化现象。柯律格曾将晚明雅趣指南读物《长物志》(1621 年)与稍早的意大利《回忆录》(1546 年)"家居装饰"中的文字进行对比,发现后者"大量依靠一般性表述,诸如'巧夺天工'、'漂亮艺术品',与文震亨对色彩、装饰物和尺寸的精确描述形成鲜明对比"。通过细致的修辞风格分析,柯氏进而得出这样的结论,即"不愿意降格谈论物质产品之类的细节,是早期欧洲行为指导著作的普遍姿态",而"与欧洲文本相较,中国文献行文之精确,足以在 400 多年

---

① 柯律格在研究《长物志》谈论物的方式时,指出"这个是一种和西方艺术史(以及大多数中国式的有关绘画的写作)的典型修辞相去甚远的语言"。尽管柯氏阐释的是《长物志》的话语风格,但就对物的描写语言而言,此观察和结论也适用于晚明世情小说如《金瓶梅》中的物象描写。详细论述,参见[英]柯律格《长物:早期现代中国的物质文化与社会状况》,第52 页。

② [英]柯律格《长物:早期现代中国的物质文化与社会状况》,第 54—55 页。

③ [英]柯律格《长物:早期现代中国的物质文化与社会状况》,第 52 页。

后帮助我们去辨识古代的遗存"。①

这种不满足于一般性表述而诉诸精确性描述的兴趣,最大程度彰显于彼时的通俗小说中,尤其是以日常叙事为主的世情小说。对文学形象刻画精确度的追求,在世情小说创作中成为一种共识。作为一种美学风格,"精确"对作家提出了要求:"诉诸清晰、敏锐、可记忆的视觉形象","语言尽可能准确,无论是遣词造句,还是表达微妙的思想和想象力"。② 也就是说,"精确"意味着用准确的语言呈现清晰的视觉形象。作为这一美学追求的一部分,物象的尺寸、形式、质地、色彩、功用等物质性特征,得到了前所未有的关注。其中,**色彩与质地是物质性特征的两种最直接表达方式**,前者涉及读者的视觉体验,后者关联着读者的触觉经验。正是此二者构成人们日常经验中对真实性的感知基础与判断依据,即"看得见、摸得着"。在明清世情小说的日常叙事中,精确的语言风格尤其体现为对物象之色彩与质地的准确描摹,并借此营造一种可视、可触的真实幻觉。

明清小说从情节上看多有虚构,但在人物服饰尤其是服饰的色彩描写上则基本上是写实的。众所周知,传统服饰的色彩更多地体现出阶层、身份的信息,而非个体(人物或作者)的审美风格。色彩开始成为一种可供个体选择的时尚,则是相当晚的事情。晚明通俗小说中大量涌现的色彩词,标记出晚明大众流行色的时尚,也描绘出通俗文学的新底色、新色相。

新的色彩词的大量涌现,成为明清世情小说中颇受瞩目的语言景观。词汇学的研究者多以这个时期的世情小说为语料库,对颜色词进行统计、分类。③ 据丝绸史研究的相关细节可知,明末的丝绸色彩至少有 120 余种,其中有 70 种色彩不见于以前的记载。在这 70 种色彩中,有不少是明末新出现的。④ 晚明小说中新色彩词的大量涌现,源于晚明染色技术助推下的色彩风尚;反之,染色技术的革新与色彩风尚的变化,又构成晚明小说语言审美新风

---

① [英]柯律格《长物:早期现代中国的物质文化与社会状况》,第53—54页。

② [意]伊塔洛·卡尔维诺著,黄灿然译《新千年文学备忘录》,南京:译林出版社,2009年,第58页。

③ 如霍冕《〈金瓶梅词话〉中人物服饰主要颜色词语研究》《〈金瓶梅词话〉服饰颜色词研究》,唐甜甜、曹炜《〈金瓶梅词话〉颜色词"红"的语义、句法特征初探》,马苏彦《〈醒世姻缘传〉颜色词研究》(硕士学位论文),李亚彤《〈红楼梦〉前八十回颜色词研究》(硕士学位论文),张莹《〈儒林外史〉颜色形容词研究》等文。在这些文章中,《金瓶梅词话》以来世情小说中的颜色词被归入近代新生颜色词。

④ 参见范金民、金文《江南丝绸史研究》,北京:农业出版社,1993年,第383页。该书中所附色彩列表,乃据《天工开物》卷上《彰施第七》、崇祯《松江府志》卷七、《建业风俗志》、朱舜水《谈绮》统计而成。其中有些色彩作为一种自然色,并非首见于晚明,但是作为染色色彩,却是在晚明才出现的。例如,鹅黄,在晚明以前多指其自然色本义,而作为衣色被大量使用,却是从晚明开始的。随着染色技术的提升,新的色彩词进入语言系统(包括小说)中。

格的物质性、知识性基础。

　　无可辩驳地，《金瓶梅》是这一新的语言审美风格的"始作俑者"。诚如研究者所察觉到的，"像《金瓶梅》这样的小说，在对服饰、家具、建筑和图画的描写中，随处可见对色彩(实际上还有性)如数家珍的罗列甚至是赞颂"①。仅《金瓶梅》一书而言，涉及服饰色彩多达 91 种：红色系 19 种，用例 153 例；蓝色系 9 种，用例 98 例；黄色系 19 种，用例 90 例；白色系 9 种，用例 72 例；绿色系 10 种，用例 61 例；黑色系 10 种，用例 61 例；紫色系 6 种，用例 38 例；其他服饰色彩词 9 种，用例 28 例。② 举一个较为极端的例子，《金瓶梅词话》第五十六回叙西门庆与五个妻妾在花园里游玩，有意思的是，小说家对他们的行动只字未提，却对人物服饰进行了浓墨重彩的描写：

　　　　只见西门庆头戴着忠靖冠，身穿**柳绿**纬罗直身，粉头靴儿；月娘上穿**柳绿**杭绢对衿袄儿，**浅蓝**水绸裙子，**金红**凤头高底鞋儿；孟玉楼上穿**鸦青**段子袄儿，**鹅黄**绸裙子，**桃红**素罗羊皮金滚口高底鞋儿；潘金莲上穿着**银红**皱纱白绢里对衿衫子，**豆绿**沿边**金红**心比甲儿，**白**杭绢画拖裙子，**粉红**花罗高底鞋儿；只有李瓶儿上穿**素青**杭绢大衿袄儿，**月白**熟绢裙子，**浅蓝**玄罗高底鞋儿。四个妖妖娆娆，伴着西门庆寻花问柳，好不快活。③

　　在这短短不足两百字的段落中，出现了 16 次色彩词，涉及 4 个色系，12 种色彩：柳绿(2 次)、豆绿(1 次)，素青(1 次)、鸦青(1 次)、浅蓝(2 次)、月白(1 次)、金红(2 次)、桃红(1 次)、银红(1 次)、粉红(1 次)，白(2 次)，鹅黄(1 次)。真可谓五色炫目，令人眼花缭乱了！

　　而这正是小说家预期达到的效果，即通过借用生活中实有的色彩，构筑一个缤纷的梦幻世界，让这一虚构的世界蒙上一层真实的色彩。这也反映出小说家颇为现代的真实观。当然，《金瓶梅》中小说家对物质细节的悦纳，可以在小说题材、主题与人物塑造的层面得到解释。令人目眩神迷的物质消费，构成晚明新兴商人阶层富于代表性的生活样式。通过对大量物质细节的精确描写与展示，小说家借以营造出一种"即视感"与"逼真感"，在催化人物欲望的同时，也挑逗着读者的欲望。物质细节越是具体、真实，读者也就越容易调动其感官经验，看见人物所看见的，触摸人物所触摸的，从而获得与小说人物同步、相似的虚拟性体验。读者们"身临其境"的虚拟性参与，在某种程

---

①　[英]柯律格著，黄晓鹃译《明代的图像与视觉性》，北京：北京大学出版社，2011 年，第 157 页。
②　霍冕《〈金瓶梅词话〉服饰颜色词研究》，山东大学硕士学位论文，2016 年，第 76 页。
③　(明)兰陵笑笑生《金瓶梅词话》，第五十六回，第 683 页。

度上有助于减轻他们对小说人物纵情声色的道德谴责。正是通过物质精确性描写所营造的真实幻觉，小说家得以"诱导"读者与小说人物一道进入声色之境，并对小说人物产生共情，而这正是欲望叙事得以发生的机制。

　　尽管后继的世情小说都未能在主题的层面上，对色彩这一物质性特征予以整体性的描写和表现，但是对色彩的偏爱却一以贯之，并塑造着世情小说的新型审美风格。据统计，《醒世姻缘传》出现了146个颜色词词条，涉及用例1044例，涵盖了红、黄、黑、白、绿、蓝、紫、褐、灰九大色系。① 清中期的《红楼梦》《儒林外史》，在不同程度上继承了《金瓶梅》以来对色彩的敏感。《儒林外史》共计出现56个颜色词词条②，《红楼梦》前八十回共出现了125个颜色词词条③。颜色词包括但不限于服饰色彩，但即便扣除掉非服饰色彩词，上述三部世情小说中的色彩词数量仍是可观的。《红楼梦》的物象描写继承了《金瓶梅》所开创的精确性风格，尤其是其对服饰的描写如此细致精准，以至于物质文化研究者每每试图据以还原、重建其经验原型。最经典的莫若王熙凤出场时的服饰描写：

> 　　头上戴着金丝八宝攒珠髻，绾着朝阳五凤挂珠钗；项上带着赤金盘螭璎珞圈；裙边系着豆绿宫绦，双衡比目玫瑰佩；身上穿着缕金百蝶穿花大红洋缎窄裉袄，外罩五彩刻丝石青银鼠褂；下着翡翠撒花洋绉裙。④

　　尤其是王熙凤上身所着之袄、褂，已有服饰文化研究者据此复刻出原样设计图。而来自服饰文化等物质文化研究者的还原、复刻，无疑凸显了《金瓶梅》《红楼梦》等世情小说物象描写语言的精确性特征。

　　当然，除了颜色之外，对物象之物质性展开的描写一般还会涉及质地、款式、尺寸等各项信息。此外，**作者还会根据所描写物品的性质差异，调整各项物质性信息在描写性语言中的先后次序**。值得注意的是，各项物质性信息的先后次序，往往遵循社会语言谈论该物品时约定俗成的惯例。例如，小说家在描写服饰时，总是将色彩信息置于首位，面料、款式退居其次，工艺、产地和尺寸等信息多数时候可以忽略不计。而在描写家具、器物时，材质、工艺的信息较之色彩、样式更为重要，产地和尺寸有时候也需要交代。例如，《金瓶梅》第三十四回小说家借应伯爵的视角，展示西门庆书房"翡翠轩"内的家

---

① 马苏彦《〈醒世姻缘传〉颜色词研究》，辽宁师范大学硕士学位论文，2020年，摘要。
② 张莹《〈儒林外史〉颜色形容词研究》，《周口师范学院学报》2014年第4期，第64页。
③ 李亚彤《〈红楼梦〉前八十回颜色词研究》，辽宁大学硕士学位论文，2022年，摘要。
④ （清）曹雪芹、高鹗《红楼梦》，第三回，第39—40页。

具、陈设：

> 伯爵见上下放着六把云南玛瑙漆减金钉藤丝甸矮矮东坡椅儿，两边挂四轴天青衢花绫裱白绫边名人的山水，一边一张螳螂蜻蜓脚一封书大理石心壁画的帮桌儿，桌儿上安放古铜炉、流金仙鹤，正面悬着"翡翠轩"三字。左右粉笺吊屏上写着一联："风静槐阴清院宇，日长香篆散帘栊。"①

这段对室内陈设物象描写之精确，足以帮助物质文化研究者找到相应的实物。② 在这段描写中，数量、产地、颜色、材质、工艺、构件、尺寸、样式、布局等物质性信息交错组合，构成家具、器物描写的全部，而某一家具、器物又与其他家具、器物处在互为背景的空间关系中，例如书画与帮桌、帮桌与桌上陈设、正上方牌匾之间所构成的空间关系。这一系列描写共同勾勒出西门庆的书房空间，而这一空间的每个位置都是以某一物象来标记的。这就使得这一虚构空间显得格外地坚实。尤其是关于家具质地的精确描写，给人一种可以感知的质感，进而营造出一种真实幻觉。

在《儒林外史》和《红楼梦》这两部清代文人独立创作的世情小说中，也都出现了对书房或卧室的描写。但是，在这两部小说中，相关描写在不失精确的同时，显得更加洗练。例如《儒林外史》中的相似情节，通过牛浦郎之"穷眼"③打量盐商万雪斋"慎思堂"的陈设：

> 举头一看，中间悬着一个大匾，金字是"慎思堂"三字，傍边一行"两淮盐运使司盐运使荀玟书"。两边金笺对联，写："读书好，耕田好，学好便好；创业难，守成难，知难不难。"中间挂着一轴倪云林的画。书案上

---

① （明）兰陵笑笑生《金瓶梅词话》，第三十四回，第391页。
② 扬之水对这段书房描写中出现的物象进行了——考证和还原：先看"云南玛瑙漆、减金钉藤丝甸、矮矮东坡椅儿"："东坡椅"是由胡床演变而来的交椅；"藤丝甸"即"藤丝垫"，指椅心儿的软屉；"钉"则指交椅转关处的轴钉；"减金"是一种"以金丝嵌入光素之中"的工艺；"云南玛瑙漆"则是椅背上的装饰，称为"百宝嵌"，其法以金银、宝石、玛瑙等为之，雕成山水、人物、花卉等，镶嵌于漆器之上。再看"一张螳螂蜻蜓脚一封书大理石心壁画的帮桌儿，桌儿上安放古铜炉、流金仙鹤"："螳螂蜻蜓脚"，当即细而长的三弯腿，腿肚膨起如螳螂肚，多用于供桌、供案；"一封书大理石心壁画的帮桌儿"，"一封书"的帮桌儿，乃长方形的短桌，"大理石心壁"，即桌心嵌大理石；"古铜炉、流金仙鹤"，"古铜炉"是香炉，"流金仙鹤"即鎏金仙鹤，是一种将仙鹤和神龟构成器座的烛台。参见扬之水《物色：金瓶梅读"物"记》，第204—208页。
③ （清）吴敬梓著，李汉秋辑校《儒林外史汇校汇评》，第二十二回，第282页。

摆着一大块不曾琢过的璞。十二张花梨椅子。左边放着六尺高的一座穿衣镜。从镜子后边走进去［……］三间花厅，隔子中间悬着斑竹帘。［……］揭开帘子让了进去。举眼一看：里面摆的都是水磨楠木桌椅，中间悬着一个白纸墨字小匾，是"课花摘句"四个字。①

　　对比《金瓶梅》中西门庆的书房，《儒林外史》中万雪斋的厅堂、书房显得更加雅致、素净，也更接近文人的审美。这一差别固然与万雪斋对文人雅趣的精准追摹有关，但更直接的原因是吴敬梓的用笔。《儒林外史》代表了一种精确"及物"的新态度和新风格。与《金瓶梅》不无繁复的精确不同，《儒林外史》是一种简约省净的精确。除了牌匾和对联的描写相似之外，其他如厅上所悬之画作（"四轴天青缬花绫裱白绫边名人的山水"/"一轴倪云林的画"）、案桌上的摆设（"桌儿上安放古铜炉、流金仙鹤"/"书案上摆着一大块不曾琢过的璞"）、两边所设之椅（"六把云南玛瑙漆减金钉藤丝甸矮矮东坡椅儿"/"十二张花梨椅子"），无不前繁后简。《儒林外史》仍然看重"及物"的精确，但这种精确被压缩到最简约的程度，仅包含准确的数量、材质和物名三项信息。其中，只有材质这项物质性信息可以引导读者将该物象同具体的感官感受联系起来。也就是说，**在精确"及物"的同时，吴敬梓始终注意对可能引发感官感受的物质性信息的控制。**

　　因此，在某一物象描写中，包含哪些**物质性信息，这些信息的多寡及其在特定描写性段落中的组合秩序，表面上受制于该物象之经验原型的物理属性的差异，但根本上是由人物或作者谈论物品的方式、态度以及人与物的关系所决定的。**就室内陈设的描写而言，例如上文已经引述过的探春的卧室兼书房（"一张花梨大理石大案""数十方宝砚""一个汝窑花囊""一囊水晶球儿的白菊""一个大观窑的大盘""数十个娇黄玲珑大佛手""一个白玉比目磬"），《红楼梦》的描写范式和语言风格，可谓与《儒林外史》一脉相承。

　　因此，不难看出，即便同样追求描写语言的精确性，从《金瓶梅》到《儒林外史》和《红楼梦》，还存在雅俗之变。《金瓶梅》的描摹语言流露出对物品实用功能的关注，对可触发感官反应的物质性信息的敏感，以及通过物质获得感官享乐的期待和热情。而《儒林外史》和《红楼梦》则有意避开对其实用功能以及可引发感官反应的物质性信息的描摹，从而与因物而起的感官之乐保持距离。

───────────

① （清）吴敬梓著，李汉秋辑校《儒林外史汇校汇评》，第二十二回，第281—282页。

二、琐碎的"真实"

对物象精确而适当的描写,可以称之为"精当"。但是,有意思的是,明清世情小说中对物象的精确描写,往往超出情节层面的叙事需要而显得过剩。在以往的研究中,这种过剩的精确描写一般被视为琐碎无用的细节。"琐碎"指代这类物象描写的语言风貌,"无用"则指这类物象缺乏叙事功能。

细节之有用无用,不妨视为观察小说创作及其观念发展、演变的微观视角。就古代小说中的物象细节而言,唐前小说中绝少无关细节,而到唐代小说中,开始出现少量无功能、无象征意义的物质细节;**到明清世情小说中,这些看似无用、无关的物质细节及其描写开始大量涌现,成为世情小说的重要文本景观。**这种变化,不仅发生在中国小说传统中,也见诸西方叙事文学的演变史。诚如西方小说研究者所注意到的,西方古代的叙事很少不必要的细节,大多数细节都具有功能和象征意义。而到了现实主义小说家笔下,就出现了大量无关、无用的细节。① 基于此,我们有必要按照物象功能之有无及基于功能性的重要与否,将物象分为"功能性物象"(functional objects)与"无关物象"(inconsequential and uninterpretable objects)。那些并无显著象征意义的物象以及"非象征物象"(nonsymbolic objects),②也属于"无关物象"。

然而,几乎所有古代小说物象的研究,都将焦点对准"功能性物象",论证物象之于小说叙事、文化象征等方面或大或小的功用。这固然是小说这一叙事文体研究的题中应有之义,也构成本书的主要论述框架和立足点。但我们又不得不面对的一个**事实是,从功能角度看,语言层面散碎分布于世情小说的大量物象,是"无关"的,"无用"的,甚至"多余"的。**在以往的研究中,这类"无关物象"要么完全不被提及,要么遭受严厉的批评。《金瓶梅词话》在这方面所遭受的诟病尤多。这些看似琐碎、无关的物象及其存在的意义,显然溢出了小说叙事学、文化符号学的解释框架。

那么,这些散碎、"无关"的物象,到底意味着什么? 是一种过剩的创作生命力的挥霍,是对创作素材缺乏裁剪的失败,还是一种更为宏大的艺术抱负与理想?

一些小说理论家和研究者提出,**这种无关性本身包含了作家对真实的深刻理解。**欧洲现实主义小说中大量的无用细节,曾引起小说家和小说理论家的共同关注。纳博科夫留意到,在契诃夫的一些小说中,有些细节的出现近

---

① 参见[英]詹姆斯·伍德《小说机杼》,第63页。
② Elaine Freedgood, "Introduction," *The Ideas in Things: Fugitive Meaning in the Victorian Novel,* Chicago: University of Chicago Press, 2006, p. 4.

乎"离题":"故事的叙述者似乎总是偏离主题而去提一些琐碎的东西,每一处的琐碎如果换成另一类小说则有可能意味着情节的转折[⋯⋯]但是,正是由于这些琐碎毫无意义,它们在这种特殊的小说中对于营造真实的气氛才显得格外重要。"①小说理论家詹姆斯·伍德也注意到,哪怕是无限逼近真实的现实主义,也"是由随意的标记编制而成的人造组织"②。为了呈现出一种无限逼近真实的感觉,"写实主义"小说家会利用必要的细节来营造一种现实、真实的氛围和效果。这是因为"现实本身自带的一种无关性。换言之,生活中确实存在一些没法解释或者不相干的东西",因此即便是看似无关的细节,也可能是"精心布置的无关",而"它们在那里是给我们营造一种生活的感觉。它们的无关紧要正是其意义所在"③。所以,**有时候正是一些看似毫不相干的无用细节,担保了叙事的"真实性"**。

尽管欧洲现实主义小说及其创作观的讨论思路未必适用于明清世情小说,但从小说家的真实观、艺术观、创作观(包括对现实的态度、情感)的角度探讨物象的意义,无疑为我们的讨论提供了一个新思路。

如第一章中所述,"奇"是晚明以前评价小说的一个重要尺度;如"传奇""志怪"的文体概念所示,"奇""怪"也构成小说存在的合法性基础。有意思的是,作为小说"立身之本"的品格,"奇"在晚明语境中被反省和重新界定。睡乡居士通过《二刻拍案惊奇序》表达他对彼时小说弊病的批评和思考:

> 今小说之行世者,无虑百种,然而失真之病,起于好奇。知奇之为奇,而不知**无奇之所以为奇**。舍目前可纪之事,而驰骛于不论不议之乡,如画家之不图犬马而图鬼魅者[⋯⋯]今举物态人情,恣其点染,而不能使人欲歌欲泣于其间。此其奇与非奇,固不待智者而后知之也。④

在这篇序言中,对平实的"无奇"的抬高,是以贬低廉价的、夸张的"好奇"为前提的。"好奇"之所以遭到厌弃,乃是由于过度的"好奇"使得小说中的"物态人情"均"失真",以至于"不能使人欲歌欲泣于其间"。因此,所谓"无奇之奇"是对"真"的回归。

对真实感(幻觉)营造的自觉,是颇具现代意味的一种创作观念。从世情小说的创作看,如何表现"物态人情"之"真",是营造这种"真实"幻觉的关

---

① [美]弗拉基米尔·纳博科夫《俄罗斯文学讲稿》,第 308 页。
② [英]詹姆斯·伍德《小说机杼》,第 59 页。
③ [英]詹姆斯·伍德《小说机杼》,第 62—63 页。
④ (明)凌濛初《二刻拍案惊奇》,序,第 1 页。

键。在营造"物态人情"的真实幻觉中,无关紧要之物有着十分重要的意义。小说家们为了营造这种真实幻觉,将大量"无用"之物填充进来,使得它看起来更像是自然发展的真实世界,而不像是一个经由作者精挑细选建构起来的虚构世界。

在对无关物质细节的处理上,《金瓶梅》以来的世情小说与欧洲现实主义小说的确有着异曲同工之妙。例如,人情往来的无用细节,正是叙事真实性的担保。人情往来是世情小说的题中应有之意,其中赠物与回赠情节往往涉及诸般物象及其细节描写,而这些细节往往显得琐碎而无用。《金瓶梅》几乎每一回都有关于人情往来的描写,伴随出现的往往是一大串礼品名单。此后的世情小说中,《醒世姻缘传》也较为明显地继承了这一特点。**正是这众多的无关物象,散布于广袤的小说语言地貌中,绘就绵延不断的真实景观。**因此,无关物象、无功能物象起到了平衡真实与虚构、写实与象征的作用,使得整体叙述更为可信。

同时,**对真实幻觉的营造,乃服务于章回小说这一文体自晚明以来被赋权的新功能——欲望的表达**①。无独有偶,研究欧洲现实主义小说的学者也注意到"现实主义的形象结构被描述为对欲望表达的慨诺"(The figural structure of realism has been described as allowing at once the expression of desire②)。为了激发、满足读者的欲望,小说家需要营建一个较为宽松的物质形象体系及其意义结构,使读者可以自由进入并且自在地想象,而不受限于作者预设的象征意义。如前文所述,这在《金瓶梅》中有极致的体现。对无关物象的旁征博引式的散碎呈现,也在此后的《醒世姻缘传》《红楼梦》《儒林外史》《歧路灯》等世情小说中得到响应,并形成世情小说所特有的风格。

小说的写作不是一项纯粹客观的叙述行为,它融入了作家的感受、情感乃至情结和信念。因此,物象描写作为一个整体(包括所谓的琐碎无用物象),与小说作家的情感也有着千丝万缕的关联。**物象描写的"过剩",与其说是出于叙事的功能需求,毋宁说是出于作者的情感需求。**尽管物象描写作为一个整体及其与作家情感的关系,在古代小说研究中鲜被提及,但作家出于情感的原因偏好描写某类物象,这在世界文艺创作中都是普遍的现象。意大利小说家埃莱娜·费兰特坦称,在她的小说《烦人的爱》里反复出现的服

---

① "阅读别人私欲的详细故事是娱乐的一种形式,而'小说'这一文体毫无疑问是在那个诸如报纸(更不要说收音机和电视)等大众媒体都不存在的时代为人们提供这样娱乐方式的最佳媒介。"参见[美]黄卫总著,张蕴爽译《中华帝国晚期的欲望与小说叙述》,南京:江苏人民出版社,2010年,第51页。

② Elaine Freedgood, *The Ideas in Things: Fugitive Meaning in the Victorian Novel*, p. 6.

装描写,受到她对母亲的复杂情结的支配。① 在普鲁斯特的《追忆似水年华》中,具体物象往往成为扣响追忆的扳机,这是由于叙述者和作者都坚信,"往事隐藏在我们脑海之外的某个地方,我们的理智无法达到它,它隐藏在某个我们对之不曾想到的具体物体之中(在那个具体物体所给我们带来的感觉之中)"②。热奈特则据此断定,"主人公在一件物品面前惊奇得停留良久的能力与作者本人的哪一个特有的习惯有关,物品之所以有勾魂摄魄的威力,是因为存在一个未曾泄露的秘密,存在着仍然捉摸不透但一再传递的信息,存在着最终顿悟的朦胧的构想和隐晦的许诺"③。因此,**作为一种整体现象,物象密集、频繁地出现,尤其是在一流作家笔下,并非缺乏节制的表现,而有着特殊的情感意义。**

　　明清世情小说中,正是作者对俗世红尘的恋恋深情,支撑起小说对物质细节孜孜不倦、近乎静态的描摹。这份眷恋和热情,不应仅被视为作家过剩艺术生命力缺乏节制的挥霍。诚如张爱玲在《中国人的宗教》一文中敏锐捕捉到的,"就因为对一切都怀疑,中国文学里弥漫着大的悲哀。只有在物质的细节上,它得到欢悦——因此《金瓶梅》《红楼梦》仔仔细细开出整桌的菜单,毫无倦意,不为什么,就因为喜欢——细节往往是和美畅快,引人入胜的,而主题永远悲观"④。在张爱玲看来,**《金瓶梅》《红楼梦》中的物质及其细节是精神的庇护所,在这里精神可以豁免于怀疑与悲哀。**孙述宇也注意到,《金瓶梅》的作者"能写饮食,实在是由于心中对世界人生的兴趣与爱恋所推动。《金瓶梅》的作者觉得这世界是很可恋的",虽然"小说的主题是人生的悲苦",但"这悲苦人生的背景却是个美好的世界,而这就是这小说的艺术"。⑤

　　物质及其细节描写的存在,包含了作者对变迁的时间之流的斩钉截铁的回击。"物是"既暗示"人非",也默默抗拒"人非"。就《金瓶梅》《红楼梦》的结局设计而言,无论是主人公或死亡或遁空的安排,还是整个家庭"树倒猢狲散"的悲剧,既出于作者认知表达的需要,也出于伦理教化、艺术审美的需要。对人生本质归于虚无的认知和慨叹,如果只是发生在观念层面(包括受艺术创作观念及传统的规约),往往会与作者的真实情感相悖。《金瓶梅》《红楼梦》二书中物质细节之"和美"与思想主题之"悲观"所形成的反差映

① ［意］埃莱娜·费兰特著,陈英译《女性的服饰》,载《碎片》,北京:人民文学出版社,2020 年,第 149 页。

② 转引自［美］弗拉基米尔·纳博科夫《俄罗斯文学讲稿》,第 250 页。

③ ［法］热拉尔·热奈特《叙事话语　新叙事话语》,第 64 页。

④ 张爱玲《中国人的宗教》,载《流言》,北京:北京十月文艺出版社,2006 年,第 197 页。

⑤ 孙述宇《平凡人的宗教剧》,上海:上海古籍出版社,2011 年,第 14、16 页。

照,正是作者情感与认知之间发生分歧的体现。**就情节与主题层面而言,两部小说的作者无不以一种沧桑的姿态向读者宣布他们对人生虚幻本质的洞察;然而,另一种来自物质的喃喃低语,持续干扰着作者的高调宣言。**对世间万物把玩描摹的孜孜不倦中,有着作者对世俗生活的热爱与眷恋。《金瓶梅》的作者热烈地拥抱了晚明的物质世界,《红楼梦》的作者则对那个曾经坚固的过去的一草一木皆投之以温情的目光。

　　如孙述宇所言,《金瓶梅》的作者出于对人性的好奇和对生活的热情,展现出异乎寻常的创作生命力,"他觉得他周遭当时当地的世界,五光十色,林林总总,处处都很动人,就已非常可以写[……]所以他能够写实,拿着晚明时代山东一个县城里土财主的生活,一口气便结结实实地写了几十万字"①。其中,对于西门庆乃至晚明商人的物质生活,作者无不怀着无比的好奇与热情去描摹去展现。然而,这种热情在他的同代读者看来,已属过分了。如前文所论的皮袄风波情节,绣像本的作者不能理解也无法容忍词话本在物质细节上的过分热情,大笔一挥,把一些可能看似繁复的描写尽情删去了。这种删削对于小说的情节以及表层结构并不产生影响,但却破坏了小说的深层语法结构与语言审美风格,也因此失掉了将物质细节描写作为一种整体框架加以诠释的可能。

　　曹雪芹在物象描写上所投注的情感,更为含蓄一些。《红楼梦》中有一些物象描写,通过《红楼梦》早期读者的提示可知,包蕴着作者力透纸背的深情厚意。比如,曹雪芹通过初至贾府的林黛玉的视角,带出各人住所,其中写到王夫人"正房炕上横设一张炕桌,桌上磊着书籍茶具"②。仅从内容角度看,这一物质细节并无深意。但是,脂评本中称这一细节为"伤心笔,堕泪笔"③。又如湘云大办螃蟹宴,黛玉因吃了螃蟹胸口微疼,问宝玉要烧酒喝,宝玉"便令将那合欢花浸的酒烫一壶来"④。这一笔在我们看来,再平常不过了,但却引起了早期读者对往昔的感伤追忆。此处庚辰本批曰:"伤哉!作者犹记矮𩑒舫前以合欢花酿酒乎,屈指二十年矣。"⑤由于《红楼梦》的早期读者之于作者非亲即故,因此他们对于作者笔下的一草一木莫不倾注更多的感情,也更容易产生强烈的情感共鸣。在今天读者看来轻描淡写的许多细节处,脂评本的评点者却道出其背后的情感意蕴。

---

① 孙述宇《平凡人的宗教剧》,第 13 页。
② (清)曹雪芹、高鹗《红楼梦》,第三回,第 44 页。
③ [法]陈庆浩编著《新编石头记脂砚斋评语辑校》(增订本),第三回,第 73 页。
④ (清)曹雪芹、高鹗《红楼梦》,第三十八回,第 508 页。
⑤ [法]陈庆浩编著《新编石头记脂砚斋评语辑校》(增订本),第三十八回,第 563 页。

　　《儒林外史》中对物象的描写更为克制，但是仍难掩作者的关切。其中有关士人冠戴的描写，仅就零散的个例来看，这些描写并无太多深意，亦于叙事无补。但是，衣冠作为礼仪文化之大端，也最直截了当地彰显出士人群体对礼仪的依违。因此，这些看似零散、无用的物象描写共同构成一条线索，倾注着吴敬梓对士人言行出处的关切。

　　最后，这些静态的、琐碎的物象描写，共同汇聚成一种冷静的、疏离的语言风格，**而正是这种风格蕴含了明清世情小说日常叙事的重要精神：将物从意义的重负中解脱出来，让物回归物本身。**以《金瓶梅》和《儒林外史》为最有代表性，作者拒绝通过使用象征物象对人物做出简单的评价，而力求让物质保持其在现实生活中的"无意义""无关性"，进而还原现实生活本身的复杂性，并形成了两部小说相对冷峻的叙述风格。这种对静物不加干预、拒绝象征阐释的呈现方式，堪称一种颇富现代意味的做法。与在小说中的情况相似，在现代电影中类似的呈现方式也与一种更加冷静而宽容的态度相关联。例如，唐纳德·里奇对小津安二郎电影中静物的解读，他认为"最令人满意的，已经不能被看作是象征的，是小津电影中描述物品的那些小场景，这些物品通常是极为普通和日用的，它不是用来象征什么，而是用意承载情感"，小津拒绝通过象征性的物品与场景，表达他对人物的态度，"因为它们包含了对人物的不公平的评论，不公平是因为它将人物的复杂性归结为简简单单的象征性。小津更爱精致的物品：静物"。① 这反过来也可以解释世情小说中看似"琐碎""无关"甚至"冗杂"的、对物象的静态描摹的意义，即它们的**存在提示小说人物的世界是一个无法被降维、简化的世界，纵使是作者，仍无法将人物或物象压缩成某种意义的剪影。正是这些散碎的物象细节，蕴含了作者对人物和世界最大的善意与包容。**

---

　　① 在对《早春》这部电影的分析中，作者指出"小津在片中的女儿和观众之间，强行引入了一种非人格性的东西，一种冷静。观众并不是在看她，而是通过看她所看的事物（一只花瓶，孤单、寂寞、美丽），我们才能更完整地、更充分地理解她"。参见［美］唐纳德·里奇著，连城译《小津》，上海：上海译文出版社，2014年，第154—155页。

结　语

　　小说的世界包罗万象,不仅有接踵而至的各色人物,更有纷至沓来的万千物象。就古代小说而言,物象曾一度先于人物而稳踞叙事的中心。以何种方式描写或叙述物象,在中国古代小说史中经历了一个不断生成、演化的过程。写物的传统,可以远溯至先秦,但在崇奇尚怪的文化观念影响下,反常之物、超常之物因其"怪""异"才为彼时的叙事所留意,平凡无奇的日常之物尚无"出头之日"。一直到明代中后期的世情小说中,物象不仅以其日常性获得认可和关注,而且被吸纳为日常叙事的必要成分。

　　明代中后期城市文化、思想界、出版界的新变,共同助推了物象描写的日常化以及小说日常叙事的展开。首先,明中后期城市生活的发达、物质水平的提高与商业文化的盛行,为小说家表现彼时社会、家庭中的物质生活提供了鲜活的生活样本。其次,心学对百姓日用之学价值的重估,引起知识阶层对民众日常生活实践的重视。通俗日用类书的大量出版,以家庭、婚姻为主要内容的通俗小说的出版,都是这一思想背景下的产物。日用类书与通俗小说中的日常叙事,实则共享着晚明社会日常生活的丰富知识。这一时期小说家对物质生活的广泛涉猎和专门知识的积累,拓展了物象描写的广度和深度;明刻宋元话本或明人所作拟话本小说中的物象描写,往往诉诸当代人的日常经验、特定地域的生活常识或特定群体的日用之学——即当下性、地域性与专门实用性,这三种特征共同诠释了物象描写日常化的丰富内涵。

　　作为世情小说的开山之作,《金瓶梅》确立了日常叙事的诸多范式。对物象的日常化描写,在世情小说中升格为日常叙事的必要成分。自《金瓶梅》到《红楼梦》的世情小说中,物象并非孤立存在,而与小说情节、人物、环境等要素互动关联,对日常叙事的展开及其风格之形成有着举足轻重的作用。

　　明清世情小说的叙事有宏观与微观之分,有浅表形态与底层纹理之别。就宏观叙事层面而言,物象的呈现方式与情节形态范式互为表里。以劳动、生产与婚姻、家庭为主要内容的日常生活,往往给人以单调、重复、平庸之感,那么如何在平淡日常中制造奇观,同时又不失日常的底色,这是日常叙事所要面临的新挑战。在这一背景下,物象成为叙事撬起日常生活的支点。焦点物象通过激发人物矛盾和冲突以造成叙事上的间断效果，形成节点性情节；线索物象则通过贯穿情节单元内部、情节单元之间以维系小说叙事的内在连续性，形成连续性情节。节点性情节与连续性情节的错综交织，共同构成日常叙事的关节与经络。

与神魔小说中非同凡响的宝物不同，日常叙事中用以制造或激发矛盾冲突的焦点物象，其经验原型往往为日常生活中不起眼的平常琐碎之物。物质方面的分配不均及所牵涉到的经济利益的冲突，往往成为人物之间爆发争端的缘由，也成为日常叙事中制造矛盾、冲突的策略。《金瓶梅》中往往借荷花饼、银丝鲊汤、鸡尖汤、大红睡鞋等小小微物挑起事端，表现妻妾之间的明争暗斗和家庭内部的冲突。《红楼梦》中不同等级的奴仆（"女儿"与"女人"）之间，由错综复杂的人际关系及利益之争所带来的烦恼与争吵无时不在。无论是司棋与柳嫂的厨房闹剧，还是芳官等人与赵姨娘的肉搏大战，则均肇端于日常琐碎之物——炖鸡蛋和蔷薇硝，即物质利益方面的冲突。这些微物之争，不仅反映了"女儿"与"女人"之间的冲突，还成为荣府两大支派之间矛盾的缩影，揭示出贾府内部错综复杂的家庭关系。在连绵不绝的叙事时间之流中，焦点物象仿佛一根救命稻草，小说人物连同他们的生活攫住这根稻草浮出了水面。

就日常叙事的风格而言，散漫绵长无疑是其主导特征，即复刻一种现实日常给人的真实感觉。因此，如何维系情节单元内部、情节单元之间的连续性，使其免于漫漶无边，也决定着日常叙事的成败。在情节单元之内，如《金瓶梅》中的银执壶与金镯子的失而复得，《红楼梦》中的虾须镯和累丝金凤的失而复得，均采用了"珠还合浦"式的情节结构。这些线索物象，活跃于主导情节之内，加强了情节单元内部的连续性，制造了日常叙事的循环往复之感。还有一些线索物象，衍生于主导情节，却活跃在数个过渡性情节当中，贯穿起数个散落的情节单元，由此构成缜密细腻的日常叙事。《金瓶梅》中的线索物象皮袄勾连起小说第十五回、二十四回、四十六回和七十四至七十九回这四个段落，塑造了连绵起伏、犬牙交错、错综交织的情节形态。这一风格继而为《红楼梦》所吸取，但却得到了吐故纳新的发挥。茜香罗是千里放长线的线索物象，预伏了后文袭人嫁蒋玉菡的结局。蔷薇硝与茯苓霜的传递与交换所引起的风波，跨越两个章回，余音袅袅。由于《红楼梦》原作之不完整，使得有关"金麒麟"的叙述成为难解之谜。但红学家们对金麒麟不乏想象力的考证，以及对原作结局的逆向推测，坐实并强化了线索物象在不同情节单元之间的连贯、衔接之作用：出现在第三十一回中的金麒麟，将会影响甚至决定小说八十回后的情节的设置和人物命运的走向；后文的情节通过这一线索物象与前文的情节暗中衔接并遥相呼应。金麒麟虽未至牵一发而动全身，但却完全足以影响对人物命运、结局的解读和对续书情节的安排。

物象不仅参与建构日常叙事的宏观、浅表情节形态，而且还参与编织日常叙事的微观、底层叙事纹理。后者是由多种叙述方式相互交织而成的，而物象的多样化叙述呈现，不仅折射出世情小说内部富于差异性的叙事需求，也织就了日常叙事富于层次的纹理。

在经典叙事学的四种叙述行为中，场景是物象被赋权的最有效叙述方式。场景中的物象，是场景的直接构成要素；在特定场景中，物象始终处在与人物、情节交互的流动状态中，这种交互关系至少包括两种，即物象与场景形成象征关系，以及物象对场景抒情意味的表达。《红楼梦》便十分擅长通过诗性物象来点缀、营造场景的抒情气息。

较之场景中物象具备较为显著的功能，通过"停顿"呈现的物象及其繁复、静态的描写则显得板滞拖沓。在明清世情小说中，有关服饰的大段的、静态的停顿与描摹，往往不构成独立的叙事单元，充其量只是散布于叙事单元之间的一些"碎片"，但正是这些"碎片"作为过渡和缓冲，对下一个叙事单元起到"催化剂"作用。《金瓶梅》中繁复的服饰描写，往往是欲望叙事的催化剂，服务于更大的、具有反省意味的命题，即商业文化中人的日常生存状态、思维方式与人际（尤其是两性）关系。《醒世姻缘传》中服饰的繁复描写，显得较为零散，未能在一个更大的意义框架内得到整体性解释，但就局部情节而言，也扮演着不可忽视的催化剂作用。

以概要的方式呈现的物象，就语言风格而言，往往是最简省的，但却可能蕴含极为丰富的信息。当小说家不直接发表评论，也不通过小说人物发声的时候，他可能会通过物象传达自己的态度和声音，并将判断、评价的权力让渡给读者。此时虽然物象是沉默的，但是它却能"发声"、会"告密"，可以传达出作者隐秘的态度。这一类告密物象，多出现在叙述者声音较为克制的小说中，尤其在《金瓶梅》《儒林外史》《红楼梦》中有不俗的表现。

对物象的考察，不仅有助于我们深入日常叙事的微观层面，还可以帮助我们从一个新角度来观照小说人物这一古老的研究领域。在传奇性叙事中，人物形象主要由人物的行动、语言以及人物之间的关系所共同塑造。在日常叙事中，除了上述几个方面之外，人物所涉诸般日常物象及其所营造的总体氛围，共同构建某个人物所特有的场域。物象与人物之间，形成了前所未有的密切关系。因此，物象与人物之间的关系，不仅指向"以物写人"、用物象来塑造人物形象这一传统的研究层面，而且还包含隶属于不同人物场域的物象之间的关系、基于物象关系的人物之间的关系这一层面。物象与人物言行,共同构成了人物场域的内容;我们不仅可以借助人物场域以探讨人物形象,而且还可用来观察人物与物象、物象之间、人物之间的多种关联。

具有鲜明个性特征的物象群,界定了特定人物场域的内容,奠定人物的风格;为不同人物所共享的物象群,则为探究、揭示人物之间隐而不显的关系提供了诸多线索。在世情小说中,每个人物背后都有一长串物象,这些物象共同构成这个人物所在场域的气氛。《金瓶梅》中正是通过截然相反或相似的物象群来暗示人物之间的隐秘关联。《金瓶梅》中的西门庆之所以迥然有别于《水浒传》中的西门庆,正在于小说从一开头就着力打造的物象群:新缨子瓦楞帽儿、金簪儿、洒金川扇。其中洒金川扇,如清代评点家张竹坡所指出的,足以使《金瓶梅》的西门庆与《水浒传》的西门庆"判若两人"。除此之外,人物之间的重叠、镜像关系,也通过物象群的中介作用而得到更为清晰的揭示。郑爱月儿与李瓶儿在饮食(酥油鲍螺)、服饰(紫瑛石坠子和白藕丝对衿仙裳)上高度趋同的趣味,隐秘地沟通起两个并无"瓜葛"的人物,并解释了西门庆在李瓶儿死后移情郑爱月儿的内在原因。围绕人物展开的物象群描写是否具备内在统一性,也可以成为我们评价《红楼梦》后四十回人物塑造成败的标准。《红楼梦》后四十回有关黛玉居所物质环境(撒花软帘)、服饰(水红皮袄、赤金扁簪)、饮食(五香大头菜)等细节的描写,共同营造出一种刻露斧凿的气氛,破坏了前八十回所营造的黛玉缥缈优雅的气氛。总体而言,《金瓶梅》中多暗示人物对物象群的占有关系,强调人物的经济地位。《红楼梦》中人物自得于由物象群所建构的环境之中,小说着力表现人物与环境的和谐共处关系。

较之物象群在面上的铺展,单物象则近于在一点上深钻,以富于代表性的物象提炼和笼括人物场域的主要特征。在人物场域的框架下对物象描写所做的分类及其讨论,不仅为人物研究提供了一个新视角,而且也丰富了人物研究的层次。借助物象群与单物象,我们可以总结《金瓶梅》与《红楼梦》在叙事手法上的差异。《金瓶梅》长于物象群而短于单物象,《红楼梦》则既有物象群的铺展,又有单物象的提炼,单物象比物象群所占篇幅更多,这也体现出曹雪芹的提炼之功。从叙事话语的构成角度看,物象群多出现于叙述者的叙述话语中,而单物象多现身人物话语。叙述话语中的物象群描写更多体现出叙述者的兴趣,而人物话语中的单物象则透露出人物心理和性格方面的特点。从这个角度看,《红楼梦》呈现出比《金瓶梅》更加节制的叙事风格。

物象不仅在叙事层面参与对明清世情小说日常叙事形态的共建,而且还可以从文化层面表达文人作者的关切及其价值观念。物从来不只是物自身,而是融入了人类的文化精神。所有处在社会系统中的物品,都有其文化内涵。物象的文化内涵即其作为文化符码的所指,构成文本意义表达的最小单位,而物象参与文本的方式又决定其意义表达的整体效果。对物象的文化意涵进行发掘的兴趣,在《金瓶梅》中已初露端倪,但是,这种兴趣还只停留在逼真地再现层面,尚未进一步与小说的主题思想表达发生关联。那么,更为自觉地发掘物象的文化意涵,以小见大地勾连宏旨,则是清代文人小说的擅场,其中以《儒林外史》和《红楼梦》最富代表性。在这两部小说中,成体系的物象描写具有整体意义,参与小说主题、思想趣味的表达。舆服之制是儒家礼仪很重要的一部分,体现了儒礼的社会阶层观和秩序观。《儒林外史》中通过头衣描写,吴敬梓不仅呈现出某个具体人物的形貌,而且还将某一具体人物纳入群体谱系中,在横、纵向的对比中呈现个体与群体的关系。"瓦楞帽""方巾"(或"头巾")"纱帽"这三种不同的物象将儒林群体划分成可识别度较高的三种身份与阶层,而这三种物象的变化、错乱现象,十分有力地勾勒出士林群体文行出处的变迁,使抽象的儒礼问题具象化,呈现出吴敬梓对儒礼之堕堕进行反思、重建,复归于迷惘的思想历程。《红楼梦》中私人空间中的物象,不仅是各人情性的写照,同时还折射出小说人物对礼法的依背,双向拓展的性别内涵,以及分化的价值追求,由此塑造小说思想文化层面多元兼容的特质。

对小说物象的研究,还能以小见大地触及小说文体的诸多问题。物象描写牵动小说文体诸要素——篇幅、结构、语言与观念,并与之发生多重、深切的关联。

当物象作为一种结构要素时,其参与短篇白话小说(话本小说)与长篇白话小说(章回小说)结构的方式,标示出短篇与长篇大异其趣的结构法则与认知观念。在短篇小说中,物象参与组织情节结构,或支撑起情节的开启和收束,或贯穿重要的情节段落,精巧地结构全篇,照应前后,构成一种回环闭合的结构。只有对情节结局、对观念表达有所裨益的物象,才会在叙述中被突出,被赋予某种叙事功能。从短篇小说到长篇小说所发生的变化,不只是篇幅的扩展,更是一次艺术手法、结构方式及认知观念的跃进。充斥于长篇小说中的,是大量不参与情节叙事但参与隐性进程的物象。群体的、总体的形式成为物象在长篇小说中的主要存在方式。在隐性进程中,这些物象在数量、质量上的变化,勾勒出叙述层次的递进或转折,形成一种累积、递进的隐性结构。物象在隐性进程中积蓄起一股温和而坚定的力量,如暗流涌动,或推进显性情节的走向,或倾覆显性情节的发展。

语言是小说物象乃至一切文学物象存在的媒介,没有语言,小说物象就无从谈起。小说中用以描叙物象的语言,是人物话语与作者话语的辩证统一。对物质性特征的持续关注与精确刻画，构成世情小说物象描写最显著的特征，也成为日常叙事的一大特征。物象的尺寸、形式、质地、色彩、功用等物质性特征，得到了前所未有的关注。其中，色彩与质地作为物质性特征的两种最直接表达方式，前者涉及读者的视觉体验，后者关联着读者的触觉经验，共同构成日常经验中对真实性的感知基础与判断依据。日常叙事中，精确的语言风格尤其体现为对物象之色彩与质地的准确描述，并借此营造一种可视、可触的真实幻觉。尽管繁简的风格不同，但《金瓶梅》和《儒林外史》都共享了这种精确的语言风格。

有意思的是，在明清世情小说日常叙事中，精确的物象描写往往超出情节层面的叙事需要而显得过剩，这种过剩的描写一般会被当作琐碎无用的细节。在以往的研究中，琐碎无用的细节要么完全不被提及，要么遭受严厉的批评。实际上，无用物象及其琐碎细节的大量涌现，与一个颇富现代意味的创作观念相始终。从世情小说的创作看，如何表现"物态人情"之"真"，是营造这种"真实"幻觉的关键。而在营造"物态人情"的真实幻觉中，无用之物有着十分重要的意义。同时，物象描写作为一个整体（包括琐碎无用物象），与小说作家的情感也有着千丝万缕的关联。物象描写的"过剩"，与其说是出于叙事的功能需求，毋宁说是出于作者的情感需求。最后，这些静态的、琐碎的物象描写，共同汇聚成一种冷静的、疏离的语言风格，而正是这种风格蕴含了明清世情小说日常叙事的重要精神：将物从意义的重负中解脱出来，让物回归物本身。

综观明中后期至清中期世情小说中的物象描写及其丰富的表现形式，我们可以说，它们是明清小说日常叙事走向细化和成熟的标志。物象描写虽非世情小说所仅有，但在世情小说中赢得了最多的投注和笔墨。然而，世情小说对物象的描写并不总是成功的，也存在诸多不尽如人意之处。由于物象描写的深度和广度往往受制于小说家的知识结构和经验积累，因此描写的水平也往往因人而异；在末流小说家手中，物象描写往往沦为程式化的增饰，甚至成为小说叙事的赘疣。

本书力图对物象描写的表现形态及其与明清小说日常叙事之关系进行较为深入细致的研究，但实际上还远未能穷尽对此问题的探讨。究其缘由，既受制于本书所采用的研究方法，又与研究对象所呈现出的庞杂性与延展性有关。本书以微观小说史的横向梳理为主线，重点突出对个案文本的细读。首先，细读的方法乃是由研究对象的特点所决定的。作为小说的构成要素，情节和人物较为独立、稳定，在具体论述过程中可以被概括；而物象描写则多依附于特定情节段落或人物场域，与情节、人物相互交织，难以分割，同时描写的方式较为琐碎零散,难以被高度概括。对物象描写叙事功能的探讨,很大程度上依赖于对叙事过程的还原;而唯有通过细读才能还原叙事过程,才能向读者更好地揭示物象描写发挥作用的方式。其次,本书基于对小说史内在断裂性的判断而选取突出个案的研究方法。从章回小说的传统看,不同的文本之间存在较大的断裂性。这种断裂性乃相对小说传统内部的继承性而言。严格来讲,继承性包含两个层面的内涵:其一,小说家对此传统有充分的自觉意识;其二,小说文本从各个方面呈现出对这一传统的回应与对话。在世情小说的谱系中,只有《红楼梦》与《金瓶梅》的关系符合继承性的定义,而这两部小说皆出大家之手,其物象描写亦具有较强的典范性。继承性并不意味着因袭,将《红楼梦》与《金瓶梅》进行对比,我们可以较为直观地描述物象与日常叙事相互生成的发展与蜕变过程。最后,除了这两部小说之外,本书还着力援引、细读其他个案文本,这乃是基于笔者对文学研究的定位和期待。文学研究不同于其他学科的研究,除了考证事实、传递信息以外,还要寻找和发现那些由于时代变迁而渐至失落的情感与审美经验。

当然,任何一种研究方法都不可能是全面的,因而都会对研究对象造成不同程度的遮蔽。本书追求个案与细读的研究方法,势必导致对日常叙事中物象描写的整体风格与多样局面缺乏更为全面的把握。对物象与日常叙事之关系的研究角度,仍存在值得进一步挖掘的空间。本书的研究目的,乃在于通过文本细读的方式,钩沉那些原本被视为零散、琐碎、缺乏独立价值的物象描写,使其重新浮出文学地表、进入读者和研究者的视野;然后,通过系统而充分的考察,对它们的价值做出审慎的判断。

意大利文豪卡尔维诺曾在《新千年文学备忘录》一书中提到,"对文学的未来的信心,包含在这样一个认识中,也即有些东西是只有文学通过它独特的方式才能够给予我们的"①。物象,便是只有文学通过它独特的方式才能给予我们的;而它实现的正是人类古老的愿望,就是"把语言赋予没有语言的东西"②。

---

① [意]伊塔洛·卡尔维诺《新千年文学备忘录》,前言。
② [意]伊塔洛·卡尔维诺《新千年文学备忘录》,第124页。

参考文献

（一）小说作品类

刘世德、陈庆浩、石昌渝主编《古本小说丛刊》，北京：中华书局，1991年。

上海古籍出版社编《古本小说集成》，上海：上海古籍出版社，1994年。

刘世德主编《中国话本大系》，南京：江苏古籍出版社，1990—1994年。

上海古籍出版社编《汉魏六朝笔记小说大观》，上海：上海古籍出版社，1999年。

上海古籍出版社编《唐五代笔记小说大观》，上海：上海古籍出版社，2000年。

上海古籍出版社编《宋元笔记小说大观》，上海：上海古籍出版社，2001年。

李剑国《唐前志怪小说辑释》（修订本），上海：上海古籍出版社，2011年。

王汝涛编校《全唐小说》，济南：山东文艺出版社，1993年。

李时人编校《全唐五代小说》，西安：陕西人民出版社，1998年。

陶敏主编《全唐五代笔记》，西安：三秦出版社，2012年。

袁闾琨、薛洪勣主编《唐宋传奇总集》，郑州：河南人民出版社，2001年。

程毅中辑注《宋元小说家话本集》，济南：齐鲁书社，2000年。

侯忠义主编《明代小说辑刊》，成都：巴蜀书社，1993年。

春风文艺出版社编《明末清初小说选刊》，沈阳：春风文艺出版社，1981—1987年。

袁珂校注《山海经校注》（增补修订本），成都：巴蜀书社，1993年。

王贻梁、陈建敏选《穆天子传汇校集释》，上海：华东师范大学出版社，1994年。

（汉）刘向、（晋）葛洪著，邱鹤亭注译《列仙传注译　神仙传注译》，北京：中国社会科学出版社，2004年。

（晋）张华著，范宁校证《博物志校证》，北京：中华书局，1980年。

（晋）张华著，王根林点校《博物志（外七种）》，上海：上海古籍出版社，2012年。

（晋）干宝、（宋）陶潜著，李剑国辑校《新辑搜神记　新辑搜神后记》，北京：中华书局，2007年。

（晋）王嘉著，（梁）萧绮录，齐治平校注《拾遗记》，北京：中华书局，1981年。

（前秦）王嘉等著，王根林等校点《拾遗记（外三种）》，上海：上海古籍出版社，2012年。

（唐）唐临、戴孚著，方诗铭辑校《冥报记　广异记》，北京：中华书局，1992年。

（宋）李昉等编《太平广记》，北京：中华书局，1961年。

（宋）刘斧《青琐高议》，上海：上海古籍出版社，1983年。

（宋）洪迈著，何卓点校《夷坚志》，北京：中华书局，1981年。

（元）施耐庵《容与堂本水浒传》，上海：上海古籍出版社，1988年。

（元）施耐庵、（明）罗贯中《水浒全传》，北京：人民文学出版社，1954年。

（明）施耐庵著，（清）金圣叹批评，罗德荣点校《金圣叹批评本水浒传》，长沙：岳麓书社，2006年。

（明）洪楩编，谭正璧校点《清平山堂话本》，上海：上海古籍出版社，1987年新1版。

（明）熊龙峰刊行，王古鲁搜录校注《熊龙峰四种小说》，上海：上海古籍出版社，1987年。

（明）罗贯中著，刘世德、郑铭点校《三国演义》，北京：中华书局，2005年。

（明）罗贯中著，（清）毛宗岗批评，孟昭连、卞清波、王凌校点《毛宗岗批评本三国演义》，长沙：岳麓书社，2006年。

（明）吴承恩《西游记》，北京：人民文学出版社，1955年第1版、1980年第2版。

（明）吴承恩著，李洪甫整理校注《最新整理校注本西游记》，北京：人民出版社，2013年。

（明）兰陵笑笑生著，陶慕宁校注《金瓶梅词话》，北京：人民文学出版社，2000年。

（明）兰陵笑笑生著，梅节校订，陈诏、黄霖注释《梦梅馆校本金瓶梅词话》，台北：里仁书局，2007年。

（明）兰陵笑笑生《全本金瓶梅词话》，香港：香港太平书局，2013年影印本。

（明）兰陵笑笑生著，齐烟、汝梅点校《新刻绣像批评金瓶梅》，济南：齐鲁书社，1989年。

（明）兰陵笑笑生著，王汝梅校注《皋鹤堂批评第一奇书金瓶梅》，长春：吉林大学出版社，1994年。

（明）兰陵笑笑生著，刘辉、吴敢辑校《会评会校金瓶梅》，香港：天地图书有限公司，2012年第2版。

（明）冯梦龙编，许政扬校注《喻世明言》，北京：人民文学出版社，1958年。

（明）冯梦龙编刊，陈曦钟校注《喻世明言》，北京：北京十月文艺出版社，1994年。

（明）冯梦龙编，严敦易校注《警世通言》，北京：人民文学出版社，1956年。

（明）冯梦龙编刊，吴书荫校注《警世通言》，北京：北京十月文艺出版社，1994年。

（明）冯梦龙编刊，张明高校注《醒世恒言》，北京：北京十月文艺出版社，1994年。

（明）冯梦龙评辑《情史》，魏同贤主编《冯梦龙全集》，上海：上海古籍出版社，1993年影印本。

（明）凌濛初著，陈迩冬、郭隽杰校注《拍案惊奇》，北京：人民文学出版社，1991年。

（明）凌濛初著，陈迩冬、郭隽杰校注《二刻拍案惊奇》，北京：人民文学出版社，1996年。

（明）齐东野人著，肖芒点校《隋炀帝艳史》，北京：中华书局，2002年。

（明）天然痴叟著，瘦吟山石校点《石点头》，沈阳：春风文艺出版社，1998年。

（清）周清原著，周楞伽整理《西湖二集》，北京：人民文学出版社，1989年。

（明）陆人龙编著，崔恩烈、田禾校点《型世言》，济南：齐鲁书社，1995年。

（明）佚名著,杜聪、文益人、余力校点《续西游记》,济南:齐鲁书社,2006 年。

（清）丁耀亢著,陆合、星月校点《金瓶梅续书三种》,济南:齐鲁书社,1988 年。

（明）西周生辑著,李国庆校注《醒世姻缘传》,北京:中华书局,2005 年。

（清）随缘下士编辑,于植元校点《林兰香》,沈阳:春风文艺出版社,1985 年。

（清）李渔著,于文藻点校《李笠翁小说十五种》,杭州:浙江人民出版社,1983 年。

（清）李渔著,杜濬批评,丁锡根校点《无声戏》,北京:人民文学出版社,1989 年。

（清）吴敬梓著,李汉秋辑校《儒林外史汇校汇评》,上海:上海古籍出版社,2010 年。

（清）吴敬梓著,陈美林批评校注《陈批儒林外史》,北京:商务印书馆,2014 年。

（清）曹雪芹、高鹗著,中国艺术研究院红楼梦研究所校注《红楼梦》,北京:人民文学出版社,1996 年第 2 版。

（清）曹雪芹、高鹗著,启功等注释《红楼梦(注释本)》,北京:中华书局,2010 年。

（清）曹雪芹《脂砚斋重评石头记(甲戌本)》,北京:人民文学出版社,2010 年影印本。

（清）曹雪芹《乾隆抄本百廿回红楼梦稿:杨本》,北京:人民文学出版社,2010 年影印本。

（清）曹雪芹、高鹗《程甲本红楼梦》,北京:北京图书馆出版社,2001 年影印本。

（清）曹雪芹著,陈其泰批校《红楼梦(程乙本)——桐花凤阁批校本》,北京:北京图书馆出版社,2001 年影印本。

（清）李绿园著,栾星校注《歧路灯》,郑州:中州书画社,1980 年。

（二）其他古代文献

（春秋）孔丘、左丘明著,杨伯峻编著《春秋左传注》(修订本),北京:中华书局,2009 年第 3 版。

（汉）司马迁撰,(宋)裴骃集解,(唐)司马贞索隐,(唐)张守节正义《史记》,北京:中华书局,2005 年。

（汉）王充著,张宗祥校注,郑绍昌标点《论衡校注》,上海:上海古籍出版社,2013 年。

（汉）许慎《说文解字》,北京:中华书局,1963 年影印本。

（汉）许慎撰,(清)段玉裁注《说文解字注》,上海:上海古籍出版社,1981 年。

（汉）郑玄注,(唐)孔颖达疏《十三经注疏·礼记正义》,北京:北京大学出版社,1999 年。

（汉）郑玄注,(唐)贾公彦疏《周礼注疏》,上海:上海古籍出版社,1990 年。

（东汉）刘熙著,(清)毕沅疏证,王先谦补,祝敏彻、孙玉文点校《释名疏证补》,北京:中华书局,2008 年。

（三国）宋衷注,(清)孙冯翼集《世本(两种)》,《丛书集成初编》第 3698 册,上海:商务印书馆,1937 年。

（魏）王弼撰,楼宇烈校释《周易注校释》,北京:中华书局,2012 年。

（魏）王弼注,孔颖达疏《十三经注疏·周易正义》,北京:北京大学出版社,1999 年。

（魏）王弼注，楼宇烈校释《老子道德经注校释》，北京：中华书局，2016 年。

（晋）葛洪著，王明校释《抱朴子内篇校释》（增订本），北京：中华书局，1985 年第 2 版。

（姚秦）佛陀耶舍著，竺佛念译《四分律》，［日］高楠顺次郎编《大正新修大藏经》卷二十二律部，东京：大正一切经刊行会，1924 年。

（南朝梁）刘勰著，黄叔琳注，李详补注，杨明照校注拾遗《增订文心雕龙校注》，北京：中华书局，2000 年。

（唐）虞世南《北堂书钞》，北京：中国书店，1989 年影印本。

（唐）道宣著，郭绍林点校《续高僧传》，北京：中华书局，2014 年。

（唐）李白著，（清）王琦注《李太白集注》，上海：上海古籍出版社，1992 年。

（唐）杜甫著，（清）仇兆鳌详注《杜诗详注》，上海：上海古籍出版社，1992 年。

（唐）李吉甫著，贺次君点校《元和郡县图志》，北京：中华书局，1983 年。

（唐）白居易《白氏六帖事类集》，台北：新兴书局，1975 年。

（唐）刘禹锡著，《刘禹锡集》整理组点校，卞孝萱校订《刘禹锡集》，北京：中华书局，1990 年。

（宋）乐史著，王文楚等点校《太平寰宇记》，北京：中华书局，2007 年。

（宋）梅尧臣著，朱东润编年校注《梅尧臣集编年校注》，上海：上海古籍出版社，2006 年。

（宋）司马光《书仪》，《景印文渊阁四库全书》经部第 136 册（总第 142 册），台北：台湾商务印书馆，1983 年影印本。

（宋）苏轼著，孙民译注《东坡赋译注》，成都：巴蜀书社，1995 年。

（宋）苏轼著，（清）王文诰辑注，孔凡礼点校《苏轼诗集》，北京：中华书局，1982 年。

（宋）孟元老著，邓之诚校注《东京梦华录注》，北京：中华书局，1982 年。

（宋）陆游《老学庵笔记（外十一种）》，上海：上海古籍出版社，1993 年。

（宋）周煇著，刘永翔校注《清波杂志校注》，北京：中华书局，1994 年。

（宋）谈钥《嘉泰吴兴志》，《中国方志丛书》第 557 册，台北：成文出版社，1983 年影印本。

（宋）吴自牧《梦粱录》，收入（宋）孟元老等《东京梦华录（外四种）》，北京：中华书局，1962 年。

（宋）皇都风月主人编，周楞伽笺注《绿窗新话》，上海：上海古籍出版社，1991 年。

（元）脱脱等《宋史》，北京：中华书局，1977 年。

（元）脱脱等《金史》，北京：中华书局，1975 年。

（元）脱因修、俞希鲁《至顺镇江志》，《中国方志丛书》第 171 册，台北：成文出版社，1975 年影印本。

（元）佚名《居家必用事类全集》，《续修四库全书》子部，总第 1184 册，上海：上海古籍出版社，2002 年影印本。

（明）叶子奇《草木子》，北京：中华书局，1959 年。

(明)宋濂《元史》,北京:中华书局,1976 年。

(明)宋濂《宋濂全集》,杭州:浙江古籍出版社,1999 年。

(明)李贤等《明一统志》,《景印文渊阁四库全书》史部第 230 册(总第 472 册),台北:台湾商务印书馆,1983 年影印本。

(明)徐渭《徐渭集》,北京:中华书局,1983 年。

(明)李贽《焚书 续焚书》,北京:中华书局,1975 年。

(明)王圻、王思义编纂《三才图会》,上海:上海古籍出版社,1988 年。

(明)申时行等《明会典》,北京:中华书局,1989 年。

(明)范濂《云间据目抄》,1928 年奉贤褚氏重刊本。

(明)胡应麟《少室山房笔丛》,上海:上海书店出版社,2001 年。

(明)顾起元著,张惠荣校点《客座赘语》,南京:凤凰出版社,2005 年。

(明)袁宏道著,钱伯城笺校《袁宏道集笺校》,上海:上海古籍出版社,2008 年第 2 版。

(明)袁中道著,钱伯城点校《珂雪斋集》,上海:上海古籍出版社,1989 年。

(明)徐光启著,石声汉校注《农政全书校注》,上海:上海古籍出版社,1979 年。

(明)高濂著,倪青、陈惠评注《遵生八笺》,北京:中华书局,2013 年。

(明)胡文焕编撰,朱毓梅、杨海燕、曲毅编著《香奁润色》,北京:中华书局,2012 年。

(明)熊廷弼《足本按辽疏稿》,北京:中华全国图书馆文献缩微复制中心,1996 年影印本。

(明)冯梦龙著,高洪钧笺注《冯梦龙集笺注》,天津:天津古籍出版社,2006 年。

(明)沈德符《万历野获编》,北京:中华书局,1959 年。

(明)刘若愚《酌中志》,北京:北京古籍出版社,1994 年。

(明)文震亨著,海军、田君注释《长物志图说》,济南:山东画报出版社,2004 年。

(明)文震亨著,赵菁编《长物志》,北京:金城出版社,2010 年。

(明)文震亨著,李瑞豪编著《长物志》,北京:中华书局,2012 年。

(明)张岱著,马兴荣点校《陶庵梦忆 西湖梦寻》,北京:中华书局,2007 年。

(明)左懋第《左忠贞公剩稿》,《山东文献集成》第 3 辑第 26 册,济南:山东大学出版社,2009 年影印本。

(明)徐树丕《识小录》,《涵芬楼祕笈》第 1 集,上海:商务印书馆,1916 年影印本。

(明)陈建著,高汝栻订,吴桢增删《皇明通纪法传全录》,《续修四库全书》史部,总第 357 册,上海:上海古籍出版社,2002 年影印本。

(明)申时行等修,赵用贤等纂《大明会典》,《续修四库全书》史部,总第 789—792 册,上海:上海古籍出版社,2002 年影印本。

(明)王守仁《阳明先生则言》,《续修四库全书》子部,总第 937 册,上海:上海古籍出版社,1996 年影印本。

(明)邝璠《便民图纂》,《续修四库全书》子部,总第 975 册,上海:上海古籍出版社,2002 年影印本。

(明)缪存济《识病捷法》,《续修四库全书》子部,总第 998 册,上海:上海古籍出版社,2002 年影印本。

(明)王世贞《弇州四部稿》,《景印文渊阁四库全书》集部第 218 册(总第 1279 册),台北:台湾商务印书馆,1983 年影印本。

(明)林尧俞等纂修,俞汝楫等编撰《礼部志稿》,《景印文渊阁四库全书》史部第 356 册(总第 598 册),台北:台湾商务印书馆,1983 年影印本。

(明)王世贞、王世懋《凤洲杂编(二)　觚不觚录　窥天外乘》,《丛书集成初编》第 2811 册,上海:商务印书馆,1937 年。

(明)佚名《天水冰山录》,《丛书集成初编》第 1502—1504 册,上海:商务印书馆,1937 年。

(明)范濂《云间据目抄》,《丛书集成三编》第 83 册,台北:新文丰出版公司,1997 年影印本。

(明)张懋修《墨卿谈乘》,《四库未收书辑刊》第 3 辑第 28 册,北京:北京出版社,1997 年影印本。

(明)张一中《尺牍争奇》,《四库未收书辑刊》第 10 辑第 30 册,北京:北京出版社,1997 年影印本。

(明)王临亨《粤剑编》,《玄览堂丛书续集》第 219 册,台北:正中书局,1985 年影印本。

(明)《(嘉靖)建阳县志》,《天一阁藏明代方志选刊》第 31 辑,上海:上海古籍书店,1962 年影印本。

(明)《(万历)建阳县志》,《日本藏中国罕见地方志丛刊》第 12 册,北京:书目文献出版社,1991 年影印本。

(明)宋诩《宋氏家规部》,《北京图书馆古籍珍本丛刊》子部第 61 册,北京:书目文献出版社,1988 年影印本。

(明)佚名《明本大字应用碎金》,《北京图书馆古籍珍本丛刊》子部第 76 册,北京:书目文献出版社,1988 年影印本。

(明)徐会瀛辑《新锲燕台校正天下通行文林聚宝万卷星罗》,《北京图书馆古籍珍本丛刊》子部第 76 册,北京:书目文献出版社,1988 年影印本。

(明)沈津《欣赏编》,《北京图书馆古籍珍本丛刊》子部第 78 册,北京:书目文献出版社,1988 年影印本。

(明)茅一相《欣赏续编》,《北京图书馆古籍珍本丛刊》子部第 78 册,北京:书目文献出版社,1988 年影印本。

(明)张自烈《正字通》,《四库全书存目丛书》经部第 197 册,济南:齐鲁书社,1997 年影印本。

(明)刘基辑《多能鄙事》,《四库全书存目丛书》子部第 117 册,济南:齐鲁书社,1995 年影印本。

(明)屠隆《考槃余事》,《四库全书存目丛书》子部第 118 册,济南:齐鲁书社,1995 年影印本。

(明)慎懋官辑《华夷花木鸟兽珍玩考》,《四库全书存目丛书》子部第 118 册,济南:齐鲁书社,1995 年影印本。

(明)吴敬所辑《新刻京台公余胜览国色天香》,《明代通俗日用类书集刊》第 6 册,重庆:西南师范大学出版社,北京:东方出版社,2011 年影印本。

(明)余象斗撰《新刻芸窗汇爽万锦情林》,《明代通俗日用类书集刊》第 12 册,重庆:西南师范大学出版社,北京:东方出版社,2011 年影印本。

(明)林近阳编《新刻增补全相燕居笔记》,《明代通俗日用类书集刊》第 12 册,重庆:西南师范大学出版社,北京:东方出版社,2011 年影印本。

(明)徐企龙编《新刻搜罗五车合并万宝全书》,《明代通俗日用类书集刊》第 12 册,重庆:西南师范大学出版社,北京:东方出版社,2011 年影印本。

(明)赤心子汇辑《选锲骚坛摭粹嚼麝谭苑》,《明代通俗日用类书集刊》第 13 册,重庆:西南师范大学出版社,北京:东方出版社,2011 年影印本。

(明)何大抡编《重刻增补燕居笔记》,《明代通俗日用类书集刊》第 14 册,重庆:西南师范大学出版社,北京:东方出版社,2011 年影印本。

(明)冯梦龙编《增补批点图像燕居笔记》,《明代通俗日用类书集刊》第 15 册,重庆:西南师范大学出版社,北京:东方出版社,2011 年影印本。

(清)金圣叹《金圣叹全集》,南京:江苏古籍出版社,1985 年。

(清)李渔著,杜书瀛校注《闲情偶寄　窥词管见》,北京:中国社会科学出版社,2009 年。

(清)叶梦珠撰,来新夏点校《阅世编》,北京:中华书局,2007 年。

(清)王士禛《皇华纪闻》,《四库全书存目丛书》子部第 245 册,济南:齐鲁书社,1995 年影印本。

(清)王士禛《香祖笔记》,《景印文渊阁四库全书》子部第 176 册(总第 870 册),台北:台湾商务印书馆,1983 年影印本。

(清)褚人获辑撰,李梦生校点《坚瓠集》,上海:上海古籍出版社,2012 年。

(清)刘廷玑著,张守谦点校《在园杂志》,北京:中华书局,2005 年。

(清)张廷玉等《明史》,北京:中华书局,1974 年。

(清)纪昀、陆锡熊、孙士毅等《钦定四库全书总目》,北京:中华书局,1997 年。

(清)李斗著,汪北平、涂雨公点校《扬州画舫录》,北京:中华书局,1960 年。

(清)严可均校辑《全上古三代秦汉三国六朝文》,北京:中华书局,1958 年。

(清)改琦绘,张问陶、王希廉等题咏《红楼梦图咏》,北京:北京图书馆出版社,2004 年影印本。

(清)穆彰阿、潘锡恩等《大清一统志》,《续修四库全书》史部,总第 622 册,上海:上海古籍出版社,2002 年影印本。

(清)焦东周生《扬州梦》,上海:国学整理社,1935 年。

(清)王先谦著,沈啸寰、王星贤点校《荀子集解》,北京:中华书局,1988 年。

（清）王先谦、刘武撰，沈啸寰点校《庄子集解　庄子集解内篇补正》，北京：中华书局，2012 年第 2 版。

（清）郭庆藩著，王孝鱼点校《庄子集释》，北京：中华书局，2016 年。

（清）赵尔巽等《清史稿》，北京：中华书局，1976—1977 年。

（清）乾隆敕撰《钦定皇朝文献通考》，《景印文渊阁四库全书》史部第 393 册（总第 635 册），台北：台湾商务印书馆，1983 年影印本。

（清）徐珂编撰《清稗类钞》，北京：中华书局，1984—1986 年。

中华书局编辑部点校《全唐诗》（增订本），北京：中华书局，1999 年。

（三）编著与专著

翁连溪编校《中国古籍善本总目》，北京：线装书局，2005 年。

《北京图书馆古籍善本书目》，北京：书目文献出版社，1989 年。

石昌渝主编《中国古代小说总目》，太原：山西教育出版社，2004 年。

江苏省社会科学院明清小说研究中心编《中国通俗小说总目提要》，北京：中国文联出版公司，1990 年。

李剑国《唐五代志怪传奇叙录》，天津：南开大学出版社，1993 年。

李剑国《宋代志怪传奇叙录》，天津：南开大学出版社，1997 年。

陈桂声《话本叙录》，珠海：珠海出版社，2001 年。

丁锡根编著《中国历代小说序跋集》，北京：人民文学出版社，1996 年。

朱一玄编《明清小说资料选编》，天津：南开大学出版社，2006 年。

谭正璧编《三言两拍资料》，上海：上海古籍出版社，1980 年。

侯忠义、王汝梅编《金瓶梅资料汇编》，北京：北京大学出版社，1985 年。

黄霖编《金瓶梅资料汇编》，北京：中华书局，1987 年。

周钧韬编《金瓶梅资料续编（1919—1949）》，北京：北京大学出版社，1991 年。

一粟编《古典文学研究资料汇编：红楼梦卷》，北京：中华书局，1963 年。

俞平伯辑《脂砚斋红楼梦辑评》，上海：上海文艺联合出版社，1954 年。

［法］陈庆浩编著《新编石头记脂砚斋评语辑校》（增订本），北京：中国友谊出版公司，1987 年。

冯其庸主编，红楼梦研究所汇校《脂砚斋重评石头记汇校》，北京：文化艺术出版社，1987—1989 年。

冯其庸纂校订定《重校〈八家评批红楼梦〉》，南昌：江西教育出版社，2000 年。

李汉秋编《儒林外史研究资料》，上海：上海古籍出版社，1984 年。

栾星编著《歧路灯研究资料》，郑州：中州书画社，1982 年。

鲁迅《中国小说史略》，北京：人民文学出版社，2006 年。

［美］夏志清著，胡益民、石晓林、单坤琴等译《中国古典小说导论》，合肥：安徽文艺出版社，1988 年。

齐裕焜主编，吴小如审订《中国古代小说演变史》，兰州：敦煌文艺出版社，1999 年第

2 版。

　　杨子坚《新编中国古代小说史》,南京:南京大学出版社,1990 年。

　　石昌渝《中国小说源流论》,北京:生活·读书·新知三联书店,1994 年。

　　李忠明《17 世纪中国通俗小说编年史》,合肥:安徽大学出版社,2003 年。

　　刘勇强《中国古代小说史叙论》,北京:北京大学出版社,2007 年。

　　[美]孙康宜、宇文所安主编,刘倩等译《剑桥中国文学史》,北京:生活·读书·新知三联书店,2013 年。

　　李剑国《唐前志怪小说史》,北京:人民文学出版社,2011 年。

　　程毅中《唐代小说史》,北京:人民文学出版社,2003 年。

　　陈大康《明代小说史》,北京:人民文学出版社,2007 年。

　　黄霖、杨红彬《明代小说》,合肥:安徽教育出版社,2001 年。

　　王增斌《明清世态人情小说史稿》,北京:中国文联出版公司,1998 年。

　　向楷《世情小说史》,杭州:浙江古籍出版社,1998 年。

　　萧相恺《世情小说简史》,太原:山西人民出版社,2005 年。

　　罗欣《汉唐博物杂记类小说研究》,北京:中国社会科学出版社,2016 年。

　　张乡里《唐前博物类小说研究》,上海:上海古籍出版社,2016 年。

　　李鹏飞《唐代非写实小说之类型研究》,北京:北京大学出版社,2004 年。

　　俞晓红《佛教与唐五代白话小说研究》,北京:人民出版社,2006 年。

　　[美]浦安迪著,沈亨寿译《明代小说四大奇书》,北京:生活·读书·新知三联书店,2006 年。

　　徐君慧《从金瓶梅到红楼梦》,南宁:广西人民出版社,1987 年。

　　刘卫英《明清小说宝物崇拜研究》,北京:中国社会科学出版社,2008 年。

　　[美]黄卫总著,张蕴爽译《中华帝国晚期的欲望与小说叙述》,南京:江苏人民出版社,2010 年。

　　葛永海《古代小说与城市文化研究》,上海:复旦大学出版社,2004 年。

　　颜湘君《中国古代小说服饰描写研究》,上海:上海书店出版社,2007 年。

　　黄霖、李桂奎、韩晓等《中国古代小说叙事三维论》,上海:上海书店出版社,2009 年。

　　陈平原《中国小说叙事模式的转变》,北京:北京大学出版社,2010 年第 2 版。

　　李小龙《中国古典小说回目研究》,北京:北京大学出版社,2012 年。

　　蒋瑞藻编,江竹虚标校《小说考证》,上海:上海古籍出版社,1984 年。

　　孙楷第《小说旁证》,北京:人民文学出版社,2000 年。

　　胡适《中国章回小说考证》,上海:上海书店出版社,1979 年。

　　胡适《胡适古典文学研究论集》,上海:上海古籍出版社,1988 年。

　　郑振铎《郑振铎古典文学论文集》,上海:上海古籍出版社,1984 年。

　　戴不凡《小说见闻录》,杭州:浙江人民出版社,1980 年。

　　吴组缃《说稗集》,北京:北京大学出版社,1987 年。

　　吴组缃《中国小说研究论集》,北京:北京大学出版社,1998 年。

［俄］李福清著，李明滨编选《古典小说与传说（李福清汉学论集）》，北京：中华书局，2003 年。

［美］韩南著，王秋桂等译《韩南中国小说论集》，北京：北京大学出版社，2008 年。

吴晗《金瓶梅与王世贞：其著作时代与社会背景》，香港：香港南天书业公司，1967 年。

魏子云《金瓶梅探原》，台北：巨流图书公司，1979 年。

朱星《金瓶梅考证》，天津：百花文艺出版社，1980 年。

蔡国梁《金瓶梅考证与研究》，西安：陕西人民出版社，1984 年。

陈诏《金瓶梅小考》，上海：上海书店出版社，1999 年。

陈诏《〈金瓶梅〉六十题》，上海：上海书店出版社，1993 年。

石昌渝、尹恭弘《〈金瓶梅〉人物谱》，南京：江苏古籍出版社，1988 年。

孟超著，张光宇画《〈金瓶梅〉人物》，北京：北京出版社，2003 年。

蔡国梁《金瓶梅社会风俗》，天津：百花文艺出版社，2002 年。

胡德荣《金瓶梅饮食谱》，北京：经济日报出版社，1995 年。

邵万宽、章国超《金瓶梅饮食谱》，济南：山东画报出版社，2007 年。

张金兰《〈金瓶梅〉女性服饰文化》，台北：台湾万卷楼图书有限公司，2001 年。

胡衍南《饮食情色金瓶梅》，台北：里仁书局，2004 年。

侯会《食货金瓶梅：从吃饭穿衣看晚明人性》，桂林：广西师范大学出版社，2007 年。

田晓菲《秋水堂论金瓶梅》，天津：天津人民出版社，2003 年。

杨彬《崇祯本〈金瓶梅〉研究》，北京：文物出版社，2011 年。

孙述宇《金瓶梅：平凡人的宗教剧》，上海：上海古籍出版社，2011 年。

郑培凯《茶余酒后金瓶梅》，上海：上海书店出版社，2013 年。

段江丽《〈醒世姻缘传〉研究》，长沙：岳麓书社，2003 年。

夏薇《〈醒世姻缘传〉研究》，北京：中华书局，2007 年。

刘晓艺《衣食行：〈醒世姻缘传〉中的物质生活》，上海：上海古籍出版社，2019 年。

俞平伯《红楼梦辨》，北京：商务印书馆，2010 年。

张爱玲《红楼梦魇》，北京：北京十月文艺出版社，2012 年。

冯其庸《石头记脂本研究》，北京：人民文学出版社，1998 年。

陈诏《红楼梦小考》，上海：上海书店出版社，1999 年。

王蒙《红楼梦启示录》，北京：生活·读书·新知三联书店，1991 年。

张世君《〈红楼梦〉的空间叙事》，北京：中国社会科学出版社，1999 年。

［美］余英时《红楼梦的两个世界》，上海：上海社会科学院出版社，2002 年。

素一民《红楼梦饮食谱》，济南：山东画报出版社，2003 年。

王昆仑《红楼梦人物论》，北京：北京出版社，2004 年。

邓云乡《红楼识小录》，石家庄：河北教育出版社，2004 年。

邓云乡《红楼风俗谭》，石家庄：河北教育出版社，2004 年。

邓云乡《红楼风俗名物谭——邓云乡论红楼梦》，北京：文化艺术出版社，2006 年。

王慧《大观园研究》,北京:中国社会科学出版社,2008年。

欧丽娟《大观红楼1:欧丽娟讲红楼梦》,北京:北京大学出版社,2017年。

刘红军《儒林外史明代背景问题研究》,北京:中国文联出版社,2011年。

[美]商伟著,严蓓雯译《礼与十八世纪的文化转折》,北京:生活·读书·新知三联书店,2012年。

杜贵晨《李绿园与歧路灯》,沈阳:辽宁教育出版社,1992年。

吴秀玉《李绿园与其〈歧路灯〉研究》,台北:师大书苑有限公司,1996年。

李延年《歧路灯研究》,郑州:中州古籍出版社,2002年。

姚灵犀编著《瓶外卮言》,天津:天津书局,1940年。

姚灵犀著,陶慕宁整理《瓶外卮言》,天津:南开大学出版社,2013年。

姚灵犀编,吴晗等著《金瓶梅研究论集》,九龙:华夏出版社,1967年。

吴晗、郑振铎等著,胡文彬、张庆善选编《论金瓶梅》,北京:文化艺术出版社,1984年。

徐朔方、刘辉编《金瓶梅论集》,北京:人民文学出版社,1986年。

徐朔方编选校阅,沈亨寿等译《金瓶梅西方论文集》,上海:上海古籍出版社,1987年。

杜维沫、刘辉编《金瓶梅研究集》,济南:齐鲁书社,1988年。

黄霖、王国安编译《日本研究〈金瓶梅〉论文集》,济南:齐鲁书社,1989年。

王利器主编《国际金瓶梅研究集刊(第一集)》,成都:成都出版社,1991年。

黄霖、杜明德主编《〈金瓶梅〉与临清——第六届国际〈金瓶梅〉学术讨论会论文集》,济南:齐鲁书社,2008年。

人民文学出版社编辑部编《红楼梦研究论文集》,北京:人民文学出版社,1959年。

余英时、周策纵、周汝昌等《四海红楼》,北京:作家出版社,2006年。

李汉秋编《儒林外史研究论文集》,北京:中华书局,1987年。

中州书画社编《〈歧路灯〉论丛》第一集、第二集,郑州:中州书画社,1982、1984年。

Watt, Inn. *The Rise of the Novel: Studies in Defoe*, *Richardson, and Fielding*. Berkeley and Los Angeles: University of California Press, 1956.

Barthes, Roland. *Image, Music, Text*, essays selected and translated by Stephen Heath. New York: Hill and Wang, 1977.

Bakhtin, Mikhail. *Problems of Dostoevsky's Poetics*. edited and translated by Caryl Emerson. Minneapolis: University of Minnesota Press, 1984.

[苏]康·巴乌斯托夫斯基著,李时译《金蔷薇》,上海:上海译文出版社,1980年。

《卢卡契文学论文集》(一、二),北京:中国社会科学出版社,1980—1981年。

[美]雷·韦勒克、奥·沃伦著,刘象愚、邢培明、陈圣生等译《文学理论》,北京:生活·读书·新知三联书店,1984年。

[英]爱·摩·福斯特著,苏炳文译《小说面面观》,广州:花城出版社,1984年。

[美]W. C. 布斯著,华明、胡苏晓、周宪译《小说修辞学》,北京:北京大学出版社,

1987 年。

金健人《小说结构美学》,杭州:浙江文艺出版社,1987 年。

[法]热拉尔·热奈特著,王文融译《叙事话语　新叙事话语》,北京:中国社会科学出版社,1990 年。

[以色列]施洛米丝·雷蒙-凯南著,赖干坚译《叙事虚构作品:当代诗学》,厦门:厦门大学出版社,1991 年。

[美]伊恩·P. 瓦特著,高原、董红钧译《小说的兴起——笛福、理查逊、菲尔丁研究》,北京:生活·读书·新知三联书店,1992 年。

[美]浦安迪《中国叙事学》,北京:北京大学出版社,1996 年。

申丹《叙述学与小说文体学研究》,北京:北京大学出版社,1998 年。

童庆炳《文体与文体的创造》,昆明:云南人民出版社,1994 年。

[秘鲁]巴·略萨著,赵德明译《中国套盒:致一位青年小说家》,天津:百花文艺出版社,2000 年。

[意]安贝托·艾柯著,俞冰夏译《悠游小说林》,北京:生活·读书·新知三联书店,2005 年。

[法]丹纳著,傅雷译《艺术哲学》,天津:天津社会科学院出版社,2007 年第 2 版。

[美]詹姆斯·费伦、彼得·J. 拉比诺维茨主编,申丹、马海良、宁一中等译《当代叙事理论指南》,北京:北京大学出版社,2007 年。

[意]伊塔洛·卡尔维诺著,黄灿然译《新千年文学备忘录》,南京:译林出版社,2009 年。

[苏]巴赫金著,钱中文译《巴赫金全集》,石家庄:河北教育出版社,2009 年第 2 版。

[英]戴维·洛奇著,卢丽安译《小说的艺术》,上海:上海译文出版社,2010 年。

格非《文学的邀约》,北京:清华大学出版社,2010 年。

[英]詹姆斯·伍德著,黄远帆译《小说机杼》,郑州:河南大学出版社,2015 年。

[美]弗拉基米尔·纳博科夫著,丁骏、王建开译《俄罗斯文学讲稿》,上海:上海译文出版社,2018 年。

[日]内藤湖南著,夏应元、钱婉约等译《中国史通论》,北京:九州出版社,2018 年。

[美]牟复礼、[英]崔瑞德编,张书生、黄沫、杨品泉等译《剑桥中国明代史》(上、下),北京:中国社会科学出版社,1992、2006 年。

[加]卜正民著,方骏等译《纵乐的困惑:明代的商业与文化》,北京:生活·读书·新知三联书店,2004 年。

[美]高彦颐著,李志生译《闺塾师:明末清初江南的才女文化》,南京:江苏人民出版社,2005 年。

[美]曼素恩著,定宜庄、颜宜葳译《缀珍录——十八世纪及其前后的中国妇女》,南京:江苏人民出版社,2005 年。

[美]黄仁宇著,张皓、张升译《明代的漕运》,北京:新星出版社,2005 年。

[美]白馥兰著,江湄、邓京力译《技术与性别:晚期帝制中国的权力经纬》,南京:江

苏人民出版社,2006年。

韩大成《明代城市研究》,北京:中国人民大学出版社,1991年。

王尔敏《明清时代庶民文化生活》,长沙:岳麓书社,2002年。

方志远《明代城市与市民文学》,北京:中华书局,2004年。

陈宝良《明代社会生活史》,北京:中国社会科学出版社,2004年。

巫仁恕《品味奢华:晚明的消费社会与士大夫》,北京:中华书局,2008年。

巫仁恕《奢侈的女人——明清时期江南妇女的消费文化》,北京:商务印书馆,2016年。

[英]柯律格著,黄晓鹃译《明代的图像与视觉性》,北京:北京大学出版社,2011年。

[英]柯律格著,高昕丹、陈恒译,洪再新校《长物:早期现代中国的物质文化与社会状况》,北京:生活·读书·新知三联书店,2015年。

赵强《"物"的崛起:前现代晚期中国审美风尚的变迁》,北京:商务印书馆,2016年。

沈从文《中国古代服饰研究》,香港:商务印书馆香港分馆,1981年。

王世襄《明式家具珍赏》,香港:三联书店(香港)有限公司,北京:文物出版社,1985年。

许嘉璐《中国古代衣食住行》,北京:北京出版社,1988年。

范金民、金文《江南丝绸史研究》,北京:农业出版社,1993年。

[美]尤金·N.安德森著,马嫛、刘东译,刘东审校《中国食物》,南京:江苏人民出版社,2003年。

沈从文《龙凤艺术》,北京:北京十月文艺出版社,2010年。

孟晖《潘金莲的发型》,南京:江苏人民出版社,2005年。

扬之水《古诗文名物新证》,北京:紫禁城出版社,2004年。

扬之水《终朝采蓝:古名物寻微》,北京:生活·读书·新知三联书店,2008年。

扬之水《奢华之色——宋元明金银器研究》第三卷,北京:中华书局,2012年第3版。

扬之水《物色:金瓶梅读"物"记》,北京:中华书局,2018年。

[美]谢弗著,吴玉贵译《唐代的外来文明》,北京:中国社会科学出版社,1995年。

[意]马可波罗著,冯承钧译《马可波罗行纪》,上海:上海书店出版社,2001年。

[意]利玛窦、金尼阁著,何高济、王遵仲、李申译,何兆武校《利玛窦中国札记》,北京:中华书局,1983年。

[法]费尔南·布罗代尔著,顾良、施康强译《十五至十八世纪的物质文明、经济和资本主义》,北京:商务印书馆,2017年。

[加]卜正民著,黄中宪译《维米尔的帽子:17世纪和全球化世界的黎明》,长沙:湖南人民出版社,2017年。

[法]尚·布希亚著,林志明译《物体系》,上海:上海人民出版社,2001年。

[法]马塞尔·莫斯著,汲喆译,陈瑞桦校《礼物——古式社会中交换的形式与理由》,北京:商务印书馆,2016年。

孟悦、罗钢主编《物质文化读本》,北京:北京大学出版社,2008年。

陈中梅著,王天明译《从物象到泛象———一种文艺研究的新视角》,北京:社会科学文献出版社,1998 年。

刘成纪《物象美学:自然的再发现》,郑州:郑州大学出版社,2002 年。

Freedgood, Elaine. *The Ideas in Things: Fugitive Meaning in the Victorian Novel* . Chicago: University of Chicago Press, 2006.

Waters, Catherine. Commodity Culture in Dicken's Household Words: The Social Life of Goods. London: Routledge, 2008.

Fromer, Julie E. *A Necessary Luxury: Tea in Victorian England* . Athens: Ohio University Press, 2008.

Daly, Suzanne. *The Empire inside: Indian Commodities in Victorian Domestic Novels* . Ann Arbor: University of Michigan Press, 2011.

Schaffer, Talia. *Novel Craft: Victorian Domestic Handicraft and Nineteenth-Century Fiction* . New York: Oxford University Press, 2011.

Volpp, Sophie. *The Substance of Fiction: Literary Objects in China, 1550 - 1775.* New York: Columbia University Press, 2022.

Foucault, Michel. *The history of Sexuality: Volume I: An Introduction,* translated by Robert Hurley. New York: Vintage Books, 1990.

张秀民《中国印刷史》,上海:上海人民出版社,1989 年。

方彦寿《建阳刻书史》,北京:中国社会出版社,2003 年。

程国赋《三言二拍传播研究》,北京:中国社会科学出版社,2006 年。

程国赋《明代书坊与小说研究》,北京:中华书局,2008 年。

刘天振《明代通俗类书研究》,济南:齐鲁书社,2006 年。

刘天振《明清江南城市商业出版与文化传播》,北京:中国社会科学出版社,2011 年。

[日]大木康著,周保雄译《明末江南的出版文化》,上海:上海古籍出版社,2014 年。

[日]小川阳一《日用類書による明清小説の研究》,东京:研文出版,1995 年。

[日]小川阳一《風月機関と明清文学》,东京:汲古书院,2010 年。

吴蕙芳《万宝全书:明清时期的民间生活实录》,台北:政治大学历史学系,2001 年。

吴蕙芳《明清以来民间生活知识的建构与传递》,台北:台湾学生书局,2007 年。

[日]酒井忠夫《中国日用類書史の研究》,东京:国书刊行会,2011 年。

尤陈俊《法律知识的文字传播:明清日用类书与社会日常生活》,上海:上海人民出版社,2013 年。

[法]谢和耐著,刘东译《蒙元入侵前夜的中国日常生活》,南京:江苏人民出版社,1995 年。

[加]查尔斯·泰勒著,韩震等译《自我的根源:现代认同的形成》,南京:译林出版社,2008 年。

[匈]阿格妮丝·赫勒著,衣俊卿译《日常生活》,重庆:重庆出版社,2010 年第 2 版。

顾颉刚《秦汉的方士与儒生》,上海:上海古籍出版社,2005 年。

李零《中国方术正考》,北京:中华书局,2006 年。

[荷]高罗佩著,李零、郭晓惠等译《中国古代房内考》,上海:上海人民出版社,1990 年。

陈侃理《儒学、数术与政治:灾异的政治文化史》,北京:北京大学出版社,2015 年。

叶朗《中国美学史大纲》,上海:上海人民出版社,1985 年。

冯友兰著,涂又光译《中国哲学简史》,北京:北京大学出版社,2013 年。

陈来《宋明理学》,沈阳:辽宁教育出版社,1991 年。

[日]吉川幸次郎著,李庆、骆玉明等译《宋元明诗概说》,上海:复旦大学出版社,2012 年。

林友春编《近世中國教育史研究:その文教政策と庶民教育》,东京:国土社,1958 年。

《段文杰敦煌艺术论文集》,兰州:甘肃人民出版社,1994 年。

乐黛云、陈珏编选《北美中国古典文学研究名家十年文选》,南京:江苏人民出版社,1996 年。

邓小南主编《唐宋女性与社会》,上海:上海辞书出版社,2003 年。

余金保主编《第十届明史国际学术讨论会论文集》,北京:人民日报出版社,2005 年。

关西大学文化交涉学教育研究中心、出版博物馆编《印刷出版与知识环流:十六世纪以后的东亚》,上海:上海人民出版社,2011 年。

胡晓真、王鸿泰主编《日常生活的论述与实践》,台北:允晨文化实业股份有限公司,2011 年。

容肇祖编《李贽年谱》,北京:生活·读书·新知三联书店,1957 年。

刘永增编《敦煌石窟全集·塑像卷》,敦煌研究院主编《敦煌石窟全集》第 8 卷,香港:商务印书馆,2003 年。

冯其庸、李希凡主编《红楼梦大辞典》,北京:文化艺术出版社,1990 年。

丁福保编《佛学大辞典》,台北:财团法人佛陀教育基金会,2002 年。

马如森编著《殷墟甲骨文实用字典》,上海:上海大学出版社,2008 年。

鲁迅《且介亭杂文二集》,北京:人民文学出版社,2006 年第 3 版。

钱锺书《七缀集》,北京:生活·读书·新知三联书店,2002 年。

张爱玲《流言》,北京:北京十月文艺出版社,2006 年。

张爱玲《倾城之恋》,北京:北京十月文艺出版社,2006 年。

季羡林《季羡林文集》第十六卷,南昌:江西教育出版社,1996 年。

林庚《林庚诗文集》,北京:清华大学出版社,2005 年。

[奥地利]罗伯特·穆齐尔著,张荣昌译《没有个性的人》,北京:作家出版社,2000 年。

[美]唐纳德·里奇著,连城译《小津》,上海:上海译文出版社,2014 年。

[意]埃莱娜·费兰特著,陈英译《碎片》,北京:人民文学出版社,2020 年。

(四) 硕博士学位论文

颜湘君《明清通俗小说服饰描写艺术发展浅论》，湖南师范大学硕士学位论文，2002 年。

李梅慈《以物象为题之元杂剧作品结构研究》，台湾彰化师范大学硕士学位论文，2002 年。

郭姿吟《明代书籍出版研究》，台湾成功大学硕士学位论文，2002 年。

王惠《服饰与〈金瓶梅〉人物形象塑造》，南昌大学硕士学位论文，2010 年。

葛玉根《唐传奇外来物象探析》，上海师范大学硕士学位论文，2010 年。

温志平《〈西游记〉中饮食描写的功用初探》，辽宁大学硕士学位论文，2011 年。

霍冕《〈金瓶梅词话〉服饰颜色词研究》，山东大学硕士学位论文，2016 年。

吴飞鹏《"三言"场景研究》，北京大学硕士学位论文，2017 年。

马苏彦《〈醒世姻缘传〉颜色词研究》，辽宁师范大学硕士学位论文，2020 年。

李亚彤《〈红楼梦〉前八十回颜色词研究》，辽宁大学硕士学位论文，2022 年。

颜湘君《中国古代小说服饰描写研究》，上海师范大学博士学位论文，2006 年。

赵强《"物"的崛起：晚明的生活时尚与审美风会》，东北师范大学博士学位论文，2013 年。

陈福智《金瓶梅研究：物质叙事与世界观》，台湾东海大学博士学位论文，2015 年。

(五) 单篇论文

杜书瀛《文学物象》，《文艺研究》1987 年第 6 期，第 31—37 页。

蒋寅《语象·物象·意象·意境》，《文学评论》2002 年第 3 期，第 69—75 页。

李江峰《唐五代诗格中的物象理论》，《山东师范大学学报》2009 年第 2 期，第 90—94 页。

柯贵文《1930 年代中国小说物象论——以沈从文、茅盾、穆时英为例》，《文艺争鸣》2009 年第 3 期，第 103—107 页。

李鹏飞《试论古代小说中的"功能性物象"》，《文学遗产》2011 年第 5 期，第 119—128 页。

柯贵文《1920 年代女作家群小说物象论》，《五邑大学学报》2012 年第 3 期，第 34—37 页。

李鹏飞《论中国古代小说的三类艺术形态》，《文艺理论研究》2014 年第 3 期，第 156—166 页。

高晓成《试论晚唐"物象比"理论及其在诗歌意象化过程中的意义》，《文学评论》2016 年第 6 期，第 41—49 页。

孙机《明代的束发冠、"鬏髻"与头面》，《文物》2001 年第 7 期，第 62—83 页。

施晔《服饰描写在〈金瓶梅〉中的作用》，《上海师范大学学报》2000 年第 4 期，第 34—38 页。

Volpp, Sophie. "The Gift of a Python Robe: the Circulation of Objects in *Jin Ping Mei*," *Harvard Journal of Asiatic Studies*, Vol. 65, No. 1 (Jun. 2005), pp. 133-158.

韩晓《释"眼纱"话〈金瓶〉》,《中国典籍与文化》2007 年第 1 期,第 114—119 页。

唐甜甜、曹炜《〈金瓶梅词话〉颜色词"红"的语义、句法特征初探》,《学术交流》2014 年第 6 期,第 160—166 页。

霍冕《〈金瓶梅词话〉中人物服饰主要颜色词语研究》,《渤海大学学报》2015 年第 5 期,第 89—93 页。

江兰英《从〈醒世姻缘传〉看明代晚期服饰》,《南方文物》2009 年第 2 期,第 97—104 页。

刘晓艺《明初的舆服整顿与明末的舆服乱象——以〈醒世姻缘传〉中的描写为例》,《上海师范大学学报》2019 年第 2 期,第 65—78 页。

蔡义江《"石头"的职能与甄、贾宝玉——〈红楼梦论佚〉中有关结构艺术的一章》,《红楼梦学刊》1982 年第 3 辑,第 117—143 页。

颜湘君《论〈红楼梦〉的服饰描写艺术》,《中国文学研究》2002 年第 2 期,第 83—85 页。

陈东生等《〈红楼梦〉服饰色彩探析》,《红楼梦学刊》2007 年第 1 辑,第 218—230 页。

曾慧《小说〈红楼梦〉服饰研究》(上、中、下),《满族研究》2011 年第 2 期,第 110—114 页;第 3 期,第 13—16 页;第 4 期,第 117—120 页。

张莹《〈儒林外史〉颜色形容词研究》,《周口师范学院学报》2014 年第 4 期,第 64—65、96 页。

莫艳《清代通俗小说中的服饰描写——兼论其对服饰史研究的价值和意义》,《艺术探索》2009 年第 4 期,第 26—27 页。

马永利《晚清民初小说中女性服饰演变的社会内涵》,《沈阳师范大学学报》2010 年第 6 期,第 70—74 页。

颜湘君、孙逊《小说服饰:文学符号的民俗文化表征》,《文学评论》2009 年第 4 期,第 174—178 页。

章国超《饮食场面描写在〈金瓶梅〉中的作用》,《明清小说研究》2002 年第 2 期,第 137—144 页。

贾海建《论〈金瓶梅词话〉中的宴饮描写》,《阴山学刊》2008 年第 6 期,第 40—45 页。

刘衍青《消费文化视域中的〈金瓶梅〉——以饮食消费为例》,《阴山学刊》2010 年第 5 期,第 77—81 页。

杨萍《〈林兰香〉中的饮食习俗》,《长城》2009 年第 8 期,第 190—191 页。

付玉贞《饮食场面描写在〈儒林外史〉中的作用》,《中华文化论坛》2006 年第 3 期,第 84—87 页。

梅新林《"旋转舞台"的神奇效应——〈红楼梦〉的宴会描写及其文化蕴义》,《红楼梦学刊》2001 年第 1 辑,第 1—25 页。

林冠夫《〈红楼梦〉中的茄鲞和小说中的饮食描写》,《红楼梦学刊》2007 年第 2 辑,第 82—93 页。

Edward, Louise. "Eating and Drinking in a *Red Chambered Dream* ," in *Scribes of Gastronomy:Representations of Food and Drink in Imperial Chinese Literature* , Hong Kong: Hong Kong University Press, 2013, pp. 113-131.

杨萍、侯旭《〈歧路灯〉中的饮食习俗》,《长春师范学院学报》2009 年第 1 期,第 90—93 页。

吕堃《信物在明末清初才子佳人小说中的叙事作用》,《明清小说研究》2007 年第 4 期,第 50—57 页。

胡元翎、刘雪莲《从才子佳人小说到〈红楼梦〉"信物"功能衍变论析》,《中国文学研究》2011 年第 1 期,第 61—64 页。

赵毓龙《"箱笼":〈金瓶梅〉女性书写的"功能性物象"》,《求是学刊》2017 年第 4 期,第 112—119 页。

赵毓龙《至平实至奇:由"手炉"看〈红楼梦〉日常物象的叙事功能》,《红楼梦学刊》2017 年第 5 辑,第 63—80 页。

巫仁恕《明代平民服饰的流行风尚与士大夫的反应》,《新史学》1999 年第 3 期,第 55—110 页。

巫仁恕《明清饮食文化中的感官演化与品味塑造——以饮膳书籍与食谱为中心的探讨》,《中国饮食文化》2006 年第 2 期,第 45—95 页。

王正华《生活、知识与文化商品:晚明福建版"日用类书"与其书画门》,《"中研院"近代史研究所集刊》第 41 期(2003 年),第 1—85 页。

邱澎生《物质文化与日常生活的辩证》,《新史学》2006 年第 4 期,第 1—14 页。

刘永华《物:多重面向、日常性与生命史》,《文汇报》2016 年 5 月 20 日第 W12 版。

[美]商伟著,王翎译《日常生活世界的形成与建构:〈金瓶梅词话〉与日用类书》,《国际汉学》2011 年第 1 期,第 88—109 页。

[美]商伟著,陈毓飞译《〈金瓶梅词话〉与晚明商业印刷文化》,乐黛云主编《跨文化对话》第 33 期,北京:生活·读书·新知三联书店,2015 年,第 289—326 页。

Shang Wei. "The Making of the Everyday World: Jin Ping Mei cihua and the Encyclopedias for Daily Use," in *Dynastic Crisis and Cultural Innovation* : *From the Late Ming to the Late Qing and Beyond* , David Der-wei Wang and Shang Wei ed. Cambridge: Harvard East Asia Center (Harvard East Asian monographs, 249), 2005, pp. 63-92.

--. " *Jin Ping Mei cihua* and Late Ming Print Culture," in *Writing and Materiality in China* , Judith Zeitlin and Lydia Liu ed. Cambridge: Harvard East Asia Center Publication, 2003.

朱刚《"日常化"的意义及其局限——以欧阳修为中心》,《文学遗产》2013 年第 2 期,第 51—61 页。

李铭敬《〈冥报记〉的古抄本与传承》,《文献》2000 年第 3 期,第 80—91 页。

刘勇强《论"三言二拍"对〈夷坚志〉的继承与改造》,《文学遗产》1995 年第 4 期,第

72—81 页。

刘勇强《一僧一道一术士——明清小说超情节人物的叙事学意义》,《文学遗产》2009 年第 2 期,第 104—116 页。

傅承洲《〈情史〉辑评者考辨》,《中央民族大学学报》2001 年第 3 期,第 93—94 页。

石昌渝《明代公案小说:类型与源流》,《文学遗产》2006 年第 3 期,第 110—117 页。

潘建国《白话小说对明代中篇文言传奇的文体渗透——以若干明代中篇文言传奇的刊行与删改为例》,《暨南学报》2012 年第 2 期,第 2—11 页。

李清宇《从诸题名论〈红楼梦〉创作过程中写实性的演进》,《红楼梦学刊》2014 年第 6 辑,第 175—193 页。

[美]商伟《〈儒林外史〉叙述形态考论》,《文学遗产》2014 年第 5 期,第 133—147 页。

肖东发《建阳余氏刻书考略》(上、中、下),《文献》1984 年第 3 期,第 230—247 页;1984 年第 4 期,195—219、268;1985 年第 1 期,第 236—250 页。

袁逸《明代书籍价格考——中国历代书价考之二》,《编辑之友》1993 年第 3 期,第 61—64 页。

潘建国《明清时期通俗小说的读者与传播方式》,《复旦学报》2001 年第 1 期,第 118—124、130 页。

李舜华《从经济因素看明中叶小说的接受层——关于"章回小说价格昂贵"说与"文人接受"说质疑》,《社会科学》2001 年第 9 期,第 67—71 页。

沈津《明代坊刻图书之流通与价格》,《国家图书馆馆刊》1996 年第 1 期,第 101—118 页。

张秀玉《〈欣赏编〉版本考辨》,《图书馆界》2010 年第 1 期,第 6—8 页。

冯保善《明清江南出版业与明清话本小说的兴衰》,《明清小说研究》2011 年第 2 期,第 48—62 页。

冯保善《论明清江南通俗小说中心圈的形成》,《明清小说研究》2014 年第 4 期,第 4—23 页。

喻松青《道教的起源和形成》,《历史研究》1963 年第 5 期,第 147—164 页。

蒋力生《道教服食方的类型和特点》,《江西中医学院学报》2003 年第 4 期,第 29—32 页。

蒋力生《历代道教服食方著录书目汇辑(一)》,《江西中医学院学报》2004 年第 4 期,第 21—23 页。

李玉洁《中国古代的礼器组合制度》,《华夏考古》2006 年第 4 期,第 45—60 页。

余明泾《敦煌莫高窟北朝时期佛陀造像袈裟色彩分析》,《敦煌研究》2006 年第 1 期,第 62—66 页。

张蕴爽《论宋人的"书斋意趣"和宋诗的书斋意象》,《文学遗产》2011 年第 5 期,第 65—73 页。

王蒙《长篇小说与短篇小说》,《读书》1993 年第 5 期,第 111—115 页。

兰守亭《〈包法利夫人〉中马的象征解读》,《长春大学学报》2009 年第 5 期,第 57—

60 页。

[美]Brander Matthews 著,朱宾忠译《论短篇小说的哲学》,《长江学术》2007 年第 3 期,第 48—51 页。

[美]查尔斯·E. 梅著,金敏娜译,唐伟胜校《短篇小说的意义产生方式:以爱丽丝·芒罗的〈激情〉为例》,《叙事(中国版)》2013 年第 5 辑,第 3—14 页。

申丹《"隐性进程"与双重叙事动力》,《外国文学》2022 年第 1 期,第 62—81 页。

Bakhtin, M. M. "Discourse in the Novel," in *The Dialogic Imagination: Four Essays*. Austin: University of Texas Press, 1988, pp.259-422.

Brown, Bill. "Thing Theory," *Critical Inquiry* Vol. 28, No. 1, Things (Autumn, 2001), pp. 1-22.

后记一

一年前着手写作博士论文的时候，尚觉得完成博士论文是多么遥不可及的一件事。然而，有朝一日完成了，却并没有想象中那般轻松愉快，反而感到前所未有的沉重。之前预计要写的图像部分由于时间紧迫而未能如愿完成，致令我一直感到这是一篇未完成的论文。最后一章亦未能充分展开，抱憾收尾。博士论文于我而言，只是漫长学术道路的起点。往后的道路，虽非坎坷艰险的荆棘之丛，但也难以想见人文事业的浪漫图景。

如果说有任何值得欣喜的地方，便在于它无疑是对这六年博士生活的一个见证。我于2009年有幸成为刘勇强教授的直博生，这六年以来，若没有刘老师的包容和引导，我将很难想象自己能够顺利完成这份"大作业"。刘老师至为冲淡平和、融通宽怀，如水一般随物赋形，高下曲折皆由之。他能根据每个学生的情性气质因材施教，取长补短，从不强加他的要求和观点。在学术上，刘老师给了我最渴望的两种可能：自由的思考与扎实的训练。记得博士一年级，我给刘老师提交了一份读书札记，刘老师细细批阅并做评点，鼓励我保持这种自由新鲜的思考，同时又善意地提醒我"莫做银样镶枪头"。在我写作博士论文的过程中，刘老师也同我一道关注、发现与论文选题相关的材料，经常将他所读到的十分恰切的例证发给我作为参考。整个论文选题的议定、论文框架的搭建和细化，也是与刘老师多次交流、反复调整的结果。博士论文中引用的一些例证及某些观点的灵感，也来自刘老师。整个写作过程中，刘老师更像是漫长旅途中的向导兼旅伴，不仅向我指出前方道路上可能遇到的艰难险阻，让我避免走弯路，而且还在我委顿疲乏之时给我鼓励、提携并进。博士论文开题之后很长一段时间内，我的进展十分缓慢，感到在浩瀚无边的学术海洋面前，自己是那么渺小。巨大的无力感几乎压垮了我，直到听到刘老师富于智慧的宽慰之言："学术是多元的"，"学术只是生活的一部分"。我才感到如重生般的释然与自由。言虽如此，刘老师生活的点点滴滴，却无不浸润在求知探索的乐趣中，无不闪耀着智趣的光辉。从师门博客到北大学报的笔谈，从同人刊物到微博札记，刘老师无处非学问的精神深深地感染了我。

我很庆幸自己在求学道路上受到诸多老师的关怀、鼓励与指点。大三时选修张鸣夫子讲授的宋代文学史课程,他对每一份学生作业一丝不苟的批阅、犀利到位的建议、诚挚温暖的奖掖,令我非常感动,也引起我对古代文学的浓厚兴趣。张鸣夫子总是善于发现学生的优点,欣赏才气性灵的文字,不吝肯定与褒奖。这对刚刚步入古典文学殿堂的学生而言,无疑是最好的引导。李鹏飞老师课堂上向我们推荐的巴赫金专著,更是点燃了我研究古典文学的热情。同样是大三时,刘老师、潘建国老师和李鹏飞老师共同开设了《聊斋志异》导读课程,同班同学刘晨带领同级的几个同学,约请李老师畅谈北大的生活与学术。李老师对西方文学、文艺理论、新诗创作一直保持浓厚的兴趣,与我的兴趣有诸多交集之处;由于学术兴趣较为相近,这么多年以来,李老师一直是我的良师益友,给予我非常多的鼓励与帮助。很感激李鹏飞老师一直以同侪平辈相待,和我分享新锐的学术见解,品鉴现代诗歌的高下,交流俄罗斯小说的阅读感受。出于对文学的热爱而走上文学研究之路,我发现二者在思维方式和表达方式上有天壤之别,二者之间难以弥合的裂缝甚至南辕北辙的路径,曾像魔咒一样困扰着我。多谢李老师在我困惑之际给予惺惺相惜的同情,让我感到带着困惑走在文学研究之路上的不只我一个人。李老师这么多年以来断断续续保持新诗的创作,并对现代诗歌抱着永不倦怠的热情。这种广博的文学情怀与人文主义精神,在今日十分专业化的学术界已经十分少见了。此外,还要感谢从博士资格考试一直到博士论文预答辩,在每个环节都惠赐我宝贵意见的潘建国老师和李简老师。他们一道见证了我在学术上的成长。在博士论文写作过程中,我曾就版本问题多次就教于潘老师,潘老师慨然将未发表文稿发给我作为参考。博士期间,我曾担任李简老师所授宋元文学史课程的讨论班助教,非常感念李简老师不受门户、专业之限的信任。

北大老师所秉持的独立人格与平等精神,从本科时代以来一直感染着我。吴芊老师是第一位启蒙我独立思考的大学老师。本科入学英语考试之后,我被分到了大学英语三级,吴芊正是任课老师。出乎意料的是,吴芊老师在课堂上除了完成教学任务之外,还跟我们严肃认真地探讨哲学、电影、音乐等人文艺术。在吴芊老师的课堂上,英语只是借以抵达人文艺术彼岸的筏子。那些电影史上难以重复的经典,竟然都在吴芊老师的课堂上完成了初次巡演:《迷墙》《北极圈恋人》《蓝白红三部曲》《莫扎特》……犹记得吴芊老师第一堂课上轻描淡写说过的一句话:"你们之所以能考上北大,还说明你们是最适应高考体制的一批人。"多少年以后,这句话仍如警钟一般在我耳边长鸣。她鼓励我们进行独立思考,不惮于处在边缘位置,伸张个性自由与批判反省。她从不高蹈鼓吹,而是随时随地进行反思。

在读博六年间,古代小说方向三位老师——刘勇强老师、潘建国老师、李鹏飞老师在学术上如琢如磨、促膝而谈的氛围让我如沐春风。三位老师共同致力于古典小说的研究,且各有专长,在北大学报上创办了笔谈专栏,我私下称他们为"三剑客"。博士阶段前两年,我经常从李老师那里要来笔谈原稿拜读,李老师还十分谦逊地让我提出修改意见。他们每一期所讨论的话题,都是我非常感兴趣的题目;每次阅读三位老师的笔谈,都有近水楼台先得月之感,如同被邀约的嘉宾一样共同参与他们的思考与讨论。由三位老师共同编辑、在师友间传阅的《古小说研究会集刊》,不紧不慢出到了第二卷,既收录有庄重严肃、坐而论道的大论文,也有清新别致、独出心裁的小札记。潘公不仅精于版本之学、收藏之学,更兼文艺创作之才。雾霾横行之际,曾创作微信体通俗白话小说《新编醒世小说平霾传》(五回),李老师仿《长恨歌》作《平霾行》,洋洋洒洒七八百言,与小说堪称合璧;刘老师则仿明清小说评点家作评批,每每出人意想,令人粲然而有得。三位老师所营造的学术共同体,并不仅限于老师之间,而总是向学生开放。无论是学术交流上,还是平素往来,我所体会到的不只是传统师生的从游之乐,更多的是师生间平等交流所带来的独立泰然的自由。这令我倍感珍惜。

在学术上给我以启发和影响的,还有哥伦比亚大学东亚系的商伟教授。2012 年 8 月至 2013 年 8 月,我参加了国家公派联合培养博士生项目,到哥伦比亚大学东亚系进行为期一年的交流访学。商伟教授是我当时的外方导师,他开阔的学术格局与视野、敏锐的判断与细腻的感悟,让我看到学术研究的另一种路径与可能。商老师对国内外的时事保持积极的关注,他以为,很多大事件都是启发思考的重要资源,但不要被具体的讨论卷进去,而要从中学习观察和思考,这对于做学术不无裨益。做学术应该像发现新大陆一样,充满好奇,并投注十分的精力。在为数不多的几次谈话中,商老师时常陷入思索之中,以他从容不迫的节奏优游沉醉在思想的海洋中。办公室窗外一片澄澈的明绿,晚春的树叶摇曳在风中,那情形直到今日仍令我为之动容。

学术之所以吸引人,正是这些老师们的言传身教,他们沉浸在思考中的乐趣,无处非学问的精神,都在诠释着阅读、思考和写作作为一种生活方式的魅力。

在学术生活之外,夫子张鸣老师和岑献青师母为我们营造了家一样的氛围,让我们屡屡感受宾至如归的惬意。已经数不清到底去了多少回夫子家了,每次都是一大帮"食客"簇拥着长条桌,徐徐换盏,浅斟低酌,海侃东南西北。夫子饮到得意处,就拿出他收藏的小宝贝同我们分享,津津道来它们的故事:几年前在日本购买的展览画册,家里藏的云南棋子,从敦煌带来、泡在水里的玉石，吴小如先生雅洁娟秀的字迹。夫子最爱谈的是酿酒，家里收藏各式小酒杯，吃白酒、黄酒的小杯子没一个重样的。2012年夫子视网膜脱落动手术，我们去医院看望他。当时夫子在恢复治疗，整个人都趴在床上，头朝下只能盯着地板。我们见状难过，多有悲戚之态。夫子见我们哀哀凄凄，甚为不悦。他说，大家既然来了，就该开开心心的，为何作此落寞形状。《世说新语》载渡江诸人相邀新亭，感慨江山不复，相视泣下，王导愀然变色，曰："当共戮力王室，克复神州，何至作楚囚相对？"诚然此之谓也。大多数人可以在优游时表现得豁达开朗，一旦遭遇不测便失此斯文风度。不过，比夫子更乐观的是师母。岑师母天性乐观、胸臆宽广，好幽默，经常开怀大笑。她的热情好客、真挚包容，不厌其烦地为一拨拨"食客"准备考究菜肴的耐心，给久别重逢的旧"食客"张开的温暖拥抱，出现在每一批新"食客"面前的第一个微笑，为所有小的们拍照留念、雷打不动的老规矩，打消了我们因频频叨扰而心生不安的顾虑。在我遇到困难的时候，夫子和师母经常惦记我，想方设法帮我解决困难，这些温暖的细节令我感念不已。

在燕园的这十年中，我结识了生命中最重要的伙伴，相互影响、塑造并完成彼此。我们曾经彻夜观影长谈，在静园草坪上吃功夫茶，爬到国关顶楼看西山日落，躲在理教楼顶练吉他，在雨夜的燕园里寻觅刺猬，强打精神到未名湖石舫晨读，冒着大雪到陶然亭饮黄酒，翻越东灵山的白桦林，为一出《游园惊梦》沉醉销魂……凡此种种诗酒趁年华、轻狂唯少年之事，无不与焉。尤其要感谢刘晨这么多年来一直参与到我的生命进程中，聆听我的苦恼，排解我的顾虑，鼓舞我的志气，扶持我从虚无的泥潭中一步步走出来。即便远在大洋的彼岸，她仍旧通过各种方式"不依不饶"地联通我们，关注彼此。如果没有她的担当，就不会有我们这个小小的中文人共同体；如果没有她的鼓励，我也不可能勇敢地面对挑战，远赴重洋。刘晨充沛的生命激情、旺盛的学术兴趣、果决的行动能力、宽广的博爱情怀，都是我所无法企及的。也要感谢"兔子"姚华这十年以来一路陪我走到最后，无论在燕园，还是在美国，我们陪伴彼此度过最艰难的时刻，尤其是延期的这一年。兔子有着人世罕见的柔软的内心，用心呵护着她周遭一切温暖美好的情感。她对真善美的追求近乎本能，独立批判的意识与生俱来，自由叛逆的气质又与我相契合。

在博士这六年期间，师门像一个大家庭给予我无比强烈的归属感。尤其是师门读书会，让我获益匪浅。那些基本的学术训练始于读书会，并通过读书会让我得到锻炼和积累。我于2009年成为刘老师的门生时，大家正在读《阅微草堂笔记》。为了避免独学而无友，读书会每两周举行一次，定在周三晚上，风雨无阻；在我的印象中，刘老师从未缺席过。读什么书最初由大家提议,经过多方面的考虑,最终由刘老师决定。记得第一次参加读书会,听师兄师姐们侃侃而谈时那份又惊又喜的感觉。第一次做报告战战兢兢,如履薄冰。同门诸君在学术上循序渐进的积累和发现,不少都要归功于读书会深度细读、查阅文献并参与讨论的过程。此后一直到现在还在进行的读书会,读的是《万历野获编》和《西游记》,二者交替进行,一紧一松,恰到好处。刘老师还为读书会取了一个寓意深远的名字——有初学社,取"靡不有初鲜克有终"之意,鼓励大家坚持不懈、有始有终。刘老师对近期读的这两部书的选取,非常富于见地,一个是史料笔记,有助于对明代历史的整体把握,为文学研究做铺垫;一个是古典小说名著,不离小说研究的初衷,并以个案研究的方式向我们做出示范。《西游记》读书会上,通过刘老师的提点,我们能够触及《西游记》研究的核心命题,如侦探亲临现场破案一般,直观感受刘老师做学术的方法和思路,听他怎样提出问题,怎样进一步寻找论据,如何展开论述,细化分析。师门读书会给我很多锻炼与学习的机会,同门诸君在我博士论文写作与求职过程中也给过我莫大的关怀与帮助。感谢叶楚炎师兄在我求职过程中提供的帮助,十分耐心地为我的试讲稿提出周密而卓有成效的修改意见。感谢李萌昀师兄在我写作博士论文的过程中,不断地以他新奇的创见启发我,打开我的思路。两位师兄都是我学习的榜样。多谢傅松洁师姐将她所购海外红学研究论著借给我参考。锐泉兄和林莹师妹一丝不苟地读完我的开题报告和预答辩论文,并纠正了我论文中的诸多错误;锐泉兄曾多次向我补充与论题相关的论著信息或文献,林莹师妹也为我的论文贡献诸多想法,以她对文字雅洁程度的高要求与我一同琢磨更为周密圆润的表述方式。感谢林莹师妹在我论文写作的最后一段时间内,以一日三餐的陪伴缓解我的压力。多谢朱姗师妹为我担任预答辩秘书,远达师弟时时关心我的论文进展。

最后,感谢我的父母创造了温暖美满的家庭氛围,尤其感谢他们为我付出的无条件的爱,给予我的充分信任、理解和无比宝贵的自由。感谢我的先生,在我最为悲观绝望、孤立无援的时候,是他一直守护在我身边,像一艘大船,带我驶离风暴的中心。

如今的燕园,樱花开了又谢,牡丹残损了荣华,紫藤飘零,洋槐落魄,开到荼蘼,花事将尽。盎然的盛夏酝酿着进驻燕园。许多年以前,在绿色生命协会的一次讲座上,演讲者曾模拟一只候鸟的俯瞰视野向我展示过这幅诱人的画面:在喧嚣的中关村高楼大厦的包围中,坐落着一片静谧的丛林,犹如沙漠中的绿洲。海浪般绿色的树木环绕着未名湖,未名湖水像海豚微微泛起的嘴角一样柔和甜美,湖心岛顶着浓密厚重的大帽子,仿佛一片超重负荷的木筏,十分努力地浮泛在湖面之上。对于一只迁徙的候鸟而言,这里是理想的中转站和栖息地。在候鸟的生命旅途中,燕园是它要不断返回的地方。

　　对于即将毕业离校的我而言,燕园正是这样一个所在。它曾经是我精神世界旅途的起点,如今它将成为中转站,成为我日后不断返回的地方。

2015.5.9 于畅春新园

后记二

距离上一次写后记，已经过去八年。回看八年前的后记，越发觉得稚嫩，但或许由于它保存了一些不可复现的声光温热，所以还是敝帚自珍地留下来了。

毕业工作的这八年中，大到整个世界，小到每个个体，都经历过或仍在面临着：一些被视为永在恒存的事物，开始隐遁，直到消失；一些被视为坚不可摧的信念，轰然倒塌，等待重建。生命至此，似乎又开始了新的循环，而重建精神生活的需要似乎从未像今天这般迫切。

在这样的节点上，反观八年前的博士论文以及在此基础上的增删改补，不免觉得这是奢侈得不近情理的一件事。"长物"之论，本非精神生活的必需。然而，我们又何尝不知，那些给精神带来慰藉和愉悦的，往往是非必要之物，比如清风明月、水声山色。这本书所关注的多数物象，于宏大叙事皆非必要，但它们创造了一种令人驻足流连的气氛。它们吸引着我，邀请我加入，并期待我说点什么。

我相信每一次写作都隐藏着甚至连作者本人都未意识到的情感动力。这本书的情感动力来自我的母亲，是她对日常生活孜孜不倦的热情、忘我的付出和源源不断的创造，擦亮了在许多人看来黯淡、枯燥的日常。她劳作中的身体所及之处，赋予一切琐碎之物以光泽和诗意。我相信，这样的光泽和诗意，兰陵笑笑生曾领略过，曹雪芹亦痴迷过。

本书第三章、第五章、第六章的部分内容曾发表于《文艺理论研究》《人文杂志》《红楼梦学刊》等刊物，收入本书时又做了一些调整。尽管浅漏有之，缺憾有之，但很庆幸这本书的写作过程总体还是比较愉悦的（虽然并不总是很顺利）——但愿未曾减损文学的魅力，也由衷希望能将这份心情传递给同好。

感谢这八年来刘勇强、潘建国和商伟等师友继续给予我学术上的支持，井玉贵、叶楚炎、李远达等同道对我一些过程性思考与写作不吝赐教。由李萌昀老师牵头的"生产队"对于促进我的论文"生产"卓有成效，来自刘晨、刘雪莲、林莹等女性学者的惺惺相惜让我感到此道不孤。还要感谢给本书提过中肯意见的社科基金匿名评审专家们，感谢葛云波、王宁、韦胤宗等师友通读全书并惠赐宝贵意见。此外，若非吴敏编辑的赏识与帮助，此书或将无缘于北大出版社。责任编辑郑子欣女史专业细致的校对以及待人之耐心温存，令我倍感亲切。

最后，感谢我的父母，在我破釜沉舟改稿的半年里，包揽了照顾孩子的一切工作。感谢朱先生以他一如既往的沉着，缓解我情绪波浪的颠簸。感谢我的女儿，赐我以学术生活所无法给予的快乐，并且以她对《红楼梦》的痴迷，督促我不断精进。

2023.11.24 于潜英室